Pour Catherine

PROLOGUE

San Francisco, Californie.
De nos jours.

À la seconde où l'étranger entra dans le cercle de lumière projeté par leur feu de camp, Rosie sut qu'il venait pour la tuer.

Ils étaient dans le Golden Gate Park, dans un coin au fond des bois où les flics ne risquaient pas de venir les embêter – une petite colonie de sans-logis qui faisaient la manche sur Haight Street pendant la journée et campaient dans le parc, la nuit. Rosie avait rejoint le groupe depuis peu, mais c'est elle qui avait eu l'idée de former un cercle avec leurs chariots de supermarché, comme dans les westerns, et de les recouvrir de cartons et de couvertures pour créer un abri de fortune. Malgré cela, le vent de février était mordant, et c'est en grelottant qu'elle regardait l'étranger dans les yeux. Ses yeux de tueur.

Un peu plus tôt, sur le lac Stow, elle avait attrapé un canard, et elle le faisait rôtir sur le feu en utilisant un cintre en guise de broche. L'étranger feignait d'avoir été attiré par la bonne odeur de grillade, mais Rosie savait à quoi s'en tenir.

«Bonsoirr. Je suis tombé surr une benne à orrdurres, cet aprrès-midi», commença-t-il.

Il parlait un anglais correct, mais il roulait fortement les «r». L'accent de la mère Russie.

9

«J'ai trrouvé ça, ajouta-t-il en brandissant une bouteille de Wild Turkey. Je la parrtagerrais bien en échange d'un bout de ce que vous faites cuirre.»

Willard, qui était leur chef par défaut, posa sa bière, se leva, et les deux hommes entrechoquèrent leurs poings.

«Amène ça, mon pote.»

L'étranger – grand, osseux, une gueule de dur et les cheveux bruns retenus en queue-de-cheval – s'assit en tailleur auprès du feu. Il se fendit d'un immense sourire en tendant son offrande.

Willard était un gaillard au crâne en boule de billard et à la peau couverte de tatouages qu'il s'était fait faire en prison. Il en avait jusque sur la figure : deux larmes sous chaque œil. Cela ne l'empêcha pas de jeter à la bouteille de bourbon un regard de gosse émerveillé.

«Ben mon vieux, c'était une sacrée benne à ordures.»

L'étranger eut un nouveau sourire.

«Il y a eu un incendie, hier soir, dans un magasin de vins et spiritueux sur Polk Street, et ils l'ont dévasté en éteignant le feu. Presque tout le merdier qu'il y avait dedans a été cassé, et les flics et les pompiers ont probablement fauché le reste. On dirait que j'ai eu un coup de bol, hein?»

La réalité du magasin incendié et de la benne à ordures ne faisait aucun doute pour Rosie. Ce genre de type ne mentait généralement pas sur les détails.

Il avait même toute la panoplie du clochard : le jean tellement crasseux qu'il était difficile de dire s'il avait jadis été bleu, la pipe de crack enfoncée dans la poche de la parka, les replis de la peau incrustés de

<10>
</10>

crasse noire. Mais il n'avait pas la tête de l'emploi : le regard vide, égaré, abattu. Au contraire, il avait l'œil vif, qui voyait tout. L'air de quelqu'un capable de vous trancher la gorge sans ciller, ou de vous coller une balle dans la tête du haut d'un toit à deux cents mètres.

Rosie ne pipa mot et observa l'étranger pendant que le whisky passait de main en main autour du feu de camp : de Bouton d'Or, un travesti qui faisait le tapin, à l'unijambiste aux dents cassés qu'on appelait Sam l'Éclopé, puis ce fut au tour de La Combine, un grand échalas aux épaules tombantes qui fourrait ses dreadlocks grises pêle-mêle sous un bonnet d'enfant en tricot rose.

Cela dit, je ne suis pas beaucoup plus reluisante, pensa-t-elle. *Enfin, j'étais jolie, dans le temps…* Mais les années avaient passé, un paquet d'années de galère, et de toute façon ça n'avait plus aucune importance, parce qu'elle était mourante. Le cancer lui avait déjà plus qu'à moitié dévoré le ventre comme un acide corrosif.

La bouteille finit par arriver à elle. Elle contenait encore assez de gnôle pour lui tourner la tête, et il en resterait même un peu pour l'étranger. Elle le regarda bien en vidant la bouteille jusqu'à la dernière goutte. Autant lui faire payer le privilège de la tuer.

Les yeux toujours rivés sur lui, elle fourra la bouteille vide dans la poche de son manteau, lui signifiant sans mot dire qu'il pouvait aller se faire foutre.

Il eut un geste en direction de la viande en train de rôtir.

« Ça sent vachement bon. C'est quoi ? »

11

Rosie releva les commissures de ses lèvres en un sourire qui montra ses dents.

« Du rat. »

Elle vit un muscle frémir sous son œil gauche, mais il reprit vite le dessus.

« Un rudement gros rat. »

Bouton d'Or laissa échapper un gloussement, puis baissa les yeux en rougissant et s'absorba dans le grattage des croûtes de son cou, ravagé par les piqûres de seringues sales.

Rosie surprit l'expression de dégoût de l'étranger, qui détourna le regard.

T'es peut-être pas si coriace que ça, finalement, hein, mon grand ?

« Madame est servie », dit-elle en souriant de plus belle.

Ils dévorèrent le canard avec des petits pains pour hamburger rances que Sam l'Éclopé avait quémandés à un McDo. Personne n'avait grand-chose à dire, surtout pas Rosie, qui se contenta de grignoter. Entre le cancer et les antidouleurs qu'on lui donnait au dispensaire, elle n'avait pas beaucoup d'appétit.

Il finit par se faire tard. Rosie remit du bois sur le feu. Tant que les autres resteraient éveillés, elle survivrait peut-être.

La Combine tisonna les flammes avec une brindille qu'il utilisa pour allumer une pipe de crack. Il en tira une bonne taffe et la passa à Sam l'Éclopé.

Sam prit une bouffée et tendit la pipe à l'étranger.

« Tu veux décoller, mon gars ? V'là de quoi pour pas cher. »

12

La Combine ôta son bonnet et en flanqua un coup sur la tête de Sam.

« Gaspille pas la marchandise, crétin.

— Holà, pas de problème. J'ai ce qu'y faut, répondit l'étranger en tapotant sa poche. Pour plus tard. »

Si Rosie n'avait pas été sûre et certaine que le type se faisait passer pour ce qu'il n'était pas, cette remarque stupide aurait levé tous ses doutes. Dans un monde où on pouvait prendre un coup de couteau dans le cœur pour une paire de vieilles chaussures, jamais un vrai junkie n'aurait annoncé à la cantonade qu'il se trimbalait avec une réserve de came.

La Combine et Sam l'Éclopé cessèrent de se chamailler le temps d'échanger un regard entendu et se remirent à fumer leur caillou.

Bouton d'Or, qui était partie un peu plus tôt sans manger, pour vaquer à ses occupations personnelles, réapparut, une seringue à la main. Elle récupéra sa place auprès du feu, racla l'aiguille sur une pierre pour décoller un peu du résidu aggloméré dessus et se la planta calmement dans le cou.

Rosie se leva, faisant craquer ses vieux genoux.

« Faut qu'j'aille évacuer le trop-plein. »

Elle s'éloigna en titubant comme une vieille poivrote, marmonnant dans sa barbe. Quand elle fut hors de la flaque de clarté projetée par le feu, elle se mit à courir.

Elle entendit un bruit de pas sur le sentier, derrière elle. Le vent qui agitait les frondaisons dénudées mugissait à ses oreilles. Elle était déjà à bout de souffle.

Elle avait un peu d'avance, mais le tueur la rattraperait rapidement. Ses vieilles jambes ne couraient plus comme dans le temps. Elle aurait pu laisser tomber, à quoi bon de toute façon, elle était en train de mourir du cancer. Mais elle savait qu'il prendrait son temps, il voudrait la faire parler avant, et elle ne savait pas jusqu'où elle pourrait supporter la souffrance. Tout le monde avait sa limite de rupture.

Le point de côté devint insupportable. Elle ralentit, le temps d'inspirer une grande bouffée haletante et d'explorer le fouillis qu'elle avait dans les grandes poches de son manteau, à la recherche d'un petit bout de papier.

Idiote, idiote, comment peut-on être aussi bête? Tu aurais dû le réduire en miettes aussitôt après avoir déposé la lettre, et maintenant…

C'était les antidouleurs. Ils lui ramollissaient la cervelle, l'abrutissaient, lui faisaient oublier des choses, oublier toute prudence.

Il faut que je le retrouve, que je retrouve ce bout de papier… Seigneur, s'il me fouille, il tombera dessus, et là…

Où était ce satané papier? Sifflet, trognon de pomme, cigarettes, bouteille de scotch vide, papier… Elle le chiffonna et se fourra la boulette dans la bouche.

Sur la gauche, elle entendit craquer une branche. Elle se remit à courir.

Elle trébucha sur une racine, fit un vol plané et s'étala de tout son long. La bouteille vide se brisa contre son ventre. Des éclats de verre traversèrent son épais manteau de laine et lui entrèrent dans la chair.

14

Elle remit la main dans sa poche, en tira un grand éclat de verre, sentit qu'il lui coupait la paume, sentit le sang humide, collant, mais elle sourit. Maintenant, elle avait de quoi se défendre, de quoi vendre chèrement sa peau. Elle voulait lui faire mal, même si c'était juste avant qu'il lui règle son compte.

Elle se releva tant bien que mal. Sa cheville se déroba sous son poids et elle alla en clopinant s'appuyer contre un arbre. Une branche la gifla, manquant de peu l'aveugler. Elle battit des paupières pour chasser ses larmes, repartit en courant. Il était tout près, trop près. Elle entendait sa respiration rauque, le froissement des feuilles mortes et des aiguilles de pin sous ses pas.

Elle vit le clair de lune jouer sur des panneaux vitrés, devant elle. Elle reconnut l'endroit où elle était – la serre où ils faisaient pousser toutes ces jolies fleurs. Un bâtiment blanc, froufroutant, qu'elle appelait la «maison tutu». Elle donnait sur une rue, et avec un peu de chance, si une voiture passait, quelqu'un viendrait peut-être à son secours...

Un bras se referma brutalement sur son cou, la renversant en arrière. La pointe d'un couteau s'enfonça dans sa gorge, pas profondément, juste assez pour la faire saigner, faire couler son sang, chaud, épais. La lame pénétra un peu plus avant. Elle entendit la respiration de l'homme s'accélérer, sentit que ça l'excitait.

Il la retourna face à lui, tint le couteau sous son menton.

«Dis-moi où il est. Et avec tous les putain de détails, hein! Tu vas me le dire!

— Hein, quoi...? Je ne...»

Mais si, elle savait ce qu'il voulait, évidemment. Elle devait gagner du temps, une voiture allait arriver d'une minute à l'autre, elle pourrait crier, elle pourrait...

«Parle ou je te coupe le cou, espèce de vieille bique.»

Il la tuerait, de toute façon, mais pas avant qu'elle ait parlé. Et puis elle ne serait plus rien pour lui, rien pour ceux qui l'envoyaient, qu'un vieux bout de fil qui dépassait, tout juste bon à couper. Elle ne voulait pas mourir maintenant, ce n'était pas son heure... C'en était presque marrant, au point qu'elle éclata de rire. Sauf que ça ressembla plutôt à un gémissement.

Il croyait avoir gagné. Elle sentit qu'il se détendait, que sa respiration se faisait plus légère.

Elle rassembla ses forces et lui enfonça dans le bras le bout de verre qu'elle tenait à la main.

Il poussa un cri, eut un mouvement de recul, porta la main à son bras en jurant et en sacrant. Elle frappa à nouveau, visant les yeux, cette fois. Il eut un geste si vif que sa main fut comme floue. Elle sentit un choc à la poitrine. Il l'avait donc frappée. Bon, ce n'était rien. Il l'avait lâchée, elle était libre. Elle allait lui arracher les yeux à ce salaud, mais à sa grande surprise, elle n'arriva pas à bouger la main. Alors courir, courir. Elle devait fuir...

Elle tituba, s'engagea sur le sentier en chancelant, déboucha sur la route. Juste un peu plus loin; une voiture finirait bien par passer. Elle n'arrivait pas à respirer.

Elle baissa les yeux, stupéfaite. Il lui avait planté son couteau dans la poitrine. Elle n'en voyait que la poignée, ce qui voulait dire qu'il était profondément enfoncé. Peut-être jusqu'au cœur. Mais ça ne lui faisait pas mal, ce qui n'avait pas de sens. Et puis elle se rendit compte qu'elle ne sentait plus ses jambes.

Elle tomba à quatre pattes. Du sang coula de son cou par terre devant elle. Elle vit approcher les pieds de l'homme, ses vieilles godasses éculées, le stupide déguisement qu'elle avait tout de suite percé à jour. Elle aurait voulu lui dire qu'il avait perdu, qu'il n'était qu'un imbécile, mais les mots restèrent coincés dans sa tête.

Elle le regarda lever le pied, le lui poser sur sa poitrine et appuyer. Sentit le bout de la chaussure lui écraser le cou alors qu'il la basculait sur le dos.

Il s'accroupit à côté d'elle.

«Tu as le choix. Tu me dis tout de suite où il est, et tu meurs vite et sans douleur. Tu m'obliges à insister pour le savoir, et tu meurs après avoir longtemps souffert.»

Elle réussit à arracher un sourire à son cœur mourant.

«Je t'emmerde, connard.»

Elle sentit bouillonner en lui un mélange de fureur et d'indécision, mais ça lui était bien égal. Elle leva les yeux vers le ciel nocturne. Elle aurait voulu voir le ciel une dernière fois, mais les nuages noirs l'avaient tout entier avalé. Juste une dernière fois avant de mourir, juste une fois...

«C'est bon, espèce de vieille carne stupide.»

Son souffle était aigre et chaud sur son visage.

«On verra ce que tu diras quand je t'aurai arraché les yeux.»

Il tendit la main vers le couteau enfoncé dans sa poitrine. Elle en aurait pleuré : elle ne verrait plus la lune, maintenant. C'est alors que les nuages noirs s'écartèrent et qu'elle vit non pas une lune, mais deux. Deux grosses lunes jaunes, rondes, exactement comme dans les films.

Non, pas des lunes…

Des phares.

Un bruit de freins. De pas précipités.

Quelqu'un s'exclama :

« Dis donc, mec, elle a un couteau dans la poitrine !

— Ta gueule, Ronnie.

— Ben quoi…

— Ferme-la, et appelle les flics. »

Un visage étranger, un autre, se pencha sur elle – la mâchoire un peu molle et pas un poil sur le caillou –, mais elle lut dans son regard un intérêt humain, et elle avait désespérément besoin qu'on lui témoigne de l'intérêt.

« Les secours arrivent, alors vous aller rester avec moi, d'accord ? Restez avec moi, hein ? »

Non, non, trop dangereux. Peux pas rester…

Sauf que, comme elle ne pouvait apparemment pas bouger, peut-être qu'elle allait rester, tout compte fait. Et puis elle avait quelque chose à lui dire. Une chose qu'il fallait qu'il comprenne.

Elle essaya de lever la main pour lui faire signe de se rapprocher, et sa poitrine fit un drôle de bruit de succion. Elle avait l'impression d'essayer de respirer sous l'eau.

« Je l'avais récupéré, dit-elle dans un souffle gargouillant qui projeta un brouillard sanglant devant son visage. Je l'avais récupéré. »

18

La main de l'étranger s'enroula autour des siennes, chaude et forte. Il se rapprocha.

«Tout ira bien. Vous allez vous en sortir.»

Non, non, vous ne comprenez pas...

Elle essaya de secouer la tête, mais sa tête ne voulut pas bouger. Elle n'arrivait plus à bouger quoi que ce soit, et elle ne voyait plus son visage, parce que la lune était devant, grande et lumineuse, emplissant son regard d'une belle lumière blanche. Elle entendait des sirènes, maintenant. *Le temps pressait. La vérité.* Elle devait lui faire connaître la vérité. Devait lui faire savoir qu'ils...

«Ils n'avaient pas besoin de le tuer...», souffla-t-elle, un vomissement de sang rouge vif noyant sa dernière inspiration. «L'autel d'ossements... Il n'en avait pas bu... Jamais... Je l'avais récupéré...»

Première partie

La Gardienne

1

Camp de prisonniers de Norilsk, Sibérie, URSS.
Février 1937.

Lena Orlova vit les loups. Ils rôdaient à la limite de la nuit, juste hors de portée des projecteurs, la queue basse, frôlant la neige.

Elle pressa le pas, ses bottes de feutre dérapant sur les ornières gelées de la route. Le froid était terrible. Son haleine formait un nuage de buée devant son visage, et l'air semblait crisser comme du papier au moindre mouvement brusque.

Elle ne remarqua le corps qu'au moment où elle faillit le heurter. Il était accroché par les talons au montant de la porte du camp, tout nu, les mains liées dans le dos avec du fil de fer, la tête tournée sur le côté, les yeux mi-clos. Au-dessus des pieds, attachés de la même façon, elle vit qu'ils avaient cloué une pancarte portant une inscription en lettres rouge vif: ON NE S'ÉVADE PAS DE NORILSK.

La porte du poste de garde s'ouvrit à la volée. Elle se retourna d'un bloc, le cœur battant la chamade.

Lena, espèce d'imbécile, arrête de sursauter comme ça ou ils vont soupçonner que tu mijotes quelque chose avant même d'avoir commencé.

Un homme portant l'uniforme bleu du NKVD sortit du poste de garde et tendit la main en claquant des doigts.

«Papiers.»

Lena fouilla dans la poche de sa veste molletonnée à la recherche de sa carte d'identité et de son permis de travail. À l'instant où elle les tendait, un coup de vent fit osciller le cadavre accroché au poteau. Dans le noir, les loups se mirent à hurler.

La sentinelle éleva ses papiers à la hauteur du faisceau de lumière tombant de la lampe fixée au-dessus de la porte. Depuis deux cent soixante-douze jours, elle franchissait cette porte tous les soirs, en venant des baraquements du personnel pour gagner son poste d'infirmière de nuit à l'infirmerie du camp de prisonniers et, tous les soirs, la même sentinelle lui demandait ses papiers et les regardait en prenant bien son temps. Il comparait son visage à celui des photos, vérifiait les tampons, les signatures et Dieu sait quoi encore, comme si quelque chose avait pu subitement changer depuis la dernière fois.

Il faisait si froid qu'elle avait l'impression de respirer des glaçons. Elle se martela les bras avec les poings et tapa du pied, ce qui eut pour seul résultat de faire tomber la neige accumulée sur son manteau.

«Tu es en règle, camarade», dit la sentinelle en lui rendant ses papiers.

La carte d'identité spécifiait que Lena était travailleuse libre, ce qui lui permettait d'entrer et de sortir par la porte sans risquer de se faire tirer dessus. Elle semblait être la seule à apprécier la cruelle ironie du fait d'être «libre» de travailler uniquement dans un métier que l'État avait choisi pour elle, dans cet endroit où l'État l'avait expédiée – un camp de prisonniers, de surcroît. Son permis de travail était une autre blague du même goût. Son père, un ennemi du peuple, avait été exilé dans ce coin de Sibérie pour y finir ses jours. Et elle, sa fille, était en exil aussi du même coup. Elle pouvait se déplacer à sa guise dans la péninsule du Taïmyr, mais elle n'avait pas le droit de mettre un pied en dehors.

La sentinelle devait penser que le froid l'avait gelée sur place, parce qu'il frappa impatiemment dans ses mains.

«Tu es en règle, je te dis. Tu peux passer.

— J'en ai de la chance», marmonna Lena, tout bas.

Elle ne jeta pas un nouveau coup d'œil au cadavre en franchissant la porte, mais elle sentit sa présence tel un vautour juché sur son épaule. *On ne s'évade pas de Norilsk. Enfin, ça, c'est ce qu'ils croient…*

Parce que, ce soir-là, Nikki et elle leur prouveraient le contraire. Ou les loups auraient deux corps de plus à manger.

Lena referma doucement les yeux du prisonnier qui était mort à un moment quelconque, au cours de la dernière heure. Sur sa feuille, dans la case à côté de CAUSE DU DÉCÈS, elle écrivit *Arrêt cardiaque*, parce qu'elle n'avait pas le droit de mettre *Mort de faim*.

Elle regarda sa montre et sentit son cœur accélérer ses battements. Onze heures passées.

Sainte Mère de Dieu, où était le sergent Chirkov? Il aurait dû être là, maintenant. À minuit, ils devaient être, Nikolaï et elle, de l'autre côté de la cour, derrière les latrines, prêts à foncer à travers le no man's land pour profiter des quarante-cinq secondes pendant lesquelles les projecteurs montés sur les tours de guet s'éteignaient, au moment du changement des équipes de gardes. Or ils ne pouvaient pas quitter l'infirmerie avant que le sergent ait effectué le décompte des lits de la fin de journée.

Lena regarda les secondes défiler sur sa montre. Elle n'avait pas le choix, elle devait continuer sa ronde. Pneumonie, dysenterie, engelures… Les lits sur lesquels gisaient les patients étaient de vulgaires civières de bois à peine améliorées ; ils n'avaient que des couvertures rugueuses sur le corps. Et il faisait toujours si froid, si atrocement froid. Elle tendit l'oreille dans l'espoir d'entendre le pas lourd du sergent. Cinq minutes passèrent encore. Puis dix.

Elle s'approcha du lit suivant, celui d'un garçon qui avait tenté de se suicider en s'ouvrant les veines du poignet avec les dents. Avant le matin, il serait mort. Et le vieil homme, à côté de lui, s'était attaqué à son propre pied à coups de hache…

La porte s'ouvrit avec un grincement de charnières rouillées, et Lena faillit laisser tomber un plateau de bandages stériles.

Le sergent Chirkov entra, accompagné par un courant d'air glacé, en tapant du pied pour débarrasser ses bottes de la neige collée sous ses semelles. Quand il la vit, un sourire timide adoucit son visage rougeaud.

« C'est donc toi qui es de service ce soir. J'espérais que… Je veux dire… » Il s'empourpra et détourna le regard. « Camarade Orlova, finit-il en hochant la tête avec raideur.

— Camarade sergent. »

Lena posa son plateau et coula discrètement un coup d'œil à sa montre. Onze heures dix-huit. Ils pouvaient encore y arriver. Il suffisait que le sergent effectue rapidement son décompte et s'en aille.

26

Il s'approcha du poêle sans se presser et souleva sa capote pour se réchauffer les fesses. Le poêle – en réalité, un simple réchaud à charbon ventru – arrivait à peine à atténuer le froid glacial de la longue pièce étroite.

«Tu es au courant des événements de ce matin? demanda-t-il.

—J'en ai vu le dénouement. Pendu à la porte d'entrée.

—Eh bien...»

Le sergent haussa les épaules comme pour dire: «Que veux-tu? C'était fatal.» Il commença à tirer de la poche de sa capote le nécessaire pour se rouler une cigarette, et Lena se retint de hurler de contrariété.

«Le stupide *zek*, poursuivit le sergent en déchirant un bout de journal sur lequel il versa un tabac grossier. Comment pouvait-il espérer passer vivant de l'autre côté de la palissade? Et même s'il y était arrivé, par miracle, sans se faire cribler de balles, c'était la Sibérie qui l'attendait au-dehors, pas une promenade sur la place Rouge.»

Lena reposa doucement le pied à moitié amputé qu'elle était en train de laver et leva les yeux vers le sergent. Il avait incliné et détourné la tête pour allumer sa cigarette. Elle fut traversée par une pensée terrible: il savait ce qu'elle projetait de faire et lui délivrait un avertissement. Mais quand il la regarda à nouveau, elle ne lut rien sur son visage.

«Tu as raison, camarade sergent, dit-elle. Le prisonnier n'avait pas une chance.

—Alors pourquoi le font-ils quand même? Tu peux me le dire? Pourquoi essaient-ils de s'évader alors qu'ils savent que c'est sans espoir?

27

—Je ne sais pas», mentit Lena.

Elle enroula un bandage propre autour des moignons sanglants des orteils tranchés. L'homme était allongé tout raide sur la paillasse, les yeux étroitement fermés. Il ne faisait pas un bruit alors qu'il devait souffrir le martyre. Il s'était lui-même infligé ces mutilations. Il avait essayé de se sectionner le pied avec une hache pour échapper aux mines de nickel. C'était un acte de désespoir fou, mais Lena ne le comprenait que trop.

Le sergent s'éloigna enfin du poêle mais, au lieu de procéder au décompte et de s'en aller, il se dirigea vers la fenêtre. Elle doutait qu'il puisse se voir dedans, avec toute la glace qui recouvrait la vitre.

«Il va y avoir un *purga*. Ça se sent dans l'air. Ne…»

Il ne finit pas sa phrase. Lena était sûre, maintenant, qu'il essayait de l'avertir. *Ne fais pas ce que tu projettes, Lena Orlova. Ne fais pas ça. Pas ce soir. Jamais.*

Le silence s'éternisa jusqu'à ce que Lena ne puisse plus le supporter.

«Ne… quoi?

—Rien du tout. C'est juste qu'on pourrait se perdre dans le blizzard, rien qu'en allant de la porte des cuisines aux latrines. Si tu veux que quelqu'un te raccompagne aux baraquements, après la fin de ta garde…»

Elle réussit à sourire.

«Ce n'est pas de refus.»

Le sergent lui rendit un sourire et frappa dans ses mains.

«Très bien, alors…»

Lena regarda sa montre. Onze heures vingt-sept. *Dieu du Ciel…*

«Camarade sergent, tu ne devrais pas…?

— Je sais, je sais. L'appel du devoir.»

Il tira une feuille de papier de sa poche.

«Je vois que l'infirmerie est à nouveau pleine, ce soir.»

La règle voulait que, pour être admis à l'infirmerie, un prisonnier devait être estropié ou avoir une température supérieure à trente-huit degrés cinq, pourtant aucune place ne restait jamais vide. D'un coup d'œil le sergent pouvait parcourir la salle sur toute sa longueur et voir que chacun des lits était occupé mais, comme le règlement stipulait qu'il fallait les compter, il allait les compter.

Pendant que le sergent longeait les rangées de lits, rapprochant les noms inscrits sur les pancartes de ceux qui figuraient sur sa liste, Lena laissa tomber les pansements souillés dans un seau et passa au patient suivant.

Enfin, le sergent termina son décompte. Mais, au lieu de partir, il vint se planter à côté d'elle et la regarda bassiner le visage ulcéreux d'un vieillard presque mort du scorbut.

«Dis-moi, camarade Orlova, comment se fait-il que tu te sois retrouvée dans un endroit comme Norilsk?»

Lena releva une mèche de cheveux vagabonde derrière son oreille et inscrivit une note sur la pancarte du patient. *Va-t'en,* se retint-elle de hurler. *Va-t'en, va-t'en, va-t'en, c'est tout…*

«C'est là que je suis née. Ou plutôt à côté d'ici, sur les rives de l'Ozero P'asino. Et je travaille à l'infirmerie parce que la Révolution dans son infinie sagesse dit que je dois le faire.»

Le sergent étouffa un gémissement.

«Allons, camarade Lena. Tu ne devrais pas parler comme ça. Et puis, tu crois qu'on m'a demandé mon avis avant de m'envoyer dans ce désert glacé, au milieu de nulle part, garder une bande de pathétiques zeks? Mais les besoins de la collectivité doivent toujours passer avant les désirs de l'individu.»

Elle avait su à l'instant où elle les prononçait que ses paroles désinvoltes pouvaient lui attirer des ennuis. Il pensait probablement déjà à la dénoncer au *politrouk* – enfin, qu'est-ce qu'elle en avait à faire? Après ce soir, elle serait partie, partie, *partie*.

Un silence s'établit entre eux, s'étira, devint pesant.

«Mais tu es vraiment des leurs?» finit-il par demander.

Elle savait qu'il voulait parler des Iakoutes: des gardiens de troupeaux de rennes, à la peau sombre, pareille à du cuir, au visage plat, avec des fentes à la place des yeux.

«Parce que tes yeux sont pareils au ciel de chez nous, l'été, avant une tempête. Et tes cheveux…»

Une mèche s'était à nouveau égarée, et il tendit la main pour la ramener derrière son oreille.

«Ils ont la couleur des blés mûrs qui dansent dans le vent.»

Elle tressaillit à son contact, eut un mouvement de recul.

«Je ne savais pas qu'un poète sommeillait en toi, camarade sergent. Et tu te trompes. Ma mère était bien iakoute, et je suis son vivant portrait, comme elle était l'image même de sa mère, et ainsi de suite, en remontant les liens du sang jusqu'au commencement des temps.»

Elle jeta un autre coup d'œil à sa montre. Onze heures trente huit. Ils n'y arriveraient plus jamais maintenant, c'était trop tard. Non, ils devaient encore essayer. Demain, le commandant l'assignerait à l'équipe de jour, dans laquelle elle pourrait être coincée pendant des mois. Ce serait alors l'été, et elle serait trop...

Elle posa sa main sur son ventre, encore plat, et qui ne révélait rien, mais ça ne saurait tarder. C'était ce soir ou jamais.

Elle ramassa un bassin débordant.

«Excuse-moi, camarade sergent mais, comme tu vois, j'ai beaucoup à faire.

— Oui, bien sûr. Je dois continuer mes rondes, mais je te revois tout à l'heure? À la fin de la nuit?

— Oui. À tout à l'heure.»

Elle éprouva un pincement de regret en le regardant s'éloigner. Il serait accusé de leur fuite et pourrait être condamné à vingt ans de détention dans ce camp de prisonniers qu'il contribuait maintenant à garder.

Arrivé à la porte, il se retourna.

«Tu sais, camarade, ils ne meurent pas tous. Les zeks. Si tu fais ton quota, si tu obéis au règlement, tu ne meurs pas forcément.»

Il s'interrompit, comme s'il attendait une réponse de sa part, mais la peur lui nouait la gorge. *Il sait quelque chose*, pensa-t-elle. *C'est forcé. Mais comment pourrait-il savoir, à moins que Nikolaï ait parlé?*

Or Nikolaï ne parlerait jamais parce que, des deux, c'était lui qui avait le plus à perdre. Si elle se faisait prendre à aider un prisonnier à s'évader, elle serait jugée et condamnée à vingt ans d'emprisonnement dans un camp de femmes, loin d'ici, si loin dans les

31

profondeurs de la Sibérie qu'elle ne réussirait jamais à en sortir. Mais pour Nikolaï, il n'y aurait pas de procès, pas de condamnation. On se contenterait de le ramener ici, on lui dirait de se tenir debout à côté d'une tombe ouverte, et on le fusillerait.

Le sergent était encore devant la porte entrouverte, laissant entrer le froid, puis il se détourna enfin et s'en alla.

Elle attendit quelques instants après que la porte se fut refermée derrière lui, pour le cas où il se raviserait et déciderait de revenir. Elle reposa ensuite le bassin et courut vers l'autre bout de la salle, jusqu'au dernier lit sur la gauche, le long du mur – vers l'homme dont elle avait ressenti la présence à chacune de ses inspirations, dans chacune de ses terminaisons nerveuses depuis qu'elle était entrée dans l'infirmerie.

Il aurait aussi bien pu être mort.

Non, non. C'est juste qu'il y avait tellement peu de lumière à cet endroit, si loin des lampes et du poêle. Il était endormi et c'est tout. Juste endormi.

Lena arracha la pancarte pour voir ce que le médecin du camp avait écrit lorsqu'il l'avait admis, le matin même. *Nikolaï Popov, matricule 35672. Fièvre, congestion pulmonaire.*

Elle laissa retomber la pancarte sur le lit, se pencha sur lui et posa la main sur son front. Il avait vraiment de la fièvre, il était en sueur malgré le froid, mais ça n'avait rien d'étonnant. Il fallait bien qu'il se rende assez malade pour se faire admettre à l'infirmerie, et les prisonniers se transmettaient de bouche à oreille qu'on pouvait se donner la fièvre en avalant une dose de sel de cuisine. Nikolaï avait dit pour plaisanter que tout valait mieux que de se trancher les orteils à la hache.

Mais la fièvre pouvait facilement tourner à la pneumonie.

Elle le toucha à nouveau.

«Nikki?»

Il remua, et elle entendit un petit bruit de glace brisée lorsqu'il souleva la tête. Ses cheveux trempés de sueur avaient gelé sur la civière.

«Lena, dit-il, puis il se mit à tousser. Ça y est? C'est le moment?»

Lena n'aima pas le son de sa toux, une toux grasse, mais elle constata qu'il avait les yeux clairs, le regard lucide.

«Il est plus que temps. Ce satané sergent... J'ai cru qu'il ne partirait jamais.»

Elle regarda sa montre. Ils avaient moins de quinze minutes devant eux. *Ne fais pas ce que tu projettes, Lena Orlova. Ne fais pas ça...*

Nikolaï repoussa la maigre couverture marron et posa les pieds à terre. Il leva les yeux vers elle et lui lança un sourire.

«Tu ne vas pas me faire le coup de te dégonfler maintenant?

— Jamais.»

Elle ne put s'empêcher de répondre à son sourire tandis qu'elle se penchait vers ce visage, qui gardait, même en cet instant, cet air de défi éclatant: c'est ce qui l'avait attirée au départ en lui, mais cette fois, elle crut voir quelque chose de plus derrière la lumière qui dansait dans ses yeux.

Elle voulut croire que c'était de l'amour.

Nikolaï fit semblant de s'appuyer faiblement sur elle alors qu'elle l'aidait à se lever. Si quelqu'un les interrogeait, elle dirait qu'il avait le typhus et qu'elle devait l'emmener en isolement; mais les patients allongés sous les couvertures, sur les autres civières, dormaient tous, ou faisaient semblant.

Très vite, elle le conduisit vers une petite réserve à peine plus grande qu'un placard. Là, si loin du poêle, des nuages blancs entouraient leur tête et des tourbillons d'air froid remontaient du sol.

La réserve était pleine à craquer : un vieux bureau, une chaise, des piles de couvertures moisies, des classeurs pourrissants, une série d'armoires métalliques cabossées. Il y avait une fenêtre juste assez grande pour leur permettre de se faufiler au-dehors.

Elle écarta une pile de sacs de toile et un carton plein de journaux en état de décomposition, révélant une affiche de Joseph Staline saluant le travailleur soviétique. Elle crut entendre Nikolaï réprimer un tressaillement alors qu'elle déchirait en deux le visage du Grand Staline, le guide du peuple, et elle eut un sourire intérieur. *Peut-être que tu n'es pas le rebelle indomptable pour lequel tu te prends, hein, Nikki ?*

Derrière l'affiche, un panneau mal revissé masquait un trou dans le mur de cinquante centimètres sur soixante-quinze. Avec une conscience aiguë de chaque précieuse seconde qui s'écoulait, Lena tira de sa cachette une *fufaika* – une grosse veste taillée dans la partie la plus chaude de la peau du renne –, une toque de fourrure, des gants et un sac de couchage en peau de bête pour chacun d'eux. Pour Nikolaï, il y avait un pantalon de laine ouatée comme le sien et une paire de bottes de feutre.

Elle lui tendit ses affaires en silence, et il commença à les enfiler sur sa tenue de prisonnier élimée.

Elle attrapa le sac à dos dans lequel elle avait mis du pain noir sec, des bouts de graisse fauchés à la cuisine du personnel, un collet de fil de fer, une boîte d'amadou, une flasque de vodka et quelques centaines de roubles qu'elle avait réussi à économiser sur son maigre salaire. Elle donna les sacs de couchage à Nikolaï et passa le sac à dos sur son épaule.

Ensuite, elle prit les raquettes – des badines d'aubier repliées sur elles-mêmes et des lanières de peau de renne entrelacées. Elle espérait que les traces qu'ils laisseraient seraient vite recouvertes par la chute de neige qui s'annonçait.

Lorsqu'elle les lui tendit, Nikolaï eut un rire.

«Tu veux dire qu'on va être obligés de partir d'ici à pied? Quoi, avec toutes les merveilles que tu as tirées de cette cachette miracle, j'espérais au moins un traîneau et huit rennes.»

Lena mit un doigt sur ses lèvres, mais elle ne put retenir un sourire. Et puis elle récupéra une dernière chose : une peau de mouton mal tannée, enroulée autour d'un couteau volé au cuistot, un ivrogne qui se soûlait avec une vodka de sa fabrication, au point qu'on aurait pu lui voler sa tête sans qu'il s'en aperçoive.

C'était un *kandra*, un couteau iakoute, avec une lame à double tranchant, dangereusement recourbée. Nikolaï émit un sifflement en le voyant. Lena s'apprêtait à le lui tendre, mais au dernier moment elle le fourra dans la ceinture de son propre pantalon. Et puis elle attacha la peau de mouton autour de sa taille avec un long morceau de corde raide.

35

Sous le bord relevé de sa toque de fourrure, elle coula un regard vers Nikolaï.

«Prêt?»

Il eut un salut assez crâne, et à cet instant elle l'aima plus que la vie même.

La fenêtre était coincée par le gel, mais Nikolaï cassa la vitre avec son coude. Lena se faufila en premier par-dessus le rebord et se laissa tomber par terre, redoutant d'entendre un garde donner l'alarme. Un mouvement soudain à la porte de devant accéléra les battements de son cœur, mais ce n'était que les silhouettes fantomatiques des loups.

Une fois hors de l'infirmerie, ils restèrent dans les ombres profondes jusqu'à ce qu'ils arrivent aux latrines. Il neigeait plus fort à présent, de grands grumeaux de flocons mouillés. Le sergent avait raison : un purga se préparait. Le froid devenait plus intense et prenait une odeur métallique.

Le rayon d'un projecteur passa sur eux. Ils s'aplatirent contre le mur rugueux des latrines.

Lena examina la vaste étendue de la *zapretnaya zona* – le no man's land qui s'étendait entre la limite des bâtiments du camp et un périmètre de fils de fer barbelé empilés sur six rouleaux de hauteur. La zone était constamment balayée par deux projecteurs installés sur les miradors situés à droite et à gauche. Quiconque mettait le pied dans la zone interdite, que ce soit un prisonnier ou une travailleuse libre comme elle, était abattu à vue.

C'est Nikolaï qui avait le premier repéré un endroit où la palissade n'épousait pas les ondulations du sol. Il y avait, derrière les latrines, un creux suffisant

36

pour qu'ils puissent se faufiler sous les barbelés. Et Nikolaï avait remarqué que les projecteurs s'éteignaient pendant quarante-cinq secondes au moment du changement d'équipe des gardes.

Mais, pour le moment, des halos de lumière jaune vif se promenaient sur la neige blanche, lisse. Lena regarda sa montre à travers les cristaux de glace qui se formaient sur ses cils. *Minuit passé. Oh, mon Dieu…* Ils étaient arrivés trop tard. Le changement d'équipe avait dû s'effectuer pendant qu'ils étaient encore en train de se changer, et maintenant ils étaient piégés là, dehors. Impossible d'avancer, impossible de revenir en arrière…

Les projecteurs s'éteignirent.

Nikolaï courait déjà. Lena le suivit en mettant ses pas dans ses empreintes, détacha la peau de mouton à moitié grattée, puante, qu'elle s'était nouée autour de la taille, la laissant balayer le sol derrière elle pour effacer leurs traces et dissimuler leur odeur aux chiens.

Trop long, c'est trop long.

D'une seconde à l'autre, les projecteurs allaient se rallumer, des rafales de mitrailleuse les déchiquetteraient et leurs cadavres seraient accrochés au portail d'entrée où les loups viendraient les dévorer.

Elle ne se rendit pas compte que Nikolaï s'était arrêté avant de lui rentrer dedans, assez brusquement pour qu'il grommelle et manque tomber sur les rouleaux de barbelés.

Il lui fit signe de passer en premier. Elle se coula à plat ventre dans l'espace, poussant leur matériel devant elle, son esprit hurlant pendant tout ce temps *Trop long, c'est trop long…* Elle n'allait pas assez vite.

La lumière des projecteurs allait tomber sur eux, il y aurait des cris, des balles...

Et puis elle fut libre, enfin, de l'autre côté des barbelés. Elle se releva tant bien que mal et regarda derrière elle, mais elle ne vit que la tête de Nikolaï qui dépassait. Il ne progressait pas.

L'espace d'un instant, elle crut qu'il s'était figé en voyant un garde, et puis elle comprit que les barbelés s'étaient pris dans le dos de son manteau. Il avait beau s'agiter, tirailler, il n'arrivait pas à se libérer. De petits bouts de glace tombaient en cliquetant des rouleaux de barbelés. Un instant plus tard, Lena entendit le claquement d'une cartouche entrant dans la culasse d'un fusil.

«Halte-là!»

2

Lena crut qu'elle allait mourir de peur.

«Sainte Mère de Dieu, ne tirez pas! cria une voix de vieil homme, du côté des latrines. Je ne cherche pas à m'évader. À vrai dire, tout ce qui fuit en ce moment chez moi, ce sont mes pauvres boyaux.»

Lena essaya de dégager le manteau de Nikolaï des barbelés, mais il était bien accroché.

«Ça ne peut pas attendre demain matin? demanda la voix, plus jeune, du gars qui tenait le fusil.

— D'un mot... non.

— Eh bien, fais vite.»

Elle tira à nouveau sur le manteau, plus fort, et finit par le détacher dans un nouveau crépitement de glaçons.

«Vite! Pourquoi c'est toujours vite, vite, vite avec vous, les gars? L'État m'envoie pour vingt-cinq ans dans ce paradis, pourquoi voudriez-vous que je me dépêche?»

La voix du vieil homme s'interrompit abruptement alors qu'une lumière jaune aveuglante éclaboussait la neige gelée autour d'eux.

Les projecteurs s'étaient rallumés.

Nikolaï s'arracha à la barrière et se mit à courir ventre à terre. Il prit Lena par le bras et l'entraîna avec lui. Du coin de l'œil, elle vit un cercle lumineux s'avancer vers eux sur la neige, se rapprocher de plus en plus. Elle se mit à hurler de terreur, intérieurement. Ils n'y arriveraient jamais…

Soudain, une tempête de hurlements, de grondements et de claquements de dents déchira la nuit. Les loups s'étaient enfin jetés sur le corps du zek mort. Les projecteurs pivotèrent et repartirent inonder de leur lumière la grille d'entrée. Les gardes firent feu, du haut des miradors. Un homme se mit à crier.

Lena trébucha, faillit tomber, mais elle ne regarda pas en arrière.

Lorsqu'ils furent hors de portée des projecteurs, ils s'arrêtèrent, juste le temps de mettre leurs raquettes. Lena tendit l'oreille, guettant les aboiements des chiens et le raclement des traîneaux de fer des soldats lancés à leur poursuite, mais elle n'entendit que le vent.

Ils avaient à peine parcouru un ou deux kilomètres lorsque les rafales devinrent plus violentes et commencèrent à soulever la neige poudreuse en tourbillons de glace, leur projetant une mitraille de grésil dans la figure. Lena s'arrêta pour s'essuyer les yeux avec sa manche et chasser les glaçons de ses sourcils.

Nikolaï s'approcha d'elle en titubant. Il se plia en deux, posant les mains sur ses cuisses, cherchant sa respiration.

«Le purga sera bientôt sur nous, dit Lena qui dut forcer sa voix pour se faire entendre malgré la tourmente. Ça va être vraiment dur d'avancer.»

Nikolaï redressa la tête et lui sourit.

«Dur d'avancer, hein? Et comment tu appelles ça, déjà? Une belle et chaude journée à la plage?»

40

Lena le regarda en secouant la tête. Lui expliquer aurait exigé beaucoup de souffle, et il n'y avait rien à expliquer, de toute façon. Il fallait s'être trouvé dans un purga pour le croire et, à ce moment-là, il n'y avait qu'une chose à faire : prier pour que les éléments déchaînés ne vous tuent pas. Bientôt, toute trace de leur passage aurait disparu derrière eux, et devant eux il n'y aurait plus d'horizon, plus de sol, plus de ciel. Que de la neige et un vent qui dépassait l'imagination.

Le corps de Nikolaï tout entier fut secoué par une quinte de toux. Lorsqu'il eut repris sa respiration, il dit :

« C'est ce damné froid. Il te réduit les poumons en lambeaux... Nous sommes loin de ta grotte secrète ?

— Pas loin. »

Il se redressa lentement et regarda autour d'eux, mais elle savait qu'il ne pouvait pas distinguer grand-chose dans la nuit polaire.

— « "Pas loin", dit-elle ! Je t'en prie, Lena, mon amour, dis-moi que nous ne sommes pas perdus. »

Elle perçut le ton taquin de sa voix, mais cette toux, cette sorte de râle gras dans sa respiration, l'inquiétait. Et si leur course exténuante avait fait tomber la fièvre sur ses poumons ?

Elle enleva son gant et tendit la main pour lui caresser le visage. Il était couvert d'une fine couche de givre : sa sueur gelait instantanément dans l'air glacé.

Et pourtant elle sentit qu'il s'efforçait de sourire.

« Je vais y arriver, mon amour, dit-il. Sous mes dehors charmants, je suis un rude gaillard. Mais comment peux-tu être sûre de savoir où nous sommes ? Il fait un noir d'encre, et c'est partout pareil. Que de la neige, et encore de la neige.

— J'ai cette terre dans le sang, c'est de naissance. Je retrouverais mon chemin les yeux bandés. »

Mais avant de repartir, elle détacha la corde qui retenait la peau de mouton et s'attacha à lui, parce qu'une fois que le purga serait sur eux, ils seraient quasiment aveugles, incapables de voir plus loin que le bout de leur nez. Ils pourraient se perdre de vue en quelques secondes et, si cela se produisait, Nikolaï serait mort quand reviendrait le matin.

Le purga frappa deux heures plus tard.

Le vent hurlant chassait la neige dans la bouche et les yeux de Lena, le froid lui brûlait les poumons à chaque inspiration. Elle se demandait comment Nikolaï s'en sortait. Elle ne le voyait pas, derrière elle ; seule une tension régulière sur la corde lui confirmait qu'il était toujours là. Deux fois, elle sut qu'il était tombé, parce que la corde s'était soudain tendue, mais, d'une façon ou d'une autre, il avait réussi à se relever.

Ils avaient dû faire près de cinq kilomètres depuis qu'ils étaient entrés dans le défilé, un canyon fermé en forme de botte, avec un lac à la pointe. Le lac était le seul endroit au monde qu'elle considérait comme chez elle. Ce n'était pas l'Ozero P'asino – elle avait menti au sergent. Le petit lac de Sibérie auprès duquel elle était née ne figurait sur aucune carte. Aucune route n'y menait et, en hiver, même les pistes de caribous disparaissaient sous la neige.

Ce n'était pas son seul mensonge : sa mère n'était pas iakoute ; elle était d'origine *toapotror* – le peuple magique.

J'aurais bien besoin de magie, tout de suite. De vraie magie, pour chasser le purga, pour que nous arrivions à la grotte, en sécurité, avant que Nikki...

La corde se tendit.

Lena attendit, mais cette fois, il ne se releva pas.

Elle dut se guider avec la corde pour le retrouver. Quelques secondes seulement avaient passé depuis qu'il était tombé, mais il était déjà presque enfoui sous la neige.

Elle l'attrapa par le col de sa fufaika et le redressa à moitié. Sa tête retomba sur le côté. Il reprit son souffle, mais chacune de ses inspirations faisait un bruit de noyade.

« Nikki, relève-toi. Il faut que tu continues à avancer. »

Une vilaine toux l'ébranla.

« Peux pas. Mal. Poitrine. »

Elle le secoua rudement.

« Nikki ! Tu ne vas pas me faire ça ! Ne me lâche pas !

— Non. Veux pas mourir... »

Il la prit par les bras, et tout à coup son visage encroûté de glace se retrouva à quelques centimètres du sien.

« Si tu m'aimes, tu ne me laisseras pas mourir.

— Tu ne mourras pas.

— Promets-le-moi.

— C'est promis. Nikki, je t'en prie. Il faut que tu te relèves. Ce n'est plus très loin, mais je ne peux pas te porter.

— *Da, da.* Debout… Debout…»

Elle glissa son épaule sous l'aisselle de l'homme pour l'aider à se remettre sur ses pieds. Il tituba, mais ne retomba pas.

Elle lui avait dit qu'ils n'étaient plus loin, mais elle n'en était plus si sûre. Ils auraient dû arriver au lac, depuis le temps, et le lac n'était nulle part, ils étaient nulle part, perdus dans un monde de neige, de vent et de froid.

Ils continuèrent à avancer péniblement, le bras de Lena passé autour de la taille de Nikolaï, le soutenant pour résister aux coups de boutoir du vent.

Elle avait perdu toute notion du temps. Elle savait seulement qu'elle devait emmener Nikolaï à la grotte tout de suite, ou il était mort. Mais elle était fatiguée, tellement fatiguée.

Les jambes de Nikolaï cédèrent sous son poids et il s'effondra sur son épaule. Elle oscilla, luttant désespérément pour ne pas tomber, hurlant contre ce poids mort qui lui arrachait quasiment le bras. Mais il réussit tant bien que mal à reprendre son équilibre et ils repartirent dans les blanches ténèbres de la nuit de neige.

Tout près, maintenant. Encore un pas, Nikki. Voilà, comme ça. Ne tombe pas sur moi. Ne tombe pas…

Il tomba, et cette fois il l'entraîna dans sa chute.

Ils s'abîmèrent dans le vide noir de l'espace, s'enfoncèrent dans la neige profonde, épaisse comme un édredon et dévalèrent une pente en roulant. Leur dégringolade fut interrompue par une congère. Si douce et si chaude qu'elle dut résister à la tentation de s'allonger là et de se reposer juste un petit moment.

Elle savait que s'arrêter c'était mourir.

Elle agita les jambes, se débattit frénétiquement pour s'extraire du suaire de neige qui l'aspirait et se rendit compte qu'elle n'était plus sur la toundra. Elle était sur la glace.

Ils avaient trouvé le lac.

Nikolaï était toujours allongé dans la congère, inerte. Lena se laissa tomber à genoux à côté de lui et le secoua de toutes ses forces. Elle n'avait plus de souffle pour crier et, de toute façon il ne l'aurait pas entendue.

Elle tenta à nouveau de le relever, le sentit bouger. *Debout, debout, debout,* entonna-t-elle mentalement, comme un chant silencieux, en y mettant toutes ses forces, toute sa volonté. Et puis, elle n'aurait su dire comment, en le soulevant à moitié, elle réussit à le remettre sur ses pieds.

Encore un pas, Nikki, un seul. C'est ça. Encore un pas.

Sa progression obéissait désormais à l'instinct seul. Elle marchait à l'aveuglette, se déplaçait dans un noir cauchemar de vent et de neige. *Encore un pas, un seul pas, un petit pas de plus…*

Ils arrivèrent à un mur de glace.

La cascade.

En été, la fonte des neiges et la crue des cours d'eau provoquaient une cataracte qui se déversait d'une grande falaise à la verticale dans le lac qu'elle surplombait. En hiver, la cascade gelait et devenait aussi dure qu'un mur.

Mais, quel que fût le moment de l'année, elle masquait l'entrée de la grotte. D'abord, il fallait savoir qu'on pouvait marcher sur l'étroite corniche qui se trouvait entre la cascade et la paroi rocheuse et, même si quelqu'un l'avait su, il n'aurait vu qu'une paroi rocheuse impénétrable. À moins d'être une fille du toapotror, le peuple magique.

Les filles du peuple magique savaient que ce qui ressemblait à une surface plane était en fait deux murs de roches qui se recouvraient, séparés par une trentaine de centimètres à peine. Si l'on osait se faufiler dans cette fente étroite, s'insinuer dans l'espace qui allait en se resserrant, au moment où on avait l'impression d'avoir fait un pas de trop, d'être coincé, piégé pour toujours... alors, tout à coup, les parois s'écartaient à nouveau, la faille s'élargissait et donnait sur une caverne secrète.

Lena ne sut comment elle avait réussi à faire se glisser Nikolaï par cet étroit accès à la grotte, mais elle n'y serait jamais arrivée s'il n'avait pas lutté contre la fièvre et trouvé la force de se tenir debout presque tout seul. *Je suis un rude gaillard*, lui avait-il dit, et ce souvenir l'emplit d'une bouffée d'amour.

Pour pénétrer dans la grotte proprement dite, il fallait descendre des marches raides, pas très hautes, mais étroites, que le peuple magique avait taillées il y avait bien longtemps dans la roche. Le temps qu'ils parviennent en bas, Lena était tellement épuisée qu'elle n'arrivait pas à contrôler le tremblement de ses bras et de ses jambes ; elle se demandait comment

46

Nikolaï était parvenu jusque-là, même si elle avait essayé de le porter au maximum. Les ténèbres étaient absolues, et elle dut tâtonner pour trouver la torche de poix dans l'anneau scellé sur la paroi qu'elle espérait toujours là.

Elle mit la main dessus et l'alluma avec la boîte d'amadou qu'elle avait fourrée au fond de son sac à dos. La poix s'enflamma, illuminant l'espace circulaire de la caverne souterraine.

Et il était là, là où il avait toujours été, encastré dans la paroi, un antique autel fait d'ossements humains.

L'autel d'ossements.

Elle s'en approcha, ses muscles douloureux semblant s'animer d'eux-mêmes. Nikolaï poussa alors un terrible gémissement et s'effondra lentement sur lui-même. L'espace d'un instant, elle regarda encore l'autel, comme hypnotisée, puis elle baissa les yeux sur l'homme qui gisait à ses pieds, et son cœur se serra à sa vue

« Nikki ! Oh, Seigneur, Nikki… »

Elle se laissa tomber à genoux à côté de lui. Comment avait-il réussi à arriver jusque-là ? Il avait les lèvres cyanosées, enflées, les cils gelés sur les joues. Il ne respirait plus que faiblement et son souffle était irrégulier.

Elle fit très vite du feu avec des morceaux de cercueils pourrissants. Lorsque les flammes furent assez hautes, elle prit un bol à offrandes sur l'autel et prépara du gruau avec de la neige fondue, du pain et de la graisse tirés de son sac à dos.

«Tu ne vas pas mourir, Nikki. Tu ne me feras pas ce coup-là. Je te le promets. Tu ne vas pas mourir», entonna-t-elle comme une prière.

Mais il n'était plus conscient. Il délirait de fièvre.

Le bol de gruau trembla dans les mains de Lena quand son regard passa du visage de Nikolaï, pâle comme la mort, à l'autel fait d'ossements humains – des crânes, des fémurs, des tibias, des centaines d'os étroitement assemblés pour former une table d'adoration aussi macabre qu'élaborée. Dessus, entre les vestiges de centaines de cierges fondus et les bols de bronze martelé qui avaient jadis contenu des offrandes, se dressait la Dame – une icône en bois de la Vierge Marie.

La Dame était parée de joyaux qui étincelaient à la lumière des flammes. Sa couronne resplendissait, et les plis chatoyants de sa robe – orange, verte comme la mer et rouge sang – se paraient de reflets aussi éclatants que le jour où ils avaient été peints, près de quatre cents ans auparavant, à la cour d'Ivan le Terrible. Lena avait l'impression que les yeux de la Dame brillaient, humides de larmes à cause de ce qu'elle s'apprêtait à faire.

«Je l'aime, dit Lena. Je ne le supporterais pas s'il mourait.» La Dame ne répondit pas. «Je lui ai fait une promesse.»

La Dame demeurait obstinément silencieuse.

Lena vérifia que Nikolaï était toujours inconscient – comme déjà mort – et porta le bol de gruau vers l'autel et l'icône. Parce que seule l'aide de la Dame pouvait lui donner l'assurance de tenir sa promesse.

Lorsqu'elle revint, elle vit que Nikolaï s'était suffi-samment réchauffé auprès du feu pour qu'elle tente à nouveau de le réveiller. Elle glissa son bras sous ses épaules et lui souleva la tête pour l'aider à boire. Il prit une gorgée. Puis une autre.

Ses yeux fiévreux s'éclaircirent un peu, et il regarda autour de lui. Elle vit son visage exprimer un étonne-ment croissant alors qu'il découvrait l'endroit macabre et mystérieux qui servait de chambre funéraire à son peuple depuis le commencement des temps. Elle ne le quitta pas des yeux tandis qu'il observait la mare noire, profonde, huileuse, alimentée par les gouttes qui tombaient de la voûte, le sol hérissé de stalag-mites pareilles à des rangées de pierres tombales, les silhouettes de loups gravées dans la roche des parois.

Finalement, il se concentra sur la vapeur qui montait en bouillonnant du geyser gargouillant sous l'autel fait d'ossements humains et elle l'entendit étouffer une exclamation de surprise.

«Mon Dieu…!»

Lena posa le bol de gruau et se pencha vers lui.

«Chut, mon amour. Ce n'est rien.» Elle écarta d'une caresse les cheveux trempés sur son front. «Ce ne sont que les os de gens morts il y a très longtemps pendant l'hiver et dont on avait mis les cadavres ici pour les enterrer ensuite en été, mais certains ont été oubliés. Et d'autres personnes sont venues et ont utilisé leurs restes.

— C'est donc vrai, dit-il d'une voix réduite à un murmure, les yeux hagards. Bon sang, c'est le dessin devenu réel, le dessin du dossier de la Fontanka. Je n'y avais jamais cru, pas vraiment au fond. Une histoire démente, racontée dans une taverne par un fou ivre mort… Mais c'est pourtant vrai… L'autel d'ossements.» Son regard revint vers elle, et sur son visage, elle ne vit pas que de la stupeur, mais aussi de la peur ainsi qu'une avidité violente, dévorante. «Donne-le-moi, Lena. L'autel. Fais-m'en boire. Si tu m'aimes, tu le feras…»

Et puis ses paupières papillotèrent et il perdit à nouveau conscience.

Lena s'accroupit. Elle sentait le regard de la Dame posé sur elle, mais le croiser était au-dessus de ses forces. Alors elle regarda le visage pâle, ravagé par la fièvre, de Nikolaï.

Son visage mensonger.

Mensonge, mensonge, mensonge. Ce n'était que mensonge. Chaque baiser, chaque caresse, chaque mot sortant de sa bouche, tout cela n'avait été qu'un moyen pour lui de trouver l'autel d'ossements.

Sa mère avait bien averti Lena. Ne fais confiance à personne, c'est ce qu'elle lui avait dit le jour où elle l'avait amenée à la grotte et lui avait révélé son terrifiant secret. «Quand je ne serai plus là, tu seras la Gardienne de l'autel d'ossements, ma fille, et ton devoir sacré sera de le dissimuler pour toujours au monde. Tu ne dois en parler à personne, ne permettre à personne de le voir. Ne fais confiance à personne, pas même à ceux que tu aimes. Surtout de ceux qui te diront qu'ils t'aiment.»

Ceux que tu aimes…

Lena tendit la main pour toucher Nikolaï, puis arrêta son geste, serra le poing et se l'enfonça dans le ventre.

Elle se demanda si Nikolaï Popov était seulement son vrai nom, se demanda même s'il avait été vraiment un prisonnier. À Norilsk, la plupart des hommes étaient censés travailler comme esclaves dans les mines de nickel, mais ils avaient fait de lui l'«artiste» du camp, lui confiant la peinture des slogans et des étoiles rouges sur les murs de l'infirmerie. L'infirmerie où elle travaillait, comme par hasard, et il avait le genre de belle gueule séduisante faite pour attirer le regard de n'importe quelle femme.

Mais c'était son courage, sa témérité qui avait conquis son cœur. Il lui avait raconté qu'il avait été envoyé au goulag pour avoir fait des dessins satiriques, critiques, de Staline et du parti communiste.

«Ce sont des parasites. Ils se gavent des fruits de notre travail, tout en nous dictant notre façon d'être, jusqu'à la moindre de nos pensées. Je refuse d'être un esclave heureux, Lena. Il y a un autre monde hors de cet endroit, pour toi et pour moi. Pour nous. Un monde de possibles infinis.»

Il s'était arrangé pour lui faire croire que l'idée de s'évader venait d'elle, mais elle comprenait maintenant avec quelle aisance il l'avait manipulée, lui parlant de l'espace sous la palissade, des quarante-cinq secondes pendant lesquelles les projecteurs s'éteignaient, à la relève des sentinelles. Et la grotte... *Y aurait-il un endroit, Lena mon amour, où nous pourrions nous cacher jusqu'à ce que les soldats renoncent à nous poursuivre?* Et elle, l'idiote, avec quel empressement elle lui avait parlé de la grotte, de la façon dont elle était habilement dissimulée derrière une cascade, sur le lac où elle était née.

Quelle petite cruche crédule tu fais, Lena Orlova...

Il était donc au courant, pour la grotte, peut-être pas de l'endroit où elle se trouvait, mais il connaissait son existence, et il savait qu'elle était seule, de toutes les stupides femelles du monde, à pouvoir l'y conduire tout droit. Elle avait été tellement idiote. Abrutie par l'amour.

Et Nikolaï? L'avait-il seulement aimée, rien qu'un tout petit peu?

Probablement pas. Eh non, il n'avait jamais été vraiment prisonnier. Il était sûrement du GUGB, la police secrète. Les espions de Staline. Il avait déliré à moitié de fièvre, et en avait probablement dit plus qu'il n'aurait dû, mais il avait laissé échapper quelque chose au sujet d'un dossier. Le dossier de la Fontanka, ainsi qu'il l'avait appelé. Avant la Révolution, le 16, Fontanka était l'adresse de sinistre mémoire du quartier général de la police secrète du tsar. Alors, de quand datait ce dossier, et qu'y avait-il dedans? Qui était dedans? Un dessin de l'autel, avait dit Nikki. Une histoire démente racontée dans une taverne par un fou ivre mort. Et quoi encore? Que savait-il au juste?

D'une façon ou d'une autre, il avait découvert l'existence de l'autel d'ossements. Il n'aurait plus de repos, maintenant, et les hommes pour qui il travaillait n'auraient plus jamais de repos non plus tant qu'ils ne se seraient pas approprié son terrible pouvoir.

«Je t'aimais, Nikki. Je t'aimais tant», dit-elle, mais il ne se réveilla pas.

Elle tendit à nouveau la main vers lui et retint encore son geste. Une fois, ils avaient fait l'amour dans le hangar où ils rangeaient les peintures. Et après, il lui avait demandé :

«Tu crois que ça pourra durer toujours, Lena?»

Elle n'avait pas voulu s'offrir tout à lui, trop vite, et elle lui avait renvoyé la question.

«Et toi?

— Oui. Et je ne parle pas de ça, lui avait-il dit en mettant la main entre ses cuisses. Mais de ça…» Sa main était remontée pour s'appuyer sur la chair tendre, juste sous ses seins. «Le sang que je sens en ce moment même battre dans ton cœur. Et ça.» Il lui avait pris la main et l'avait posée sur sa propre poitrine. «Le sang vital de mon propre cœur. Pourrais-tu faire que mon cœur batte éternellement pour toi, Lena? Pourrais-tu faire battre nos deux cœurs comme un seul jusqu'à la fin des temps?»

3

Lena Orlova resta assise devant les braises du feu mourant à regarder l'homme qui se faisait appeler Nikolaï Popov. Il rouvrit les yeux. Sa fièvre était tombée ; il vivrait. Son cœur noir, scélérat, continuerait à battre, sinon pour toujours, au moins pour le moment.

Il lui sourit, et elle sut qu'il avait bel et bien recouvré ses esprits, parce que son regard quitta son visage et se posa droit sur l'autel d'ossements. Elle vit dans ses yeux une lueur affamée de convoitise avant qu'il ne les en détourne enfin.

Il poussa un long bâillement et s'étira.

« Seigneur, je me sens mieux. On dirait que je vais survivre, en fin de compte. Mais je ne m'administrerai plus jamais de sel de cuisine, je te le promets. »

À la façon dont il se comportait, continuant à jouer son rôle de prisonnier évadé et d'amant, elle comprit qu'il ne devait pas se rappeler ce qu'il avait dit dans son délire, comment il s'était trahi. Parfait. Qu'il poursuive cette comédie, elle ne le détromperait pas. S'il pensait qu'elle l'avait percé à jour, il risquait de la tuer plus tôt que prévu.

Parce qu'il la tuerait, elle l'avait enfin compris. *J'aurais dû sortir mon couteau, Nikki, mon amour, et te le planter dans le cœur pendant que tu dormais. Et puis* elle regarda son visage, son beau visage, et elle sut qu'elle n'aurait pas pu faire ça. Pas dans son sommeil.

Il se releva lentement, comme pour s'assurer que ses jambes supportaient son poids. Lena se leva aussi. Elle tira discrètement son couteau de son étui et le tint le long de sa cuisse, dissimulé dans les replis de sa veste molletonnée.

Il promena son regard sur la grotte en prenant bien soin de ne pas trop s'attarder sur l'autel, puis ses yeux noirs, fascinants, rencontrèrent ceux de Lena.

«Cette nuit, dit-il. Sans toi, je n'aurais jamais survécu au purga.

— Je t'aime, Nikki.»

C'était encore la pure et simple vérité. Alors même qu'il s'apprêtait à la tuer.

Il lui sourit, frappa dans ses mains.

«Et j'aimerais, Lena, ma douce, te dire que je me contenterais bien, pour vivre, de ton amour, mais la vérité, c'est que je meurs de faim.»

Il se frotta les mains, se pencha sur le bol à la recherche d'un reste du gruau qu'elle avait préparé, mais se redressa très vite et inclina la tête avec une expression méfiante.

«Il y a quelque chose..., dit-il.»

Lena esquissa un pas de côté, s'éloignant de lui.

«C'est le silence soudain, après toutes ces heures de vent hurlant. La tempête est passée.»

L'aube s'était levée sur une journée nouvelle, parce qu'elle voyait, au-dessus d'eux, la lumière filtrer par l'étroite fente dans la paroi de pierre à l'entrée de la grotte. Le rayon de soleil tombait sur la couronne dorée de la Dame, la faisant flamboyer, et se reflétait sur la mare d'eau noire, huileuse.

« Il vaudrait quand même mieux qu'on reste caché ici un moment, poursuivit-elle. Jusqu'à ce que les soldats renoncent à nous chercher. Mais il nous faudra un peu plus de neige à faire fondre pour boire. »

Elle passa à côté de lui en prenant bien soin de faire comme si de rien n'était et commença à gravir les marches raides, taillées dans la roche tant de siècles auparavant. Arrivée en haut, elle se faufila par l'étroit passage sans regarder en arrière et, comme il ne tentait pas de l'arrêter, elle caressa brièvement l'espoir de réussir à fuir.

Elle quitta l'abri de la cascade gelée afin de jeter un coup d'œil sur le lac couvert de neige. Sur la rive opposée, elle vit un panache de neige poudreuse. Le panache s'enfla, devint un nuage blanc, et du nuage émergea un traîneau de fer tiré par des chiens.

Lena se retourna en entendant le crissement d'une botte sur la neige fraîche. Nikolaï émergeait de la faille dans la roche et s'approchait d'elle. Elle le regardait quand un mouvement attira son regard vers le haut de la falaise. La tempête de la nuit avait projeté au sommet de la paroi une énorme masse de neige que le vent avait sculptée en une vague de glace géante, maintenant cabrée au-dessus d'eux.

Nikolaï n'y prit pas garde ; il regardait le traîneau qui filait droit vers eux à travers le lac gelé.

« Ils nous ont trouvés, dit-il. Les soldats. Malgré le purga, ils ont réussi à suivre nos traces jusqu'ici. »

Lena tenait encore son couteau dissimulé derrière la masse de sa veste. Elle crispa le poing sur le manche. Elle savait que, purga ou non, les soldats n'avaient pas eu à suivre de traces, puisqu'ils avaient depuis le début une bonne idée de l'endroit vers lequel leur proie se dirigeait.

Et elle savait maintenant pourquoi Nikki ne l'avait pas encore tuée. Il allait laisser les soldats le faire à sa place.

« Il faut qu'on se rende, dit Nikolaï. Ils nous mèneront la vie moins dure si on se rend tout de suite.

— Ils ne feront la vie moins dure à personne, Nikki. Tu le sais bien.

— Je leur dirai que je t'ai obligée à venir avec moi. Comme ça, ils t'épargneront. »

Elle secoua la tête. Ses mensonges étaient trop monstrueux. Elle retint une envie de vomir.

Un coup de vent arracha des cristaux de glace à la gigantesque vague de neige, au-dessus de leurs têtes. Lena la vit bel et bien trembler, elle était sûre que la fissure à la base s'était élargie. Il suffirait d'un bruit assez fort pour provoquer une avalanche qui les ensevelirait et enfouirait l'entrée de la grotte.

Nikolaï lui prit la tête entre ses mains et la secoua légèrement.

« Amour, amour, nous n'allons pas y arriver. Si nous essayons de fuir en courant maintenant, ils vont nous abattre tous les deux et laisser nos corps ici, dans la neige, pour que les loups les dévorent.

— Ils nous abattront de toute façon. » *Moi, ils me tireront dessus. Mais pas toi, Nikki. Pas toi.*

Les soldats devaient connaître une partie de la vérité, savoir, par exemple, qu'il était en réalité du GUGB, mais ils ne devaient pas être au courant pour l'autel d'ossements. Elle se demanda quelle histoire il leur avait racontée pour les attirer jusqu'ici, près du lac, avec leur traîneau.

Il la lâcha et regarda vers le lac, en plissant les paupières à cause du reflet du soleil sur la glace. Le traîneau était alors assez près pour que les capotes bleu nuit des soldats soient visibles. Ils n'étaient que trois.

Lena fit un pas en arrière, puis un autre, et un autre encore jusqu'à ce qu'elle soit bien en arrière de la cascade, près de la faille dans la roche, et bien en deçà de l'énorme vague de glace et de neige, au sommet de la falaise. Elle la sentit à nouveau trembler, une vibration sous la semelle de ses bottes. Nikolaï l'avait sûrement sentie, lui aussi… ? Mais non, toute son attention était concentrée sur le traîneau et sur les soldats, qui se rapprochaient toujours.

Il se retourna et elle brandit son couteau, la pointe vers son cœur. La lame incurvée terminée en crochet brilla au soleil.

Le regard de Nikolaï tomba sur le couteau, puis remonta vers son visage.

«Alors tu sais.

— Que tu es de la police secrète, un menteur et un voleur? Oui, je le sais.

— Tu sais donc aussi que tu es prise au piège. Tu ne peux pas t'en tirer, mais tu n'es pas obligée de mourir.»

Elle aurait pu le haïr, pensa-t-elle, si elle ne l'avait pas aimé si profondément. Le pire de tout, c'est qu'il la regarderait mourir sans rien éprouver, elle le voyait dans ses yeux.

«Encore un mensonge, Nikki. Jusqu'à la triste fin, tu auras menti.

— Oh, arrête ! Tu m'as cru jusqu'à la triste fin, comme tu dis, ou tu ne m'aurais jamais fait boire à l'autel d'ossements.

— Sauf que je ne l'ai pas fait », dit-elle.

Mais son déni sonnait si creux qu'il lui rit au nez.

« Bien sûr que si, voyons. Sans ça, je ne serais pas debout là, à me sentir comme un homme neuf... » Il s'interrompit, secoua la tête. « Bon sang, Lena. Je sais ce que ça t'a coûté. Sache que je t'en suis reconnaissant.

— *Reconnaissant !* » Elle s'en étrangla, se détestant parce que, en cet instant encore, une partie d'elle-même aurait voulu qu'il continue à mentir. « Pour toi, j'ai renoncé à tout. À mon honneur. À ma vie. » *À mon cœur.* « Je ne comptais donc vraiment pas pour toi, Nikki ? Même pas un tout petit peu ? »

Il poussa un soupir et détourna le regard.

« Lena, Lena... Quelle importance ? »

Y avait-il du regret dans sa voix ? Une pointe de tristesse ? Non, il avait raison, ça n'avait aucune importance. Et quelle vérité lui ferait le moins de mal, de toute façon ? Savoir qu'il l'avait aimée, et trahie quand même ? Ou qu'il ne l'avait jamais aimée ?

Il lui jeta un dernier bref regard, et puis il se détourna et sortit de sous la cascade pour s'engager sur le lac gelé. Il leva les bras au-dessus de sa tête comme s'il se rendait. L'un des soldats mit ses mains en porte-voix autour de sa bouche et hurla :

« Halte ! »

Le cri du soldat porta sur le lac gelé comme un coup de fusil. L'espace d'un instant, la terre resta parfaitement silencieuse, et puis Lena entendit l'écho d'un grondement. Elle leva les yeux et vit l'énorme, la gigantesque vague de neige gelée se détacher de la falaise, dégringoler par blocs gigantesques et s'abattre dans un formidable rugissement sur le sol juste devant elle. La dernière vision qu'elle eut de Nikolaï sur le lac disparut sous un nuage de glace géant, bouillonnant, anéantissant le monde.

4

«Ne tirez pas! Je me rends, ne tirez pas!» hurla le capitaine Nikolaï Popov en levant les bras un cran plus haut.

Le traîneau s'arrêta sur la glace dans un grincement. Le chien de tête gronda. L'un des soldats épaula un fusil.

«Ne tirez pas!» répéta Nikolaï.

Le commandant du camp avait probablement ordonné à ses hommes de ne pas ouvrir le feu, mais on n'était jamais trop prudent.

«Camarade capitaine!» beugla le commandant en hissant sa lourde masse hors du traîneau.

Un large sourire fendit son visage rougeaud, boucané par les vents.

«Quand j'ai vu cette avalanche, j'ai bien cru que nous vous avions perdu. Et la fille? Elle s'en est sortie?»

Le commandant passa sa main gantée sur sa moustache pour faire tomber le givre qui s'était formé dessus et regarda derrière Nikolaï la paroi de roche brute, l'endroit où la vague géante de neige gelée surplombait, quelques instants à peine auparavant, la cascade de glace et l'entrée de la grotte. Des cristaux voletaient dans l'air autour d'eux. Les oreilles de Nikolaï retentissaient encore du vacarme de l'éboulement.

«La fille, dit Nikolaï en abaissant lentement les bras, vient d'être enterrée sous vingt pieds de neige et de glace. Grâce à la bourrique braillarde que voici.» Il eut un mouvement de menton en direction du soldat au fusil, qui les regardait stupidement, la bouche ouverte. «Il mériterait d'être fusillé.

— Enfin, camarade? bredouilla le soldat. En quoi est-ce ma faute? Tu avais dit qu'il fallait que ça fasse vrai. Je n'ai fait que...

— Ferme-la, camarade soldat Lukin, dit le commandant. Et baisse ce fusil, espèce d'imbécile! Je ne t'ai pas dit qu'il était des nôtres? Camarade sergent Chirkov, occupe-toi des chiens.»

Le sergent qui était assis, comme transformé en statue de glace sur le siège du traîneau, les rênes oubliées dans les mains, s'anima subitement.

«Quand même, camarade, et la... la camarade Orlova? Il y a parfois des poches d'air. Elle est peut-être encore en vie.»

Le soldat passa son arme derrière son épaule et sauta à bas du traîneau.

«En ce qui me concerne, je me dispenserai de la baiser à la rendre dingue avant de la ramener au camp. Je ne dégagerais pas toute cette neige, même si on avait une pelle, ce qui n'est pas le cas.

— Oubliez la fille, vous deux», ordonna le commandant.

Il eut un mouvement de tête en direction de Nikolaï et s'éloigna du traîneau de telle sorte qu'on ne puisse surprendre leurs paroles. Nikolaï lui emboîta le pas en glissant sa main gauche dans la poche de sa capote afin d'enrouler les doigts autour de la poignée du pistolet qu'il y avait mis au moment de suivre Lena Orlova par la fenêtre de l'infirmerie.

« Juste avant l'avalanche, dit le commandant en baissant la voix, je t'ai vu sortir de derrière la cascade. C'est donc là qu'est l'entrée de la grotte ?

— C'est là qu'elle était. »

Le commandant le rassura d'un mouvement de la main.

« Oui, bon, d'accord. Mais on pourra toujours la dégager par la suite – j'ai tout un camp plein de zeks et de pelles. Une seule chose m'importe, c'est de savoir si tu y es entré. Alors ? Tu as vu l'or ? »

Nikolaï secoua la tête.

« Cette histoire n'était qu'une perte de temps pour tout le monde. C'est une petite caverne circulaire, pas plus de six mètres de diamètre, et j'ai pu y jeter un bon coup d'œil, crois-moi, camarade commandant. Il n'y a rien là-dedans, que des cercueils pourris et quelques cadavres moisis. »

Nikolaï vit tout de suite que le commandant ne le croyait pas, et il ravala un sourire. Il n'y aurait pas cru non plus.

Il lui avait raconté qu'un membre du Parti, à Moscou, avait entendu une rumeur non vérifiée selon laquelle une armée du tsar avait dissimulé un trésor dans une grotte, sur un lac secret près de Norilsk, et lui, Nikolaï, avait été envoyé là pour tirer l'affaire au clair. Et maintenant, le commandant soupçonnait Nikolaï d'avoir trouvé l'or et de vouloir tout garder pour lui.

« Je t'avais bien dit que ce serait un coup d'épée dans l'eau, il me semble ? fit Nikolaï. Ces Iakoutes n'ont seulement jamais eu deux roubles en poche. Tu crois qu'ils auraient laissé les coffres pleins d'or des Romanov ici juste pour faire joli ? Beaucoup de bruit pour rien, si tu veux mon avis, camarade commandant. Enfin, moi, je fais ce qu'on me dit, c'est tout. »

Le commandant s'obligea à rire.

« Comme nous tous. »

Les chiens furent soudain pris d'une frénésie d'aboiements. Nikolaï se tourna d'un bloc et faillit dégainer son pistolet avant de se rendre compte que les chiens s'excitaient parce que le sergent avait sorti du traîneau un sac de toile plein de poisson séché. Quant au soldat, il s'était éloigné de quelques pas sous le vent et tripotait les boutons de sa braguette.

« Un coup d'épée dans l'eau, comme tu dis, rétorqua le commandant. Et nous n'aurions pas pu choisir une plus mauvaise nuit pour ça, hein ? Ça a pas mal soufflé… »

Nikolaï éclata de rire. Avec tout ce qui s'était passé ce matin-là, il ne s'était pas vraiment attardé sur le phénomène, mais il avait l'impression d'être un homme neuf. Il avait conscience de chacune de ses inspirations, de chacun de ses battements de cœur. Et des inspirations, des battements de cœur qui ne finiraient jamais.

« Pas mal soufflé ? répéta-t-il en riant de plus belle. Putain de bordel ! J'ai bien failli y rester. »

Ces foutus sels de cuisine – ils étaient censés lui donner juste assez de fièvre pour que le docteur le fasse admettre à l'infirmerie. Il n'avait sûrement pas prévu de se coller une pneumonie. Mais le jeu en valait la chandelle, en fin de compte, parce que Lena l'avait conduit à la grotte. Elle lui avait fait prendre l'élixir de l'autel d'ossements.

L'autel – Dieu du ciel ! Il était bel et bien réel. Tout ce qu'il avait vu dans le dossier de la Fontanka, jusqu'à la dernière ligne, était vrai. Le lac, la cascade, la grotte, l'autel fait d'os humains. Et la Gardienne. Elle était on ne peut plus réelle, elle aussi.

Lena.

Il avait pensé qu'il aurait du mal à la trouver dans toute cette nature sauvage, gelée, mais elle était là, sous son nez, au camp de prisonniers, à moins de trente kilomètres du lac où elle était née, comme toutes les autres Gardiennes avant elle. Et son visage – c'était l'image même de la Dame de l'icône dont il avait vu le dessin. Le dossier disait vrai sur ce point-là aussi.

Il se demanda alors si elle avait réussi à rentrer dans la grotte avant que l'avalanche ne l'engloutisse. Et il éprouva une pointe de… de quoi ? De culpabilité ? De peine ? De regret ? Ça n'avait aucune importance, elle était morte, de toute façon. Elle mourrait de faim avant de pouvoir sortir de là.

Comme s'il avait lu dans ses pensées, le commandant soupira :

« C'est bête pour la fille, quand même.

— Oui. Vraiment bête », répondit Nikolaï.

C'est vrai, il l'avait exploitée sans scrupules, et il ressentit plus fortement un pincement au cœur, comme un coup de poing dans la poitrine. Il chassa cette pensée. On faisait ce qu'il fallait, et on passait à autre chose.

Il parcourut du regard le lac magnifique dans la lumière arctique, d'un jaune de beurre fondu – cela ne durait malheureusement que quelques heures avant que le soleil ne disparaisse à nouveau derrière l'horizon. Enfin, ça lui laisserait toujours le temps d'aller où il devait aller.

«Regarde cet imbécile!» fit le commandant en riant à son tour.

Il lui indiquait le soldat qui écrivait ses initiales dans la neige avec son urine.

«Je t'ai dit qu'il faudrait le faire fusiller», répondit Nikolaï.

Le commandant cligna des yeux, son sourire s'estompa quelque peu, et puis il claqua dans ses mains.

«Bon, eh bien, camarade capitaine, dit-il un peu trop fort. Que dirais-tu d'un petit coup de vodka avant de rentrer au camp?»

Le commandant fourra la main dans la poche de sa capote, mais il n'eut pas le temps de la ressortir: Nikolaï sortit son pistolet et lui logea une balle entre les yeux.

Le coup de feu se répercuta, assourdissant, sur le lac. Le soldat fit volte-face, son pénis entre les mains. Il ouvrit le bec, mais son cri mourut alors que la balle lui déchirait la gorge.

Le sergent tourna la tête, l'air stupéfait, un poisson séché dans chaque main alors que les chiens bondissaient autour de lui en aboyant. Puis il laissa tomber ses poissons et courut vers le traîneau. Nikolaï lui colla une balle entre les omoplates et il tomba d'un bloc, la tête rebondissant sur la glace.

Les échos du coup de feu retentissaient encore dans l'air glacé quand Nikolaï passa à l'action. Il s'approcha des trois hommes, l'un après l'autre, leur vida son chargeur dans la tête et s'assura qu'ils étaient morts. Puis il rechargea.

Il remit le pistolet dans la ceinture de son pantalon et se dirigea vers le traîneau, puis il se ravisa et fit demi-tour. Il s'accroupit auprès du commandant mort et fouilla dans la poche de sa capote. Il en sortit une flasque d'argent sur laquelle étaient gravées des initiales.

Il ne cherchait donc pas un pistolet, tout compte fait.

Nikolaï mit la flasque dans sa poche, se redressa et monta dans le traîneau en souriant. Le commandant et ses hommes lui avaient rendu un fier service en venant ici avec cet équipage. Aucun individu doté du plus élémentaire bon sens ne pouvait espérer quitter la Sibérie à pied.

Il ramassa les rênes, mais avant de partir il jeta un coup d'œil derrière lui à la cascade gelée, qui étincelait dans le soleil comme une rivière de diamants.

Des diamants. À cette pensée, Nikolaï eut un sourire. Ce que dissimulait la cascade avait plus de prix que des diamants, plus de prix que tous les prétendus coffres d'or des Romanov.

L'autel d'ossements… Seigneur, il était bien réel. Il l'avait vu de ses propres yeux. Il avait bu son élixir. Il sentait déjà son incroyable pouvoir courir dans ses veines, le changer. Il se sentait comme un dieu.

Non, pas *comme* un dieu.

Il rejeta la tête en arrière et le paysage sauvage, glacé, renvoya les échos de son cri.

«Je suis Dieu!»

Deuxième partie

L'Assassinat avec un grand A

5

Galveston, Texas.
De nos jours, dix-huit mois auparavant.

Le père Dom détestait l'affreux sifflement de l'oxy-gène soufflé de force dans les poumons défaillants de son père. Il se rapprocha quand même de sa bouche. Le vieux était mourant et voulait se confesser.

Se confesser. C'était le mot qu'il avait utilisé, mais Dom n'y croyait pas vraiment. Pas de la part de son père, athée convaincu, qui avait une fois défini la religion comme «la plus énorme arnaque jamais faite à la race humaine». Mais son père avait dit «je suis mourant et je veux me confesser», et il avait eu ce rire sauvage qui avait failli le tuer net.

«Pff, on dirait que tu as été frappé par la foudre, disait maintenant le vieux. Ne te fais pas d'illusions, je ne vais pas me mettre à chanter des alléluias. Et ce n'est pas non plus un cas de démence sénile, comme si démence et sénilité n'étaient pas deux malédictions redondantes. C'est juste que j'ai quelque chose à te dire, et on ne va pas y passer toute la sainte journée – je ne suis même pas sûr d'avoir ce temps-là devant moi.

—Je suis là pour toi, papa. Tout comme Notre-Seigneur aimant et indulgent est à tes côtés.»

Quelle tirade lamentable, se dit Dom en réprimant une grimace. Pff, son père avait toujours eu le chic pour le pousser à se sentir et à agir comme une caricature d'homme d'Église. La plupart du temps, Dom aimait ce qu'il était, et il le faisait bien, mais il y avait des moments où il se demandait s'il n'avait pas adopté le col blanc de la sainte Église catholique romaine rien que pour contrarier Michael O'Malley, parce qu'il savait que ça le ferait enrager jusqu'à la fin des temps.

Mais maintenant son père était mourant, alors le père Dominic O'Malley posa la main sur sa tête grisonnante tout en murmurant les derniers sacrements.

«Par ce saint chrême, que le Seigneur en sa grande bonté te réconforte par la grâce de l'Esprit saint...»

Le vieil homme secoua la tête si fort qu'il faillit arracher le tube d'oxygène de ses narines.

«Fais-moi grâce de ces conneries grotesques. J'ai dit que je voulais me confesser, pas mourir les oreilles farcies par ces foutaises tout droit sorties du Moyen Âge.

— Mais je pensais que tu...»

Dom ravala quelque chose qui tenait à la fois du rire et du sanglot, puis détourna rapidement le regard avant que son père commence à le mettre en boîte pour sa faiblesse. Il aurait tellement voulu que, pour une fois, le vieux le... le quoi? Le respecte? L'accepte? L'aime?

«D'accord, tu as gagné. Pas de foutaises moyenâgeuses. Mais sache-le, tu auras beau renier le Christ jusqu'à ton dernier souffle, Lui ne te reniera jamais. Il t'a toujours aimé, et moi aussi.»

Le vieil homme laissa échapper un soupir hoquetant.

«Tu as toujours été tellement bourré de certitudes romanesques. Non seulement c'est assommant mais, ajouté à ton indécrottable naïveté, ça peut être carrément dangereux. Tu ne sais pas ce que j'ai fait.

—Eh bien, dis-le-moi. Confesse-toi. Et nous laisserons même le Seigneur en dehors de la conversation. Après tout, une confession sans Dieu peut encore être le premier pas vers le pardon et le salut.

—Quelles balivernes! Aucun Dieu digne de ce nom ne permettrait à des pécheurs invétérés de s'insinuer dans ses bonnes grâces rien qu'en lui léchant le cul. Par pitié, Dom, fais-moi grâce de ces bondieuseries et concentre-toi un peu.»

La main de son père se referma sur son bras comme une serre.

Une telle force, encore, dans ces doigts, pensa Dom. Enfin, le vieux avait toujours été coriace. La dureté du Texas, dont il se targuait si volontiers. Des vrais brodequins ferrés. Dom regarda la bouche de son père, exsangue à cause du manque d'oxygène, et ses yeux bleus mouillés qui paraissaient embrumés, mais par quoi?

La peur?

Non, pensa Dom, ce n'était tout simplement pas possible. Le père qu'il connaissait n'avait jamais connu la peur de toute sa vie. Ça faisait partie du code selon lequel vivait Michael O'Malley: quand les choses tournaient mal, on ne geignait pas, on ne gueulait pas, on ne se répandait pas en excuses; on avalait la pilule.

Son père desserra sa prise sur son bras et le gratifia d'un tapotement étonnamment gentil.

«Hé, ça va, fiston. Ça va aller. Ça m'a pris par surprise, cette histoire de mort. J'ai besoin que tu appelles ton frère, appelle Ry, et dis-lui de se ramener, et vite. Il saura quoi faire...»

Une mauvaise toux ébranla le vieil homme. Il laissa retomber sa tête sur l'oreiller et ferma les yeux.

«Appelle Ry...

— C'est déjà fait, papa. Il arrive.»

Pardonne-moi, cher Seigneur, pour cet affreux mensonge.

Ils appelaient souvent leur père «le vieux», même quand ils étaient petits, mais en réalité il n'était pas si vieux que ça. Il n'avait que soixante-quinze ans, et, quand on le regardait, on voyait un grand bonhomme costaud, encore plein de vigueur et d'appétit pour la vie. La veille encore, du moins.

Ce matin-là, Michael O'Malley s'était levé à l'aube, avait fait sa promenade quotidienne sur la plage et pris son petit déjeuner : un yaourt et du muesli. Ensuite, il s'était levé pour mettre la vaisselle sale dans l'évier, et il avait été foudroyé par un infarctus. En allant à l'hôpital, Dom avait appelé son frère sur son portable, il lui avait laissé un message, et puis il l'avait rappelé quand les médecins avaient fait connaître leur diagnostic – le cœur de leur père avait souffert au-delà de tout espoir de rétablissement. Il allait continuer encore à fonctionner pendant un petit moment, mais il cesserait bientôt de battre. Il allait s'arrêter, juste comme ça.

Plusieurs fois, au cours des heures suivantes, alors que «le vieux» s'affaiblissait inéluctablement, Dom avait essayé de joindre son frère, mais il tombait toujours sur cette satanée boîte vocale. Non seulement Ry n'était pas en route pour Galveston, mais Dieu seul pouvait dire quand ils auraient de ses nouvelles. Il lui arrivait souvent de disparaître de la surface de la terre pendant des semaines, parfois même des mois d'affilée.

Dom effleura la main de son père qui gisait, cireuse et déjà comme morte, sur les draps blancs d'hôpital.

«Entre-temps, papa, si tu essayais de dormir un peu? On pourrait parler plus tard, quand Ry arrivera.»

S'il arrive...

Il vit les lèvres de son père se tordre, comme crispées par un spasme de douleur.

«Papa? Ça va?»

Il tendit la main vers la perfusion de morphine, mais le vieux arrêta son geste.

«Non, ne fais pas ça. Cette saleté m'empêche de réfléchir, et le temps presse. J'ai dit que j'avais une confession à faire, je sais, mais je me suis mal exprimé. Ce n'est pas d'un prêtre dont j'ai besoin, et tant pis si ça heurte ta sensibilité délicate.»

Ça la heurtait bel et bien, mais Dom réussit à faire bonne figure.

«Eh bien, parle-moi comme à ton fils. Ou mieux, comme à un égal, comme à un être humain; ça nous changera.»

Le vieux eut un sourire affreux à voir.

«Tu vis avec ce truc que tu appelles un Dieu, Dom. Tu prêches qu'il faut être bon, tendre l'autre joue, ne pas faire à autrui, et blablabla, et tu crois savoir ce qu'est le mal. Mais tu n'as pas idée du mal dont je veux te parler. Le mal à l'état pur, sordide, sans limites et qui ignore toutes les règles...»

Le vieux s'interrompit, détourna les yeux. Son regard s'assombrit, il devint songeur, et Dom se demanda ce qu'il voyait en son for intérieur. Michael O'Malley s'était marié tard, à quarante et un ans, et sa vie, avant cela, était toujours restée une ardoise quasi vierge pour sa femme et ses fils. Mais ce qu'il venait de laisser entendre... Dom n'avait pas envie d'y croire. *Tu me parles du mal, papa, mais tu n'aurais jamais pu faire le mal.*

À moins que...?

Il vit une étrange expression passer sur le visage de son père. Ni rêveuse ni nostalgique. Non, plus intense que ça.

«Katya, c'était son nom. Katya Orlova, et depuis le début, elle avait quelque chose de spécial. En ce temps-là, à Hollywood, il y avait plus de jolies blondes que de palmiers, mais Katya... Elle avait un je-ne-sais-quoi de lumineux, elle avait une aura... C'était un soleil, cette fille. On aurait dit qu'elle rayonnait de tous les pores de sa peau. Et je t'ai dit qu'elle avait des yeux incroyables? Gris foncé, le gris des nuages d'orage.»

L'esprit du vieil homme semblait s'égarer, mais Dom avait compris de quoi il s'agissait: encore une femme. Il aurait dû s'en douter. Et comme il ne pouvait fermer les oreilles, il ferma les yeux et revit sa mère. Ses taches de rousseur, telles un saupoudrage de cannelle sur les pommettes et sur le nez, ses fossettes quand elle souriait, et elle souriait souvent, même tout à la fin, malgré le cancer du poumon qui l'avait emportée.

«Bon sang, Dom, ne me regarde pas comme si je te brisais le cœur. Katya Orlova n'était qu'un moyen pour arriver à une fin. Je ne l'ai jamais aimée, pas comme j'aimais ta mère.»

Dom chassa ses larmes en battant des cils, plus furieux contre lui que contre son père. *Pourquoi est-ce que je me laisse toujours atteindre par lui de la même façon?*

«Alors, qui était-ce?»

Mais son père ne répondit pas. Son regard bleu mouillé se perdit, fixant, au-delà du pied de son lit, le mur vert menthe, vide en dehors d'une banale pendule peinte en noir.

«Papa?

— Je regarde cette pendule, dit-il enfin. À chaque minute qui s'écoule, la grande aiguille fait ce petit saut d'un chiffre au suivant. Parfois, elle tremble avant de se déplacer, comme si elle hésitait, mais elle y va quand même. Et il y a ce petit déclic, on dirait qu'elle décompte une nouvelle minute d'éternité, et je n'arrête pas de me dire qu'à un moment, bientôt, cette pendule fera son petit numéro, secousse-saut-déclic, mais moi... bon Dieu, je serai mort et je ne verrai pas ça.»

Il détourna le regard de la pendule et le ramena sur son fils.

«Tous tes rituels et tes sacrements... à quoi penses-tu qu'ils servent, en réalité? On est tous pareils, au bout du compte. On a tous peur de cette longue nuit noire, et on tient pour sacrée la seule chose qu'on croit pouvoir nous sauver.»

Dom secoua la tête.

«Qu'est-ce que tu me racontes? Tu croyais que cette femme, cette Katya Orlova, aurait pu, d'une façon ou d'une autre, sauver ton âme?»

La bouche aux lèvres pincées laissa échapper un soupir.

«Elle aurait pu me donner plus de temps…»

Dom se rapprocha encore.

«Du temps pour quoi?»

Le vieux fut pris d'une nouvelle quinte de toux, violente, qui le vida de toute son énergie, et la pièce retomba dans le silence, en dehors du sifflement et des bips des machines.

Dom pensait que son père avait fini de parler lorsqu'il reprit:

«Non, pas pour sauver mon âme, et ça n'a plus d'importance. Peut-être que ça n'en a jamais eu: une crise cardiaque sortie de nulle part ou une balle de vingt-deux derrière l'oreille, et bang! Tu es mort de chez mort.»

Une balle de vingt-deux derrière l'oreille? Ce genre de discours ressemblait si peu à l'homme qu'il connaissait que Dom pensa que ça devait être les antidouleurs qui lui mettaient les idées à l'envers.

Il en fut sûr un instant plus tard quand son père essaya d'agripper les montants du lit pour se redresser, une lueur folle dans le regard.

«Le temps… le temps presse, Dom. Ils viendront vous chercher, les garçons, quand je serai mort, parce qu'ils croiront qu'ils n'ont plus rien à craindre, à ce moment-là. Pour eux, vous ne serez que des bouts de fil qui dépassent, rien que parce que vous êtes mes enfants. Et les bouts de fil qui dépassent, on les coupe.»

Il se rallongea, hoquetant.

«Ils ont probablement déjà un homme à eux ici-même, à l'hôpital, qui attend que je clamse. Ou

78

une femme. Une doctoresse que je n'avais pas encore vue s'est pointée pour me palper et me pinçoter pendant que tu étais descendu te chercher un café. Les cheveux roux, flamboyants, et d'une beauté... la beauté du diable, mais son sourire ne m'a pas plu. Un sourire de tueuse.»

Qu'essayait-il de dire? Qu'une meurtrière rôdait là, dans l'hôpital, attendant que Michael O'Malley meure pour éliminer ses fils? Dom dut se retenir pour ne pas se lever d'un bond et jeter un coup d'œil par la porte ouverte, le fit quand même et se sentit complètement idiot. Il n'y avait personne.

«Qui pourrait nous en vouloir? La mafia? Un cartel de la drogue colombien? Qui pourrait bien faire ce genre de choses, vraiment?»

Un rire affreux arracha la gorge du vieil homme.

«Mes partenaires dans le crime.»

Quelque chose se coinça dans la gorge de Dom. Il dut déglutir deux fois avant de réussir à articuler une parole.

«Tu veux dire que, dans une vie passée, tu étais une espèce de gangster? Je ne te crois pas.

— Ha! Et c'est un homme qui n'a aucun mal à se faire à l'idée qu'une vierge puisse mettre un enfant au monde qui dit ça!»

Les paupières du vieux papillotèrent mais il reprit le dessus au prix d'un effort de volonté.

«Il faut que vous la retrouviez, les gars, dit-il d'une voix faible, râpeuse. Trouvez Katya et récupérez-le.

— Récupérer quoi, papa? Je suis désolé, mais pour moi, tout ça n'a ni queue ni tête...

— Le film. Le film que Katya a fait de mon dernier assassinat. La seule chose qui nous a permis de rester en vie toutes ces années, c'est qu'ils pensaient que j'avais le film.

— Quel film ? Quel dernier assassinat, pour l'amour du ciel ! Je te connais. Tu n'as pas pu...

— Putain, Dom, fourre-toi dans la tête que je ne suis pas celui que tu penses. Je ne l'ai jamais été... »

Il eut une inspiration étranglée et ferma les yeux.

Dom jeta un coup d'œil aux moniteurs. La tension de son père était montée à dix-huit, et il avait tellement de mal à respirer que c'est à peine s'il arrivait à parler. Il ouvrait et refermait les mains dans le vide comme s'il essayait d'y grappiller des forces.

« Papa, tu devrais...

— Boucle-la et écoute-moi, mon garçon. L'assassinat, c'était un contrat, alors je l'ai fait ; ce n'est pas comme si j'avais eu le choix, j'étais déjà trop impliqué. Mais je savais depuis le début qu'après un truc aussi énorme ils seraient obligés de tuer le tueur, si tu vois ce que je veux dire, fit-il dans une grimace qui découvrit ses dents. Alors elle a tout imprimé sur la pellicule, cette Katya, et en couleurs. Ça devait être ma garantie, la chose qui me garderait en vie. Mais quelques jours plus tard, elle avait disparu. En emportant le film avec elle. »

Dom regarda son père dans les yeux, et il vit qu'il avait peur, mais aussi qu'il était parfaitement sain d'esprit et qu'au plus profond de lui il cachait une noire vérité : Mike O'Malley, qui gagnait sa vie en louant un petit bateau de pêche le long de la côte du Golfe, un homme qui n'arrivait même pas à tirer sur les lapins de son potager, avait un jour reçu l'ordre de tuer quelqu'un, et il l'avait fait. Et quelque part il y avait un film du crime.

Le vieil homme saisit le bras de Dom, mais il n'avait plus beaucoup de forces.

«Katya est partie avec le film, mais je les ai laissés croire que je l'avais toujours. Seulement c'était un gros bluff de merde, Dom, et maintenant…»

Le mot se termina sur une autre toux étranglée. L'oxygène sifflait, sa poitrine gargouillait.

«Tu as intérêt à prier ton bon Dieu que Katya Orlova ne soit pas morte depuis longtemps, parce qu'elle est seule à savoir où le film se trouve aujourd'hui. Il faut que vous la retrouviez, Ry et toi, et que vous le récupériez, et en vitesse. Qu'ils sachent que vous avez ce film, ce sera votre assurance-vie, comme c'était la mienne.»

Qui as-tu assassiné, papa? C'était la question qui s'imposait, mais c'était incroyable comme les mots restaient coincés et ne parvenaient pas à franchir les lèvres de Dom. S'il les prononçait tout haut, ils prendraient une réalité, et il ne pouvait pas encore s'y résoudre. Alors il demanda:

«Tu n'arrêtes pas de dire *ils*. Qui sont-ils, ces types qui t'ont fait…?»

Assassiner.

Le vieil homme secoua la tête, délogeant presque le tube à oxygène.

«Les détails, c'est pour quand Ry arrivera, parce que c'est une longue et moche histoire, et qu'il me reste à peine assez de vie pour la raconter jusqu'au bout. Et Ry comprendra, il saura quoi faire. Rappelle-le, Dom.

— Pourquoi ne peux-tu pas, pour une fois, me faire confiance? Je ne vis pas dans une foutue bulle, je connais la vie…» Dom inspira profondément, relâcha

81

son souffle, et poursuivit sur un ton calme, apaisant. «Je vais le rappeler, papa, je te le promets, mais je doute qu'il arrive ici à temps.»

Le vieux gratifia Dom d'un sourire qui lui glaça l'âme et il hocha lentement la tête, acceptant la vérité.

«Très bien, chuchota-t-il, la gorge pleine de glaires. Tout a commencé avec Katya Orlova et l'autel d'ossements, mais ça a fini avec l'assassinat.»

Il eut un nouveau rire, ce bruit hideux qui n'aurait pas dû sortir d'une bouche humaine.

«Et pas n'importe quel assassinat, l'Assassinat avec un grand A.»

Dom s'apprêtait à sortir son rosaire de sa poche, mais il l'y laissa. Au lieu de cela, il prit la main de son père et, cette fois, le mourant la lui abandonna.

«Quel assassinat?» demanda-t-il.

Et son père le lui dit.

6

Quelque chose tomba par terre, dans le couloir, et le père Dom se retourna d'un bloc. Mais ce n'était qu'un infirmier qui poussait un chariot chargé de plateaux repas – du poulet et des brocolis, à en juger par l'odeur. Il retint un haut-le-cœur.

Il se retourna vers le lit. Son père s'était endormi. Il était tellement immobile que Dom se demanda s'il n'avait pas sombré dans le coma.

Il regarda les mains de son père, abandonnées, molles, à ses côtés, les taches de vieillesse, les veines saillantes, les jointures légèrement enflées, déformées par l'arthrite. Il vit ces mains soulever le fusil, l'œil de son père regarder dans la lunette de visée. Il entendit le coup de feu, vit la balle entrer dans la chair, et le sang, le sang... Tellement de sang...

«Non, tu n'as pas pu faire ça», dit-il tout haut.

Mais le vieux ne répondit pas. S'il avait répondu, songea Dom, ç'aurait été pour railler son incapacité à être un homme et à accepter la vérité.

Accepter que son père soit un monstre.

Il regarda encore un moment ses traits affaissés, puis il passa son étole sacramentelle autour de son cou, traça le signe de croix avec les saintes huiles sur le front de son père et lui administra les derniers sacrements. Donnant à Michael O'Malley l'absolution pour ses péchés, même s'il ne l'avait pas demandé.

Le rite, la prière, Dom savait qu'en fait, c'était pour lui-même.

Lorsqu'il eut fini, il hésita un moment, puis il se pencha, embrassa la joue creusée de son père et demanda au visage sans âme : « Qui es-tu ? »

Dehors, dans le couloir, un haut-parleur crépita et appela un certain Dr Elder en radiologie. Dom s'assit dans le fauteuil à côté du lit de son père, appuya ses coudes sur ses genoux écartés. Il tripota son rosaire, mais était à cours de prière. Tout à coup, il fut envahi par l'angoisse atroce de ne plus jamais pouvoir prier.

Il n'aurait su dire depuis combien de temps il était assis là, sans bouger, lorsqu'il eut soudain conscience que l'atmosphère de la chambre avait changé. Les machines bipaient toujours, l'oxygène continuait à siffler, mais la pièce était d'une certaine façon plus silencieuse. Plus vide.

Il releva brusquement la tête.

« Papa ? »

Il sut avant même de regarder le moniteur que son père était parti. Une fraction de seconde plus tard, les machines furent rattrapées par la réalité, et les bips réguliers se changèrent en une alarme stridente.

Pendant encore cinq ou six secondes, Dom regarda l'enveloppe de ce qui avait jadis été Michael O'Malley. Puis il se leva et quitta brusquement la chambre.

Il resta planté dans le couloir, au milieu des infirmières et des médecins qui se précipitaient tandis qu'un haut-parleur braillait « Code bleu ! Code bleu ! »

Son cœur battait la chamade, mais il se sentait déjà complètement idiot. Fuir devant des fantômes.

Quelques instants plus tard, il se retrouva seul dans le couloir à nouveau désert. Il se passa les mains sur le visage. Il avait les yeux brûlants de larmes qui n'arrivaient pas à couler.

L'ascenseur s'ouvrit et un infirmier en sortit, poussant un chariot vide. Derrière lui, il y avait une femme en pyjama d'hôpital vert, avec un stéthoscope qui pendouillait à moitié de sa poche, et…

Les cheveux roux, flamboyants, et d'une beauté… la beauté du diable.

Leurs yeux se croisèrent un instant, puis elle détourna le regard et se dirigea vers le poste des infirmières. Elle prit un dossier médical et, bien qu'elle fît mine de se plonger dans sa lecture, Dom sentit une énergie émaner d'elle, comme un courant électrique, et cette énergie était concentrée sur lui.

L'infirmier, qui s'était également arrêté devant le bureau, repartit en poussant son chariot dans le couloir et disparut au coin. Dom le suivit un instant du regard et, quand il se retourna, il vit que la femme en pyjama vert s'approchait de lui.

Elle glissa la main dans sa poche, la poche sans le stéthoscope, et lui sourit.

Dom fit demi-tour et courut dans la direction que l'homme au chariot avait prise. Les paroles de son père retentissaient dans sa tête comme un signal d'alarme. *Bouts de fils qui dépassent… Un sourire de tueuse… Très probablement une balle dans la tête.*

Elle n'oserait tout de même pas lui tirer dessus ici, devant témoins… ? Si ?

Il tourna au coin du couloir, les semelles de cuir de ses chaussures noires de prêtre glissant sur le linoléum ciré. Il repéra la pancarte bleue des toilettes et se réfugia à l'intérieur. Il n'y avait qu'une cabine : un siège de toilettes, un lavabo.

Il tourna le verrou, vérifia que la porte était bien fermée. S'appuya contre le mur, à bout de souffle, les bras ballants. Il tendit l'oreille, guettant le moindre bruit dans le couloir, mais il n'entendit que sa respiration haletante.

Il attendit ce qui lui parut être une éternité, puis s'approcha du lavabo, fit couler de l'eau et s'aspergea le visage.

Il se regarda dans la glace, vit le même visage que celui qu'il avait vu, ce matin-là, en se rasant. Des cheveux bruns, des yeux marron. Un visage assez ordinaire, en fait, à part ces fossettes ridiculement marquées qu'il avait toujours détestées parce qu'elles auraient été plus à leur place sur les joues d'une pom-pom girl que d'un garçon. Les garçons étaient censés être trop coriaces pour les fossettes, même ceux qui devenaient prêtres.

Quelqu'un tourna la poignée de la porte et Dom se figea, n'osant même pas respirer. La poignée fut à nouveau secouée, mais celui qui était de l'autre côté s'abstint de frapper ou d'appeler. Le silence s'éternisa, et Dom entendit que les pas s'éloignaient.

Il agrippa le lavabo à deux mains et se pencha au-dessus, fermant très fort les yeux. Son père était mort. Michael O'Malley était mort, sauf qu'il n'y avait jamais eu de Michael O'Malley. Cet homme était une illusion, un mensonge. Ou alors ses dernières paroles étaient un mensonge. Soit l'un, soit l'autre, parce que ces deux réalités ne pouvaient coexister simultanément.

L'Assassinat avec un grand A.

Dom sortit son portable de sa poche et appuya sur la touche de raccourci du numéro de son frère, priant, priant pour ne pas retomber, une énième fois, sur sa messagerie. Pendant longtemps, pendant de mortelles secondes, il y eut un blanc, puis Dom entendit sonner.

Allez, Ry. Allez, mon vieux… Ry saurait quoi faire. Peut-être que leur père avait raison, peut-être que Dom n'avait pas une compréhension viscérale du mal, contrairement à son frère. Ry O'Malley vivait avec le mal, intimement, personnellement, depuis des années.

Le téléphone sonna, sonna interminablement. *Mon Dieu, je vous en prie… Seigneur Dieu miséricordieux qui êtes aux cieux…*

La sonnerie s'interrompit brutalement, et Dom manqua tomber assis par terre de soulagement, mais quand la voix électronique répondit il coupa la communication.

Il avait failli faire une vraie bêtise. Il devait parler à Ry, il devait le prévenir, mais pas comme ça. Les téléphones portables étaient bien des espèces de radios à double sens, non ? N'importe qui pouvait intercepter leur conversation.

Alors réfléchis, Dom. Réfléchis…

Il ne pouvait pas rester éternellement enfermé aux toilettes. Il entendit des voix graves, un rire rauque, dans le couloir. Il s'approcha de la porte, tourna le verrou et l'entrouvrit. Un jeune homme avec une jambe dans le plâtre jusqu'à la hanche quittait l'hôpital, entouré par un groupe de flics en uniforme. Des armoires à glace, l'air pas commode, bruyants, avec des armes à la ceinture.

Le père Dom se fondit dans le groupe.

Juste à côté de l'hôpital, il y avait un pub irlandais, le repaire de prédilection des équipes d'urgentistes lorsqu'ils quittaient leur boulot. Le barman haussa les sourcils d'un cran à la vue du col d'ecclésiastique, mais fit à Dom la monnaie de son billet de vingt dollars et lui indiqua le téléphone à pièces, dans le bout de couloir qui menait aux cuisines, à côté des toilettes.

Il faisait très sombre, ça puait la bière aigre et le graillon mais Dom le remarqua à peine. Il composa le numéro de son frère, chez lui. Il ne s'attendait pas à ce que Ry soit là pour répondre, mais c'était la ligne de son poste fixe. Était-ce vraiment plus sûr qu'un téléphone mobile? Ça n'avait pas d'importance. Il devait absolument prévenir Ry.

Tout en écoutant sonner à l'autre bout, il se frotta le visage, sentit qu'il était humide de larmes.

Et puis la voix de Ry, carrée, directe: «Laissez un message.»

La main de Dom se crispa sur le combiné. Couvrant les battements de son cœur qui cognait contre ses côtes, il entendit le bip du répondeur.

«Ry? Écoute, c'est papa. Il est mort, et...»

Dom ravala ses sanglots, puis, se passant la main sur le front, essaya de se reprendre. *Tu n'es plus un petit garçon, tu es un homme, et tu es le fils de Michael O'Malley, alors un peu de nerfs, pour l'amour du ciel!*

Il inspira profondément, expira lentement. Oui, c'était déjà mieux. Il entendit une porte s'ouvrir et se refermer derrière lui, un bruit de talons sur les dalles de bois : il se retourna brusquement. Au départ, il ne vit que des talons aiguilles noirs, puis un éclair de cheveux de feu.

Il lâcha le combiné téléphonique. L'écouteur heurta bruyamment le mur, mais le bruit lui parut moins fort que les battements de son cœur. Il regarda la femme sortir de l'ombre. Ce n'était pas le médecin de l'hôpital ; cette femme-ci était plus âgée, moins jolie. Un peu plus et il en aurait vomi de soulagement.

Elle passa à côté de lui sans paraître le voir. Il essuya sa main en sueur sur la jambe de son pantalon et récupéra le combiné.

«Ry?»

7

Washington D.C.

Les deux hommes en costume griffé et chaussures sur mesure traversèrent rapidement la rue, en dehors du passage piétons pour ne pas être obligés de le croiser sur l'étroit trottoir. Ry O'Malley leur fit un petit signe en agitant les doigts, puis il rit tout seul en regardant ces deux costard-cravate essayer de décider s'ils devaient lui rendre son salut ou prendre leurs jambes à leur cou.

Il savait qu'il avait l'air rigoureusement terrifiant, un vrai dur avec ses cheveux longs, ses tatouages et son perfecto noir. Ce quartier de Columbia Heights flirtait depuis des années avec la boboïsation, mais il y restait suffisamment de poches irréductibles de misère et de délinquance pour que le principal sujet de conversation, à tous les cocktails, tourne autour de l'obtention d'un permis de port d'arme.

Ry tournait au coin de la rue quand il entendit dans son dos tousser et hoqueter un moteur qui aurait eu un besoin urgent d'aller faire un petit tour au garage. Le soir commençait à tomber, et il s'arrêta sous un lampadaire pour prendre un paquet de cigarettes et un briquet jetable dans la poche de son blouson. Il ne fumait pas, mais le rituel consistant à s'arrêter pour allumer une cigarette était un bon moyen de procéder à une petite reconnaissance sans en avoir l'air.

Donc, le moteur asthmatique était celui d'une petite camionnette rouge arborant sur le côté, à la peinture blanche, l'inscription GIOVANNI'S PIZZERIA. La camionnette passa en crachotant à côté de lui et s'arrêta devant une bouche d'incendie. Un jeune – coiffure iroquoise et anneau dans le nez – en descendit avec une de ces mallettes isothermes censées garder les pizzas bien au chaud mais qui ne font que les ramollir.

Ry regarda le gamin grimper les marches et sonner à la porte d'une maison en pierre brune, puis il jeta sa cigarette dans le caniveau et traversa la rue. Une lampe brillait à travers le bow-window de sa maisonnette style Queen Anne, mais elle avait été allumée par un système de minuterie.

Personne ne l'attendait à la maison pour l'accueillir.

Il pénétra chez lui en enjambant une pile de prospectus et de publicités qui s'était accumulée sous la fente de la boîte aux lettres de la porte d'entrée. Il déconnecta l'alarme, entra dans le salon, enleva son blouson et le jeta sur un canapé en cuir.

Son Walther P99 était glissé dans la ceinture de son pantalon, sur ses reins, comme chez n'importe quel voyou. Il le posa sur le coffre espagnol cerclé de fer qui lui servait de table basse. Le coffre était un cadeau de la petite amie danseuse étoile avec laquelle il avait vécu pendant un moment, jusqu'à ce qu'elle en ait assez des longues séparations et de ne jamais savoir où il était ni ce qu'il fabriquait ; jusqu'à ce qu'elle soit fatiguée de se demander si elle ne le reverrait pas la fois suivante sur un billard, à la morgue.

Il s'assit sur le coffre pour délacer ses rangers. Avec leur pointe renforcée en acier, elles pouvaient fracasser les côtes ou la tête d'un individu, mais ça les alourdissait monstrueusement. Il les retira avec soulagement et alla pieds nus dans la cuisine se concocter un martini très froid et très sec. Il ne buvait jamais quand il était en opération, et il frissonna alors que l'alcool glacé lui brûlait l'arrière-gorge.

Il s'accordait une petite pause, Stan Getz dans le lecteur de CD, et avait bu la moitié de son martini quand il remarqua le voyant rouge qui clignotait sur son répondeur.

Il attendit que meurent les dernières notes déchirantes de «Body and Soul» pour se lever et s'approcher de son bureau ancien tourné vers le grand bow-window. Dehors, dans le crépuscule violacé, il voyait son voisin essayer de défier les lois de la physique en faisant entrer son gros 4 x 4 dans une place de parking trop courte de dix centimètres. Et le colley qui habitait au coin emmenait son maître en promenade. Il les regarda aller du lampadaire à la bouche d'incendie puis au pneu de la camionnette de livraison de pizzas. Son amie la danseuse appelait ça «laisser des pipi-mails», et à ce souvenir Ry eut un fantôme de sourire.

Il tendit la main, appuya sur la touche lecture, et la voix creuse de la machine dit : «Vous avez un nouveau message. Jeudi 12 août, seize heures cinquante-trois». Et puis la voix de son frère, une voix hachée, d'écorché vif. «Ry?»

Le seul autre mot qu'il réussit à comprendre entre les sanglots étouffés de Dom était «mort».

Papa ?

La gorge nouée, Ry secoua la tête. Ça ne pouvait absolument pas être leur père. Ry était rentré à la maison pour les vacances, et le vieux n'avait jamais eu l'air aussi en forme. Il portait encore le deuil de leur mère, bien sûr, et la perte de leur maison, dévastée par le cyclone Ike, mais en dehors de ça... Et merde, quand ils avaient joué au basket, à faire des paniers, le matin de Noël, Mike avait failli battre Ry à plate couture.

Avait-il eu une espèce d'accident? Un accident de voiture? Le vieux aimait faire du bateau dans le Golfe, à cette époque de l'année, s'il y avait eu un coup de vent...

Que disait ce foutu répondeur? Le 12 août? Ça faisait deux jours.

Allez, Dom, accouche. Bon Dieu, qu'est-ce qui s'est passé?

Il entendit un bruit sourd, comme si Dom avait lâché le téléphone, et puis un éclat de rire, un claquement de boules de billard entrechoquées. Son frère répéta: «Ry?», puis une voix de synthèse, désincarnée, réclama soixante-quinze cents pour trois minutes de plus.

Il entendit des pièces tomber dans une fente, et enfin la voix de son frère, qui paraissait maintenant terrorisé: «Oh mon Dieu, Ry. Cette femme est sortie des toilettes, elle était vraiment très rousse, et après ce que papa a dit, j'ai cru...»

Il y eut une pause, pendant que Dom reprenait sa respiration, et puis il reprit d'un ton plus calme, plus intelligible.

Mais ses paroles étaient rigoureusement incompréhensibles.

«Papa a fait une crise cardiaque, Ry. Papa est mort, et maintenant ils vont s'attaquer à nous, à cause de ce qu'il a fait. L'Assassinat avec un grand A.»

«Le *quoi?*» fit Ry, mais son regard balayait déjà la rue, au-dehors, chaque molécule de son être en éveil.

Encore une inspiration hoquetante, et son frère continua: «Je sais que ça a l'air dingue, ce que je te dis, mais je ne peux pas… pas par téléphone. Il faut que tu viennes ici en vitesse, Ry, et je t'expliquerai tout…» Dom fit un bruit comme s'il avait commencé à rire, mais son rire s'était étranglé. «Enfin, je te raconterai ce que papa m'a dit, même si ça ne suffit pas, loin de là. Mais ce qu'il faut que tu saches pour l'instant, c'est qu'il se pourrait que des gens, je ne sais pas qui, essaient de nous tu…»

Ry appuya sur le bouton «stop», coupant la voix désincarnée de son frère.

La camionnette de livraison de pizzas.

La camionnette rouge qui l'avait suivi au coin de la rue et s'était arrêtée devant la bouche d'incendie il y avait plus d'une demi-heure, maintenant.

Ry se jeta par terre juste au moment où la porte latérale de la camionnette s'ouvrait brusquement et où le bow-window explosait. Un Uzi, pensa-t-il en roulant sur lui-même pour attraper son Walther sur le coffre. Il se releva d'un bond et se plaqua contre la cloison, hors de la ligne de feu de la rue.

Dans la cuisine, la porte de derrière s'ouvrit, enfoncée soit par le plus grand pied du monde, soit par un bon vieux bélier. Ry se coula au bord de l'encadrement de la porte avec son Walther et vida la moitié d'un chargeur dans le couloir. D'autres Uzi répondirent par un tir de barrage qui déchiqueta les meubles et les murs, provoquant une éruption d'échardes de bois, d'éclats de verre et de plâtre pulvérisé.

Ces gars, quels qu'ils soient, ne faisaient pas dans la dentelle. Et c'étaient des professionnels qui avaient pris le temps de coordonner leur attaque, de cerner la maison pour lui couper toute retraite avant de frapper vite et fort, et de se tirer sans attendre l'arrivée des flics. Ce qui voulait dire qu'il avait une minute, peut-être deux, avant qu'ils fassent donner l'artillerie lourde. Il avait encore deux chargeurs dans la poche intérieure de son perfecto, mais il avait besoin d'autres munitions, et d'une autre arme.

Le plan de la maisonnette était simple : la porte de devant donnait sur une petite entrée d'où partaient un couloir assez long mais pas très large qui menait à la cuisine, et un escalier qui montait vers l'étage où se trouvaient une grande chambre et une salle de bains. À gauche, la salle à manger et le salon étaient séparés par une porte coulissante. Il y avait un sous-sol, mais on y accédait par la cuisine, qui était squattée par les vandales, et c'était un cul-de-sac, de toute façon.

Il n'avait aucune issue, aucun endroit où se cacher, et il allait très vite manquer de temps.

Ry gardait ses munitions et ses armes de secours, dont un fusil à pompe calibre douze dans une armoire blindée murale, derrière un panneau en carreaux de plâtre, près de la cheminée du salon. Il vida presque tout le reste de son chargeur dans le couloir, se laissa tomber par terre et franchit la porte ouverte en roulant sur lui-même. Il rampa sur le sol, ramassa son perfecto au passage, introduisit un chargeur plein dans son flingue et balança un nouveau déluge de feu. Il reçut, en retour, une salve venant toujours de la cuisine. Il avait réussi à les ralentir mais il ne les avait pas arrêtés.

Il fit sauter le panneau mural et tourna le cadran de l'armoire blindée. Il s'était à peine écoulé deux minutes depuis qu'ils avaient fait exploser le bow-window et enfoncé sa porte de service, et pourtant il n'entendait pas encore le hurlement des sirènes dans le lointain. Le standard des flics devait être saturé d'appels après la déflagration, à l'heure qu'il était, alors où étaient-ils ces putains de flics ?

L'armoire blindée s'ouvrit avec un déclic. Il se jeta sur la poignée, ouvrit la porte à la volée...

Et merde !

La peur noua l'estomac de Ry. Les armes, les munitions, avaient disparu. À leur place, il y avait deux paquets de poudre blanche de la taille d'une brique, emballés dans du plastique transparent. D'accord, ça pouvait être du sucre en poudre, ou de la farine, mais Ry en doutait. Ce qu'il voyait ressemblait fort à six kilos d'héroïne pure.

Nom de Dieu ! Mais qui étaient ces types ? Ils avaient court-circuité son alarme à la pointe de la technologie, volé ses armes, planté la came dans son coffre-fort et mis en scène ce qui ressemblerait à un deal de drogue qui aurait mal tourné. Il savait que les flics de Washington ne viendraient plus, maintenant. Quels qu'ils soient, ces hommes avaient le bras long. Des fédéraux, probablement, et cette opération était complètement non officielle.

Il entendit des bruits dans la cuisine, un couinement de semelles de caoutchouc sur le carrelage, le déclic métallique d'armes qu'on rechargeait. Il devait y avoir trois individus, pensa-t-il, peut-être quatre.

Et probablement deux autres dans la rue, près de la camionnette de pizza, au cas où, par miracle, il réussirait à sortir vivant par la porte de devant.

Une bibliothèque flanquait l'autre côté de la cheminée. Ry se releva d'un bond, se retourna et s'aplatit contre le mur. Maintenant, l'étagère le séparait de ce qui déboulerait vers lui depuis la cuisine. Comme si quelques centimètres de bouquins et de planches en noyer pouvaient stopper les neuf cent cinquante cartouches à la minute crachées par un fusil d'assaut Uzi.

Il était aussi vulnérable du côté de la rue. Au moins, les premières balles tirées à travers le bow-window avaient pulvérisé la lampe, et la pièce était plongée dans le noir. En dehors du voyant rouge de son répondeur. Il fallait absolument qu'il écoute la fin du message de Dom.

Papa est mort, et maintenant ils vont s'attaquer à nous, à cause de ce qu'il a fait.

Tu parles qu'ils allaient s'attaquer à nous ! Ils étaient déjà là. Il lui était arrivé de se faire piéger, mais à ce point-là, jamais.

Il rechargea, pointa le Walther en le tenant à deux mains vers la porte ouverte et battit des paupières pour chasser la sueur qui lui piquait les yeux.

Galveston, Texas.

Au même moment, dans le calme et le silence du Sacré-Cœur, le père Dom confessait ses fidèles. Il était assis derrière le rideau de velours rouge du confessionnal, où il faisait noir comme dans un placard. Il se sentait à la dérive, vidé de tout sentiment. Il avait même cessé d'avoir peur, mais ça, il supposait que c'était parce que le psychisme humain ne pouvait éternellement vivre sur le fil du rasoir émotionnel.

Il avait pensé à fuir, à disparaître, mais où, et comment? Il n'en avait pas la moindre idée, et puis, d'ailleurs, il avait des obligations, des devoirs. Un prêtre ne pouvait pas plus abandonner ses ouailles qu'un père et un mari ne pouvait laisser tomber sa famille. Alors il continua à vivre sa vie.

Il avait enterré son père, célébré la messe, baptisé un bébé, lu son bréviaire, essayé de prier. Et partout où il posait le regard, chaque fois qu'il se retournait, il avait l'impression de tomber sur une rousse. Même la femme du funérarium avait les cheveux roux, mais probablement teints parce qu'elle avait au moins soixante ans. Qui aurait cru qu'il y avait tellement de rousses à Galveston?

Il entendit une sonnerie de téléphone étouffée, au rectorat, et puis le silence. Il y avait quelque chose qui clochait. C'était trop calme. Personne n'était entré dans le confessionnal depuis un moment, mainte-nant, et il n'entendait pas un bruit dans la nef, pas une voix. Où étaient les touristes? Il y en avait tous les soirs, à cette époque de l'année. Ils étaient attirés par le soleil couchant qui colorait en rose vif la célèbre coupole blanche de l'église.

Il écarta le rideau de velours pourpre pour jeter un coup d'œil au-dehors. Pas âme qui vive. Et puis un mouvement près de la grille de l'autel attira son regard, faisant battre son cœur plus vite. Une femme en robe d'été jaune vif et chapeau à large bord avait fait une génuflexion et esquissé le signe de croix. Mais elle était brune, pas rousse, et il se sentit complètement idiot.

Il laissa retomber le rideau, mais la peur était revenue, comme un coup de poing dans le ventre.

Pourquoi l'église était-elle soudain tellement silencieuse, tellement vide? C'était bizarre...

La porte de gauche du confessionnal s'ouvrit en grinçant, le faisant sursauter. Il entendit un froissement de vêtements, devina le souffle d'une respiration retenue. Il sentit un suave parfum de jasmin.

«Bénissez-moi mon père, parce que j'ai péché. Ma dernière confession... je devrais plutôt dire ma dernière *vraie* confession, dans la maison de Dieu, remonte à il y a très, très longtemps.»

Une voix de femme, basse et grave, si troublante qu'il tourna la tête pour la regarder à travers le grillage, mais ne parvint pas à distinguer son visage, juste un chapeau et un nuage de longs cheveux noirs. *C'est bon,* se dit-il. *Ça va aller.*

«Notre Seigneur est partout, répondit-il, pas seulement dans la maison où on l'adore. Mais je suis sûr qu'Il se réjouit quand même de votre venue.»

Elle hocha la tête, et ses lèvres s'entrouvrirent sur un doux soupir.

«Oh, mon père, vous avez tellement raison. Le temps est un concept terrestre, et Dieu est vraiment partout. Il voit tout. Mais ce que je voudrais vraiment savoir, c'est s'Il absoudra tous les péchés, même les plus terribles... Pourvu qu'une fille exprime suffisamment de regrets, bien sûr.

— Serais-je ici, dans le noir, dans cette petite boîte étouffante, par ce beau soir d'été si je ne croyais pas à la miséricorde divine?»

Elle eut un rire délicieux, doux, mais il y manquait quelque chose, comme si c'était une espèce de jeu pour elle, un jeu auquel elle jouait... et il sut que non, ce n'était pas bon, ça n'allait pas du tout. Il le savait, instinctivement, depuis le début.

Il resta rigoureusement immobile. Il sentit avec quelle intensité elle détachait chaque mot dont l'impact résonna en lui :

« J'ai du sang sur les mains.

— Ne me tuez pas.

— La première fois que j'ai tué pour lui, poursuivit-elle comme s'il n'avait rien dit, c'était avec un couteau, et ça a fait beaucoup de saletés. Du sang, il y en avait partout, et ensuite je lui ai montré ma peau toute maculée de sang, pour qu'il sache ce que j'étais prête à faire pour lui, jusqu'où j'étais prête à aller, que j'irais jusqu'à tuer pour lui. Je pense que ça l'a choqué, mais ça lui a plu, aussi. Ça l'excitait. »

Dom sentit une bile brûlante lui remonter dans la gorge.

« Écoutez... Vous ne voulez pas faire ça.

— Oh si, en fait, j'en ai vraiment, vraiment envie. Je n'ai encore jamais tué de prêtre, et je me demande ce que ça fait. » Elle soupira. « Vous savez pourquoi je suis là, mon père. Donnez-moi le film et je vous promets de vous laisser vivre. »

Menteuse.

« C'est plutôt le contraire, non ? fit Dom, surpris par le calme de sa propre voix. Tant que j'ai le film, vous ne pouvez rien me faire. Pour le moment, il est en sûreté, bien caché, mais s'il devait nous arriver quoi que ce soit, à mon frère ou à moi...

— Oui, oui, coupa-t-elle impatiemment. Je connais la rengaine. Mais le truc, mon père, c'est que je ne crois pas que vous l'ayez. C'est choquant, je sais : quoi, vous un prêtre, en train de mentir, ici même, dans une église, en présence de Dieu ? Enfin, on sait que certains d'entre vous ont fricoté avec des petits enfants de chœur en présence de Dieu, alors, qu'est-ce qu'un mensonge ou deux à côté de ça ? »

Dom crispa si fortement les mains qu'il sentit la pulsation du sang dans ses poignets. Il devait la convaincre qu'il avait ce satané film, il le fallait, ou il était mort.

« D'accord. Donc, vous ne me croyez pas. Et si vous vous trompiez ? Pouvez-vous vraiment vous permettre de courir ce risque ? Imaginez que le film passe en boucle sur tous les écrans, d'un bout à l'autre du pays. L'homme pour qui vous travaillez, pour qui vous tuez, ça le détruirait. Et il vous détruirait à son tour. »

Elle ne répondit pas. Il sentait le mal en elle, tel un nuage empoisonné. L'existence du diable était l'un des piliers de sa foi auquel il avait toujours eu du mal à croire. Jusqu'à cet instant.

« Vais-je vous croire ? entonna-t-elle. Ou ne pas vous croire ? Je vous crois, je ne vous crois pas… Jurez-moi que vous l'avez et je vous croirai. Mais seulement si vous jurez sur votre âme immortelle. »

Fais-le, Dom. Allez, mon vieux, tu veux vivre, non ?

Il l'entendit bouger et il redressa la tête. Il vit qu'elle levait la main et il prit une rapide inspiration, mais l'instant d'après il se rendit compte que, quoi qu'elle tienne, c'était trop petit pour être une arme.

Dom entendit un déclic, et tout à coup, la voix de son père emplit le confessionnal: «Tu as intérêt à prier ton bon Dieu que Katya Orlova ne soit pas morte depuis longtemps, parce qu'elle est seule à savoir où le film se trouve aujourd'hui. Il faut que vous la retrouviez, Ry et toi, et que vous le récupériez, et en vitesse.»

Elle éteignit le magnétophone et fit un petit bruit réprobateur.

«Tss, tss, vous n'êtes pas chic, mon père. Ce n'est pas bien de me gâcher mon plaisir comme ça. Vous voyez, j'avais mis un mouchard dans la chambre d'hôpital de votre père. Un très bon mouchard, en fait, le dernier cri de la technologie, et j'ai enregistré chaque mot de sa prétendue confession, alors je savais depuis le début que vous n'aviez jamais eu le film.» Elle se mit à rire à nouveau, et Dom se demanda comment un aussi doux bruit pouvait venir d'une âme aussi vile. «Je voulais voir si j'arriverais à faire faire un aussi gros mensonge à un homme d'Église, à le faire jurer, si je l'amènerais à mettre en péril son âme immortelle alors qu'il était sur le point de mourir, mais vous ne l'auriez pas fait, hein? Quelle déception!» Elle poussa un soupir moqueur et laissa retomber sa main sur ses cuisses. «Quelle déception, mon père!... Vous avez presque réussi à me gâcher ma journée, et ce que je me demande c'est si vous croyez vraiment que Dieu est aussi à cheval sur ses règles? Je veux dire, en arrivant aux portes du paradis, vous auriez pu vous contenter de lui expliquer que vous aviez des circonstances atténuantes, vous ne croyez pas? Non? Enfin, au moins maintenant, quand je vous aurai tué, si vous vous retrouvez au ciel, vous saurez que vous l'avez mérité.»

Il la devinait à travers l'écran grillagé, voyait ses lèvres rouge sang remuer alors qu'elle prononçait les paroles familières de l'acte de contrition :

«Mon Dieu, j'ai un très grand regret de Vous avoir offensé...»

Il vit sa main se relever, et il vit le pistolet.

Washington D.C.

Ils arrivaient par le couloir de la cuisine, groupés, se couvrant les uns les autres, crachant un rideau de feu. Mais il faudrait bien que l'un d'eux franchisse la porte en premier, et là, Ry le descendrait. Il savait qu'il allait mourir, mais il n'était sacrément pas question qu'il meure seul !

Le temps ralentit comme toujours au milieu d'une fusillade nourrie, quand chaque seconde paraît durer une vie entière et que le moindre détail semble gravé dans le cristal. Il vit danser les rideaux soulevés par le courant d'air qui entrait par la vitre pulvérisée, entendit le craquement d'une latte de parquet dans le couloir. Les éclats de verre brisé, sur les rayons de la bibliothèque, à côté de sa tête, cliquetèrent. Il leva les yeux et, à côté d'une fougère en pot, il vit...

La grenade.

Il l'avait mise sur l'étagère du haut. Un souvenir de sa première opération en Afghanistan, de fabrication russe, une relique vieille de vingt ans au moins. *Était-elle encore active ?*

103

Le premier type entra dans la pièce. Ry lui colla une balle entre les deux yeux, tendit le bras et attrapa la grenade sur l'étagère tout en faisant feu comme un fou en direction de la porte. Il dégoupilla la grenade avec ses dents, mais garda le pouce sur la cuiller, retardant l'amorçage de l'explosif.

Un deuxième type passa la porte, le canon de son Uzi lui ouvrant la voie en répandant un déluge de feu. Ry plongea vers la fenêtre. Les balles sifflèrent, crépitèrent autour de lui, et le monde entier sembla se désintégrer en éclats de verre, de bois, de métal. Il relâcha la cuiller et compta, *Un mille, deux mille…*

Il lança la grenade sur le côté, la vit heurter le sol et rouler. Il plongea par-dessus le bureau et attrapa le répondeur d'une main tout en arrosant la porte avec l'autre.

Il bondit, les pieds en premier, par ce qui restait du bow-window, juste au moment où la pièce derrière lui explosait en une nuée de feu, de fumée et d'éclats meurtriers.

Ry atterrit rudement sur le sol. Le gamin coiffé comme un hérisson surgit de derrière la camionnette de pizzas en vidant le chargeur d'un de ces satanés Uzi. Ry lui tira dessus au jugé, et il eut de la chance. Le gamin décrivit une terrible pirouette, un jet de sang jaillissant de sa gorge.

Au moment où Ry se relevait tant bien que mal, il surprit un mouvement du coin de l'œil. Un grand gaillard blond aux cheveux en brosse, armé d'un pistolet semi-automatique, plongeait entre deux voitures en stationnement. Ry fit feu et continua à tirer jusqu'à ce que le chien de son revolver rencontre une chambre vide et que l'individu s'affale, sans vie, sur le capot d'une Prius blanche.

Ry traversa la route en courant, direction la camionnette de livraison de pizzas, accompagné par un concert d'alarmes de voitures, s'entaillant les pieds jusqu'au sang sur les éclats de verre des vitres brisées.

La clé de contact était toujours sur le tableau de bord de la camionnette. Tout en accélérant, Ry jeta un coup d'œil dans le rétroviseur vers ce qui restait de l'endroit qui était son toit depuis cinq ans.

Bon Dieu! Il adorait cette petite maison.

Il conduisit la camionnette à six rues de là dans un parking souterrain, l'abandonna et trouva une voiture assez vieille pour qu'il puisse la démarrer en faisant contact avec les fils du démarreur sans déclencher une nouvelle alarme – une Cadillac Seville de 1982. Quarante minutes plus tard, il quittait le périphérique et s'engageait dans une allée privée, au fin fond des collines de l'ouest de la Virginie. Il fallait qu'il descende à Galveston, il fallait qu'il découvre ce qui pouvait bien se passer, au nom du ciel, mais il devait d'abord sortir des écrans radar.

Il regarda le répondeur posé à côté de lui, sur le siège passager.

Dom, pensa-t-il. Pourvu que son frère soit encore en vie.

Galveston, Texas.

Le père Dom voulut se précipiter hors du confessionnal. Il entendit un bruit, une sorte de crachat, et

105

sentit une piqûre, comme un claquement de fouet, sur le côté de la tête.

Il essaya de se relever, de courir, mais ses jambes étaient empêtrées dans le rideau de velours épais du confessionnal. Il se démena, donna des coups de pied, sans parvenir à se libérer. Il entendit la fille rire et attendit la balle suivante, qui allait l'atteindre, le tuer.

Il se cramponna au rideau des deux mains, entendit un bruit de déchirure, et se retrouva libre. Il dévala en courant la nef de l'église déserte vers les grandes portes de bois qui n'auraient pas dû être fermées, mais qui l'étaient.

La voix de la fille retentit dans le grand espace voûté.

«Elles sont toutes fermées, mon père. Il n'y aucune issue, sauf par le haut, hop, hop, hop, vers le ciel… ou non, c'est selon.»

Dom courut entre les rangées de bancs vers une chapelle latérale où brûlaient des chandelles votives, et se jeta sur la porte de la sacristie.

«Vous pouvez faire une croix sur celle-ci aussi, mon père. Quand j'ai dit qu'elles étaient toutes fermées, je voulais bien dire *toutes*. Je ne suis pas du genre à laisser les choses au hasard, croyez-moi.»

Il était piégé à côté du petit autel de la chapelle. Elle s'avança vers lui, disparaissant dans les ombres projetées par les grandes colonnes de la cathédrale et reparaissant dans la lumière. Son pistolet pendait négligemment au bout de son bras. Il ne voyait pas complètement son visage, juste cette bouche rouge, souriante.

«Quel genre de monstre êtes-vous?

— Ce n'est pas gentil de dire ça. J'aime ce que je fais, c'est tout. La plupart des gens détestent leur travail, et à mon avis, ça contribue pour beaucoup aux péchés auxquels vous êtes confronté, en tant que prêtre.» Dom la regarda approcher en réfléchissant à toute vitesse. Il sentait saigner l'entaille qu'il avait sur le côté de la tête, et le sang ruisseler le long de son cou, éclaboussant les dalles de marbre du sol. «Alors que moi, dit-elle, je fignole tout ce que je fais. Baiser, par exemple. Et tuer.

— *Attendez!* cria Dom. D'accord, d'accord, c'est vrai. Je n'ai pas le film. Mais ça ne fait pas de moi quelqu'un de plus menaçant pour vous, au contraire, je suis d'autant moins dangereux. Allez, même si je parlais, qui me croirait? Vous n'avez pas besoin de faire ça.»

Elle secoua la tête.

«Mon père, mon père... vous n'y comprenez vraiment rien, hein? Enfin, les mauviettes de votre espèce ne comprennent jamais rien, de toute façon. Peu importe que vous soyez un brave type, que vous ne méritiez pas de mourir. Vous pouvez toujours geindre et implorer pitoyablement, ça n'arrête jamais les gens comme moi. Un autre pistolet y arrive parfois, mais voilà, les mauviettes n'ont jamais de flingue.»

Elle était presque sur lui, maintenant, piétinant le sol ensanglanté de ses talons aiguilles, Dom la vit lever la main. Il saisit le lourd candélabre de bronze de l'autel et le lui lança à la tête.

Elle leva les bras pour se protéger le visage. Ses chaussures dérapèrent sur le sol, et elle se rattrapa à une tablette où brûlaient des cierges pour freiner sa chute. Le fragile présentoir céda sous son poids, et elle bascula vers l'avant, au milieu des rangées de cierges allumés.

Dom se mit à courir. Il l'avait dépassée quand il entendit un souffle violent et vit, du coin de l'œil, un jaillissement de flammes.

Ses cris, rauques, terribles, le figèrent sur place. Il se retourna et vit que le chapeau de paille et la perruque brune brûlaient par terre. Mais elle ne criait plus, elle riait. Ses cheveux avaient la couleur rouge du vin sacramentel.

Elle releva son arme et la lui braqua droit entre les yeux.

«Vous auriez dû continuer à courir.»

8

Nord de la Virginie.

Ry O'Malley arrêta la Cadillac sur le bas-côté de la route et coupa le moteur. Dans ce coin perdu, au fin fond de la campagne de Virginie, il n'entendait que le vent qui soufflait dans les pins. Des lambeaux de brume pareils à des écharpes de vieille dentelle grisâtre filaient le long des vitres.

Il jeta un coup d'œil à la jauge à essence; le réservoir n'était plein qu'au quart quand il avait volé la voiture, et était maintenant pratiquement vide. Il pouvait ajouter «essence» à la liste de plus en plus longue des choses dont il avait désespérément besoin pour rester en vie. Quand il avait traversé précipitamment le bow-window, chez lui, il avait en tout soixante-trois dollars en poche et quelques cartes de crédit, désormais inutilisables parce que s'en servir reviendrait à pointer sur sa tête une flèche géante en néon vert.

Papa est mort, et maintenant ils vont s'attaquer à nous à cause de ce qu'il a fait.

Eh bien, ça y était, Dom. Ça y était. Mais au nom du diable, qui pouvaient bien être ces «ils»?

Ry alluma le plafonnier et regarda le répondeur posé sur le siège passager, à côté de lui. Au moins, ce truc fonctionnait aussi sur batterie et il n'avait pas besoin de le brancher pour écouter la suite du message de son frère. Pourtant son doigt hésita sur le bouton «lecture».

Papa est mort…

Ry ressentit la douleur de la mort de son père, brûlante, profonde, et entendre Dom prononcer à nouveau ces paroles ne ferait qu'attiser sa souffrance. Mais il devait le faire.

Il appuya sur le bouton, et la voix affolée de son frère remplit à nouveau la nuit. «Ry? C'est papa. Il est mort et…» Un sanglot étranglé, une respiration hachée. Et puis le choc de l'écouteur que Dom avait lâché, les bruits du bar, et l'intervention de l'opératrice, suivie par cet intermède insolite à propos d'une femme rousse. Un souffle haletant, encore, et puis: «Papa a fait une crise cardiaque, Ry. Papa est mort, et maintenant ils vont s'en prendre à nous, à cause de ce qu'il a fait. L'Assassinat avec un grand A. Je sais que ça a l'air dingue, ce que je te dis, mais je ne peux pas… pas par téléphone. Il faut que tu viennes ici en vitesse, Ry, et je t'expliquerai tout… Enfin, je te raconterai ce que papa m'a dit, même si ça ne suffit pas, loin de là. Mais ce qu'il faut que tu saches pour l'instant, c'est qu'il se pourrait que des gens, je ne sais pas qui, essaient de nous tuer. Une femme aux cheveux roux, peut-être… Oh, mon Dieu, je sais que ça doit paraître dingue. Mais si tu l'avais entendu, si tu avais vu son regard… Il avait peur pour nous, Ry. Vraiment peur…» Dom laissa sa phrase en suspens, puis Ry entendit son frère inspirer profondément et continuer: «Dieu seul sait quand tu écouteras mon message, et à ce moment-là il se pourrait bien qu'ils m'aient déjà éliminé. Alors, dès que j'aurai raccroché, je vais mettre par écrit tout ce que papa m'a dit, et le cacher avec le trésor de Lafitte. Pour le moment, sache seulement qu'une femme appelée Katya Orlova avait filmé ce qu'il a fait. C'était une professionnelle, de Hollywood, et papa dit qu'elle avait tout enregistré sur la pellicule, leurs visages et le reste. Mais elle a disparu en emportant le film avec elle. Il faut donc que l'on retrouve cette Katya Orlova, Ry, parce que s'il y a la moindre vérité dans cette histoire, alors papa a raison – ce film est la seule chose qui nous permettra de rester en vie. » Une autre pause, puis Dom, la voix pâteuse, et entrecoupée : « Encore une chose, Ry, tu sais, juste au cas où… Je t'ai… »

Mais il y eut un bip, le répondeur s'interrompit. Ça ne changeait rien.

« Moi aussi, Dom, je t'aime. »

Ry appuya son pouce et son index contre ses globes oculaires, comme pour repousser tous ses sentiments à l'intérieur de lui, les enfouir profondément. Une peur terrible l'habitait, il craignait que Dom soit mort, lui aussi, à présent. Ils avaient probablement frappé au presbytère de Galveston au moment où ils s'attaquaient à lui à Washington, et il y avait au moins cinq types dans le raid contre sa maison, chacun avec une puissance de frappe suffisante pour rayer de la carte un petit village. Contre des types comme ça, son frère n'avait pas l'ombre d'une chance.

Mais leur père ? Un meurtrier ? Mike O'Malley parlait si rarement des quarante premières années de sa vie, avant qu'il ne rencontre et épouse leur mère, que c'était une blague récurrente dans la famille. L'homme sans passé. Sauf que ça ne paraissait plus aussi marrant maintenant.

111

En tant que père, il avait été dur avec ses fils, mais jamais méchant. Et pourtant, même quand il était gamin, Ry avait perçu que leur «vieux» dissimulait un secret, une vie intérieure emmurée derrière une âpre froideur, sans pitié. Comme un volcan qui aurait eu l'air endormi en surface, mais tout au fond duquel bouillonnait, rugissait un feu dévorant, destructeur, dévastateur.

«Alors, papa, qui étais-tu en réalité?» demanda Ry, tout haut, d'une voix brisée, qui résonna dans le vide silencieux de la vieille Cadillac.

Il déglutit péniblement, ferma les yeux très fort un instant de plus, et s'obligea à les rouvrir. Il devait absolument reprendre le dessus, il devait réfléchir. La première chose à faire était de descendre à Galveston, sauver son frère.

Et Dieu fasse que je n'arrive pas trop tard.

Six heures et cinq cents kilomètres plus tard, Ry s'arrêta à nouveau sur le bas-côté de la route, cette fois à une vingtaine de mètres d'une grande grille fermée par une chaîne et un cadenas. Le haut de la porte était garni de barbelés. Un homme était debout devant, les pieds bien plantés sur le sol, un fusil de calibre douze dans les bras.

Ry ouvrit la portière de la voiture et descendit lentement, les mains vides, écartées devant lui.

«Moi aussi, Clee, je suis content de te voir, dit-il.

— Ça alors, je veux bien être pendu! Regardez un peu ce qui nous tombe du ciel!»

L'individu resta un moment campé là, affichant un immense sourire puis il désarma le fusil et l'appuya contre un tronc d'arbre. Il s'approcha de Ry, les bras grand ouverts, et Ry banda ses muscles. Cleeland Lewis avait un crâne comme un boulet de canon et des épaules de lutteur. Ry n'était pas un petit gabarit – un bon mètre quatre-vingt-dix, et un peu moins de quatre-vingt-dix kilos de muscles –, mais quand elle s'abattit sur son dos, l'énorme patte noire de Clee faillit l'envoyer par terre.

«Salut, mec! Désolé pour le comité d'accueil, dit-il. Je ne m'attendais pas à recevoir de la visite aujourd'hui.

— Tu dois avoir un sacré système de sécurité.»

Cleeland Lewis avait un passé ténébreux et un avenir hypothétique, lié principalement à un terrain d'aviation un tantinet rustique qu'il s'était bricolé ici, dans la nature sauvage des Appalaches, et un petit bimoteur qui s'y posait et en redécollait, en dessous des limites de la détection radar, dans tous les sens du terme.

«Alors comme ça, tu as la vidéo, dit Ry. Et quoi d'autre? Le câble, peut-être?»

Le sourire de Clee devint carnassier. Il agita la main en direction de la vieille Cadillac poussiéreuse et cabossée.

«Disons que si tu n'avais pas arrêté ton tas de boue là où il est tout de suite, tes restes décoreraient la cime des arbres.»

Puis son sourire s'effaça tandis qu'il observait le visage de Ry.

«T'es sérieusement dans la merde, mon frère?

— Ouais.»

Ry ne s'étendit pas, mais Clee ne s'attendait pas à ce qu'il le fasse. Ils avaient passé trois années d'enfer en Afghanistan, dans les Forces spéciales en lutte contre Al-Qaïda et les talibans. Ils seraient morts l'un pour l'autre, sans poser de questions. Du reste, ils avaient plus d'une fois failli le faire.

«De quoi t'as besoin? demanda Clee.

— De munitions pour mon Walther, et d'assez de cash pour voir venir jusqu'à ce que je puisse remettre la main sur mon magot. Disons dix mille, si tu peux me les avancer.»

Clee hocha la tête.

«Mettons vingt. Et t'auras besoin d'un peu plus de puissance de feu que ton vieux Walther. Parce que parfois, tu as tendance à te surestimer.»

Ry eut presque un sourire. À Washington, ils lui étaient tombés dessus avec une artillerie considérable, et non seulement il s'en était sorti, mais il leur avait bien botté le cul. Maintenant ces enfoirés étaient morts, il était vivant, et c'était un sentiment à nul autre pareil.

«Et puis, dit Ry, j'aurais besoin d'un avion, aussi.

— C'est plus ou moins ce que je me disais», fit Cleeland Lewis.

Puis il regarda les pieds nus de Ry, déchiquetés par les éclats de verre de la fenêtre de son salon.

«Tu ne voudrais pas une paire de pompes, tant qu'on y est?»

9

Galveston, Texas.

L'agent de police Beadsley, qui montait la garde en haut des marches du Sacré-Cœur, vit un grand type sortir de la moiteur de la nuit d'été et se diriger rapidement vers lui. Il se campa sur ses jambes et déboucla son holster.

«Hé, mec!» appela-t-il.

Le type ralentit mais ne s'arrêta pas. La main du flic était maintenant posée sur la poignée de son Glock.

«Vous voyez le ruban jaune que vous venez d'enjamber? Celui qui dit «scène de crime – accès interdit»?

— J'ai un message pour le *monsignor.*»

Le grand type était assez près maintenant pour que le flic distingue le costume noir et la bande blanche du col d'ecclésiastique. Il se détendit, enleva la main posée sur son revolver.

«Désolé, mon père, je ne savais pas que c'était vous. Je veux dire, je n'avais pas vu que vous étiez curé. Le lieutenant m'a dit de tenir les médias et les curieux à distance, mais que pour tous les curés, c'était bon. Vous pouvez entrer. Les experts de la police scientifique sont là.»

Le flic tira sur l'un des vantaux de la lourde porte de bois de l'église pour laisser passer le prêtre, mais celui-ci hésita sur le pas de la porte.

«Ils ont enlevé le corps?

— Hein? Oh oui. Il y a longtemps. Vous en faites pas pour ça, mon père. Et la ville envoie demain une équipe de nettoyage pour le, euh, le sang et... les trucs.» Le visage du prêtre, pensa-t-il, semblait pâle et tendu, comme vidé de son sang. Le policier Beadsley chercha désespérément quelque chose à ajouter, mais ne trouva rien d'autre à dire que: «On aura celui qui a fait ça, mon père. On l'aura.»

Ry O'Malley resta debout, immobile, dans l'obscurité épaisse et silencieuse. La lumière provenait uniquement de deux candélabres électriques qui flanquaient le grand crucifix de bois, au fond de l'église, mais ça suffisait pour qu'il distingue le confessionnal qui avait été entouré par des rubans jaunes de scène de crime.

Est-ce que c'est là que c'est arrivé, Dom? C'est là qu'ils se sont jetés sur toi? Seigneur, les as-tu seulement vus venir?

Ry ne savait de la mort de son frère que ce qu'il avait lu dans le *Galveston Daily News*: Dom avait reçu une balle dans la tête alors qu'il recevait la confession, et, d'après les premières constatations de la police, le tueur était un drogué ou un SDF parce que tous les troncs avaient été forcés et vidés.

Mais Ry savait à quoi s'en tenir.

Tout à coup, il eut une sorte de vertige, à la limite de la nausée, en repérant les signes de lutte – les bancs déplacés, la tringle et les anneaux du rideau

116

arraché, à la porte du confessionnal. Dom s'était débattu, mais quelle chance un prêtre avait-il contre un professionnel armé ? Les bras ballants, Ry, serra les poings, parce que tout était fini, terminé, et qu'il était arrivé trop tard.

Puis il vit encore un ruban jaune tendu en travers d'une petite chapelle, à côté de la sacristie. Ses pas résonnèrent dans le vaste espace voûté. Il sentit l'odeur de l'encens, celle de la cire des cierges avant qu'une autre odeur ne le heurte de plein fouet. Celle du sang. L'odeur du sang de son frère. Il faillit tomber à genoux.

Il tituba, tendit la main à l'aveuglette, referma les doigts sur le ruban jaune, l'arracha avec une grimace. Un brouillard rouge écarlate obstrua sa vue. Il fut submergé par la rage et un chagrin terrible, déchirant. Les salauds qui avaient fait ça, les *salauds*…

Je vous traquerai et je vous tuerai, tous, jusqu'au dernier.

Il tomba à genoux, plié en deux, les bras croisés enserrant sa taille. Ses yeux le brûlaient, il avait la gorge à vif. Il aurait voulu hurler de toutes ses tripes. Hurler sa haine d'être arrivé trop tard, la haine qu'ils se soient si peu vus, Dom et lui, au cours de ces dix dernières années, parce qu'ils avaient suivi des chemins tellement différents.

La haine d'être encore là, tout seul.

Il flanqua un coup de poing sur le sol de marbre, si fort qu'il faillit se briser la main. Mais la douleur était bonne – elle le remotivait, l'endurcissait.

Lentement, il se redressa. Son regard tomba sur le petit autel noyé d'ombres noires, passa sur la statue de plâtre de la Vierge Marie puis sur le grand chandelier de bronze, à sa droite. Il avait l'air étrangement déplacé. Il aurait dû y en avoir un autre, symétrique, du côté gauche.

Il regarda longuement le visage trop doux de la Vierge. Puis il se força à voir le reste. Le brûle-cierges renversé, les larmes de cire figée et les traces de suie. Les traînées de sang et les éclaboussures qui s'étaient imprégnées dans le sol de marbre poreux. Et quelque chose d'autre qu'il ne pouvait pas encore s'obliger à contempler, auquel il ne pouvait même pas supporter de penser : le contour à la craie qui marquait l'endroit où Dom était mort.

Il devait être à la morgue, maintenant, le corps de Dom. De la chair et des os, des organes inertes et les indices du crime, mais ce n'était plus son frère.

Ce n'était plus Dom.

Ry ressortit par derrière, par la porte de la sacristie, mais il s'arrêta avant de quitter l'ombre des épais murs de pierre du Sacré Cœur. Il arracha son col d'ecclésiastique, inspira profondément l'air humide, poisseux, essayant de se vider la tête de l'odeur du sang de son frère.

Il se sentit bientôt mieux, suffisamment du moins pour réussir à penser de façon rationnelle. En dehors des rares voitures en route pour on ne sait où, les rues autour de l'église avaient l'air désertes. Mais les tueurs, se dit Ry, pouvaient encore être dans les parages. Ils devaient être en contact avec celui ou ceux, quels qu'ils soient, qui avaient orchestré le raid sur sa maison de Washington, ils savaient qu'il avait réussi à s'échapper, et ils devaient bien se douter qu'il était au courant de la mort de son frère. Par conséquent, ils penseraient probablement que ce serait le premier endroit vers lequel il se précipiterait.

Ils étaient donc là, d'accord, il avait pratiquement l'impression de les sentir. Ils surveillaient l'église, en guettant l'occasion de tenter à nouveau de l'éliminer.

Ils, ils, ils… Mais *qui* étaient-ils ?

Ils avaient assassiné Dom, ils essayaient de le tuer, lui, et il ne savait toujours pas pourquoi. Mais il savait où il pouvait trouver certaines réponses.

Enterrées avec le trésor de Lafitte.

Alors dès que j'aurai raccroché, avait dit Dom, *je vais mettre par écrit tout ce que papa m'a dit, et le cacher avec le trésor de Lafitte.*

Ils avaient grandi, Dom et lui, dans une petite maison de style Queen Anne, à une rue de la plage de la péninsule de Bolivar, une bande de terre isolée qui séparait Galveston du golfe du Mexique, et uniquement accessible par ferry-boat.

Un jour d'été, alors qu'il avait huit ans et Dom dix, en explorant les marécages et les dunes de sable de la péninsule, ils étaient tombés sur un hangar abandonné, battu par les intempéries et pourrissant. Ry était sûr que l'endroit devait avoir au moins une centaine d'années, mais Dom disait qu'un aussi vieux bâtiment aurait été depuis longtemps complètement détruit par l'eau salée, et c'est de ça qu'ils discutaient quand le pied de Ry était passé à travers une planche et s'était enfoncé dans un trou.

Un trou dans lequel il y avait un coffre de bois cerclé de fer, et Ry avait dit que ça devait être le coffre au trésor de Lafitte. Jean Lafitte, le corsaire, l'espion, le tranche-montagne, était un de ses héros. Dans une de ses histoires préférées, il avait essayé d'aider Napoléon à fuir l'exil et réussi à faire main basse sur le trésor de l'empereur. La légende disait qu'il avait enterré son butin non loin de son repaire sur la péninsule de Bolivar, et le secret de son emplacement avait disparu avec lui dans les brumes du passé.

Dom affirmait qu'un corsaire aussi futé que Lafitte n'aurait jamais enterré son trésor dans un endroit où n'importe qui pouvait le trouver, et Dom et lui avaient argumenté à ce sujet jusqu'au moment où ils avaient cassé le cadenas avec une pierre, ouvert le coffre et trouvé, au grand écœurement de Ry, non point des joyaux et des doublons d'or, mais un paquet de vieux journaux des années 1930 tout moisis et un unique nickel avec une tête d'Indien.

Cela dit, ils avaient fait un excellent usage du vieux coffre ; ils l'avaient employé pour y entreposer leurs propres trésors – des cigarettes, des numéros de *Playboy*, et plus tard de l'alcool, de l'herbe et un paquet de préservatifs taille XXL que Dom avait fauché au Walgreens, le lendemain du jour où Lindsay Cramer avait accepté de l'accompagner au bal de rentrée du lycée.

À ce souvenir, Ry ébaucha un sourire, puis une boule se forma dans sa gorge, une crampe lui noua le ventre et il fut envahi par une nouvelle vague de souffrance. La rentrée au lycée. Rentrer chez lui.

La petite maison jaune avec sa bordure blanche ajourée avait disparu, détruite par l'ouragan Ike, comme tout le reste sur la péninsule. Papa, maman, Dom, ils avaient tous disparu, maintenant. La famille O'Malley avait cessé d'exister. Il ne restait que lui.

Mais y avait-il jamais vraiment eu une famille *O'Malley*, ou ce nom n'était-il qu'un mensonge de plus dans l'imposture qu'avait été la vie de Michael O'Malley ? Pendant toute la vie de Ry, son père avait vécu dans cette petite maison, vivant chichement de la location d'une poignée de bateaux de pêche aux rares touristes qui réussissaient à venir dans la péninsule. Parfois, durant les années de vaches maigres, il avait même dû travailler de temps en temps à la conserverie de crevettes, rien que pour arriver à joindre les deux bouts. Quand on voulait faire fortune ou se faire remarquer, Bolivar n'était pas vraiment le premier endroit qui venait à l'esprit ; c'était trop loin, trop isolé. Il n'y avait qu'un moyen d'y accéder : le ferry-boat.

Non, décidément, Bolivar était l'endroit parfait pour se terrer quand on était un tueur en cavale.

Un tueur comme son père.

Ry quitta l'obscurité à pas lents, faisant même une halte juste sous un lampadaire pour se livrer à son numéro de faux allumage de cigarette, afin de donner à ceux qui éventuellement l'observaient le temps de bien voir son visage. Si les chasseurs étaient là, à l'église, il voulait les éliminer tout de suite.

Il marcha vers l'endroit où il avait garé sa monture, un vieux pick-up Chevrolet qu'il avait déniché dans un parking de voitures d'occasion près de l'aéroport de Houston. C'était une vieille guimbarde, mais elle présentait l'avantage de ne pas avoir coûté cher.

À cette heure-ci, par un dimanche soir pluvieux, il n'y avait pas beaucoup de circulation. Il devait aller à Port Bolivar, voir si Dom avait eu le temps, avant de se faire tuer, de rédiger la confession du vieux et de l'enfouir, comme il avait prévu de le faire, dans l'antique coffre qui leur servait de cachette quand ils étaient gamins. Le trésor de Lafitte. Mais avant cela, il roula en tous sens dans l'île de Galveston, faisant des demi-tours en pleine rue, grillant des feux rouges et des panneaux stop. Une petite comptine de son enfance lui tournait dans la tête : *Ah, tu sortiras, biquette, biquette, ah, tu sortiras de ce chou-là...* Mais rien ne lui indiqua qu'il était suivi.

Il s'attarda à un feu, sur le Strand, un coin de la ville naguère hanté par les marins et les putains, aujourd'hui bordé sur les deux côtés de boutiques de tee-shirts, d'immeubles d'habitation et de cafés branchés. Comme le cybercafé du coin de la rue, SIP'N SURF, avec son enseigne lumineuse orange clignotante.

Ry regarda sa montre. Il avait une demi-heure devant lui avant le départ du prochain ferry pour Port Bolivar, le dernier de la soirée.

Le seul autre client du cybercafé était un gamin boutonneux affublé de lunettes Harry Potter et d'un tee-shirt qui proclamait J'PARLE QUE GEEK. Le tenancier, un type avec une barbiche hirsute, manifesta sa contrariété lorsque Ry commanda un double expresso et une demi-heure d'accès internet.

Dans son message, Dom disait que ce prétendu «Assassinat avec un grand A» avait été filmé par une femme appelée Katya Orlova. Ry s'installa devant un des ordinateurs, se connecta et chercha le nom sur Google. Plus de huit cents réponses s'affichè-rent. Il les parcourut, mais aucune n'avait l'air pertinente, même vaguement. Une affaire de toilettage pour chiens à Des Moines, une gymnaste russe, la page Facebook d'une étudiante de Berkeley. Michelle Pfeiffer avait incarné un personnage portant ce nom dans un film appelé *La Maison Russie...*

Et puis il la trouva. Il la trouva *peut-être.*

Ce n'était pas grand-chose. Juste un entrefilet dans une publication universitaire, sous l'intitulé «Les femmes derrière la caméra : le combat féministe à Hollywood, hier et aujourd'hui».

Et pourtant, la situation ne devait guère s'améliorer au cours des années suivantes ; on ne peut pas dire que les opportunités se multiplièrent pour les femmes cinéastes. Même les rares réalisatrices salariées par les studios se voyaient rarement confier la responsabilité de projets importants. Katya Orlova, par exemple, resta pendant quatre ans seconde assistante caméraman à la Twentieth Century Fox avant de voir son nom figurer enfin au générique des Désaxés *en tant qu'opératrice de prises de vues. D'autres femmes...*

Dehors, une portière de voiture claqua. Ry leva les yeux. Une calèche pour touristes passa devant les fenêtres du bar, lui bouchant momentanément la vue. Et puis il vit une femme descendre d'un gros Hummer noir, traverser la rue et se diriger droit vers le café.

Il ne voyait pas nettement son visage à travers la vitre ruisselante de pluie, mais il savait qu'elle était belle rien qu'à sa façon de marcher – les épaules en arrière, la tête bien droite, les mains profondément enfoncées dans les poches d'un trench-coat de cuir noir qui bougeait bien. Ses bottes à talon aiguille claquaient sur le trottoir, ponctuant de longues enjambées déterminées.

Elle passa sous un lampadaire, et il vit des cheveux roux, flamboyants, qui brillaient comme du sang frais. *Cette femme est sortie des toilettes, elle était vraiment très rousse, et après ce que papa a dit, j'ai cru...*

Ry plongea vers la porte du café juste au moment où la devanture du café explosait, pulvérisée par une rafale de mitraillette.

Il roula derrière le comptoir alors que d'autres balles atteignaient le gros percolateur de la machine à expresso, qui lui vomit un jet de vapeur brûlante sur la tête.

Ry sortit son pistolet, mais n'osa pas riposter. Il entendit hurler le barman et le gamin, mais il ne pouvait pas les voir derrière le nuage de vapeur bouillonnante. Il ne voyait pas la rouquine non plus, mais elle manifesta subitement sa présence en tirant sur l'ordinateur devant lequel il était assis dix secondes plus tôt.

Il avait été stupide, d'une stupidité mortelle. Il n'aurait jamais cru qu'ils s'attaqueraient à lui dans un endroit public tel que celui-ci, au risque de prendre des innocents entre deux feux.

Elle fit feu à nouveau, visant le soubassement en bois du comptoir. Ry se redressa, le bras levé devant le visage, et plongea sous la mitraille à travers une porte battante. Il se retrouva dans la cuisine. La porte se referma derrière lui, criblée d'une nouvelle giclée de balles, mais tirée cette fois-ci par une autre arme.

Ry traversa la cuisine en courant, slaloma entre des tables, un four à pain, des placards, un grand réfrigérateur en acier brossé. *Putain, où est la porte de derrière ? Il y a forcément une porte de derrière !*

Il la trouva, sortit, et se retrouva sur un seuil étroit, dans le fond d'une voie sans issue encombrée par une benne à ordures rouillée, une batterie de poubelles et un tas de bois pourrissant.

De l'autre côté de la ruelle se dressait le grand mur de brique d'un autre immeuble. Pas de porte, même pas une fenêtre, rien qu'un escalier de secours en fer qui descendait du toit, en partie déplié mais trop haut pour qu'il l'atteigne.

Il s'apprêtait à rejoindre la rue ventre à terre quand le Hummer noir s'arrêta dans un grand bruit de freins devant l'entrée de la ruelle. Il entendit, dans la cuisine, la porte battante s'ouvrir à la volée, bondit vers le mur d'en face et réussit à attraper d'une main le barreau du bas de l'échelle d'incendie. Il fit un ciseau avec les jambes, très énergiquement, et prit assez d'élan pour se hisser vers le haut juste au moment où une balle s'écrasait dans le mur de brique, tout près de sa tête, si près qu'il en sentit la chaleur.

Il gravit précipitamment les barreaux de métal en louvoyant, la tête rentrée dans les épaules pendant que la rouquine et un type en sweat à capuche noir s'arrêtaient sur le seuil de la cuisine. Il sentit une piqûre sur son cou, une giclée de sang. Il se hissa sur le toit, où, Dieu soit loué, il fut un peu à l'abri l'espace d'un instant.

Il resta plaqué sur la dalle de goudron et de gravier, à bout de souffle, tendant l'oreille. Il ne les entendait pas monter l'escalier de secours, et en bas, les tirs avaient cessé.

Il s'accroupit et courut sur le toit plat de ce qui ressemblait à un entrepôt reconverti, progressant entre les cheminées de briques et les bouches d'aération couvertes, jusqu'à ce qu'il trouve une porte. Il leva le bras pour attraper la poignée… Verrouillée, cette salope.

Il avait appris depuis longtemps à avoir toujours sur lui un rossignol de cambrioleur, mais il n'avait pas le temps de crocheter la serrure. C'est alors qu'il entendit – ben dis-donc, ils avaient mis le temps – un hurlement de sirènes. La rouquine pouvait-elle avoir des accointances avec la police locale, ou un truc, genre badge fédéral, à leur coller sous le nez ? Et merde, dans ce cas-là, il était foutu.

Ry n'allait pas traîner dans le coin le temps d'en avoir le cœur net. Il courut vers le bâtiment voisin. Apparemment un immeuble d'habitation, avec un jardin sur le toit. Un joli jardin, très pratique en plus, car à peine plus bas que le toit où il se trouvait, mais bon sang de bois, il y avait bien trois ou quatre mètres entre les deux, et la ruelle, en bas, était vraiment très très bas, six étages au moins. Il était peut-être débile, mais pas assez pour essayer de franchir un putain d'abîme comme ça en sautant par-dessus.

Il entendit un bruit de pas escaladant précipitamment l'échelle d'incendie, derrière lui. Il se retourna, entrevit un éclair de cheveux roux.

Il se retourna à nouveau, courut et sauta.

L'espace d'un instant, il parut littéralement courir dans les airs, ses jambes pédalant follement dans le vide. Il avait presque réussi à atteindre l'autre toit quand sa progression horizontale cessa ; la gravité reprit ses droits.

Il réussit de justesse à attraper une gouttière d'une main. Il resta accroché là une seconde, à pendre dans le vide, et, logiquement, ses doigts commencèrent à glisser.

Il lâcha prise, mais se rattrapa de l'autre main à la gouttière, et cette fois, trouva une meilleure prise. Il se hissa sur le toit et faillit s'empaler sur un tuteur à tomates. Il leva les yeux et elle était de l'autre côté, les poignets appuyés au bord du toit de l'entrepôt, le canon de son arme braqué sur sa tête.

Il roula derrière une rangée de baquets en bois où étaient plantés des palmiers et se remit à courir.

Les occupants de l'immeuble n'avaient apparemment pas peur qu'on entre chez eux par la porte du toit, parce qu'elle était – Dieu soit loué – déverrouillée. Il prit l'ascenseur jusqu'en bas, jusqu'au parking en sous-sol, et longea les rangées de voitures en tapant sur les capots pour déclencher les alarmes. Le temps qu'il arrive en haut des marches menant à la rue, les voitures jouaient un opéra de folie assourdissant.

Dans le Strand, c'était le bazar. Une demi-douzaine de voitures de patrouille cernaient le café, et l'un des flics hurlait dans un porte-voix, redoutant sans doute d'avoir une prise d'otage sur les bras. Mais Ry aurait parié que seuls le gamin et le barman étaient encore à l'intérieur.

Il se fraya un chemin dans la foule dans l'espoir de regagner son pick-up sans se faire repérer. Il avait eu le bon sens de le garer à quelques rues de là, sur la digue, d'où il pourrait filer jusqu'au ferry, qui partait dans...

Il regarda sa montre. Six minutes, putain.

Il se mit à courir. Il entendit quelqu'un crier : « Hé, vous, là-bas ! » et se retourna. Mais ce n'était pas à lui que cela s'adressait. Il repéra le type en sweat noir à capuche qui marchait dans la rue, le Hummer roulant au pas à côté de lui.

Il vit la rousse ressortir du parking de l'immeuble sans se donner la peine de cacher l'arme qu'elle tenait à la main. Il s'obligea à ralentir, espérant se fondre dans la masse. Il savait maintenant qu'elle se foutait pas mal de tuer tous les innocents qui se trouveraient dans sa ligne de mire tant qu'elle aurait une chance de réussir à l'éliminer.

Bon sang, il devait absolument récupérer son véhicule.

Et puis, douce musique à ses oreilles, il entendit le hennissement d'un cheval. Il attendit que la calèche de touristes arrive à sa hauteur, sauta dedans et lança un billet de vingt sur les genoux du cocher, déconcerté.

« C'est quoi, la vitesse de pointe de votre canasson ? »

10

Ry regarda, planté au bout de l'embarcadère, les lumières du ferry disparaître dans la nuit. Il écouta le bruit des moteurs diesel mourir dans le lointain, puis il n'entendit plus rien, que le clapotis de l'eau contre les piles de la jetée, sous ses pieds.

Il avait raté le ferry, le satané dernier ferry de la journée. Après s'être fait tirer dessus, ébouillanter, et après avoir failli tomber dans un abîme, il venait de rater cette saleté de bac...

Des phares éclairèrent la route dans son dos.

Il avait abandonné son pick-up à la va-vite derrière lui, la porte passager ouverte. Il plongea dedans alors que le monde entier explosait dans un enfer assourdissant de balles qui pulvérisèrent les planches de bois de l'embarcadère et ricochèrent sur la rambarde métallique. Il s'aplatit sur la banquette, se couvrant la tête avec les bras, pendant qu'un déluge de balles fracassait la vitre arrière et s'écrasait sur le pare-chocs, déchiquetant le métal, le réduisant en confettis.

La fusillade sembla durer une éternité, puis il y eut une soudaine accalmie. Il releva prudemment la tête pour jeter un coup d'œil par le rétroviseur latéral. L'énorme Hummer noir bloquait la rampe d'accès, et ça, ce n'était vraiment pas bon. Ils l'avaient piégé – une rambarde de quatre mètres de haut des deux côtés, le Hummer derrière, et l'embarcadère du ferry désert devant. Et au-delà de l'embarcadère, rien, que l'eau noire dans la nuit noire.

Une nouvelle fusillade ébranla le pick-up. Il pensa à la façon dont la rouquine avait abattu Dom, et il eut envie de l'éliminer là, tout de suite, à mains nues, mais ils étaient trois contre lui, ils avaient des Uzis, et se faire descendre ne ferait pas avancer les choses.

Il devait sauver sa peau d'abord, et la tuer ensuite.

Recroquevillé sur le siège avant, il vit deux hommes sortir de derrière le Hummer et ouvrir le feu avec leurs automatiques. Les balles sifflaient, ricochaient, grondaient tout autour de lui. Sauver sa peau, tu parles ! À qui espérait-il faire croire ça ? Les chances qu'il s'en sorte vivant étaient voisines de zéro, et ça lui foutait vraiment les boules. D'abord il n'avait pas envie de mourir, et puis il ne voulait pas donner à ces salauds la satisfaction de l'éliminer.

Il boucla sa ceinture de sécurité d'une main, enclencha la marche arrière, appuya à fond sur l'accélérateur et commença à prier. Le pick-up rugit, recula si vite que le volant eut une brusque secousse entre ses mains. Il se retourna à moitié pour jeter un coup d'œil par la vitre arrière qui avait volé en éclats et dirigea l'arrière du pick-up droit sur le Hummer. Il esquissa un sourire purement diabolique en se rapprochant, et vit les hommes s'écarter d'un bond, le visage blanc à la lumière des phares de leur véhicule. Il ne voyait pas la femme. Peut-être était-elle encore à l'intérieur, au volant.

Deux mètres avant l'impact... un mètre... cinquante centimètres...

Maintenant !

À la dernière seconde, juste avant que son véhicule télescope le Hummer, Ry passa la première. Les roues arrière patinèrent sur les planches détrempées, projetant des étincelles et de la fumée, puis il sentit que les pneus accrochaient enfin, et le pick-up fit un bond en avant. Il vit confusément les rambardes défiler. Le bout du débarcadère était droit devant, noir, vide, de plus en plus proche…

Bon Dieu. Peut-être que ce n'était pas une si bonne idée que ça, tout compte fait.

Le pick-up décolla au bout de la rampe, fila au-dessus de l'eau. L'espace d'un instant, le souffle coupé, il eut l'impression de voler.

Il plongea tellement vite qu'il eut à peine le temps d'avaler une goulée d'air avant que le véhicule percute l'eau, si violemment que ses dents s'entrechoquèrent. L'eau s'engouffra dans l'habitacle à travers les vitres brisées. Il s'enfonça, s'enfonça. C'était profond comment, à cet endroit? Il faisait noir comme dans un four, si noir qu'il avait l'impression d'être aveugle.

Il y eut une nouvelle secousse, moins violente, cette fois, quand le pick-up heurta la vase du fond.

Il poussa sur le volant pour se dégager, mais il était coincé. Il faillit se croire complètement perdu jusqu'au moment où il se rendit compte que la ceinture de sécurité le retenait. Il chercha à tâtons le bouton de déblocage, appuya dessus, en vain et se retint juste à temps de tirer dessus, au risque peut-être d'aggraver la situation.

Ça va, ça va, pas de panique. Tu es un peu oppressé, mais tout ça c'est dans ta tête. Tu sais que tu as encore plein de temps devant toi avant de manquer d'air.

131

Quand ils étaient petits, Dom et lui avaient l'habitude de faire des compétitions pour voir qui retiendrait le plus longtemps sa respiration sous l'eau ; son frère gagnait toujours. Ry n'avait jamais tenu plus de trois minutes. Ce serait amplement suffisant s'il arrivait à se dégager de cette foutue ceinture de sécurité. Mais le système de blocage ne voulait rien savoir.

Il prit le couteau qu'il avait attaché à sa cheville et commença à scier furieusement, jusqu'à ce que la sangle finisse par céder, le libérant enfin.

Il flanqua des coups de pied dans ce qui restait de la vitre arrière et s'extirpa de la cabine du pick-up. Un éclair de douleur pareil à une brûlure lui traversa le bras. Il s'était blessé sur un bout de métal. L'obscurité était absolue. Il tâtonna le long de la plateforme arrière du véhicule, trouva le pare-chocs, un pneu.

Et puis il se rendit compte qu'en réalité il voyait bel et bien le pneu, et il leva les yeux. Il distinguait la lumière des phares du Hummer qui trouait l'eau, et des traînées pareilles à des serpents d'argent – des balles, tirées dans l'eau.

Il passa la main sur le flanc du pneu jusqu'à ce qu'il trouve la valve puis arracha de la poche de sa soutane son rossignol de cambrioleur. Il commençait à avoir des vertiges, à se sentir mal et à souffrir vraiment des poumons. Il farfouilla, mais le rossignol lui glissa entre les doigts et tomba sur son genou, mais par miracle, il le rattrapa avant qu'il disparaisse dans la boue et les roseaux. Ça devait être Dom, l'esprit de Dom, qui veillait sur lui, parce qu'il aurait dû être mort dix fois à l'heure qu'il était.

Encore un petit coup de pouce, Dom ; juste un petit coup de pouce, là, parce que je commence à manquer d'air.

Des éclairs dansèrent devant ses yeux et ses oreilles se mirent à bourdonner, tandis qu'il faisait des efforts démesurés pour empêcher sa bouche de s'ouvrir et d'avaler une bouffée d'air qui n'existait pas. *Encore un petit, tout petit coup de main, Dom…*

Enfin, enfin, il trouva la valve du pneu. Il fit sauter le bouchon, appuya sur la valve avec son rossignol, enfonça l'obturateur, prit la valve dans sa bouche et inspira l'air suave, merveilleux.

Il ferma les yeux un instant, s'abandonnant à un soulagement voluptueux, puis il boucha la valve avec son pouce pour que les bulles ne remontent pas à la surface et leva les yeux. Ils étaient toujours là, les phares du Hummer brillaient encore sur l'eau, mais ils avaient cessé de gaspiller leurs munitions. Bientôt, se disait-il – espérait-il –, elle penserait qu'il était mort, mais elle ne partirait pas tout de suite ; elle attendrait un long moment, pour en être bien sûre. Elle demanderait à ses deux sbires de surveiller la côte pour vérifier qu'il ne tentait pas de se sauver à la nage, et puis elle attendrait encore un peu. Il la haïssait pour ça.

Bon, il le lui ferait payer en bloc un jour, mais pour le moment, il avait besoin qu'ils le croient mort, ses hommes de main et elle. Il avait besoin de temps, et qu'ils cessent de le pourchasser, pour retrouver Katya Orlova et le film, et pour faire la lumière sur ce que son père avait fait. Mais d'abord, il devait aller à Bolivar chercher ce que Dom avait laissé dans le coffre au trésor de Lafitte, et il espérait de tout son être ne pas se tromper, que Dom avait bien réussi à tout écrire et à le cacher avant qu'ils le tuent.

Ry prit une nouvelle goulée d'air comprimé, huileux. Il se demanda pendant combien de temps il pourrait respirer ce truc avant de s'endommager sérieusement les poumons.

Il respira à nouveau et leva les yeux. Les phares étaient encore là, maudite soit cette salope, qu'elle rôtisse en enfer.

Il respira et attendit. Cinq minutes, dix. Respira encore, attendit un moment de plus, puis un autre, mais les phares étaient toujours là, et brillaient sur l'eau. Tout à coup son estomac fut pris d'une crampe, si violente qu'il faillit ouvrir la bouche et boire la tasse. Mais il se retint. Il réussit à garder la bouche fermée ; la crampe n'était probablement rien d'inquiétant, juste une nausée provoquée par les lubrifiants contenus dans l'air qu'il respirait. Juste ça.

Il leva les yeux, regarda vers le haut.

Toujours là.

11

Martha's Vineyard, Massachusetts.
Seize heures plus tard.

Elle était debout, nue, devant lui.

Le soleil qui se couchait derrière les gigantesques baies vitrées de la chambre et lui brûlait les yeux faisait flamboyer les cheveux de la femme. Il n'entendait que le bruit des vagues qui se brisaient sur la plage en dessous d'eux, et sa propre respiration rauque.

«Enlève-moi ça avec ta langue» dit-elle.

Elle prit ses seins dans ses mains en coupe, les lui présenta comme une offrande. Il vit que les tétons étaient maculés de traînées croûteuses rouge foncé, et ne put retenir un frisson.

«Seigneur Dieu…

— Seigneur *Dieu*? fit-elle en riant. Ce serait bien la première fois que tu te laisserais arrêter par Dieu! Serait-ce à cause de celui dont c'est le sang? Mais tu savais qu'il était prêtre quand tu m'as dit de le supprimer. Et c'est ce que j'ai fait, sexy boy. Je l'ai abattu là, au milieu de son église, sous le regard de Jésus-Christ et de tous ses anges.»

Il secoua la tête, mais ne put s'empêcher de prendre ces seins parfaits, sanglants, dans ses deux grandes mains. Elle était cinglée, vraiment cinglée, et cela faisait quoi de lui? Parce qu'elle l'excitait presque au-delà du supportable.

Elle soupira et se coula dans ses bras, semblant se fondre en lui.

«Tu veux savoir comment il m'a implorée de lui laisser la vie sauve?

— Plus tard. Tout de suite, c'est toi que je veux voir à genoux.»

Il lui lâcha les seins pour défaire brusquement sa ceinture d'une main et lui appuyer, de l'autre, sur la tête, enfoncer ses doigts dans sa somptueuse chevelure rousse, et la pousser vers le sol, devant lui.

Plus tard, elle lui dit:

«L'autre, le frère du prêtre? Il m'a donné du fil à retordre, celui-là. Pendant un moment, j'ai eu l'impression de jouer à tape-taupe dans les rues de Galveston, si tu vois ce que je veux dire. Il ne voulait pas se laisser faire.»

Miles Taylor – financier spéculateur, multimilliardaire, philanthrope et activiste politique –, qui était en train de verser l'un des single malts les plus chers du monde, un Macallan de soixante ans d'âge, dans deux verres en cristal de Waterford, arrêta son geste. Moins à cause du sujet de conversation post-coïtale qu'elle avait choisi que du ton sur lequel elle l'abordait. De la même voix que si elle avait commandé un sandwich au pastrami. Il se retourna et la regarda.

Yasmine Poole était assise sur le coussin à fleurs d'un des fauteuils en rotin laqué blanc – des horreurs que sa deuxième femme, Laurette, lui avait naguère imposées, et qu'il avait toujours détestées. Trop chichiteux, lui avait-il dit à l'époque, mais elle n'avait rien à foutre de son avis sur les fauteuils de chambre à coucher, de son avis sur quoi que ce soit, d'ailleurs, raison pour laquelle il avait fini par décider qu'il les avait assez vus, son cul et elle, et par divorcer.

Mais Yasmine, c'était une toute autre sorte de femme. Il n'arrivait pas à la cerner. À *les* cerner : il n'arrivait pas à définir leur liaison, ou quel que soit le terme employé à l'heure actuelle pour définir une relation sexuelle exclusive et durable. Il y avait un lien profond entre eux, une intimité parfois insupportable, à vif, noire. Elle lui avait dit une fois que c'est lui qui lui avait donné le goût de tuer.

«Tu es mon dealer, disait-elle. Le dealer de la drogue noire dont j'ai besoin pour nourrir mon âme.»

Mais depuis un moment déjà, il se demandait qui, des deux, était le vrai junkie. Parce que chaque fois qu'il la regardait, comme il la regardait en cet instant précis, il se perdait en elle.

Il vit qu'elle avait relevé ses cheveux en chignon au creux de sa nuque et qu'elle avait remis le tailleur Armani en soie grège avec lequel elle était revenue en avion du continent, une heure auparavant. Elle lisait quelque chose sur son portable posé en équilibre sur son genou, et il reconnut le petit pli entre les sourcils qu'elle avait quand elle se concentrait. Mais sa bouche était celle d'une prostituée, rouge, humide, turgescente.

«Tu as encore ce regard de crétin rêveur, Miles, dit-elle sans lever les yeux. Si tu ne fais pas attention, on va dire que tu es amoureux.»

Miles Taylor se sentit rougir, ce qui le contraria au plus haut point car personne jusqu'alors n'avait jamais réussi à le faire rougir.

«Je me disais qu'il y a même pas une demi-heure, je léchais le sang sur tes seins nus, et maintenant tu es assise là, l'air tellement impeccable et profession-nelle. On dirait un mannequin du catalogue Brooks Brothers.

—Je suis l'assistante personnelle du président d'un groupe de je ne sais combien de milliards de dollars. C'est l'air que j'ai toujours quand on ne baise pas, ou que je ne suis pas en train de tuer pour toi. Et toi, Miles, tu me regardais en souriant comme ça. Amoureusement. Je le sentais comme un souffle chaud sur ma peau. Je n'arrête pas de te dire que nous sommes des âmes sœurs. Il faut l'accepter et faire avec.

—Foutaises.»

Même s'il avait cru à l'existence des «âmes sœurs», il n'était pas question qu'il lui donne ce pouvoir sur lui en l'admettant, et la dernière chose dont il avait envie était de «faire avec».

Et qu'est-ce que cette expression pouvait bien vouloir dire, de toute façon?

Miles Taylor dirigeait un empire financier évalué à plus de quinze milliards de dollars, plus que le PNB de certains pays émergents, avec tout le pouvoir fasci-nant que comportait ce genre de fortune obscène. Il avait un enfant encore en vie, une fille; cinq petits-enfants, que des filles; deux ex-femmes, deux garces; et il ne pouvait pas éternuer sans voir bondir, le mouchoir à la main, une demi-douzaine de cireurs de pompes et autres lèche-cul.

Et pas un seul de ces individus ne comptait pour lui.

Toute sa vie il y avait eu en lui ce trou douloureux qu'il avait l'impression de ne jamais pouvoir combler. C'était comme cette maladie où on avait faim tout le

138

temps. On pouvait toujours manger, manger encore, mais les calories, les éléments nutritifs ne faisaient que vous traverser. Il aurait pu se payer un psy à quatre cents dollars de l'heure qui lui aurait dit que tout ça c'était la faute à papa-maman, et le type aurait probablement eu raison, bon, et alors ? Qu'est-ce qu'on en avait à foutre ?

Tout ce qu'il savait, c'était que depuis que Yasmine Poole était entrée dans sa vie, il ne se sentait plus aussi vide. Et à certains moments ça le faisait vraiment flipper, parce qu'elle était, pour dire les choses crûment, folle à lier.

«Je vais te dire ce que c'est, Yaz, dit-il. Tu es amoureuse de ma fortune, et je ne suis qu'un vieux bouc en rut, et soit c'est ridicule, soit c'est obscène, parce que, quand la queue d'un homme a quatre-vingts ans, il y a des limites à la réalité, et à ce que peuvent compenser même une chatte stimulante et une petite pilule bleue miracle.»

Elle haussa un sourcil parfaitement dessiné, mais elle ne leva pas les yeux de son portable.

«Tu vois, je n'ai qu'à laisser tomber le mot «amour» dans la conversation, et ton esprit saute tout de suite à ma chatte sans une seconde d'hésitation. Et on dit que c'est moi la croqueuse de diamants.»

Il s'approcha d'elle en riant, un verre dans chaque main, en essayant de lui dissimuler le petit sursaut que lui arrachait chaque pas, parce que, si elle le remarquait, elle remettrait ça sur le tapis, qu'il devrait voir un docteur et se faire opérer. Il s'était pété un genou deux fois, la première fois des années auparavant, sur un terrain de sport au lycée, et plus tard, sur une pente de ski à Aspen, et sa rotule sautait presque tout le temps, maintenant. Une douleur sourde, insidieuse. Il avait pris deux cachets antidouleur à forte dose un peu plus tôt, mais l'effet s'estompait, et il n'avait pas envie d'en prendre davantage parce qu'il n'aimait pas l'effet que ces drogues avaient sur son esprit ; elles nuisaient à sa concentration.

Il posa l'un des deux whiskys à côté d'elle, sur la table de rotin recouverte de verre et s'octroya une bonne gorgée du sien. À trente-huit mille dollars la bouteille, on aurait été en droit d'attendre que ça ne vous brûle pas le gosier en descendant, mais ce n'était pas la faute du Macallan, il le savait. C'était ces foutues remontées acides. Bon Dieu, ce qu'il pouvait avoir horreur de vieillir.

« L'autre fils O'Malley, dit-il. Celui dont tu as dit que c'était un dur à cuire. Tu es sûre qu'il est vraiment mort, mon bébé ? Parce que si ce film remontait un jour à la surface... »

Il eut un geste de la main qui esquissait un scénario de cauchemar absolu. Sa réputation détruite, son pouvoir réduit à néant, sans parler de l'éventualité de passer ses dernières années dorées dans une cellule avec un motard sodomite à la cervelle liquéfiée par la drogue et affublé d'un surnom de dégénéré. Pendant toutes ces années, tous les millions qu'il avait investis pour faire la pluie et le beau temps sur les marchés financiers et dans les urnes, pour s'assurer, de toutes les façons possibles et imaginables, une position dominante au sein du parti, et voilà qu'ils revenaient enfin au pouvoir : ils remportaient les élections, contrôlaient le Congrès et commençaient à faire évoluer le pays dans le bon sens... Si le film remontait à la surface, ce serait la fin des haricots.

«Dis-moi que tout est sous contrôle, Yaz. Dis-moi que tu sais avec certitude qu'il est mort, parce que d'abord il échappe à tout un putain de commando à Washington, ensuite il réapparaît à Galveston…

— Il s'est noyé, Miles.»

Elle se mit à rouler des yeux ronds en faisant glou, glou, glou, et fit une grimace, la langue dépassant au coin de sa bouche.

«On est restés sur la jetée près d'une heure après le plongeon de son véhicule dans l'eau, et il n'avait aucun moyen de remonter sans qu'on le voie. À moins qu'il se soit fait pousser des branchies, il est mort. Comme son frère et leur vieux.

— Ouais. Mort comme son vieux.»

Miles secoua la tête.

«Ce fumier de Mike O'Malley. Pendant toutes ces années, il m'a tenu un couteau sous la gorge. Je n'ai jamais osé l'éliminer à cause de ce maudit film, et voilà qu'il débarrasse le plancher, d'une belle crise cardiaque tout ce qu'il y a de plus naturelle, qui mieux est. J'ai l'impression d'être enfin libre. Maintenant qu'il est mort et enterré, je n'ai plus qu'à couper tous les bouts de fil qui dépassent encore en supprimant ses enfants, juste au cas où il leur aurait raconté quelque chose, tu vois ? Et si je n'arrive pas à remettre la main sur le film, eh bien tant pis, qu'il reste à l'endroit où il moisit depuis tout ce temps, où qu'il puisse être, dans un coffre, chez un notaire ou dans une banque, n'importe où, peu importe…» Il s'interrompit pour reprendre son souffle et lui jeta un coup d'œil. Elle le regardait, les mains croisées sur les cuisses, comme si elle attendait patiemment qu'il cesse de palabrer. «Sauf que, maintenant, tu

141

me dis que ce con n'a jamais eu le film. Ou plutôt qu'il l'a eu pendant une semaine tout au plus, au début, et que sa femme a disparu avec. Cette Katya Orlova. Bon sang! Avant sa confession sur son lit de mort, j'ignorais jusqu'à l'existence de cette femme. Ce putain d'O'Malley! Pendant toutes ces années, j'aurais pu le faire descendre n'importe quand, je ne risquais absolument rien.»

Yasmine poussa un petit soupir et se leva en refermant son portable.

«Eh bien, il est mort, maintenant. Ses fils aussi sont morts. Et j'ai déjà lancé des gens à la recherche de Katya Orlova. Si elle est encore en vie quelque part sur cette terre, on la retrouvera et on fera en sorte qu'elle disparaisse comme les autres. Après nous avoir remis le film, évidemment.

— Ouais, bon, bon. Parfait.»

Cette femme – Katya Orlova – il se pouvait qu'elle soit morte aussi, et depuis longtemps, pensait Miles. Et même si elle était encore en vie, ça devait être une vieille bique ratatinée, pliée en deux et sans défense, qui s'acheminait même peut-être doucement vers la démence sénile. Ils étaient tous tellement vieux, maintenant.

Miles rota et essaya d'atténuer le feu qu'il avait dans l'estomac en appuyant dessus avec son poing. Il s'envoya une autre gorgée de whisky. Ça n'arrangea rien.

Yasmine s'approcha de lui. Le tissu de son tailleur, doux et collant, lui caressait les fesses comme les mains d'un homme. Elle avait des yeux sombres, profonds, lumineux.

142

«Tu as encore un peu de son sang sur toi, dit-il d'une voix rauque.

— Hein ? Où ça ?

— Là.»

Il mit sa main autour de son cou, l'attira contre lui.

«Derrière l'oreille. Seigneur, Yaz, qu'est-ce que tu as fait ? Tu t'es tartinée avec son sang après l'avoir tué, comme si c'était une espèce de foutu parfum ?»

Elle était effectivement totalement déjantée, mais ça il le savait déjà, il vivait avec et il s'en délectait, depuis sept ans maintenant. Depuis le premier jour où il l'avait embauchée.

Avant que le CV de Yasmine Pool atterrisse sur son bureau, Miles Taylor usait les assistantes personnelles au rythme d'une par an. C'était un patron exigeant – d'accord, tyrannique, admettons – et on aurait dit que, malgré l'impression fulgurante que toutes ces assistantes pouvaient faire sur le papier, elles se révélaient à l'usage n'être que des crétines infatuées d'elles-mêmes et tellement susceptibles qu'elles se froissaient dès qu'il avait le malheur de les regarder de travers. Il n'avait vraiment ni le temps ni la patience de tolérer ce genre de conneries.

Le CV de Yasmine Poole était très impressionnant, à première vue. Un diplôme de la London School of Economics, suivi par une année comme opératrice de marché responsable des opérations d'arbitrage chez F.M. Mayer, puis une autre année comme analyste chez Wertheim & Co, tout ça à vingt-huit ans. C'était jeune, mais Miles n'avait rien contre. Ça voulait dire qu'elle serait malléable tout en ayant les dents longues – deux qualités qui semblaient rayées de la carte dès qu'on entrait dans la trentaine.

Cela dit, chez lui – chez Taylor Financials – on n'aurait jamais embauché ne serait-ce qu'un balayeur sans une enquête approfondie sur le passé du candidat, et c'est surtout le rapport de l'enquêteur sur Yasmine Poole qui avait intrigué Miles.

D'abord, elle ne s'appelait pas vraiment Yasmine Poole, pas au départ, en tout cas. Son vrai nom pour l'état civil était Yasmin Yakir, et elle était née à New York, dans une famille juive. Ses parents étaient des militants d'extrême droite. Elle avait dix ans quand ils avaient émigré en Israël et s'étaient installés dans une colonie ultrareligieuse illégalement implantée en Cisjordanie. Deux ans plus tard, une roquette palestinienne avait détruit leur maison pendant que Yasmine était à l'école, la laissant orpheline à douze ans. Après quoi elle avait vécu dans un habitat collectif à Jérusalem jusqu'à dix-huit ans, âge auquel, comme tous ses compatriotes, elle avait dû rejoindre l'armée.

Mais, alors que la plupart des femmes israéliennes étaient assignées à des cantonnements de soutien ou administratifs, elle avait été sélectionnée par l'Aman, la branche des opérations spéciales, pour être entraînée à tuer. Elle avait effectué trois ans de service, mais à faire quoi exactement, seuls Dieu et l'armée israélienne le savaient, parce que, bien que l'enquêteur de Miles fût excellent, il n'avait pas réussi à violer leurs dossiers de renseignement.

«En réalité, avait-il dit à Miles, après avoir été prié de compléter son rapport par une évaluation verbale, plus personnelle, j'ai l'impression qu'après la fin de ses trois ans on lui a fait quitter l'armée en douceur, vous voyez ? Comme si elle avait commencé à aimer ça juste un peu trop. À tuer, si vous voyez ce que je veux dire. » Miles n'avait pas répondu et, après un long silence, l'enquêteur avait poursuivi : « Son officier de commandement n'a jamais pu décider si elle était dingue ou si elle s'amusait juste à faire semblant de l'être. Quoi qu'il en soit, je pense qu'elle lui avait foutu une trouille bleue. »

L'enquêteur s'était à nouveau interrompu, et Miles n'avait pas relancé la conversation. Finalement, estimant l'entretien terminé, le type s'était levé pour partir. Mais à la porte il s'était arrêté et avait dit :

« Si vous voulez un conseil, monsieur, je vous recommanderais de l'éviter comme la peste. »

Au lieu de quoi Miles l'avait fait convoquer pour un entretien le lendemain même.

Sa beauté lui avait littéralement coupé le souffle. Il avait depuis longtemps cessé de compter ses conquêtes parmi les actrices et les mannequins, mais c'était la première fois que quelqu'un lui faisait cet effet. La première fois que la seule vue d'une femme lui serrait la gorge au point qu'il ne puisse plus ni inspirer ni expirer, juste la regarder en hoquetant comme un poisson hors de l'eau.

« Alors, dites-moi, fit-il enfin, lorsqu'il eut retrouvé sa langue, que fuyez-vous, mademoiselle Yasmin Yakir ? »

Il s'attendait à une expression de surprise, ou au moins à ce qu'elle rougisse, mais il n'obtint qu'un petit haussement d'épaules qui attira ses yeux sur ses seins.

« Vous avez donc pris les renseignements qui s'imposent sur ma personne, et vous avez trouvé un

squelette dans un placard. Alléluia! Qui n'en a pas?»
Elle croisa ses longues jambes, vérifia qu'il les regar-
dait, et ajouta : «Et vous, que fuyez-vous, monsieur
Marcario Tavoularis?»

C'était vraiment drôle, tellement qu'il faillit éclater
de rire. Il s'apprêtait à la prendre au dépourvu, et
c'est lui qui se trouvait pris de court. Étonné, pas tant
qu'elle soit au courant de son changement d'identité
– il avait troqué son nom grec de Marcario Tavoularis
pour un Miles Taylor beaucoup plus acceptable socia-
lement –, mais qu'elle ait pris la peine de s'informer à
son sujet. Il ne s'était pas donné énormément de mal
pour enfouir ses origines prolétariennes, mais il avait
quand même fallu qu'elle creuse un peu.

Enfin, elle avait été dans les services de renseignement israéliens, après tout, ou quelque chose dans ce
goût-là. De toute façon, il n'était pas inquiet : ses vrais
secrets, ses cadavres à lui, étaient trop profondément
enfouis pour qu'une bouffée de leur puanteur soit
seulement parvenue à ses narines.

Alors il se pencha et mit beaucoup de sous-
entendus dans le sourire qu'il lui lança.

«Que voulez-vous prouver, mademoiselle Yakir,
Poole ou Dieu sait quoi? Que vous êtes futée et que
vous avez des couilles? Vous pensez que ça nous met
à égalité?»

Le sourire qu'elle lui renvoya le fit bander.

«Non, monsieur Tavoularis, Taylor ou Dieu sait
quoi. Nous serons à égalité quand vous aurez tué
votre premier homme.»

Il fut tenté d'effacer ce sourire mademoiselle
Je-sais-tout de son visage en lui parlant de l'Assas-

146

sinat avec un grand A, mais il se retint. Cela dit, il finit par lui en parler. Il finit par lui dire à peu près tout.

«Ne me regarde pas comme ça en fronçant les sourcils», lui disait-elle en cet instant.

Elle lissa, du bout des doigts, la profonde patte d'oie qu'il avait au coin de l'œil gauche.

«Il y a des moments où tu penses trop à certaines choses. Tu les analyses, tu les épluches. Analyse-moi, épluche-moi. Il y a des gens qui sont simplement nés avec le goût du sang.»

Une porte claqua, tout en bas, et quelqu'un se mit à rire, trop fort. Miles se détourna d'elle et s'approcha, en traînant la patte, de la fenêtre pour voir d'où provenait ce bruit.

Le soleil était couché depuis longtemps, mais le ciel d'été était encore assez lumineux pour qu'il constate que ce n'était rien, juste trois employés du traiteur qui étaient sortis de la salle de billard sur la terrasse pour en griller une. Le lendemain soir, il donnait une fête ici, dans son chalet sur la plage, une réunion intime d'une cinquantaine de personnes, rien que des super-riches et des célébrités des quatre coins du monde.

Son *chalet sur la plage. Pff.* Vingt pièces, des cheminées de pierre, des vérandas tout autour, avec vue sur l'océan, le tout estimé à douze millions de dollars – et là, à Martha's Vineyard, on appelait ça «un chalet».

«Je ne t'ai jamais dit, Yaz, que je suis né et que j'ai grandi ici, sur cette île?» Bien sûr qu'il le lui avait raconté, et probablement plus d'une fois, mais il continua quand même. «Dans une petite ville appelée Oak Bluffs. Cinq personnes entassées dans une brave vieille maison typique de la Nouvelle

Angleterre. Quatre petites pièces construites par un baleinier deux cents ans plus tôt. La façade était assez tarabiscotée et les touristes trouvaient ça joli tout plein mais, à l'intérieur, le lino des sols pelait, les vieux tuyaux gelaient et crevaient tous les hivers, et nous manquions toujours d'argent pour tout. Mon père – avant qu'il nous plaque quand j'avais treize ans – tenait la station-service locale. Il s'occupait des luxueuses automobiles des riches familles qui venaient en automne et qui nous prenaient pour des ploucs, quand ils daignaient nous accorder un regard.»

Elle l'avait suivi vers la fenêtre. Elle passa son bras sous le sien, s'appuya contre lui.

«Oui, mais maintenant, dit-elle, ces gens-là viennent à tes soirées dans cette majestueuse demeure, et il faut les voir, la bouche en cœur, te lécher le cul à qui mieux mieux, et ça te plaît, Miles, et ton cul adore ça, parce que ça fait tellement de bien.»

Miles rit de l'image qu'elle avait fait naître dans sa tête, mais c'était un rire amer. Même après toutes ces années, le taudis qui leur servait de maison, sa brute de père et les riches snobinards qui venaient là et par leur seule existence ne lui laissaient jamais oublier sa condition – tout ça lui faisait encore mal comme un abcès qui n'aurait pas fini de suppurer.

Ils restèrent silencieux pendant une minute, puis il reprit :

«Je fais un rêve depuis quelques nuits. Je suis encore enfant, dans la cour de la maison d'Oak Bluffs, mais, au lieu de jouer, j'essaie d'enterrer un cadavre, et il pleut tellement que j'ai beau pelleter toujours plus de terre dans la tombe, l'eau n'arrête pas de tout délaver et les os réapparaissent.» Il se tourna pour la regarder. «Oui, je sais ce que tu vas me dire. Il arrive qu'un rêve ne soit qu'un rêve.

— Non, dit-elle, et il y avait quelque chose dans ses yeux, quelque chose de dur et de froid. Ce que je vais te dire, c'est que tu m'as menti.

— À quel sujet? Et tu vas peut-être me dire que tu ne m'as jamais menti, toi? Tout le monde ment. C'est dans la nature humaine. Bon sang, le monde entier n'est qu'une joyeuse ronde de putains de mensonges.

— Ton Assassinat avec un grand A. Tu m'as menti sur ses raisons.

— C'est drôle, mais c'est la seule chose à propos de laquelle je ne t'ai pas menti.

— Eh bien, disons que c'était un mensonge par omission.»

Il secoua la tête, se sentant un peu mouché.

«Je ne te suis pas.

— L'autel d'ossements.

— Le *quoi*? Yaz, je te jure que je ne sais pas ce que tu me racontes.»

Au lieu de répondre, elle leva la main gauche, et il vit qu'elle tenait un de ces minuscules dictaphones. À un moment donné, elle avait posé son verre et récupéré le magnéto sans qu'il s'en rende compte, ce qui l'ennuyait. Est-ce que c'était ces maudits antidouleurs qu'il avait pris pour son genou qui l'embrouillaient, ou est-ce qu'il perdait vraiment la boule?

Il était au courant de l'enregistrement qu'elle avait fait à l'hôpital, évidemment. Elle lui en avait donné la teneur quand elle l'avait appelé de Galveston, avec un téléphone à carte, intraçable, et sur sa ligne sécurisée. Elle lui avait dit qu'elle avait enregistré le vieux juste avant qu'il claque en vidant son sac à son prêtre de fils, lui crachant le morceau sur l'Assassinat et le film d'amateur qu'il en avait fait. Seulement voilà, O'Malley n'avait plus le film, ne l'avait jamais vraiment eu, en réalité : une femme appelée Katya Orlova le lui avait fauché et avait disparu.

Miles pensait que Yasmine lui avait tout dit à propos de la confession d'O'Malley et de ce qui s'était passé à Galveston, mais elle appuya sur un bouton du dictaphone. Il y avait quarante-huit ans qu'il n'avait pas entendu cette voix, celle de Mike O'Malley.

Et Yasmine ne lui avait pas tout à fait tout raconté, en fin de compte, parce qu'il entendit Mike O'Malley dire : « Tout a commencé avec Katya Orlova et l'autel d'ossements, mais ça a fini avec l'Assassinat. »

Miles écouta jusqu'au bout, jusqu'à ce que cette voix familière, une voix de vieillard, maintenant, telle-ment étouffée qu'elle était à peine intelligible, dise quelque chose qui ressemblait à : « Je pensais qu'elle était morte dans la grotte. » Et puis après une longue pause, une autre voix articula sur un ton qui tenait de la prière et de la supplication : « Papa ? Oh mon Dieu... »

Yasmine éteignit le dictaphone.

« C'est tout ? » demanda Miles.

Elle hocha la tête.

« Il n'a plus dit un mot après ça. Il a sombré dans le coma, et puis ça a été *bye-bye*, Mikey. » Miles ne répondit pas. Il resta sans bouger, à regarder par la vitre la mer sur laquelle la lune montante traçait un chemin argenté. « Tu ne sais vraiment pas de quoi

il s'agit, hein ? demanda Yasmine. Cet autel en os.»
Elle éclata de rire, et il entendit dans son rire la folie
qui vivait toujours en elle, juste sous la surface. «Oh,
mon Dieu, c'est presque trop drôle, Miles. C'est toi
qui as tué...

— Non.» Il s'éloigna d'elle et de la fenêtre, fit
quelques pas et se retourna. «C'est O'Malley qui l'a
commis. L'assassinat.

— Et le Russe, Nikolaï Popov, qui a tout organisé.
Mais c'est toi qui les as poussés à le faire. C'était toi,
le cerveau, celui qui était derrière tout ça. C'est ce
que tu m'as raconté, non ? Sauf que maintenant, on
dirait bien que tu t'es fait rouler.»

Il se retint pour ne pas la frapper. Il alla jusqu'à
lever le bras pour lui infliger un revers de main, mais
la façon dont elle était plantée là, prête à recevoir le
coup, alors même qu'elle le voyait venir... Elle voulait
qu'il le fasse. Et cela l'arrêta.

De toute façon, la figure qu'il avait vraiment envie
de frapper n'était pas la sienne.

*Tout a commencé avec Katya Orlova et l'autel d'osse-
ments...* Bon sang, qu'est-ce que c'était que ça ? On
aurait presque dit une blague. Quand on ne connaissait pas Nikolaï Popov.

«Il faut que tu retrouves cette Katya Orlova, Yaz.
Retrouve-la, retrouve le film, fais-lui dire tout ce
qu'elle sait de cet autel d'ossements. Et puis tue-la
pour moi, s'il te plaît.»

Troisième partie

L'Héritage

12

San Francisco, Californie.
De nos jours.

Zoé Dmitroff regardait par la fenêtre de son cabinet juridique de Mission Street. Elle guettait l'Impala marronnasse au pare-chocs avant embouti qui faisait le tour du pâté de maisons depuis plus d'une heure en ralentissant chaque fois qu'elle passait devant sa porte. Il y avait trop de brouillard, et sous la pluie elle ne voyait pas la tête du conducteur, mais elle savait qui c'était. Manuel Moreno.

Elle savait ce qu'il voulait, aussi. Il voulait sa femme. Son obsession. Son punching-ball.

«Ouais, eh bien, ce temps-là est révolu pour toi, mon pote», dit Zoé, à haute voix.

Elle se sentait un peu idiote de parler toute seule, mais l'Impala en maraude lui donnait la chair de poule. À présent, le 4 x 4 blanc anonyme qui emmenait Inez Moreno et sa fille de trois mois devait déjà être en route pour une maison en sûreté, hors de l'État. Ce que Manuel n'aurait pas dû comprendre avant cinq bonnes heures, en ne voyant pas sa femme rentrer du travail – elle était infirmière à l'hôpital San Francisco General. Et pourtant il était là, et Zoé avait la frousse.

«C'est comme s'il habitait à l'intérieur de ma tête. Je n'ai qu'à penser à le quitter, et je ne sais pas comment, il le sait, lui avait dit Inez, une fois. Il le sait, c'est tout. »

Dehors, il y eut un crissement de pneus. Zoé se crispa, puis se détendit après un coup d'œil à la voiture qui passait à toute vitesse sous ses fenêtres en soulevant une gerbe d'eau. Ce n'était pas l'Impala.

En temps normal, le quartier latino grouillait d'activité mais, par cet après-midi humide et froid de février, il n'y avait pas grand monde dehors. Paco G., qui vendait des sacs en faux cuir au coin de la rue, remballait son éventaire pour la journée. Et même Tía Juanita, qui vivait dans la ruelle derrière le bar à vin d'à côté, avait renoncé à faire les poubelles à la recherche de bouteilles et de canettes vides, pour aller se mettre au sec.

Un minibus s'arrêta au feu rouge, les essuie-glaces balayant frénétiquement le pare-brise, le pot d'échappement crachant un nuage de fumée. Zoé tendit le cou pour regarder derrière. Toujours pas d'Impala. Peut-être qu'il avait laissé tomber, lui aussi.

Sauf que les types comme Manuel Moreno ne renonçaient jamais.

Elle se détourna de la fenêtre et finit de débarrasser son bureau des dossiers sur lesquels elle travaillait. Lorsqu'elle eut terminé, elle enfila son blouson aviateur en cuir noir et passa sur son épaule l'énorme besace Tumi surdimensionnée qui lui servait à la fois de sac à main et d'attaché-case. Elle éteignit la lumière et se dirigea vers la porte.

Le bureau de Zoé était dans une petite maison de style victorien coincée entre un bar à vin et une boutique de tee-shirts. Elle n'avait pas descendu deux marches du petit escalier qui menait vers le trottoir que l'Impala déboulait brusquement au coin de la rue, manquant renverser un coursier à bicyclette, et s'arrêtait dans un grand bruit de freins juste devant la bouche d'incendie.

Manuel Moreno ouvrit la portière à la volée et descendit de voiture. C'était un type maigrichon avec une barbiche mal soignée et de petits yeux trop rapprochés. Il fonça vers elle.

«Où est Inez? lui gueula-t-il sous le nez. Où est ma femme?

— Je ne sais pas où elle est», répondit Zoé.

Et ce n'était pas un mensonge. Elle avait elle-même mis au point ce système, pensant qu'on ne pouvait pas dire ce qu'on ne savait pas, même sur injonction d'un tribunal.

La bouche de Manuel se retroussa et il la serra de plus près. Il était si proche qu'elle aurait pu compter les poils de sa pathétique barbiche.

«Inez est un petit lapin craintif. Elle n'aurait jamais fait ça de sa propre initiative. Vous savez où elle est, madame et, avant que j'en aie fini avec vous, vous me supplierez de vous laisser me le dire.»

Du coin de l'œil, Zoé vit approcher une Ford Taurus métallisée, le genre de voiture qui, dans ce quartier, hurlait *policia* si fort qu'elle aurait aussi bien pu être peinte en noir et blanc. Le véhicule banalisé se gara en double file le long de l'Impala et deux flics en civil – un homme et une Asiatique – en sortirent.

L'homme, Zoé le connaissait. C'était l'inspecteur Sean Mackey, de la brigade homicide. Il ne lui apportait jamais que de mauvaises nouvelles. Mais, en cet instant précis, elle lui aurait volontiers organisé une parade avec majorettes et pluie de confettis.

«Vous devriez la mettre en sourdine, dit-elle à Manuel. Parce qu'il y a un grand flic, plutôt un dur à cuire, debout juste derrière vous.»

Le type eut un reniflement.

«Ouais, c'est ça. Y'a écrit "ducon" sur mon front, peut-être?

— Eh bien, puisque vous le demandez...»

L'inspecteur Mackey abattit sa grosse patte à plat sur le capot de l'Impala. Moreno se retourna d'un bond, manquant se faire à lui-même un croc en jambes.

«Hé, qu'est-ce que vous f...

— Tu devrais faire gaffe, mon pote, dit Mackey. La dame est ceinture noire de taekwondo. Elle pourrait te botter le cul si fort que tu pisserais rouge pendant huit jours.

— Tout c'qu'elle peut m'faire au cul, c'est m'le lécher, ouais!»

Mackey se rapprocha dangereusement de Moreno, mais c'est d'une voix douce, lisse, et aussi suave que de la crème Chantilly qu'il dit:

«Tu ferais mieux de rentrer chez toi, là. Prendre une bonne douche bien chaude, te servir une bière et laisser un peu retomber la pression.»

Moreno serra les poings, mais il retourna vers sa voiture, non sans frôler Mackey au passage. Il ouvrit la portière avec fracas, s'installa au volant et fit rugir le moteur. Puis il tendit, par la vitre, un doigt vers Zoé.

«Dites à Inez que c'est pas fini. Pas fini du tout.

— Je ne sais pas qui est cette Inez, dit la femme flic en regardant l'Impala s'éloigner et se perdre dans la circulation, mais elle n'a pas intérêt à se trouver à moins d'un kilomètre de ce bonhomme. Au moins pas tant qu'il sera en rogne comme ça.»

Zoé ne fit aucun commentaire. Parfois, la police sympathisait avec ses dossiers. Parfois non.

«Ça va, Zoé? demanda Mackey.

— Ça va, Mack. Merci, hein. Vous vous êtes pointés juste à temps.

— Bah, vous vous en seriez sortie sans nous.»

Zoé haussa les épaules.

«Peut-être. Il était un peu remonté quand même.»

Elle tendit la main à la femme flic.

«Zoé Dmitroff.

— Wendy Lee, répondit la femme, les yeux brillants d'amusement et de curiosité. Mack m'a briefée sur vous, en venant ici.

— Vraiment?»

Zoé regarda Mackey, mais il évita son regard. Elle se demanda ce qu'il avait pu lui raconter. Il était plutôt bien bâti, pas mal de sa personne, la mâchoire carrée, et il y avait toujours ce petit frisson d'attirance entre eux. Mais ça n'irait jamais très loin, parce qu'il ne pouvait tout simplement pas fermer les yeux sur la façon dont sa mère à elle gagnait sa vie.

«Et j'ai vu le sujet que Channel 4 a fait sur vous il y a quelques jours, reprit Wendy Lee. Sur la filière clandestine que vous avez mise en place pour aider les femmes et les enfants à échapper aux enfoirés qui leur pourrissent la vie.

— Elle les aide parfois à s'en sortir, intervint Mackey, d'un ton un peu acide.» Il n'approuvait pas toujours la façon dont elle gagnait sa vie non plus. «Il leur arrive parfois de faire un beau trou rond avec un fusil à pompe dans la poitrine des enfoirés

159

en question, ou de leur enfoncer un hachoir dans le crâne, et elle les aide à se dépêtrer de l'accusation de meurtre.

— Parfois, fit Zoé, quand le système vous abandonne, le hachoir paraît être le seul recours possible.

— Et qui décide quand la ligne a été franchie? Qui décide quand tuer le type devient… comment dites-vous, déjà? Ah ouais : le seul recours.»

Wendy Lee lança un grand sourire à son partenaire.

«Je pense que le journaliste avait également abordé la question. Sauf qu'il précisait que Mlle Dmitroff ne se bornait pas à invoquer le syndrome de la femme battue pour défendre ses clientes, elle travaillait *pro bono* à la libération des pauvres femmes déjà condamnées et envoyées en prison pour avoir assassiné leurs violeurs et leurs tortionnaires en des temps moins éclairés.

— Ben voyons…, fit Mackey avec un reniflement.

— Bon, et à part ça, les gars, fit Zoé. Quel bon vent vous amène?»

Mackey plongea la main dans la poche de son blouson et en tira un jeu de photos.

«Vous connaissez cette femme?»

Zoé était avocate de la défense ; elle avait déjà vu des scènes de crime. Et Mackey ne lui avait donné que des photos de visage, de sorte qu'il n'y avait pas de blessures visibles, juste un peu de sang autour de la bouche enfoncée de la vieille femme. Mais quelque chose dans sa personne, quelque chose de tellement vulnérable dans ces yeux fixes, opaques, pinça le cœur de Zoé. Elle sut, sans très bien savoir comment, que la pauvre vieille était morte seule et terrorisée.

160

«Non, je ne crois pas la connaître... Je devrais ? Que lui est-il arrivé ?

— C'est une sans domicile fixe qui a été poignardée la nuit dernière dans le Golden Gate Park. Sur Kennedy Drive, près de la serre du Jardin botanique. L'arme du crime était restée dans le corps – une sorte de couteau assez bizarre, comme je n'en avais jamais vu. Ce type-là était en train de faire un tour dans sa nouvelle Jaguar avec un copain quand ils ont interrompu l'assassin en pleine action. Au sens propre du terme. Elle leur est morte dans les bras avant l'arrivée de l'ambulance : je sais que ça a dû lui faire un choc, mais maintenant il fait tout un cirque dans les médias à propos des vieilles clochardes qui se font massacrer dans les rues de notre belle cité. C'est le bordel atomique, en ce moment, à la mairie.»

Zoé regarda à nouveau la photo de scène de crime, attirée par ces yeux fixes, morts, et elle se sentit presque submergée par des sentiments de perte et de tristesse. Ça n'avait aucun sens. Elle ne connaissait pas cette femme, et pourtant elle avait l'impression qu'elle aurait dû la connaître. C'était ses yeux. Quelque chose dans ses yeux.

«Est-ce que...»

Sa voix se brisa. Elle dut recommencer :

«Vous savez qui c'est ?

— Pas exactement, répondit Mackey. En quadrillant le parc, on a trouvé un travesti appelé Bouton d'Or qui écume le secteur, et il raconte qu'ils faisaient tous les deux partie d'un groupe qui campait dans les bois, derrière la serre. D'après lui... elle... enfin, la vieille femme s'appelait Rosie quelque chose.»

Zoé détacha son regard de la photo. Elle leva les yeux et surprit Mackey qui l'étudiait, l'air compatissant, mais aussi avec l'attention d'un flic.

«Je suis désolée, Mack, mais je ne la connais vraiment pas. Qu'est-ce qui vous fait penser que je devrais?»

Il remit la main dans sa poche et en sortit cette fois un de ces sachets en plastique transparent qui servent à protéger les indices.

«Le médecin légiste a trouvé ça au fond de sa gorge. Comme si elle avait essayé de l'avaler, peut-être pour empêcher son assassin de mettre la main dessus. Elle l'avait mastiqué, mais les gars du labo font des miracles, de nos jours.»

L'enveloppe contenait un bout de papier déchiqueté, sur lequel on distinguait une inscription au stylo. L'écriture avait été révélée par un procédé chimique, mais une partie seulement était encore lisible. Zoé en voyait suffisamment quand même. Un frisson lui parcourut l'échine.

«Mais c'est mon adresse personnelle. Pas celle de mon bureau. Chez moi.»

Elle leva les yeux sur Mackey, qui échangea un de ces coups d'œil de flic avec Wendy Lee et s'éclaircit la gorge.

«Vous auriez entendu parler d'un truc appelé l'autel d'ossements?

— Non, mais ça paraît vraiment glauque. C'est quoi?»

Il ne répondit pas. Il n'était pas flic pour rien. Il se contenta de sortir un autre sachet en plastique et de le lui tendre.

«Cette photo était dans la poche de la vieille dame. On pense qu'elle a été prise à la fin des années 1950, à en juger par les vêtements et le style des coiffures. L'une de ces deux personnes vous dit-elle quelque chose?»

Zoé jeta les yeux sur la photo et sentit sa bouche s'assécher. Ce n'était pas possible. Ce n'était tout simplement pas possible.

C'était une vieille photo en noir et blanc d'une jolie femme blonde d'une vingtaine d'années, debout, le bras passé autour des épaules d'une petite fille de six ans à peu près. La petite fille avait des tresses, elle portait l'uniforme d'une école religieuse, et elle regardait l'objectif en souriant de toutes ses dents. Elles étaient plantées devant l'entrée des studios de la Twentieth Century Fox. Zoé savait que c'était la Fox, parce que sa mère avait la même photo, ou plutôt une version agrandie, dans un cadre en argent ciselé, sur son bureau, dans sa bibliothèque.

«Mais je ne... ça n'a aucun sens. Comment a-t-elle eu ça?

— Alors vous l'avez déjà vue? insista Mackey. Ces femmes-là? Vous les avez déjà vues?»

Mais Zoé ne l'entendait pas vraiment. Elle regardait les coins chiffonnés de la photo, ses couleurs fanées par le temps. Un liquide quelconque avait dû être renversé dessus à un moment donné. Du café? Du sang? Parce que le ciel était taché, au-dessus du nom du studio. Mais cette photo avait partagé la vie de quelqu'un, elle avait été aimée par une vieille femme sans logis, qui avait été assassinée, et qui ne l'avait pas soigneusement conservée dans un cadre en argent.

163

Il se remit à pleuvoir. De grosses gouttes s'écrasèrent sur la pochette en plastique. Wendy Lee vint regarder par-dessus l'épaule de Zoé.

«Notre victime n'a pas eu la vie facile, et beaucoup de temps a passé depuis que la photo a été prise, mais le légiste pense que c'est la même femme. Ils vont lui faire subir un programme d'analyse d'image, plus tard, pour avoir une réponse définitive.

— Mais ça ne peut pas être la même, dit Zoé; la femme de la photo est ma grand-mère. Et elle ne s'appelait pas Rosie. C'était Katya. Katya Orlova. Sauf qu'elle est morte depuis près de cinquante ans.»

13

Zoé écrasa l'accélérateur et passa, au volant de son Bébé, à l'orange un peu mûr. Elle traversa Market à toute vitesse, prit la première à gauche qui n'était pas en sens interdit et de nouveau à droite, dans Franklin. Pas question de rester sur Van Ness avec ses feux perpétuellement au rouge à tous les carrefours. Elle continua tout droit sous la pluie balayée par le vent, en guettant les flics. Beaucoup connaissaient le Bébé, et ceux qui ne le connaissaient pas se feraient une joie de coller un PV à une Mustang de collection bleu layette.

Elle viola une sacro-sainte règle du code de la route en obligeant un piéton à prendre ses jambes à son cou pour ne pas finir sous son capot, en l'aspergeant au passage pour faire bonne mesure, mais elle devait absolument voir sa mère avant l'arrivée des flics. Il fallait qu'elle découvre comment une vieille clocharde qui s'était fait assassiner dans le Golden Gate Park pouvait être la même personne que sa grand-mère qui était morte dans un accident de voiture, il y avait des années et des années de ça.

Or la seule façon d'avoir ne serait-ce que l'espoir d'extorquer la vérité à Anna Larina Dmitroff était de la prendre par surprise. Si Zoé arrivait auprès de sa mère en premier, si elle pouvait la regarder droit dans les yeux, peut-être sourdrait-il quelque chose du masque dur et froid qu'elle arborait en permanence.

Elle y était presque. Ses essuie-glaces allaient et venaient sur le pare-brise, la buée s'accumulait à l'intérieur. Le Bébé se comportait vaillamment sous la pluie, abandonnant derrière lui un sillage d'invectives et de gestes obscènes. Zoé coupa la route d'un taxi jaune, fit une queue de poisson à une grosse Lexus dont le conducteur se jeta sur le klaxon et faillit se retrouver dans la cour d'une grande et austère maison victorienne. Elle vira brusquement à gauche sur Washington, soulevant une gerbe d'eau pareille à une magnifique queue de coq, dérapa, faillit s'encastrer dans une Toyota en stationnement, grilla les stops à Gough et Octavia, et s'engagea d'un coup de volant, deux rues plus loin, dans l'allée menant au manoir de sa mère, sur la côte de Pacific Heights, en faisant gémir les pneus du Bébé. Douze minutes exactement s'étaient écoulées depuis qu'elle avait quitté Mackey et sa partenaire, Wendy Lee, en leur racontant qu'elle devait filer pour aller au tribunal. Elle les avait regardés s'éloigner, puis elle avait couru vers la ruelle derrière le bar à vin où elle garait sa voiture.

Et maintenant, elle les avait pris de vitesse, grâce à Dieu, mais elle avait intérêt à se dépêcher.

Le vent lui chassa la pluie dans la figure alors qu'elle montait en courant les marches de l'énorme maison de granit et de verre. Mais à la vue de la grande double porte d'ébène, avec ses poignées d'argent massif, elle s'arrêta net.

Treize ans plus tôt, le jour de sa remise de diplôme, elle était sortie par cette porte et avait tourné le dos à son ancienne vie avec pour tout bagage un sac

166

polochon plein de vêtements. Elle s'était juré de ne jamais revenir, mais elle aurait dû savoir à quoi s'en tenir. On peut échapper à une partie de son passé, mais pas à la totalité.

Zoé inspira profondément, leva la tête et appuya sur le bouton de sonnette. Moins de cinq secondes plus tard, un homme qui avait les mains comme des battoirs et pas de cou ouvrait la porte. Elle lui passa devant le nez, ce qui n'était probablement pas la chose la plus maline à faire compte tenu de l'arme qu'il avait dans un holster à l'épaule, sous sa veste noire à la coupe confortable.

«Je suis sa fille, fit Zoé comme il l'attrapait par le bras. Alors si vous tenez à vos abattis, bas les pattes.»

L'homme, qui avait le visage buriné, les yeux méfiants et les réflexes rapides, la lâcha aussitôt.

«Où est-elle?»

Et si elle n'était pas là? Petit Jésus, faites qu'elle voie sa mère avant les flics, faites que…

«La *pakhan* est en haut, dit-il. Dans la bibliothèque.»

Pour rien au monde Zoé n'aurait pris l'ascenseur, à peine plus grand qu'un cercueil. Elle monta quatre à quatre les marches en grès du vaste escalier, jusqu'au troisième étage, où une autre porte l'arrêta.

Celle-là était en acajou massif, et de l'autre côté c'était le sanctuaire d'Anna Larina. Treize ans que Zoé n'avait pas mis les pieds dans cette maison, et deux de plus qu'elle n'était pas entrée dans cette chambre. Pas depuis un jour d'été de ses seize ans, le jour où son père était venu dans la chambre de sa mère et s'était assis au bureau, une gigantesque dalle de marbre noir. Il s'était assis, s'était mis un revolver sous le menton et avait pressé la détente.

Zoé était seule à la maison, ce jour-là, seule à entendre le coup de feu. C'est elle qui avait vu le sarouk persan de soie ivoire et le plancher de teck s'imprégner de sang, elle qui avait vu toutes les éclaboussures ensanglantées. Elle qui avait dû regarder ce qui restait du visage de son père.

Zoé ouvrit la porte avec une telle violence qu'elle alla cogner contre le mur.

Sa mère leva les yeux d'un écran d'ordinateur portable tout en coulant sa main droite sous son bureau, à l'endroit où elle gardait un Glock 22 dans un tiroir à ressort. Anna Larina Dmitroff n'était pas arrivée à la tête d'une famille de la *mafiya* russe sans combattre, intriguer, assassiner, et oublier les mesures de prudence élémentaire.

«Zoé!» dit-elle, choquée.

Et Zoé fut surprise de voir le visage de sa mère traduire une réelle préoccupation.

«Que fais-tu ici? Tu as un problème?

— Pourquoi? Ça te ferait quelque chose?

— Ne sois pas ridicule. Bien sûr que ça me ferait quelque chose.»

Anna Larina, qui s'était à moitié levée, se rassit derrière l'énorme bureau de marbre.

«Tu as l'air un peu trempée et stressée, mais sinon, ça a l'air d'aller. Tu as drôlement grandi, fit-elle en la jaugeant d'un regard froid, indifférent. Mais comme pendant toutes ces années tu ne m'as même pas envoyé une carte de Noël, j'en suis réduite aux conjectures : si tu viens ici, c'est qu'il a dû se passer quelque chose d'assez sérieux. »

Zoé serra les dents pour s'empêcher de hurler. Bon Dieu, ce qu'elle avait toujours détesté ce ton sec, léger, qui n'avait pas son pareil pour ironiser, trancher, blesser. Treize ans et rien n'avait changé. Un coup d'œil à ce beau visage sans âme et tous les mauvais sentiments du temps jadis revenaient d'un coup, coulaient dans son sang comme un poison.

Il fallait qu'elle reprenne le dessus, qu'elle refoule ses émotions. Elle savait d'expérience – sa triste expérience – qu'on ne pouvait se permettre de manifester la moindre étincelle de sentiment envers Anna Larina, d'exprimer quoi que ce fût qui ressemblât à de l'amour, de la haine, de la peur ou même de la colère, parce que les sentiments ouvraient une brèche en vous, une brèche qu'elle utilisait ensuite pour vous éviscérer. Nettement et sans bavure.

Zoé s'approcha de la grande dalle de marbre noir qui était son bureau, lentement, pour gagner du temps. La pièce était magnifique mais froide, comme son occupante. En forme de triangle, elle s'avançait, telle la proue d'un navire, dans le ciel au-dessus de la baie et du Golden Gate Bridge. Contre le seul mur qui n'était pas occupé par une baie vitrée du sol au plafond se dressait une bibliothèque scandinave qui avait coûté les yeux de la tête. Il y avait quelques livres sur les étagères, mais surtout les plus belles pièces de la collection d'icônes russes de sa mère. Quand Zoé était petite fille, elle avait beaucoup souffert à l'idée que, pour sa mère, ces antiquités comptaient plus qu'elle.

Elle posa délicatement sur le bureau une photo de la scène du crime qu'elle avait subtilisée à Mackey.

«Regarde ça et dis-moi ce que tu vois.»

Anna Larina posa les deux mains à plat de chaque côté de la photo et baissa le regard. Elle l'examina en silence, pendant que Zoé l'examinait. Aucune manifestation d'identification, de surprise, rien qui trahisse quoi que ce soit.

Elle releva les yeux, regarda Zoé bien en face.

«Je vois je ne sais quelle vieille femme apparemment morte. Je devrais savoir de qui il s'agit?

— Oh, je t'en prie. Tu vas essayer de me faire croire que tu ne reconnais pas ta propre mère, peut-être?»

C'était une gifle délibérée, dure. La tête de sa mère eut un soubresaut quand elle regarda à nouveau la photo de la morte. Ses mains, encore à plat, blanchirent aux jointures. Mais, en dehors de cette petite réaction, il était impossible de dire à quoi elle pensait, si elle ressentait un sentiment quelconque.

Zoé savait que sa mère pouvait ordonner à l'un de ses *vory*, ses hommes de main, d'exécuter quelqu'un aussi aisément qu'elle aurait commandé une tasse de thé, et pourtant elle ne croyait pas que sa mère fût responsable de ça, ne serait-ce que parce que le crime avait été bâclé et qu'Anna Larina Dmitroff n'était pas du genre à bâcler quoi que ce soit. Mais Zoé voulait l'ébranler, et elle avait réussi.

Elle prit la photo dans son cadre d'argent, sur le bureau – une version agrandie de la photo dans l'enveloppe transparente que Mackey lui avait montrée – et la posa à côté de la photo de la scène du crime.

«Tu vois la ressemblance, maintenant? Elle a nos yeux. Ou plutôt, nous avons les siens.

170

—Je ne…»

Anna Larina n'alla pas plus loin. Zoé la vit déglutir convulsivement, mais elle n'ajouta rien.

«Tu ne… quoi, mère? Tu n'y crois pas? Parce qu'elle est morte dans un accident de voiture quand tu avais onze ans? Que sa voiture est tombée d'une falaise à pic dans l'océan, un jour où il faisait mauvais temps, et que du coup tu as grandi dans un orphelinat? As-tu vraiment vu son corps descendre dans la tombe? Ou n'as-tu inventé tout cela que pour m'éloigner d'elle?»

C'était comme si Anna Larina ne l'avait pas entendue.

«Elle a tellement vieilli, sur cette photo. Tellement vieilli.» Elle effleura légèrement, du bout des doigts, le visage de la femme de la photo. «Pendant toutes ces années, je me la suis figurée dans mon esprit comme elle était alors. Jeune et belle, tellement pleine de vie et de rire. Elle avait le plus doux des rires. Quand elle riait, je voyais toujours des pétales de roses à cause de la façon dont le son se recourbait sur les bords. Exactement comme se recourbent les pétales de roses.» Elle laissa sa phrase en suspens, et sa bouche s'adoucit un peu. «C'est drôle que je me souvienne de ça maintenant, et voilà qu'elle est morte.

—Pas seulement morte, mère. Assassinée. À moins que tu ne saches pas reconnaître une photo de scène de crime quand tu en vois une?»

Anna Larina repoussa la photo loin d'elle.

«Oui, bien sûr que je le vois.»

Elle se leva de son bureau, se dirigea vers la porte, la ferma. Le déclic du pêne parut très bruyant dans le silence tendu.

171

Elle regarda Zoé, laissa le silence s'éterniser, et dit:

«Je pensais qu'elle était morte. Je ne t'ai pas menti pour t'éloigner d'elle. C'est ridicule. Elle n'avait pas voulu de moi. Pourquoi diable aurait-elle voulu de toi?»

Elle avait lâché ces paroles d'un ton froid, indifférent, mais Zoé avait vu une émotion noire briller dans les yeux de sa mère. De la douleur, oui, mais il y avait autre chose. De la culpabilité? De la rage?

Zoé regarda cette femme qui était sa mère. Ces pommettes saillantes, ce front haut, aussi lisse qu'un coquillage poli par les vagues. Les yeux gris, très écartés, un peu bridés. L'âge d'Anna Larina avait toujours été un secret jalousement gardé, mais elle ne devait pas avoir loin de soixante ans, maintenant. Et pourtant, elle n'avait pas l'air d'avoir vieilli d'un jour pendant toutes ces années. *Cela pourrait être mon reflet dans le miroir,* pensa Zoé, et cette horreur lui tordit les tripes comme un poignard.

Si elle avait hérité du visage de sa mère, avait-elle aussi hérité de son âme sombre?

Les lèvres pleines d'Anna Larina esquissèrent un sourire torve.

«Que cherches-tu, Zoé? La marque de Satan sur mon front? La preuve que nous n'avons rien de semblable, en fin de compte? C'est de ça que tu as toujours eu peur, n'est-ce pas? C'est bien pour ça que tu as fui, que tu t'es investie dans cette croisade pour les femmes battues? Tu essaies d'acheter ton salut en expiant mes péchés.»

Zoé éprouva une douleur aiguë dans le bras. Elle baissa les yeux et vit son poing crispé à l'extrême. Elle s'obligea à dénouer les doigts, à respirer.

172

«Ne te flatte pas. Pour le moment, tout ce que je veux savoir, c'est comment la femme qui t'a donné le jour a fini clocharde, comment elle en est arrivée à partager la vie d'alcooliques et de drogués dans le Golden Gate Park.

— Je ne... Le Golden Gate Park? C'est là que...? commença Anna Larina avec un geste de la main en direction de la photo posée sur son bureau.

— Qu'elle a été assassinée? Oui. Ça s'est passé devant la serre du Jardin botanique. Elle a été poignardée avec un couteau. Les flics ne savaient pas qui elle était, au départ...

— Et pourtant, ils sont venus te trouver tout droit avec ces photos de scène de crime? Alors, soit ils sont médiums, soit tu ne me dis pas tout.»

Bon sang, cette femme est rapide, pensa Zoé. Elle ne devait pas l'oublier. Elle avait appris qu'en arts martiaux il ne fallait jamais laisser l'ennemi entrer dans ses mouvements ou à l'intérieur de sa tête. Elle ne devait pas oublier qu'Anna Larina était son ennemie. Sa mère était son ennemie, et dans le secret de son cœur, depuis qu'elle était toute petite, elle l'avait toujours su. Ce qu'elle ne savait pas, c'était pourquoi.

«Avant que quelqu'un lui enfonce un couteau jusqu'à la garde dans la poitrine, fit Zoé, choisissant délibérément des termes crus, choquants, ta mère a réussi à avaler un bout de papier. Ou plutôt, à l'avaler à moitié. Il y avait mon nom et mon adresse dessus.»

Un autre sourire glacé retroussa la bouche d'Anna Larina.

«Dieu du ciel! Quel délicieux mystère de la part de cette vieille femme. Elle savait où tu habitais, et

173

pourtant elle était tellement occupée, entre faire la manche et pisser sous les portes cochères, qu'elle n'a pas trouvé le temps de passer te voir avant de se faire poignarder, hein? Eh bien, nous avons échappé à une scène drôlement touchante.

— Pour l'amour du ciel, mère!

— "Pour l'amour du ciel, mère", répéta Anna Larina, sur un ton railleur. Qu'attends-tu de moi, Zoé? Des larmes? Il y a longtemps que je n'ai plus de larmes.»

Zoé desserra à nouveau le poing, prit une profonde inspiration.

«Je pensais qu'elle était peut-être venue ici, pour te voir. Parce que sinon, comment aurait-elle appris mon existence?»

Encore une fois, Zoé perçut une sorte de vacillement au fond des yeux d'Anna Larina. *Elle sait quelque chose,* pensa Zoé. *Elle sait pourquoi sa mère était là.*

Au bout d'un moment, Anna Larina haussa les épaules et dit:

«Ce n'est pas comme si l'une de nous deux était planquée dans le cadre d'un programme de protection des témoins. Trois minutes de recherche sur Google et c'était plié.» Elle croisa ses bras sur sa poitrine et alla regarder par les baies vitrées, bien qu'il n'y ait rien à voir ce jour-là, ni pont, ni baie, que des nuages et de la pluie. «Bon, c'est fini, là, Zoé?

— Non, ce n'est pas fini, mère. Loin de là. Disons pour le moment que je te crois. Que c'est une grosse surprise pour toi. Cette histoire à l'eau de rose d'orphelinat que tu m'as servie pendant des années était-elle la vérité?

174

— Oh, bon sang ! fit Anna Larina dans un sursaut d'exaspération soudain, authentique. Tu sais que tu es un sale petit chameau têtu ? Eh oui, évidemment, c'est de moi que tu tiens ça. Très bien. Je te donne encore cinq minutes pour retourner le couteau dans la plaie que tu imagines encore sensible de mes souvenirs d'enfance, à condition que tu me promettes de me laisser tranquille après. »

Anna Larina prit dans la poche de son pantalon de cachemire noir un briquet en or, un paquet de cigarettes et en alluma une. Elle regarda un instant la flamme avant de refermer le briquet avec un claquement.

« L'orphelinat, insista Zoé. C'était la vérité ?

— Oh oui, la vérité vraie. Une grande, affreuse bâtisse de pierre brune tenue par les sœurs de la Charité, dans un quartier sordide de Columbus, dans l'Ohio. Il y avait même des barreaux aux fenêtres, sauf que je soupçonne que c'était plus pour empêcher la racaille du voisinage d'entrer que pour empêcher les pauvres petites orphelines que nous étions de sortir. Ce n'était pas que du gruau et des coups tous les jours, mais c'était quand même assez sinistre. Sauf que ma mère était on ne peut plus vivante quand elle m'y a abandonnée. Avec une petite valise de vêtements et une boîte en carton contenant mes rares trésors.

— Mais pourquoi l'Ohio entre tous les États possibles, alors que vous viviez à Los Angeles ? Et puis d'ailleurs, aucune femme n'abandonne son enfant comme ça. Elle devait avoir une raison.

— Tu m'étonnes, Zoé. Compte tenu de la fille que tu es et de ce que tu fais pour gagner ta vie, je

175

n'en reviens pas que tu trouves encore le moyen de regarder la nature humaine avec des lunettes roses.

— Mais tu devais bien avoir une idée de la raison pour laquelle elle a fait ça. Sinon à l'époque, du moins maintenant, rétrospectivement.»

Anna Larina inclina la tête en arrière et souffla un parfait anneau de fumée vers le plafond.

«Tu crois vraiment?»

Zoé ramassa la photo dans son cadre en argent et la remit à sa place sur le bureau. Anna Larina y tenait assez pour l'avoir mise à un endroit où elle pouvait la voir tous les jours. La femme qui tenait sa petite fille par les épaules devant les portes du studio avait assurément l'air heureuse, pleine de vie. Mais c'était un an avant l'orphelinat, à en croire Anna Larina.

«Tu m'as dit qu'elle travaillait pour la Fox comme opératrice de prise de vues…

— Plutôt comme assistante, je pense. Cependant,…» Anna Larina laissa sa phrase en suspens et regarda le bout de sa cigarette comme si elle faisait maintenant un véritable effort de mémoire. «Il me semble que les derniers temps, le studio l'avait enfin bombardée chef opératrice. Je me souviens qu'on lui avait réellement confié la photo d'un film, et elle était toute excitée parce qu'on s'apprêtait à en mettre un autre en chantier. J'étais ennuyée, parce que son film sortait pour mon anniversaire – j'allais avoir neuf ans –, et j'avais peur qu'elle soit tellement prise par son nouveau travail que, le grand jour venu, elle l'oublie. Mais rien de tout ça n'a eu le temps d'avoir lieu, nous nous sommes enfuies avant. Nous sommes parties en pleine nuit, du moins c'est l'impression que j'ai eue. Elle n'a même pas pris la peine de laisser un mot à Mike.

— Mike ? Qui était Mike ?

— Mike O'Malley. Mon beau-père, ou plutôt je crois que je ferais mieux de dire le mari de ma mère, parce que ce n'était pas vraiment un père pour moi. Et puis ils n'étaient mariés que depuis quelques mois quand nous sommes parties.

— Un *mari* ? fit Zoé en regardant sa mère. C'est la première fois que tu me parles de ton beau-père.

— Comme je disais, ça n'a duré que quelques mois, et même pendant ce temps-là il n'était pas souvent à la maison. Il faisait du repérage pour le studio et il passait le plus clair de son temps sur la route. Avant que tu commences à échafauder le genre de scénarios sordides auxquels tu es habituée, non, il ne la battait pas, et non, je n'ai jamais été victime d'attouchements, comme on dit. Il semblait à peine conscient de mon existence.

— Les enfants maltraités et les attouchements ne sont pas la seule raison pour laquelle les femmes quittent leur mari.»

Anna Larina secoua la tête.

«Si tu le dis. Mais moi, j'étais là, et au moment de quitter la ville, cette nuit-là, elle a profité d'un feu rouge pour se ranger le long du trottoir et pleurer toutes les larmes de son corps en regardant sa photo – l'incarnation même du désespoir. Et donc, non, je ne pense pas qu'elle l'ait quitté de gaieté de cœur.

— Le fait qu'elle l'ait aimé ne veut pas dire qu'elle n'avait pas une bonne raison d'avoir peur de lui.

— Encore une fois, je m'incline devant ta vaste expérience, Zoé. Tout ce que je sais, c'est qu'elle m'a jetée dans la voiture avec quelques affaires et que nous avons roulé sans nous arrêter, sans une seule halte, à peine un somme de temps en temps le long de la route jusqu'à ce qu'on arrive à la Scioto, une rivière. Et nous voilà revenues là où nous avons commencé ce petit voyage dans mes souvenirs : le moment où elle m'a larguée dans cet orphelinat, pleine de baisers et de promesses de revenir me chercher quelques semaines plus tard, et comment je l'ai crue.

— Mais elle n'est pas revenue. Alors, que s'est-il passé ? Non, pas l'histoire que tu m'as servie, de l'accident de voiture qui lui aurait coûté la vie. La vérité.

— Je ne sais pas ce qui lui est arrivé. Je n'ai aucune raison de mentir à ce sujet, maintenant. Je n'en sais vraiment rien. Des semaines ont passé, puis des mois qui ont fait des années, et pendant tout ce temps, j'ai toujours cru qu'elle reviendrait me chercher. Pas un coup de fil, pas une lettre, même pas une carte pour mon anniversaire, et moi j'y croyais toujours. Et puis un jour j'ai juste arrêté d'y croire. Est-ce que je la croyais morte ? Je n'en ai aucune idée. Peut-être que je l'espérais. Tout ce que je savais, c'est que pour elle, j'étais morte. »

Zoé ne savait pas quoi penser de tout ça, en dehors de cette dernière phrase : *Je savais que pour elle, j'étais morte.* Elle résonnait comme si elle remontait vraiment des profondeurs de l'âme d'Anna Larina Dmitroff.

« Est-ce qu'elle t'avait parlé de ses origines, avant sa naissance ? De sa famille ? De l'endroit d'où elle venait ? »

Anna Larina décroisa les bras et se détourna de la fenêtre.

178

«Elle ne l'a jamais clairement dit, mais pour ce que j'en sais, c'était probablement une fille illégitime. Comme moi. Elle me disait qu'elle était fille unique, tout comme j'étais sa seule enfant, et que sa mère lui fredonnait toujours qu'elle était, par sa naissance une petite fille bénie, d'une longue et fière lignée, et qu'elle ne pouvait pas être la dernière. Comme si elle avait quelque chose de spécial, ou comme si ça avait une signification particulière, mais quoi, je n'en ai pas la moindre idée.»

Mais si, pensa Zoé, elle en avait une idée, parce qu'elle venait à nouveau de surprendre dans les yeux de sa mère cet éclat trahissant une connaissance secrète.

«De bien douces paroles», dit Zoé.

En tout cas, cela ne ressemblait en rien à un quelconque discours d'Anna Larina, et Zoé éprouvait une profonde souffrance de la perte de cette grand-mère qu'elle n'avait pas connue.

«Quoi d'autre? Elle était née ici, ou en Russie?»

Anna Larina jeta à Zoé un regard impatient, et puis elle haussa les épaules.

«Elle était née à Shanghai, figure-toi. Le jour même de l'invasion japonaise. Elle racontait cette histoire invraisemblable selon laquelle sa propre mère, qui s'appelait Lena, Lena Orlova, s'était évadée d'un camp de prisonnier appelé Norilsk, en Sibérie, et était allée à pied jusqu'en Chine, si tu peux croire une chose pareille.» Anna Larina s'interrompit et haussa à nouveau les épaules. «À un moment, après la guerre, Lena s'était acoquinée avec un négociant en pierres précieuses de Hong Kong. C'est lui qui les a amenées, ma mère et elle, vivre là. Quelques

179

années plus tard, en allant acheter du poisson sur un sampan, Lena a glissé sur la passerelle, elle s'est cogné la tête et noyée dans le port. Je pense que ma mère avait quinze ans, peut-être seize, à l'époque. En tout cas, elle était assez grande pour se débrouiller toute seule.»

C'était la première fois que Zoé entendait parler de cette histoire. Ça paraissait exotique, aventureux. Jusqu'à ce qu'on réfléchisse vraiment à ce que devait être la vie dans un camp de prisonniers sibérien et dans une ville ravagée par la guerre.

«Elle t'a dit comment elle était venue de Hong Kong à Los Angeles?

— Non, jamais. Mais elle avait des tas d'anecdotes à raconter, pleines de détails plus stupéfiants les uns que les autres, sur sa propre mère, Lena. Et sur cette évasion miraculeuse de Sibérie.»

Anna Larina débitait son discours sur un ton sarcastique, comme d'habitude, mais Zoé avait l'impression que dans un petit coin de son cœur racorni, sa mère était aussi fascinée qu'elle par cette histoire de famille.

«Quel genre de détails, par exemple?

— Oh, comment Lena ne marchait que la nuit, pour que sa silhouette emmitouflée de fourrures ne ressorte pas sur la toundra qui disparaissait sous la neige, comment elle construisait des huttes de neige pour s'abriter et faisait du feu avec de la mousse raclée sur les pierres et les troncs d'arbre. Ou comment elle s'était nourrie en trayant des rennes et en pêchant dans des trous découpés dans la glace.

«Finalement, après des mois de marche, elle s'était retrouvée sur une colline couverte d'herbe surplombant le fleuve qui sépare la Russie de la Mongolie. Elle mangeait des pommes de terre sauvages déterrées dans la prairie, en regardant les piquets rouges qui marquaient la frontière. Des piquets surmontés par des panneaux signalétiques ronds, en métal, sur lesquels étaient peints un marteau et une faucille, espacés de cinq cents mètres. Pendant deux jours et deux nuits, elle les avait observés sans jamais voir une seule patrouille. Alors elle avait fini par passer simplement d'un côté des piquets à l'autre, rien qu'un pas parmi les milliers de pas qu'elle avait faits depuis qu'elle s'était évadée de Norilsk.»

Zoé n'arrivait pas à imaginer le courage et la force de volonté que ça avait dû nécessiter, et elle se sentait toute petite à côté de cette arrière-grand-mère dont elle n'avait jamais entendu parler de sa vie.

«Et après, que lui est-il arrivé?

— Elle a continué à marcher. Et puis un jour elle est tombée sur un vieillard ratatiné avec un sampan pourri, qui lui a fait descendre le fleuve aussi loin qu'il a pu, et qui l'a confiée à un petit-neveu qui l'a emmenée dans sa charrette à légumes. Le petit-neveu avait un ami qui travaillait comme chef de train dans les chemins de fer, et le chef de train avait un frère, et ainsi de suite: elle a traversé toute la Chine en passant de l'un à l'autre. Jusqu'à ce qu'elle se retrouve à Shanghai sur une péniche à ordures et mette ma mère au monde.

— Katya.

— Oui.»

Anna Larina écrasa sa cigarette dans un cendrier de cristal sur le bureau.

181

« Dieu seul sait qui était son père… Est-ce que tout ça est vraiment important, Zoé ? Ça intéresse qui ? Lena est morte depuis longtemps, et maintenant sa fille est morte aussi. Et, à en juger par ce que je vois, c'était une vieille femme pitoyable. Une clocharde. Elle a dû prendre un coup de couteau pour la bouteille de whisky bon marché qu'elle avait dans la poche.

— Bon sang, mais qu'est-ce qui ne va pas chez toi ? C'était ta *mère*. Toutes ces années à jamais perdues, dont tu as été comme amputée, qui demeurent un mystère – et, tout d'un coup, voilà qu'elle refait surface et qu'on la tue, et tu fais comme si ça t'était complètement égal. Il est évident que pendant tout ce temps elle a fui quelque chose.

— Vraiment ?

— Tu le sais bien. Alors, qu'est-ce qui lui a fait tellement peur, cet été-là, et qui a continué à lui faire peur pendant tout ce temps ? Qui voulait sa mort, et pourquoi ?

— Je n'en sais *rien* », hurla Anna Larina.

Elle flanqua un coup de poing sur le bureau, si fort que la lampe oscilla. Mais ce n'était pas de la colère. Zoé avait déjà vu sa mère en colère, avant, et ce n'était pas ça.

Zoé récupéra la photo de la scène du crime et la remit dans son sac.

« Je vais à la morgue, pour la voir. Tu veux venir ? »

Sa mère ne prit pas la peine de répondre. Elle se contenta de lui jeter un regard noir.

« Bon, j'en déduis que ça t'est égal si je m'occupe des dispositions funéraires. »

Sa mère lui rit au nez.

«Franchement, Zoé. Tu ne peux pas faire honte à quelqu'un qui ignore la honte – tu devrais le savoir, depuis le temps. Fais ce que tu veux d'elle, ajouta-t-elle en agitant la main. Enfin, si ça a la moindre importance, elle était de confession russe orthodoxe. Tu n'auras qu'à m'envoyer un faire-part quand tu auras décidé.»

Un lourd silence s'établit dans la pièce. Zoé resta au milieu du tapis de soie ivoire. Elle se sentait perdue, tout à coup, vidée. Elle ne voyait pas ce qu'elle aurait pu dire d'autre à cette femme.

Et puis, en repartant vers la porte, une idée lui revint.

«Et l'autel d'ossements, ça te dit quelque chose?»

Anna Larina, qui s'était rassise dans son fauteuil design derrière son bureau de marbre noir et refermait son ordinateur portable, releva les yeux et dit d'un ton un rien trop dégagé:

«Non. Pourquoi?

— Laisse tomber. C'est sans importance.»

Zoé s'apprêtait à se retourner à nouveau quand la voix de sa mère l'arrêta.

«Zoé, c'était la décision de ton père de se mettre une balle dans la tête. Sa décision d'appuyer sur la détente. C'est lui qui t'a abandonnée, lui qui est délibérément sorti de ta vie pour toujours, mais tu ne peux pas l'accepter. Il faut que tu mettes ça sur le dos de quelqu'un, et je suis la coupable désignée.»

Zoé ravala sa douleur. Même après toutes ces années, c'était encore une souffrance indicible.

«Papa m'aimait.

— Ça, je ne doute pas qu'il croyait t'aimer; simplement, il s'aimait encore plus. C'était un homme faible

183

et vain. Il m'avait confié l'entreprise familiale, mais il m'en voulait parce que je faisais ce qu'il aurait voulu faire et n'avait pas le cran de faire lui-même.

— Il m'aimait, répéta Zoé, en tremblant intérieurement. Et ça a toujours été ton problème, hein, mère ? Tu es jalouse. Jalouse de ta propre fil...»

Un coup soudain, frappé à la porte, l'interrompit. Sa mère la regarda encore un instant. Ses joues pâles s'étaient pour une fois colorées. Elle la congédia d'un revers de main.

«Entrez!»

La porte s'ouvrit et un type entra dans la pièce. Grand, sombre : des cheveux noirs, des yeux bleus, pleins de violence, une bouche cruelle. Il n'avait pas l'air beaucoup plus vieux que Zoé, la trentaine, mais il y avait en lui une brutalité qui aurait rempli deux vies de plus.

Son regard glissa sur elle, se fixa sur sa mère, et il dit, en russe :

«Il y a deux flics à la porte d'entrée.

— Merci, Sergueï.»

Zoé le toisa de haut en bas. Un pistolet dans un holster d'épaule, porté sur un tee-shirt noir qui moulait ses pectoraux bien dessinés. Un jean noir, des chaussures montantes à coque de métal. Un tatouage coloré représentant une dague dégoulinante de sang courait sur l'intérieur de son avant-bras musclé. Un tatouage de prison russe, du genre que vos copains de cellule vous faisaient, le jour où vous deveniez un homme, un vrai.

«Eh bien, mère, serais-tu à court de vory indigènes au point d'être obligée d'en importer du vieux pays ?» demanda Zoé.

Les violents yeux bleus cillèrent, revinrent sur elle, l'incitant à quitter la place.

«Au revoir, Zoé», dit Anna Larina.

En sortant, Zoé trouva Mackey et Wendy Lee plantés au milieu de l'énorme vestibule de marbre blanc. Wendy admirait une sculpture de bronze torturé qui montait jusqu'en haut du plafond cathédrale. Mackey fulminait.

«J'ai vu votre satanée voiture dans l'allée, dit-il. J'appelle les collègues de la circulation. Vous auriez dû vous faire arrêter cent fois.»

14

Anna Larina Dmitroff regardait l'écran blanc de son ordinateur portable, mais elle voyait d'autres images tourner dans sa tête.

Sa mère qui l'embrassait au moment de lui dire au revoir, sur les marches de cet orphelinat, embrassait la triste petite fille pitoyable qu'elle était, cramponnée à sa boîte en carton pleine de trésors inutiles, et elle qui regardait sa mère descendre les marches, tourner au coin de la rue et sortir de sa vie pour toujours.

Jusqu'à maintenant.

Alors imagine ma surprise, maman, de te savoir revenue, vivante après toutes ces années. Vivante jusqu'à la nuit dernière, la nuit où quelqu'un a fini par te tuer. Alors, chère maman, qui a bien pu faire ça ?

Peu importait. Savoir *qui* était sans importance, quant à *pourquoi*, Anna Larina le savait déjà. Ils l'avaient tuée pour l'autel d'ossements, évidemment.

Et c'est bien fait pour toi, maman très chère, parce que je sais pourquoi tu es revenue, et ce n'était pas pour moi. Je n'existe pas pour toi, je n'ai pas existé pendant quarante-neuf ans. Ce n'est donc pas pour moi que tu es revenue, bien sûr que non. C'est pour Zoé.

Anna Larina attrapa la photo encadrée posée sur son bureau pour la jeter contre le mur, et puis elle retint son geste au dernier moment. Elle devait contrôler la rage qui lui rongeait l'âme, qui l'envahissait tout entière, mais elle avait parfois bien du mal. La colère montait en elle, la suffoquait, au point qu'elle avait l'impression qu'elle allait mourir, étouffée par toute cette fureur. La rage était plus forte certains jours, mais elle était toujours là, dans ses os même, pensait-elle parfois. Dans la moelle de ses os.

L'autel d'ossements.

Tu me l'avais promis, maman. À moi. Pas à Zoé. À moi.

D'accord, d'accord. Elle pouvait gérer ça. Elle pouvait gérer Zoé. Elle avait servi à sa fille un salmigondis si bien ficelé de vérité et de mensonges qu'elle s'y perdait parfois elle-même et qu'elle avait du mal à distinguer le vrai du faux. Mais Zoé...

Zoé, Zoé, Zoé. T'aurais-je sous-estimée ? Ma vertueuse petite militante en croisade pour faire le bien sur terre afin d'expier tous mes affreux péchés... Quelle guimauve ! Tu me donnes envie de vomir. Mais il y a peut-être un peu de moi en toi, après tout, hein, Zoé ? Un peu de la garce dure, égoïste et implacable ?

Que sais-tu au juste, mon enfant ? Pas tout, à l'évidence, mais plus que tu ne m'en as lâché.

Elle avait besoin de réfléchir, d'échafauder un plan. Concernant Zoé, pour commencer...

«Pakhan ?»

Anna Larina releva les yeux, surprise. Sergueï Vilenski, son homme de main, était encore debout à la porte, attendant apparemment qu'elle dise ou fasse quelque chose. Ah oui, les flics. Ils attendaient en bas, bouillonnant probablement de questions à propos de sa chère maman.

187

« Ces *menty*, dit Sergueï, employant un mot d'argot russe grossier pour désigner la police. Vous voulez que je vous en débarrasse ? »

Anna Larina retint un sourire.

« On est en Amérique, Sergueï. Dans ce pays, si tentant que ce soit, on ne se « débarrasse » pas des flics en leur flanquant un coup sur la tête et en les balançant dans le fleuve. D'abord, ils se contenteraient de revenir avec un tombereau de mandats et de citations à comparaître. Et puis, il n'y a rien de grave, alors autant que j'aille leur parler et qu'on en finisse. »

Il hocha la tête et tourna les talons, mais elle l'arrêta.

« Sergueï ? »

Il se retourna, et elle le regarda droit dans les yeux. Il avait un regard dur. Issu du caniveau, c'était une brute, mais il y avait plus d'un an maintenant qu'il était à son service, et elle commençait à se rendre compte qu'il était bien plus futé que ses autres vory, dont l'utilité avait tendance à s'arrêter là où finissaient leurs poings.

« Tu sais comment je suis devenue la pakhan ? »

S'il était surpris par sa question, il ne le montra pas.

« C'est toujours celui – ou celle – qui a le plus de cervelle et de couilles qui finit pakhan. Toujours. Mais j'ai posé beaucoup de questions quand je suis arrivé ici. Qui ne l'aurait fait ?

— Et qu'est-ce qu'on t'a répondu ? »

Pour un peu, elle aurait cru le voir sourire.

« Que votre mari était très lié à l'organisation Dmitroff, ici, à Los Angeles. Il paraît que c'était le neveu préféré du patron et son héritier présomptif, à condition qu'il arrive à remettre de l'ordre dans son merdier ; quant à vous, vous étiez une call-girl très cotée dans le show business, à Hollywood. Il vous avait donné mille dollars pour passer la nuit avec lui. Le lendemain, il se retrouvait à genoux, une bague en diamant de deux carats dans la poche, et il vous proposait le mariage.

— Ce n'était pas le lendemain matin, c'était une semaine plus tard, et le diamant ne faisait qu'un carat. Il venait de se faire larguer, tu comprends, et il s'en remettait tout juste. Continue.» Il jeta un coup d'œil à l'énorme caillou qu'elle portait maintenant à la main gauche et haussa les sourcils. Elle éclata de rire. «J'ai pris du galon. Continue, Sergueï.»

Il haussa les épaules.

«Il s'est trouvé que l'un des collecteurs de fonds qui travaillaient pour votre mari s'en mettait plein les poches, et que vous l'aviez repéré à la seconde où vous aviez jeté un coup d'œil sur les livres. Comme par hasard, l'individu fut retrouvé peu après dans une ruelle, tous les os du corps brisés, et vous avez repris la branche extorsion de fonds et la comptabilité de votre mari. Après quoi, vous vous êtes diversifiée dans la prostitution et l'héroïne, vous vous êtes installée ici, à San Francisco, et vous avez commencé à grignoter le territoire nord de la famille Dmitroff. Vous avez été seule à vous intéresser aux nouvelles technologies et à vous lancer dans les arnaques bancaires et boursières en tous genres, bref, la cybercriminalité, et le temps qu'ils s'en rendent compte, il était trop tard.»

Elle ne répondit pas et le laissa poireauter pendant qu'elle allumait une autre cigarette, en prenant bien son temps. Et lui, il restait planté là, grand et immobile, exerçant sur lui-même un tel contrôle qu'elle ne le voyait pas respirer.

«Eh bien, dit-elle enfin en exhalant la fumée, tu as passé sous silence la majeure partie des meurtres et autres effusions de sang, mais dans l'ensemble, tu as bien vu le truc. Tu sais pourquoi je t'ai fait répéter cette petite histoire?»

Cette fois, il sourit.

«Vous avez un travail à me faire faire, quelque chose de délicat, et vous voulez que je comprenne ce qui m'attend si je foire le coup.»

Elle lui lança un sourire assez cruel, calculé pour lui liquéfier les entrailles.

«Je ne veux pas seulement que tu *comprennes*, Sergueï Vilenski, je veux que tu le saches. Que tu *saches* viscéralement jusqu'où je suis allée, et jusqu'où je suis prête à aller.»

Elle s'interrompit, mais il ne dit rien, son visage ne trahit rien, et elle se dit qu'elle pouvait lui faire confiance. Dans certaines limites, du moins.

«Parce que ce travail délicat, comme tu dis, concerne ma fille.»

15

Zoé baissa les yeux sur la housse mortuaire en plastique blanc posée sur le chariot d'acier de la morgue. Trop petit. Impossible qu'il contienne même les restes d'une vieille SDF rabougrie.

«Allez-y», dit-elle.

Christopher Jenkins, l'assistant du médecin légiste, la regarda avec gravité.

«Vous êtes sûre que vous ne préférez pas faire ça dans la salle de visionnage, en vidéo?

— Je veux la voir. Il faut que je la voie, Chris.

— Vous croyez vraiment…? fit-il, mais il tendait déjà la main vers la fermeture Éclair de la housse. Je pourrais me faire drôlement engueuler pour avoir enfreint la procédure, même si la plupart des gens, ici, vous connaissent.»

Il tira la fermeture, juste assez pour révéler la tête.

Zoé se préparait au choc, et pourtant elle ne s'attendait pas au coup à l'estomac que lui fit la vision de sa grand-mère dans cet état.

Les os du visage de Katya Orlova disparaissaient sous une sorte de mastic gris: il ne restait rien de la jolie jeune femme de la photo encadrée. Mais dans ses tripes et dans son cœur, Zoé la reconnaissait. C'était bien Katya Orlova, la femme qui avait donné vie à sa propre mère. Zoé n'avait jamais mesuré combien les liens du sang étaient primordiaux. Jamais, jusqu'à ce moment. Elle éprouvait quelque chose pour cette femme. Ce n'était pas de l'amour – ce mot était à la fois trop vide et trop profond. Un lien, peut-être. Un lien du sang.

En même temps, c'était la femme qui avait abandonné sa fille dans un orphelinat avant de disparaître. Pendant quarante-neuf ans. Quelle mère aimante aurait pu faire une chose pareille ? Fuyait-elle déjà, à l'époque, ce qui avait fini par la tuer, quoi que cela puisse être ?

« Pourquoi ? »

Zoé ne s'était pas rendu compte qu'elle avait parlé tout haut jusqu'à ce que Jenkins dise :

« On l'aura, ce salaud, Zoé. Il est encore tôt. »

Zoé recula d'un pas et se détourna. La morgue devait être parfaitement ventilée, mais elle aurait juré que l'odeur de la mort planait dans l'air comme un nuage huileux.

« Ça vous aidera peut-être de savoir…, commença Chris Jenkins en refermant le sac mortuaire. Je pense qu'elle ne vivait pas dans la rue depuis longtemps. Elle s'était fait faire assez récemment des travaux dentaires plutôt coûteux, et elle n'avait pas de poux ni aucun de ces parasites que ramassent inévitablement les sans-logis. Et puis, même si elle n'avait pas été assassinée, elle n'avait guère plus d'un mois à vivre. Elle était condamnée. Un cancer. »

Sa grand-mère, atteinte d'un cancer incurable ? Était-ce pour cela qu'elle était revenue ? se demanda Zoé. Le fait de découvrir qu'elle allait mourir l'avait-il poussée à se rapprocher de la famille qu'elle avait abandonnée il y avait si longtemps ? Sauf qu'elle n'avait pas repris contact. *Mais elle en avait sûrement l'intention. Elle avait un bout de papier avec mon nom et mon adresse.* Un bout de papier qu'elle avait essayé d'avaler juste avant sa mort. Pour empêcher son meurtrier de tomber dessus? Mais pourquoi?

Et quelle qu'en soit la raison, est-ce qu'elle trouvait déjà son origine chez la jeune femme de la photo? Les graines de sa mort avaient-elles été semées dans ce lointain passé?

«L'inspecteur Mackey a dit que l'arme du crime était restée dans le corps, dit Zoé. Je peux la voir?»

Jenkins hésita un instant, puis il haussa les épaules.

«Elle est au labo.»

Il ouvrit la voie, lui tenant la porte ouverte.

«On vous a déjà demandé de nous fournir un échantillon d'ADN? Ça nous permettrait de déterminer avec certitude si la vic... la femme est votre grand-mère.

—Je ferai tout ce que je peux pour vous aider.»

Les flics avaient besoin du test ADN pour compléter le dossier, mais pas elle. Elle savait que la femme assassinée dans la housse était sa grand-mère. Katya Orlova.

Le lien du sang.

«On a procédé à la recherche d'empreintes sur l'arme, dit Chris Jenkins en enfilant une paire de gants en latex et en les faisant claquer. Rien du tout. Même pas une empreinte partielle. Que des fibres, cohérentes avec ses vêtements. Rien d'étranger.»

Il ouvrit une enveloppe en papier kraft et la retourna de façon à faire glisser la poignée du couteau dans sa main. Il le brandit en fléchissant le poignet dans un sens et dans l'autre tel Dark Vador maniant son sabre de lumière. La lame grise, terne, était longue, à double tranchant, avec une pointe recourbée en crochet.

«On ne tombe pas tous les jours sur des couteaux comme ça, dit-il. Ça s'appelle un *kandra*. C'est russe. J'ai dû chercher un peu, mais j'ai trouvé d'où ça venait. Je suis remonté jusqu'au fabricant, dans une petite tribu sans nom de gardiens de troupeaux de rennes, au fin fond de la Sibérie... Mais non, Zoé, je plaisante!»

Zoé ne réussit pas à sourire. Tout au fond, dans un coin sombre de son âme, elle craignait que quelque chose relie l'arme du crime à sa mère. Le fait que ce soit un poignard russe, rare, n'était probablement pas bon signe.

Jenkins remit l'arme dans l'enveloppe et déballa un écouvillon stérile.

«Ouvrez la bouche, s'il vous plaît.»

Zoé s'exécuta et il lui tapota l'intérieur de la joue.

«Je ne sais pas si vous êtes très au fait de la procédure de recherche de maternité, dit-il, mais le test porte sur l'ADN dit mitochondrial. Les mitochondries sont les centrales énergétiques des cellules. Bref, cet ADN-là est directement transmis par la lignée sanguine maternelle.

—Un lien du sang, dit-elle, s'émerveillant à nouveau à cette idée.

—Ouais, vous avez pigé. Les mitochondries mutent si rarement au fil du temps que, théoriquement, on pourrait remonter la lignée de toutes les femmes actuellement vivantes jusqu'à la première femme *homo sapiens*. Autant dire remonter cent

194

soixante dix mille années d'évolution. Et donc, au bout de ce petit morceau de coton, fit-il en brandissant l'écouvillon comme un sceptre, c'est Ève que je tiens.»

Il faisait noir lorsque Zoé quitta le palais de justice. La pluie avait laissé place à un brouillard à couper au couteau. Elle remonta la fermeture Éclair de son blouson d'aviateur en cuir noir et releva le col pour se protéger du froid hivernal, mais intérieurement cela n'améliora pas la situation.

Elle avait garé son Bébé plus loin sur Bryant, sous l'autoroute. Ce n'était pas le quartier le plus reluisant de la ville, et elle était sur ses gardes. La lumière des lampadaires trouait tout juste l'obscurité entre les piliers de béton, et le vent lui envoyait des emballages de nourriture vides dans les jambes.

Il n'y avait pas beaucoup de circulation, et le seul autre piéton était un homme avec une queue-de-cheval qui attachait sa bicyclette avec une chaîne à une rangée de distributeurs de journaux presque tous vides. Elle croisa son regard en passant. Il lui rendit son salut avec un sourire.

Elle descendit du trottoir pour atteindre la portière du côté conducteur tout en fouillant dans son sac pour ses clés lorsqu'elle entendit un bruit de pas derrière elle. Elle entrevit un vague mouvement du coin de l'œil…

L'homme à la queue-de-cheval faisait tournoyer la chaîne en direction de sa tête.

Elle l'esquiva et pivota sur l'avant du pied, mais pas assez vite. Il lui passa la chaîne autour du cou, la souleva de terre et l'entraîna sous l'autoroute.

La chaîne s'enfonça dans sa gorge, l'empêchant de respirer. Elle jeta son sac sur le côté, mais il ne le suivit même pas du regard.

Ce n'est pas à mon fric qu'il en veut. Alors c'est quoi ? Un mari violent à la recherche de sa femme… Ou quoi… ? Oh, mon Dieu, il va me violer ?

Elle sentait son souffle chaud sur le côté de son visage.

« Où il est, salope ? »

Quoi ?

Zoé laissa son corps s'affaisser, essayant de déséquilibrer son agresseur, mais il ne se laissa pas avoir. Au contraire, il resserra sa prise sur la chaîne et elle vit des taches noires danser devant ses yeux.

« Maintenant, écoute-moi, dit l'homme avec un fort accent russe. Je vais relâcher légèrement la chaîne, et tu vas chanter comme un joli petit oiseau. La vieille bique n'a pas voulu coopérer, et elle a pris un coup de couteau dans le cœur. Tu ne vas pas être aussi stupide, hein ? »

Sa poitrine se souleva, et elle lutta contre la panique en essayant de se remplir les poumons d'air. C'était l'homme qui avait tué sa grand-mère, et maintenant il s'en prenait à elle. Mais pourquoi ? Que voulait-il ?

Son souffle chaud, à nouveau.

« Je veux l'autel d'ossements, et tu n'auras qu'une ou deux secondes pour me dire où il est. Si tu ne le fais pas, je t'étrangle avec cette chaîne jusqu'à ce que tu t'évanouisses. Quand tu reviendras à toi, je te pointerai un couteau devant l'œil, et si tu ne parles pas à ce moment-là, je te l'arrache comme un raisin dégoulinant. »

Dès que Zoé sentit se relâcher la pression de la chaîne, elle lança sa jambe droite vers l'arrière, pivota vivement sur elle-même en se détournant de lui et lui balança de toutes ses forces son poing en plein sur la gorge.

Il recula en hoquetant.

Elle se retourna, fit un ciseau avec sa jambe droite et lui flanqua un bon coup de pied dans le bas-ventre. Un peu au jugé, parce qu'il bougeait vite, mais cela suffit à le faire se plier en deux. Il s'étreignit les flancs de ses bras croisés en la maudissant, en maudissant la douleur.

Une sirène troua la nuit. Des lumières rouge et bleu clignotantes apparurent.

La soudaineté de cette irruption détourna l'attention de Zoé une fraction de seconde, juste le temps que l'homme à la queue-de-cheval se retourne et s'éloigne en clopinant.

Elle se lança à sa poursuite en hurlant :

«Espèce de salaud! Pourquoi l'avez-vous tuée? Qu'est-ce que vous voulez?»

Un crissement de pneus. Un bruit de pas précipités dans son dos. Une voix d'homme hurla :

«Police! Arrêtez-vous, tous les deux!»

Zoé – pas très sûre que les flics aient bien pigé qui avait agressé qui – se figea sur place tandis que l'homme à la queue-de-cheval continuait à courir, encore à moitié plié en deux mais prenant de la vitesse.

Zoé tendit le doigt en criant :

«C'est *lui*! Arrêtez-le!»

Le type à la queue-de-cheval prit ses jambes à son cou. Zoé allait se remettre à courir à sa poursuite, mais l'un des flics la prit par le bras.

«Oh non, pas vous, madame. Vous restez là jusqu'à ce qu'on ait tiré l'affaire au clair.»

Zoé regarda le coéquipier du flic courir après le type à la queue-de-cheval, mais il pesait au moins vingt kilos de trop, il trottinait comme un Télétubby, et elle se dit qu'il avait plus de chances de faire une crise cardiaque que de rattraper son agresseur.

Un représentant en informatique avait appelé la police sur son téléphone portable pour dire qu'une femme se faisait agresser sous la bretelle d'autoroute, et la voiture de patrouille rôdait à un feu rouge, à un pâté de maisons de là, sur la Neuvième Rue.

Zoé laissa les flics de la patrouille penser que c'était une agression, et elle fit une déclaration selon laquelle elle n'avait pas bien vu son assaillant.

Quand les flics furent partis, elle reprit sa voiture et chercha le numéro de portable de l'inspecteur Sean Mackey sur son smartphone. Il répondit presque aussitôt.

«C'est moi, Zoé. Zoé Dmitroff. Je…

— Bon sang, où êtes-vous? Non, tant pis. Je suis juste devant chez vous. Ramenez-vous, il faut qu'on parle.»

Elle ouvrit la bouche, s'apprêtant à lui dire où il pouvait se carrer son autoritarisme primaire quand tout à coup elle se revit sous la bretelle d'autoroute, une chaîne s'enfonçant dans sa gorge, lui coupant la respiration.

«Zoé?»

Elle ferma les yeux, inspira profondément.

«J'arrive dans cinq minutes.»

Elle n'était qu'à six rues de chez elle. Elle habitait sur South Park, dans une boulangerie industrielle du début du siècle, un bâtiment de brique qui avait été reconverti en appartements et en lofts au moment de la bulle Internet. Dans les années 1990, le quartier grouillait de développeurs aux cheveux violets et d'aventuriers du capital-risque, puis la bulle avait éclaté et ils s'étaient évaporés. Au moins, se disait Zoé en garant son Bébé juste derrière la Taurus gris métal de Mackey, maintenant, on pouvait se garer comme on voulait.

Il était appuyé, les fesses sur le capot de sa voiture, les bras croisés sur la poitrine, l'air fumasse.

Lorsqu'elle ouvrit la portière de sa voiture, il décroisa les bras et se redressa, mais son humeur ne parut pas s'améliorer sensiblement.

«Je devrais vraiment vous fourrer au bloc pour entrave à une enquête criminelle…»

Il s'interrompit lorsqu'elle s'approcha de lui et qu'il put voir son visage.

«Que vous est-il arrivé?»

Sa gorge se noua à nouveau, l'odeur d'huile de la chaîne lui remonta dans les narines. Elle refoula un haut-le-cœur. Elle esquissa le geste de porter la main aux écorchures à vif sur son cou, et s'arrêta en voyant qu'elle tremblait comme une feuille.

«Hein? fit Mackey. Qu'est-ce qui vous est arrivé?

— Je viens de rencontrer l'assassin de ma grand-mère, Mack. De très près, et c'est devenu personnel.»

Et puis elle partit d'un petit rire hystérique, parce

199

que ça paraissait vraiment dingue. «Il a essayé de m'étrangler avec une chaîne d'antivol de vélo.»

Mackey lui jeta un long regard dur, puis il tendit la main et la prit par le menton pour lui faire tourner la tête afin de mieux voir les marques sur son cou.

«Ça, pour le rencontrer, vous l'avez rencontré.» Elle hocha la tête, avala sa salive dans l'espoir de chasser la boule qu'elle avait dans la gorge. «Racontez-moi.»

Elle lui raconta tout, se sentant stupide de s'être montrée aussi peu méfiante et de s'être laissée prendre par surprise. Elle lui donna tous les détails dont elle arrivait à se souvenir, comme le fait que l'haleine du type sentait le vin et l'ail, et qu'il parlait avec un accent russe.

«Et ses bottes avaient l'air de venir d'Europe de l'Est. Vous savez, du cuir fin, le bout pointu, et des talons un peu hauts pour le grandir encore.»

Mackey hocha la tête et nota tout ça dans son calepin. Lorsqu'elle eut fini, il appela pour lancer une recherche sur le suspect, puis il lui fit raconter l'incident une deuxième et une troisième fois.

«C'est quoi, cette histoire d'autel d'ossements? Il fallait vraiment qu'il y tienne pour être prêt à tuer et à torturer une vieille femme et sa petite-fille pour mettre la main dessus, commenta-t-il.

— Je n'en ai pas idée, Mack. Aucune idée. Je le jure.

— Vous êtes sûre? Pas le moindre indice?»

Elle secoua la tête.

«Attendez, je me rappelle un truc. Il portait un gros pull marron, épais, et il y avait une déchirure – non, une entaille sur la manche, et à travers j'ai vu un bandage taché de sang. J'espère que c'est ma grand-mère qui lui a fait ça. J'espère qu'il souffre comme une bête.

— Ouais, elle l'a un peu tailladé, répondit Mack. Le légiste a trouvé une plaie dans la paume de sa main, des traces d'un sang qui n'était pas le sien sur le devant de son manteau, et un éclat de verre correspondant à une bouteille cassée sur la scène de crime. On a lancé une recherche d'ADN dans le CODIS, mais ça prend toujours un peu de temps.»

Il se passa les doigts dans les cheveux.

«Vous pensez que ça pourrait avoir un rapport avec l'affaire de famille? Que ce type pourrait être un des gros bras russes de votre mère… comment on les appelle, déjà?

— Des vory. Vous ne pensez pas sérieusement qu'elle se serait levée hier en décidant de commencer à éliminer ses plus proches parents les uns après les autres? Pourquoi aurait-elle fait ça?»

Mackey haussa les épaules.

«À vous de me le dire. On parle quand même de la femme qui a fait livrer à son beau-frère la tête de son principal homme de main dans un seau de beurre de noix de pécan de quarante litres.

— C'était son cousin par alliance. Et la tête était celle d'un type qui avait tué plus de gens que Ted Bundy, mais je vois ce que vous voulez dire. Je sais qu'elle est parfois impitoyable, Mack, mais cet après-midi, quand je lui ai montré la photo de scène de crime et que je lui ai dit qui c'était, elle a encaissé le choc. Je crois vraiment qu'elle pensait que sa mère était morte depuis je ne sais combien d'années.

— Elle a dit que votre grand-mère était mariée.»

201

Il ressortit son calepin de sa poche et l'ouvrit d'un mouvement de poignet.

« Un certain Mike O'Malley. Vous savez quelque chose à propos de cet homme ? C'était son beau-père, mais votre mère prétend n'en garder pratiquement aucun souvenir. »

Zoé secoua la tête.

« J'ignorais complètement son existence jusqu'à aujourd'hui. Mais le type à la queue-de-cheval ne peut pas être lui. Il est beaucoup trop jeune. Une bonne trentaine, tout au plus. »

Mackey n'ajouta rien, il se contenta de la regarder, et son visage s'adoucit.

« Écoutez, je sais que vous êtes épuisée. Mais si vous pouviez revenir à la brigade des homicides le décrire à notre dessinateur, et peut-être jeter un coup d'œil à nos photos de famille ? »

Zoé releva la main vers son cou. Elle avait encore l'impression de sentir la chaîne se resserrer sur sa gorge.

« Je pourrais peut-être prendre une douche d'abord ? Je me sens sale.

— Bon, d'accord. J'ai une tonne de paperasses qui m'attendent au bureau, de toute façon. Remontez prendre votre douche, faites-vous une tasse de thé. Ou encore mieux, prenez un verre de quelque chose de plus costaud. On pourra se revoir plus tard, pour la séance de trombinoscope. »

Zoé essaya de sourire, mais elle avait l'impression d'avoir un masque sur le visage. Alors elle hocha la tête et se dirigea vers la porte de la boulangerie. Et puis elle s'arrêta et se retourna.

«Tout à l'heure, quand vous m'avez parlé de ma grand-mère, vous m'avez posé une question au sujet de l'autel d'ossements. Comment saviez-vous que c'était ce que le tueur cherchait?

— Je l'ignorais. C'était autre chose...»

Il hésita.

«Allez, Mack. Je sais, vous aimez bien retenir des informations, les gars, mais il allait me crever un œil.

— Votre grand-mère a survécu quelques instants après le coup de poignard. Assez longtemps pour parler au gars qui avait mis son assassin en fuite. Et le gars pense qu'elle lui a dit : «Ils n'avaient pas besoin de le tuer. L'autel d'ossements, il n'avait jamais bu son élixir. Je l'avais récupéré.»

— Le tuer? Mais... Ça voudrait dire que quelqu'un d'autre aurait été tué, alors. Oh mon Dieu, Mack, vous croyez que c'est...?

— Quelqu'un qui vous serait lié? Un autre parent perdu de vue depuis longtemps, peut-être? Je ne sais pas.»

Zoé essaya de réfléchir à ce que tout cela voulait dire, et n'y arriva pas. Elle était trop ébranlée, trop effrayée.

«Et c'est quoi un élixir d'un autel d'ossements? Ça n'a aucun sens!

— Rien dans cette affaire n'a de sens.»

La porte de l'appartement du premier étage sur l'arrière s'ouvrit dès que Zoé mit le pied dans l'ex-boulangerie. Une grande femme hispanique aux cheveux noirs aile de corbeau et au regard sage et pénétrant sortit sur le palier.

«Tiens, Maria, dit Zoé. Comment ça va?»

Maria Sanchez n'avait plus grand-chose à voir avec la femme que Zoé avait sauvée d'une accusation de meurtre, cinq ans auparavant. Zoé était fraîche émoulue de l'école de droit. Elle avait été commise d'office au tribunal, et héritait de tous les cas désespérés, ceux qui n'avaient aucune chance de s'en sortir. C'est là que le juge du tribunal de nuit lui avait confié le dossier de Maria : une immigrée nicaraguayenne qui avait braqué un fusil sur la tête de son mari endormi et lui avait fait sauter la cervelle.

Zoé n'oublierait jamais la première fois qu'elle avait vu Maria, assise sur l'étroite couchette d'une cellule de la prison municipale. Une femme dont l'âme semblait plus meurtrie que le visage. Une femme aux yeux morts. Et puis, au fur et à mesure qu'elles se parlaient, Zoé s'était rendu compte que ce qu'elle avait pris pour des yeux morts et pour un manque d'espoir était en fait l'exact opposé. Tout au fond, Maria Sanchez avait une dignité humaine d'une pureté, d'une force comme Zoé n'en avait jamais rencontré. En dépit de toutes les preuves qui pesaient contre sa cliente – les empreintes digitales, les traces de poudre, et même des aveux en bonne et due forme, Zoé n'avait jamais eu autant envie de gagner un procès.

À ce jour, elle ne savait pas très bien comment elle avait emporté le morceau. Elle pensait qu'en fin de compte, c'est Maria Sanchez elle-même qui avait fait basculer le jury, rien qu'en se dressant à la barre et en racontant son histoire. Et quand Zoé était sortie du tribunal, ce jour-là, en compagnie d'une Maria libre, elle avait su ce qu'elle voulait faire jusqu'à la fin de ses jours.

Pendant des années, Maria avait passé ses journées à vendre des *tamales* et des *burritos* chauds dans une charrette à bras sur Mission Street, et le soir elle était serveuse dans un restaurant. Le mois dernier, elle avait réussi à ouvrir sa propre *taqueria* près du terrain de base-ball des Giants. Généralement, Zoé aimait bien bavarder et se détendre un peu avec elle, mais pas ce soir-là. Pas alors qu'elle se sentait elle-même tellement vidée.

«Le policier vous a trouvée? demanda Maria. Il ne cherchait pas une de vos *chicas*, hein?»

Les femmes que Zoé sauvait, Maria les appelait toujours ses *chicas*, quel que soit leur âge.

«Non, ce n'était pas ça. J'étais plus ou moins témoin dans une affaire… Écoutez, je crois que je vais monter. Je ne me sens pas très en forme, ce soir, et…

— *Sí, sí*, montez, montez… Mais d'abord… Le facteur m'a laissé quelque chose pour vous. Il a dit qu'il l'avait trouvé coincé dans le casier sous les boîtes aux lettres, où il laisse tous les catalogues et les magazines. Mais ça n'a pas été posté. Regardez: pas de timbres, pas de cachet de la poste.»

Maria lui tendit une enveloppe matelassée jaune qui aurait pu contenir un livre broché. Le nom et l'adresse de Zoé étaient inscrits sur l'enveloppe en caractères bâton. Il n'y avait pas d'adresse d'expéditeur.

«C'est bizarre.»

Et puis elle pensa, *Grand-mère*. Elle soupesa le paquet. Plutôt léger.

«Merci. Il faut que j'y aille, mais je redescendrai vous voir plus tard.»

Elle passa devant l'ascenseur – une vieille cage de métal grinçante qu'il fallait être fou pour emprunter et se dirigea vers l'escalier. Son loft se trouvait au sixième, elle montait généralement quatre à quatre, et elle aimait bien voir à quel étage elle arrivait avant de commencer à être essoufflée, mais pas ce soir-là.

Ce soir-là, elle monta doucement ses six étages, l'enveloppe serrée sur sa poitrine, comme si c'était un talisman magique.

Elle n'arrivait pas à le croire, elle ne pouvait tout simplement pas. La porte de son appartement était grande ouverte. Et la lumière était allumée.

Elle courut dans son loft sans prendre le temps de réfléchir au fait que l'intrus pouvait encore être là. Tout était sens dessus dessous, et...

Les chats.

Oh bon sang ! Bon sang ! C'étaient des chats d'appartement, ils avaient passé toute leur vie enfermés là. S'ils étaient sortis, si quelqu'un leur avait fait du mal...

Elle lâcha son sac et l'enveloppe. Elle courut vers le lit, souleva la couette qui traînait par terre. Deux paires d'yeux jaunes la regardèrent depuis le coin le plus éloigné, tout au fond. Ses yeux s'embuèrent de larmes de soulagement.

Bitsy, une petite chatte tricolore parfois un peu trop téméraire pour son bien, sortit tout de suite en entendant la voix de Zoé. Barney, un gros matou noir et gras, refusa de bouger et se mit à cracher quand elle tendit la main vers lui.

Elle dut se rabattre sur le fromage à tartiner. Barney raffolait du fromage à tartiner, ainsi que le prouvait son ventre rebondi.

Le bruit de l'emballage en alu leva toutes ses réticences. Ses moustaches émergèrent en premier, suivies par le reste de son individu, énorme. Il s'aventura pour lécher la crème de fromage qu'elle avait sur le doigt, entre deux miaulements pour lui faire comprendre ce qu'il pensait de la situation.

Zoé s'assit par terre et prit ses bébés dans ses bras. Elle enfouit son visage dans leur fourrure chaude.

Quand les battements de son cœur se furent enfin apaisés, elle parcourut son loft du regard. Celui qui avait fait ça ne s'était pas contenté de fouiller l'endroit, il l'avait vandalisé. Les vases étaient brisés, les paquets de farine et de sucre répandus par terre, les bouteilles de vin cassées, les coussins éventrés. Seule la serrure de la porte d'entrée, qui était ce qui se faisait de mieux dans le genre, n'avait pas été saccagée. Elle avait été crochetée.

Donc, un professionnel, si l'on peut dire. En tout cas, un individu en rogne. Suffisamment pour passer sa colère sur ses affaires.

Elle grattouilla Barney sous le menton.

«Il était comment, mon bébé? Il avait une longue queue-de-cheval brune? Tu crois que tu pourrais le reconnaître si je te montrais une photo…»

Dehors, par la porte ouverte, elle entendit craquer une latte de parquet. Elle montait et descendait cet escalier tous les jours depuis cinq ans. C'était la troisième marche du quatrième étage.

Barney l'avait entendue aussi. Il bondit de ses bras et fila sous le lit, Bitsy juste derrière lui.

Zoé se releva rapidement, sans bruit, et ramassa son sac abandonné par terre. Elle ouvrit la fermeture Éclair, prit son revolver, libéra le cran de sûreté. Elle tendit la main vers l'enveloppe matelassée qui se trouvait à côté et la glissa sous le lit. Barney émit un crachement.

Elle fit un pas vers la porte pour la fermer, se ravisa et éteignit plutôt la lumière.

Elle se plaqua dos au mur, tenant son arme à deux mains, le canon levé vers le haut et attendit, le cœur battant très vite et très fort.

Une ombre franchit d'abord le seuil, suivie par la silhouette d'un homme. Zoé lui colla le canon de son arme sur la tête, juste derrière l'oreille.

«Ne respirez même pas.»

16

La silhouette ne bougea pas, mais respira tout de même. Une brève inspiration, qui se termina par son nom :

«Zoé? C'est moi.»

Zoé reprit son souffle à son tour et recula le canon de son arme. Elle s'appuya au mur, les jambes coupées. Au bout d'un moment, elle passa le bras derrière son dos et ralluma la lumière.

L'inspecteur Sean Mackey s'avança dans le loft, les mains levées, bien écartées. Elle voyait sa poitrine se soulever puissamment. L'adrénaline devait rugir dans ses veines.

«Enfin, vous êtes dingue ou quoi? J'aurais pu vous tirer dessus.

— Ah ouais? C'est vous qui aviez le canon d'un Glock collé à l'oreille, je vous signale.

— Bon, vous voulez bien ranger ça, pour l'amour du ciel?»

Zoé baissa les yeux et vit qu'elle lui braquait toujours son arme en plein cœur.

«Désolée. Je suis un peu sur les nerfs, en ce moment.

— Sans blague.»

Mackey baissa les mains et regarda autour de lui.

«Bon sang! Qu'est-il arrivé? On dirait qu'une bombe a explosé chez vous.

— J'imagine que c'était le type à la queue-de-cheval qui cherchait l'autel d'ossements – quoi que ça puisse être. Et qu'est-ce que vous foutez là, de toute façon? Je vous croyais reparti pour la criminelle.

— Je voulais vous dire que j'avais appelé par radio une voiture de patrouille pour vous emmener. Au cas où cet enfoiré aurait décidé de revenir vous faire une petite visite. Et maintenant, je pense que quand on aura fini le dessin et regardé les photos, vous auriez intérêt à dormir à l'hôtel, cette nuit.

— Ça ira. Je doute qu'il revienne. D'abord, il sait déjà que ce qu'il cherche n'est pas là. Et j'ai une barre que je peux mettre en travers de la porte, pour la bloquer. Le seul moyen d'entrer, ce serait avec un bélier… Mack, il faut vraiment, vraiment que je prenne une douche.»

Il leva la main pour interrompre son flot de paroles.

«Ça va, ça va. Je m'en vais. La voiture de patrouille devrait être là dans cinq minutes maximum, mais je vais rester dans le coin jusqu'à ce qu'elle arrive, juste au cas où. Et j'envoie les gars de la police scientifique ici, pour passer l'endroit au peigne fin.»

Quand la porte se fut refermée derrière lui, Zoé abaissa la barre en acier et la verrouilla. Elle regarda par la fenêtre jusqu'à ce qu'elle voie Mackey ressortir et s'adosser à un lampadaire en attendant la voiture de patrouille. Se sentant désormais en sécurité, pour le moment du moins, elle se laissa tomber à genoux et tendit le bras sous le lit pour récupérer l'enveloppe matelassée.

Comme elle n'arrivait pas à retrouver ses ciseaux dans tout ce bazar, elle prit un couteau à steak et souleva soigneusement le rabat collé. Elle essuya, avec un torchon mouillé, la farine, le sucre et une matière brune, collante, non identifiée, répandus sur la table qu'elle avait trouvée aux Puces, et si ça ne plaisait pas aux types du labo, qu'ils aillent se faire voir. Elle releva une chaise qui n'avait pas été brisée et s'assit à la table.

Barney et Bitsy la rejoignirent et se frottèrent en ronronnant contre ses bras, l'empêchant plus ou moins de bouger. Pendant un moment encore, elle se contenta de tenir l'enveloppe dans sa main. Elle se sentait excitée et elle avait envie de pleurer. Elle en était sûre, c'était sa grand-mère qui l'avait laissée dans sa boîte aux lettres peu avant de se faire assassiner.

Elle l'ouvrit et vida soigneusement son contenu sur la table : une carte postale, une clé et deux feuilles de bloc lignées, pliées.

La carte postale, dont les bords étaient râpés et un coin corné, représentait une célèbre tapisserie médiévale, celle avec une licorne. Elle la retourna.

Il n'y avait pas d'adresse de destinataire, mais dans l'espace réservé au message, sa grand-mère, ou quelqu'un d'autre, avait écrit en russe une sorte de poème :

Le sang coule dans la mer
La mer rencontre le ciel
Du ciel tombe la glace
Le feu fait fondre la glace
Une tempête éteint le feu
Et fait rage dans la nuit
Mais le sang coule encore dans la mer

Interminablement.

Ça ne ressemblait pas vraiment à un poème ; c'était vraiment bizarre. Les mots étaient simples, ils évoquaient des images claires, précises, mais le sens général lui échappait. Elle le relut deux fois. Sans résultat.

Les petits caractères, en haut de la carte postale identifiaient la tapisserie comme étant *La Dame à la licorne : à mon seul désir.* Musée de Cluny, Paris, France. Elle la retourna. On y voyait une femme debout devant une tente, sa servante à côté d'elle, tenant une cassette ouverte. Une licorne était couchée par terre, à ses pieds. Mais rien dans la tapisserie n'évoquait le sang qui coulait, la glace qui tombait ou une tempête qui faisait rage.

Elle remit la carte postale dans l'enveloppe matelassée et prit la clé.

Elle avait l'air ancienne. Non, plus qu'ancienne – antique. On aurait dit qu'elle remontait à la nuit des temps, et elle était lourde. Sans doute en bronze. Et curieusement chaude dans sa main, comme si elle gardait captif le feu de la forge qui l'avait façonnée. L'anneau était en forme de griffon, un animal à corps de lion avec une tête et des ailes d'aigle. Mais les dents de la clé étaient particulièrement étranges – comme les dents des Ferengi, les personnages de Star Trek : pointues et inclinées d'une drôle de façon. Zoé ne voyait vraiment pas quel genre de serrure une clé pareille pouvait bien ouvrir.

Elle remit la clé dans l'enveloppe avec la carte postale, puis elle prit les feuilles du bloc et les déplia. C'était une lettre, également écrite en caractères cyrilliques, d'une main tremblante et hésitante.

À ma bien-aimée petite-fille,

On dit qu'on peut complètement disparaître en vivant dans la rue. Je prie pour qu'il en soit ainsi. Pour réussir à te faire parvenir cette lettre avant que les chasseurs me trouvent.

Je regrette bien des choses, mais ce qui m'afflige le plus c'est que je n'aurai jamais la joie de voir ton visage. Pour te préserver des chasseurs, je suis restée éloignée pendant de longues années de solitude, mais la semaine dernière on m'a dit que j'avais un cancer inopérable, incurable. Je suis mourante. C'est la raison pour laquelle je suis ici aujourd'hui, et la raison de cette lettre.

Je voudrais bien pouvoir emmener tous mes secrets dans la tombe, mais l'ignorance est un piètre bouclier contre le danger, et faire son devoir quoi qu'il en coûte est encore une noble tâche, n'est-ce pas ? Oui, je dois le croire, ou bien pour moi il n'y aura pas de salut.

Je n'ai pas beaucoup de temps devant moi, et il y a un réel danger que cette lettre tombe entre de mauvaises mains, et que des innocents y laissent la vie, alors je n'ose plus écrire que ceci...

Les femmes de notre lignée sont les Gardiennes de l'autel d'ossements, et cela depuis si longtemps que le commencement se perd dans les brumes du temps. Le devoir sacré de chaque Gardienne est de préserver du monde la connaissance du chemin secret, car au-delà du chemin se trouve l'autel, et l'autel recèle la fontaine de vie.

À ma mort, tu deviendras la prochaine Gardienne. Je me doute que tu te demandes, Et ma mère ? Tu as raison, c'est à elle que cet honneur et ce fardeau auraient dû revenir, mais...

Là, quelques mots avaient été lourdement rayés, et puis la lettre continuait.

Tu connais mieux que personne la vraie nature d'Anna Larina. C'est donc à toi de recevoir l'autel d'ossements en héritage. Je ne pourrai être là pour te guider. Au lieu de cela, je ne puis que te laisser ces énigmes ridicules à élucider. Non, je fais offense au passé en qualifiant ces énigmes de ridicules, parce qu'elles ont été conçues par les Gardiennes précédentes qui comprenaient trop bien le noir pouvoir de l'autel et qui savaient que le lieu de son existence devait être à jamais dissimulé aux chasseurs.

Parce que, vois-tu, il y aura éternellement, quoi que l'on fasse, des chasseurs. Leur nom, le masque sous lequel ils se cachent changeront au fil des générations, mais il y a une chose qui a toujours été et qui demeurera toujours. D'une manière ou d'une autre, ils apprendront l'existence de l'autel et, à partir de ce moment-là, ils n'auront plus qu'une obsession, s'en approprier le pouvoir.

Quand ma propre mère m'a pour la première fois parlé de l'autel d'ossements, elle m'a bien avertie de ne faire confiance à personne, pas même à ceux que j'aimais. Mais je n'étais qu'une idiote. Un terrible crime a été commis parce que j'ai trahi les secrets de l'autel, aggravant encore le danger pour toi, ma petite-fille. Et si les chasseurs devaient un jour trouver ce qu'ils cherchent, ils te tueraient et tueraient tous tes proches, rien que parce que vous en savez trop.

Dieu me pardonne, je n'aurais jamais dû faire ce que j'ai fait, et pourtant, sans libre arbitre, nous serions une espèce sans âme. Alors puisse la Dame te conseiller et te préserver dans les choix que toi aussi tu devras faire.

Regarde la Dame, parce que son cœur chérit le secret, et que le chemin qui mène au secret est infini. Mais quand tu y arriveras, prends garde à ne pas marcher là où gisent les loups.

Ta grand-mère qui t'aime, Katya Orlova, la fille de Lena Orlova, qui était la fille d'Inna, qui était la fille de Svetlana, qui était la fille de Larina, et ainsi de suite en remontant le courant des siècles et les liens du sang jusqu'à l'année de la découverte de l'autel et de la consécration de la première Gardienne.

Et puis, en bas, d'une écriture un peu hachée, d'une encre plus sombre, comme si la peur avait conduit sa grand-mère à appuyer plus fort avec son stylo sur le papier, les mots :

Rappelle-toi, ne fais confiance à personne. Personne. Prends garde aux chasseurs.

«L'autel d'ossements», dit Zoé, tout haut.

Elle frissonna comme si elle avait plongé le regard dans une tombe ouverte. Sa grand-mère était morte en prononçant ces mots.

Elle se leva très vite, encore tremblante, et s'approcha de la fenêtre. L'inspecteur Mackey était parti, mais la voiture de patrouille était là. Un flic en uniforme était debout à côté, et parlait dans sa radio d'épaule.

Elle relut la lettre de sa grand-mère. L'autel d'ossements, devenir la nouvelle Gardienne, un chemin secret, des énigmes à résoudre – tout cela aurait pu paraître stupide, comme des bribes d'un conte russe, si sa grand-mère n'était pas morte, assassinée.

Le type à la queue-de-cheval. Il était encore tout près, Zoé le sentait, et sa gorge la brûlait comme si la chaîne se resserrait à nouveau autour de son cou, l'étranglant.

Elle parcourut du regard son loft dévasté. Il ne s'attendait tout de même pas y trouver un autel en os ? Mais peut-être que ce n'était pas un vrai autel, ou alors, si c'en était bien un, peut-être qu'il n'était pas vraiment fait avec des os.

L'énigme lui faisait mal à la tête. Quoi que puisse être cet autel d'ossements, l'homme à la queue-de-cheval avait tué sa grand-mère en essayant de s'en emparer.

Enfin, qu'il aille au diable. Zoé ne permettrait pas que sa grand-mère soit morte en vain. Si Katya Orlova voulait que sa petite-fille soit la prochaine Gardienne, eh bien, sa petite-fille ferait absolument tout ce qu'il fallait pour ça, même si elle n'avait pas la moindre idée, à ce stade, de ce que *ça* pouvait bien vouloir dire, et encore moins ce que cela exigerait d'elle, à part…

Cherche la Dame… Elle reprit la carte postale représentant la Dame à la licorne, la regarda à nouveau.

« …à part aller faire un tour au musée de Cluny », dit-elle à Barney qui fouinait dans le fouillis, par terre, à la recherche d'un peu de rab de fromage à tartiner.

Elle jeta un rapide coup d'œil par la vitre – la voiture de patrouille était toujours là, mais plus le flic. Il devait être dans l'escalier. Elle avait intérêt à se dépêcher.

Elle chercha sa boîte à bijoux et finit par la trouver renversée dans la baignoire. Elle fouilla dans le contenu en désordre, à la recherche d'une chaîne solide et en trouva une, en argent, qui ferait l'affaire. Elle passa la chaîne dans la clé, se l'attacha autour du cou et la cacha sous son pull.

On frappa à la porte.

« Mademoiselle Dmitroff ?

— Une minute ! répondit-elle. Je me rhabille et je viens tout de suite !

— Pardon, m'dame. Je, euh, je reste là, dans le couloir. »

Elle fourra la carte postale et la lettre de sa grand-mère dans une pochette intérieure de son sac, munie d'une fermeture Éclair. Ensuite, elle alla rapidement vers son bureau à cylindre et ouvrit le compartiment secret. Son passeport y était encore, grâce au ciel. Elle le mit dans son sac avec le reste, puis elle vérifia son portefeuille : quatre-vingt-cinq dollars en billets, suffisamment pour payer le taxi jusqu'à l'aéroport. Si elle ne pouvait pas prendre un vol direct pour Paris le soir même, elle essaierait de passer par Chicago, New York ou même Atlanta. Une fois arrivée à destination, elle pourrait retirer des euros à un distributeur.

Quand elle serait dans le taxi, elle enverrait un texto à Gretchen, son assistante juridique, pour lui demander d'assurer le suivi de la seule affaire qu'elle avait à plaider la semaine suivante. Elle avait également des conclusions à rédiger pour une affaire de détention préventive, mais ça aussi, Gretchen pourrait s'en occuper.

Zoé éprouva un soudain pincement en repensant à sa grand-mère allongée dans ce sac de plastique blanc, dans la chambre froide de la morgue. Elle ne voulait pas qu'elle soit enterrée comme indigente, et elle ne pouvait pas compter sur Anna Larina – qui s'en foutait pas mal – pour prendre les dispositions nécessaires. Elle pourrait peut-être demander aussi à Gretchen de commencer au moins à s'occuper des formalités à sa place si elle ne rentrait pas de Paris à temps.

Un autre coup sur la porte, plus doucement, cette fois.

«Euh, m'dame? Ça va?

— Oui, oui, j'arrive...»

Elle prit des chaussettes et des sous-vêtements propres, culottes et soutien-gorge, les jeta dans sa besace. Elle aurait vraiment voulu prendre une douche et se changer. Les vêtements qu'elle avait sur elle, un jean et un pull noir en cachemire, en avaient vu de belles ce jour-là. Mais elle n'avait pas le temps.

Elle réussit à faire entrer Barney et Bitsy dans leurs sacs – ils se montrèrent coopératifs, pour une fois. Et puis elle enleva la barre de sécurité et rouvrit la porte.

Elle gratifia de son sourire le plus éclatant le jeune homme au visage frais qui attendait sur le palier.

«Mes pauvres chats sont tellement traumatisés que je crois que je vais les confier à une voisine pendant mon absence. J'en ai pour une minute. Si vous pouviez m'attendre ici, devant chez moi, pour veiller sur tout ça...?»

Maria Sanchez ouvrit sa porte sans laisser le temps à Zoé de frapper.

«Vous êtes sûre que vous n'avez pas d'ennuis, Zoé? Tous ces flics ici, ce soir, qui vont et viennent...

— Vous pourriez vous occuper de mes bestioles pour moi? demanda Zoé sans respirer, les mots se bousculant sur ses lèvres. Je dois m'absenter quelques jours.

— Mais bien sûr. Tout ce que vous voudrez. Vous savez que je me ferais tuer pour vous.»

Elle donnait tellement l'impression de le penser que ça n'avait l'air ni ridicule ni mélodramatique.

Et de toute façon, Zoé lui faisait confiance pour s'occuper de ses bébés, ce qui revenait à peu près au même.

Elles tombèrent dans les bras l'une de l'autre, puis Zoé dit :

«Merci, Maria. Et ne vous en faites pas, tout ira bien pour moi. D'ici quelques minutes, un charmant jeune policier descendra vous demander où je suis passée…

— Alors, il vaut mieux que vous ne me le disiez pas.»

Dans la cage d'ascenseur, la cabine s'ébranla, amorça son ascension. Maria agita les deux mains comme pour la chasser.

«Allez-y ! Appelez-moi pour me dire que vous êtes en sécurité.»

Zoé l'appellerait. Mais elle commençait à se dire qu'elle ne serait peut-être plus en sûreté avant un certain temps…

17

New York.

Miles Taylor n'arrivait pas à se réchauffer. Il sentait le froid dans ses os malgré le feu qui ronflait dans la cheminée. Il était assis dans son fauteuil de cuir préféré, dans la bibliothèque de son hôtel particulier – quatre étages de pierre de taille dans l'Upper East Side –, un verre de whisky entre ses mains glacées. Pas le Macallan de soixante ans d'âge, juste un Laphroaig, cette fois. Le Macallan était réservé à la célébration des bons moments, et ce n'était pas un de ces moments-là.

Son portable vibra dans sa poche, et il sursauta comme si on lui avait pincé les fesses. Saleté de téléphones ! Il n'arrivait pas à décider s'il aimait ces trucs-là ou s'il les détestait.

Il tripota l'appareil pendant quelques instants, essayant de se rappeler sur quel bouton de ce satané appareil il devait appuyer, et aboya «Taylor, j'écoute», un peu trop fort.

«Salut, sexy boy», fit Yasmine à son oreille.

Elle avait l'air essoufflée, et plus hystérique encore qu'en temps normal. Hystérique comme juste avant ou juste après avoir tué quelqu'un.

«On a retrouvé Katya Orlova.

— Il était temps, nom de Dieu !»

Il y avait un an et demi que Mike O'Malley avait rendu son âme au diable et, depuis lors une armée de détectives fouillait chaque recoin du monde à la recherche de cette femme, en pure perte. Ils avaient fait chou blanc, jusque-là.

«Oui, mais bon, attends quand même pour sabrer le champagne, reprit Yasmine. Parce que j'ai une bonne et une mauvaise nouvelle.

— Tu sais que je déteste qu'on me dise ce genre de choses. Quelle est la mauvaise nouvelle?

— Pas par téléphone. Où es-tu, là? Chez toi? J'ai un coup de fil à passer. Et des choses à organiser. Je serai là d'ici…»

Il y eut une pause et il l'imagina en train de regarder sa montre. Sans doute la Patek Philippe à cent mille dollars qu'il lui avait offerte pour Noël.

«Une heure», dit-elle.

Et elle coupa la communication.

Miles referma le téléphone et le remit dans sa poche. Il aurait voulu se lever et faire les cent pas dans la pièce, mais son genou lui faisait déjà un mal de chien, et il n'avait pas envie de reprendre des cachets. Et puis d'ailleurs il se sentait tout à coup épuisé, vidé. Une bonne et une mauvaise nouvelle. Pourquoi avait-il toujours l'impression que les mauvaises nouvelles étaient systématiquement plus mauvaises que les bonnes nouvelles n'étaient bonnes?

Yaz disait qu'ils avaient retrouvé la femme. Alors quelle pouvait être la mauvaise nouvelle? Était-ce qu'elle n'avait plus le film? Peut-être que Mike O'Malley avait menti sur son lit de mort. Ce n'était pas à exclure, de la part de ce fils de pute. C'était bien son genre. Peut-être qu'elle n'avait jamais eu le film, pour commencer. Mais si elle ne l'avait pas eu et O'Malley non plus, alors, qui l'avait?

Et merde! Ça le rendait dingue.

On frappa à la porte, et il sursauta à nouveau, se renversant du whisky sur les genoux. Il se redressa à moitié, espérant que c'était Yasmine, mais il était beaucoup trop tôt.

Ce n'était que son majordome, qui lui apportait un magazine sur un plateau d'argent.

«Je pense que c'est ce que vous attendiez, monsieur. Le numéro de *Vanity Fair* du mois prochain, apporté par coursier. Tout chaud sorti des presses.

— Merci, Randolph. Posez-le là, près de la lampe, s'il vous plaît.»

Miles attendit que l'homme ait quitté la pièce avant de prendre le magazine. Il le tint à bout de bras, en plissant les paupières parce qu'il n'avait pas ses lunettes sous la main. Son propre visage lui rendit son regard, au-dessus d'un titre en caractères gras, noirs : MILES TAYLOR, LE FAISEUR DE ROIS D'AMÉRIQUE.

Il dut tourner ce qui lui parut être au moins vingt pages de publicité avant d'arriver au sommaire et de trouver la page de l'article. Il y avait une autre photo de lui prenant la pose, debout, les jambes écartées, les bras croisés sur la poitrine. Contrairement à la photo de couverture, celle-ci était un photomontage, et on aurait vraiment dit un géant un pied dans Wall Street et l'autre posé sur une Bourse miniature.

Il parcourut l'article du regard, ne l'intégrant pas vraiment, saisissant à peine quelques phrases par-ci, par-là, au vol.

En dehors du gratin de l'élite de ce pays, rares sont ceux à qui son nom dit quelque chose. Et, à notre époque avide d'images et de vidéo, il fuit les médias comme la peste. Ses rares amis et ses nombreux ennemis s'entendent pourtant à dire qu'il a plus d'argent et plus de pouvoir que Dieu. Ce qu'ils ne disent pas, ou pas assez fort pour être entendus, c'est que, contrairement à Dieu, Miles Taylor n'hésite pas à mettre les mains dans le cambouis et à intervenir dans la marche du monde au quotidien.

Il n'avait pas trente ans lorsqu'il a commencé à faire fortune – une vraie fortune chiffrée en milliards. Il avait vendu à découvert pour cinq cents millions de dollars de bahts thaïlandais, profitant du fait que la Bangkok Bank n'avait pas envie de remonter ses taux d'intérêt ni de faire flotter la monnaie. À l'époque, un journaliste lui avait demandé s'il ne s'en voulait pas d'avoir mis en faillite des entreprises entières, et ce qu'il éprouvait à l'idée que des gens aient vu disparaître en un instant les économies de toute une vie. Comment il prenait le fait qu'à cause de lui, des petites vieilles nécessiteuses se soient retrouvées à la rue et obligées de manger de la pâtée pour chiens. Sa réponse, de sinistre mémoire, avait été : «Qu'ils aillent se faire foutre.»

C'est sur un ton un peu hautain qu'il parle politique. Il met les inégalités du monde sur le compte de la sacro-sainte religion du marché, et il vous explique que les États-Unis auraient bien besoin d'un gouvernement international, centralisé, fort, pour corriger les excès du profit personnel. On ne peut pas faire autrement que l'approuver et se dire qu'il parle d'or. Tout en le détestant pour la conviction, aussi vertueuse qu'absolue, avec laquelle il affirme être le seul à détenir la vérité sur tous ces sujets.

Miles Taylor est un faiseur de rois au sens propre du terme : il a une influence extrême sur le choix des candidats *à la magistrature suprême. Si quelqu'un peut faire un président dans ce pays – si un seul homme peut posséder un président – c'est lui.*

Miles se dit que ce n'était pas si mal. En réalité, il était plutôt content. C'est alors qu'un paragraphe attira son attention, vers la fin :

On est tout de même en droit de rester perplexe devant un homme imbu de sa personne au point de se croire investi du pouvoir de sauver le monde alors qu'il n'a pas su empêcher son fils de s'autodétruire : l'histoire presque parodique du petit garçon trop gâté à qui tout a été donné et que cela a brisé. Jonathan Taylor est mort à vingt-deux ans dans un squat, après s'être injecté quatre grammes d'héroïne dans les veines. Suicide ou overdose accidentelle ?

Miles referma le magazine comme on flanque une gifle. Il esquissa le geste de le jeter au feu, puis se ravisa, le laissa tomber par terre et le glissa sous son fauteuil du bout du pied, comme si « hors de sa vue » équivalait à « hors de ses pensées ». Enfin, qui lisait *Vanity Fair*, de toute façon ? Ces temps-ci, si ce n'était pas sur YouTube, c'était comme si ce n'était pas arrivé.

Accident ou suicide – qu'est-ce que ça changeait ? Il avait tout essayé avec ce gamin : le coaching, les cures de désintoxication, les prières, les supplications. Il avait même essayé de lui graisser la patte. Il ne s'était résolu qu'en dernier recours à la fermeté, lui coupant les vivres, l'obligeant à se débrouiller par ses propres moyens. Est-ce que l'article le disait, ça ?

C'était par une nuit de neige, comme celle-ci. Il était assis dans ce même fauteuil ; Jonathan, tout blanc et grelottant, faisait les cent pas sur la moquette devant le feu. Demandant l'aumône. «Vingt dollars, c'est tout. Juste de quoi acheter un hamburger et un coca, je te jure. Allez, papa, tu pourrais te torcher avec des billets de vingt dollars sans que ça change quoi que ce soit pour toi, avec toute ta fortune.»

Et Miles de répondre : «Je ne sais pas qui est le plus pitoyable de nous deux, toi qui es assez bête pour croire que je vais avaler tes conneries, ou moi qui t'écoute.»

Alors Jonathan s'était détourné du feu pour se dresser devant lui, et Miles avait vu son garçon, l'avait vraiment vu pour la première fois, et il s'était rendu compte que ce qu'il voyait briller dans ses yeux n'était pas des larmes. C'était une lueur de haine. De la haine à l'état pur, sans mélange.

Mais le plus bouleversant pour Miles, ce qui l'avait encore plus choqué que de voir la haine dans les yeux de son fils, c'était la prise de conscience, au fond de lui-même, qu'il s'en foutait complètement. Avait-il seulement jamais aimé ce garçon, si peu que ce soit, ou s'était-il contenté de faire comme si ?

Ce soir-là, il avait pris une liasse de billets dans sa poche, en avait retiré un billet de vingt dollars.

«Tiens. Prends ça, va te planter une aiguille dans le bras. Et fous-moi la paix.»

Ce fut la dernière fois qu'il vit son fils vivant.

Miles avait dû s'assoupir, parce qu'il fut réveillé en sursaut par le contact de lèvres froides sur sa joue. Il ouvrit les yeux. Le pâle visage de Yasmine Poole ondoyait devant lui, les flammes du feu dansant dans ses prunelles noires, brillantes.

Il croassa quelque chose, les paupières papillotantes. Elle se redressa et fit un pas en arrière. Elle portait un pantalon noir, moulant, avec ses bottes à talons aiguilles et une petite veste blanche, pelucheuse, sexy comme l'enfer, et il ressentit cette drôle de crampe dans le ventre qui l'étreignait chaque fois qu'il la regardait.

«Tu as de la neige dans les cheveux, dit-il.

— Ça tombe à gros flocons, ce soir. D'énormes flocons tout doux.»

Un silence électrique, pas doux du tout, s'établit dans la pièce. L'air autour d'elle semblait vibrer, et il se sentit comme aspiré.

«Alors? fit Miles, incapable d'en supporter davantage. Katya Orlova... tu l'as retrouvée?»

Sa bouche rouge se fendit en un sourire.

«Ding-dong, la sorcière est morte[1], entonna-t-elle. La vilaine sorcière est morte!

— Tu peux arrêter les chansonnettes et me dire ce qu'il en est?

— Katya Orlova est morte, Miles. Morte de chez morte. Morte à manger les pissenlits par la racine. Raide morte. Ce genre de mort-là.»

Miles fut saisi d'une vague de soulagement si forte qu'il eut comme un étourdissement.

«Et le film? Hein, le film?

— Ouais, eh bien, tu vois, c'est ça, la mauvaise nouvelle.

---

1. "Ding dong, the witch is dead", chanson du film *Le Magicien d'Oz*. (*N.d.T.*)

— Prends pas ça à la rigolade, Yaz. C'est la merde.

— Tu as raison. Désolée. Tu sais que l'agence de détectives privés de haute volée que nous avons embauchée n'a rien déniché, que dalle, sur la vieille elle-même, mais ils n'ont pas eu trop de mal à trouver sa famille. Une fille veuve et une petite-fille qui vivent à San Francisco.»

Yasmine s'était mise à arpenter la pièce, caressant du bout des doigts une rangée de livres reliés en cuir, faisant tourner le gros globe dans le coin. *La folie meurtrière la reprend,* pensa Miles. *Elle a flairé le sang, elle s'en enivre.*

«Enfin, depuis dix-huit mois, les détectives tenaient la fille et la petite-fille à l'œil, disait Yasmine. Pour le cas où elle se manifesterait, tu vois? Quand tout à coup, bingo! Voilà qu'elle réapparaît: c'est une vieille clocharde qui a pris un coup de couteau dans la poitrine la nuit dernière, dans le Golden Gate Park.»

Miles poussa un gémissement, en proie à une soudaine nausée.

«Bordel de merde! Je ne crois pas aux coïncidences. Celui, quel qu'il soit, qui a tué cette vieille peau a le film, maintenant. Nikolaï Popov – ça ne peut être que lui.

— Eh bien, pas lui personnellement. Parce qu'il est beaucoup trop vieux pour courir partout en poignardant les gens.

— Et il y a autre chose, poursuivit Miles. Elle s'est tenue à l'écart de sa famille pendant toutes ces années, alors pourquoi refait-elle surface maintenant et à cet endroit, juste après que Mike O'Malley a cassé sa pipe?

— Pas *juste après*, Miles. Ça fait un an et demi. Et puis, la boîte de détectives privés a jeté un coup d'œil au rapport d'autopsie. Elle allait mourir d'un cancer. Elle voulait probablement leur dire bye-bye.»

Miles grommela.

«D'accord. Ça, je marche. Par contre, la faire assassiner… Ça, ça doit être l'œuvre de Popov. Moi, j'étais susceptible d'ignorer qu'elle avait le film depuis l'Assassinat, mais Popov, tu peux parier qu'il était au courant. Il faisait probablement surveiller sa famille depuis des dizaines d'années, en attendant qu'elle montre le bout de son nez.

— Peut-être, concéda Yasmine. D'après le rapport du légiste, elle aurait été poignardée avec un couteau sibérien.»

Elle avait fait le tour de la pièce et se trouvait maintenant derrière lui. Comme bien souvent, Miles éprouva une vague inquiétude. Il appréhendait un peu ce qu'elle pourrait lui faire un jour, prise d'un de ses accès de frénésie sanglante.

«Tu veux que je te dise, Miles? Eh bien, le type qui a tué la vieille était probablement l'un des hommes de Popov, mais je ne pense pas qu'il ait le film. Parce que la petite-fille a subitement tout laissé tomber et pris l'avion pour Paris, ce soir, et je te fiche mon billet que ce n'est pas pour monter en haut de la tour Eiffel.

— Il faut que tu ailles la chercher.»

Miles essaya de tordre son cou pour regarder Yasmine derrière lui, pour voir ce qu'elle fabriquait, mais le dossier de son fauteuil était trop haut.

«J'ai déjà pris mon billet pour Orly. Avec un peu de chance, il se pourrait même que j'arrive à Paris quelques minutes avant elle.»

228

Entre-temps, se dit Miles, peut-être qu'il devrait passer un coup de fil au Russe, pour l'asticoter comme le serpent à sonnettes qu'il était, histoire de voir ce qu'il avait dans le ventre. Il y avait bien longtemps qu'ils ne s'étaient pas parlé. La dernière fois... ça remontait à des années. L'heure de gloire de Nikolaï Popov au KGB n'était plus qu'un lointain souvenir. Aujourd'hui, ce n'était plus qu'un gangster polyvalent : un maquereau, trafiquant de drogue et organisateur de loteries truquées. Plus exactement, on supposait qu'il avait un fils qui faisait tout le sale boulot, mais Miles était convaincu que c'était Nikolaï qui tirait les ficelles.

D'accord, on voyait aussi le visage du Russe sur le film, mais qui était encore vivant pour le reconnaître après toutes ces années ? Et même si le monde entier découvrait ce qu'il avait fait, qu'est-ce qu'il en avait à foutre, de toute façon ? Bordel, ça lui vaudrait probablement un prestige supplémentaire auprès de la pègre. Quand on était déjà tout en bas, rien ne pouvait plus vous abattre.

Miles entendit, ou peut-être simplement sentit, un mouvement derrière lui, et les mains de Yasmine encerclèrent le dossier de son fauteuil et commencèrent à lui masser les épaules. Elle avait des doigts puissants, presque trop, et c'était à la limite du douloureux.

Mais sa voix était douce à ses oreilles.

« J'ai encore une heure avant de partir pour l'aéroport. »

Il prit ses poignets dans ses deux mains et lui fit faire le tour du fauteuil, l'attirant devant lui. Elle s'agenouilla à ses pieds. Elle avait un si beau visage, avec sa peau tellement blanche et ses lèvres rouge sang. Il fut pris d'une idée soudaine, incongrue; il allait l'épouser. Vivre éternellement heureux avec elle, peut-être avoir un enfant avec elle. Un autre fils.

«Tout ça sera bientôt fini, dit-il. Bientôt.

— Je sais, je sais.»

Il tendit la main et lui effleura, du pouce, la lèvre inférieure, si rouge, si pleine.

«La petite-fille…

— Zoé Dmitroff.

— Qu'elle arrive ou non à récupérer le film, il se pourrait qu'elle sache déjà ce qu'il y a dessus.

— On ne peut pas prendre ce risque.

— Non. Mais parle-lui d'abord. Montre-lui une photo de Nikolaï Popov. Il faut que je sache s'il l'a déjà approchée, et dans ce cas, ce qu'ils se sont dit.

— Et après?

— Après tu feras ce que tu fais de mieux.»

Le regard de la fille s'assombrit, ses lèvres s'écartèrent. Il sentit son souffle chaud sur sa main.

«Avec plaisir, dit-elle. Comme toujours.»

Quatrième partie

La Dame

18

Paris, France.

Regarde la Dame, avait écrit sa grand-mère. Eh bien, Zoé l'avait regardée, regardée et regardée encore. Elle avait étudié chaque centimètre carré de ces foutues tapisseries au point d'avoir l'impression qu'elles étaient gravées sur sa rétine, et elle n'avait rien trouvé. Alors, qu'est-ce qui lui échappait? Qu'y avait-il là qu'elle n'arrivait pas à voir? Sa grand-mère avait forcément mis la carte postale dans l'enveloppe pour la faire venir à cet endroit, mais à quoi bon si elle n'arrivait pas à comprendre ce qu'elle devait voir?

Regarde la Dame.

Elle refit le tour de la salle circulaire et scruta pour la énième fois les tapisseries du xvᵉ siècle, aussi vibrantes que des joyaux dans la lumière crépusculaire. Dans chacune, la Dame, *sa* Dame, était représentée avec sa licorne et un lion, mais pas de griffon.

Les tapisseries étaient censées évoquer le monde des sens. Dans *Le Goût*, la Dame prenait une friandise dans une coupe offerte par une suivante. Dans *L'Odorat*, elle tressait une guirlande de fleurs. Dans *Le Toucher*, elle caressait la corne de la licorne, et dans *L'Ouïe*, elle tenait un petit orgue. Dans *La Vue* elle présentait un miroir à la licorne qui contemplait son reflet, allongée sur le sol à côté d'elle, les pattes de devant posées sur ses cuisses.

Zoé s'arrêta pour regarder la dernière tapisserie, celle de la carte postale de sa grand-mère. *À mon seul désir…* On y voyait la Dame debout devant une tente, sa suivante à côté d'elle, tenant un coffret ouvert. La Dame y déposait le collier qu'elle portait dans les autres tapisseries.

Mais il ne s'y trouvait rien qui ressemblât à un autel d'ossements. Alors qu'est-ce que ça voulait dire ? Bon sang, qu'était-elle censée voir ?

Les femmes de notre lignée sont les Gardiennes de l'autel d'ossements, et cela depuis si longtemps que le commencement se perd dans les brumes du temps. Le devoir sacré de chaque Gardienne est de préserver du monde la connaissance du chemin secret, car au-delà du chemin se trouve l'autel, et l'autel recèle la fontaine de vie.

Une énigme ridicule, comme disait sa grand-mère. Enfin, ridicule, peut-être, mais surtout sibylline, encore plus ténébreuse que l'autre énigme écrite au dos de la carte postale. Ou plutôt, elle était sibylline parce que, si la réponse avait été tissée dans la tapisserie, elle échappait à ses…

Un garde passa la tête par l'ouverture de la porte, la faisant sursauter. Il tapota sa montre et dit :

— Madame, le musée ferme dans cinq minutes.

Zoé commença par acquiescer d'un hochement de tête, puis tout à coup ses yeux s'emplirent de larmes. Elle n'était pas prête à partir, elle n'avait pas fini ce qu'elle était venue faire. La veille encore, sa grand-mère n'était pour elle qu'un visage souriant sur une vieille photo. Ce n'était peut-être qu'une affaire de mitochondries partagées, mais en ce lieu, devant la tapisserie de la carte postale, Zoé se sentait reliée à Katya Orlova à un niveau plus profond. Reliée aussi aux femmes qu'elle citait dans sa lettre et qui remontaient de génération en génération jusqu'à la première Gardienne. Sa grand-mère avait dit qu'elles étaient liées par le sang, et Zoé était en train de merder, elle trahissait ces femmes.

Regarde la Dame, parce que son cœur chérit le secret, et que le chemin qui mène au secret est infini.

Les femmes de notre lignée sont les Gardiennes de l'autel d'ossements, et cela depuis si longtemps que le commencement se perd dans les brumes du temps.

C'est donc à toi de recevoir l'autel d'ossements en héritage.

Sauf qu'elle était tellement stupide qu'elle n'était même pas capable de comprendre ce qu'était cette fichue chose, alors quant à imaginer comment la «garder»…

Zoé regarda une dernière fois *À mon seul désir*; la Dame qui mettait son collier dans le coffret.

D'après le guide du musée, cela voulait dire que la Dame avait renoncé aux passions suscitées par les autres sens. Or après avoir regardé le visage de la Dame pendant quatre heures, Zoé n'en était plus si sûre. La passion, c'était la vie, et ce visage n'était pas celui d'une femme qui s'en détournait; au contraire, elle l'embrassait. Et si on commençait son voyage dans les sens par cette tapisserie, alors il se pouvait que la Dame ne mette pas le collier dans le coffret mais qu'elle l'y prenne.

Peut-être, pensait Zoé, saoule de fatigue, à cause du décalage horaire et de la torpeur induite par le musée, peut-être pourrait-elle écrire un article sur cette découverte profonde et l'envoyer à une revue d'art. Elle l'intitulerait «La Dame est une hédoniste» et, à l'appui de sa théorie, elle pourrait évoquer l'expression de la licorne, son sourire satisfait, elle ne voyait pas comment dire les choses autrement, comme si on venait de lui donner un picotin d'avoine particulièrement savoureux. Et puis il y avait le lion – une bête à l'air bizarre, mais pas un griffon –, avec sa gueule ouverte sur un grand rugissement. À moins que ce ne soit un grand rire.

«D'accord, les gars, lâchez le morceau», dit Zoé, se permettant de parler tout haut maintenant qu'elle était seule dans la salle. Qu'est-ce que c'est que cette histoire d'autel d'ossements, et où peut-il bien se trouver?

Le lion rigolait, la licorne souriait, mais la Dame n'avait d'yeux que pour ses joyaux.

En sortant du musée, Zoé se retrouva plongée au milieu de la foule, dans un tourbillon de lumière et de bruit. Il faisait sombre, un crachin froid embuait l'air, recouvrait le trottoir d'un film brillant et nimbait les réverbères d'un halo. Elle leva le visage vers le ciel, laissant la pluie ruisseler sur elle. Ce qui n'arrangea rien.

Elle se retenait pour ne pas pleurer et jurer, tout ça à la fois. Elle était là, sans avoir changé de vêtements depuis San Francisco; cela faisait si longtemps qu'elle ne comptait plus les heures, tellement fatiguée que ses pieds n'avançaient plus que parce qu'ils savaient qu'ils devaient le faire. Il fallait qu'elle trouve une chambre d'hôtel, et peut-être quelque chose à manger, bien qu'elle fût trop épuisée pour manger.

Elle ne savait même pas où elle était au juste. Elle avait dit au chauffeur de taxi, à l'aéroport, de la déposer au musée de Cluny, et après tout se brouillait. Elle chercha une plaque de rue et finit par en repérer une, sur la façade en pierre de taille d'un immeuble au toit mansardé : «Boulevard Saint-Michel.»

Ce qui l'aurait bien aidée si elle avait eu un plan, et si elle avait su où elle voulait aller, pour commencer.

Elle fit demi-tour et faillit se cogner contre un type aux cheveux violets coiffés en piques qui faisait du roller, et qui fila comme une flèche sans même la voir. La rue était encombrée de motos pétaradantes, à croire qu'elles avaient toutes le pot d'échappement troué, et de ces ridicules petites voitures européennes qui klaxonnaient sans arrêt, pour un rien, tout ça baignant dans une myriade de conversations en français auxquelles elle ne comprenait rien, ce qui lui était d'ailleurs parfaitement égal.

La tapisserie. Elle avait concentré chaque cellule grise de son cerveau dessus, et il n'en était rien sorti. Or elle n'était pas idiote. Donc ça voulait dire qu'il n'y avait rien à trouver.

Laisse tomber pour le moment. Laisse tomber.

Et toutes ces voix qui parlaient français, la plupart heureuses, la plupart jeunes… Heureusement qu'elle n'était pas armée, elle aurait descendu tout le monde. Elle avait tellement mal à la tête que si elle ne trouvait pas de l'aspirine, et en vitesse, son crâne allait exploser. Elle chercha un drugstore et ne vit que des bistros, des restaurants et des cafés.

Elle chercha dans son français scolaire, limité, le mot correspondant à l'anglais *drugstore*, mais le seul fait de se creuser la tête faisait encore empirer sa migraine. Elle avait un vague souvenir, tout de même,

237

que leurs *pharmacies* – oui, c'était ça, *pharmacie!* – étaient facilement repérables grâce au symbole universel, une croix lumineuse verte comme enseigne.

Elle leva le nez et parcourut le boulevard du regard, d'un côté puis de l'autre, à la recherche d'une croix verte, lumineuse. Pas de chance.

Non, une minute!... La pluie s'était mise à tomber plus dru, et elle n'y voyait pas grand-chose, mais il lui semblait qu'une lumière verte brillait sur le trottoir d'en face, dans une rue latérale...

Zoé se dépêcha de traverser entre les voitures arrêtées au feu rouge, avant qu'il ne passât au vert, slalomant entre des Peugeot et des Vespa, échappant de justesse à un taxi dont le chauffeur au regard fou essayait de l'écraser.

Un énorme McDonald's se dressait devant elle, grouillant de monde. Mais la petite rue pavée, étroite, qui partait du boulevard était déserte. Et la tache de lumière verte était bien là, mais c'était un vert pâle, presque phosphorescent, qui n'avait rien à voir avec la croix d'une pharmacie.

Décidément, c'était quelque chose de tout à fait différent.

Zoé en resta bouche bée. Elle devait avoir des visions. Elle s'approcha lentement, se demandant si son cerveau n'avait pas fini par disjoncter.

Un rai de lumière verte projeté par une petite vitrine éclairait une enseigne de bois qui oscillait dans le vent nocturne. Ça devait être une boutique d'antiquités. Non, plutôt, une boutique de brocanteur, ou de prêteur sur gages. Mais cette pancarte, cette enseigne en bois qui se balançait doucement... elle était en forme de griffon.

Et pas n'importe quel griffon.

C'était la réplique exacte de celui qui ornait la clé de sa grand-mère.

Zoé leva la main, presque apeurée de pousser la porte étroite sur laquelle était fixée une petite pancarte annonçant OUVERT. Elle ne voyait personne à l'intérieur, juste un grand lampadaire de style Art nouveau, avec un abat-jour vert, qui avait été placé en vitrine. Comme si le propriétaire de la boutique savait depuis le début qu'elle aurait mal à la tête en sortant du musée et chercherait la croix lumineuse, verte, d'une pharmacie.

Zoé pensa à toutes les histoires qu'elle avait entendues dans son enfance où il était question de sorcières russes capables de deviner l'avenir, et elle frémit.

Mais non, elle était sotte. Si elle avait fait plus attention quand elle était arrivée, si elle n'avait pas été complètement abrutie par le décalage horaire, et s'il n'avait pas plu, elle aurait tout de suite repéré l'enseigne en forme de griffon, en descendant du taxi devant le musée. Cette lampe verte en vitrine était une coïncidence, rien d'autre.

Mais quelle que soit la façon dont elle était arrivée là, c'était l'endroit que sa grand-mère voulait qu'elle trouve, Zoé en était sûre.

Elle poussa la porte.

Une cloche au-dessus du vantail tinta lourdement et elle se figea, mais la boutique était vide, et personne ne sortit de l'arrière-boutique pour lui proposer ses services.

Elle regarda autour d'elle et se crut soudain transportée dans un roman de Dickens. Les murs disparaissaient, du sol au plafond, derrière des étagères bourrées de tout un bric-à-brac. Des pendules – une quantité invraisemblable de pendules –, des tableaux, des bustes, des vases, des lampes, des chandeliers… Dans un coin, une figure de proue exhibait ses seins nus dans une attitude provocante, un trident à la main et un sourire lascif accroché au visage.

«Bonjour»! appela Zoé.

Mais la boutique resta silencieuse, en dehors du tic-tac des pendules.

Elle chercha du regard une serrure susceptible d'accueillir sa clé, en vain. Ou plutôt, des serrures, il y en avait trop : des coffres et des boîtes à bijoux, par douzaines, plusieurs bureaux et même deux armoires.

C'est alors qu'un rideau de velours bleu à moitié dissimulé derrière une psyché s'ouvrit de façon tellement théâtrale que, pour un peu, Zoé se serait attendue à voir apparaître un vampire.

Mais c'est un vieux monsieur qui fit son entrée. Quelques mèches de cheveux blancs, vaporeux, duvetaient son crâne rose, et les dents de son sourire passaient probablement la nuit dans un verre d'eau, sur sa table de chevet. Le temps l'avait un peu ratatiné, et pourtant il avait l'air tout à fait fringant avec son gilet jacquard, son nœud papillon à pois et ses lunettes à double foyer à la monture invisible.

«*Bonjour, monsieur*, dit Zoé, en français.

—*Bonsoir, madame*», répondit-il, ni amical, ni impoli, mais il n'avait pu s'empêcher de corriger son mauvais français.

Maintenant confrontée à l'obligation d'expliquer dans cette langue ce qu'elle cherchait, la tête de Zoé se vida instantanément d'à peu près tout le vocabulaire qu'elle connaissait, et qui n'était déjà pas énorme au départ.

«*Parlez-vous anglais?*»

L'homme répondit *no* dans un souffle, haussa les épaules, écarta les mains devant lui.

Sans réfléchir, Zoé lui demanda s'il parlait russe.

L'homme s'illumina, et répondit dans un russe magnifique:

«Comment l'avez-vous deviné? Je vis ici depuis si longtemps que je pourrais aussi bien être français... enfin, parisien, ce n'est pas tout à fait la même chose. Je suis né dix ans après la révolution bolchevique – il tourna la tête sur le côté et cracha par terre –, dans une hutte de chasseurs de rennes, dans la toundra glacée, près de ce qu'ils appellent maintenant Norilsk. Vous ne pouvez pas avoir entendu parler de cet endroit, et vous pouvez remercier le ciel de ne pas le connaître.»

Zoé conserva un ton de voix léger, mais son regard ne quittait pas le visage du vieil homme. Il avait les yeux les plus noirs qu'elle ait jamais vus. Plus que noirs: opaques.

«En réalité, j'en ai entendu parler, *monsieur*. Mon arrière-grand-mère était... eh bien, peut-être qu'elle n'est pas née là-bas comme vous. Je sais si peu de choses à son sujet. Juste qu'elle s'était évadée d'un camp de prisonniers sibérien appelé Norilsk, dans les années 1930. Elle s'appelait Lena Orlova, et elle a eu une fille appelée Katya. Vous connaissez peut-être cette famille?»

Le vieil homme souriait toujours, mais Zoé eut l'impression de voir une minuscule étincelle de lumière briller au fond de ses yeux sombres.

«Vraiment, c'est un tout petit monde, et très intime, que celui où nous vivons. J'ai un neveu qui travaille dans une banque à Chicago.»

Zoé eut un petit rire.

«Je suis de San Francisco, mais je vois ce que vous voulez dire.»

Elle eut un geste de la main en direction d'une étagère particulièrement encombrée d'objets qui paraissaient tous d'origine plus ou moins russe.

«Mais je me demandais… Depuis que j'ai entendu l'histoire de mon arrière-grand-mère, j'ai envie d'aller à Norilsk. Pour retrouver mes racines, comme on se plaît à dire en Amérique. Avez-vous des objets, des antiquités ou autres, venant de cette région et auxquels je pourrais jeter un coup d'œil? Et que je pourrais peut-être acquérir?

— Vous n'avez pas envie d'aller à Norilsk, faites-moi confiance sur ce point. C'est, passez-moi l'expression, le trou du cul glacé de l'univers, en toute saison. Ou, si vous voulez étendre cette description à notre mère Russie toute entière, disons que Norilsk est un furoncle plein de pus sur le trou du cul glacé de l'univers.

«Quoi qu'il en soit, poursuivit-il avant que Zoé ait eu le temps d'ajouter un mot, je n'ai malheureusement rien qui vienne de Sibérie en ce moment. Même pas un collier de dents de loups, ce qui est plus commun qu'on ne pourrait le penser. Mais je puis peut-être vous montrer autre chose? Que diriez-vous d'un garde-temps, par exemple? J'en ai de toutes sortes: des coucous, des horloges de clocher, à eau, des pendules de grand-père, à répétition, à balancier, de marine, et qui indiquent toutes parfaitement l'heure.» Il tira une montre de gousset de sa poche, souleva le couvercle. «Si vous pouvez attendre vingt et une minutes et seize secondes, vous allez les entendre sonner l'heure toutes en même temps. C'est une symphonie, croyez-moi. Restez, écoutez, vos oreilles vous remercieront.

— Vos horloges sont magnifiques.» Zoé tira la chaîne en argent de sous son pull à col roulé et la passa par-dessus sa tête. «Mais je me demandais si vous aviez dans votre boutique quelque chose que cette clé pourrait ouvrir.»

Le vieil homme se figea complètement. Il fit mine de tendre la main pour toucher la clé, puis laissa retomber son bras et dit, d'une voix réduite à un murmure:

«Si vous avez cela, alors Katya Orlova est morte.

— Vous avez donc connu ma grand-mère.

— Je les ai connues toutes les deux, Lena Orlova et sa fille, Katya. Sa mort a-t-elle été douce?»

La gorge de Zoé se serra, et elle finit par lâcher, plus sèchement qu'elle n'aurait voulu:

«Elle a été assassinée.

— Ah.» Il inclina la tête, ferma les yeux. «Ça ne finira jamais.

— Vous étiez très proches?

— Katya et moi? Non, pas au sens où on pourrait l'entendre. Mais j'ai attendu bien des années qu'elle franchisse à nouveau le seuil de ma porte. Ou celle qui viendrait après elle.»

Les questions se bousculaient sur les lèvres de Zoé, tant de questions qu'elle ne savait par où commencer.

«Je suis désolée. J'aurais dû me présenter. Je m'appelle Zoé. Zoé Dmitroff.»

Elle tendit la main, et le vieil homme la prit en s'inclinant, la gratifiant d'une courbette délicieusement surannée.

«Boris. Un nom bien russe, n'est-ce pas?»

Il garda sa main dans la sienne tout en se rapprochant pour la regarder de plus près.

«Oui, tout est comme il se doit. Une Gardienne s'en va, mais une autre prend sa place. Je l'ai vu à la minute où vous avez franchi la porte. Je me suis simplement dit que j'allais attendre que vous me montriez la clé. Et je l'ai vue.»

Il la regardait, mais son regard était perdu au loin, comme reparti vers une autre époque.

«C'est que je suis du Toapotror. Le peuple magique.

— Le peuple magique?»

Il soupira et lui lâcha la main.

«Vous n'êtes pas au courant? Eh bien, les années passent, et avec elles la connaissance des anciens temps se perd. Nous, les Toapotrors, sommes une tribu de familles originaires de Sibérie dont le devoir est d'aider la Gardienne à préserver l'autel d'ossements de la corruption du monde. Nous avons hélas presque tous disparu maintenant, morts ou éparpillés aux quatre coins de la planète.» Ses yeux noirs dénués d'expression furent illuminés par son sourire soudain. «Mais la vraie magie a toujours résidé dans l'autel, pas en nous.

— Et pourtant, c'est la lampe verte que vous avez mise dans votre vitrine qui m'a amenée ici. Je ne vous aurais jamais trouvé sans cela. C'est bien une espèce de magie, non?

— Oui... oui, c'était peut-être ça. Et je suppose, poursuivit-il, souriant encore, qu'une autre sorte de magie était à l'œuvre le jour où j'ai repéré Lena Orlova dans un bar à nouilles de Hong Kong. Que deux exilés épuisés par la guerre, venant d'un endroit aussi lointain que Norilsk, aient faim en même temps, entrent dans le même restaurant de nouilles dans une ville qui en est pleine – une coïncidence, ou de la magie, qui peut le dire ? En tout cas, je l'ai reconnue à l'instant où j'ai posé les yeux sur elle. Comment aurais-je pu ne pas la reconnaître ? Nous n'étions tous les deux que des enfants la dernière fois où je l'avais vue, mais elle était devenue en grandissant l'image même de la Dame. Tout comme vous. »

Le sang de Zoé circula plus vite dans ses veines. *Regarde la Dame…*

« Je ne comprends pas. De quelle image parlez-vous ? »

Il leva le doigt.

« Vous verrez dans un instant, mais d'abord… »

Il s'approcha de la porte de devant, passa la tête au-dehors et regarda dans la rue, d'un côté puis de l'autre. Il referma la porte, retourna la pancarte côté FERMÉ et mit le verrou.

Il se retourna, et demanda, dans un souffle :

« Vous n'avez pas été suivie ?

— Je ne sais pas », répondit Zoé.

Elle se sentit tout à coup idiote que cette éventualité ne l'ait même pas effleurée.

Le vieil homme éteignit la lampe à abat-jour vert, jeta un coup d'œil par la vitrine, puis baissa le rideau.

« Nous, les Toapotrors, servons la Gardienne depuis des générations, depuis qu'il y a une Gardienne, et nous le faisons d'un cœur loyal. Mais ce n'est pas sans

245

danger. Nous apprenons à prendre des précautions, et tant pis si cela nous fait passer pour de vieux fous.»

Il disparut derrière la psyché et écarta le rideau de velours bleu.

«Venez.»

Zoé le suivit et passa une porte étroite pour pénétrer dans une petite pièce. On aurait dit un décor préparé pour une séance de spiritisme. Une table ronde, couverte d'un tapis et entourée par cinq chaises à dossier raide était éclairée par un plafonnier à abat-jour métallique. Les murs de plâtre nu étaient dépourvus de peinture, il n'y avait pas de tapis sur le parquet ancien.

Le vieil homme tira une chaise.

«Je vous en prie…»

Zoé s'assit.

«Je vous demande juste un instant», dit-il, puis il retourna vers la boutique.

Zoé entendit un grincement, du bois raclant sur du bois, un couinement de gonds rouillés, puis un éternuement suivi d'un *Merde!*

Le rideau s'écarta à nouveau, et le vieil homme revint.

«J'ai bien peur d'avoir laissé s'accumuler la poussière…»

Zoé eut un sursaut de pure excitation en voyant le coffret de bois qu'il tenait avec tant de respect dans ses mains tendues. C'était l'exacte réplique du coffret de la tapisserie. Celui dans lequel la Dame à la licorne rangeait ses bijoux.

Mais celui-ci était assez grand pour contenir une grosse miche de pain. Cerclé de bandes de fer cloutées, il avait un couvercle bombé : il était muni de deux serrures, une à chaque extrémité.

Le vieil homme posa le coffret sur la table, devant elle. Il prit un chiffon dans la poche de son gilet et essuya la poussière.

« Les Toapotrors aiment à raconter comment, il y a tant et tant d'années, si longtemps que cette histoire se perd dans les brumes du temps, vivait un peuple qui pratiquait les arts anciens de la sorcellerie et dont le chaman possédait une magie si puissante qu'il avait le pouvoir de ramener les morts à la vie. Un jour, ce chaman prit pour épouse une femme aussi belle que la première neige de l'hiver. Elle ne lui donna hélas que des filles, mais toutes les filles qu'elle lui donna étaient aussi belles que leur mère.

— Comment ça, "hélas" ? se hérissa Zoé, sentant réagir sa fibre féministe. C'était un problème qu'elle ne lui ait donné que des filles ? »

Le vieil homme eut un petit rire doux et haussa les épaules.

« Si tel était le cas, c'est l'une de ces vérités maintenant perdues dans les brumes. Mais permettez-moi de poursuivre mon récit... Un jour, de mauvais hommes, jaloux des pouvoirs du chaman, se jetèrent sur lui dans un champ de neige. Ils lui plantèrent une lance dans le flanc, afin de boire son sang. Mais le seul fait d'y goûter les rendit fous. Ils commencèrent à se battre entre eux et s'entretuèrent si bien que pas un seul ne survécut. » Le vieil homme donna un dernier coup de chiffon au coffret et recula d'un pas pour admirer son œuvre. « La nuit tombait quand la femme et les filles du chaman le retrouvèrent, dans le champ de neige rougi par son sang. Elles gémirent, s'arrachèrent les cheveux, et leur cœur se brisa en mille morceaux. Puis elles recueillirent son corps massacré et l'emmenèrent dans une caverne secrète, derrière une cascade de glace, où elles le gardent encore à ce jour, et le garderont pour l'éternité… Mais ma chère, pourquoi pleurez-vous? Ce n'est qu'un conte. Une légende comme il s'en raconte tellement autour du feu pendant les longues et froides nuits de Sibérie.

— Désolée, fit Zoé en essuyant avec le dos de sa main les larmes qui trempaient ses joues. Franchement, je ne sais pas ce qui m'a pris. Ça doit être le décalage horaire.» Elle se sentait un peu idiote, et en même temps elle se disait qu'il y avait autre chose derrière cette histoire que ce que le vieil homme voulait bien lui en dire, mais elle n'insista pas. «Alors, dites-moi ce qui s'est passé après votre rencontre avec Lena dans la boutique de nouilles.

— Eh bien, je lui ai offert mes services, évidemment. Ainsi que me le dictait mon devoir.»

À ce souvenir, les yeux du vieil homme s'éclairèrent d'une lueur nostalgique, et Zoé se demanda s'ils n'avaient pas été amants pendant un moment, Lena et lui. C'était difficile à imaginer quand on le voyait maintenant mais, après la guerre il devait être jeune homme.

«Après la mort de Lena, poursuivit-il, je suis resté en contact avec sa fille, Katya, pendant des années. À l'automne 1963, Katya est venue me voir ici, et m'a demandé mon aide pour sauvegarder les secrets de l'autel pour la Gardienne qui viendrait après elle. Elle ne m'a jamais dit la nature du danger qui la menaçait, de crainte sans doute que je ne sois menacé à mon tour si j'en savais trop.»

248

Le vieil homme remit le chiffon dans sa poche et prit une montre de gousset dans son gilet. Zoé vit qu'à l'autre bout de la chaîne il y avait une clé. Et plutôt que par un anneau, la clé était terminée par un griffon.

«Il faut deux clés pour ouvrir le coffret, dit-il. La mienne, et celle de la Gardienne. C'est votre grand-mère Katya qui avait conçu ce système. Ingénieux, non? Mais, au fil des siècles, les Gardiennes ont toujours eu le génie d'imaginer des énigmes pour conserver l'autel à l'abri du monde.

— C'est comme un coffre de banque», dit Zoé, on ne peut plus intimidée.

Elle n'arrivait même pas à résoudre les vieilles énigmes. Bonne chance si on comptait sur elle pour en inventer de nouvelles.

Le vieil homme enfonça sa clé dans la serrure, du côté gauche du coffret, et fit signe à Zoé d'en faire autant avec sa clé dans la serrure de droite.

Il croisa son regard et lui fit un clin d'œil.

«Maintenant, nous devons tourner nos clés simultanément pour actionner le mécanisme.

— D'accord», répondit Zoé, se sentant à la fois un peu ridicule et d'une telle curiosité qu'elle était sur le point d'éclater.

Le vieil homme dit: «Un, deux... maintenant», et ils tournèrent leurs clés.

Il y eut un léger déclic, et le couvercle de la cassette se souleva d'un centimètre.

Zoé s'apprêtait à tendre la main pour l'ouvrir, mais le vieil homme arrêta son geste.

«Pas encore. Pour ça, je ne dois pas être présent. Il n'y a qu'une Gardienne, et une seule. Mais ça, vous le savez, évidemment.»

Zoé hocha la tête en repensant aux noms de la lettre de sa grand-mère, Lena, Inna, Svetlana, Larina… Et puis elle se rappela une chose qu'Anna Larina lui avait dite pas plus tard que la veille, à San Francisco: Lena Orlova aimait chanter à sa fille, quand elle était petite, qu'elle était l'enfant bénie d'une longue et fière lignée et qu'elle ne serait pas la dernière.

«Merci, Boris.»

Il replia son bras devant lui et se fendit d'une légère courbette.

«Je vous souhaite bon vent, et que Dieu vous protège. Je crains que vous en ayez besoin.»

Il se retourna et écarta un rideau de velours – plus petit, et rouge sombre cette fois –, révélant une porte de chêne ciré.

«Quand vous serez prête à partir, il vaudrait mieux que vous sortiez par ici. Vous vous retrouverez dans une petite cour. À droite, vous verrez un bar à vin qui donne sur le boulevard Saint-Michel. Vous n'aurez qu'à le traverser. Et si vous souhaitez vous arrêter pour quelques libations sans faire exagérément protester votre porte-monnaie, je vous recommande le bordeaux du patron.»

Zoé eut un sourire.

«Puis-je vous offrir un verre quand j'aurai terminé?»

Il lâcha le rideau rouge et s'inclina à nouveau.

«Je vous remercie de la proposition, mais à mon âge, hélas… Le jus de la treille me donne des brûlures d'estomac.»

250

Il retourna vers le rideau bleu et dit :
« Au revoir, petite-fille de Katya Orlova. »
Et il s'éclipsa.

Zoé était dans un tel état d'excitation qu'elle en fredonnait en soulevant le couvercle bombé du coffret pour regarder son contenu.

Elle vit un objet carré, à peu près de la taille et de l'épaisseur d'un livre relié, soigneusement emballé dans une poche en peau de phoque. Elle le prit lentement, écarta la peau huileuse, épaisse, et en eut le souffle coupé.

La poche contenait une icône russe et, bien que ses connaissances fussent beaucoup moins approfondies que celles de sa mère, elle reconnut quand même une pièce exquise et rare. Ainsi que très ancienne.

Elle était peinte sur un épais bloc de bois, et ne ressemblait à aucune de celles qu'il lui avait été donné de voir jusqu'alors. Elle la regarda, émerveillée et pleine d'une crainte quasi surnaturelle. La Vierge Marie était assise sur un trône doré, les mains croisées autour d'une coupe d'argent en forme de crâne humain. Mais le visage de la Vierge... Zoé ne pouvait en détacher ses yeux. Ce visage avait été peint des siècles auparavant, mais c'était celui qu'elle voyait tous les matins quand elle se regardait dans la glace.

Elle comprenait maintenant que le vieil homme ait su que Lena Orlova était la Gardienne, à l'instant où il l'avait vue dans ce bar à nouilles. *Elle était l'image même de la Dame. Comme vous.* Cette seule idée lui donnait la chair de poule.

Se pouvait-il que cette icône fût celle de l'autel d'ossements ? Il est vrai que, dans les siècles passés, les gens – les paysans superstitieux, mais aussi les puissants tsars – accordaient à certaines icônes le pouvoir de guérir et de faire des miracles. Mais il n'y avait sûrement plus personne maintenant pour croire une chose pareille – en tout cas pas au point d'aller jusqu'à tuer pour leur possession. Cela dit, l'icône était inestimable, un véritable trésor, et si un employé dans une supérette de quartier pouvait se faire descendre pour vingt dollars, Zoé supposait qu'une vieille dame pouvait mourir en essayant de protéger le secret d'une icône qui en valait des millions.

Tout à coup, la boutique lui parut silencieuse, trop silencieuse. En dehors du tic-tac des pendules. Zoé ouvrit la bouche, s'apprêtant à appeler le vieil homme, et la referma. Quelque chose lui disait qu'elle était maintenant seule.

Et elle n'aimait pas ça.

Elle regarda à nouveau l'icône. La ressemblance de la Vierge avec son propre visage commençait à lui faire froid dans le dos. La coupe en forme de crâne était tout aussi inquiétante. La Vierge et son trône semblaient flotter sur un lac. Sur un côté, il y avait une cascade, et de l'autre, une sorte d'amas rocheux. Et la peinture avait été incrustée de pierreries, mais elles étaient disposées d'une façon bizarre, comme si l'artiste les avait jetées au petit bonheur, sans logique, sans souci de symétrie. En dehors du rubis, qu'il avait placé juste au milieu du crâne.

Rubis, saphir, aigue-marine, diamant, opale de feu, iolite, onyx… sept pierres, et pas deux pareilles. Elle n'en savait pas assez pour en estimer la valeur, mais le rubis était aussi gros que l'ongle de son petit doigt.

252

Les autres pierres étaient tout de même un peu plus petites.

Elle regarda encore un moment le visage de la Vierge, puis remballa l'icône dans sa poche en peau de phoque imperméable et la mit dans sa besace. Elle s'apprêtait à refermer le couvercle du coffret quand elle vit autre chose, au fond, qui devait être caché auparavant sous l'icône.

Elle ne comprit de quoi il s'agissait qu'en le prenant dans sa main : une boîte ronde, en métal gris, comme celles dans lesquelles on rangeait les bobines de film 8 mm. Et c'était bien ce qu'elle contenait.

Elle déroula un peu le film et le présenta à la lumière. Elle crut voir une petite fille qui soufflait les bougies d'un gâteau d'anniversaire. Il lui faudrait un projecteur pour en être sûre, mais elle pensa que la petite fille était sa mère.

Zoé ferma les yeux à nouveau, les paupières brûlantes de larmes inattendues à l'idée que c'était peut-être là tout ce que Katya Orlova avait gardé de la petite fille qu'elle avait été obligée d'abandonner quand elle avait dû fuir pour sauver sa peau. Pourquoi n'avait-elle pas tout simplement renoncé à l'icône ? Zoé se le demandait. Franchement, quel objet matériel, si rare, précieux et ancien qu'il pût être, méritait un tel sacrifice ?

Zoé mit la bobine de film dans son sac et se leva, s'apprêtant à partir. Puis elle se rassit pour vérifier une dernière fois qu'il n'y avait rien d'autre dans le coffret. Elle fit courir ses doigts sur le fond et sur les côtés, et ne fut qu'à peine surprise de découvrir le coin d'une photo qui dépassait d'une fente dans la doublure de satin noir.

Elle retira délicatement la photo, parce qu'elle paraissait friable au toucher. Mais curieusement, elle n'était pas si ancienne.

C'était une photo de deux femmes – deux blondes – et un homme assis dans un box de restaurant, allez savoir où. Zoé reconnut la femme de gauche comme étant sa grand-mère, et la photo devait dater d'un an peut-être après celle qui avait été prise devant la porte du studio, parce que, sur celle-ci, elle avait les cheveux un peu plus longs, qui retombaient souplement sur ses épaules. Zoé était également sûre de connaître la femme assise à côté de sa grand-mère, mais elle n'arrivait pas à mettre un nom sur son visage. L'homme de la photo était extraordinairement séduisant, avec ses cheveux noirs et un sourire craquant, un sourire de voyou. Il lui disait aussi quelque chose, mais beaucoup moins que la deuxième blonde.

Elle retourna la photo et lut la légende inscrite au dos : *Mike, Marilyn et moi au Brown Derby, juillet 1962.*

Marilyn… Zoé retourna encore une fois la photo et la regarda plus attentivement. L'autre femme du restaurant avait les cheveux platine, presque dissimulés sous un foulard, et elle n'était pas très maquillée, mais elle ressemblait à…

Bon sang ! Mais bien sûr. C'était Marilyn Monroe.

Sa grand-mère avait-elle vraiment connu Marilyn Monroe ? Suffisamment pour se retrouver assise avec elle au restaurant ? Il est vrai qu'elle avait travaillé pour un studio de cinéma… Et pourtant, ça paraissait tellement stupéfiant…

Zoé rangea la photo dans la poche de peau de phoque, avec l'icône et la bobine de film, et fourra le tout dans sa besace déjà débordante, puis elle repoussa sa chaise qui racla bruyamment le parquet, et se leva.

—*Au revoir, monsieur!* cria-t-elle vers la porte de devant.

Il n'y eut pas de réponse.

Mais au moment où elle souleva le rideau pourpre et ouvrit la porte qui donnait sur la cour, la boutique explosa en une cacophonie de gongs, de carillons, de clochettes et de sonneries.

19

Sans le cracheur de feu, Zoé n'aurait pas su qu'elle était suivie.

Elle sortit du bar à vin sur le boulevard Saint-Michel, comme le lui avait dit le vieux Boris. Au coin de la rue, un jongleur et un homme qui décrivait des moulinets avec une torche enflammée gesticulaient devant une terrasse de café. Le premier jonglait avec un ballon, une boule de billard et une boule de bowling, et un petit attroupement s'était formé autour de lui. Zoé regarda le numéro sans vraiment le voir tout en essayant de réfléchir à ce qu'elle allait faire. Elle avait besoin de trouver un hôtel, de manger. Et de dormir un peu.

Au moins, pour le moment, il avait cessé de pleuvoir.

Elle pensait avoir vu ce qui ressemblait à un hôtel plus loin, dans la rue, du côté opposé au musée. Elle avait fait une dizaine de pas dans cette direction quand un grand «Oooh!» se fit entendre, dans son dos.

Elle se retourna instinctivement et vit le cracheur de feu éloigner la torche de sa bouche, puis vomir une langue de flamme. La foule laissa échapper un nouveau «Ooooh!»

Du coin de l'œil, Zoé surprit un mouvement brusque, derrière elle, sur le même trottoir : un homme s'était empressé, un peu trop vite, de regarder dans la vitrine d'un marchand de parapluies. Il était grand, à la fois sec et musclé, et il avait une longue queue-de-cheval brune, comme celui qui l'avait attaquée avec la chaîne d'antivol, à San Francisco.

Elle fit semblant de regarder le cracheur de feu pendant que le type admirait les parapluies. Les gens avaient beau pousser des « Ooh » et des « Aah » en réaction aux facéties du cracheur de feu, pas une seule fois le personnage ne détourna le regard. Il semblait plongé dans la contemplation de ces fascinants parapluies. C'était l'homme qui avait tué sa grand-mère, elle en était sûre. Il l'avait suivie depuis San Francisco, suivie jusqu'au musée puis à la boutique, exactement comme le craignait le vieil homme.

Zoé se remit en marche, rien qu'une touriste comme tant d'autres, admirant les bistros brillamment éclairés, les boutiques, les immeubles de pierre de taille avec leurs toits mansardés et leurs balcons en dentelle de fer forgé. Elle s'arrêta devant un kiosque à journaux et désigna du doigt un numéro du *Monde* à l'intention du vendeur.

Elle prit dans la poche de son jean quelques pièces qu'elle laissa délibérément tomber sur le trottoir. Elle se pencha pour les ramasser et, tout en se redressant, jeta un coup d'œil dans le rétroviseur d'une voiture en stationnement.

Le type à la queue-de-cheval était toujours derrière elle, mais à moins d'un pâté de maisons, maintenant, et se rapprochait vite.

257

Il avait dû se sentir repéré parce qu'il renonça subitement à être discret et se mit à courir, fonçant droit sur elle.

Plus que quelques mètres et il se jeta sur son sac. Elle se retourna d'un bond, lui flanqua un coup de coude sous le menton, et l'envoya valser contre une voiture en stationnement.

Et puis elle empoigna les poignées de son sac à deux mains et se mit à courir.

Elle traversa le boulevard alors que le feu passait au vert. Elle entendit, dans son dos, des coups de frein et de klaxon furieux, des imprécations en français.

Les boutiques, les cafés, tout était ouvert, plein de monde. Elle pourrait peut-être entrer dans un magasin, appeler à l'aide, appeler la police, mais ce serait un cauchemar. Elle ne parlait pas français, et que pourrait-elle leur raconter? Toute cette histoire d'autel d'ossements paraissait rigoureusement insensée, et l'icône... S'ils la lui confisquaient? Elle était la Gardienne, maintenant, elle ne pouvait pas leur laisser prendre l'icône.

Elle jeta un coup d'œil par-dessus son épaule. Elle avait légèrement distancé le type à la queue-de-cheval, mais il se rapprochait à vive allure. Elle devait le semer. Restait à savoir comment...

Elle pressa l'allure. Tout, autour d'elle, n'était plus qu'un brouillard de lumières et de visages. Personne ne voyait donc qu'un homme la poursuivait? Devant elle se dressa le clocher d'une église. Elle songea un instant à y entrer pour se cacher, puis changea d'avis, craignant de s'y retrouver piégée.

Elle tourna la tête pour jeter un petit coup d'œil derrière elle et heurta la voiture d'un marchand de marrons chauds. Elle trébucha, manqua se retrouver à quatre pattes. La douleur lui poignarda la cuisse.

Elle obliqua au coin d'une rue, se retrouva devant un petit marché en plein air encombré par une foule de badauds. Elle tenta de semer son poursuivant en se faufilant entre les éventaires et faillit encore chuter, son talon ayant glissé sur une pelure de fruit ou de légume non identifiée. Elle louvoya entre les tables à plateau de marbre d'une terrasse de salon de thé, les frôlant dangereusement sans s'arrêter.

La manche de son blouson se prit dans la roue d'une voiture de quatre saisons couverte de fleurs jaunes. Elle tira pour se dégager, n'y arriva pas. Impossible de se libérer… Elle sentit la panique, chaude, terrifiante, lui brouiller la vue. Elle exerça une dernière traction, plus forte, et sa manche se décrocha enfin.

Elle regarda derrière elle. Des têtes, une marée de têtes, montaient, descendaient comme des vagues au rythme de la marche, mais elle ne vit pas le type à la queue-de-cheval. Elle se retourna et évita de justesse une femme qui poussait un landau.

Tout à coup, il fut là, surgissant de derrière un étalage de sacs à main. Il lui sourit, et jamais, de toute sa vie, elle n'avait eu aussi peur.

Zoé esquissa une feinte. Il s'y laissa prendre, filant à droite alors qu'elle partait par la gauche. Il fonça sur elle, essayant à nouveau d'attraper son sac. Elle l'esquiva en plongeant sur le côté à la dernière seconde et, emporté par son élan, il atterrit dans une pyramide d'oranges.

Zoé s'enfuit en courant, bondit par-dessus les oranges qui roulaient partout, et s'engouffra dans une pâtisserie, entrant par une porte, sortant par l'autre. Elle entendit pas mal de cris derrière elle, mais elle ne se retourna pas pour voir ce qui avait pu les causer.

Elle s'engagea en courant dans une autre rue – pas de boutiques ni de cafés, à cet endroit, juste quelques passants. Devant, elle vit les lumières d'un pont et un bateau-mouche en contrebas, sur la Seine.

La voie qui longeait la Seine était large et la circulation démentielle. Elle la traversa coudes au corps, juste au moment où le feu passait au vert, déclenchant à nouveau une frénésie de klaxons, de gestes menaçants et d'invectives.

Je l'ai semé. Je vous en supplie, mon Dieu, faites que je l'aie semé.

Elle ralentit, se mit à marcher, haletante, le cœur battant la chamade, le sang rugissant à ses oreilles. Elle prit une passerelle piétonne pleine de monde. Elle regarda en amont du fleuve et reconnut enfin un monument familier : les grandes tours illuminées de Notre-Dame qui montaient à l'assaut du ciel nocturne.

La cathédrale devait être pleine de touristes, il y aurait des autocars. Elle pourrait peut-être se glisser à bord d'un bus qui la déposerait devant un grand et bel hôtel avec des employés parlant anglais. Et un service d'étage. Que n'aurait-elle donné, tout de suite, pour un service d'étage !

Non seulement il n'y avait pas de cars de touristes, mais la vaste place qui s'étendait devant la cathédrale était pratiquement déserte.

Les projecteurs jetaient de grandes ombres noires dans les rues adjacentes. Elle se sentait vulnérable, dans la lumière, au vu de tout le monde, mais les rues sombres qui menaient Dieu sait où paraissaient pires. Elle ne l'avait pas semé; elle ne le voyait pas, mais elle le *sentait*; elle en avait la chair de poule. Elle tendait l'oreille, aux aguets, tous les sens en éveil…

Un bruit de pas précipités se fit entendre dans son dos.

Elle se remit à courir.

La rue dans laquelle elle s'était ruée menait vers un autre pont. Une meute de touristes japonais traversait, venant vers elle. Zoé se mêla au groupe.

Mais elle était trop grande. Elle voyait encore l'homme à la queue-de-cheval. Et si elle le voyait, il pouvait la voir.

Elle n'arriverait pas à lui échapper. Peut-être qu'elle pourrait juste lui lancer son sac et ce serait fini. Mais la lettre… *Ils te tueraient et tueraient tous tes proches, rien que parce que vous en savez trop.* Ce salaud avait laissé son couteau dans la poitrine de sa grand-mère, mais il avait peut-être une arme à feu. Oserait-il tirer en pleine rue, en plein Paris? Probablement.

Une main lui attrapa le bras, la faisant tellement sursauter qu'elle en eut l'estomac retourné. Un homme souriant lui braquait un appareil photo sous le nez.

«Prendre photo?» dit-il.

Zoé secoua la tête, essaya de le contourner.

Elle regarda vers l'avant, vers l'autre bout du pont. Un autre type était debout là, juste debout, comme s'il attendait. Comme s'il l'attendait, elle. Un type habillé tout en noir, et il faisait trop sombre pour qu'elle distingue ses traits, mais il avait l'air tellement terrifiant qu'elle eut envie de vomir.

Il fit un pas dans sa direction, puis un autre, et un autre encore. Il mit la main dans la poche de son blouson et...

Un flingue. Il avait un flingue.

Elle regarda par-dessus son épaule. Le type à la queue-de-cheval traversait le groupe de touristes japonais indifférents à tout ça, se rapprochant d'elle comme un requin souriant.

Zoé recula jusqu'à ce qu'elle se retrouve coincée contre la rambarde en fer forgé. Elle avait tellement peur, elle était tellement paniquée qu'elle n'arrivait plus à réfléchir. *Je vous en prie, mon Dieu, je vous en prie, que dois-je faire?* Le type à la queue-de-cheval approchait d'un bout du pont, l'homme en noir de l'autre, et elle n'avait nulle part où aller, que...

Elle plongea le regard vers les eaux noires, tumultueuses et glacées, de la Seine. Le pont n'était pas très élevé, et l'eau avait beaucoup monté, mais elle paraissait encore très loin. Et puis elle vit le nez d'une péniche sortir de sous le pont et avancer rapidement, chargée de journaux empilés aussi haut qu'une maison.

Zoé n'y réfléchit pas à deux fois, elle n'eut pas une hésitation. Elle empoigna la rambarde à deux mains et l'enjamba. Elle resta accrochée par le bout des doigts l'espace d'une longue seconde de torture.

Et puis elle lâcha tout.

Elle atterrit sur les piles de journaux, la rudesse de la chute lui coupant la respiration.

Finalement, sa poitrine se souleva et un air béni afflua dans ses poumons. Elle resta allongée là, tremblante – pourvu qu'elle ne se soit rien cassé –, se gardant bien de remuer de peur d'en avoir la confirmation. Et puis elle sourit. Elle avait sauté d'un pont, atterri sur des piles trempées du *Monde* et elle avait survécu.

Peut-être – mais peut-être seulement – était-ce la magie toapotror qui opérait. Elle ne bougea pas encore, alors même qu'il commençait à pleuvoir très fort. Elle resta ainsi un instant sous la pluie qui lui trempait le visage, lui tombait dans les yeux, dans le nez. Enfin, elle déplaça une jambe, puis l'autre. Grâce à Dieu, ses bras avaient l'air de marcher. Elle avait l'impression que sa poitrine s'était retrouvée de l'autre côté de son dos, mais elle n'avait rien de cassé, et elle eut un sourire intérieur.

Elle se rassit lentement et regarda le pont disparaître dans le lointain, voilé par la pluie. Le type à la queue-de-cheval était encore debout, appuyé à la rambarde, et regardait le fleuve. L'homme en noir avait disparu.

Je suis en vie, salauds. Je suis en vie. La Gardienne est en vie, et elle a toujours l'icône.

Et puis l'euphorie s'estompa quand elle vit défiler les rues et les immeubles le long du fleuve. Où allait la péniche ? S'arrêterait-elle une fois, une seule, avant d'arriver au Havre ?

Le fleuve coulait entre des quais, lisses et abrupts comme des falaises. Tous les vingt mètres à peu près, des marches basses, taillées dans la pierre, montaient vers la rue. Mais comment les atteindre ? C'était le problème. L'eau clapotait de chaque côté, rapide, froide, pleine de pièges. Elle avait l'impression horrible d'avoir épuisé son capital de chance.

Bon, réfléchis. La péniche ne descendait pas le fleuve toute seule. Zoé vit la lueur verte d'un tableau de bord à travers la vitre d'un petit poste de commande. Il devait y avoir quelqu'un à l'intérieur pour la piloter. Le marinier la déposerait peut-être sur la rive. Ou alors, peut-être qu'il appellerait la police avec sa radio, auquel cas on l'arrêterait probablement, mais à ce stade elle s'en fichait. Les flics ne lui tireraient quand même pas dessus. Du moins l'espérait-elle.

Elle se releva. Les journaux étaient trempés, glissants, et quand elle marchait dessus ils giclaient comme des éponges, la faisant tituber et chanceler à chaque pas.

Tout à coup, la porte du poste de pilotage s'ouvrit. Zoé était sur le point de lancer un salut, mais c'est un cri qui lui échappa lorsqu'elle vit l'énorme dogue noir qui en jaillit en grondant, les babines retroussées sur des crocs énormes.

Elle se retourna et se mit à courir, le chien sur les talons, aboyant, claquant des dents. Il attrapa la jambe de son pantalon, mais elle se libéra. Elle ne fit ni une ni deux, elle sauta par-dessus bord.

20

Elle plongea, plongea, plongea, et puis elle remonta comme un bouchon, en suffoquant, les poumons embrasés par le froid glacial.

La courroie de son sac l'étranglait. Elle se débattit pour la faire passer par-dessus sa tête, but la tasse, se mit à tousser et réussit enfin à se libérer. La sacoche était censée être imperméable, l'icône était bien emballée dans sa poche en peau de phoque, mais elle ne voulait pas prendre de risques. Elle s'efforça de la maintenir hors de l'eau tout en nageant maladroitement une espèce de nage indienne d'un seul bras. Le courant, très fort, l'entraînait rapidement.

Elle leva les yeux pour voir où elle était par rapport au quai et aux marches. Trop loin, et après les marches il n'y avait plus rien, qu'un mur de pierre lisse, aussi loin que portait son regard. Et si c'était le dernier escalier, s'il n'y en avait plus après? Alors c'était aussi la fin pour elle. Non, non… Elle fit la grenouille avec les jambes, essayant d'échapper au courant tumultueux.

Elle vit des marches arriver très vite, puis passer auprès d'elle aussi vite. Elle lança la main, attrapa de justesse celle du bas. Ses doigts glissèrent. Elle réussit à assurer sa prise, se cramponna de toutes ses forces, autant dire pas grand-chose, parce qu'elle était frigorifiée. Au point d'avoir le plus grand mal à respirer.

Elle agrippa la marche avec ses mains gelées, résistant aux assauts du fleuve houleux. Elle devait absolument sortir de l'eau, mais elle avait vraiment trop froid et elle était à bout de forces.

Elle repassa la courroie de sa sacoche par-dessus sa tête et se hissa à la force des poignets sur les marches étroites, raides. Elle réussit à franchir le bord du quai et s'étala à plat ventre. Elle resta là, tremblant de tout son corps, ruisselante d'eau noire. Elle n'avait pas envie de bouger, mais elle devait le faire. Il le fallait, elle n'avait pas le choix.

Elle se releva tant bien que mal, se mit debout, s'avança en titubant, tomba à genoux et gravit à quatre pattes la pente boueuse qui montait vers la rue. Vit un réverbère et s'en approcha en rampant à moitié. Elle entoura la base avec ses bras, en grelottant. Ses vêtements trempés lui faisaient comme un linceul. Elle avait froid, terriblement froid, mais elle n'allait pas laisser tomber maintenant. Pas question de mourir comme ça. Hors de question. Cela dit, un petit coup de magie toapotror ne lui aurait pas fait de mal. Elle l'avait bien mérité, après tout. Elle avait gardé l'icône, elle avait empêché ces deux hommes de faire main basse dessus et l'avait protégée d'un chien dressé pour tuer, puis d'un plongeon de folie dans la Seine.

Elle banda ses dernières forces, se releva. Elle tremblait si fort que sa vue se brouillait. La pluie glacée redoubla de force et, pour tout arranger, poussée par le vent, lui cribla le visage comme des aiguilles.

À travers les branches dénudées d'un platane, au coin, elle vit une lumière briller à une fenêtre, derrière des rideaux rouges et blancs à carreaux. Un restaurant? *Mon Dieu, je vous en prie, faites que ce soit un restaurant.* Parce qu'il y aurait un téléphone, peut-être quelqu'un qui voudrait bien lui appeler un taxi. Elle avait besoin de se cacher quelque part, n'importe où, peu importait tant qu'il y ferait chaud et qu'elle pourrait reprendre des forces jusqu'au moment de prendre l'avion et de rentrer chez elle. Elle voulait rentrer. *Chez elle.* Elle se le disait, se le répétait comme un mantra.

Elle fit un pas en titubant, puis un autre, se dirigea vers l'arbre et la magnifique lumière qui se trouvait derrière.

L'ombre d'un homme jusque-là dissimulé derrière le large tronc du platane se dressa devant elle. Grand, habillé tout en noir. L'homme du pont.

Il fut sur elle en une seconde, si vite qu'elle n'eut même pas le temps de crier. Il lui enfonça le canon d'une arme dans les côtes.

Lentement, Zoé leva les yeux, vit une paire d'yeux bleus qui ne lui étaient pas inconnus. Par tous les diables de l'enfer, que faisait-il là?

«Serguéï,» dit-elle, mais elle avait tellement froid, ses dents claquaient si fort qu'elle-même n'avait pas compris ce qu'elle disait. Elle le répéta plus clairement: «Serguéï.

— Donnez-le-moi,» lui dit-il à l'oreille.

Il avait l'air essoufflé, et pour une raison ou une autre, qu'aucune logique ne justifiait, ça la réconforta un peu. Elle espérait qu'il crevait de froid, lui aussi. Elle espérait qu'il se les gelait.

«Donnez-moi le film, et venez avec moi. Gentiment et sans faire d'histoires.»

Le film?

Elle avait vraiment l'impression de perdre pied. Ça n'avait aucun sens. Pourquoi sa mère aurait-elle voulu le film et pas l'icône? Et *quid* du type à la queue-de-cheval? C'est lui qui avait tué sa grand-mère. Elle aurait juré que sa mère n'était pas au courant, et voilà que, tout à coup, il se pointait à Paris avec Sergueï? Ça ne tournait vraiment pas rond. Dans sa tête non plus, d'ailleurs. Elle était trop épuisée et elle avait trop froid pour tenter d'y comprendre quelque chose.

Il lui enfonça plus fortement son pistolet dans les côtes.

«Vous dormez, ou quoi? Donnez-moi le film et ne pensez même pas à tenter encore une de vos acrobaties pour héros de bandes dessinées. Bon sang, je n'arrive pas à croire que vous ayez vraiment sauté de ce pont sans vous casser le cou. Et il a fallu que vous ajoutiez la stupidité à la démence en plongeant de cette péniche dans le fleuve. J'ai bien cru que j'allais être obligé de vous suivre, et ça, fillette, ça m'aurait vraiment mis en rogne. Alors n'abusez pas de ma patience et donnez-moi ce foutu film.»

Le film, l'icône, peu importait. Elle était la Gardienne, et une Gardienne, c'était fait pour garder.

Zoé tripota la fermeture Éclair de sa sacoche, tira dessus avec ses mains tremblantes, tira encore. Il grommela d'impatience et se pencha pour lui arracher son sac…

Elle lui envoya un coup de coude en plein dans le menton, si fort qu'elle entendit ses dents s'entrechoquer. Et puis elle pivota sur l'avant du pied droit et lui balança son pied gauche en plein dans l'abdomen.

Ses poumons se vidèrent d'un coup et il recula en titubant, se tenant le ventre. Mais avant que la pensée *Sauve-toi!* ne vienne à l'esprit de Zoé, Sergueï releva le canon de son arme et le braqua sur sa poitrine.

«Ne bougez pas. N'essayez même pas en rêve de bouger d'un pouce. Bon Dieu, vous ne m'avez pas loupé! Rien que pour ça, je devrais vous tuer, ma petite. Allez, donnez-moi le film.»

Il lut dans son regard ce qu'elle avait l'intention de faire et fit encore deux pas en arrière, en gardant l'arme pointée sur sa poitrine. Ce n'était pas juste. Elle était toute seule, trempée jusqu'à la moelle, elle avait les jambes comme du plomb, et tellement froid que c'en était insupportable. Elle allait marcher jusqu'au restaurant et appeler un taxi, et s'il ne s'écartait pas de son chemin, tant pis pour lui, parce qu'elle n'était pas tombée de la dernière pluie. S'il avait dû la tuer, il l'aurait déjà fait.

«Si vous y tenez tellement, cow-boy, alors venez le chercher», dit-elle en lui faisant signe d'approcher, le doigt en crochet.

Il leva les yeux au ciel.

«Pourquoi faut-il toujours que ce soit si compliqué?

— Quoi? Vous n'êtes pas sûr d'avoir le dessus sur moi au corps à corps? Passez un coup de fil à votre acolyte, l'autre affreux à la queue-de-cheval. Il pourra peut-être vous donner un coup de main.

— Je n'ai pas d'acolyte. Et ce type… vous devriez éviter de l'approcher.

— Ah ouais, parce que vous vous prenez pour un cadeau, vous!?»

Il montra les dents.

«Allez, ça suffit. Donnez-moi ce putain de film ou je vous tire dessus.

— Mais bien sûr. Vous êtes l'homme de main de ma maman, pas de danger que vous me tiriez dessus.»

Il lui tira dessus.

21

Ses yeux se rouvrirent sur un plafond de plâtre blanc. Un plafond haut, avec une tache brune dans un coin. Elle fut prise d'une vague panique, sans pouvoir dire ce qui lui faisait peur au juste. Quelque chose à propos d'un fleuve. Et de glace.

Et puis tout lui revint d'un coup. Le type à la queue-de-cheval, les touristes japonais. La péniche, le chien, le fleuve.

Sergueï avec un pistolet.

Lui avait-il tiré dessus? Était-elle à l'hôpital?

Elle n'avait pas du tout l'impression d'être blessée où que ce soit; cela dit, elle n'avait pas encore essayé de bouger. Elle tourna la tête et vit une lampe avec un abat-jour à perles rouges, sur une petite table, une pendule en argent ciselé posée sur une commode. Plus loin, une armoire en noyer sur laquelle était drapé un châle espagnol à franges, devant un mur tendu d'un papier peint floqué rouge et or. Absolument rien à voir avec un hôpital, donc; à moins que les Français ne décorent leurs hôpitaux comme des maisons de tolérance de l'ère victorienne.

Elle se redressa, bataillant avec une lourde pile d'édredons pour se hisser sur les coudes. Une douleur lui transperça si violemment la tête qu'elle suffoqua bruyamment sous le choc. Elle réussit à concentrer son regard brouillé sur un pied de lit en cuivre, puis au-delà, sur Sergueï.

Il était assis à califourchon sur une chaise, les bras croisés en haut du dossier. Son visage était dans l'ombre et elle ne voyait pas ses yeux, mais elle sentait son regard posé sur elle.

«Avec quoi m'avez-vous tiré dessus?

— Je vous ai envoyé une fléchette tranquillisante.»

Zoé retomba affalée sur les oreillers et ferma les yeux. Elle devait réfléchir, mais le seul fait de penser lui faisait mal à la tête, alors elle resta là à grelotter. Elle avait l'impression de grelotter depuis des années.

«Froid», dit-elle.

Ce mot passa ses lèvres comme si elle l'avait articulé avec des billes plein la bouche.

«Froid, c'est ce qu'on a quand on pique une tête dans la Seine en février. Vous seriez morte d'hypothermie si je ne vous avais pas sauvé la mise après toutes ces cascades suicidaires, stupides, auxquelles vous vous êtes livrée. J'ai dû vous maintenir sous une douche chaude pendant plus d'une heure pour ramener votre température corporelle à peu près à la normale.

— Ne retenez pas votre respiration en attendant une carte de remerciement.»

C'était déjà mieux. Elle arrivait à parler sans claquer des dents. Ses dents à lui avaient assurément fait entendre un beau claquement quand elle lui avait flanqué son coude dans la mâchoire. Dommage qu'elle n'ait pas réussi à le mettre K.O.

Mais il avait quelque chose de différent. D'abord, il parlait un anglais parfait, alors que la fois précédente, quand il…

272

Le film.

Zoé se redressa d'un bond et faillit s'évanouir à cause de la douleur qui lui traversa le crâne.

«Qu'est-ce que vous avez fait de mes affaires?»

Il eut un mouvement de menton en direction d'un fauteuil capitonné recouvert d'un tissu à grosses roses pourpres. Sa sacoche était dessus, mais Zoé vit qu'il en avait sorti la bobine de film. Il l'avait posée sur une table ronde, entre un téléphone noir à l'ancienne et un vase en verre rempli de tulipes.

Zoé se rallongea et ferma à nouveau les yeux, en proie à une nouvelle vague de vertige. Il avait ce qu'il voulait, alors pourquoi ne l'avait-il pas tout simplement rejetée dans la Seine et laissée se noyer? Elle décida qu'elle n'avait plus aussi peur de lui. Moins sans doute qu'elle n'aurait dû.

«Vous pourriez me dire une chose? lui demanda-t-elle. Que peut bien avoir de si intéressant un film de famille montrant une petite fille en train de souffler les bougies de son gâteau d'anniversaire pour qu'on aille jusqu'à tuer afin de s'en emparer?» Il ne répondit pas. «D'accord. Je comprends. Vous n'êtes qu'un de ces crétins de vory. Un homme de main qui obéit aux ordres sans poser de questions. Monsieur J'écoute-et-j'obéis.» Il ne répondit pas. «Vous êtes là sur ordre de ma mère?

— La pakhan pense que votre vie est menacée.

— C'est ma mère qui vous a envoyé pour me protéger? Ouais, c'est ça!» fit Zoé avec un reniflement.

Plus vraisemblablement, Anna Larina voulait récupérer pour elle-même ce que sa mère avait dissimulé dans le coffret. Ce qui voulait dire qu'elle était au courant de son existence, mais qu'elle ignorait

273

où il se trouvait. Si elle l'avait su, elle n'aurait pas attendu toutes ces années. Il y a belle lurette qu'elle aurait envoyé quelqu'un à la boutique au griffon pour le reprendre par la force. Elle n'avait pas la clé spéciale pour ouvrir le coffret, mais un pied de biche aurait fait l'affaire.

Mais non, ça n'avait toujours pas de sens. L'objet précieux contenu dans le coffret aurait dû être l'icône, surtout pour Anna Larina, qui les collectionnait. Or Serguei, son homme de main, ne parlait que du film.

Il était redevenu silencieux. Zoé avait trop mal pour soulever sa tête et vérifier ce qu'il fabriquait.

«Vous êtes de mèche avec l'autre type qui me pourchassait? Le type à la queue-de-cheval?

— Je vous ai dit que non.

— Mais vous savez qui c'est?

— J'en ai une idée.

— Vous voulez m'en faire part?» Pas de réponse. «Alors, allez vous faire foutre! C'est lui qui a tué ma grand-mère», dit-elle, si furieuse tout à coup qu'elle en aurait pleuré.

Elle entendit les pieds de la chaise racler le plancher; un instant plus tard, il entra dans son champ de vision. Il s'approcha de la fenêtre ornée d'un rideau de dentelle et regarda au dehors. De son point de vue, elle ne voyait qu'un ciel bleu et quelques nuages pareils à des boules de coton. Apparemment, pendant qu'elle dormait, estourbie par la fléchette soporifique, un jour nouveau s'était levé sur Paris.

«Où suis-je, au fait? demanda-t-elle.

— Chez un ami, dans l'île Saint-Louis.

— Vous avez des amis? Qui l'eût cru?»

Ella parcourut la pièce du regard. Ce n'était qu'un studio avec un petit cabinet de toilette entre la fenêtre et l'armoire. En guise de cuisine, un four à micro-ondes et une machine à expresso.

Sergueï ne prit pas la peine de répliquer à sa remarque acerbe. Il resta de dos, le regard rivé sur la rue en bas, comme s'il attendait quelqu'un.

Le téléphone sonna.

Il traversa rapidement la chambre et décrocha à la seconde sonnerie. Il livra une conversation rapide, en français, dont Zoé ne comprit pas un traître mot.

Il raccrocha et s'approcha d'elle. Elle croisa son regard et éprouva un petit regain de peur.

Il mit la main dans la poche de son blouson et se pencha sur elle. Elle se crispa, s'attendant à recevoir un nouveau coup de pistolet tranquillisant, mais il ne tenait qu'une paire de menottes. Il referma l'un des bracelets sur son poignet droit et l'autre autour de l'un des montants de cuivre de la tête de lit.

«Oh, pour l'amour du ciel, foutez-moi la paix!»

À sa grande surprise, il partit d'un éclat de rire.

Et puis il quitta la pièce.

Zoé eut beau tirer violemment sur les menottes et les tordre dans tous les sens en agonissant Sergueï d'injures, rien n'y fit. C'était du solide, et elles n'allaient pas s'ouvrir.

Elle essaya un moment de mettre sa main en corolle et de la glisser hors du bracelet, mais elle n'avait pas les os assez fins. Elle tenta de secouer le montant de la tête de lit en laiton pour le détacher de la barre transversale, mais il était solidement soudé.

275

Maudit soit cet homme ! Maudit soit-il, maudit-soit-il !

Elle devait sortir de là avant qu'il revienne. Elle était la Gardienne, maintenant. D'accord, elle ne comprenait pas encore ce que tout cela voulait dire, mais elle se disait qu'elle devait au moins «garder» tout ce qui était dans le coffret hors de portée de types comme ce Sergueï. Le film était-il l'autel d'ossements ? Non, bien sûr. Encore une bêtise de sa part. Sa grand-mère lui avait dit que les femmes de leur lignée étaient des Gardiennes depuis si longtemps que le commencement se perdait dans les brumes du temps. Or le film avait été tourné au début des années 1960.

Zoé se rallongea, regarda le plafond et essaya de réfléchir malgré la douleur qui lui vrillait les tempes. Un nuage passa devant le soleil, et la pièce s'assombrit. Elle regarda la lampe posée sur la table. Une lampe avec un abat-jour fait de centaines de petites perles de verre rouge enfilées sur des fils métalliques.

Elle ne pouvait pas atteindre la lampe avec sa main libre, et l'horloge d'argent, sur la commode, décomptait les secondes comme un métronome de mauvais augure. Elle doutait que Sergueï reste longtemps parti, il pouvait repasser la porte d'une minute à l'autre, et elle n'aurait plus une chance de s'enfuir.

Elle envoya promener les lourdes couvertures et projeta ses jambes sur le côté en faisant un ciseau, prenant la lampe entre ses pieds. La lampe bascula, faillit tomber par terre, mais au dernier instant elle réussit à la rattraper de justesse avec ses orteils.

Elle l'attira sur le lit à portée de sa main libre. Il était plus difficile d'enlever les perles des fils de fer qu'elle ne le pensait. Elle finit par y arriver avec ses dents.

Elle dénuda six fils et les tressa de façon à obtenir un brin de trois millimètres d'épaisseur. Elle aurait bien voulu pouvoir le faire plus épais, mais elle n'avait pas le temps.

Elle s'activa d'une seule main avec la tige ainsi obtenue, l'enfonça dans la serrure des menottes, la tortilla, l'enfonça à nouveau, la retortilla... en pure perte. Ça ne voulait pas marcher, et le tic-tac de cette fichue pendule résonnait plus fort qu'un tambour maintenant, plus fort que les battements qui lui martelaient le crâne...

La serrure de la menotte céda avec un déclic.

Vite, vite, vite! lui hurlait chacune de ses fibres nerveuses. Elle sauta à bas du lit et le sol fléchit sous ses pieds. Elle avait les muscles aussi ramollis que des spaghettis trop cuits et sa tête la lançait de plus belle.

Elle s'empara du film et le remit dans sa besace. L'icône et la carte postale avec l'énigme s'y trouvaient toujours, protégées dans la poche en peau de phoque, mais curieusement la photo de Marilyn Monroe avait disparu. Elle vérifia son argent, son passeport, ses cartes de crédit – ils étaient bien là.

Elle était sur le point de quitter l'appartement lorsqu'elle se rendit compte soudain qu'elle ne portait qu'un soutien-gorge et une culotte. Pendant tout ce temps, elle avait été à moitié nue, pensa-t-elle en riant intérieurement, et elle ne s'en était même pas aperçue.

Elle trouva son blouson de cuir, ses bottes, ses chaussettes à côté du radiateur, son jean et son pull accrochés au porte-serviettes de la salle de bains. Ils étaient encore humides et collants, et sentaient l'eau du fleuve. Elle les enfila en frémissant.

Il y avait quelque chose dans la poche arrière de son jean... Deux feuilles de papier trempées de... *Oh, mon Dieu, non, pas ça...* Mais si, hélas. La lettre de sa grand-mère.

Des larmes lui brûlèrent soudain les yeux, sa poitrine se serra. Elle avait dû fourrer la lettre dans sa poche de derrière en quittant le musée, et puis elle avait fui et sauté finalement dans la Seine. Les mots de sa grand-mère avaient maintenant disparu, réduits à des traînées d'encre bleue, et...

En bas, une porte claqua. Elle se figea. Puis elle entendit des pas qui s'éloignaient sur le trottoir et elle laissa échapper un long et lent soupir. Elle fourra dans sa besace la lettre, maintenant illisible, de sa grand-mère, et elle retourna vers la porte.

Elle entra dans la première banque qu'elle put trouver et loua un coffre. Elle voulait mettre le film et l'icône en sûreté, à un endroit où personne ne viendrait les chercher.

Pendant qu'elle était dans la salle des coffres, elle commença à noter sur son agenda électronique les parties de la lettre de sa grand-mère dont elle se souvenait, et puis elle songea que la batterie risquait d'être à plat avant qu'elle puisse la recharger, alors elle recommença l'opération sur une feuille de papier à en-tête de la banque.

Elle ressortit de là avec l'impression que sa sacoche pesait cinq cents kilos de moins. Juste à côté, une boutique de mode passait à plein tube une musique de hip-hop au rythme marqué. Elle entra et acheta un nouveau jean noir, un pull à col roulé de laine noire, d'autres sous-vêtements, et finalement un nouveau blouson de cuir noir plus à la mode qui ferait un sérieux trou dans son compte en banque.

La vendeuse était jeune, cordiale, et avait envie de pratiquer un peu son anglais. Zoé lui demanda où elle pourrait trouver un taxi pour aller au musée de Cluny.

Maintenant qu'elle y repensait, le mieux qu'elle avait à faire était de retourner à la boutique au griffon, parler encore un peu avec Boris. Il l'avait reconnue au premier coup d'œil, il avait vu qu'elle était la Gardienne à cause de sa ressemblance avec la Dame. L'icône s'accompagnait sûrement d'une histoire, d'un peu de folklore, qu'il pourrait lui raconter.

Zoé demanda au chauffeur de taxi de la laisser en face du musée. Mais quand elle tourna au coin de la petite rue latérale, elle eut un choc en voyant des badauds massés devant la boutique du vieil homme, ainsi qu'une ambulance et deux voitures de police dont le gyrophare bleu lançait des éclairs.

Elle joua des coudes dans la foule, le cœur battant à lents coups sourds. *Je vous en prie, faites qu'il ne soit pas mort. Ô mon Dieu, pourvu qu'il ne soit pas mort…*

Elle se coula entre un jeune couple et un homme portant un tablier de boucher taché, juste au moment où la porte de la boutique s'ouvrait devant deux urgentistes en blouse blanche portant une housse mortuaire sur un brancard. Elle entendit le jeune homme dire en anglais à la fille :

« L'un des flics a dit que le type s'était fait arracher l'œil. »

Le sol se déroba sous les pieds de Zoé et elle crut qu'elle allait défaillir. Elle fit demi-tour, une bile brûlante remontant dans la gorge. Elle se plaqua une main sur la bouche et repartit à contre-courant des curieux.

Oh mon Dieu, mon Dieu... Tout était de sa faute. Elle avait dû conduire le type à la queue-de-cheval dans la boutique au griffon, la veille, et maintenant il avait tué le vieil homme. Mais avant, il lui avait arraché l'œil, et ça, il n'avait aucune raison de le faire. Boris n'avait plus l'icône, et il ne pouvait pas savoir où elle était.

Elle marcha à l'aveuglette dans la foule qui encombrait le trottoir, sans savoir où elle allait, et s'en moquant. Elle faillit à un moment descendre sur la chaussée et se faire renverser par un autobus.

Elle passa devant un gigantesque cinéma multiplexe et envisagea un instant de se perdre dans l'une des salles, et puis elle poursuivit son chemin. Il fallait qu'elle trouve un hôtel, un endroit avec une douche et un lit. Un endroit où s'allonger et réfléchir à ce qu'elle allait faire.

Elle en trouva un qui paraissait prometteur dans une petite rue adjacente. Le tapis élimé, le palmier à moitié crevé dans le hall – ce n'était assurément pas l'hôtel où l'on pouvait s'attendre à voir affluer les touristes américains.

L'employé de la réception avait une moustache pitoyable et la goutte au nez. Il prétendait n'avoir qu'une chambre libre, une petite pièce au dernier étage, qui donnait sur la rue et avec une douche, pas de baignoire. *Madame* était-elle sûre... ?

Madame en était sûre.

L'ascenseur était plus petit qu'une cabine téléphonique. *Madame* prit l'escalier.

Elle ne se rendit compte que lorsqu'elle fut assise au bord du lit combien ses jambes tremblaient. Elle était affamée, mais elle craignait d'être malade si elle essayait de manger maintenant. Elle n'arrivait pas à se sortir de la tête l'image de ce sac mortuaire.

Elle se coucha en chien de fusil sur le lit, serrant un oreiller dans ses bras. Elle savait qu'elle aurait dû aller trouver la police et parler aux inspecteurs du type à la queue-de-cheval, mais elle avait peur qu'ils se contentent de lui demander de leur remettre l'icône et le film, parce que ces choses venaient de ce qui était maintenant une scène de crime. Elle pourrait même être suspectée, et elle n'avait pas entendu dire des choses très agréables sur les prisons françaises.

Elle resta un moment allongée là, jusqu'à ce que ses crampes d'estomac parviennent à son cerveau engourdi et qu'elle sente l'odeur d'eau boueuse de la Seine dont elle était imprégnée. Elle aurait voulu rester sur le lit, roulée en boule, mais elle s'obligea à se lever, à prendre une bonne douche et à se changer pour mettre ses nouveaux vêtements.

Elle laissa ses habits irrécupérables à l'hôtel, mais emporta tout le reste avec elle dans sa sacoche. Elle entra dans le premier café qui se présenta, s'assit à une table en terrasse, sous un store vert et or, et commanda une *salade niçoise* et une bouteille d'Évian.

Elle savait qu'elle avait besoin de réfléchir, mais elle resta là, engourdie, encore frigorifiée et se sentant affreusement seule. Une grande vieille église de pierre se dressait de l'autre côté de la rue. Elle se demanda si les églises offraient encore un sanctuaire aux gens pourchassés. Autour d'elle, les rues grouillaient de voitures et de gens, et elle regarda le va-et-vient tout en dévorant sa salade et une demi-baguette. Il devait y avoir plus de deux millions de gens à Paris. Elle devrait quand même arriver à se perdre parmi une telle multitude.

Hormis qu'on ne pouvait plus faire un pas dans le monde actuel sans laisser derrière soi un sillage numérique. Cartes de crédit, passeport, permis de conduire, carte de sécurité sociale. Même sa carte de bibliothèque avait un code barre et un numéro. Si monsieur Queue-de-cheval avait des relations dans la police française, il attendait peut-être déjà qu'elle rentre à son hôtel. Sergueï, qui était l'un des gros bras de sa mère, la retrouverait encore plus vite avec ses contacts dans la mafiya russe, dont les tentacules s'étendaient partout, au sein des gouvernements et dans l'administration des principales villes du monde entier.

Une ombre tomba sur la table.

22

C'était une femme, une inconnue, d'accord, mais une belle femme élégante, en tailleur rouge, le genre de tailleur de grand couturier à se damner et, comme leurs regards se croisaient, Zoé lui sourit en rapprochant sa chaise de sa table, pensant que la femme voulait qu'elle se pousse pour passer. Mais au lieu de cela, elle s'assit sur la chaise en face d'elle.

«Mademoiselle Dmitroff, non, pour l'amour du ciel, ne bondissez pas comme un diable de sa boîte. C'est la dernière chose à faire, croyez-moi.» La femme posa un sac Chanel en cuir noir sur la table, croisa les mains dessus, regarda prudemment autour d'elle et se pencha vers Zoé. «Vous comprenez, on ne sait jamais qui peut être en train de nous observer.»

La femme observa à nouveau autour d'elle, puis elle ouvrit le sac Chanel, en sortit un portefeuille assorti et l'ouvrit juste le temps de montrer une espèce de carte d'identité plastifiée, avec sa photo et un sceau du gouvernement dessus.

«Agent Yasmine Poole, de la CIA.»

Zoé eut un reniflement. Il ne manquait plus que ça pour que le cauchemar soit complet. Un agent de la CIA.

«C'est ça, ouais, et moi, je suis Batgirl. Désolée, j'ai laissé mon anneau décodeur à l'hôtel.

— Je vous en prie, mademoiselle Dmitroff. Vous êtes assez futée pour savoir que tous les agents secrets ne se promènent pas en jet-skis et canots à moteur volants comme James Bond, pour sauver le monde des super-méchants. Je travaille pour l'Agence depuis plus de dix ans, et pourtant la plupart du temps vous me trouveriez derrière un bureau, à Langley, en train d'analyser l'effet qu'aurait sur l'économie mondiale une augmentation d'un demi-tael sur le prix du riz en Mongolie.»

Elle lui sourit. Zoé ne lui rendit pas son sourire.

«La plupart du temps, dit-elle, vous me trouveriez au téléphone dans mon cabinet juridique de Mission Street, en train d'essayer d'arracher un accord de plaider coupable à un assistant procureur pour qui les avocats de la défense ne sont que des sous-merdes. Et pourtant je suis là, et vous y êtes aussi – alors, expliquez-moi ça?

— Je vous ai suivie quand vous avez quitté votre hôtel. Nous vous avions localisée cinq minutes après l'introduction de votre carte de crédit dans le lecteur de la réception.

— Ça doit être chouette d'avoir une jolie plaque comme ça. J'imagine que ça vaut tous les anneaux décodeurs de la planète.» Zoé finit son eau et se tapota les lèvres avec sa serviette. «Alors, qu'est-ce que vous me voulez?

— Si mélodramatique et irréel que cela puisse vous paraître, nous pensons qu'un certain objet est entré en votre possession, et cela pourrait avoir de graves conséquences pour la sécurité nationale. Il est vital que vous me remettiez immédiatement cet objet, avant qu'il ne tombe entre de mauvaises mains.»

Zoe avait beau s'attendre à quelque chose de ce genre, elle sentit sa bouche s'assécher. À partir de maintenant, elle avait intérêt à faire bien attention. Elle devait se débrouiller pour obtenir le maximum d'informations de cette femme sans révéler sa propre ignorance. Sa grand-mère l'avait bien prévenue que l'ignorance était un piètre bouclier contre le danger.

«Je suis en possession de bien des "objets", dit Zoé. Vous pourriez préciser?»

Yasmine Poole – si c'était son vrai nom – fit une sorte de moue avec ses lèvres au rouge éclatant, comme si elle avait mordu dans un citron.

«Un film. Une bobine de film de 8 mm, plus précisément. Mademoiselle Dmitroff, ne perdez pas de temps à nier que vous l'avez. Nous savons toutes les deux à quoi nous en tenir.»

Encore le film, pas l'icône. Mais qu'avait-il, ce foutu film, pour que tout le monde coure après?

«Waouh, j'ai un film amateur de l'anniversaire d'une petite fille. Notre nation est en péril. Arrêtez-moi tout de suite.»

Le beau visage de Yasmine Poole se durcit.

«Je vous déconseille de faire l'imbécile, compte tenu des circonstances. Parce que j'ai le pouvoir de vous arrêter, et que Guantanamo Bay, croyez-moi, ça craint.»

Zoé ne répondit pas, et la femme prit son silence pour une sorte de capitulation.

«Votre pays vous serait vraiment reconnaissant pour votre coopération dans cette affaire, mademoiselle Dmitroff, parce qu'il y a des gens que rien n'arrêterait pour mettre la main sur ce film, et que ce ne sont pas des individus accommodants. Pas accommodants du tout, même.»

Yasmine Poole rouvrit son sac, y prit une photo et la tendit à Zoé.

«Vous avez déjà vu cet homme?»

La photo était celle d'un homme debout à côté d'un réverbère en fer forgé, dans une rue pavée, sous la neige. Il pouvait avoir une quarantaine d'années, et il était d'une beauté saisissante avec son regard intense sous des paupières légèrement tombantes, ses pommettes saillantes et son nez aristocratique.

«Il s'appelle Nikolaï Popov, poursuivit la femme. C'était un officier du KGB, très haut placé pendant la guerre froide, un homme pervers, sans scrupules, responsable de tellement de morts qu'on ne les compte plus. Il a pris sa retraite depuis longtemps, évidemment, et il se prélasse dans sa datcha en Crimée. Il aurait quatre-vingt-dix ans passés, maintenant, mais il a conservé tout son pouvoir et toute son influence.

— Et vous croyez qu'il cherche le film?

— Zoé... Vous me permettez de vous appeler Zoé? Il y a des années qu'il demande à ses agents de le retrouver.

— Mais pourquoi? Que peut-il bien avoir d'intéressant pour lui?»

Yasmine Poole pinça à nouveau les lèvres.

«Oh mon Dieu. Vous voyez, je savais que vous me demanderiez ça. Malheureusement, la réponse est classifiée. Top secret etc., etc.»

Zoé regarda une dernière fois la photo et la rendit à la femme qui s'appelait Yasmine Poole. Zoé ne lui faisait absolument pas confiance. D'une façon ou d'une autre, il fallait qu'elle regarde ce film, parce qu'il y avait manifestement autre chose sur cette bobine que l'anniversaire d'une petite fille.

Elle gratifia Yasmine Poole du regard grave qu'elle réservait à ses jurés.

« Je tiens à faire ce qu'il faut. »

La femme lui tapota la main.

« Mais bien sûr.

— L'ennui, c'est que je ne l'ai plus avec moi.

— Je le sais, Zoé, répondit Yasmine Poole, et encore une fois, Zoé perçut une pointe de cruauté dans sa voix. J'ai fouillé votre chambre d'hôtel et vos affaires pendant que vous vous douchiez. Il est évident que vous l'avez mis dans un endroit que vous considérez comme sûr. Dites-moi simplement où, je sors de votre vie et vous pourrez profiter de la fin de vos vacances dans cette belle ville. Vous n'avez pas l'air d'être du genre à faire le tour des boîtes, mais à cette époque de l'année il y a toujours un salon artistique au Grand Palais. »

Des rires, venant d'une table voisine, attirèrent l'attention de Zoé. Elle jeta un coup d'œil et vit deux buveurs de cocas en sweatshirt à capuche qui discutaient.

Lorsqu'elle regarda à nouveau devant elle, le canon d'un Glock dépassait du sac de marque.

« Écoutez, je n'avais absolument aucune envie de vous emmener dans de mauvais lieux où les menaces de violences et les armes à feu font la loi, dit Yasmine Poole. Mais vous m'y obligez. Remettez-moi le film, Zoé, ou je devrai employer la manière forte, et vous n'avez vraiment pas envie de ça, croyez-moi.

«— Ce n'est pas de la mauvaise volonté de ma part, mademoiselle Poole. Mais j'ai déposé le film dans un coffre, à la banque, et j'ai bien peur que vous ayez besoin de ma signature pour le récupérer.»

Yasmine Poole se leva. Elle ferma son sac, passa son bras dans les anses et tira sur le bas de sa veste de tailleur.

«Eh bien, allons-y.

— La banque est près de l'Opéra», mentit Zoé. Elle n'avait pas idée de l'endroit où se trouvait l'opéra, mais elle se doutait que Paris devait en avoir un, et elle prenait le pari qu'il n'était pas au coin de la rue. «Il va falloir qu'on y aille en métro.

— Mon chou, je ne suis vraiment pas du genre à prendre le métro. Et côté indemnités de déplacement, j'ai un crédit illimité. On prend un taxi.

— Désolée, mais si je veux retrouver la banque je dois reprendre exactement le même chemin que ce matin, et ce matin j'ai pris le métro.»

Yasmine Poole n'avait vraiment pas l'air ravie, mais elle suivit Zoé, traversa la rue, et descendit dans la station de métro située près de la grande église de pierre. La pause déjeuner tirait à sa fin, et le quai était noir de monde. Mais la femme collait aux basques de Zoé comme une sangsue.

La rame arriva et elles montèrent dedans ensemble. Yasmine Poole s'apprêtait à s'asseoir, mais elle s'arrêta en voyant que Zoé restait devant la porte.

«On change à la prochaine», dit Zoé.

Yasmine Poole hocha la tête, mais Zoé vit qu'elle vérifiait sur le parcours de la ligne affichée au-dessus de la porte.

Zoé décomptait les secondes alors que les passagers continuaient à monter.

Yasmine Poole indiqua un point sur la carte.

«Si la banque se trouve près de la place de la Bastille, nous aurions dû prendre la direction Porte d'Orléans, non? À moins que vous ne parliez de l'ancien opéra. Mais quand même...»

Zoé ouvrit de grands yeux.

«Oh, mon Dieu. C'est encore lui! L'homme qui a tué ma grand-mère!»

Yasmine Poole tourna la tête brusquement.

«Qui ça? Où?

—Là!» fit Zoé en tendant le doigt.

Et elle sauta du wagon alors que la porte se refermait.

Yasmine Poole se retourna à nouveau, mais trop tard. Elle tapa du poing sur la porte, essaya de la rouvrir en y glissant ses doigts, ses efforts restèrent vains. La rame repartait déjà.

Zoé fit au revoir de la main à la femme au visage convulsé, tandis que la rame prenait de la vitesse, quittait la station et disparaissait dans les ténèbres du tunnel.

Elle gravit en courant l'escalier qui remontait vers la rue. Elle estimait avoir une quinzaine de minutes devant elle pour disparaître dans les rues encombrées de Paris avant que Yasmine Poole n'ait le temps de faire demi-tour. À moins qu'elle n'ait un complice qu'elle pouvait appeler sur son portable. Auquel cas Zoé était morte et enterrée.

Elle surgit de la station de métro en courant et rentra de plein fouet dans la poitrine d'un homme, si fort qu'elle faillit tomber par terre. Il lui attrapa les bras pour lui faire retrouver l'équilibre. Elle n'eut pas besoin de lever les yeux; elle savait qui c'était.

Il y avait plus de deux millions d'habitants à Paris, alors comment se faisait-il qu'elle soit si repérable?

«Venez», lui dit Sergueï.

Il la prit par le bras et la conduisit vers la grande église de pierre.

«Allons prier.»

Il l'emmena dans un renfoncement, derrière une colonne de marbre, près d'un confessionnal.

Ils s'assirent côte à côte sur un banc.

«C'est drôle de vous revoir si vite, Sergueï», dit Zoé.

Il ne répondit pas, se contenta de mettre la main dans sa poche. Elle s'attendait à moitié à le voir tirer un revolver.

Il sortit un portefeuille et l'ouvrit d'un mouvement de poignet, exhibant une plaque dorée qui brillait même dans la maigre lumière.

«Sergueï n'est pas mon vrai nom. Je m'appelle Ry O'Malley et je travaille pour la DEA comme agent infiltré.»

Zoé éclata de rire. D'un rire qui lui parut hystérique, même à ses propres oreilles.

«Une femme qui disait s'appeler Yasmine Poole m'a collé sous le nez un badge de la CIA. Et maintenant, vous brandissez ce...»

Elle regarda la plaque dorée de plus près.

«Ryland O'Malley. Drug Enforcement Administration. Pour moi, vous pourriez aussi bien être tous les deux de faux agents.

— Il y a des moments où il faut suivre son instinct pour savoir à qui on peut se fier.

— Et dans quel univers mon instinct me dirait-il de me fier à vous?

— Je pense que vous devriez au moins écouter ce que j'ai à dire.

— D'accord, alors vous pourriez commencer par me dire comment vous avez fait pour me retrouver si facilement. Vous m'avez implanté une puce ou je ne sais quoi?»

Un coin de sa bouche dure se retroussa bel et bien en un sourire.

«Quand quelqu'un est pourchassé et que ce quelqu'un est un amateur, il fonce se réfugier dans un endroit familier. Je me suis dit que vous retourneriez à la boutique en face du musée où vous aviez récupéré le film. Et effectivement, vous vous êtes pointée juste au moment où ils emmenaient le cadavre.»

Zoé n'avait pas eu le temps de pleurer la mort du vieil homme, mais des larmes lui emplirent soudain les yeux, et elle dut détourner le regard.

«Vous êtes obligé de dire ça avec cette froideur, comme si ce n'était qu'une banale journée de boulot? Il s'appelait Boris, c'était un gentil vieux monsieur, et le type à la queue-de-cheval lui a arraché un œil.» Sergueï, Ry ou quel que soit son nom ne répondit pas. «Et peut-être que vous y étiez aussi. Peut-être que vous y êtes pour quelque chose.

— Vous n'y croyez pas vous-même.»

Elle se recula un peu pour l'étudier à nouveau de la tête aux pieds.

«Vous n'êtes pas un vrai *vor*, hein? Bien que vous parliez un russe de bas étage et malgré ce tatouage que vous avez sur le bras.

— Le tatouage est authentique. Je l'ai gagné dans une prison du Tadjikistan, mais c'est une autre histoire et je vous la raconterai en son temps. Qu'avez-vous fait du film? Vous l'avez mis dans un coffre, à la banque?

— Un coffre-fort, exactement ce qu'il faut pour le mettre en sûreté, à l'abri des types comme vous, de Miss CIA et de M. Queue-de-cheval. Lui, apparemment, c'est après l'icône qu'il court. Mais des détails, des détails! fit-elle en agitant la main.

— Zoé, il faut qu'on regarde ce film.

— Je commence à me demander si ce n'est pas comme ce film avec Naomi Watts. *Le Cercle*? Une fois qu'on l'a regardé, on meurt.

— Vous pourriez vous faire tuer sans même le regarder, vous savez.»

Zoé ne répondit pas. L'église était sombre, silencieuse et froide comme la tombe dans le livre de Job, se dit-elle.

«Vous savez ce qu'il y a dessus, hein? fit-elle. Sur le film.

— Oui. Mais j'ai besoin de le voir.»

Zoé laissa échapper un soupir sonore.

«D'aaaccord. Alors, si on faisait un saut à la première boutique de vidéo? Je suis sûre qu'ils ont un de ces vieux projecteurs à l'ancienne qu'on pourrait louer. Sur l'étagère à côté de tous les Betamax.»

La bouche de Ry esquissa le même rictus que précédemment.

«Il se trouve que je connais un gars, un collectionneur, qui a une passion pour les films de, euh, les vieux films.

— Ouais, les pornos, vous voulez dire.

— Pas que des pornos. Mais l'important, c'est qu'il a le genre de projecteur dont on a besoin, et c'est là que j'allais ce matin – chez lui, pour le récupérer.

— En me laissant menottée au lit.

— Avec les meilleures menottes, le top du top, au fait. Et en ayant la bêtise de laisser le film sur place, d'ailleurs. Ma vieille, je vous ai complètement sous-estimée sur ce coup- là.

— Je décide de prendre ça comme un compliment.

— C'est comme ça que je l'entendais. Écoutez, je vous propose un marché. On retourne à l'appartement, on regarde le film de votre grand-mère, et après, si vous voulez repartir avec, je ne vous retiendrai pas.»

Zoé resta un moment assise sans rien dire et répondit :

«Sauf que je n'arriverais probablement même pas à l'aéroport vivante, hein ?

— Probablement pas, en effet.»

Zoé récupéra le film et son icône à la banque, et ils retraversèrent le fleuve en direction de l'île Saint-Louis et de la garçonnière de l'ami de Sergueï… de Ry O'Malley. Le projecteur était là. Au moins, sur ce point, il n'avait pas menti.

Ils décrochèrent du mur quelques gravures de chasse afin de dégager un espace. Zoé le laissa s'occuper du film, puisqu'il avait l'air de savoir s'en débrouiller, le faisant passer entre des pignons et sur une roue dentée. Elle baissa le store de la fenêtre pour plonger la pièce dans l'obscurité.

Elle éprouvait un étrange mélange d'excitation et d'effroi. Elle avait bien conscience que ce qu'elle était sur le point de voir risquait de changer sa vie pour toujours. Mais sa vie avait déjà changé, elle était déjà en danger, et il était temps qu'elle ait certaines réponses.

Et lorsqu'elle saurait ce qu'il y avait sur le film, peut-être saurait-elle mieux comment manipuler Sergueï… Ry. Et tous les autres chasseurs.

Le projecteur était bruyant, le ventilateur se mit à ronronner et le film à claquer en passant sur les pignons. Des marques noires dansèrent sur le mur, et tout à coup apparut le visage de sa mère, en gros plan, sa petite bouche fendue d'un grand sourire. On fêtait son huitième anniversaire, à en croire l'inscription en grandes lettres sur la bannière accrochée au mur, derrière elle. Elle regardait le gâteau avec ses huit bougies allumées sur le glaçage blanc, mais Zoé savait qu'il était au chocolat, à l'intérieur, le préféré de sa mère, et son préféré à elle aussi.

Et sa grand-mère était là, Katya, si jolie, si heureuse qu'elle dansait presque autour de la table. Zoé avait l'impression de se voir elle-même, déguisée comme pour jouer dans une pièce, tellement elle leur ressemblait à toutes les deux.

Ils regardèrent la petite fille souffler ses bougies d'anniversaire et ouvrir ses cadeaux. Katya était toujours là, aidant à défaire un nœud, à redresser un chapeau en papier. Zoé essaya vainement d'imaginer quel horrible événement avait pu pousser cette mère

visiblement pleine d'amour pour sa fille à l'abandonner. Rien à faire, elle n'y arrivait pas. Et qui était
la personne qui tenait la caméra ? Le beau-père dont
Anna Larina arrivait à peine à se souvenir ?

Il y eut un fondu au blanc sur la fête d'anniversaire, d'autres marques de perforation noires dansèrent sur le mur.

Et puis tout à coup, un éclair de couleur. Du
bleu...

23

La caméra panoramique balaie un large boulevard, des bâtiments d'un côté, une sorte de parc de l'autre. Le soleil brille tout en haut d'un immense ciel bleu. Il y a beaucoup de gens, une foule en liesse, mais on n'entend rien ; le film est muet. Des voitures avancent lentement vers la caméra, précédées par des flics à moto. C'est un convoi officiel.

Zoom avant sur une décapotable bleu nuit, une Lincoln rallongée avec des drapeaux américains sur les ailes. Deux hommes sont assis à l'avant, un couple sur le siège du milieu et un autre couple à l'arrière. Ils sourient et font des signes de la main en direction de la foule massée sur les trottoirs.

Zoom avant sur le visage de l'un des hommes. Ses cheveux épais, ses grandes dents blanches brillent au soleil.

C'est John Fitzgerald Kennedy.

La caméra suit lentement Kennedy qui tourne la tête et regarde la femme assise à côté de lui. Sa femme. La première dame, Jackie. Elle porte un tailleur rose et le petit chapeau en forme de camembert qui n'appartenait qu'à elle. Ils semblent partager un moment – de quoi ? D'intimité ? De triomphe ? La caméra s'attarde sur leurs deux visages et ils sont tellement vivants, tellement beaux. Ils ont l'air de planer au sommet du monde.

Mais la caméra les abandonne, prenant du champ par rapport au cortège de véhicules et faisant un panoramique sur une pergola blanche, incurvée, dont la colonnade immaculée évoquant la Grèce antique paraît un peu déplacée sous le soleil éclatant du Texas. Elle recadre sur une butte herbeuse, dégagée, des globes de lampadaires et des arbres : le point se fait sur les branches précocement dénudées par l'automne. La foule est plus clairsemée à cet endroit. Les gens attendent dans un calme presque étrange que le cortège passe devant eux.

La caméra s'arrête un instant sur un bel homme tête nue, élégamment vêtu d'un costume noir, debout à côté d'un panneau d'autoroute. Il tient un parapluie au creux du coude, ce qui est insolite parce qu'il n'y a pas un nuage dans le ciel, mais la caméra le quitte à son tour et recadre une famille américaine typique, qui pourrait être tout droit sortie des pages du Saturday Evening Post. *La mère ressemble à Jackie avec sa robe rouge, sans manches, et ses chaussures rouges à talon. Le père tient son garçon sur ses épaules, lui disant peut-être qu'il n'oubliera jamais ce jour. Le jour où il aura vu le président des États-Unis d'Amérique.*

La caméra passe maintenant à une palissade qui sépare la butte herbeuse de ce qui ressemble à un parking près d'un terrain vague avec des rails de chemin de fer. Elle s'arrête brusquement sur un homme en costume et chapeau marron, caché derrière la palissade, parce qu'il a un fusil entre les mains.

La caméra reste sur le profil de l'homme, détaille son expression pensive, quand tout à coup il se retourne et regarde droit vers l'objectif. Ses yeux s'éclairent alors comme s'il savait qu'il était la vedette de ce macabre film d'amateur, et qu'il voulait que tout le monde le sache.

Mais au bout d'un moment son visage se durcit, devient cruel, et il détourne le regard en direction de la butte herbeuse.

Lentement, il porte le fusil à son épaule, et vise soigneusement.

Et puis tout devient flou – la pergola, les arbres, l'herbe, l'asphalte, les gens, ne sont plus qu'un kaléidoscope de couleurs tournoyantes jusqu'à ce que la caméra revienne sur l'homme tiré à quatre épingles avec son parapluie. Il a l'air tendu, comme s'il attendait quelque chose. Tout à coup, il ouvre le parapluie et le lève haut au-dessus de sa tête. Est-ce un signal pour l'homme au fusil ? Parce que la caméra repart le long de la rue et recadre, après un panoramique saccadé, la voiture du président qui se rapproche. La caméra zoome sur ce célèbre visage souriant. Le cadrage est si serré qu'il remplit le mur de la pièce.

Il a l'air heureux, il se prête au jeu que la foule attend de lui, il se repaît de son adulation, de ses acclamations. Et puis sa main s'arrête au milieu de son geste, il se tourne à moitié vers Jackie. A-t-il entendu quelque chose ? Vu quelque chose ?

Tout à coup, il lève les mains, les porte à sa gorge. Il a l'air complètement surpris. C'est alors que Jackie réagit à son tour, elle regarde son mari, ne comprend pas ce qui est déjà arrivé, ce qui va encore arriver, bientôt, d'un instant à l'autre maintenant. Et puis elle comprend et son visage se convulse d'horreur.

Le chauffeur se retourne aussi pour regarder par-dessus son épaule, et la voiture ralentit, ralentit, s'arrête…

C'est alors que la tête du président explose dans un brouillard rouge, et des petits bouts de matière blanche – de son crâne ? – volent en l'air.

298

La caméra a un soubresaut, passe rapidement sur la foule, enregistrant l'hystérie, la terreur, les bouches hurlantes qui ne font pas un bruit, et revient sur la Lincoln qui accélère follement. Un agent des services secrets court à côté, saute sur le coffre arrière, où un bout du crâne du président a atterri, un fragment que Jackie, dans son tailleur rose vif et son petit chapeau en forme de camembert, essaie, à quatre pattes, de récupérer, comme si elle n'avait qu'à le remettre en place pour que tout s'arrange et redevienne normal.

Zoom avant sur le président, affalé sur le siège, immobile. L'image s'attarde sur lui, presque amoureusement, avec une emphase assez théâtrale, comme pour dire – regardez, il est mort, non mais regardez! L'arrière de sa tête a sauté !

Et puis la caméra, comme brusquement révulsée, bondit loin du carnage, revient sur le meurtrier juste au moment où il se baisse pour ramasser les douilles éjectées. Ensuite, il se relève, il regarde droit vers l'objectif, et il a un grand sourire du genre, Oui, je l'ai fait, et je vous emmerde.

Il se détourne alors et court vers un autre homme qui l'attend, debout non loin de là. Un homme avec une espèce d'uniforme, mais pas un flic. Il porte une combinaison rayée et une casquette à visière, comme un cheminot dans les livres d'enfants. L'assassin lui jette le fusil en passant, et puis il sort de l'image.

La caméra enregistre chacun des mouvements de l'homme en combinaison rayée qui démonte le fusil, rapidement et sans heurt, le met dans une boîte à outils et s'éloigne le long de la voie ferrée, vers les wagons de marchandises immobilisés là.

Des wagons de marchandises qu'avale lentement un fondu au blanc.

24

Zoé resta les yeux rivés sur le mur maintenant vide pendant que le bout du film claquait, *clac-clac-clac*, sur la bobine qui tournait dans le vide. Son cerveau refusait de marcher, mais sa bouche non.

«Oh, mon Dieu!»

Elle ne pouvait pas détacher son regard du mur, comme si elle attendait d'en voir davantage, d'assister à la suite des événements, l'arrestation de Lee Harvey Oswald, son assassinat par Jack Ruby, et peut-être la prestation de serment de Lyndon B. Johnson à bord d'Air Force One, Jackie dans son tailleur rose maculé de sang, debout, le visage atone, à côté de lui.

Mais il n'y avait rien d'autre. C'était tout. C'était fini, et elle avait contemplé l'histoire, la vraie, pas le rapport concocté par la commission Warren.

Elle se tourna enfin vers Ry. Il était planté là, immobile, et regardait comme elle, un instant auparavant, le mur maintenant blanc. Et puis il leva le bras, la faisant sursauter. Mais il ne faisait que tendre la main vers l'interrupteur du projecteur pour l'éteindre.

Son expression glacée, vide, la terrifia.

«Bon sang, qu'est-ce que ça veut dire, tout ça? dit-elle lentement, prudemment. Comment saviez-vous que ma grand-mère avait ce film? Et qu'est-ce qu'elle faisait avec? Je sais que c'est la vérité vraie.

Une chose pareille n'aurait pas pu être truquée...
Non, hein ?»

Ry remit le film dans sa boîte et la lança sur le lit.
«Non. C'est la vérité.

—Je voudrais le revoir, dit Zoé en le regardant
remballer le projecteur. L'homme avec le fusil,
l'assassin, je crois que je l'ai déjà vu quelque part, je
ne sais plus quand. Et puis, l'autre homme, le type
au parapluie ? C'est le portrait craché de la photo que
Yasmine Poole vient de me montrer, au café. Elle a
dit qu'il s'appelait Nikolaï Popov et que c'était une
grosse légume du KGB, dans le temps. Évidemment,
elle mentait peut-être comme une arracheuse de
dents.

—C'est toujours possible, dit Ry, l'air pas du
tout étonné d'entendre que le KGB aurait pu être
impliqué dans l'assassinat de Kennedy. Mais on
parlera de ça plus tard. Pour l'instant, il faut qu'on
se tire d'ici.»

Elle lui jeta un long regard dur.

«Vous savez, j'avais une vraiment belle et bonne vie
avant tout ça. Le pire qui pouvait m'arriver, c'était
qu'un mari violent ou un père indigne pète les plombs
et s'en prenne à moi, et tout d'un coup, qu'est-ce qui
me tombe dessus ? J'apprends que ma grand-mère
depuis longtemps disparue vient d'être assassinée,
un type menace de m'arracher les yeux, je reçois une
lettre qui m'envoie à Paris, où je trouve cette icône
et je finis par sauter d'un foutu pont pour atterrir sur
des piles de journaux détrempés avant de manquer
me noyer, et, cerise sur le gâteau, je tombe sur vous.
Tu parles d'une chance. Et ce n'est pas fini, loin de
là. Je viens de découvrir qu'il y avait vraiment un

deuxième tueur sur la butte herbeuse. C'est comme si j'étais allée me coucher et que je m'étais réveillée au milieu d'une folie de théorie du complot gauchiste, et en cet instant précis je commence à me dire que votre numéro de mutisme, vous pouvez vous le carrer... Mais je ne voudrais pas être grossière?! Qui êtes-vous, bon Dieu de merde? Et qu'est-ce qui se passe, bordel? Crachez le morceau tout de suite, ou je vous flanque mon pied dans les couilles!

— Je vous ai dit qui j'étais.

— Exact. Ryland... Non, restons simples : Ry O'Malley, de la DEA. Mais qu'est-ce que... mon Dieu, vous allez me dire que Kennedy s'est fait tuer pour une histoire de drogue?

— *Non.* »

Il rabattit d'un coup sec le couvercle de la mallette du projecteur et se releva, les yeux dilatés, farouches. Elle s'attendait à moitié à le voir sortir un flingue et la descendre.

Mais il se contenta de se passer les mains dans les cheveux et de se détourner. Elle vit les muscles de son dos se gonfler alors qu'il inspirait profondément, s'efforçant de reprendre son empire sur lui-même. Puis il se retourna à nouveau vers elle.

« Techniquement, je ne travaille pas pour la DEA en ce moment. J'ai pris ce qu'on pourrait appeler un congé sabbatique il y a un an et demi.

— Et vous vous êtes dit que ça pourrait être marrant de rejoindre la mafiya russe? Vous devez être un sacré agent pour avoir réussi à vous fabriquer une couverture assez bonne pour abuser ma mère et les fouineurs chargés de sa sécurité, parce qu'elle n'est

302

pas tombée de la dernière pluie. On pourra dire d'elle ce qu'on veut, mais ce n'est pas une débutante.

— Quand on a les moyens et qu'on sait s'y prendre, il est assez facile de se créer tout un passé – un numéro de sécurité sociale, de faux papiers d'immigration, un casier judiciaire. De trouver des vermines pour jurer que vous êtes un vrai caïd. Des trucs comme ça. Ça s'appelle créer une légende ; on fait ça tout le temps, à la DEA.

— Je vois. Alors, d'une façon ou d'une autre, vous avez découvert que ma grand-mère Katya était en possession du film et, comme vous ne pouviez pas la retrouver, vous vous êtes infiltré parmi les vory de ma mère dans l'espoir de trouver grâce à elle un truc qui vous mettrait sur la piste de Katya. J'ai bon, là ?

— Ouais, c'est à peu près ça, en résumé. » Elle attendit, mais il n'en dit pas plus. « D'accord. Alors, il y a une ou deux autres questions auxquelles j'aimerais bien que vous répondiez. D'abord, comment saviez-vous que ma grand-mère avait le film ? Et comment saviez-vous qu'il existait tout court ? Et l'homme au fusil, le tueur ? Vous savez qui c'est, hein ?

— Oui, je le sais. »

Il la regarda dans les yeux. La violence était encore présente, mais elle s'accompagnait d'autre chose, une chose qui ressemblait étrangement à de la souffrance.

« Alors, dites-le-moi. »

Il mit la main dans la poche de son blouson et lui tendit une photo. Sa photo à elle, ou plutôt celle de sa grand-mère, la photo qu'elle avait trouvée dans le coffret. Celle de Katya Orlova, de Marilyn Monroe et...

«Hé, c'est ça! C'est là que je l'avais vu! Le tireur!»
Zoé prit la photo et l'examina plus attentivement.
Mike, Marilyn et moi... «Hier, dans la boutique de
Boris, j'étais tellement focalisée sur ma grand-mère,
et sur le fait que c'était vraiment cool qu'elle ait connu
Marilyn Monroe, que je n'ai pas vraiment regardé ce
Mike qui était dans le box avec elles. Mais c'est bien
lui, c'est l'assassin de Kennedy et, oh! mon Dieu, je
n'arrive pas à croire que je n'aie pas fait le rappro-
chement avant. *O'Malley*, le beau-père de ma mère,
le mari de Katya, il s'appelait Mike O'Malley, et...»

Elle releva les yeux de la photo, croisa le regard
dur de Ry O'Malley, revint à la photo.

«Ouais, dit Ry. Je lui ressemble, hein?»

Ry s'approcha de la fenêtre, souleva le store et
le soleil entra dans la pièce. Il écarta le rideau de
dentelle pour regarder dans la rue, en bas. Elle savait
ce qu'il pouvait éprouver. Elle n'était pas pour rien
la fille de la pakhan.

«Le t... l'homme du film... C'est votre père.» Ry
ne répondit pas, alors Zoé continua. «Et Yasmine
Poole ne mentait pas, hein? Je l'ai vu à votre réaction
quand je vous ai parlé de la photo de Nikolaï Popov.
Il était vraiment du KGB, ce qui veut dire que votre
père travaillait probablement aussi pour eux. C'est le
KGB qui a tué Kennedy.

— Apparemment, oui.

— Mais pourquoi?»

Ry eut un petit rire bref, amer.

«C'est la question à un million de dollars, hein?»

Elle regarda son dos. Elle était sûre qu'il en savait
long, et son silence commençait à l'énerver pour de

bon, parce que c'était peut-être son père qui avait tué Kennedy, mais aujourd'hui, c'était elle qui risquait sa peau.

« Ce n'était pas un film d'amateur pris par un badaud venu regarder passer le cortège du président des États-Unis, ce jour-là, à Dallas. Celui qui tenait la caméra… non, rectification : celle qui était derrière la caméra, c'était elle, pas vrai ? Ma grand-mère. C'est comme ça qu'elle s'est retrouvée en possession du film de l'assassinat. Elle était bien placée pour ça. Et votre… l'assassin. Il savait qu'elle était là. Ça se voit à la façon dont il pose devant la caméra. Mais pourquoi filmer ça, d'abord ? Sûrement pas pour prouver qu'il avait rempli le contrat ; la mort de Kennedy l'aurait suffisamment démontré…

— Une assurance vie, coupa Ry. » Il laissa retomber le rideau et se retourna vers elle. « Parce qu'une fois l'assassinat commis, le tireur n'aurait plus été qu'un bout de fil qui dépasse, et que pour le ou les commanditaires du meurtre, quels qu'ils soient, les bouts de fils qui dépassent, on les supprime. »

On les supprime. On se serait cru dans un épisode des *Sopranos.* Sauf que ça n'avait rien de drôle.

« Je suppose que c'est ce que je suis devenue : un bout de fil qui dépasse, reprit Zoé en ne se donnant même pas la peine de dissimuler son angoisse. Écoutez, je voudrais rentrer chez moi, maintenant. »

Le visage de Ry s'adoucit et il plissa les yeux, ce qui était sa façon de sourire.

« Hé, fit-il. Pour une non-professionnelle, vous ne vous en sortez pas mal. Vous n'allez pas vous dégonfler maintenant.

— Merci. Enfin, je crois… Quand même, la seule chose que je ne pige pas, c'est comment le type à la queue-de-cheval s'intègre là-dedans. Il a un accent russe, alors, on pourrait penser qu'il travaille pour ce Popov et le KGB, ou je ne sais comment on doit dire ces temps-ci, et qu'il essaie de récupérer le film. Sauf que non, il a tué ma grand-mère, et puis il m'a attaquée avec une chaîne, mais lui, tout ce qui l'intéresse, c'est l'autel d'ossements… »

Le temps que Zoé comprenne ce qui se passait, il était trop tard. Ry avait franchi la distance qui les séparait et l'avait prise par les épaules : il la retourna et la colla au mur. Et puis, sans hausser la voix mais en articulant chaque mot de façon à lui donner une tonalité mortelle, il lui demanda :

«Que savez-vous de l'autel d'ossements?»

Elle essaya de lui flanquer un coup de genou dans les parties, mais il était plaqué contre elle de toute la hauteur de son corps, et elle n'avait aucun moyen de prendre du recul.

«Je vous donne deux secondes pour me lâcher, dit-elle, ou bien je crie si fort qu'on m'entendra du haut de la tour Eiffel.»

Il la lâcha.

Elle s'approcha du lit, récupéra le film, le mit dans sa sacoche.

«Vous n'êtes qu'une brute, et probablement un menteur, par-dessus le marché, et moi, je m'en vais.

— Ne faites pas l'imbécile, dit-il en lui barrant la route. Essayez de régler ça toute seule et les loups, dehors, vont vous manger toute crue.

— Et vous, vous êtes quoi? Vous prétendez faire partie des gentils, et peut-être que c'est vrai, mais peut-être que non. Jusque-là, vous ne m'avez pas donné tellement de raisons de vous faire confiance.

— Peut-être parce que j'essaie encore de savoir si je peux me fier à vous. Je…»

Il s'interrompit et se tourna vers la porte. C'est alors que Zoé l'entendit aussi: le craquement d'une latte de parquet dehors, sur le palier.

«Couchez-vous!» hurla Ry.

Il la plaqua au sol juste au moment où la porte explosait.

25

Une arme semi-automatique cracha une salve de balles, traçant un pointillé sur le mur, bien au-dessus de la tête de Zoé qui roula sur elle-même jusque dans le petit cabinet de toilette.

Elle se redressa et, assise sur ses talons, se retourna juste à temps pour attraper l'énorme pistolet noir que Ry fit glisser vers elle sur le parquet d'un geste du bras. Le studio était trop petit, et il n'avait pas eu le temps de se mettre à couvert. Il était resté étalé par terre, les bras au-dessus de la tête, et Zoé attendait, horrifiée, que les balles des tireurs le déchiquètent.

Mais la fusillade s'interrompit aussi brusquement qu'elle avait commencé, laissant place à un silence inquiétant, seulement troublé par une pluie d'éclats de verre tombant d'un cadre pulvérisé au mur, et par les battements de son propre cœur.

Les mains un peu tremblantes, Zoé vérifia le chargeur du pistolet de Ry, un Walther P99. Elle se cala le dos au mur entre le siège des toilettes et la porte, les deux poings crispés sur le Walther devant elle, et attendit.

De l'endroit où elle se trouvait, elle ne voyait que Ry allongé par terre dans une immobilité glacée ; la porte à moitié fermée de la salle de bains l'empêchait d'apercevoir les tireurs restés sur le seuil de la pièce.

Il lui sembla quand même qu'ils étaient deux, des hommes avec des sweats à capuche, un bleu et un noir qui lui rappelaient vaguement quelque chose. Les buveurs de coca qui bavardaient au bistrot, peut-être ? Et ils avaient tiré vers le haut, ce qui signifiait qu'ils n'avaient pas l'intention de les tuer. Pas encore.

La latte de parquet grinça à nouveau, dans le couloir.

« Tiens, tiens, tiens…, fit Yasmine Poole, avec sa douce voix moqueuse. Mais c'est l'agent Ryland O'Malley. Vous avez vraiment la peau dure. J'étais convaincue, là-bas, à Galveston, de contempler votre tombe aquatique, et vous revoilà : c'est l'éternel retour, comme au cinéma.

« Et mademoiselle Dmitroff. Je sais que vous êtes là, dans la salle de bains. Donnez-moi le film et je vous laisse repartir vivante. »

Ry croisa le regard de Zoé et il esquissa de la tête un mouvement d'un quart de centimètre, mais elle n'avait pas besoin de sa mise en garde. Elle savait que sa vie ne tenait qu'à ce film.

« Vous entendez les sirènes, Zoé ? Votre nom a été mis sur la liste des terroristes du FBI et d'Interpol. Autrement dit, vous n'avez plus personne vers qui vous tourner, maintenant, plus un endroit au monde où vous terrer. Alors que si vous me donnez le film, je peux faire annuler tout ça. Passer l'éponge et tout ce qui s'ensuit. »

Les sirènes hurlaient de plus en plus fort à présent, se rapprochant. Zoé pensa que c'était probablement à l'arrivée imminente de la police française que Ry O'Malley devait d'être encore en vie. Il était toujours allongé par terre, immobile, complètement à la merci d'une balle tirée par Yasmine Poole, ou par ses deux sbires encapuchonnés.

Réfléchis.

Elle repéra, sous le lavabo, un seau plein de produits d'entretien. Il s'y trouvait une bombe de nettoyant pour toilettes contenant de l'eau de Javel. Elle se pencha pour l'attraper tout en parlant pour couvrir le bruit.

«Là, Yasmine, j'ai l'impression qu'on est tous dans le pétrin. Je pourrais attendre l'arrivée des flics, me rendre et leur confier le film, ce qui vous obligerait à fournir pas mal d'explications, et d'abord à justifier que la CIA se permette de mener des opérations clandestines sur le sol français.

— C'est ce qui s'appelle jouer à qui perd gagne, commenta Yasmine Poole. Je suis prête à courir ce risque.

— Ah ouais?»

La bombe de nettoyant était pleine. Zoé vérifia soigneusement que rien n'obstruait l'embout vaporisateur.

«Mais imaginez leur réaction quand ils jetteront un coup d'œil au film. *Quelle horreur! Quelle surprise!* Les images du deuxième homme, sur la butte herbeuse, passeront en boucle sur toutes les chaînes d'infos. Franchement, Yasmine, vous croyez que les types pour qui vous travaillez qualifieront ça d'opération gagnante?» Zoé posa le nettoyant par terre, entre ses pieds, et prit le film dans sa sacoche. Elle eut du mal à ouvrir la boîte d'une seule main, mais elle n'osait pas lâcher le pistolet. «Au fait, pour qui travaillez-vous, au juste? La CIA, ou les individus qui ont tué Kennedy? À moins qu'on ne parle de la même chose?»

Enfin, *enfin*, la boîte s'ouvrit. Zoé laissa rapidement tomber la bobine de film dans sa sacoche et referma la boîte maintenant vide. Elle changea à nouveau de position et tendit le cou pour regarder par la fente entre le montant de la porte et la porte entrouverte. Elle pouvait voir maintenant Yasmine Poole entre les deux types encapuchonnés, leurs semi-automatiques braqués sur Ry. Yasmine n'était pas armée, mais Zoé se souvenait qu'elle avait un pistolet dans son sac à main.

«Agent Blackthorn, dit Yasmine Poole. Tirez une balle dans le genou de l'agent O'Malley.

— Non, attendez!» s'écria Zoé, et elle n'eut pas besoin de feindre la panique.

Il y avait vraiment urgence, tant du côté de Yasmine que de la police française. Les sirènes hurlaient si fort maintenant qu'elles devaient être au coin de la rue.

«Ne lui faites pas de mal! Je vais vous le donner, ce satané film.»

Elle surprit à nouveau le regard de Ry, et il lui sembla qu'il lui avait peut-être fait un clin d'œil. Le type au sweat bleu était maintenant penché sur lui, son arme pointée à quelques centimètres de son genou.

«C'est juste que... je ne suis pas tranquille, Yasmine. Vous promettez vraiment de nous laisser partir?

— Bien sûr, Zoé. Après tout, vous pourrez toujours raconter ce que vous voudrez à propos d'un inconnu planté sur une butte herbeuse, sans le film proprement dit, tout le monde se dira que vous n'êtes qu'une de ces dingues qui se confectionnent des petits chapeaux en papier alu. Alors envoyez le film par la porte, maintenant, s'il vous plaît, et nous ne ferons pas de mal à votre copain.»

Dehors, il y eut un crissement de pneus et les hurlements de sirène s'interrompirent net.

«Le film, Zoé, tout de suite!»

Zoé lança la boîte de film comme un palet de hockey par la porte entrouverte, vers le coin opposé de la pièce, droit sous le fauteuil capitonné recouvert de tissu à fleurs pourpres.

Soit elle était plus maline que ça, soit elle n'avait pas envie de risquer d'abîmer son joli tailleur rouge, en tout cas Yasmine Poole ne se jeta pas sur la boîte comme Zoé l'espérait. C'est le type en sweat noir qui le fit, mais cela procura une diversion suffisante.

Ry effectua un ciseau, faisant lâcher son arme au type en sweat bleu et se releva comme un cobra alors que Zoé ouvrait la porte du cabinet de toilette à la volée, en faisant feu d'une main et en envoyant de l'autre la bombe de produit nettoyant à Ry. Il la rattrapa au vol et balança un jet de produit dans la figure du type à la capuche bleue. L'homme poussa un cri affreux et se plaqua les mains sur les yeux.

Zoé tira une salve sur le fauteuil à fleurs sous lequel le type en noir essayait encore frénétiquement de repêcher la boîte de film vide. Une giclée de sang éclaboussa le mur derrière lui et il s'affala en hurlant, les mains crispées sur sa cuisse.

Zoé braqua le canon de son pistolet sur Yasmine.

Elle était debout au milieu du carnage, les bras écartés, le regard halluciné, plein d'une espèce d'excitation malsaine, comme si elle défiait Zoé de lui tirer dessus de sang-froid.

Zoé sourit.

312

«Vous avez perdu.»

Ry lui donna une tape de côté sur le bras au moment où elle appuyait sur la détente. La balle heurta le montant du lit avec un *ping*, ricocha et se perdit dans le plafond. Yasmine Poole ne tiqua même pas.

Ry poussa Zoé vers la porte.

«Les flics, dit-il. Fichons le camp d'ici!»

Zoé entendit des hommes qui criaient, et un bruit de semelles qui claquaient sur les pavés de la cour, en bas. Elle s'apprêtait à dévaler l'escalier, mais Ry la prit par le bras et la poussa vers une volée de marches plus étroites qui montaient vers le toit.

«Toujours avoir un plan B», dit-il.

L'escalier menait vers une trappe qui donnait sur un grenier avec d'énormes poutres à nu et des portes à claire-voie derrière lesquelles se devinait tout un bric-à-brac. Il y planait une forte odeur de poussière et de naphtaline. Zoé ne vit pas de fenêtre, ce qui ne leur aurait pas servi à grand-chose, de toute façon, étant donné la hauteur à laquelle ils se trouvaient. Ry l'entraîna sous les combles, vers le mur du fond, en bas duquel était ménagée une porte minuscule munie d'une petite poignée blanche.

Il la regarda avec un sourire.

«Une descente de linge sale.

— Génial, fit Zoé. L'ennui, c'est que...»

Mais Ry lui tournait déjà le dos et ouvrait la petite porte.

C'était bien une descente de linge sale. Un toboggan sombre et étroit.

Ry récupéra son Walther et lui prit sa sacoche des mains – ses mains soudain inertes. Il fourra le pistolet dans une poche intérieure de son blouson et remonta la fermeture Éclair.

«Vous passez en premier, dit-il.

— L'ennui, c'est que je suis un peu claustrophobe.»

Elle entendit claquer une porte juste en dessous d'eux, et quelqu'un crier :

«*Arrêtez ! Arrêtez-vous !*

— N'y pensez pas, répondit Ry. Faites-le, c'est tout.»

Zoé serra les dents. Elle se glissa les pieds en avant dans le conduit, ferma les yeux et se cramponna à l'encadrement de la porte si fort que ses jointures blanchirent. *Ça ne doit pas être si difficile que ça. Tu lâches tout et tu te laisses glisser.* Mais si la gaine rétrécissait en cours de descente ? Elle était déjà à peine plus large qu'un cercueil au départ. Un cercueil... Oh, seigneur... Et si elle restait coincée ? Incapable de descendre ou de remonter, coincée entre les parois lui serrant la poitrine, serrant de plus en plus, dans l'air aussi noir que la mort, qui allait en se raréfiant, jusqu'à ce qu'elle ne puisse plus respirer, que...

«Pas question, dit-elle. Désolée, cow-boy, mais je ne...»

Il lui flanqua une bonne claque dans le dos.

Ce fut une longue, très longue descente.

26

Elle se retrouva les quatre fers en l'air sur un sol de ciment, le sang martelant ses oreilles.

Elle entendit Ry dégringoler derrière elle – avec un bruit semblable à celui d'une poubelle en ferraille sur laquelle on aurait frappé de toutes ses forces. Elle roula sur le côté juste à temps avant qu'il ne débouche de la descente. Il atterrit en souplesse et se remit aussitôt sur ses pieds.

«Ça va?» Il l'aida à se relever, lui rendit sa sacoche et lui caressa la joue avec le dos de la main. «Vous avez été formidable.»

Zoé était vibrante d'énergie, bouillonnante d'adrénaline.

«Je l'ai fait, Ry! J'avais tellement peur de descendre par ce truc, j'ai bien cru que j'allais m'évanouir, mais je l'ai fait, et c'était exactement comme dans *L'Agence tous risques*, la façon dont on les a eus, et j'ai bien failli avoir la peau de cette salope de Yasmine Poole, aussi, et...!

— Zoé, il faut qu'on...

— Et j'ai toujours le film, Ry, la boîte était vide. Je me suis dit que j'allais faire d'une pierre deux coups, que j'allais les arnaquer et créer une diversion en même temps...

—Oui, c'est bien ce que je pensais. Bon, et maintenant…

—Mais je le leur aurais donné, s'il avait vraiment fallu, pour vous sauver la vie. Mais, Ry, je ne comprends pas pourquoi vous m'avez empêchée de lui tirer dessus. Je n'allais pas la tuer, juste la faire saigner un bon coup, alors vous auriez dû me laisser faire.

—On l'aura, on aura sa peau, ne vous en faites pas. Mais pour le moment…

—Parce que vous savez qu'elle va nous filer le train, et même si je ne devais plus jamais revoir cette bonne femme de ma vie ni dans aucune de mes futures réincarnations, il n'empêche que…»

Il lui colla la main sur la bouche. Il avait la paume chaude et sèche. Elle avait encore le cœur qui battait furieusement, et elle faisait des petits bonds sur place comme un boxeur. Elle se rendit compte tout à coup qu'elle entendait de grosses chaussures dévaler l'escalier, des cris, des coups de sifflet, des crépitements de radio. Des lumières bleu et rouge clignotaient derrière un vasistas crasseux, en haut du mur de la cave.

Elle respira très fort par le nez et concentra lentement son regard sur le visage de Ry. Il enleva sa main.

Elle inspira un bon coup, déglutit.

«On n'est pas tirés d'affaire, hein?

—Nan. Respirez encore un bon coup. Parfait. Vous commencez à vous calmer.»

Zoé inspira profondément, regarda autour d'elle. Ils étaient dans une espèce de buanderie, tout juste assez grande pour un évier profond et une vieille machine à laver qui en avait vu de toutes les couleurs.

Elle vit que Ry s'était approché de la porte qui donnait sur la rue : elle se trouvait en haut d'un escalier de métal gris qui montait sur l'équivalent d'un demi-étage, et était fermée de l'intérieur par un simple verrou. Ry tourna le verrou, entrouvrit la porte de quelques centimètres, jeta un coup d'œil au-dehors et referma doucement la porte.

« Derrière, il y a six marches qui mènent à une impasse, dit-il en revenant vers elle. Des ouvriers travaillent sur une conduite de gaz ou je ne sais quoi dans la rue, devant l'immeuble, ce qui a empêché les voitures de police de se garer plus près. Mais on ne peut pas sortir comme des fleurs, à cause de deux flics qui montent la garde pas loin de la porte, armés de pistolets mitrailleurs MAT-49.

— Génial. Alors comment on va sortir de là ?

— On va créer une diversion pour attirer les flics loin de la ruelle. Un truc qui ferait beaucoup de bruit, de flammes et de fumée serait pas mal. »

Zoé parcourut la petite buanderie du regard, mais, en dehors de la vieille machine à laver et de l'évier, elle ne vit que des toiles d'araignée, suffisamment pour tisser une petite tapisserie.

« Eh bien, à moins qu'ils n'aient peur des araignées, je ne vois rien ici qui soit susceptible de créer une diversion. »

Ry était penché sous l'évier et fourrageait parmi les détergents et les produits qui y étaient entassés.

« Zoé, la chance est avec nous. Ils ont de l'eau de Javel et du Destop. On va pouvoir fabriquer une bombe.

— On peut faire une bombe avec du débouche-évier ?

317

— Il y a de la soude caustique, dedans. Mélangée avec de l'eau de Javel et de l'ammoniaque, ça produit de l'hydrogène. Rien de méchant ou de mortel, juste de la fumée, mais ça devrait attirer leur attention.»

Il posa l'eau de Javel, l'ammoniaque et le Destop sur la machine à laver.

«Regardez dans la poubelle, là, s'il n'y a pas un récipient d'un litre, en verre ou en plastique. Une bouteille de coca, par exemple, mais n'importe quoi fera l'affaire pourvu qu'il y ait un bouchon...»

Tout en écoutant de nouvelles sirènes tourner au coin de la rue, Zoé fouilla dans les boîtes de lessive vides, les récipients de plats à emporter, une bombe d'amidon...

«Une bouteille d'Évian, ça irait?

— Parfait.»

Une porte claqua au-dessus de leur tête, si fort que tout l'immeuble trembla. Les pas pesants de lourdes bottes pilonnèrent l'escalier intérieur, deux ou trois étages seulement au-dessus d'eux.

«Ry, ils arrivent!

— Ça va aller. Ils vont commencer par fouiller le rez-de-chaussée.»

Il replongea sous l'évier, et en ressortit une clé à mollette rouillée qu'il lui tendit.

«Bon, fit-il. Voilà comment on va s'y prendre. Quand j'aurai ajouté le Destop dans la bouteille, je vais la boucher, et on aura une quinzaine de secondes avant qu'elle n'explose. Vous allez lancer cette clé à mollette à travers la vitre et appeler à l'aide en français: «*Au secours! Aidez-moi!*» Attendez que je lance la bombe avant de sortir par la porte, et laissez-moi passer en premier au cas où ils se mettraient à tirer. D'accord?»

Zoé hocha la tête, même si ses jambes commençaient à flageoler.

Elle regarda Ry verser l'eau de Javel et l'ammoniaque dans la bouteille d'Évian – il en renversa un peu à côté parce qu'ils n'avaient pas d'entonnoir –, puis il ajouta le Destop et reboucha la bouteille en vitesse.

«Brisez la vitre, tout de suite!» dit-il à Zoé.

Au même instant, quelqu'un dans la rue brailla: «Arrêtez!»

Une femme poussa un hurlement.

Zoé prit son élan et balança la clé à molette dans la fenêtre, toute tremblante de peur de rater son coup.

La clé à mollette cassa la vitre. Zoé se mit à crier: «*Au secours! À l'aide!*» de toute la force de ses poumons, et courut vers la porte. Du coin de l'œil, elle vit Ry lancer la bombe au Destop par la vitre brisée, puis il gravit l'escalier quatre à quatre, ouvrit le verrou et fonça par la porte, Zoé sur ses talons.

Ils montaient les marches extérieures et débouchaient dans la ruelle quand une terrible explosion ébranla l'air.

Zoé sentit les murs de pierre de l'immeuble trembler sur leurs fondations. Les vitres volèrent en éclats, et ce fut une cacophonie de cris et de hurlements.

Dans la rue, c'était le chaos. Une conduite d'eau s'était rompue; un geyser avait fait sauter une plaque d'égout et jaillissait vers le ciel. Des briques et des fragments de pierre jonchaient les trottoirs et, à l'endroit où les hommes s'affairaient sur la conduite de gaz, un cratère béait maintenant au milieu de la chaussée.

Ils partirent d'abord par la droite puis, voyant un bataillon de CRS descendre d'un fourgon garé au coin de la rue, prirent à gauche. Ils croisèrent un flic qui aboyait dans sa radio, mais tout le monde courait alors dans tous les sens, si bien qu'ils ne se firent pas spécialement remarquer.

Ils évitèrent un taxi qui était monté sur le trottoir et avait défoncé la vitrine d'un caviste. Les bouteilles de vin cassées déversaient leur contenu sur le trottoir et on aurait dit que des ruisseaux de sang coulaient dans le caniveau. Zoé vit un vieil homme coiffé d'un béret coincer sous son bras la baguette qu'il venait d'acheter et chercher du regard le moyen de sauver quelque chose du désastre.

Ry attrapa Zoé par le bras et l'attira vers un réverbère – non, vers la mobylette rouge arrêtée à côté. Un cube rouge, à l'arrière, arborait l'inscription *Pizzeria Luigi*. Le livreur n'était pas en vue, mais il avait laissé tourner le moteur.

Ry envoya valser le cube d'un bon coup de pied, bondit en selle, releva la béquille et démarra si vite que Zoé eut à peine le temps de sauter derrière lui. Comme ils tournaient au coin de la rue et passaient sous la gerbe qui jaillissait des canalisations parisiennes, Zoé jeta un coup d'œil derrière elle et entrevit une tache rouge, flamboyante : le tailleur haute couture de Yasmine Poole.

«Vous aviez dit rien de méchant ou de mortel!» hurla Zoé à l'oreille de Ry.

320

Il partit d'un grand éclat de rire. Ce mec était fou.

«La bombe au Destop a dû rouler dans le chantier de la conduite de gaz, et s'il y avait un chalumeau allumé au fond, l'hydrogène s'est enflammé, et boum!»

Ils traversèrent la Seine à toute vitesse et longèrent la Rive gauche, slalomant entre les véhicules indifférents aux notions de files, de clignotants et, de façon générale, aux règles du code de la route.

Elle aurait voulu lui demander où ils allaient, mais c'était impossible dans tout ce vacarme. Alors, les bras passés autour de la taille de Ry, elle regarda défiler le décor parisien en essayant d'oublier qu'elle n'avait pas de casque.

Le crépuscule tombait, les lampadaires s'allumaient, les bouquinistes, le long des quais, refermaient leurs boîtes. Le froid humide de février traversait son blouson de cuir, la glaçant jusqu'à la moelle des os. De l'autre côté du fleuve, elle vit un monument qu'elle reconnut: le Louvre. Elle regarda défiler les façades derrière les arbres dénudés. Un bateau-mouche passa, projetant une tache de lumière sur les murs en pierre de taille et les toits gris. Alors qu'ils étaient arrêtés à un feu rouge, coincés entre un bus qui crachait un nuage noir parfumé au diesel et un camion de bouteilles, Zoé se retourna pour jeter encore un coup d'œil au célèbre musée, et vit l'éclat rouge d'une silhouette assise au volant d'une BMW argent, quelques dizaines de mètres derrière eux.

Non, impossible.

Tout à coup, pour éviter les voitures pare-choc contre pare-choc, la BM monta sur le trottoir, rasant la façade des immeubles, éparpillant les piétons comme des quilles au bowling. Zoé eut une vision d'étincelles arrachées par le rétroviseur à la pierre des murs alors qu'elle fondait sur eux.

Elle donna un coup de coude dans les côtes de Ry et lui hurla «Foncez!» à l'oreille, mais il avait déjà tourné la tête, intrigué par ce qui provoquait ce mouvement de foule. La BM s'arrêta dans un crissement de freins, momentanément coincée par un camion de déménagement garé sur un bateau, mais elle était assez proche maintenant pour que Zoé voie nettement la personne qui était au volant. C'était bien Yasmine Poole, et elle avait l'air totalement hors d'elle. Elle avait aussi l'air trempée comme un rat d'égout, et Zoé aurait souri si elle n'avait pas été aussi effrayée.

La vitre arrière de la BM se baissa et une main en émergea, tenant un semi-automatique. La longue arme grise oscilla lentement jusqu'à ce que Zoé regarde droit dans le canon, gros et noir comme la bouche de l'enfer.

«Allez! hurla-t-elle.

— Aller où ça? cria Ry. Avec ce putain de feu rouge...

— Un flingue! Pointé droit sur...»

Une balle rasa l'oreille de Zoé et tinta sur la carrosserie du bus qui se trouvait devant eux. La suivante se perdit dans la nature, provoquant une envolée de pigeons, pourtant habitués aux pétarades.

Et puis le feu passa au vert et Ry démarra en trombe. La mobylette, petite et légère, bondit avec une telle puissance qu'elle décolla du macadam, et Zoé bascula en arrière. L'espace de quelques secondes de terreur, elle se retrouva à l'horizontale, parallèlement à la chaussée, et seule la main qu'elle avait crispée sur la ceinture de Ry l'empêcha de tomber. Quand même, sa tête faillit heurter l'un des énormes pneus avant du bus, s'en approchant de si près qu'une mèche de ses cheveux se coinça dans le pare-chocs et fut arrachée avec ses racines.

Une autre balle creusa un sillon dans l'asphalte juste devant ses yeux terrifiés.

Elle réussit de justesse à se redresser avant que Ry fasse froidement une queue de poisson à un bus et à un taxi, puis donne un tel coup de guidon à droite que leur pneu arrière dérapa : Zoé faillit à nouveau faire un vol plané. Ils montèrent sur le trottoir, évitèrent de justesse un éventaire de bouquiniste plein d'albums de timbres et de cartes postales, se lancèrent sur un pont en arcade et foncèrent vers l'autre rive du fleuve.

Zoé jeta un coup d'œil par-dessus son épaule juste à temps pour voir la BM gris métal faire demi-tour, coupant la route à quatre files de voitures. Il y eut des hurlements de pneus, des coups de klaxon courroucés, et un bruit retentissant de métal s'écrasant sur du métal, mais la BM en sortit miraculeusement intacte et se lança à nouveau à leur poursuite.

Où étaient ces satanés flics ? se demanda Zoé, et l'instant d'après elle entendit mugir une sirène.

Au bout du pont, le feu était au vert, et pendant une seconde Zoé pensa que Ry allait prendre une grande artère à trois voies, mais il remonta sur le trottoir, fila à travers une rangée de bornes en béton et entra dans un parc.

L'allée de gravier était pleine de gens qui faisaient leur promenade du soir, mais Ry fonça dans le tas en ralentissant à peine, abandonnant derrière lui un sillage de protestations et de gestes furieux mais, grâce au ciel, pas de cadavres.

Zoé entendait maintenant beaucoup de sirènes, elle voyait des éclairs de lumière bleue mais, compte tenu du nombre d'infractions au code de la route qu'ils avaient commises, elle n'était plus très sûre de vouloir voir les flics.

Ils filèrent entre des rangées de platanes, des haies de troènes et des massifs géométriques. Ils contournèrent un bassin rond entouré d'un muret et sur lequel flottaient des icebergs miniatures entre lesquels un gamin essayait de faire voguer un petit bateau, puis ils jaillirent du parc et se retrouvèrent sur la plus grande place que Zoé ait vue de sa vie : un endroit immense, avec un énorme obélisque égyptien au centre.

Six rues partaient de la place et elles étaient toutes encombrées par la circulation de l'heure de pointe. Les voitures, les autobus, les bicyclettes, les motos et les camions virevoltaient, désinvoltes et désordonnés, à une vitesse vertigineuse. Ry slaloma entre tous ces véhicules comme un skieur qui aurait dévalé une montagne, ignorant les feux de signalisation, les flics, se livrant à des excentricités pour lesquelles il aurait été tout simplement abattu sur une autoroute de Los Angeles.

Zoé fouilla du regard le kaléidoscope de phares tourbillonnants à la recherche de la BM métallisée et d'un éclair de cheveux roux. *On les a semés,* se dit-elle, en regrettant de ne pas arriver à y croire elle-même.

Ils avaient peut-être fait le quart du tour de la gigantesque place lorsque Ry quitta le sens giratoire pour s'engager sur l'une des plus larges artères qui en partaient. Ils avançaient encore relativement vite, mais il avait cessé de violer tous les articles du code de la route. C'était un miracle que tous les flics de la circulation de Paris ne se soient pas encore jetés sur eux.

La rue sur laquelle ils se trouvaient palpitait d'enseignes de boutiques, de cafés et de restaurants. Ry s'arrêta à un feu rouge. Devant eux se dressait une place avec une église qui ressemblait à un temple grec. Elle disparaissait à moitié sous les échafaudages, mais la porte était grande ouverte et malgré le froid, un homme en complet veston mangeait un McDo en lisant le journal, assis sur les marches de marbre qui descendaient vers la rue.

Tout à coup une cacophonie de klaxons éclata derrière eux. Zoé se retourna et vit la BM argent surgir de derrière un car de touristes japonais. Le type en sweat à capuche bleu armé de son semi-automatique était penché par la vitre arrière, bien décidé à ne pas manquer son coup, cette fois.

«Les revoilà!» s'écria Zoé.

27

Ry grilla le feu rouge et se faufila entre un camion chargé de briques et une Mini Cooper jaune. Des coups de frein et de klaxon saluèrent ce démarrage précipité, mais les yeux horrifiés de Zoé étaient braqués sur une camionnette de traiteur garée en double file, bloquant la rue juste devant eux.

Deux hommes qui transportaient une pièce montée à sept étages s'avançaient vers l'arrière béant de la camionnette. Ils ouvrirent de grands yeux à la vue de la mobylette de livraison de pizza qui se ruait sur eux. Ils s'arrêtèrent net, et la pièce montée tangua dangereusement. Ils firent deux pas en arrière ; la pièce montée prit sérieusement de la gîte.

Ry s'apprêtait à les contourner en empiétant sur la voie de circulation opposée, mais elle était occupée par un car de touristes qui vomissait une fumée malodorante. Il se ravisa donc et décida de doubler la camionnette par la droite, optant pour l'espace ridiculement étroit séparant la camionnette et la rangée de voitures garées le long du trottoir. Un espace maintenant occupé par les deux pâtissiers avec leur pièce montée.

Une salve de coups de feu crépita derrière eux, tout près, très fort, comme une série de pétards, et la vitre arrière d'une Fiat explosa dans une pluie de verre.

Les livreurs lâchèrent le gâteau, prirent leurs jambes à leur cou, et Ry fonça tête baissée, soulevant une gerbe de boulettes collantes de glaçage blanc et argenté qui leur éclaboussa le visage. Ils dépassèrent la camionnette, arrachant le rétroviseur, et débouchèrent sur la place.

Un marché aux fleurs en plein air, éclairé par des cordons de lumières blanches clignotantes, longeait la colonnade de l'église. Ils plongèrent sous un dais de toile orange et Zoé se retourna pour jeter un coup d'œil derrière elle. Une nuée de voitures de police, tous gyrophares bleus clignotants, mais pas de grosse BMW métallisée, pas de types en sweat à capuche, et armés.

Ils firent le tour de l'église et faillirent rentrer de plein fouet dans la BM.

Ry donna un coup de guidon et ils partirent en dérapage, firent un tête-à-queue, percutant violemment une voiture de quatre saisons pleine de bouquets emballés dans de la cellophane et embarquèrent un arrosoir dont le bec verseur se prit dans les rayons de la mobylette. Ils l'entraînèrent derrière eux, jetant des étincelles et les ralentissant. Puis l'arrosoir finit par lâcher prise, et la mobylette enfin libérée bondit en avant et fonça dans un grand bruit de moteur droit vers une vitrine remplie de luxueuses boîtes de chocolats et de bonbons.

Ry redressa à la dernière seconde, et la mobylette se lança sur le trottoir, atterrissant sous une porte cochère de style Arts déco, donnant dans une galerie commerciale. Des globes lumineux, des tables de cafés, des visages surpris défilèrent dans un brouillard, puis ils ressortirent par une autre arcade dans une rue plus étroite, en sens unique, et s'engagèrent dans la circulation.

Aucun signe de la BMW gris métal. Zoé reprit son souffle. Mais c'est alors, chose incroyable, qu'elle la vit – la BM surgissait d'une rue transversale, juste devant eux.

Elle fit faire une embardée à un taxi qui s'enroula autour d'un réverbère, et en quelques secondes la rue fut un chaos de pare-chocs encastrés les uns dans les autres, de klaxons stridents et de passants qui hurlaient. Ry accéléra et visa l'espace étroit entre le pare-choc avant de la BM et une colonne Morris verte couverte d'affiches.

Mais l'espace se réduisait vite, trop vite, plus qu'un mètre cinquante de large – ils n'arriveraient jamais à passer. Les phares de la BM balayèrent la colonne Morris. L'espace se réduisit encore. Il ne faisait plus qu'un mètre vingt-cinq. Zoé se cramponna à la taille de Ry et sentit à travers ses vêtements qu'il était crispé et en sueur.

Un mètre.

Soixante-quinze centimètres.

Ils se glissèrent *in extremis* dans ce qui restait de passage, rasant à toute allure à la fois le véhicule et le mur. La BM rentra dans la colonne Morris. Il y eut un affreux bruit de métal broyé, de verre fracassé. Quelqu'un poussa un cri, une alarme de voiture se mit à mugir.

Ils prirent le virage au coin de la rue en dérapage, renversant un étalage de journaux, et déboulèrent en trombe dans le flot de circulation qui arrivait en sens inverse, à une telle allure que la mobylette dut slalomer entre les voitures.

Une enfilade de rues plus tard, ils se retrouvèrent sur une vaste place où s'entrecroisaient des taxis et des autobus, devant une grande gare tout droit sortie d'une époque où l'on s'éclairait au gaz. Ry coupa à travers le magma de véhicules, ignorant les feux de circulation et les passages pour piétons, gravit une volée de marches – toujours avec la mobylette –, traversant la gare sur toute sa longueur jusqu'à ce qu'ils aient repéré les quais couverts de verrières. Ils débouchèrent enfin dans un immense espace à ciel ouvert sillonné par des dizaines de voies ferrées et par une jungle de câbles électriques, d'aiguillages et de panneaux de signalisation.

Ry tourna la tête et Zoé vit sa bouche ouverte. Elle ne l'entendit pas, dans le vacarme, mais elle eut l'impression qu'il criait : « Cramponnez-vous ! »

Elle se cramponna. Si elle avait su ce qu'il s'apprêtait à faire, elle aurait peut-être préféré sauter en marche et tenter sa chance avec les méchants et les flics français, dont elle entendait à nouveau les sirènes derrière eux.

Arrivée au bout du quai, la mobylette vola vers le haut, loin, loin, loin dans l'air, si loin que Zoé ne put retenir un hurlement. Ils survolèrent ainsi un fouillis de câbles enchevêtrés qui avaient l'air assez brûlants pour rôtir un éléphant.

Ils heurtèrent le sol si rudement qu'elle eut l'impression que ses dents lui ressortaient par le haut du crâne, et quelque chose tomba de l'arrière de la mobylette avec un bruit retentissant. Mais par miracle les pneus n'explosèrent pas.

Ry fit cracher au moteur tout ce qu'il avait dans le ventre, et ils traversèrent en plongeant, rebondissant et replongeant le maillage de rails et d'aiguillages, les pneus crissant, projetant des gerbes de gravier quand Zoé vit une lumière blanche, éclatante, surgir de la nuit d'un des tunnels.

Cette fois, son cri fut avalé par la note aigue d'un sifflet de locomotive les avertissant du danger. Un train se ruait sur eux dans un rugissement assourdissant qui déchirait les airs. Le monde entier semblait ébranlé.

Ils bondirent par-dessus les derniers rails, juste au moment où le train passait à côté d'eux, accompagné par une bourrasque de vent qui faillit les renverser et un hurlement de sirène à leur crever les tympans.

Ry décrivit ensuite un chemin tortueux dans un labyrinthe de rues à sens unique. Zoé n'avait pas idée de l'endroit où il allait, et s'en fichait comme d'une guigne. Ils montaient maintenant par des rues pavées au charme bohème, mais c'est à peine si elle s'en rendait compte. Elle se retournait sans cesse, à la recherche de la BM gris métallisé.

Avant même de la voir, elle reconnut le ronflement de son puissant moteur : elle déboucha en rugissant derrière eux, au coin d'une rue, et cette fois le type au sweat à capuche n'essaya même pas d'éviter les passants innocents pour atteindre sa cible. Les balles ricochèrent sur les pavés, pulvérisèrent les pare-brise des voitures garées le long du trottoir, se perdirent dans un troupeau de poubelles.

«Comment fait-elle?» cria Zoé.

Ça paraissait impossible, après la galerie commerciale, les rues à sens unique, la gare et les voies ferrées – comment Yasmine Poole avait-elle fait pour les retrouver?

Ry mit les gaz au maximum et ils bondirent en avant, mettant une certaine distance entre le pistolet semi-automatique et eux. Ils avaient quand même de la chance dans leur malheur, pensa Zoé. Il était plus difficile qu'il n'y paraissait d'atteindre une cible mouvante à partir d'un véhicule lancé à vive allure.

Ils enfilèrent à toute allure une rue qui tournicotait, en rasant les murs dans l'espoir de les utiliser comme bouclier. Mais la rue déboucha sur une petite place plantée d'arbres dépouillés où une poignée d'artistes remballaient pour la nuit. Ils filèrent devant des restaurants pittoresques et des galeries de peinture, et tout à coup Zoé vit se dresser devant elle le dôme et les tours d'une énorme basilique éclairée par des projecteurs, toute blanche sur le ciel noir.

La place, devant les grandes portes de bronze, était envahie par les touristes. La mobylette zigzagua entre les copies de sacs à main Gucci et Chanel étalés sur des couvertures à même le trottoir, semant la panique parmi les vendeurs à la sauvette. Le phare éclaira une balustrade de pierre derrière laquelle les toits et les lumières chatoyantes de la ville s'étendaient sur des kilomètres, très loin en contrebas.

Très très loin.

Une rafale de balles cribla la balustrade devant eux, soulevant une grêle d'éclats de pierre qui les éclaboussa.

L'espace d'un instant terrifiant, Zoé pensa que Ry allait voler par-dessus la balustrade, les précipitant vers une mort certaine. C'est sûr, ils allaient mourir, empalés sur le paratonnerre d'un de ces innombrables toits gris. Et puis elle vit la longue volée de marches en terrasse éclairée par une enfilade de réverbères avec leurs grappes de globes blancs.

Ils dévalèrent, déboulèrent, dégringolèrent les marches dans un fracas de pièces entrechoquées, cliquetantes, la mobylette semant encore quelques boulons sur son passage. Ils arrivèrent au bout d'un escalier, prirent un brusque virage à droite et dévalèrent une nouvelle volée de marches, encore plus longue. Ils étaient cachés par un mur, des arbres et l'infrastructure d'un funiculaire.

Ry hurla :

«Quand je dirai "allez!", vous sautez! Je ne ralentirai pas. Pigé?»

Zoé hocha la tête, incapable de répondre, paralysée de terreur.

Ils rebondirent derrière une rangée de peupliers, puis Ry hurla «allez!» et ils sautèrent. La moto continua son vol sans eux, plus vite, s'inclinant follement, hors de contrôle, maintenant qu'elle n'était plus pilotée.

Zoé fut projetée dans une sorte de buisson de houx, dont les feuilles épineuses lui labourèrent le visage. Elle atterrit rudement sur le côté gauche, un coude enfoncé dans la poitrine, le souffle coupé.

Tout à coup, Ry surgit de la nuit. Il lui tendit la main pour l'aider à se relever, et ils descendirent les marches en courant, suivant la trajectoire qu'avait empruntée le deux-roues du livreur de pizza. Zoé l'entendait encore brinquebaler et rugir, beaucoup plus loin en dessous d'eux, mais ils ne le rejoignirent pas, grâce au ciel, car, après cette éternité passée à rebondir sur cette monture aux amortisseurs pourris et au siège arrière métallique improvisé qui n'en était pas un au départ, Zoé ne sentait plus ses jambes.

Ry l'entraîna vers un banc de pierre et tendit la main vers sa sacoche.

«Donnez-moi votre sac.»

Zoé le serra sur sa poitrine.

«Pourquoi?

— Cet après-midi, au café, Yasmine Poole a dû glisser une balise GPS dedans sans que vous vous en aperceviez. Sans ça, je ne vois pas comment ils auraient pu nous suivre. C'est la seule explication.»

Zoé vidait déjà le contenu de son sac entre eux, sur le banc. D'abord, la pochette en peau de phoque contenant sa précieuse icône, puis le film, qui privé de sa boîte s'était emmêlé en un affreux magma. Et puis un tube de rouge à lèvres, un eye-liner, un poudrier, une brosse à cheveux, quelques stylos, un portefeuille, un passeport, des clés, un Nuts momifié, des lunettes de soleil, un tube d'écran total, une petite boîte de tampons périodiques, une poignée de vieux reçus de cartes de crédit, un téléphone portable, un agenda électronique, tous les deux probablement morts depuis le temps, un bon malheureusement périmé pour un capuccino gratuit au Starbucks, une bombe lacrymogène, un sifflet…

«C'est fou les trucs que les femmes…

— Stop, pas de commentaires.»

…un slip taille basse en dentelle rouge et le soutien-gorge assorti…

«Joli», commenta Ry.

Zoé fourra calmement les dessous dans la poche intérieure de son blouson de cuir.

«Vous emballez pas», dit-elle, et Ry eut un petit rire.

Arrivée au fond, elle renversa carrément son sac. Des miettes, peluches et autres moutons de poussière s'en déversèrent, mais rien qui ressemblait à une puce, un mouchard ou quelque dispositif de traçage que ce fût.

«Bon sang, peut-être qu'elle l'a collée sur moi...»

Elle se leva d'un bond, passa ses mains dans ses cheveux, sur son blouson, sur son jean, fouilla dans ses poches.

C'est alors que Ry la repéra, coincée entre les poils de sa brosse à cheveux. Il la lui montra : la chose avait la taille, la forme et l'allure inquiétante d'une petite tarentule, avec une minuscule lumière rouge qui clignotait comme un vilain œil rouge maléfique.

«Le dernier cri de la technologie, dit-il. Je n'en avais encore jamais vu, j'avais juste lu quelque chose là-dessus. Je n'avais pas vraiment gobé son histoire jusque-là, mais il se pourrait que Yasmine Poole soit vraiment de la CIA. Auquel cas on l'aurait sérieusement...

— Dans l'os, dit Zoé. Pour rester polie.»

Elle s'attendait à ce que Ry lance la balise dans les fourrés ou l'écrase sous son talon, mais il referma son gros poing dessus et se leva comme un ressort.

«Allons-y», dit-il.

Et il recommença à descendre les marches au galop.

Zoe pelleta tout son matériel dans sa besace et le suivit précipitamment.

En bas des marches, ils tombèrent sur un camion poubelle arrêté à un feu rouge. Ry lança la puce dans la montagne d'ordures.

Zoé regarda le camion disparaître au coin.

«On n'a pas mis la vie de l'éboueur en danger, j'espère?»

Ry secoua la tête.

«Quand ils rattraperont la benne à ordures, ils sauront qu'ils se sont faits avoir.»

Ils prirent un taxi qui repartait dans la direction opposée. Zoé s'appuya contre le skaï noir craquelé de la banquette et ferma les yeux. Un instant auparavant, il lui semblait qu'une douzaine d'expressos circulaient dans ses veines; et voilà que, tout à coup, elle avait l'impression qu'elle ne pourrait plus jamais bouger. Ry devrait l'extraire de la voiture avec un pied de biche quand ils arriveraient à destination.

Et où allaient-ils? Elle avait entendu Ry dire quelque chose en français au chauffeur de taxi, lui donnant sans doute une adresse, mais tout ça n'était que du charabia pour elle. Si elle avait su qu'un jour elle se retrouverait dans les rues de Paris avec des tueurs à ses trousses, elle aurait pris français première langue au lycée, et pas espagnol. Elle aurait...

Un coup de feu la réveilla en sursaut.

Elle se redressa d'un bloc et regarda autour d'elle, paniquée, à la recherche de la BM métallisée, mais, en dehors d'une vieille Citroën miteuse tournant au ralenti au feu rouge devant eux, la rue était déserte.

Elle sentit une main sur son genou, et Ry dit :

«Ce n'était qu'un moteur de voiture qui pétaradait.»

Elle essaya de rire, mais son rire sonna creux. Elle avait encore le cœur qui battait la chamade.

«Désolée. Je crois que ça me rend nerveuse quand des gens essaient de me tuer.»

Elle crut entrevoir une ébauche de sourire, mais il faisait noir à l'arrière de la voiture.

«Vous vous en sortez drôlement bien, Zoé. Mieux que ça ; vous m'avez bluffé, vous avez un sacré répondant.»

Elle savait qu'il jouait juste les bons chefs scouts qui encouragent les troupes, mais ça faisait quand même plaisir à entendre. Et le contact de sa main sur son genou n'était pas désagréable non plus. Elle se demandait encore ce qu'elle devait en penser quand il dit :

«On est presque arrivés.»

Zoé jeta un coup d'œil par la vitre. Les réverbères étaient rares et très espacés, mais elle distingua la boutique d'un tailleur avec un mannequin nu dans la vitrine, un garage délabré et un vieux bureau de tabac pittoresque avec, détail insolite, un Indien en bois à côté de la porte. Avec ses immeubles branlants et noircis par les ans, c'était un quartier plus pauvre que tous ceux qu'elle avait vus jusque-là.

«Alors, c'est quoi, cet endroit ?» demanda-t-elle alors qu'ils tournaient au coin d'une rue pour prendre une ruelle encore plus étroite.

Ry s'arrêta, se pencha vers elle, et cette fois, pas de doute, il souriait.

«Suivez-moi, dit-il dans une imitation pitoyable de Pépé le Putois. Dans la casbah.»

28

La Casbah, puisque casbah il y avait – c'était même écrit en lettres au néon violet au-dessus de la porte – était une boîte de nuit à thème.

Un thème d'une évidence aveuglante. La baraque était construite comme une mosquée, décorée avec du carrelage et des mosaïques de style mauresque. Elle n'avait pas de fenêtres, juste une porte de bois avec des barres de fer cloutées, encadrée par deux palmiers en néon vert.

La porte n'avait pas de poignée visible, juste un judas grillagé encastré au niveau des yeux. Ry appuya sur la sonnette. Un instant plus tard, le judas s'ouvrait et se refermait.

Et puis la porte elle-même s'ouvrit en grand. Zoé s'attendait à voir un type coiffé d'un fez, peut-être une danseuse du ventre en sarouel, mais c'est une femme d'un certain âge qui franchit le seuil et entra dans la lumière verte des palmiers en néon. On aurait dit une chanteuse tout droit sortie des années 1930, avec ses cheveux noirs coiffés à la garçonne, ses pommettes impressionnantes, sa jupe droite noire, son corsage de soie rouge et le long fume-cigarette en ivoire qu'elle pinçait délicatement entre ses doigts.

«*Rylushka?*» dit-elle en russe, d'une voix rauque, sans doute due à un excès de mauvaise vodka. «Je ne te vois pas pendant deux ans, et tout à coup tu viens frapper à ma porte? Tu dois être vraiment, vraiment dans la merde.»

«D'un autrre côté, t'est-il jamais arrrivé de ne pas êtrre dans la merrrde?» demanda-t-elle en anglais, cette fois, en roulant si fort les r que Zoé crut qu'elle allait s'étrangler. Elle leva la main qui tenait le fume-cigarette avant que Ry ait le temps de répondre. «Non, mieux vaut ne rrien dire, *lapushka*. Ne me dis rrrrien. Comme ça, je pourrrai toujours – comment dites-vous, en Amérrrrique? Invoquer le démenti plausible?»

— On s'est dit qu'on allait te faire un petit bonjour pour le dîner, répondit Ry. Mme Blotski fait le meilleur bortsch à l'ouest de l'Oural, ajouta-t-il en se tournant vers Zoé.

— Il ment», fit la femme.

Elle regarda Zoé en souriant, mais elle plissa ses yeux noirs pour la toiser de haut en bas, comme si elle jaugeait une rivale potentielle.

«Je ne sais pas faire cuire une pomme de terre à l'eau sans la carboniser. Enfin, les plats à emporter ne sont pas faits pour les chiens, hmm? Allez, entrez, entrez.» Elle s'effaça et agita la cigarette en direction de la porte ouverte. «Et pas de *madame* Blotski. C'est Anya.

— *Ochen priatna*. Ravie de faire votre connaissance. Je m'appelle Zoé...

— *Niet, niet*. N'en dites pas plus. Démenti plausible, je vous rappelle. Comme c'est gentil néanmoins que vous parliez russe. Et quelle délicatesse de votre part de me le laisser savoir avant que je me couvre de honte en laissant échapper une petite insulte par-ci, une petite indiscrétion par-là, en pensant que… comment dites-vous, déjà ? Que vous n'y comprenez que dalle. Alors, Rylushka, où as-tu trouvé cette fille ?

— Je l'ai pêchée dans la Seine.

— Hmm. Tu as toujours été un blagueur. Enfin, elle a quand même bien l'air d'un *krysa* noyé. Peu importe, il y a de quoi se laver, ici, et pour ça elle devrait m'être reconnaissante. Et pourquoi sommes-nous tous encore dehors, sur le pas de la porte ? Et si quelqu'un vous voyait et commençait à tirer ? »

Zoé coula nerveusement un coup d'œil d'un côté et de l'autre de la rue. Elle ne voulait pas attirer d'ennuis à cette femme.

« Merci, madame Blotski, mais nous devrions peut-être…

— Anya, coupa Ry, aime faire comme si elle vivait dans un roman de John le Carré. Si vous lui dites que nous avons le KGB à nos trousses, vous allez illuminer sa journée. »

Mme Blotski éclata de rire.

« Écoutez-moi ça ! Rylushka, c'est toi qui joues toujours aux gendarmes et aux voleurs. »

Zoé regarda Ry. Au départ, quand il l'avait estourbie avec son pistolet tranquillisant et qu'elle s'était réveillée vaseuse, avec un horrible mal de tête, elle l'avait pris pour un méchant. Elle ne le pensait plus, mais elle savait qu'il y avait encore bien des choses qu'il ne lui disait pas.

D'un autre côté, elle ne lui avait pas tout dit non plus. *Rappelle-toi, ne fais confiance à personne. Personne*, l'avait avertie sa grand-mère. Zoé était la Gardienne depuis quarante-huit heures à peine, et elle envisageait déjà d'enfreindre la règle numéro un.

Laissant Zoé les suivre, Anya Blotski prit en riant le bras de Ry et le fit entrer à l'intérieur. Elle se pencha sur lui et son sein lui effleura le bras. Un indice, pensa Zoé, aussi lumineux que les palmiers en néon de la porte d'entrée, qu'ils avaient eu une liaison, tous les deux, et à cette pensée elle réprima un sourire.

Zoé contempla le décor, les palmiers en pot, les motifs Arts déco et les dorures sur les murs bleu cobalt, et se dit que Humphrey Bogart se serait senti comme chez lui.

Ils se frayèrent un chemin entre des fauteuils de rotin et des petites tables rondes couvertes de nappes blanches, fraîches, chacune ornée d'une petite lampe avec un abat-jour rouge et un petit vase en onyx. Ensuite, ils traversèrent le parquet d'une piste de danse, devant une estrade légèrement surélevée, prête à accueillir un orchestre de jazz. Les instruments étaient déjà en place, les partitions sur les pupitres. Cependant, Zoé ne vit pas de musiciens ; à vrai dire, il n'y avait pas âme qui vive dans toute la Casbah. D'un autre côté, il était encore tôt ; les choses ne commençaient peut-être à s'animer qu'après minuit.

Anya Blotski les conduisit vers le fond de la salle et une porte battante qui donnait sur un petit couloir terminé par une autre porte qu'elle ouvrit avec une clé.

« C'est la loge de la chanteuse, et comme c'est moi la chanteuse, je dis que vous pouvez vous en servir. Mettez-vous à votre aise, je vous en prie. Ce coffre, là, est en réalité un réfrigérateur. Futé, non ? Et il y a de la vodka, dedans. Pendant ce temps-là, je vais faire livrer quelque chose à manger.»

Elle passa sur la main de Zoé ses doigts frais, secs.

«Pauvre chérie. Elle a l'air bleue de froid, et à moitié morte de faim.»

Sur ces mots, Anya les abandonna laissant planer derrière elle un nuage de parfum Opium.

Toute la loge empestait le parfum. Zoé reconnut un décor de faux harem turc avec son plancher couvert de kilims, son miroir de coiffeuse doré et son ottomane qui disparaissait sous les coussins à franges, ornés de perles. Un samovar gargouillait sur une table.

«Je devrais faire la danse des sept voiles», dit Zoé.

Ry s'approcha d'elle et replaça une mèche de cheveux vagabonde derrière son oreille.

«Ça va? Vous avez l'air vraiment épuisée.»

Elle sourit, mais fit un pas en arrière. Le contact de sa main l'avait fait vibrer jusqu'aux orteils, et elle ne voulait pas s'engager dans cette voie-là. Il aurait fallu qu'elle soit vraiment idiote pour emprunter ce chemin.

«En dehors du fait que j'ai une omelette à la place des entrailles, ça va. La prochaine fois que vous volerez un véhicule pour vous enfuir, ça vous ennuierait d'éviter les mobylettes de livreurs de pizzas?»

Le coin de ses yeux se plissa.

«Je pourrais trouver quelque chose de plus classe, comme une BM.

— Tant qu'elle n'est pas gris métal… Si je revois une BM gris métal, je replonge dans la Seine.

— La BM de votre mère n'est pas gris métal?

— Merci de comprendre ce que je veux dire.»

341

Il s'approcha en riant de la table sur laquelle était posé le samovar. Elle le regarda remplir de thé deux gros verres russes, ventrus, et placer deux morceaux de sucre sur le petit rebord prévu à cet effet. Comment un type appelé O'Malley pouvait-il parler russe mieux qu'elle? Et il avait si bien joué son rôle de vor qu'il avait réussi à abuser même sa mère, une pakhan de la mafia russe. Impossible qu'il ait appris ça en entrant à la DEA. Elle ignorait tout simplement trop de choses à son sujet – il aurait fallu qu'elle soit dingue pour lui faire confiance. D'accord, il lui avait sauvé la mise à plusieurs reprises, ce jour-là, mais quand même…

Elle s'approcha de l'ottomane et se laissa tomber dessus. La courroie de sa sacoche lui cisaillait l'épaule. Elle avait l'impression d'avoir du sable dans les yeux, et que tous les os de son corps avaient été broyés. En plus, elle avait l'estomac tellement vide que tout le monde devait pouvoir l'entendre gronder.

Elle se passa les doigts dans les cheveux et les en retira collants. Elle ne voyait vraiment pas pourquoi… et puis elle repensa à la pièce montée dans laquelle Ry avait foncé pendant leur course folle dans les rues de Paris.

Ry se retourna, les verres de thé à la main, et il dut saisir son expression parce qu'il demanda:

«Quoi? Hein, c'est quoi ce sourire idiot?»

Elle éclata de rire.

«Je repensais à la tête de ces deux types quand vous vous êtes précipité dans leur gâteau de mariage. C'était une sacrée course-poursuite que celle dans laquelle vous m'avez entraînée, O'Malley. J'ai bien cru…»

Elle fut interrompue par un coup frappé à la porte, et Mme Blotski entra avec un plateau chargé de verres, d'argenterie et d'une demi-douzaine de cartons blancs de traiteur.

« Ça vient de chez Igor Delikatessen, dit-elle. Il y a du poulet *tabaka* avec de la choucroute, et des *kotlety* dont il m'a promis qu'elles étaient farcies à l'agneau et pas au cheval, alors vous pouvez y aller. Le pain est du *pumpernickel*. Vous aimez ça ?

— Oh oui, répondit Ry. *Spasiba.* »

Soudain, Zoé s'aperçut qu'elle avait l'eau à la bouche, au point qu'elle eut peur de se mettre à baver.

« Ça sent merveilleusement bon. *Spasiba.*

— Tout le plaisir est pour moi. Et je vous en prie, servez-vous de la vodka. »

La femme posa le plateau sur le coffre qui faisait office de réfrigérateur, caressa la joue de Ry.

« Mangez, mangez. Mais je saisis des choses que vous êtes trop polis pour me dire tout haut, et je vais vous laisser en tête à tête, les enfants. »

Zoé attendit que la porte se refermât, puis elle regarda Ry et ils partagèrent un sourire.

« Nous, des "enfants" ? Et d'ailleurs, qu'est-ce que c'est que cet endroit ?

— La Casbah ? C'est une boîte de nuit qui a été fondée par des Russes blancs émigrés bien avant la Seconde Guerre mondiale, et qui a plusieurs fois changé de mains depuis. Anya était chanteuse dans une boîte de Moscou quand l'URSS s'est effondrée. Elle a émigré ici et racheté l'endroit. »

Probablement avec un peu d'argent de la mafia, se dit Zoé, mais elle était trop affamée pour s'intéresser plus en détail à la question, quand bien même ça l'aurait regardée. Elle s'apprêtait à prendre un carton fumant qui sentait la soupe de pommes de terre lorsqu'elle aperçut sa main noire de crasse, et elle frémit.

En sortant de la salle de bains, Zoé vit que Ry lui tournait le dos et parlait dans son téléphone portable. Elle l'entendit dire :

«Oui, pakhan. Non, pakhan.»

Et puis il referma son téléphone.

«Vous parliez à ma mère», dit-elle, en proie à un tel écœurement que, si elle avait eu quelque chose dans l'estomac, elle aurait vomi.

Ry se retourna vers elle en fourrant son téléphone dans la poche arrière de son jean.

«Elle croit que je travaille pour elle, je vous rappelle. Si je ne rends pas des comptes tous les jours, elle va se méfier.

— Alors…, commença Zoé.» La voix lui manqua, et elle dut se racler la gorge. «Qu'est-ce que vous lui avez dit ?

— Qu'un type avait essayé de vous tuer hier soir, mais que je vous avais sauvé la vie et que j'avais réussi à gagner votre confiance.

— C'est ce que vous croyez ? Que je vous fais confiance, maintenant ?

— Je n'en sais rien, Zoé. À vous de me le dire.» Il poussa un soupir et se passa les doigts dans les cheveux. «Écoutez, il faut qu'on parle.

— Je préférerais manger.

— Eh bien, on va parler, et puis ensuite on mangera. Mais asseyez-vous. Vous ne tenez pas debout.»

Zoé sentit sa colère et sa méfiance s'évaporer. Elle était presque trop épuisée pour s'en faire encore, et puis d'abord, il avait raison pour Anna Larina. Il devait l'appeler s'il ne voulait pas éveiller ses soupçons.

Elle retourna vers l'ottomane pendant qu'il tirait une chaise aux accoudoirs taillés en forme de serpent et s'asseyait face à elle.

«Parlez-moi de l'autel d'ossements», dit-il.

Zoé ne répondit pas. Elle se contenta de le regarder. Il avait les traits tirés par la fatigue et toute la tension accumulée, normal somme toute pour quelqu'un qui avait piloté la mobylette en tous sens au milieu d'une circulation infernale, dans un marché aux fleurs, une galerie marchande. Pendant toute la balade, elle n'avait été que sa passagère. Et il avait encore moins dormi qu'elle, la nuit passée. Elle se rappelait qu'il avait dû la tenir debout sous une douche chaude pour qu'elle ne meure pas d'hypothermie. Enfin, c'est ce qu'il lui avait dit.

«Je me disais qu'on pourrait peut-être faire une partie de bras de fer pour décider qui commence», dit-elle.

Il accusa le coup, la regarda un instant, déconte-nancé, et puis il se mit à rire.

«Vous êtes la femme la plus déjantée que j'aie rencontrée de ma vie.

— *Déjantée?* De tous les adjectifs à votre disposition, vous avez choisi *déjantée?* Qu'avez-vous contre *magnifique, brillante, charmante, sexy?*

— *Vaniteuse?*»

Il eut ce plissement d'yeux qui était sa façon de sourire, et elle ne put s'empêcher de lui rendre son sourire.

345

«Oh, ça va. Si c'est pour vous moquer de moi et me traiter de tous les noms, autant que je me lance.» Elle inspira profondément, ferma les yeux un moment. Elle pria pour ne pas être en train de faire une terrible erreur et se jeta à l'eau. «Tout a commencé quand ma grand-mère s'est fait assassiner dans le Golden Gate Park.»

Elle lui raconta comment Mackey était venu la voir parce que, avant de mourir, sa grand-mère avait essayé d'avaler un bout de papier portant son nom et son adresse. Elle lui parla de la photo, des dernières paroles que sa grand-mère avait murmurées à l'homme qui était venu à son secours dans le parc, et de la scène de cauchemar avec sa mère.

«La première fois que j'ai entendu parler de l'autel d'ossements, c'est par Mackey. J'ai lancé ces mots à ma mère alors que je m'apprêtais à m'en aller, et elle a pris tellement soin de dissimuler sa réaction qu'elle s'est trahie en ne réagissant pas. Vous pensez qu'elle est également au courant pour le film ?

— C'est possible, mais je ne crois pas. Ce qu'elle veut, c'est votre icône. Je ne vous ai pas dit toute la vérité, jusque-là. Votre mère m'a demandé de vous suivre pour assurer votre protection parce qu'elle pensait que vous couriez peut-être un danger. Mais elle m'a aussi dit que si vous faisiez main basse sur une icône, je devais vous séduire afin de la récupérer.»

Zoé se sentit rougir.

«Vous n'auriez pas vraiment...»

Il se pencha et lui prit les mains. Elle ne se rendit compte qu'à ce moment-là qu'elle avait les poings serrés sur les cuisses. Et qu'ils étaient complètement glacés.

«Je suis de votre côté, dans cette histoire, Zoé. Je l'ai toujours été.»

Il avait de grandes mains fortes, dures, aux paumes rugueuses, et pourtant leur contact était doux. Elle s'inclina vers lui comme si elle allait se lover dans ses bras, puis elle se rejeta précipitamment en arrière et tendit la main vers son verre de thé.

«Je commence à me dire qu'on n'aurait pas volé quelque chose de plus costaud», fit Ry en se levant et en allant vers le réfrigérateur.

Zoé laissa échapper un gros soupir.

«Ça, vous l'avez dit… Enfin, après cette conversation typiquement exaspérante avec Anna Larina, je suis allée à la morgue voir le corps de ma grand-mère. Il fallait que je la voie, vous comprenez, pour qu'elle devienne réelle pour moi. Et quand j'en suis sortie, c'est là que j'ai été attaquée pour la première fois par le type à la queue-de-cheval. Il voulait cette chose, cet autel d'ossements, au point, Ry, qu'il était prêt à m'arracher l'œil pour me l'extorquer.»

Pendant que Ry remplissait deux verres avec la vodka trouvée dans le réfrigérateur, elle lui raconta comment elle avait échappé à son agresseur, réintégré ses pénates et trouvé l'enveloppe de sa grand-mère, avec la clé, la carte postale et une lettre pleine de mystère et de mises en garde.

Elle s'arrêta pour s'octroyer une grande gorgée de vodka, et frémit de tout son corps, embrasée par un incendie intérieur qui l'envahit jusqu'à la pointe des doigts de pied et lui fit venir les larmes aux yeux.

«Et c'est ce qui m'a conduite vers le vieil homme dans la boutique au griffon, où j'ai récupéré le film et l'icône, et depuis, j'ai enchaîné les emmerdes. Pardon pour mon franc-parler.

—Je n'ai pas vu de lettre quand j'ai fouillé votre sac, dit Ry. Désolé pour ça, au fait, mais...»

Elle agita la main, se renversant de la vodka sur le poignet, qu'elle lécha pour ne pas gâcher.

«Il faut savoir passer l'éponge, comme dirait Yasmine Poole. Vous couriez après le film sur Kennedy, ce qui est absolument compréhensible, compte tenu de... Bref, nous reviendrons là-dessus plus tard. La lettre était dans ma poche quand j'ai sauté dans la Seine, et elle a terminé en magma détrempé, illisible, mais je l'ai tellement lue et relue que beaucoup de choses sont restées gravées dans mes cellules grises. J'ai noté tout ce dont je me souvenais sur un papier à en-tête de la banque.»

Elle attrapa le papier dans sa besace et le lui tendit. Il le lut jusqu'au bout, resta un instant silencieux et dit:

«D'accord. Donc, vous êtes la Gardienne de cet autel d'ossements, mais c'est tellement dangereux que votre grand-mère n'a pas voulu risquer de vous donner les détails dans sa lettre au cas où elle tomberait entre de mauvaises mains, alors elle vous a fait parvenir une carte postale comportant une énigme et une clé...

—Qui ouvrait une cassette dans laquelle se trouvaient l'icône, la photo de Marilyn Monroe et le film de votre... le film de Kennedy.

—Inutile de tourner autour du pot, Zoé. J'ai admis la réalité: il y avait bien un second tireur sur la butte herbeuse, et ce fils de pute était mon père.

—D'accord. Désolée.»

348

Pas totalement admis quand même. Ton visage se crispe plus fort qu'un poing chaque fois qu'on aborde le sujet, pensa-t-elle.

Elle le regarda faire les cent pas dans la petite pièce, puis se retourner brusquement, la faisant sursauter. Il eut un regard dur, méchant, implacable. Et Zoé se raidit en le voyant approcher.

«Je voudrais revoir l'icône. *S'il vous plaît*», ajouta-t-il, sans doute en voyant son expression.

Zoé sortit la pochette en peau de phoque de sa sacoche, déballa soigneusement l'icône et la lui tendit. Il se rassit dans le fauteuil aux serpents pour l'étudier, la tournant et la retournant entre ses mains.

En la revoyant, Zoé fut frappée par sa beauté, rare et exquise. Les couleurs chatoyantes de la peinture à l'huile avaient l'air aussi fraîches que si elle avait été peinte la veille. Et les facettes des pierreries scintillaient à la lumière de la lampe comme des larmes de cristal.

«C'est incroyable comme vous lui ressemblez, dit Ry.

— Je ne suis pas aussi experte que ma mère, mais je suis presque sûre qu'elle a au moins quatre cents ans.

— Ils peignaient toujours sur des blocs de bois aussi épais ?

— La plupart du temps.»

Il soupesa l'icône dans sa main.

«Elle est tellement épaisse qu'elle pourrait être évidée à l'intérieur.»

Zoé bondit et se pencha sur lui pour la regarder de plus près.

«Comme si elle dissimulait quelque chose, vous voulez dire? Comme ces poupées russes emboîtées les unes dans les autres?»

Il secoua doucement l'icône, mais elle ne faisait aucun bruit. Il la retourna entre ses mains et ils cherchèrent tous les deux un joint ou une charnière, d'abord sur l'arrière, puis sur tous les côtés, mais ils ne trouvèrent rien. Le bloc de bois semblait bel et bien massif.

«Bon, ce n'était qu'une supposition, dit Ry. Mais si cette chose est aussi ancienne qu'elle en a l'air, et si ces pierres sont vraies, ça doit valoir un gros paquet. Peut-être que ce n'est pas plus compliqué que ça : un objet de valeur dont des collectionneurs sans scrupules essaient de s'emparer. Comme votre mère, pour commencer.

— Mais il y a aussi l'énigme que Katya a écrite au dos de la carte postale, fit Zoé en tendant la main vers le dossier de l'ottomane sur laquelle elle avait posé sa sacoche. J'ai d'abord cru que ça avait un rapport avec *La Dame à la licorne*, mais toute cette histoire de tapisserie n'était qu'un moyen de m'aiguiller vers la boutique au griffon. Et si cette devinette était un indice concernant l'autel d'ossements ? Sa vraie nature, peut-être. Ou l'endroit où il se trouve?»

Elle tendit la carte à Ry, qui la traduisit en anglais, à haute voix :

Le sang coule dans la mer
La mer rencontre le ciel
Du ciel tombe la glace
Le feu fait fondre la glace
Une tempête éteint le feu
Et fait rage dans la nuit

*Mais le sang coule encore dans la mer
    Interminablement.*

« Alors, qu'est-ce que ça vous inspire ? demanda-t-elle.

— Aucune idée. »

Elle le regarda attentivement dans l'espoir de voir s'il disait la vérité, mais il avait l'art de dissimuler ses pensées.

« Et pour couronner le tout, dit-elle, l'assassinat de Kennedy doit s'intégrer dans le tableau d'une façon ou d'une autre. Je refuse de croire que ma grand-mère pourrait être impliquée dans deux conspirations top secrètes qui n'auraient rien à voir l'une avec l'autre. Personne ne peut avoir la poisse à ce point-là. »

Cette fois, une émotion brutale traversa le visage de Ry, mais encore trop vite pour qu'elle la déchiffre. Elle s'apprêtait à lui rappeler que c'était son tour de vider son sac quand il lui dit sur un ton un peu trop indifférent :

« Vous êtes sûre qu'il n'y avait rien d'autre dans le coffret ? »

Zoé secoua la tête, mais elle ne le quittait pas des yeux.

« Après avoir trouvé la photo de Marilyn Monroe glissée dans le tissu qui le tapissait, j'ai vraiment regardé très attentivement. Il n'y avait rien d'autre. Pourquoi ? Vous pensez qu'il aurait dû s'y trouver autre chose ? Comme quoi, par exemple ? »

Finalement, il la fixa droit dans les yeux, et elle lut à nouveau la profonde, la noire souffrance qu'elle y avait discernée dans l'appartement, après avoir vu le film.

« Une amulette, dit-il.

—Hé là, une minute! L'autel d'ossements serait une amulette? Comment le savez-vous? Et qu'est-ce que…?»

Il leva la main.

«Zoé, je vais vous dire tout ce que je sais. Comme nous avons dit dès le départ que nous le ferions. Mais il faut que je commence par le commencement. Avec la confession de mon père et la façon dont mon frère, Dom, a été assassiné.»

Zoé regarda Ry faire les cent pas tout en parlant, mais quand il arriva au moment où il avait vu la silhouette du corps de son frère tracée à la craie sur le sol de l'église, elle dut détourner le regard, incapable de supporter ce qu'elle lisait sur son visage.

Il se rassit lourdement sur le fauteuil, posa ses coudes sur ses genoux écartés et baissa les yeux sur ses mains croisées. Il parlait d'une voix calme en apparence, mais ses jointures avaient blanchi.

«Vous savez maintenant pourquoi je ne vous ai pas laissé tuer cette salope. Ouais, il faut qu'elle reste en vie jusqu'à ce que nous ayons découvert pour qui elle travaille en réalité, mais surtout, je veux avoir le privilège de la descendre moi-même. Je n'arrive pas à me sortir de la tête l'heure que j'ai passée au fond du Golfe à respirer l'air d'un pneu. Ça, et le trajet jusqu'à Port Bolivar pour déterrer la confession de papa que Dom avait mise par écrit.»

Il eut un rire amer, rauque.

«J'aurais pu rester comme ça, au fond du Golfe, pendant cent ans, à réfléchir, jamais, jamais je n'aurais pu imaginer le genre d'homme que mon père était en réalité.

— Je suis navrée, Ry, dit doucement Zoé. Je n'arrive pas à me représenter ce que ça doit être de perdre son frère de cette façon. Et puis découvrir que son père... »

Elle n'alla pas au bout de sa phrase. Elle était elle-même incapable de mettre des mots sur ce qu'elle éprouvait.

Il resta un instant silencieux, à regarder ses poings, et puis il dit :

« Quand vous êtes petit, il ne vous vient pas à l'idée que votre papa pourrait ne pas être celui que vous croyez. Nous pensions qu'il était né dans un petit ranch, dans l'est du Texas, près de la frontière avec la Louisiane. » Ry eut un rire creux, secoua la tête. « On y est même allés en voiture, une fois, pour jeter un coup d'œil à la maison de son enfance, mais aujourd'hui, je me demande s'il y avait quoi que ce soit de vrai là-dedans. Je me dis que cet endroit aurait pu appartenir à n'importe qui.

— Ry, vous n'êtes pas obligé...

— Non, il faut vraiment que vous sachiez tout le reste. »

Il tendit la main vers le dossier de sa chaise où il avait accroché son blouson. Il prit dans une poche intérieure une enveloppe de plastique maculée de boue et la lui tendit.

« Mais je vais laisser parler mon père. »

Zoé sortit de l'enveloppe une épaisse liasse de papiers, les déplia, leva une fois le regard vers le visage blême, tendu, de Ry, et commença à lire.

Ry, voilà tout ce que Papa m'a dit avant de mourir. Je n'ai réussi à le mettre par écrit qu'en m'efforçant de

353

retrouver ses propres paroles telles qu'elles me revenaient et, au bout d'un moment, j'ai eu l'impression que c'était lui qui racontait à nouveau tout ça, qui te le racontait par mon intermédiaire. D'ailleurs, c'est toi qu'il aurait voulu avoir auprès de lui à la fin, mais il a dû se contenter de moi. Maintenant, quelle partie de tout cela est vraiment de sa voix, et quelle partie vient de moi, je n'en sais rien. Je t'en laisse juge.

Enfin, voilà ce qu'il m'a dit...

29

Tout a commencé avec Katya Orlova et l'autel d'ossements, mais ça a fini par l'Assassinat. Et pas n'importe quel Assassinat. L'Assassinat, avec un grand A.

Tu comprends, l'homme sur la butte herbeuse, c'était moi.

Oui, tu as bien entendu. C'est moi qui ai assassiné le président John Fitzgerald Kennedy. D'accord, Lee Harvey Oswald lui a aussi tiré dessus, et il se peut même qu'il l'ait touché, à moins que ce ne soit sa balle qui ait atteint le gouverneur du Texas. Bon sang, comment s'appelait ce bonhomme, déjà? Connors? Connelly? Quelque chose comme ça. C'est drôle que je n'arrive pas à m'en souvenir, quand on y réfléchit… Enfin, je ne me suis jamais intéressé à lui. Une seule chose compte: c'est ma balle qui a atteint la tête du président. C'est moi qui l'ai tué. On a mis ça sur le dos de Lee Oswald, évidemment, bien que la plupart des gens n'aient jamais cru qu'il avait agi seul, ce qui tend à prouver qu'on ne peut pas tromper tout le monde, même pas une partie du temps. Mais ce bon vieil Oswald n'était qu'un crétin de communiste qu'on avait piégé pour lui faire porter le chapeau.

La balle qui a tué Kennedy, c'est moi qui l'ai tirée.

Mais je vais plus vite que la musique. En réalité, tout a commencé un soir de juillet, un an avant l'assassinat de Kennedy, le soir où j'ai entendu parler pour la première fois de l'autel d'ossements. C'était à Hollywood, dans un box de cuir rouge du Brown Derby ; on mangeait des salades Cobb en buvant un saint-émilion 1959 passable, mais dix fois trop cher. « On », c'est-à-dire ma femme, Katya, Marilyn Monroe et moi

Ouais, Marilyn Monroe elle-même. La star.

C'est drôle comme ce simple mot lui colle à la peau, et en même temps ne lui rend pas justice. Pas plus que les millions d'autres mots qu'on a pu écrire sur elle, tant de son vivant que depuis sa mort. Peut-être que c'est parce qu'on la voit tous à travers l'écran de nos propres mensonges, de nos propres tromperies.

En tout cas, ça vaut pour moi.

À ce moment-là, il y avait sept mois que j'espionnais Marilyn Monroe, et quand je dis que je l'espionnais, c'était officiellement pour le compte d'autorités constituées. Je travaillais, le jour, pour la Twentieth Century Fox. Je faisais du repérage pour eux, mais ce n'était qu'une couverture imaginée par mon employeur, la CIA – oui, l'agence de renseignements. Malgré le plantage de McCarthy, les grands manitous, à Langley, étaient convaincus qu'Hollywood était un repaire grouillant d'activistes anti-américains. Ma mission constituait à faire ami-ami avec les indigènes afin de nous permettre de séparer le bon grain de l'ivraie, les dangereux communistes.

Je trouvais depuis le début qu'on me faisait jouer petit bras, là, et que c'était un gâchis complet de mon temps et de mon talent. Pour ma mission précédente, on m'avait envoyé au Congo éliminer quelques individus dont je tairai les noms, et par comparaison la faune de L.A. me faisait vraiment l'impression d'une bande de toutous apprivoisés.

Sauf que les choses sont devenues plus intéressantes à partir du moment où le président des États-Unis a commencé à faire des confidences sur l'oreiller à une actrice qui avalait des barbituriques comme si c'était des bonbons. Quand ils ont découvert qu'il avait l'imprudence d'aborder avec elle des questions relevant de la sécurité nationale, les grands manitous ont commencé à flipper pour de bon, probablement aussi parce que Marilyn avait naguère été la femme d'Arthur Miller, l'auteur dramatique, qui s'était vu refuser un passeport pour ses «sympathies communistes».

Entrer en relation avec la bonne amie de Marilyn, Katya Orlova, et sortir avec elle faisait simplement partie du boulot, ce n'était qu'un moyen de me rapprocher de Marilyn en personne. C'est moi qui avais eu l'idée d'épouser cette fille, et je me demande encore aujourd'hui pourquoi je l'ai fait; peut-être juste par désœuvrement, pour tromper mon ennui d'être coincé là, à Hollywood, la ville mirage.

Je crois quand même que c'était plus compliqué que ça. À l'époque j'étais encore jeune, je n'avais que vingt-six ans, et je n'avais fait que glandouiller toute ma vie. J'étais orphelin de naissance, je n'avais jamais eu de famille à moi, et j'étais trop secret pour me faire des amis. Les seules femmes que j'avais connues étaient soit des putains, soit des coucheries d'un soir. Katya était la première personne à m'avoir dit qu'elle m'aimait, et à le penser. Elle me faisait ressentir une chose que je n'avais jamais éprouvée avant. Je pense qu'on pourrait appeler ça «être chéri».

Quoi qu'il en soit, la vérité c'est que j'ai aimé être marié avec Katya. On s'amusait bien, tous les deux.

Elle avait une gamine de huit ans, cadeau d'un amant qui avait depuis longtemps disparu du paysage, et on faisait une vraie petite famille, tous les trois, ce qui me plaisait plutôt. Anna Larina – c'était le nom de la petite – avait failli mourir quand elle avait quatre ans, de leucémie, je pense, mais apparemment elle était guérie, et Katya la gâtait un peu à cause de ça. Cela dit, ce n'était pas une mauvaise gosse. Elle était juste un peu difficile à cerner.

Donc, il y avait Katya, sa fille, et mon «boulot» au studio où je fréquentais toutes sortes de vedettes de cinéma glamour, et tout ça était bel et bon. Mais il y avait encore meilleur. Le plus génial, le plus délicieusement ironique de l'affaire, c'est que la CIA – qui s'acharnait tellement à voir des communistes derrière tous les buissons dans les jardins des actrices et sous le lit de tous les metteurs en scène – était loin d'imaginer que Mike O'Malley, son fringant agent à Hollywood, était lui-même une taupe du KGB.

Tu veux savoir pourquoi? Pourquoi j'étais devenu une taupe qui avait vendu les secrets de son pays à l'ennemi communiste?

Eh bien, c'était parti d'un petit truc de rien du tout. J'avais un peu trop parié sur les canassons, et je m'étais mis dans de sales draps avec un bookmaker qui menaçait de me faire sauter les rotules si je ne payais pas mes dettes. Et à peu près au moment où je commençais à être vraiment désespéré, un type s'est pointé et m'a proposé mille dollars en échange du nom d'un agent double à Mexico. Ce qu'on n'imagine jamais sur le coup, c'est qu'à partir du moment où on l'a fait une fois, on ne peut pas faire autrement que de continuer. Quand on a mis le doigt dans l'engrenage, il n'y a pas de retour en arrière possible. Après ça, on ne fait que creuser sa tombe, de plus en plus profondément.

D'un autre côté, il faut dire que je ne m'étais jamais encombré d'un excès de scrupules, parce que balancer ce type à Mexico en sachant qu'il allait se faire buter ne m'avait pas vraiment préoccupé. Et rien de ce que j'ai pu faire par la suite ne m'a empêché de dormir non plus.

Et puisque j'en suis à me confesser, je vais te dire autre chose. Ça me plaisait de faire l'espion – les déguisements, les mensonges, le double jeu. Même tuer, j'aimais ça. Ce n'était qu'un jeu pour moi, et j'adorais y jouer.

Nous étions donc au Brown Derby, un soir de l'été 1962. Katya, Marilyn et moi.

Marilyn s'était «déguisée», comme elle se plaisait à le dire, et pour un déguisement je dois dire qu'il n'était pas mauvais. Elle avait dissimulé ses cheveux platine sous un foulard, elle n'était pas maquillée, et je la trouvais sans charme, avec ses taches de rousseur et ses yeux marron. Elle avait mis une robe bon marché, une pauvre chose avec des fleurettes roses. Dieu sait où elle l'avait dégottée, probablement dans le coin des soldes, au sous-sol d'un supermarché. Et malgré tout, sur elle, cette robe collait à des endroits tellement sexy que dans certains États elle se serait fait arrêter pour attentat à la pudeur.

Mais le plus fort, je trouve, ce qui rendait son déguisement tellement génial, c'est qu'elle arrivait à changer sa démarche. Tu sais, ce déhanchement, cette croupe ondulante. Elle avait le chic pour balancer son derrière ; la séduction, la sexualité à l'état pur. La quintessence de Marilyn Monroe. Si cette femme avait pu breveter ce déhanchement, il se serait vendu comme des cerceaux de hula hoop, et elle se serait fait une montagne de blé avec.

Le plus drôle, c'est que ça ne lui aurait pas fait de mal. Elle n'était payée que cent mille dollars pour le premier rôle de *Something's Got to Give*, ce qui pouvait paraître un paquet, à l'époque, mais quand on pense au million que Liz Taylor avait touché pour *Cléopâtre*... Et quand on est une vedette de cinéma, il faut vivre comme une vedette.

Bref, Marilyn était «déguisée», ce soir-là, mais elle s'était débrouillée pour qu'on nous installe juste à côté de son effigie sur le «mur des célébrités» – des caricatures encadrées de vedettes de cinéma pas toujours si célèbres que ça et de diverses grosses légumes de Hollywood depuis l'avènement du parlant. Elle s'était assurée qu'il y avait une prise téléphonique dans le box, pour que le serveur puisse lui apporter un téléphone si elle recevait un coup de fil important. Nous venions de nous asseoir quand une fille avec un plateau de cigarettes et un appareil photo s'est pointée et a proposé de nous prendre en photo pour un dollar, et Marilyn a répondu : «Bien sûr, mon chou. Pourquoi pas?»

Je ne voyais pas la logique de tout ça, aller incognito dans un endroit où, elle aurait beau faire, elle était sûre que tout le monde la reconnaîtrait. Pendant tout le temps que j'ai passé dans l'orbite de cette femme, je n'y ai jamais rien compris. Cela dit, je ne l'ai probablement jamais vue qu'en train de faire son numéro.

«Tu la regardes et tu vois une vedette de cinéma mondialement célèbre», m'avait dit Katya, un jour. «Mais à l'intérieur c'est une petite fille terrifiée, angoissée de ne plus être rien du tout si on lui enlève ses cheveux blonds et ses seins. Elle voudrait être aimée pour elle-même, sans réserve et sans condition, et pas comme un objet sexuel.»

Un amour sans réserve et sans condition. Ouais, c'était bien joli tout ça, mais j'avais depuis longtemps découvert qu'on n'avait jamais rien sans rien. D'un autre côté, ça expliquait peut-être qu'une vedette de cinéma mondialement célèbre finisse par avoir pour meilleure amie une assistante caméraman.

Parce que, quand Katya Orlova vous aimait, c'était sans réserve et sans condition.

Donc, ce soir-là, au Brown Derby, attablés devant nos salades Cobb, Marilyn s'est mise à parler sexe de cette voix d'alcôve, essoufflée, qui n'était qu'à elle.

«S'il y avait un Oscar de la simulation, disait-elle, il y en aurait tellement sur le dessus de ma cheminée qu'elle s'écroulerait. Certaines de mes meilleures performances, je les ai livrées pour faire croire à mes amants qu'ils m'envoyaient au septième ciel.

— Comme s'ils avaient besoin de ça, ai-je répondu», pensant que tous les types avec qui elle avait couché se foutaient probablement comme de leur première chemise de savoir si elle prenait son pied ou si elle chantait l'Alléluia de Haendel.

Elle m'a fait une grimace, mais elle avait des étoiles dans les yeux. Elle aimait bien qu'on la charrie un peu, et elle jubilait intérieurement à l'idée qu'à ce moment même j'imaginais probablement à quoi aurait ressemblé une partie de jambes en l'air avec elle, ce qui était bien le cas. Je ne suis pas de bois.

Et puis le sourire est devenu fragile, et un ange est passé. Alors Katya, qui volait toujours au secours de Marilyn, a dit :

« C'est à peine si tu as touché à ta salade, ce soir, chérie. Tu as juste tout mélangé dans ton assiette. Il faut que tu manges. Tu maigris trop. »

Ce qui lui a tellement plu qu'elle a tendu le bras, s'est pincée la peau et a dit en riant :

« John m'aime bien comme ça, un peu maigre. Il ne me l'a jamais dit ouvertement, mais je pense qu'il me trouvait trop grosse, pendant un moment. Il aime que je pose devant lui en manteau de fourrure, sans rien dessous, que je fasse mon truc avec mes épaules, et que le manteau glisse par terre… »

Nous avons échangé un regard, Katya et moi, mais nous n'avons rien dit. Pour Marilyn, c'était comme si nous n'étions pas là, ou bien elle n'avait pas assez de jugeote pour se rendre compte à quel point c'était bizarre qu'elle parle avec cette désinvolture de ses séances de baise avec le président des États-Unis.

« En réalité, a-t-elle continué, John fait l'amour comme un petit garçon. Enfin, ce n'est pas grave, parce qu'il est plutôt gentil, et puis il me parle de politique et de tout un tas de choses. Il me traite comme si j'avais une cervelle, pas comme si je n'étais qu'un cul et des nichons.»

Là, j'ai tiqué, je n'ai pas pu m'en empêcher. Ma fourchette de salade s'est arrêtée à mi-chemin de ma bouche pendant que mon esprit essayait d'intégrer ce remarquable exemple d'aveuglement. Je pensais aux dossiers secrets que j'avais lus sur les ébats sexuels du président. Les orgies dans la piscine de la Maison Blanche, les innombrables aventures d'une nuit, ou plutôt d'une demi-heure, un défilé quasiment ininterrompu de femmes, des créatures huppées et des traînées, et la façon dont il en parlait. En les traitant de *poontang*. Des putes. Des culs et des nichons.

Et voilà que Miss Sex Appeal en personne s'imaginait que ce qui intéressait ce type chez elle, c'était son intellect rare et précieux.

«James Joyce savait vraiment pénétrer l'âme humaine, vous ne trouvez pas? disait maintenant Marylin (et ne me demande pas comment elle était passée de ses séances de baise avec le président au programme de l'UV 101 d'anglais). J'ai lu les divagations mentales de Molly Bloom – vous voyez, Mike, j'arrive à parler aussi bien que vous... Enfin, ce Joyce, voilà un homme qui avait le chic pour écrire ce qu'une femme avait dans la tête. Il a bien pigé, hein? Toute notre souffrance, notre insécurité. Et j'ai lu Shakespeare, aussi, j'en ai même appris des passages entiers par cœur, parce que je me suis dit que je pourrais produire un festival Marilyn Monroe de films shakespeariens et jouer dedans. J'aborderais toutes ses principales pièces du point de vue féminin.

— Oh, chérie, j'adore ça!» a fait Katya, et je voyais bien que l'enthousiasme de sa voix n'était pas feint, bénie soit-elle. Elle avait le cœur le plus généreux qui soit, et quand elle croyait en vous, elle y croyait dur comme fer, sans réserve. «Un Shakespeare femme. Et rends-toi compte comme ça montrera à tout le monde la merveilleuse actrice que tu es.»

Marilyn était rayonnante.

«Je suis sûre que je remporterai un Oscar pour l'une de mes femmes shakespeariennes, ou même plusieurs. Ne riez pas, Mike.

— Mais je ne ris pas, ai-je dit, et si quelqu'un avait mérité un Oscar, c'était bien moi.

— Oh, Kat, dit Marilyn, tu n'imagines pas ce que j'aurais aimé en parler à John, avoir son avis là-dessus, mais quand j'ai essayé de le joindre j'ai découvert qu'ils avaient changé son numéro, le numéro spécial qu'il m'avait donné, celui du Bureau ovale à la Maison Blanche. Alors j'ai appelé le standard, mais on n'a pas voulu me le passer.»

Tiens, tiens, me suis-je dit. *Voilà qui est intéressant.*

Je me souvenais évidemment de la soirée de collecte de fonds des démocrates, au Madison Square Garden, quelques semaines auparavant, au cours de laquelle Marilyn avait chanté «Happy Birthday, Mr. President», suintant le sexe par tous les pores de sa peau dans sa robe brodée de pierreries à douze mille dollars signée Jean Louis, et son étole de fourrure. Elle n'aurait pas pu déclarer plus ouvertement, plus ostensiblement ce qu'il en était si elle avait déclaré au journal de vingt heures «Je couche avec John Fitzgerald Kennedy».

Pas étonnant, donc, que ce soir-là, ceux qui tiraient les ficelles dans l'entourage du président aient senti leurs cheveux se dresser sur leur tête. Et il était grandement temps, si tu veux mon avis. L'affaire avait démarré en décembre, et tous ceux qui comptaient un tant soit peu à Washington étaient au courant. À commencer probablement par les médias dans leur ensemble, mais ils se gardaient bien de mettre ce genre de trucs en première page, ne souhaitant pas nuire au prestige de la fonction, c'est du moins ce qu'ils racontaient. Bon sang, peut-être qu'ils aimaient tout simplement bien John et souhaitaient sa réélection. Sans compter qu'un paquet de journalistes, surtout ceux du *Washington Post*, étaient invités à ces fêtes dans la piscine de la Maison Blanche.

Mais Marilyn ne pouvait pas s'empêcher de le clamer à la face du monde. Et qu'est-ce que tu veux ? La primaire pour la sénatoriale du frangin Teddy se pointait à l'horizon en septembre, avec le fiasco de la baie des Cochons l'administration en avait pris plein la poire et elle ne s'en était pas encore remise. Dans ce contexte, ils n'avaient vraiment pas besoin qu'une histoire de fesses scandaleuse à la Maison Blanche, qui plus est avec la femme la plus célèbre du monde, vienne encore ternir l'image du président.

«J'ai quand même pu en parler à Bobby, poursuivait Marilyn. On s'est rencontrés, le soir où j'ai chanté "Happy Birthday", et il m'a tellement aidée pour tout, ces dernières semaines. C'est quelqu'un de merveilleux à qui raconter ses problèmes et ses rêves.»

J'ai ravalé un hoquet en engloutissant un bout de bacon et j'ai manqué m'étouffer. Katya faisait des petits «hum, hum» apaisants, mais elle avait maintenant le front barré par un pli soucieux.

Marilyn a mis ses coudes sur la table, elle s'est penchée en avant et a promené un regard furtif sur le restaurant comme si elle craignait que des gens nous écoutent, planqués derrière les plantes vertes.

«Vous avez probablement entendu les rumeurs au sujet de Bobby et de moi, je suppose. On dirait que tout à coup Hollywood n'a pas d'autre sujet de conversation.

— Ça, c'est vraiment bizarre», dis-je.

Katya m'a flanqué un coup de pied dans le tibia.

«Eh bien, il n'y a rien de vrai là-dedans. D'accord, on a fait l'amour, mais quand j'entends certaines des choses qu'on aurait faites – eh bien, ce ne sont que des mensonges.»

Robert Kennedy, le frère du président et l'attorney général des États-Unis, était beaucoup allé à Hollywood, cet été-là, pour monter le financement de l'adaptation à l'écran de *The Enemy Within*, son best-seller sur sa croisade contre le crime organisé. J'avais la certitude qu'il y avait eu des fêtes plutôt débridées dans une maison sur la plage de Santa Monica qui appartenait au beau-frère de Bobby, Peter Lawford. Ce n'étaient pas les chambres qui manquaient dans cette maison, mais le bruit courait que l'endroit où Bobby et Marilyn préféraient s'envoyer en l'air était la baignoire.

«Je pense que toutes ces terribles rumeurs lui prennent la tête, à Bobby, disait Marilyn. Parce que maintenant, c'est bizarre ce qui se passe avec lui aussi. C'est comme s'ils essayaient tous de le couper de moi, exactement comme ils le font avec le président.»

J'ai rouvert la bouche, Katya m'a redonné un coup de pied dans le tibia, alors je l'ai refermée.

Mais Marilyn semblait avoir lu mes pensées, à croire qu'elles étaient apparues dans une bulle

366

au-dessus de ma tête, comme dans les bandes dessinées.

«Je ne suis pas idiote, Mike, alors arrêtez de penser ça», a-t-elle dit, en réussissant à avoir l'air à la fois sévère et mélancolique. Un sacré exploit, à mon avis. «Je pense qu'ils ont réussi à le convaincre que j'allais tout raconter sur nous dans une conférence de presse, parce qu'il a dit...» J'étais sûr qu'elle s'apprêtait à sortir quelque chose de vraiment croustillant mais elle s'est interrompue, et j'ai failli laisser échapper un juron. Mais à la place elle a dit : «Jack a envoyé quelqu'un chez moi pour me dire que c'était fini. Il aurait tout de même pu avoir le courage de me dire au revoir en face.

— Oh! Marilyn, a fait Katya en tendant la main pour la poser sur son bras. Tu sais comment sont les hommes. Ils n'aiment pas les scènes.

— Les hommes sont vraiment comme ça, Mike?»

J'ai eu du mal à la regarder en face. Elle avait vraiment le cœur brisé. Au sens propre du terme : fendu en deux, et ça m'a étonné. Assurément, une fille qui avait déroulé autant de câble devait connaître la musique. Je veux dire, ce n'était pas comme si elle avait pu s'imaginer que John divorcerait d'avec Jackie pour l'épouser, non?

«Franchement? On préférait se faire frire dans l'huile bouillante, empaler sur une fourche et écorcher vifs. Avec les femmes, on est tous des lâches. Pas un pour racheter l'autre», ai-je dit.

Marilyn a hoché solennellement la tête comme si je lui avais révélé le secret d'un des plus grands mystères de la vie et, pour la première fois, moi, Mike O'Malley, je me suis senti navré pour elle.

Katya m'avait raconté l'enfance de Marilyn, la petite bâtarde, comment sa mère enchaînait les séjours dans des asiles de fous pendant qu'on la collait dans des orphelinats et des familles d'accueil, une enfant pas désirée, pas aimée, qui était devenue une déesse du sexe, une femme qu'aucun homme n'aurait jamais pu larguer. Et voilà qu'elle se faisait jeter comme les ordures de la veille, et ouais, c'était de la bêtise de sa part de ne pas avoir vu venir le coup, mais c'était triste aussi.

Et puis elle a dit un truc sorti de nulle part, qui m'a collé au tapis.

«Mais je survivrai à ça, parce que pour la première fois de ma vie je me sens forte à l'intérieur. Oh, je sais que ce que j'ai pourrait ne pas durer toujours – la gloire est éphémère, comme on dit. Mais tant que ça ira, ça ira, et je survivrai parce que je suis consciente de ma vraie valeur. Non seulement je sais de quoi je suis capable, mais je sais ce que je dois faire.»

Cette fois, Katya a tendu le bras à travers la table et lui a pris la main.

«Tu as toujours été forte. On ne peut pas arriver là où tu en es sans une grande force intérieure. Tu es coriace.»

Marilyn lui a lancé un sourire un peu tremblant.

«Et tu as toujours vu ce qu'il y avait de meilleur en moi, Kat. C'est pour ça que je t'aime. Mais moi, je n'ai pas toujours vu le meilleur en moi-même. Jusqu'à maintenant. Alors ils n'ont pas besoin de s'inquiéter de moi, ces standardistes et ces hommes avec leurs costumes sombres et leurs visages durs. Je ne ferais jamais rien qui pourrait le gêner.

— Je sais que ce sera difficile, mais tu fais vraiment ce qu'il faut», a dit Katya,

Elle avait quand même l'air inquiète.

À moins que, comme moi, elle ne voie pas très bien où tout ça allait mener, mais se doutait bien que ce n'était pas vers une issue heureuse.

«Oh, oui! s'est exclamée Marilyn. C'est ce qu'il faut que je fasse, je le sais. Parce que John a besoin de moi plus que jamais. C'est un homme qui peut changer notre pays. Il a partagé sa vision avec moi, alors je le sais. S'il arrive à faire ce qu'il veut, aucun enfant n'aura plus jamais faim, personne ne dormira plus dans la rue et ne cherchera plus à manger dans les poubelles...»

Et ainsi de suite. Tout ça ressemblait aux pires slogans de campagne électorale, alors j'ai fermé les oreilles et je me suis amusé à essayer de voir combien de caricatures sur le mur j'arrivais à reconnaître.

Jusqu'à ce que je l'entende dire à Katya:

«C'est pour ça que je vais lui donner ton amulette magique, Kat. Celle de l'autel d'ossements. Pour qu'il puisse faire tout ce qu'il faut. Au moins, je pourrai l'aider comme ça.»

Un autel d'ossements?

C'était tellement saugrenu, tellement biscornu que j'ai failli louper la réaction de Katya. C'était l'illustration même d'une expression que je n'avais jusque-là rencontrée que dans les livres: son visage s'était littéralement vidé de son sang, comme si quelqu'un s'était jeté sur elle avec un couteau et lui avait tranché la gorge.

Quand elle a enfin réussi à parler, ça a été d'une voix étranglée, réduite à un soupir rauque.

« Marilyn, je t'en prie. Ça devait rester entre nous. Notre secret. Tu avais promis.

— Je sais, et j'avais bien l'intention de tenir parole, vraiment. Mais ça, c'était avant. Il ne va pas bien, Kat. Il est plus malade que la plupart des gens ne le pensent. La maladie d'Addison est en train de le tuer, et il souffre constamment. Alors il faut que je la lui donne, parce qu'il n'y aura pas de limite à ce qu'il réussira pourvu qu'il en ait les moyens. »

Les mains de Katya étaient posées à plat sur la table, et elle appuyait si fort dessus que ses jointures avaient blanchi. J'ai tendu la main et serré l'un de ses poignets assez fort pour attirer son attention.

« C'est quoi, cet autel d'ossements ? »

Katya ne m'a pas regardé, n'a pas bougé d'un cil.

« Marilyn, écoute-moi. C'est rigoureusement impossible. Tu ne peux pas donner le… l'amulette magique au président Kennedy, a-t-elle articulé.

— Mais pourquoi pas ? Regarde ce que ça m'a fait à moi. D'abord, ça m'a aidée avec ce petit problème que j'ai eu le mois dernier. »

Je savais que le « petit problème » avait quelque chose à voir avec un long week-end pendant lequel Marilyn avait précipitamment quitté la ville. Le lendemain de son départ, Katya avait reçu un coup de fil au milieu de la nuit et elle était partie, sans me dire ni pourquoi, ni où elle allait, et quand elle était revenue, deux jours plus tard, elle avait l'air pâle, profondément ébranlée. J'avais eu beau le lui demander sur tous les tons, elle avait obstinément refusé de me dire de quoi il retournait. Cela dit, je soupçonnais le petit problème de Marilyn d'être un avortement qui avait plus ou moins mal tourné.

«Et puis je me suis débarrassée de cette infection aux sinus qui ne voulait pas passer, poursuivait Marilyn. Le studio et M. Cukor m'ont dit que j'étais une paresseuse d'avoir manqué toutes ces journées de tournage. Avec eux, on n'a même pas le droit de prendre froid, apparemment. Et puis, ils ont fait entendre que j'étais mentalement dérangée parce que je ne savais pas mon texte, alors que j'étais tellement malade que je ne pouvais pas retenir une pensée dans ma tête. Mais mon esprit est tellement acéré et concentré, maintenant. Je t'ai dit que j'apprenais Shakespeare par cœur? Et j'ai perdu ma mauvaise graisse, tu l'as dit toi-même. Je suis plus mince et plus en forme que je ne l'ai jamais été de ma vie. J'arrive même à dormir presque toute la nuit. Oh, Kat, tu n'imagines pas le bien que ça fait de dormir.

— Mais de quoi parle-t-elle? Qu'est-ce que tu lui as donné?» ai-je redemandé à Katya.

Elle ne m'a pas répondu, mais Marilyn a fouillé dans l'encolure de sa robe et en a extirpé une chaîne d'argent au bout de laquelle pendouillait un petit pendentif vert bouteille, de la taille de l'ongle à peu près. Je me suis penché pour le regarder de plus près et j'ai vu que c'était un petit flacon en forme de crâne humain, avec une espèce de minuscule bouchon. D'étranges marques étaient gravées sur le verre. On aurait vaguement dit des runes.

«C'est drôle, comme nom, l'autel d'ossements, a dit Marilyn. On dirait un nom sorti d'un film d'horreur de série B. Et puis je me suis dit que le squelette, c'était notre structure interne, comme les poutres d'acier d'un gratte-ciel, et l'autel d'ossements, ça vous fait vous sentir fort de l'intérieur. C'est donc le nom idéal pour une chose comme ça.»

Je me suis alors détendu et j'ai lâché le poignet de Katya. Elle l'a serré contre sa poitrine en frottant les marques rouges que j'avais imprimées dessus, et je m'en suis voulu de lui avoir fait mal. Cette histoire d'autel d'ossements n'était qu'un de ces vieux remèdes de bonnes femmes russes dont elle parlait chaque fois que j'avais le malheur d'éternuer. Un gri-gri de sorcière que sa mère avait ramené de Sibérie avec elle. Des yeux de triton et des poils de crapaud ou je ne sais quelle bêtise, peut-être additionnés d'une pincée de cactus du genre peyotl pour vous remonter le moral.

On pouvait faire confiance à Marilyn, me disais-je, pour gober le truc tout rond. Am stram gram, et voilà qu'elle s'était fourré dans la tête que c'était de la magie et elle avait décidé d'en faire une affaire fédérale. Au sens propre du terme.

Sauf que ce n'était pas le genre de chose qu'on pouvait refiler au président des États-Unis sans se retrouver avec toutes sortes d'agences du gouvernement au cul. Pas étonnant que ma pauvre Katya ait eu la trouille de sa vie ; elle voyait probablement d'ici les services secrets lui tomber sur le paletot en brandissant des menottes et des mandats d'arrêt.

Mais elle semblait avoir repris le dessus, et j'ai été soulagé de voir qu'elle retrouvait ses couleurs. Même le pli inquiet entre ses sourcils avait disparu.

Elle a passé son bras autour de la taille de Marilyn et l'a serrée contre elle.

«Tu as trop bon cœur, parfois même trop pour ton propre bien. Mais tu devrais ranger ça, maintenant, avant que quelqu'un dans le restaurant commence à se faire des idées, aille raconter ça dans les journaux, et que demain la nouvelle que tu deales de l'héroïne fasse la une de tous les tabloïdes.»

Marilyn a eu un petit rire et a rangé la minuscule bouteille de verre entre ses seins. Et moi, comme un imbécile, je me suis dit que c'était la dernière fois que je voyais l'amulette, ou que j'entendais parler de l'autel d'ossements.

Plus tard, nous étions tous les trois sous l'auvent rouge du restaurant en attendant que le voiturier nous ramène notre voiture.

J'ai regardé le carrefour de Hollywood et Vine ; les enseignes au néon vibraient dans l'air immobile, les trottoirs bourdonnaient de vie. Une Cadillac décapotable avec de gigantesques ailerons est passée, la radio beuglant «The Loco-Motion» de Little Eva. Elle était pleine de filles aux cheveux crêpés, avec des pulls moulants et des rêves de gloire plein les yeux, et j'ai pensé à une chose que Marilyn avait dite un jour : Hollywood était un endroit où on vous payait mille dollars pour un baiser, et cinquante cents pour votre âme.

Je me suis retourné alors pour les regarder, Katya et elle. Elles s'étaient un peu écartées et elles bavardaient, leur deux têtes toutes proches, et je me suis interrogé encore sur leur étrange amitié. Elles étaient liées par quelque chose, une chose qui allait au-delà de la solitude de Marilyn et de la loyauté exacerbée de ma femme, mais ma vie en aurait-elle dépendu que je n'aurais su mettre le doigt sur ce que c'était. Je suppose qu'il y a des mystères en ce bas monde qui défient toute explication.

J'ai entendu Marilyn dire :

« Non, Kat, je ne regrette rien, rien du tout, et le lampadaire a fait briller une larme sur son visage. Je sais, c'est ce que je dis toujours, mais je le pense vraiment. C'est juste que ç'aurait été chic qu'on puisse être ensemble, John et moi, non ? »

Katya avait les yeux brillants de larmes, elle aussi.

« Ça ne pouvait pas être, chérie. C'est le président, sa vie ne lui appartient pas. Mais tu sais que tu l'as rendu heureux. »

Marilyn a eu un profond soupir, elle s'est mordillé la lèvre.

« C'est juste que… ce qu'on peut se sentir seule, hein ? »

Je l'ai regardée, et je dois dire que j'ai éprouvé une pointe de tristesse, moi aussi. J'ai eu un élan d'affection pour elle, à cet instant. J'aimais le noyau de courage que je voyais en elle, mais je m'interrogeais sur sa résilience.

C'est alors qu'un ronronnement a attiré mon attention. Mon Impala est apparue le long du trottoir. Un gamin avec des taches de rousseur et de grandes oreilles en est descendu, est allé ouvrir la portière côté passager et s'est fendu d'une révérence et d'un sourire timide à l'intention de Marilyn. Elle lui a lancé en retour un sourire éblouissant et puis a commencé à entrer dans la voiture, avant de se redresser et de lever les yeux vers le ciel. Elle a indiqué le toit de tuiles rouges du restaurant, son enseigne au néon, et la lune, grosse et pleine, qui semblait posée tout en haut.

«Regardez la lune, a-t-elle dit. Tellement énorme, et ronde, et jaune, exactement comme dans les films. Elle est presque trop parfaite, non? Peut-être qu'on devrait mourir juste là, maintenant, parce que toutes les lunes qu'on verra après n'arriveront jamais à égaler celle-ci.»

30

Après notre escapade au Brown Derby, j'ai rédigé deux rapports distincts. Un compte-rendu banal, très édulcoré, de la soirée, où je relatais essentiellement les propos de Marilyn concernant le président et son frère, sans faire allusion à l'amulette et à l'autel d'ossements. Ce rapport était destiné à mon responsable, le chef du contre-espionnage de la CIA au bureau de Los Angeles, où il serait probablement lu et dûment digéré. Et puis peut-être, en fonction du déroulement des querelles de clocher entre bureaux, transmis à Langley.

L'autre rapport était beaucoup plus long, plus fouillé, et ne couvrait pas seulement cette soirée au Brown Derby, mais tout ce que j'avais vu, fait et entendu au cours des trois derniers mois, y compris tous les secrets d'État qu'il m'avait été donné de surprendre. Ce rapport, je l'ai mis dans une banale enveloppe kraft ; le mardi matin suivant, à dix heures dix précises, je me suis enfoncé dans les rayonnages au cœur de la bibliothèque publique de Los Angeles, et j'ai glissé l'enveloppe entre deux volumes poussiéreux, une histoire de la légion romaine et un pavé sur l'œuvre de Caton.

Après cela, j'ai commencé à parcourir les petites annonces de vente de voitures d'occasion du *Los*

Angeles Times, n'en attendant pas grand-chose, à vrai dire, parce que mon rapport était plutôt superficiel, principalement constitué, cette fois, de ragots et d'insinuations plus que d'informations pures et dures. Mais j'ai quand même lu les annonces et, ô surprise, une semaine plus tard, je suis tombé dessus : «À vendre, Ford Sportsman 48, 1 300 $». Suivi par un numéro de téléphone.

C'était un message codé de mon contact, l'intermédiaire du KGB qui transmettait à nos supérieurs à Moscou les renseignements que je glanais. Je devais le rencontrer en haut du Hollywood Bowl, le 4 août, à une heure de l'après-midi.

Je suis arrivé en avance.

Le Hollywood Bowl est un énorme amphithéâtre à ciel ouvert, et ce jour-là le soleil cognait si fort que j'ai dû enlever ma veste et la porter sur l'épaule. Malgré cela, le temps que je gravisse la dernière volée de marches qui menait tout en haut, ma chemise était trempée de sueur.

Je me suis assis sur un banc en soufflant comme un phoque et en me disant que je devrais aller plus souvent faire du sport. J'ai enlevé mon chapeau, ai essuyé mon front ruisselant avec ma manche et j'ai admiré le panorama. De ce point de vue privilégié, je voyais au loin les fameuses lettres blanches «HOLLYWOOD» plantées sur la colline qui dominait la ville, cette ville qui était un miroir aux alouettes pour tant d'aspirantes Marilyn qui se voyaient déjà en haut de l'affiche et n'y arriveraient jamais.

Un grondement de moteur est parvenu à mes oreilles longtemps avant que la voiture n'entre dans mon champ de vision. Du Hollywood Bowl, on voyait et on entendait ce qui se passait à des kilomètres à la ronde, raison pour laquelle, je le savais, mon contact du KGB avait choisi cet endroit pour notre rendez-vous.

J'ai vu un homme qui n'avait pas l'air plus gros qu'une fourmi descendre de voiture et je l'ai observé entamer la longue et caniculaire ascension. Au cours des deux années que j'avais passées à travailler là, dans l'usine à rêves, je ne l'avais rencontré que deux fois en chair et en os. Il ne m'avait jamais donné de nom, et même s'il l'avait fait ça n'aurait pas été celui qu'il portait à sa naissance, alors quel intérêt ?

Mais en le voyant monter vers moi, j'ai compris que l'individu, quel qu'il fût, n'était pas mon contact habituel. Ce gars-là était plus grand, plus mince, et il se tenait différemment, plutôt comme un soldat à la parade.

Je me suis levé à demi, puis je me suis rassis. Trop tard pour fuir, et il n'y avait absolument nulle part où se cacher. L'étranger avait dû laisser son veston dans la voiture, parce que lui aussi, il était en bras de chemise. Il ne portait pas d'arme, ni à la ceinture ni dans un holster d'épaule, mais j'ai vu qu'il tenait à la main un sac en papier assez gros. S'il y avait un pistolet dans ce sac, Mike O'Malley était cuit.

Et puis l'étranger a commencé à siffler un air russe, *Les Yeux noirs*, et j'ai poussé un tel soupir de soulagement que je me suis senti vidé. J'ai essayé de siffler les mesures suivantes, mais je ne suis pas parvenu à tirer un seul son de mes lèvres.

«Laissez tomber. Moi non plus je n'ai jamais vrraiment su siffler», a fait l'étranger en s'asseyant à côté de moi sur le banc.

Son anglais était tellement truffé de consonances russes qu'il était difficilement compréhensible.

«C'est complètement idiot, de toute façon, vous ne trrouvez pas? Des grrandes personnes qui jouent aux espions.

—Ne me regardez pas comme ça, ai-je répondu. Ce n'est pas moi qui fais les règles.

—C'est vrrrai.»

Les commissures de ses lèvres se sont retroussées en un sourire fugitif. Il était extraordinairement séduisant, avec des yeux bleu indigo et des pommettes aux angles extrêmement vifs. Il avait ce teint «sang et lait» qu'ont certains Russes. Une peau si pâle qu'on voyait les veines au travers.

Et il devait suivre un sacré entraînement, me suis-je dit, parce que c'est à peine s'il était essoufflé après avoir grimpé ces centaines de marches sous le soleil accablant d'un après-midi du mois d'août.

Il a fouillé dans son sac en papier, et j'avais eu beau essayer de la jouer cool, j'ai dû me crisper un peu parce qu'il m'a jeté un coup d'œil moqueur, en haussant les sourcils.

«Quoi? Vous pensez que j'aurais fait dix mille kilomètres rien que pour venir vous descendre?»

Tu m'étonnes. Tout le monde se prend pour Bob Hope, me suis-je dit.

L'homme a sorti une serviette à carreaux bleus et blancs, l'a étalée sur le banc entre nous et a disposé dessus des harengs à l'huile et du pain de seigle.

«Vous n'allez pas faire une crise cardiaque si je fouille dans ma poche? Je vous assure que je n'y cache pas de pistolet.

— Très drôle. Vous devriez penser à partir en tournée avec ce numéro.»

Le Russe a pris dans sa poche une flasque d'argent. Il a dévissé le gros bouchon qui faisait office de gobelet, l'a rempli de ce qui ne pouvait être que de la vodka, me l'a tendu et a gardé la flasque pour lui.

«*Na zdravie,* a-t-il dit en levant sa flasque pour porter un toast, et il a avalé une longue et bonne rasade.

— À la vôtre.»

J'ai bu plus lentement pour ma part, et je m'en suis félicité. C'était de la vodka au poivre et à d'autres épices que je ne connaissais pas, mais qui m'ont allumé un incendie dans les entrailles. J'ai essuyé des larmes.

«Maintenant que j'ai bu à votre santé, vous pourriez peut-être me dire qui vous êtes.

— Je m'appelle Nikolaï Popov. Je suis procureur général du *Komitet gossoudarstvennoï bezopasnosti* à Moscou.»

Le KGB. Et je me suis dit *Putain de merde,* parce que ce type était une huile, un ponte et une grosse pointure, tout ça pour le même prix. Je me suis sérieusement demandé si j'étais censé me mettre au garde-à-vous et faire le salut militaire.

J'ai eu un blanc assez long pendant que je réfléchissais à la façon de gérer ça, puis j'ai opté pour ma position de repli favorite, la réflexion finaude:

«Vous êtes loin de chez vous et, au cas où ça vous aurait échappé, on est en pleine guerre froide. Vous n'avez pas peur de vous faire cueillir comme espion et fusiller?

— Hon-hon. On n'est pas si brutal dans votre pays. J'ai des papiers qui prouvent que je suis un négociant en vin de la république socialiste de Géorgie, et que je suis venu faire la tournée des merveilleux vignobles californiens. Dans le cadre des échanges culturels destinés à apaiser les tensions entre nos deux grandes nations.»

Il s'est octroyé une nouvelle rasade de vodka, et j'ai remarqué que la flasque était ornée d'un monogramme: l'équivalent cyrillique de la lettre P. Pour «Popov», ai-je supposé, mais peut-être pas. Peut-être qu'il n'était pas du tout celui qu'il prétendait être. J'avais déjà entendu prononcer le nom de Nikolaï Popov, généralement à voix basse et tremblante, mais ce type avait l'air beaucoup trop jeune pour occuper un poste aussi puissant et prestigieux au sein de la hiérarchie du KGB.

Le Russe avait sorti un paquet de Marlboro et allumé une cigarette. Il en a tiré une bouffée et a soufflé la fumée avec un profond soupir.

«Les cigarettes sont vraiment excellentes dans votre pays. Attention, n'y voyez pas une critique de la direction que la Révolution a prise dans mon pays quant à l'industrie du tabac. Ce n'est qu'une observation.» Il a inspiré une autre bouffée et a changé de sujet si vite que ça m'a pris au dépourvu. «J'ai lu vos rapports, monsieur O'Malley.

— Je suis flatté.

— Il y a de quoi. Vous n'êtes qu'un petit rouage insignifiant dans le moteur qui fait avancer la Révolution. Mais je voudrais entendre de votre bouche l'histoire de ce dîner que vous avez fait avec Mlle Monroe au Blue Derby.

— Le Brown Derby.

— Si vous le dites.» Il agita sa cigarette dans le vide. «Allez-y, je vous en prie.»

Trois semaines avaient passé depuis cette fameuse soirée, mais j'avais une excellente mémoire. Quand j'ai eu fini, j'ai demandé:

«Vous allez rendre cette affaire publique?

— De quelle affaire parlez-vous? Ou plutôt, de quel frère Kennedy?» Le Russe réfléchit un bref instant, puis haussa les épaules. «Nous avons d'autres chats à fouetter.»

J'avais entendu parler de l'un de ces chats, ou plutôt d'une chatte: une jeune mondaine allemande qui avait récemment attiré le regard du président à Washington. Et qui était, comme moi, un agent soviétique. Mais contrairement à moi, elle avait été démasquée par le FBI, et avait été expulsée.

«Et Mlle Monroe? a demandé le Russe. Sa vie est toujours un chemin de roses?

— Comme vous dites. C'est ce que j'ai écrit, longuement, dans mon rapport. Le studio l'a virée le mois dernier du plateau de *Something's Got to Give*. Elle était toujours en retard et elle ne connaissait pas son texte parce qu'elle était camée jusqu'aux yeux. Mais ils ont accepté de la reprendre, probablement parce que Dean Martin, la covedette du film, l'a exigé.»

Les yeux du Russe se sont allumés.

«Ah. Dean Martin. Il fait partie du Rat Pack, non? Deano, Sammy et M. Yeux-Bleus.»

J'ai dissimulé un sourire. Hollywood. Personne n'était immunisé contre sa magie.

«Et Mlle Monroe attribue cette bonne fortune à l'amulette magique que votre femme lui a donnée? Celle du... comment appelez-vous ça?»

J'ai eu le sentiment que l'homme le savait pertinemment, mais je lui ai répondu:

«L'autel d'ossements.»

Le Russe a contemplé le panorama pendant un long moment, puis il a demandé, l'air de rien:

«Qu'en pensez-vous, monsieur O'Malley?»

La question avait été articulée sur un ton un peu trop anodin pour ma propre sérénité. Un type dans la position de Popov n'aurait pas fait tout ce chemin pour épiloguer sur un rapport de routine envoyé par un agent du bas de la chaîne alimentaire tel que moi. Il y avait quelque chose de bizarre là-dedans, mais je n'étais pas foutu d'imaginer ce que c'était.

«C'est n'importe quoi. Comme je l'écris dans mon rapport, ma femme dit qu'elle a acheté ça à un vieil émigré russe blanc qui travaille dans la boutique de delikatessen du coin. Grattez un peu chez n'importe quelle babouchka et vous trouverez une vieille piquée qui se prend pour une sorcière. Pour quelques dollars, elle vous lira les lignes de la main et vous donnera un truc pour faire disparaître vos verrues.»

Le Russe a hoché pensivement la tête.

«Parlez-moi de cette nouvelle femme que vous avez. Cette Katya Orlova. Elle est russe?

— Sa mère l'était, mais elle est née à Shanghai. Le jour où les Japonais ont pris la ville. Une sacrée histoire, soit dit en passant. La femme a fait toute la route à pied depuis la Sibérie d'où elle s'était évadée d'un de ces goulags...

— Le goulag n'existe pas, n'a jamais existé. Ça fait partie de l'infecte propagande répandue par l'Occident pour discréditer l'empire soviétique.»

Cause toujours, me dis-je, mais je laissai passer parce que ce qui était vraiment intéressant, c'était la tête que faisait Popov. On aurait dit que la foudre était tombée à ses pieds.

«Et donc, votre Katya, a repris Popov au bout d'un moment, elle a donné l'amulette magique des babouchkas à Mlle Monroe, et maintenant Mlle Monroe croit que ça l'a guérie de tous les maux de l'existence.

— Mlle Monroe souffre d'insomnie chronique, raison pour laquelle elle se bourre de Nembutal comme si c'était des pastilles de menthe. Après quoi le studio lui donne des amphétamines pour contrer l'effet des barbituriques, et pour couronner le tout elle picole. Si vous lui disiez que s'accrocher un blaireau mort au cou chasserait tous les croquemitaines qui se bousculent dans ses placards, elle le ferait.

— Alors vous ne pensez pas qu'elle a donné l'amulette à votre président?»

J'ai éclaté de rire, sans trop savoir pourquoi.

«Elle n'en a pas eu l'occasion, ai-je dit. Pas depuis le micmac du "Happy Birthday"».

Le Russe s'est levé.

«Parfait. Alors on va la récupérer chez elle.»

J'ai eu tout à coup l'impression d'avoir été terrassé par une crise cardiaque, de me retrouver sur les fesses, les oreilles bouchées. J'ai regardé le grand Russe en clignant les paupières pour chasser la sueur qui me piquait les yeux. J'ai inspiré un bon coup...

«Non, économisez votre salive et ne me demandez pas pourquoi, monsieur O'Malley. Comment dites-vous, à la CIA ? Vous avez pour principe de ne divulguer les informations qu'aux personnes strictement concernées. Eh bien, vous n'êtes pas strictement concerné.

— D'accord. Oublions le pourquoi. Essayons plutôt comment. Vous allez vous pointer comme une fleur et la lui arracher du cou ?

— Si nécessaire.»

Le type qui prétendait s'appeler Nikolaï Popov a eu un sourire, mais ses yeux ont jeté un éclair glacial venu tout droit des steppes enneigées de Sibérie.

Il a relevé le poignet de sa chemise de soie pour regarder l'heure à une Rolex en or. Une fantaisie plutôt coûteuse pour un communiste, me suis-je dit.

«Je viens vous chercher à neuf heures, ce soir, au coin de... Quel est ce célèbre endroit où toutes les starlettes sexy viennent se promener ? Hollywood et...

— Vine, ai-je répondu, mais ça a sonné plutôt comme un gémissement.

— Au coin de Hollywood et de Vine. Ne soyez pas en retard.»

31

«Bon, alors, comment on joue le coup?» ai-je demandé plus tard, ce soir-là.

Nous quittions San Vincente avec ses gigantesques arbres corail pour entrer dans le quartier de Brentwood qu'on appelle les «Helenas». Pas de demeures tape-à-l'œil, ce n'était pas le genre, mais elles devaient coûter un joli paquet de fric quand même.

«Ce n'est pas sorcier, a répondu Nikolaï Popov. On entre, on récupère l'amulette et on repart.»

Les lampadaires rétro semaient par intermittences des flaques de lumière sur les eucalyptus, mais les maisons disparaissaient derrière de hauts murs et les rues et les trottoirs étaient déserts. Personne ne promenait son chien ni ne sortait la poubelle.

Je m'attendais à ce que Popov passe devant la maison de Marilyn et aille se garer plus loin, dans une rue avoisinante. Pas du tout. Il a pris Fifth Helena Drive et a mis le cap droit sur le numéro 12305, avec ses murs blanchis à la chaux qui disparaissaient presque sous les bougainvillées. J'ai constaté avec surprise que le portail vert était grand ouvert, comme si elle nous attendait.

Popov est descendu de voiture et a claqué la portière, ce qui m'a presque fait sauter au plafond.

Un chien s'est mis à aboyer, quelque part, mais aucune lumière ne s'est allumée. L'air de la nuit embaumait. Une douce brise caressait la cime des grands eucalyptus.

«Tenez, a fait Popov en sortant de sa poche un bouquet de gants en latex. Mettez ça.»

C'était drôle, ai-je pensé en enfilant les gants sur mes mains en sueur. Pas drôle ha-ha, on rigole, mais drôle bizarre. J'étais un traître, un agent double. Je fourguais les secrets de mon pays aux Russes depuis des années, et pour la première fois, ce soir-là, je me faisais l'impression d'être un malfaiteur.

La porte de devant était fermée à clé, mais Popov l'a crochetée sans problème.

Il a allumé une lampe-stylo alors que nous entrions dans un salon à l'épaisse moquette blanche et aux murs d'albâtre, sous des poutres sombres. La pièce n'était pas très meublée, juste un banc de bois le long d'un mur, un canapé rouge le long de l'autre et une banale table basse en bois flanquée par quatre tabourets de style mexicain. Mais des monceaux de disques étaient entassés dans les coins, à côté de piles de magazines et de cartons de livres.

«On ne dirait pas la maison d'une vedette de cinéma, a remarqué Popov.

— Elle a acheté un tas de meubles au Mexique, ai-je dit, me sentant tout à coup étrangement porté à prendre sa défense, comme si elle m'appartenait, d'une certaine façon, comme si ses péchés et ses faiblesses étaient les miens. Mais il ne faut pas être pressé quand on commande quelque chose au pays de *mañana*.»

Par la fenêtre de derrière, je voyais le clair de lune se refléter sur l'eau de la piscine où elle se baignait rarement. Un tigre en peluche gisait, abandonné, à côté d'une des chaises du patio. Elle ne raffolait pas de ce genre de choses, et je me suis demandé ce qu'il faisait là.

«Elle l'a probablement avec elle, dans sa chambre, dit Popov. On va commencer par là.»

La porte de la chambre était fermée à clé, mais, encore une fois, le Russe l'a crochetée facilement.

Dans la pièce, il faisait noir comme dans un four, et les effluves douceâtres de son parfum préféré – N° 5 de Chanel – saturaient l'air. J'ai entendu le craquement d'un saphir tournant inlassablement à la fin d'un disque, et le murmure de la respiration de Marilyn assommée par les somnifères.

Popov a balayé la pièce avec sa lampe, et le rayon a éclairé successivement une paire de chaussures à talons aiguilles noires, un tas de vêtements sales abandonnés par terre, une applique en bronze, et encore des piles de disques.

Et puis, comme si le Russe avait retardé le moment, le savourant à l'avance, le rayon lumineux est tombé sur Marilyn, dans son lit.

Son téléphone blanc était à côté d'elle, raccroché de travers. C'est ce que la lumière a d'abord mis en évidence avant de se promener sur son corps. Elle était couchée sur le côté, les bras et les jambes étendus, et elle bavait un petit peu. Je me suis senti gêné pour elle. Elle était nue en dehors d'un soutien-gorge.

Elle n'avait pas l'amulette.

388

Le rayon lumineux est passé sur une table de nuit à peine plus grande qu'une assiette, qui disparaissait sous un fouillis indescriptible. Des flacons de comprimés, en grand nombre. Un tas de papiers. Des lettres ? Une boîte de Kleenex.

Popov s'est approché de la table, a trébuché sur un carton de livres et a lâché un juron, tout haut, en russe. Marilyn n'a même pas bougé.

Il a allumé la lampe, et même si c'était une petite lampe, succédant au noir d'encre, la pièce a paru baignée de lumière.

«Ah, c'est mieux, a-t-il dit. Pas la peine de tâtonner comme des aveugles dans un lupanar.»

Il a parcouru la pièce du regard, les lèvres retroussées sur une expression de dégoût.

«C'est une porcherie.

— Elle sombre parfois dans de terribles accès de dépression», ai-je murmuré, me sentant à nouveau stupide. Comme si j'étais obligé de la défendre…

Je suis allé éteindre le tourne-disque. Le bruit de raclement me tapait sur les nerfs, déjà à vif. Frank Sinatra, ai-je vu sur l'étiquette, alors que le disque tournait moins vite et s'arrêtait.

Popov a fouillé dans le bazar sur la table de nuit; il a pris le flacon de Nembutal, l'a secoué. Presque plein, me suis-je dit, en remarquant pourtant les cadavres de plusieurs gélules vides à côté. Elle ouvrait souvent les gélules de barbituriques pour avaler la poudre comme ça, afin d'accélérer l'effet.

Popov a feuilleté les pages de ce qui ressemblait à un journal intime noir, et j'ai reconnu l'écriture ronde, enfantine de Marilyn.

Il a coincé le journal sous son bras, a soulevé une cruche en terre cuite, l'a retournée, l'a secouée, mais il n'en est pas tombé d'amulette. Je me suis dit que j'aurais probablement dû participer à la fouille, mais j'avais les bras et les jambes coupés et j'étais incapable de bouger. Le sang qui battait à mes oreilles me faisait l'impression de rugir plus fort que les vagues du Pacifique.

«Mike? Qu'est-ce que vous faites là?»

Je me suis retourné si vite que j'ai eu comme un étourdissement.

Marilyn était à moitié relevée au milieu de ses draps de satin blanc et clignait des yeux à cause de la lumière. Ses cheveux blond platine étaient en désordre, sa peau pâle luisait d'une fine couche de sueur.

Elle était de l'étoffe dont sont faits les rêves érotiques.

J'ai ouvert la bouche, mais il n'en est rien sorti. Je ne voyais pas comment expliquer de façon plausible ma présence, et encore moins celle du Russe, dans sa chambre à dix heures du soir.

Ça n'avait pas d'importance. Elle était tellement assommée par le Nembutal qu'elle ne devait même plus savoir comment elle s'appelait. Elle s'est redressée encore un peu mais ses gestes étaient semblables à ceux d'une nageuse sous l'eau.

«Vous direz à Kat que ça va maintenant, fit-elle d'une voix étrangement sifflante. Quand je l'ai appelée, tout à l'heure, j'ai dû lui donner l'impression que j'allais faire quelque chose de pas raisonnable, et je comprends qu'elle vous ait envoyé. Mais ça va, maintenant. Bobby est venu me voir cet après-midi et on a eu une scène épouvantable. Je lui ai dit que j'en avais assez de passer de main en main et qu'on se serve de moi comme ça, et je lui ai demandé de s'en aller. Ça m'a fait du bien de lui dire ça, Mike. Tellement de bien. Seulement quand il est parti j'ai cru que je n'arriverais jamais à dormir, alors j'ai pris des comprimés, mais ça va maintenant. Ça va.»

Je ne trouvais pas que ça avait l'air d'aller si bien que ça, mais personnellement je ne me sentais pas non plus au top. J'avais l'impression de ne pas arriver à coordonner ma tête et ma langue.

«Demandez-lui où est l'amulette», m'a dit Popov à côté de moi.

Le plus bizarre de toute cette histoire, c'est que Marilyn n'a même pas regardé le Russe, elle ne paraissait même pas le remarquer. On aurait presque dit qu'elle ne le voyait pas, ou n'avait pas envie de le voir, à moins qu'elle ne se dise que c'était un reliquat de cauchemar et qu'il lui suffisait de l'ignorer pour qu'il finisse par se dissiper.

J'ai avalé ma salive, ai passé ma langue sur mes lèvres.

«Marilyn, vous vous souvenez, l'autre soir, au Brown Derby?»

Un sourire enfantin, étrangement doux, a éclairé son visage.

«La lune était tellement groooosse.

— Ouais. Vous m'avez montré l'amulette magique. Vous vous souvenez? Vous avez parlé d'un autel d'ossements.»

Elle a froncé les sourcils, a écarté ses cheveux de ses yeux comme si ça pouvait lui éclaircir les idées.

«J'ai dit à Bobby que je ne ferais jamais rien qui pourrait gêner son frère, que je voulais juste l'aider. Aider le président. Alors je l'ai donnée à Bobby, pour qu'il la donne à John.

—Vous avez donné l'amulette à Bobby?»

Elle a hoché lentement la tête.

«Oui, aujourd'hui, mais ne vous inquiétez pas. Bobby sait que ce n'est pas pour lui, c'est un cadeau que je fais à John. Un cadeau d'adieu. J'ai dit à Bobby, je lui ai dit: "Ce n'est pas pour toi, c'est pour le commandant en chef. Parce qu'il va changer le monde."»

L'instant d'après, tout a effectivement changé. Ma vie, la vie de Katya, même la vie de Popov, je suppose, tout a changé. Le Russe a bougé si vite que ça a été comme s'il y avait un décalage de cinq secondes entre ce qui se passait devant mes yeux et son assimilation par mon cerveau. Il était debout à côté de moi, le journal intime de Marilyn dans une main, l'autre pendant mollement à son côté et tout de suite après, le journal était par terre et lui sur le lit, à califourchon sur elle, et elle faisait ce bruit rauque de halètement.

À un moment donné, elle avait dû attraper le téléphone, parce qu'elle l'avait à la main et l'agitait en l'air.

Je pense que j'ai dû crier: «Qu'est-ce que vous faites?» ou quelque chose comme ça. À vrai dire, je pensais que le Russe avait pété les plombs, qu'il allait la violer.

«Pourquoi restez-vous planté là comme une bûche? m'a-t-il lancé. Tenez-la!»

Je ne sais pas pourquoi, mais j'ai obéi. Elle était couchée à plat ventre sur le lit, maintenant, et elle ne bougeait plus. Mais elle respirait encore, je l'entendais. J'entendais ce halètement plus rauque, tout à coup, que les battements du sang qui me martelaient les oreilles.

Et puis j'ai regardé avec une horreur croissante le Russe sortir lentement de sa poche une petite poire à lavement.

Ça n'a pas pris longtemps, probablement pas plus de cinq minutes, mais ce fut terrible à voir. Je l'ai maintenue pendant que Popov lui enfonçait la canule dans le corps, appuyait sur la poire et lui injectait l'hydrate de chloral.

C'est, du moins, ce qu'il m'a dit que c'était tandis que mes mains engourdies l'immobilisaient. Au fur et à mesure que les secondes passaient, c'était de moins en moins nécessaire, mais je la plaquais toujours sur le lit.

Quand il a eu fini, il a pris le flacon de Nembutal sur la table de nuit, a versé les pilules dans sa poche et a remis le flacon vide à sa place. Il a ramassé le journal de Marilyn par terre et l'a remis sous son bras.

Il a parcouru lentement la chambre du regard, m'a regardé et m'a souri.

« On a fini ici. »

Je me suis rendu compte que j'appuyais toujours sur les épaules de Marilyn, et je l'ai lâchée comme si mes mains avaient soudain pris feu. Je me suis éloigné du lit en titubant à moitié et j'ai suivi Popov, qui était déjà quasiment dehors.

Mais, arrivé à la porte, il s'est arrêté, a fait demi-tour et est retourné vers le lit. Il a dégrafé le soutien-gorge de la jeune femme et l'a faite rouler sur le dos.

Il lui a arraché ce pathétique lambeau d'armure, juste quelques centimètres carrés de coton et d'élastique, l'a jeté par terre. Il l'a regardée un moment, puis l'a remise comme avant, sur le ventre, le téléphone coincé sous le corps.

Ensuite, il est revenu tranquillement vers moi qui l'attendais à la porte de la chambre, d'un pas nonchalant, comme si nous ne venions pas d'assassiner Marilyn Monroe.

«Pourquoi avez-vous fait ça?» n'ai-je pu m'empêcher de lui demander.

Popov a haussé les épaules.

«Je voulais voir ses nichons.»

Dans la voiture, Popov est resté silencieux. Pas muet d'inquiétude, juste concentré. J'avais l'impression d'avoir avalé une demi-douzaine d'amphés. Je ne tenais pas en place et ma jambe était agitée de spasmes.

Je n'arrêtais pas de voir Marilyn comme nous l'avions laissée, étalée, nue, sur ses draps de satin blanc, la main cramponnée au téléphone comme s'il était encore temps pour elle de passer un dernier coup de fil, pour appeler une dernière fois au secours. Cette pauvre main pitoyable, avec ses ongles fendillés et son vernis écaillé.

Elle aurait détesté l'idée de mourir comme ça, dans cette posture si peu flatteuse. Et je me suis dit alors que j'aurais dû me sentir encore plus mal à cause de ce que nous lui avions fait, mais j'avais déjà dépassé ça. Je ne pensais plus qu'à me sortir de ce mauvais pas.

J'ai allumé la radio, m'attendant à moitié, l'espace d'un instant un peu fou, à ce qu'on annonce déjà la nouvelle de sa mort, mais ce n'était que Shelley Fabares qui chantait «Johnny Angel».

J'ai tourné le bouton si fort qu'il m'est resté dans la main.

Je sentais les yeux de Popov posés sur moi, mais il n'a pas ouvert la bouche. Alors, moi non plus. De toute façon, je n'avais que des questions, et il n'y aurait pas répondu...

Finalement, je n'ai pas pu m'empêcher de dire :

«Qu'est-ce qu'on vient de faire, là ? Bon sang, pourquoi on a tué Marilyn Monroe ?

— Elle était beaucoup trop célèbre, et elle n'aurait pas pu tenir sa langue. Toutes ces histoires, au sujet de l'autel d'ossements, de l'amulette qu'elle avait donnée aux Kennedy – on se serait posé des questions, et c'était à éviter. À éviter à tout prix. L'autel appartient à la Russie. Et si votre président buvait cet élixir...» À ma grande surprise, il a réprimé un frisson. «Ça pourrait être très mauvais pour nos deux pays.» Il a marqué une pause, a haussé les épaules. «Et puis, elle nous avait vus.»

Une fois revenus sur Santa Monica Boulevard, Popov a poussé un soupir très russe. «Ça n'a plus d'importance, maintenant. Ce qui est fait est fait. Mais à présent, il faut qu'on ait une conversation avec Katya Orlova.»

Nous louions, Katya et moi, un petit cabanon victorien sur Bunker Hill, près d'Angel's Flight, le funiculaire qui se targuait, lors de son inauguration en 1901, d'être «le train payant le plus court du monde».

Popov s'est dirigé droit vers chez nous sans que je lui fournisse la moindre indication : ça m'a amené à me demander ce qu'il pouvait bien avoir d'autre dans les poches de son costume russe informe. Un pistolet, sûrement. Un couteau ? Une autre poire à lavement pleine d'hydrate de chloral ? Comme un putain de boy-scout, il était toujours prêt.

Nous n'avions pas de garage, et il était difficile de trouver une place de stationnement dans le quartier, même à l'époque, alors il s'est arrêté devant une borne d'incendie. Il n'y avait pas de lumière aux fenêtres, mais il était déjà plus de minuit, et je me suis dit que Katya et Anna Larina devaient dormir. Sauf que je n'avais pas vu la voiture garée dans la rue, alors peut-être qu'elle n'était pas à la maison, après tout.

Nous sommes descendus de voiture et avons monté l'escalier de l'entrée. Il y avait beaucoup de marches, vingt-neuf, et elles étaient trop étroites pour nous permettre de marcher côte à côte. Alors j'ai laissé Popov passer devant et je l'ai suivi. Katya avait placé quelques pots de géraniums dans l'escalier, et j'ai vaguement envisagé d'en prendre un et de l'assommer avec, mais je n'en ai rien fait, et nous nous sommes retrouvés sur le palier, où il a attendu que je prenne ma clé pour ouvrir la porte d'entrée.

«Vous ne lui ferez pas de mal ?» ai-je demandé en réprimant une grimace. C'était vraiment pitoyable, même à mes propres oreilles. Et inutile. Bon Dieu, il venait de tuer Marilyn Monroe pour cette histoire d'autel d'ossements. Et c'est de Katya qu'elle le tenait, au départ.

Mais je le laissai s'en tirer par un mensonge, proféré en me regardant dans les yeux :

«Bien sûr que non, on ne lui fera pas de mal. C'est votre femme.»

«Chérie, je suis rentré!» ai-je claironné comme on le faisait dans les feuilletons télé du moment. Et crois-moi, ça faisait déjà pas malin, même à l'époque, mais je me suis dit aussi que Popov ne se rendrait compte de rien.

Et surtout, je n'avais pas à m'inquiéter. La maison était vide, ça se *sentait*.

Nous étions au milieu du petit salon, dont la déco était du Katya tout craché, avec ses meubles étranges, de bric et de broc, récupérés dans des brocantes et à Chinatown.

«Où est votre chambre?» a demandé Popov.

Je lui ai indiqué le couloir.

«La nôtre, c'est celle de droite.»

Pendant qu'il allait voir de ce côté-là, je me suis dirigé vers la table de cuisine où Katya me laissait généralement un mot appuyé contre le sucrier si un imprévu l'obligeait à sortir. Mais il n'y avait rien.

Je suis retourné dans le salon et j'ai attendu. Quelques minutes plus tard, Popov m'a rejoint.

«Elle est partie, a-t-il dit. Avec l'enfant. Et leurs affaires. Tout est retourné dans les tiroirs et les placards.»

Je me suis engagé dans le couloir de notre chambre, mais Popov m'a attrapé l'épaule et m'a plaqué contre le mur. Je sentais sa poigne jusque dans mes os, et l'espace d'un instant j'ai vu ma mort dans ses yeux.

«Que lui avez-vous dit? a-t-il demandé.

— Elle sait seulement que je fais du repérage pour le studio. Elle ignore complètement ce que je fais en dehors de ça.

— Alors pourquoi s'est-elle enfuie?

— Je ne sais pas», ai-je répondu.

Et je n'en avais vraiment aucune idée. À ce moment-là.

Je ne pouvais pas le savoir, ce soir-là, évidemment, mais Katya Orlova reviendrait parce qu'elle ne pouvait pas rester loin de moi, ou du moins c'est ce qu'elle disait, et je la croyais. Comme je l'ai dit, quand elle aimait, c'était sans réserve et sans conditions.

Elle n'est revenue que trois fois cette année-là, entre le meurtre de Marilyn et l'autre, l'Assassinat avec un grand A. Elle apparaissait dans notre chambre sans prévenir, au cœur de la nuit, et à l'aube elle était toujours repartie. Elle ne voulait pas me dire ce qu'elle fuyait, ni pourquoi, ni où elles vivaient, son enfant et elle. Et j'étais trop profondément englué dans mes propres mensonges pour lui extorquer une quelconque vérité. J'ai bien pris soin d'omettre ses trois visites dans mes rapports. Je me disais que ce que Nikolaï Popov ne savait pas ne pourrait pas lui faire de mal.

La dernière fois qu'elle est venue, c'était par une froide nuit de novembre, en 1963. À ce moment-là Popov m'avait dit que le KGB allait assassiner le président, et que j'étais l'imbécile heureux qu'ils avaient choisi pour faire le boulot.

«Votre John Kennedy doit mourir, avait-il dit. À cause de l'autel d'ossements. Il en a bu, et ça le rend dangereux pour le monde.»

À l'époque, j'ignorais complètement ce que tout ce charabia pouvait bien signifier, ce qu'il y avait dans cette satanée amulette, et pourquoi le fait qu'il en ait bu voulait dire que Kennedy devait mourir – mais j'avais compris que, si je tenais à ma pauvre peau, il fallait que Katya filme l'assassinat pour moi. Alors, quand elle est venue me retrouver, quelques nuits plus tard, j'ai sauté sur l'occasion. Je lui ai tout déballé, toute cette histoire d'imposture, mon histoire de pourri et, quand j'ai eu fini, elle m'a raconté sa propre histoire.

Elle m'a dit ce qu'il y avait dans l'amulette.

«J'aimais Marilyn comme la sœur que je n'ai jamais eue, m'a dit Katya cette nuit-là. Je lui ai donné l'amulette magique pour la sauver, parce que je pensais que c'était son dernier espoir. J'aurais dû savoir que, malgré toutes ses promesses, elle ne pourrait pas s'empêcher d'en parler.» Elle a eu un petit bruit de gorge comme un sanglot retenu, et elle a continué: «Ce soir-là, au Brown Derby, quand j'ai découvert... C'est là que j'aurais dû fuir, mais je ne pouvais pas supporter l'idée de t'abandonner. Alors j'ai observé et j'ai attendu. Au bout d'une semaine à peu près, j'ai commencé à croire que j'étais sauvée. Et puis un type avec une casquette rouge m'a suivie depuis le studio jusqu'à la maison, et plus tard, pendant que je préparais à dîner pour Anna Larina, j'ai vu la même voiture passer trois fois devant la fenêtre de la cuisine. Et il y avait un homme qui attendait l'autobus, assis à lire le journal, mais deux bus sont arrivés et repartis sans qu'il les prenne.» Elle a tremblé dans mes bras, et enfoui son visage au creux de mon épaule. «Je ne savais pas à ce moment-là pour qui ces hommes travaillaient, mais juste que je devais prendre Anna Larina et m'enfuir très loin. Et voilà, tu m'as dit son nom. Nikolaï Popov.»

Elle l'a craché comme un juron.

Je lui ai murmuré des paroles apaisantes en lui caressant les cheveux, tout en pensant que les techniques de surveillance des hommes de Popov laissaient beaucoup à désirer. Cela dit, il avait dû s'organiser précipitamment, juste après notre conversation au Hollywood Bowl.

«Il y a autre chose que tu dois savoir, disait Katya. Il y a des années, quand ma mère travaillait à l'infirmerie du camp de prisonniers, elle était tombée amoureuse d'un homme qui a profité d'elle, de l'amour qu'elle lui portait, pour l'inciter à le conduire vers l'autel d'ossements. Elle lui avait donné l'élixir à boire, et il avait cru connaître tous ses secrets. Il pensait être capable de le retrouver, mais il se trompait. Et depuis lors, il n'a cessé de le chercher. Avide de son pouvoir.» Elle s'est assise et a posé sur moi un regard que je ne suis pas parvenu à déchiffrer. Mais sa voix était triste et grave. «L'homme qui me pourchasse maintenant, l'homme qui va te faire tuer le président : c'est le même homme qui a séduit et trahi ma mère. Nikolaï Popov est mon père, Mike, l'homme qui m'a donné la vie, et pourtant je sais qu'il me tuerait sur le champ, de ses propres mains, si ça devait lui permettre de s'approprier l'autel d'ossements.»

Je dois reconnaître que cela m'a étonné plus que cela n'aurait dû. Mais je n'avais pas fini de digérer cette bombe qu'elle m'en a lâché une autre, et c'est là que ça devient drôle, à moins que ce ne soit tragique… Elle m'a dit que ce fichu élixir, il était impossible que le président Kennedy en ait bu parce qu'elle l'avait récupéré. Elle m'a dit que le matin suivant notre dîner au Brown Derby, elle avait apporté une deuxième amulette chez Marilyn, une amulette identique à la première sauf qu'il y avait dedans de l'eau de toilette et non de l'élixir, et qu'elle avait fait l'échange pendant que Marilyn prenait son bain.

Ce que Marilyn avait donné à Bobby le jour où nous l'avions assassinée n'avait rien à voir avec l'autel d'ossements. Eh non, je n'ai fait jamais part à Popov de cette vérité dérangeante. Je ne voyais pas comment le faire sans trahir Katya.

Pendant les jours suivants, pendant que Popov fignolait les détails de l'Assassinat, nous avons imaginé, Katya et moi, le meilleur moyen de nous couvrir tous les deux par rapport à Popov. Et tout s'est passé conformément au plan.

Jusqu'à la fin.

Elle a filmé le meurtre embusquée dans une planque naturelle avec un zoom, si bien qu'elle a immortalisé non seulement l'assassinat, mais aussi tous nos visages en gros plan. Après, nous avons fait des tirages papier des plans où tous les complices apparaissaient, et je les leur ai donnés afin qu'ils sachent ce que j'avais en ma possession. Je leur ai dit que tant que nous resterions, Katya et moi, en vie, le poil brillant et la truffe humide, le film ne referait pas surface.

Nous étions donc chez nous libres, et pourtant je n'arrêtais pas de penser à l'élixir de l'autel d'ossements. Il me le fallait. J'en avais besoin. Mais elle n'a pas voulu me le donner, que le diable l'emporte. Elle l'avait donné à Marilyn, et elle ne voulait pas me le donner à moi.

Au bout d'un moment, elle a commencé à se douter que j'en avais tellement envie que je la tuerais pour ça, et, Dieu ait pitié de moi, elle avait raison.

Alors elle a fui. En emportant l'élixir de l'autel d'ossements avec elle pour se protéger *de moi*.

Mais de tout cela, ce soir-là, juste après le meurtre de Marilyn, il n'en était pas question. Il n'en serait pas question pendant plus d'un an. Et ma seule idée sur le moment était d'empêcher Popov de me tuer sur-le-champ.

« Si vous me mentez, disait Popov, je vous arrache les couilles et je vous les fais bouffer. Maintenant, réfléchissez. Y a-t-il un ou une amie chez qui elle aurait pu aller ? Des parents ?

— Je ne sais pas. »

C'était la vérité. Sa seule véritable amie avait été Marilyn.

« Je pourrais vous abattre. »

Je savais aussi qu'il pouvait le faire, sans que cela lui demande le moindre effort et sans une once de regret.

« Je n'en ai absolument aucune idée. Bon sang ! Je ne comprends rien à toute cette histoire. »

Je me suis engagé dans le couloir, suis retourné dans le salon, Popov collé à mes basques. Tout à coup, son regard s'est fixé sur quelque chose et je me suis retourné d'un bloc, m'attendant à moitié à voir Katya debout, là.

Mais il n'y avait personne, et je me suis rendu compte qu'il regardait la photo encadrée sur la cheminée, un agrandissement de celle que Katya avait toujours dans son portefeuille – la photo d'Anna Larina et elle debout devant les portes du studio. Il est allé la chercher, et il est resté planté là, longtemps, à la regarder.

Et puis il a dit quelque chose qui m'a semblé la chose la plus bizarre du monde :

«Je croyais qu'elle était morte dans la grotte.»

32

Il a dit : « Je croyais qu'elle était morte dans la grotte. »

Ce sont les dernières paroles que papa a prononcées, Ry.
Il avait énormément de mal à respirer, à ce moment-là,
et je n'avais guère envie d'en apprendre davantage, et
pourtant je savais que je devais tout entendre jusqu'au
bout. Il fallait que je sache quelle tentation du Diable
recelait l'amulette, pour qu'il en soit arrivé à envisager
de tuer sa propre femme afin de s'en emparer. Et quel
genre d'homme suivrait volontairement un chemin qui
le mènerait de cette chambre de Brentwood à cette butte
herbeuse, à Dallas, un fusil entre les mains ? Quel genre de
monstre était notre père ? Mais il n'a plus prononcé un seul
mot, il a sombré dans une espèce de coma et, une demi-
heure plus tard, il était mort. Je lui ai donné l'extrême-
onction, Dieu me pardonne de l'avoir fait malgré lui.

J'espère que, lorsque tu liras ces lignes, je serai assis en
face de toi, à la table de la cuisine, un whisky irlandais
entre les mains en attendant que tu finisses ta lecture pour
que nous en parlions en détail afin de décider quoi faire.
Mais si, au lieu de cela, tu es tout seul, alors sache que tu
as été le meilleur petit frère que l'on puisse avoir, et que
je t'aimais.

Zoé essuya les larmes qui roulaient sur ses joues et ferma les yeux. Elle sentit un mouvement à côté d'elle : Ry lui mettait un plaid sur les épaules.

«Vous avez tellement froid que vous claquez des dents», dit-il.

Elle baissa les yeux et vit qu'elle avait les mains crispées sur le texte de l'histoire de Mike O'Malley, au point qu'elle en chiffonnait les pages. Elle les lissa sur ses cuisses.

«Kennedy s'est fait tuer pour rien, Ry. Ma grand-mère avait récupéré l'amulette – nous savons que cette partie est vraie, parce que c'est ce qu'elle a dit dans son dernier soupir. Alors ils l'ont assassiné sans raison. Et ce qu'ils ont fait à la pauvre Marilyn. C'est la façon dont elle a été tuée qui paraît si monstrueuse, être violée comme ça, par une canule mortelle. Et maintenant, ils ont tué aussi votre frère.»

Comme Ry ne répondait pas, elle leva les yeux et vit qu'il tournait en rond tel un ours en cage. Il s'arrêta devant la coiffeuse, y appuya ses poings et se pencha devant le miroir doré fantaisie pour s'y regarder, mais elle doutait qu'il y voie sa propre image.

«Je sais que ça peut paraître presque obscène de dire ça, dit-il, mais je pense qu'il faut envisager l'affaire du point de vue de Nikolaï Popov. S'il ne savait pas que votre grand-mère avait récupéré son amulette, il n'a pas agi "sans raison".

— Ouais. Je comprends ce que vous voulez dire», acquiesça Zoé.

Ry se redressa et se tourna vers elle.

405

«Alors, que peut-il y avoir dans ce truc-là pour que le seul fait de penser que le président des États-Unis en ait bu puisse amener le KGB à l'assassiner?»

Zoé ne put retenir un frisson.

«Je ne sais pas, mais je pense que nous avons intérêt à le découvrir, vite, avant de nous faire tuer parce que nous l'ignorons. Et où est l'amulette, maintenant? Katya l'avait récupérée, alors elle aurait dû se trouver dans le coffret avec l'icône et le film, non?»

Ry laissa échapper un profond soupir.

«Peut-être qu'elle a eu tellement peur en voyant ce qui était arrivé quand elle l'avait donnée à Marilyn qu'elle s'en est débarrassée.»

Zoé secoua la tête.

«Elle n'aurait jamais fait ça. Qu'elle la donne à quelqu'un par amour, passe encore, mais s'en débarrasser? Pas question. C'est l'élixir de l'autel, et elle en était la Gardienne.»

Ry vint s'asseoir sur l'ottomane à côté d'elle. Il ne la touchait pas et pourtant elle pouvait sentir émanant de lui une férocité, une violence difficilement contrôlées. Son père était-il comme ça? Était-ce ce qui avait attiré sa grand-mère vers Mike O'Malley?

«Vous croyez qu'ils étaient vraiment mariés? demanda-t-elle. Votre papa et ma grand-mère?

— Ouais, ils étaient mariés, répondit Ry après un instant de silence. Après Galveston, quand j'ai su que je devais retrouver Katya Orlova pour avoir des réponses et voir le film, j'ai cherché sa trace au seul endroit où j'étais sûr qu'elle avait vécu: la région de Los Angeles. Je suis tombé sur l'enregistrement de leur mariage à l'église orthodoxe russe de la Vierge Marie à Hollywood. Un certain Michael O'Malley y avait épousé Katya Orlova le 23 juin 1962. J'ai vu le certificat de naissance d'Anna Larina et le certificat de mariage avec votre papa. C'est comme ça que j'ai pu retrouver si facilement la trace de votre mère, après avoir épuisé toutes les autres pistes. J'espérais que d'une manière ou d'une autre Anna Larina me conduirait à Katya.

— Et votre plan a fonctionné, fit Zoé. D'une façon assez étonnante. Quand même, c'est fou de penser qu'ils étaient mariés. Katya et votre papa, je veux dire. Ce n'est pas que ça fasse de nous des parents par le sang ou je ne sais quoi, mais quand même, ça fait drôle. Deux étrangers liés par quelque chose dont aucun d'eux n'avait idée, et nous voilà...

— En train de nous faire tirer dessus.

— Évidemment, il y a ça, fit Zoé, et ils échangèrent le genre de sourire que devaient échanger les soldats dans une tranchée au cours d'une trêve dans les combats, imaginait-elle. Et pour tout arranger, maintenant, il faut que je me fasse à l'idée que ce Nikolaï Popov, ce monstre, est mon arrière-grand-père. Enfin, ajouta-t-elle avec un rire amer, ce n'est pas comme si j'avais eu une famille normale, déjà, à la base.»

Sans répondre, Ry se pencha, lui prit la main, la pressa gentiment et la lâcha.

Un silence s'installa entre eux, d'une intimité presque poignante et en même temps plein d'émotions conflictuelles parmi lesquelles Zoé avait du mal à faire le tri. Peut-être était-ce à cause de ce passé dont ils partageaient la révélation, un passé fait de noirs et horribles secrets, mais c'était comme si cet homme la comprenait, la connaissait, mieux que personne ne l'avait jamais fait. Elle se demanda s'il éprouvait la même chose.

«Alors, qu'en pensez-vous?» demanda-t-elle.

Il se pencha en arrière, croisant les mains derrière sa tête.

«Que c'est un puzzle fait de toutes ces pièces éparses. Je n'arrête pas de penser que, si on pouvait simplement assembler les morceaux, on verrait l'image d'ensemble.»

Zoé s'adossa aux coussins du canapé à côté de lui et regarda le plafond.

«Eh bien, nous savons qu'il y a – ou du moins qu'il y avait – quelque part une amulette pleine d'un truc, une sorte d'élixir, appelé, apparemment, l'autel d'ossements. Un truc tellement effrayant que, lorsque le KGB a cru que le président des États-Unis en avait bu, ils l'ont tué.

— Mais pas tout de suite, intervint Ry. Ils ont assassiné Marilyn en août 1962, le jour où elle a donné ce qu'ils croyaient être l'autel d'ossements à Bobby pour qu'il le remette au président. Or Kennedy n'a été assassiné qu'en novembre de l'année suivante, quinze mois plus tard. Si Popov et le KGB pensaient qu'en avoir bu faisait de lui un danger pour le monde, pourquoi ont-ils attendu si longtemps?

— "Un danger pour le monde...", répéta Zoé. Comme si l'autel était quelque chose de profondément maléfique. Et pourtant Popov et votre père étaient tous les deux prêts à trahir la femme qui les aimait, rien que pour mettre la main dessus.

— Un maquereau à deux balles m'a raconté une histoire une fois: il a poignardé une de ses putes qui l'avait doublé. Il a dit que, pendant qu'il la lardait de coups de couteau, il avait ressenti une telle impression de pouvoir qu'il s'était senti comme un dieu. Pour certaines personnes, Zoé, faire le mal peut receler une réelle séduction.» Ry se pencha en avant, s'accoudant sur ses genoux écartés. «Enfin, nous ne savons pas encore ce qu'est l'autel d'ossements, mais nous avons une idée de la façon dont il s'intègre dans l'assassinat de Kennedy: ils l'ont tué parce qu'ils croyaient qu'il en avait bu. Et nous savons aussi que nous avons deux méchants distincts aux trousses: M. Queue-de-cheval, qui veut l'autel d'ossements, et Yasmine Poole qui court après le film.

— Cela dit, ils pourraient tous les deux travailler pour Nikolaï Popov, dit Zoé. On voit Katya sur le film, je vous rappelle. Et Popov était le type au parapluie, celui qui avait signalé à votre père l'arrivée de la limousine du président. Il a donc une bonne raison d'empêcher le film de reparaître au grand jour. En même temps, nous savons maintenant qu'il courait après l'autel d'ossements depuis les années 1930, alors...» Elle s'interrompit, prenant soudain conscience de ce qu'elle venait de dire. «Ça fait combien de temps, ça? Quatre-vingts ans? Popov devrait donc être aussi vieux que Mathusalem, maintenant. Conclusion, je viens de faire un grand trou dans ma théorie, non?»

Ry eut un sourire las.

«En réalité, il devrait friser les cent dix ans, s'il était encore vivant. Quand j'essayais de retrouver votre grand-mère, j'ai fait des recherches sur un Nikolaï Popov qui était procureur général du KGB au début des années 1960. Comme vous l'imaginez sûrement, je n'ai pas trouvé grand-chose, mais il semblerait qu'il soit né à Saint-Pétersbourg au début du siècle dernier. Il a intrigué dans l'ombre, avec un pouvoir considérable jusqu'à la mort de Leonid Brejnev, en 1982. Ensuite, tout porte à croire qu'il serait tombé en disgrâce avec le nouveau régime. Finies les années de splendeur, il se serait retiré dans sa datcha pour terminer ses jours. Après ça, il n'est plus question de lui nulle part.

— Même pas de certificat de décès?

— Je n'en ai pas trouvé, mais beaucoup de dossiers ont été perdus ou détruits après l'effondrement de l'Union soviétique.

— Eh bien…, soupira Zoé. Elle se redressa et étira ses muscles noués. Dommage. C'était une bonne théorie.

— En réalité, il se pourrait que vous ayez raison. Au moins, en envisageant que le type à la queue-de-cheval pourrait être à la solde d'un Popov. Au début des années 1980, quand le crime organisé a commencé à monter en puissance en Russie, un dénommé Mikhaïl Nikolaïevitch Popov a émergé comme le pakhan d'une vaste organisation de la mafiya à Saint-Pétersbourg. Il prétendait être le fils du vieux maître espion, il avait même un certificat de naissance officiel qui le prouvait, et il paraît que c'était le portrait craché de son père. Quoi qu'il en soit, ce type est sérieusement dans le business, maintenant – prostitution, extorsion, meurtre commandité, trafic de drogue. Surtout la méthamphétamine.

— Super. Un pakhan de plus dans la famille. Si Nikolaï Popov était mon arrière-grand-père, son fils serait mon… mon quoi? Mon grand-oncle, ou un truc comme ça? Vous ne pensez pas que ça pourrait être génétique, hein? fit-elle à moitié sérieusement.»

410

Ry lui prit le menton dans sa main en coupe et l'obligea à tourner la tête pour la regarder dans les yeux.

«Vous êtes vous-même, Zoé. Vous l'avez déjà mille fois prouvé.»

Elle hocha la tête, déglutit.

«Je sais. C'est juste que… Je sais.»

Il lui caressa la joue une fois avec son pouce, la lâcha.

«Alors voilà ce que je pense : Nikolaï Popov a très bien pu parler à son fils de cet autel d'ossements, ça ne fait aucun doute, et votre bonhomme à la queue-de-cheval a l'allure et le comportement typiques des vory. Bon, maintenant Yasmine Poole ? Il se pourrait qu'elle travaille pour lui aussi, mais je n'y crois pas, fit Ry en haussant les épaules. Elle ne cadre pas avec le tableau de la mafiya. À ma connaissance, l'organisation criminelle de Popov n'opère qu'en Russie, un pays on ne peut plus misogyne. Ce n'est pas faire insulte à votre mère, Zoé, mais je ne vois pas un vrai pakhan russe confier à une femme le rôle d'exécuteur des hautes œuvres pour son compte, surtout quelqu'un d'aussi flamboyant que cette Yasmine Poole.

— Vous vous rappelez qu'il y avait un autre type dans le film ? dit Zoé. Celui en combinaison d'employé des chemins de fer qui a récupéré le fusil de votre père ? Katya avait pris soin de faire un gros plan de son visage qui durait dix bonnes secondes. Votre père étant mort, Nikolaï Popov plus que probablement mort aussi depuis le temps, et son fils un criminel – ce type en tenue de cheminot pourrait bien être le seul individu survivant qui aurait encore

411

quelque chose à perdre. Peut-être une autre taupe du KGB, comme votre père. Yasmine Poole travaille peut-être vraiment avec la CIA, et ils font tout ça pour éviter que le scandale éclate au grand jour.»

Ry eut un grognement approbateur.

«S'il s'avérait que la CIA était impliquée dans l'assassinat de Kennedy, même en supposant qu'ils se soient fait duper et qu'ils aient couvert l'affaire, il y aurait tellement de têtes de barbouzes qui rouleraient en bas de la colline du Capitole que ça ferait un barrage sur le Potomac.»

Zoé récupéra l'icône pour l'examiner encore une fois, et une nouvelle idée lui traversa l'esprit.

«Ry, toutes ces icônes que ma mère a collectionnées au fil des ans, je parie que ce n'était qu'une façade, une façon de se faire connaître comme une acheteuse sérieuse. En réalité, c'est la seule qu'elle ait jamais vraiment convoitée. Anna Larina connaissait l'existence de l'autel d'ossements, d'accord. Elle n'était peut-être pas au courant de tout, mais elle en savait suffisamment pour penser que cette icône était un moyen de le trouver.» Zoé caressa du bout des doigts la coupe d'argent en forme de crâne que la Vierge tenait entre ses mains. C'était la première fois qu'elle observait un détail pareil sur une icône. «C'est moi qui suis censée garder l'autel, le protéger du reste du monde, et d'abord des chasseurs, comme ma propre mère, apparemment, et je ne sais ni où il est, ni même ce que c'est. Toutes ces Gardiennes qui m'ont précédée… Ry, je ne veux pas être la première à échouer.»

412

Elle n'avait pas réalisé qu'elle s'était remise à pleurer avant qu'il la prenne par le cou pour essuyer une larme sur sa joue.

«Il n'est pas question que vous vous plantiez, Zoé. On ne se plantera pas, parce qu'on est dans le même bateau, maintenant. Je surveille vos arrières. Faites-moi confiance pour ça.»

Il entoura sa nuque de sa main, et cette fois il ne la lâcha pas. Sa paume était dure, calleuse, mais chaude. Elle vit ses yeux s'assombrir, et elle pensa, *Il va m'embrasser.*

Mais il détourna le regard et, un instant plus tard, il laissa à nouveau retomber sa main; sans son contact, son cou lui parut étrangement froid et nu.

Zoé ne s'était pas rendu compte à quel point elle était affamée jusqu'à ce qu'elle commence à manger, et là, impossible de l'arrêter. La soupe avait refroidi, mais elle était encore délicieuse, et elle dut se retenir pour ne pas lécher l'intérieur du carton. Et elle aurait volontiers gagné le dernier pâté à l'agneau au bras de fer si Ry ne l'avait pas avalé sans qu'elle l'ait vu.

Dans la boîte de nuit, elle entendait un brouhaha de voix, de conversations et de rires, des tintements de verres, un pianiste mélancolique, et la voix d'alto rauque de Mme Blotski qui chantait «La Vie en rose».

«Vous savez, Ry, je me disais…, dit Zoé

— Seigneur. J'ai intérêt à me méfier, alors!»

Elle chercha dans les barquettes du traiteur quelque chose à lui jeter à la figure, mais ils avaient tout mangé à part le carton. Et puis elle découvrit une bouchée de pumpernickel sous une serviette en papier, mais au lieu de la lui lancer elle l'avala tout rond.

Elle releva les yeux et le vit qui lui souriait.

«Quoi?

— Rien. C'est juste que ça fait plaisir de voir une fille qui ne chipote pas avec la nourriture. J'ai vécu avec une danseuse classique pendant trois ans, et je ne l'ai jamais vue manger que de la laitue. Elle avait toujours tellement faim que je vous jure qu'il y avait des moments où elle me regardait comme si elle avait voulu m'enduire de ketchup et...»

Il s'interrompit, mais trop tard. Zoé sentit un grand sourire s'épanouir sur son visage, mais elle n'eut pas le temps d'ouvrir la bouche; Ry la couvrit avec sa main, en riant lui aussi malgré tout. Elle s'aperçut qu'elle aimait beaucoup son rire.

Elle aimait aussi ses doigts sur sa bouche, probablement trop, mais il retira sa main et leva les bras, les paumes vers le ciel, comme s'il se rendait.

«D'accord, d'accord. Vous avez probablement une bonne demi-douzaine de vannes sur le bout de la langue, alors allez-y.

— Nan, fit Zoé en rougissant un peu. Je pense que je résisterai à la tentation. Pour cette fois.»

Ry eut encore un petit rire en remplissant à nouveau leurs verres de vodka. Le niveau de la bouteille avait bien baissé.

«Donc, vous disiez que vous aviez une idée...

— Hein? Ah oui. Dans la lettre qu'elle m'a écrite, ma grand-mère disait: "Regarde la Dame, parce que son cœur chérit le secret, et que le chemin qui mène au secret est infini"... La "Dame", c'est comme ça que Boris, l'homme de la boutique au griffon,

414

appelait l'icône, et l'icône est ce après quoi Anna Larina semble courir. Alors, peut-être que l'icône, ou plutôt la composition de l'œuvre proprement dire, est l'énigme qui est censée nous conduire à l'autel.

— Ça se défend. On devrait trouver un expert en icônes russes et lui demander d'y jeter un coup d'œil sous prétexte de la faire expertiser. On verrait bien ce qu'il nous dirait…» Il laissa la fin de sa phrase en suspens, mais elle sentit l'intensité de son regard peser sur lui. «Vous êtes vraiment spéciale, Zoé, vous savez?»

Zoé avait les joues brûlantes, et elle n'arrivait ni à croiser son regard ni à articuler une parole. Elle vida son verre de vodka d'un coup et se leva lentement en époussetant son jean.

«Je… euh… Je pense que je vais prendre une douche. J'ai encore les cheveux pleins du glaçage de la pièce montée, et j'empeste comme si j'avais mariné dans des vapeurs de diesel pendant un mois.»

Quand elle ressortit du cabinet de toilette, lavée, sentant bon et portant des sous-vêtements propres, il n'y avait plus personne dans la pièce. L'icône et la carte postale qu'elle avait laissées sur la table de cuivre avaient disparu.

Non, oh non, merde! Que le diable vous emporte en enfer, Ry O'Malley!

Il n'avait pas pu lui faire ça, c'était tout simplement impossible. Pas après tout ce qu'ils avaient traversé ensemble. Elle lui avait fait confiance, elle s'était épanchée, elle lui avait tout dit. Il ne pouvait pas lui faire ça, elle le connaissait, elle savait que c'était quelqu'un de fiable…

Mais oui, bravo, Dmitroff. À qui espères-tu faire croire ça ? Tu ne le connaissais absolument pas, et tout ce que tu sais de lui maintenant, c'est qu'il s'est barré.

Elle s'effondra lentement sur l'ottomane. Elle n'allait pas pleurer, bon sang. Elle ne pleurerait pas. L'odeur des cartons de nourriture vides lui donnait la nausée. Elle les ramassa pour les jeter, et vit le mot qu'il lui avait laissé, griffonné sur une serviette en papier :

SUIS ALLÉ VOIR QQ'1 À PROPOS DE QQC.

Elle se rassit sur l'ottomane en souriant comme une idiote. Et soudain, elle fondit en larmes.

Elle enfouit son visage dans l'un des oreillers à franges aux couleurs éclatantes, pour que personne ne l'entende. Ry avait dit qu'elle était vraiment spéciale, mais elle ne se sentait vraiment pas spéciale en ce moment. Elle se sentait terrifiée, et elle n'avait qu'une envie : rentrer chez elle.

Elle se réveilla en sursaut. Il était tard, c'était le cœur de la nuit. Tout était silencieux dans la pièce, dans la boîte de nuit. On n'entendait pas un bruit. La petite lampe, sur la coiffeuse, était allumée, mais c'est à peine si sa douce lueur rose parvenait à caresser les ombres. Rien ne bougeait, et pourtant elle savait qu'elle n'était pas seule.

Elle se redressa.

« Ry ? »

Elle fut écrasée brutalement sur l'ottomane par quelque chose d'énorme et de lourd, une main se plaqua violemment sur sa bouche. Elle vit la pointe d'un couteau braquée sur son œil gauche.

Cinquième partie

L'énigme

33

«Tu vas me donner l'amulette, salope, dit l'homme à la queue-de-cheval assis à califourchon sur elle, la main sur sa bouche. Mais on va gagner du temps et s'économiser des emmerdes : je vais t'arracher un œil tout de suite. Comme ça tu me croiras quand je te dirai ce qu'il faut que tu fasses pour sauver l'autre. »

La lumière tamisée se refléta sur la pointe d'acier qui s'approchait de son œil. Elle lui agrippa le poignet à deux mains et baissa la tête, sentit une piqûre sur son front, le sang couler. Il l'avait entaillée, mais il n'avait pas atteint son œil. Pas encore. Le couteau un instant éloigné revenait vers son visage, et le type était d'une force monstrueuse. Elle avait beau le repousser avec l'énergie du désespoir, la pointe du couteau se rapprochait, se rapprochait. Elle essaya de donner un coup de genou dans le bas-ventre du type, mais elle n'avait aucune marge de manœuvre. Elle ne pouvait pas respirer, pas bouger, et elle sentait ses forces l'abandonner, tous ses muscles se changer en marshmallow, et la pointe du couteau était telle-ment près... Elle ferma les yeux très fort, sentit une piqûre sur sa paupière. Un liquide humide et chaud lui éclaboussa le visage. Il enleva la main de sa bouche et elle se mit à hurler, hurler...

Elle n'y voyait rien. Bon Dieu, qu'avait-il fait ? Était-elle devenue aveugle ? Pourquoi n'y voyait-elle plus ?

Tout à coup, le poids qui pesait sur elle s'allégea et elle cessa de hurler pour avaler de grandes goulées d'air, hoqueter, respirer à nouveau. Elle sentit quelque chose de doux lui essuyer les yeux, et elle vit le visage de Ry. Elle le *voyait*.

« Là, là, ça va, dit-il. Ça va aller.

— Il voulait… »

Elle frissonna, ferma les yeux et les rouvrit aussitôt. Elle n'aimait pas que le monde soit tout noir.

Son front la brûlait. Elle y porta sa main, regarda ses doigts et vit du sang.

« Ce n'est pas le vôtre, dit Ry. Enfin, pas tout. Je dirais que la situation nous a un peu trop échappée, là. »

Sa voix lui parut ferme, neutre, pourtant, quand il se rapprocha d'elle, elle lui trouva les yeux noirs de violence et d'autre chose qu'elle n'arrivait pas à déchiffrer. Il avait les lèvres très pâles.

Elle craignait, si elle laissait sortir tout ce qu'elle avait envie de dire, de sombrer dans un sentimentalisme gênant, alors elle plaisanta :

« Hé, O'Malley, ne vous faites pas d'idées. J'avais la situation parfaitement sous contrôle. Vous n'avez pas vu ? »

Il éclata de rire.

« Hein ? Ce que j'ai entendu, Dmitroff, c'est que vous poussiez des hurlements de fille.

— Eh bien, qui s'excuse s'accuse, donc je ne m'abaisserai pas à répondre. »

Elle se redressa sur l'ottomane en gloussant nerveusement. Elle se sentait à bout de forces, à bout

420

de nerfs, et en même temps elle avait l'impression d'avoir explosé en un million de morceaux après cette énorme montée d'adrénaline.

Elle essaya de se relever et son pied heurta quelque chose d'épais et de lourd. Elle baissa les yeux et vit l'homme à la queue-de-cheval étalé par terre, sur le dos. La moitié de sa tête avait disparu.

Elle regarda le cadavre, l'énorme et affreux couteau qu'il tenait encore dans sa main crispée. Il ressemblait beaucoup à celui qu'il avait laissé dans la poitrine de sa grand-mère. Un couteau sibérien. C'était l'assassin de sa grand-mère et il était mort. *Bien fait,* se dit-elle. *Bien fait!* Elle se réjouissait qu'il soit mort. Il n'avait que ce qu'il méritait.

Elle récupéra le couteau. Il était lourd, la pointe avait l'air meurtrière, et elle allait le garder. Gare au prochain connard qui surgirait du noir pour lui sauter dessus!

Elle leva les yeux du couteau qu'elle tenait à la main et regarda Ry. Il tenait un oreiller trempé de sang dans une main, son Walther dans l'autre. C'est alors qu'elle remarqua le silencieux, au bout du semi-automatique; voilà donc pourquoi le type à la queue-de-cheval avait basculé, mort, sur elle, sans qu'elle entende le coup de feu.

Quand même, c'était bizarre... Ry avait raison, elle avait crié à pleins poumons. Alors où était tout le monde?

«Je croyais que vous m'aviez abandonnée, dit-elle. Quand je suis sortie du cabinet de toilette, j'ai vu que mes affaires avaient disparu et que vous étiez parti. Et puis j'ai trouvé le mot que vous aviez griffonné sur cette serviette en papier, alors vous êtes pardonné. Enfin, plus ou moins. Je veux dire, "Suis allé voir quelqu'un à propos de quelque chose"? Merci, O'Malley, pour ce luxe de détails rassurants.

—J'avais des gens à appeler, pour voir si on pouvait m'indiquer un expert en icônes russes. Et puis j'en ai profité pour dénicher un gars susceptible de nous faire des faux passeports, parce que nous ne pouvons pas rester éternellement terrés ici. Ça m'a pris finalement plus de temps que je ne pensais. J'ai emporté vos affaires parce qu'il ne me paraissait pas futé de laisser ça sans surveillance pendant que vous étiez dans la salle de bains.

—Non, ce n'était pas très futé.»

Elle posa le couteau sur ses cuisses et se prit la tête à deux mains, se sentant soudain épuisée : elle avait l'impression d'avoir complètement perdu pied. Les district attorneys ambitieux, les juges pointilleux, les papas irresponsables, les maris violents, les agresseurs sexuels – tous ceux-là, elle pouvait les gérer. Mais ça, non.

Elle se passa les mains dans les cheveux et sentit quelque chose de collant. *Qu'est-ce que… ?* Elle croyait avoir réussi à enlever tout le glaçage de la pièce montée, et puis elle comprit que c'était le sang du type à la queue-de-cheval, et peut-être aussi un peu de sa cervelle, et elle frémit.

«Il voulait que je lui donne l'amulette, mais il allait me torturer d'abord, rien que pour le plaisir.»

Elle regarda le visage de Ry, plongea ses yeux dans les siens. Il avait l'air dur et grave, mais la tendresse affleurait aussi, et elle n'était pas sûre de savoir ce qu'elle devait faire de tout ça.

«Vous veillez vraiment sur mes arrières, Ry. J'aurais dû vous remercier plus tôt.»

Il écarta les cheveux collés sur son front par le sang du type à la queue-de-cheval.

«Après avoir subi tout ce qui vous est arrivé, la plupart des gens se seraient depuis longtemps roulés en boule dans un coin, alors n'exigez pas trop de vous-même. Et dans le monde d'où je viens, quand quelqu'un vous dit qu'il surveille vos arrières, ça veut aussi dire qu'il compte sur vous pour surveiller les siens.»

Zoé sentit des larmes lui brûler les yeux et elle détourna le regard, gênée. En même temps, elle débordait de sentiments confus qu'elle avait du mal à nommer. De la fierté, sans doute, et quelque chose qui ressemblait étrangement à une confiance profonde, durable, dans l'homme debout devant elle, mais aussi une certaine assurance.

«Vraiment? demanda-t-elle. Vous comptez vraiment sur moi pour surveiller vos arrières?

— Complètement.»

Elle se racla la gorge.

«Bon, eh bien... C'est bien.»

Elle toucha le corps du bout de l'orteil.

«L'ennui, c'est que maintenant on va avoir du mal à découvrir s'il travaillait pour le fils de Popov ou non.

— Ce que je me demande, c'est pourquoi, alors qu'il y a tant de bars dans le monde, il a fallu que ce type vienne précisément nous chercher ici.

— Comment crois-tu qu'il soit arrivé là, Rylushka?»

Mme Blotski était debout sur le seuil de la pièce. Un pistolet à la main.

34

«Tu vas te pencher très doucement et poser ton revolver par terre, s'il te plaît, dit Anya Blotski. Le canon tourné vers toi... C'est ça. Bon, maintenant, tu l'envoies vers moi.»

Ry s'exécuta docilement. Le Walther ne glissa pas très bien sur l'épais tapis turc, mais il alla assez loin pour être maintenant hors de sa portée. Il se redressa, les bras ballants.

«Depuis quand tu travailles pour les méchants, Anya?

— Il n'y a pas de bons et de méchants, que des vivants et des morts. C'est bien ce que tu m'as dit une fois, *lapushka*, hein?»

Elle indiqua avec son pistolet la table au samovar.

«Maintenant, tu vas venir gentiment par ici... Ça suffit. Je veux juste te séparer de ta petite copine. Sans vous éloigner trop l'un de l'autre; je veux pouvoir vous surveiller tous les deux en même temps.»

Mais les yeux de la Russe, son être tout entier à vrai dire, étaient concentrés sur Ry, Zoé le voyait bien. Alors elle en profita pour prendre l'un des coussins de l'ottomane et pour le mettre sur son ventre afin de dissimuler le couteau du type à la queue-de-cheval. Cessant de fixer le canon du petit Ruger de la femme son regard revint ensuite sur Ry. Il n'avait pas l'air surpris, plutôt déçu, et Zoé se dit qu'il avait déjà compris qu'on n'avait pas pu les retrouver là, à la Casbah, sans l'intervention de Mme Blotski.

«Alors, à qui nous as-tu vendus?» fit Ry d'un ton léger. Zoé se demanda s'il était aussi détendu qu'il en avait l'air. Parce que, maintenant que son pistolet se trouvait au milieu de la pièce, elle ne voyait pas ce qu'il allait bien pouvoir inventer pour les sortir de ce mauvais pas. «Je te pose cette question parce que je pourrai peut-être renchérir sur ce qu'ils t'ont proposé.»

Mme Blotski secoua la tête, et Zoé vit avec surprise des larmes briller dans ses yeux et sur ses joues. Le pistolet, dans sa main, trembla un peu.

«Aucune somme d'argent ne pourra acheter ce qu'il a pour moi.

— "Il"?

— Cet après-midi, j'ai reçu un coup de fil d'un homme, un inconnu. Il ne m'a dit qu'une chose, au début, un nom. Oksana.» Elle secoua à nouveau la tête, pleurant sans chercher à dissimuler ses larmes comme si elle se fichait pas mal qu'ils s'en aperçoivent. «Oksana. C'est le nom de ma nièce, Ry, et elle n'a que cinq ans. Elle vit à Saint-Pétersbourg, elle aime les dinosaures et votre idiotie de Bob l'Éponge, et elle veut être championne olympique de patinage quand elle sera grande. Cet homme m'a donné un numéro de téléphone et m'a dit que je devais l'appeler si vous veniez ici, et j'ai su au moment où il me disait comment je devais te trahir, j'ai su que je le ferais, à cause de la façon dont il a dit le nom de ma nièce.» Elle étouffa un sanglot, ferma très fort les yeux. «Et puis il m'a dit: "La vie peut être cruelle, madame. Des

425

petites filles, surtout des jolies petites filles comme votre Oksana, disparaissent tous les jours dans les rues de Saint-Pétersbourg. Où vont-elles? Qui le sait? Mais j'ai entendu dire qu'à Bangkok il y avait des bordels où on pouvait acheter, en y mettant le prix, un enfant de n'importe quel sexe et de n'importe quel âge"».

Ry poussa un profond soupir.

«Je suis désolé, Anya.» Elle lui lança un sourire plein d'ironie et attristé. «Cet homme, il doit en savoir long sur toi, pour connaître les rares personnes en ce bas monde qui comptent plus pour toi que ta vie même. Il est de la mafiya?

— C'est ce que nous pensons.» Elle secoua lentement la tête. «Ce sont des vampires, ces gars de la mafiya. Ils vivent dans le noir, ils te pompent le sang et ils ne peuvent pas mourir.»

Ce mot, *mourir*, plana longuement dans la boîte de nuit vide. Zoé glissa sa main sous l'oreiller, l'enroula autour de la poignée du couteau.

Mme Blotski jeta un regard à Zoé, puis revint sur Ry.

«Je suis vraiment désolé, *lapushka*, mais ce n'est pas toi qu'il veut, c'est la fille. Si je pensais que tu me la livrerais sans faire d'histoires... Mais non. Je te connais trop bien.»

Elle releva le canon du pistolet vers la poitrine de Ry.

Alors Zoé lui lança le couteau dans la figure.

Mme Blotski lâcha son pistolet et leva les mains devant son visage pour essayer d'éviter le couteau qui volait. Zoé plongea vers le Walther de Ry en même temps que lui. Ils se cognèrent la tête si fort qu'elle se retrouva assise sur les fesses, complètement groggy.

Le temps que le monde arrêtât de tourner et qu'elle eût chassé en battant des cils les larmes qui lui étaient montées aux yeux, Zoé vit que Ry récupérait le petit Ruger de la Russe tout en la tenant en respect avec son propre pistolet.

«Zoé? demanda-t-il. Ça va?»

Elle avait les oreilles qui tintaient, et elle résistait à l'envie de vomir.

«Vous avez le crâne dur comme du béton, O'Malley. J'ai l'impression d'être rentrée dans un…

— Je sais, je sais. Bon, récupérez vos affaires, et en vitesse. Il faut qu'on se tire d'ici.»

Elle fouilla frénétiquement la pièce du regard à la recherche de sa sacoche, et ne réussit qu'à faire tourner le monde de plus belle. Puis elle la localisa, appuyée au pied de l'ottomane. Elle essaya de se lever, mais ça ne marcha pas très bien non plus. Elle se retrouva à quatre pattes.

«C'est bon, je l'ai», dit-elle.

Sauf qu'elle avait du mal à articuler intelligiblement.

«Ça va, vous êtes sûre?

— Dans une minute. Je suis juste…»

Elle inspira un bon coup, ce qui sembla apaiser son estomac, mais ne fit rien pour le tintement qu'elle avait dans les oreilles.

Elle reprit son souffle et se releva doucement, très doucement. Le monde bascula, se redressa, se remit à tanguer, et ne tangua plus. Elle fit un pas, prudemment, puis un autre, et, voyant que le monde restait tranquille, elle décida qu'elle survivrait, en définitive.

Elle avisa le couteau de l'homme à la queue-de-cheval – *son* couteau, maintenant –, par terre, devant la Russe. Finalement, il avait atteint son but sans l'atteindre, *elle*.

Zoé le ramassa, mais au moment de le glisser dans sa ceinture comme elle l'avait vu faire au cinéma, elle se dit que ça ne paraissait pas une si bonne idée, tout compte fait, alors elle le fourra plutôt dans sa besace.

«Ça y est, je suis prête», dit-elle en regardant Ry.

Il avait l'air ébahi, comme s'il n'arrivait pas tout à fait à en croire ses yeux, ce qui se comprenait s'il se sentait dans le même état qu'elle.

«Bon, dit-il au bout d'un moment. On y va.»

Il avait toujours son arme pointée sur la Russe, mais ça n'avait plus l'air nécessaire. Elle était debout, rigoureusement immobile, les bras serrés autour de sa taille comme si ça lui permettait de se tenir droite.

Elle tourna vers Ry des yeux noirs de peur et de douleur.

«Tue-moi, je t'en prie, pour l'amour de mon Oksana. Sans ça, comment saura-t-il que je ne vous ai pas tout simplement laissé partir, tous les deux?»

Ry secoua la tête.

«Je ne peux pas...

— Il le faut. Tu sais qu'il le faut.»

Ry posa la main au creux des reins de Zoé et la poussa doucement en avant.

«Allez-y.

— Quoi? Non!»

Il lui appliqua une autre poussée, assez forte cette fois, pour l'envoyer jusque devant la porte. Et puis il leva le Walther et pressa la détente.

Il y eut une espèce de *spfft*, et Anya s'effondra sur le sol.

Zoé fit volte-face et retourna vers la pièce, mais Ry lui prit le bras et l'entraîna derrière lui. Elle essaya de se dégager, en vain. Il avait trop de force. Elle jeta un coup d'œil par-dessus son épaule et vit la femme se redresser, porter la main à son côté. Du sang suintait entre ses doigts.

«Les organes vitaux ne sont pas atteints, dit Ry. Espérons que ça suffira.»

35

Zoé effaça la buée de la vitre du café afin de voir la boutique d'antiquités qui se trouvait en face, dans la rue des Saints-Pères. La façade de bois était peinte d'un vert Véronèse très classe. L'enseigne était discrètement calligraphiée au-dessus de la porte, en lettres dorées : *Russie d'antan*. La grille était encore baissée devant la vitre assombrie, alors que dans les boutiques voisines des lumières attirantes brillaient déjà dans le matin gris, pluvieux.

Le nom du propriétaire était inscrit sous l'enseigne, en lettres plus petites encore.

« *M. Anthony Lovely* », lut tout haut Zoé.

Ils avaient inspecté la vitrine avant d'aller s'asseoir au café, et Zoé avait été impressionnée. D'après ce qu'elle avait pu voir, les œufs de Fabergé, les boîtes en laque, les poupées gigogne, les bijoux, tout était exceptionnel. M. Anthony Lovely connaissait décidément son affaire.

« Drôle de nom, Anthony Lovely. Je parie que ça lui a donné un sacré coup de pouce, au petit Tony, de grandir avec un nom pareil. Ni russe, ni français, à propos. J'espère qu'il parle anglais, parce que je déteste que les gens discutent entre eux alors que je ne comprends pas un mot. Tout le monde ne parle pas une ribambelle de langues comme vous, Ry.

Enfin, je suis quand même bilingue.» Elle s'arrêta pour reprendre son souffle et regarder sa montre. «Déjà plus de dix heures. Et s'il ne se pointe pas?»

Ry se fourra une dernière bouchée de croissant dans la bouche.

«En réalité, je ne parle que douze langues couramment, mais je me débrouille dans trois de plus.»

Zoé ne put s'empêcher d'ouvrir de grands yeux.

«Vous vous f... moquez de moi, hein?

— Je ne me moque pas de vous. C'est un don. Je suis né comme ça. C'est comme le fait d'avoir l'oreille absolue, ou de pouvoir multiplier de tête 1546 par 852. Avant d'être agent de la DEA, j'étais dans les Forces spéciales, et l'armée m'a fait suivre des tas de cours en immersion totale. Le reste, je l'ai appris sur le tas.

«Quant à Anthony Lovely, le gars qui me l'a recommandé m'a dit que c'était un expat anglais – des Costwolds, pour être précis –, alors on peut parier qu'il parle anglais. C'est un vieux célibataire, mais hétéro, de soixante-dix ans à peu près. Les antiquités russes sont toute sa vie. On ne lui connaît pas d'autre centre d'intérêt, et mon informateur me dit qu'en plus de quarante ans il ne lui est pas arrivé une seule fois d'oublier de lever le rideau. Il se montrera.

— D'accord.»

Zoé ruminait toujours le fait que Ry parlait quinze langues.

Le garçon leur apporta leur seconde tournée de cafés. Zoé essuya à nouveau la buée sur la vitre et prit sa tasse entre ses mains plus pour se réchauffer qu'autre chose. Elle était déjà survoltée.

431

Elle leva les yeux et surprit le regard de Ry posé sur elle, un regard intense, presque farouche.

«Qu'y a-t-il ? Vous me regardez bizarrement depuis qu'on est entrés… »

Une horrible pensée lui effleura alors l'esprit. Elle reposa sa tasse sur sa soucoupe et passa les doigts dans sa frange.

«Pitié, ne me dites pas que j'ai encore du sang sur la figure.

— Non, vous êtes très bien, dit-il en souriant. Les chromes astiqués et toute brillante.»

Après avoir quitté la Casbah, ils n'avaient pas osé aller dans un hôtel, où ils auraient dû montrer leur passeport, et ils avaient utilisé les toilettes publiques au sous-sol de la gare du Nord. Zoé n'avait pas réalisé qu'un aussi important morceau de la tête du type à la queue-de-cheval avait été projeté partout sur elle jusqu'à ce qu'elle voie la quantité de sang et de particules diverses qui avaient coulé dans la bonde du lavabo. Et elle ne pouvait pas y repenser sans éprouver des démangeaisons de tout le corps.

«Alors, qu'est-ce qu'il y a ?»

Il haussa les épaules.

«C'est juste que… vous m'avez incroyablement surprise là-bas, à la Casbah. La façon dont vous nous avez sauvé la mise en jouant les ninjas avec ce couteau.»

Zoé lui décocha un immense sourire, très satisfaite d'elle-même.

«Pour être honnête, ça ne s'est pas passé tout à fait selon mes plans. Je pensais qu'il allait tournoyer sur lui-même comme on voit dans les films, mais ça n'a pas marché ; il a juste heurté Anya.

432

— C'est parce que la lame est incurvée. Ça nuit à l'équilibre.»

Ry tendit la main vers l'addition. Zoé le regarda tirer une liasse d'euros de la poche de son blouson. Il semblait avoir une provision inépuisable d'argent liquide, ce qui était aussi bien, se dit-elle, parce qu'elle n'avait que quelques cartes de crédit maintenant inutilisables. Si elle ne s'était pas accrochée à Ry O'Malley, elle serait probablement entre les mains de la police française, à l'heure qu'il était. Et encore, avec de la chance. Sinon, elle se serait peut-être retrouvée à la morgue.

«Au moins, dit-elle, grâce à vous, le type à la queue-de-cheval est sorti de ma vie. La Russe – votre Mme Blotski – a dit qu'elle ne connaissait pas l'homme qui lui avait téléphoné, mais elle avait l'air assez convaincue qu'il était de la mafiya, et ce qu'il lui a dit ressemble bien au genre de menaces proférées par un pakhan.

— Ouais, je pense qu'on peut tranquillement supposer que votre M. Queue-de-cheval travaillait pour le fils de Popov.

— Mais il ne va pas en rester là, hein, Ry? Le fils de Popov. Il ne va pas me lâcher. Son père lui a parlé de l'autel d'ossements, et maintenant il le veut pour lui, et il continuera à envoyer ses vory me trucider jusqu'à ce qu'il ait ma peau.»

Elle ne se rendit compte qu'elle avait les mains crispées sur sa tasse de café que quand Ry lui fit lâcher prise et enveloppa ses doigts de sa grosse patte.

«Nous avons quand même gagné un peu de répit. Popov mettra un moment à lancer un autre vor à nos trousses, et il faudra que ce type retrouve notre piste. Entre-temps nous aurons peut-être obtenu de cet expert en icônes de bons tuyaux sur l'autel d'ossements : ce dont il s'agit et l'endroit où il se trouve.

— Et comme Kennedy a été tué parce que le KGB pensait qu'il avait bu de ce fichu élixir, poursuivit Zoé, peut-être que résoudre le mystère de l'autel nous indiquera un moyen de nous débarrasser de Yasmine Poole et compagnie par la même occasion. Je persiste à penser qu'elle travaille pour le type en combinaison de cheminot qu'on voit à la fin du film récupérer le fusil des mains de votre papa.

— Ouais. Il se pourrait qu'elle travaille vraiment pour la CIA, bien sûr, mais comme vous, je parierais plutôt pour le type des chemins de fer. Cela dit, quel qu'il soit, il faut qu'il dispose de sérieux moyens pour...

— O'Malley, regardez ! »

Zoé lui prit le bras et indiqua, du menton, un monsieur élégant avec son costume gris et son chapeau, debout devant le Russie d'antan. Il avait un journal sous le bras, et à la main un gobelet de café venant d'un Starbucks. Il posa son café sur l'appui de fenêtre de la boutique et prit un trousseau de clés dans sa poche.

« C'est lui. Le gars des icônes. »

Ils accordèrent leurs violons : ils étaient à Paris en lune de miel, et ils en avaient profité pour rendre visite à la grand-mère de Zoé, une émigrée qui était venue de Russie pendant la glasnost et qui leur avait offert l'icône en cadeau de mariage. Ils voulaient la faire estimer, et peut-être l'assurer, avant de retourner aux États-Unis.

« Je vais faire celui qui s'emmerde, dit Ry. Comme si c'était une lubie que vous aviez et que je me contentais de vous accompagner pour vous faire plaisir, mais qu'en réalité je n'attendais que de vous sauter plus tard. Comme ça, il risquera moins de se sentir menacé ou intimidé par moi. Vous n'y connaissez rien mais vous êtes avide d'en savoir plus long ; ça devrait l'amener à vous en dire davantage. Les gens aiment bien étaler leur science. »

Cela dit, une fois qu'ils furent dans la boutique, Zoé, un peu empruntée, débita leur petite histoire comme si elle lisait son texte sur un prompteur. Mais Anthony Lovely n'eut pas l'air méfiant, il la regarda juste avec un vague intérêt prendre l'icône dans sa besace, la sortir de sa poche de peau de phoque et la poser sur le comptoir.

Et puis la lumière des appliques de cristal de la boutique fit chatoyer les joyaux, la peinture dorée de la couronne, la robe de la Vierge, et l'homme retint son souffle.

« Eh bien, c'est... magnifique », dit-il, mais Zoé eut l'impression qu'il s'apprêtait à dire autre chose.

Ses mains planaient dans le vide au-dessus de l'icône, comme s'il mourait d'envie d'y toucher et n'osait pas.

« Oui, vraiment, c'est plutôt extraordinaire. J'aimerais l'examiner sous un éclairage plus direct. Vous permettez ?

— Je vous en prie. Ma grand-mère dit qu'elle est dans la famille depuis des générations. Pas vrai, chéri ? »

Zoé se tourna pour regarder Ry et faillit en rester bouche bée. Il s'était métamorphosé en un individu radicalement différent, plus mou, plus vide, comme s'il avait perdu cinquante points de QI. Et s'il ne pouvait diminuer ni sa taille ni sa carrure, ainsi avachi contre le comptoir, les épaules tombantes, il avait l'air moins costaud et pas si impressionnant.

Et, oh mon Dieu, il braquait sur elle des yeux de braise, très très chauds, et la déshabillait du regard. Il était clair qu'il la voyait nue comme un ver. Nue et perlant la sueur comme en pleins ébats, et allongée sous lui, et…

Anthony Lovely s'éclaircit la gorge.

« Dites-moi, madame… »

Zoé détacha son regard fasciné de Ry et se tourna vers le marchand d'antiquités.

« Oh, euh, Suzie Carpenter, avec un z. Mon mari s'appelle Jake. Jake Carpenter. On vient de se marier.

— Oui, c'est ce que vous m'avez dit. Puis-je vous demander ce que vous savez des icônes ?

— Eh bien, juste ça, vous voyez, que ce sont des choses religieuses, fit Zoé, espérant avoir l'air parfaitement ignare. Mais maintenant que j'en ai une, je m'y intéresse, et j'aimerais en savoir davantage. »

Anthony Lovely poussa un peu plus loin son café et son journal plié sur le comptoir et saisit une lampe verte à col de cygne par-dessus la caisse enregistreuse.

« Les icônes russes faisaient l'objet d'une véritable vénération de la part de l'Église orthodoxe, dit-il, et devaient par conséquent obéir à des règles formelles, à des schémas fixes, répétés de façon immuable. Les artistes qui osaient s'écarter du canon pouvaient s'attendre à de sévères représailles. Par exemple, ils risquaient la flagellation avec du fil de fer barbelé jusqu'à ce que mort s'ensuive.

436

— Mais c'est affreux ! fit Zoé en frissonnant.

— Comme vous dites. » Lovely approcha la lampe du comptoir. « C'est ce qui rend tellement spéciale cette icône entre toutes : son sujet viole radicalement tous les canons, comprenez-vous ? »

Il se pencha pour attraper sous son comptoir une boîte de gants de chirurgien en latex afin de ne pas tacher le bois avec le sébum de sa peau. Il prit un carré de velours noir dans un tiroir, l'étala et posa respectueusement l'icône dessus.

Zoé éprouva un pincement de culpabilité en pensant à la désinvolture avec laquelle ils l'avaient manipulée, Ry et lui, la tournant, la retournant et la secouant pour voir si elle n'avait pas un compartiment secret. Elle lui avait même fait prendre un bain dans la Seine…

Lovely se pencha en avant, ajusta ses lunettes à double foyer, les releva, les rabaissa et les releva à nouveau.

« Normalement, dit-il, la Vierge est représentée tenant l'enfant Jésus dans ses bras, ou les mains jointes en prière. Or ici nous avons une coupe plutôt macabre. Sculptée dans un crâne humain, rien que ça…

— C'est assez inquiétant, en effet, concéda Zoé avec un nouveau frisson. Vous pensez que ça aurait une signification particulière ?

— Pour l'artiste, peut-être. Quant à l'Église, j'imagine que cette seule idée avait de quoi l'horrifier. »

Lovely se perdit un moment dans ses pensées, et dans la contemplation de l'icône, et Zoé lui trouva un regard plutôt adorateur. *Ça lui plaît*, pensa-t-elle. *Pas seulement les icônes, mais la Russie, il l'aime, avec son histoire, ses mystères sombres et profonds. Il l'aime de toute son âme.*

Il eut un petit rire.

«Oui, l'horrifier, vraiment. Et ils auraient probablement vu cette Vierge de travers, parce que ce n'est pas la sainte classique, au visage atone, conforme à un idéal imposé. Elle a plutôt quelque chose de malin, de facétieux, vous ne trouvez pas? Comme si elle avait un secret et qu'elle nous taquinait, parce qu'elle ne voulait pas le révéler. Cela nous amène à penser que l'artiste s'est inspiré d'un modèle vivant. Le visage en forme de cœur, les pommettes saillantes, les sourcils très arqués. Et les yeux, on dirait presque des yeux de chat...» Il s'interrompit, leva les yeux sur Zoé, puis regarda à nouveau l'icône. «C'est absolument extraordinaire. La Vierge est votre... Vous vous ressemblez tellement toutes les deux qu'on dirait deux sœurs.» Il leva lentement les yeux sur Zoé et elle vit un soupçon traverser son regard doux. «Depuis combien de temps dites-vous qu'elle est dans votre famille?»

Zoé n'osa pas regarder Ry.

«Oh, très longtemps, répondit-elle d'une voix qui sonnait horriblement faux. Ma grand-mère ne me l'a pas dit avec précision.»

Lovely la regarda pendant quelques interminables secondes, et dit:

«Je me demande... Est-ce un hasard si vous lui ressemblez tellement, madame Carpenter? Ne pensez-vous pas qu'il pourrait s'agir d'une femme réelle, d'un endroit réel?»

Un endroit réel. Zoé baissa les yeux sur la Vierge. Elle était assise sur un trône doré, et le trône flottait au-dessus d'un lac qui avait un peu la forme d'une

438

botte. Au talon de la botte, il y avait quelque chose qui ressemblait à un éboulement de roches; et au bout, une cascade.

«Vous voulez dire que ce lac existerait vraiment quelque part?

— Eh bien oui, en effet.»

Lovely eut un petit mouvement circulaire de la main au-dessus de l'icône.

«Le lac, les roches, la cascade, sont vus d'en haut, comme vus d'oiseau. Alors que la Vierge est vue de face, et hors de perspective avec le reste. On dirait que l'artiste a peint une carte d'un endroit qu'il connaissait, chez lui peut-être, et avait placé la Vierge par-dessus.

— Tu entends ça, chéri? demanda Zoé en se tournant vers Ry. Il pense que le lac de mon icône pourrait être un véritable endroit. Ce serait chouette d'y aller pour le voir, non?»

Ry haussa les épaules.

«Si ça peut te faire plaisir.»

Elle se retourna vers l'antiquaire et lui lança un sourire radieux.

«Et vous avez une idée de l'endroit dont il pourrait s'agir, monsieur Lovely? Ça doit se trouver en Russie, alors?»

Lovely lui rendit son sourire.

«Si l'artiste a représenté l'endroit où il vivait, alors ce doit être un coin de Sibérie. Vous voyez les couleurs qu'il a utilisées, les tons de la robe de la Vierge, par exemple: l'orange, le vermillon, le turquoise, renvoient définitivement à la Sibérie. Et témoignent d'une sûreté d'exécution comme il m'a rarement été donné d'en contempler. En vérité, sous les mains d'un maître moins compétent, ces couleurs auraient pu facilement prendre un côté criard, fréquent dans les objets d'art populaire.»

Le cœur de Zoé battait si fort qu'elle aurait pu se mettre à danser d'excitation. L'icône était la carte d'un endroit réel, d'un lac, quelque part en Sibérie. S'ils trouvaient le lac, pourraient-ils trouver l'autel d'ossements?

«Les couleurs sont vraiment jolies, dit-elle. Et encore si fraîches, alors qu'elles ont été appliquées il y a très longtemps.

— C'est vraiment merveilleux, n'est-ce pas? La fraîcheur étonnante de la couleur est due à une technique de grande durabilité appelée peinture à l'encaustique. Les pigments sont liés dans de la cire chaude. Soit dit en passant, c'est une technique qui nous permet de dater l'icône de l'époque d'Ivan le Terrible, à peu près. C'est-à-dire le XVIᵉ siècle.» Lovely reposa l'icône avec révérence et soupira. «L'incrustation d'argent repoussé de la coupe et la peinture à la feuille d'or de la couronne ont dû être ajoutées quelques siècles plus tard. Ce qui est plutôt dommage, parce que ça compromet l'intégrité de la pièce.

— Et les pierres précieuses incrustées dedans? demanda Ry. Elles doivent avoir de la valeur, hein?

— Ah oui, les pierreries.»

Lovely prit une loupe de joaillier dans la poche de son veston, se la colla devant l'œil et rapprocha son visage si près qu'il était à quelques millimètres de frotter son nez contre celui de la Vierge.

«Je vois que nous avons un diamant, un onyx, une iolite…, dit-il en déplaçant la loupe d'une gemme à l'autre. Une opale de feu, une aigue-marine, un saphir…»

Il finit par la plus grosse pierre, celle qui était incrustée sur le front du crâne en forme de coupe.

«Et un rubis.»

Il se redressa, remit la loupe dans sa poche.

«Elles sont malheureusement toutes incontestablement modernes. Je dirais qu'elles datent d'après la Seconde Guerre mondiale, et sont de qualité et de taille plutôt moyennes. Les pierres d'origine ont probablement été retirées par quelqu'un qui avait besoin d'argent.»

Mon arrière-grand-mère, pensa Zoé. Lena Orlova. Les avait-elle vendues pour survivre, avec son bébé, à Shanghai, pendant l'occupation japonaise? Anna Larina avait dit que Lena avait épousé un négociant en pierres précieuses après la guerre. Ces joyaux plus récents devaient venir de lui.

Mais ce que Zoé avait toujours trouvé étrange dans ces pierres, c'était la façon dont elles étaient disposées sur l'icône, comme au hasard. Non seulement il n'y en avait pas deux pareilles, mais encore on aurait dit qu'elles avaient été jetées là de façon aléatoire, sans recherche artistique, ni logique.

La couronne d'or de la Vierge, par exemple: pourquoi n'y avait-il pas de joyau à cet endroit? Alors que dans le ciel, de chaque côté de la couronne, flottant parmi les nuages, l'artiste avait mis une opale de feu et une aigue-marine. Il n'y avait pas non plus de pierre sur la robe de la Vierge, comme on aurait pu s'y attendre, mais l'iolite avait été incrustée au milieu de l'éboulis rocheux, et le saphir était dans la cascade.

Ça n'avait pas de sens. Le seul joyau qui semblait être à sa place était le gros rubis, au centre du crâne.

«Alors, qu'est-ce que vous en dites? demanda Ry en changeant de position pour se pencher et poser les coudes sur le dessus de verre du comptoir. Elle vaut quelque chose, cette icône, ou non?»

Lovely foudroya du regard les coudes de Ry.

«Il est virtuellement impossible de donner une valeur précise à une pièce aussi unique. Je peux vous dire qu'une icône sibérienne du XVIIe siècle en excellent état de conservation est récemment partie pour neuf cent mille livres chez Sotheby's.

— Bon Dieu de merde!» fit Ry.

Zoé se retint de rire devant la surprise authentique qu'elle reconnut dans sa voix. Et puis elle se rappela qu'elle avait piqué une tête dans la Seine avec une icône de neuf cent mille livres dans son sac, elle repensa à la folle course à mobylette dans les rues de Paris, et elle se sentit un peu gênée aux entournures.

«Absolument, confirma Lovely. Et si ça vous intéresse de la vendre, je pourrais vous mettre en contact avec un acheteur potentiel. Il habite du côté de Budapest, mais c'est un sérieux collectionneur d'icônes sibériennes, et un expert en artisanat et en objets d'art populaire sibériens. En réalité, c'est même...»

Puis Lovely se ravisa et son regard se perdit dans le lointain, comme s'il se demandait s'il avait envie d'en dire davantage.

Zoé décida de prendre le risque de jouer cartes sur table avec lui.

«Monsieur Lovely, je ne me séparerai pas de l'icône de ma grand-mère, pas plus que je ne voudrais me couper le bras droit et le vendre, parce que ça fait partie de moi, de mes racines. Mais ça m'intéresserait vraiment de parler à votre expert.»

Lovely hésita un instant encore, puis il hocha la tête.

«Je dois avoir sa carte quelque part.» Il s'approcha d'un tiroir, sous la caisse enregistreuse, et commença à fouiller dans ce qui, à vue de nez, estima Zoé, ressemblait à plusieurs centaines de cartes de visite. «Le plus bizarre, c'est qu'il m'a demandé, il y a des années, de penser à lui si je tombais un jour sur une Vierge tenant une coupe en forme de crâne sur les genoux. J'avais trouvé la demande tellement farfelue que je n'en avais tenu aucun compte sur le coup... Ah, voilà.» Il tendit la carte à Zoé. «Si vous devez en parler à quelqu'un, c'est à lui.»

«Denis Kuzmin, Professeur émérite, 336 Piroska U., Szentendre, Hongrie.» Et un numéro de téléphone.

Zoé fourra la carte dans la poche arrière de son jean pendant que Lovely remballait pieusement l'icône dans sa poche en peau de phoque. Puis il la lui présenta comme s'il lui offrait les joyaux de la couronne d'Angleterre.

«Merci, madame Carpenter, du plaisir que vous m'avez offert.»

Zoé lui rendit son sourire, un peu attristée parce qu'elle l'aimait bien, et que d'une certaine façon elle avait abusé de sa confiance en se montrant sous des dehors fallacieux.

«Ben dis donc! fit Zoé alors que la porte de la Russie d'antan se refermait derrière elle avec un tintement de clochette.» Elle marchait sur un petit nuage. «Le lac de l'icône est un véritable endroit, Ry, il existe quelque part tout là-haut, en Sibérie. Et elle est du

443

xvie. C'est dingue de penser qu'une Gardienne qui me ressemblait vivait il y a si longtemps! J'ai l'impression qu'on avance un peu, là. Comment vous m'avez trouvée? J'avais assez l'air de ne rien y connaître?» Ry inspira un bon coup comme on prend son élan avant de parler, mais Zoé lui mit un doigt sur les lèvres. «Non, O'Malley, ne répondez pas. Je sais, je me suis exposée à un retour de bâton cinglant mais j'avais droit à une partie gratuite, vous vous souvenez?»

Il prit sa main dans la sienne, mais laissa le doigt de Zoé sur ses lèvres. Son souffle était chaud sur sa peau quand il parlait.

«Vous avez été parfaite, dit-il. Vous avez charmé ce pauvre monsieur Lovely comme une véritable magicienne, et vous lui avez tiré les vers du nez.»

Il ne lâcha pas sa main, remarqua Zoé alors qu'ils traversaient la rue et retournaient vers le café où ils avaient pris leur petit déjeuner.

«Et puis, poursuivit Zoé, nous avons maintenant le nom de quelqu'un qui pourrait en savoir encore plus. J'espère que le hongrois fait partie de vos quinze langues.»

Ry lui sourit et articula quelque chose qui résonna aux oreilles de Zoé comme un gazouillis de roitelet.

«Eh bien, j'espère que c'était poli, au moins…»

Zoé s'interrompit, serra plus fort la main de Ry et l'arrêta net. Elle se pencha vers lui, fit semblant de l'embrasser dans le cou et chuchota :

«Le kiosque à journaux. Au coin…»

Il l'embrassa sur le menton et pencha la tête de façon à regarder l'éventaire de journaux du coin de l'œil.

«Et merde! fit-il en lui déposant un baiser sur le bout du nez, puis sur la joue. Ça, ça craint.»

Yasmine Poole avait mis sa menace à exécution. Le kiosque était entouré de journaux, et leur photo ornait la une de chacun d'eux, sur toute sa largeur, sous un gros titre de quinze centimètres de haut qui proclamait «TERRORISTES». Ils reproduisaient la photo du permis de conduire californien de Zoé et celle qui figurait sur la plaque de la DEA de Ry.

Un pressentiment amena Zoé à se retourner pour regarder derrière elle, vers la vitrine de la Russie d'antan. Elle vit Anthony Lovely prendre son café d'une main tout en ouvrant son journal de l'autre. Le gobelet du Starbucks resta en l'air et il tourna vivement la tête pour regarder dans la rue.

«Ça craint vraiment, *vraiment,* même. Ry, Anthony Lovely vient de nous reconnaître.

— Je sais que vous avez peur, dit Ry d'une voix calme.» Du bout des doigts, il lissa les mèches de cheveux vagabondes sur son front. «Mais il y a une bouche de métro pas loin d'ici. On va y aller comme si de rien n'était, à moins que quelqu'un se mette à crier. Auquel cas, on se mettra à courir comme si on avait le diable aux trousses.»

36

Zoé s'attendait à moitié à entendre Anthony Lovely sortir en courant de sa boutique derrière eux, en hurlant «Arrêtez-les! Ce sont des terroristes!» mais il n'en fit rien.

Ils atteignirent la bouche de métro sans anicroche. Ry s'arrêta dans une des boutiques en sous-sol et lui acheta une grande écharpe noire unie, pour se couvrir la tête, disait-il, mais c'est à peine si elle enregistra ce qu'il faisait. Elle était complètement hébétée. Toutes ces rangées de journaux avec son visage en première page qui la traitaient de terroriste… Elle aurait voulu que ça arrive à une autre Zoé, une Zoé dont elle aurait pu oublier les ennuis rien qu'en éteignant la télévision.

«Il faut vraiment qu'on se procure ces faux passeports, maintenant, dit Ry en l'aidant à se nouer le foulard autour de la tête afin qu'il dissimule complètement ses cheveux. Ce gars que je connais, Karim, a l'âme d'un pirate de Barbarie, mais c'est un faussaire de génie, et sa mère, Fatima, est une spécialiste du camouflage. L'ennui, c'est que leur laboratoire est à Saint-Denis, dans un quartier sensible – c'est un euphémisme pour désigner une zone de non-droit, où les flics ne vont plus, à cause des trafics en tous genres, des émeutes et des voitures incendiées. Alors il faudra se tenir à carreau, d'accord?

— Vous m'emmenez dans des endroits vraiment charmants, dit-elle d'un petit ton qu'elle espérait dégagé, et qui ne sonnait pas très juste.» Il avait vraiment réussi à lui fiche la trouille. «Mais vous ne me laisserez pas seule, d'accord?»

Il prit son visage entre ses deux mains et lui inclina la tête pour la regarder dans les yeux.

«Je serai à côté de vous à chaque pas, Zoé. Jusqu'à la fin. Et vous savez que je sais flanquer des coups de pieds aux fesses: vous m'avez vu faire. J'ai peut-être même plus de répondant que vous.»

Elle réussit à sourire.

Mais quand ils sortirent de la station de métro, elle sentit l'angoisse revenir. On se serait cru dans une zone en guerre. Il y avait des épaves de voitures calcinées partout, certaines encore fumantes. La rue était jonchée de pierres, parfois grosses comme des balles de softball.

Ils marchèrent rapidement, Zoé tête basse, Ry la tenant par le bras. Elle savait qu'il avait son autre main dans sa poche, sur son arme. *C'est sa vie*, pensa Zoé. *C'est à ça que ça ressemble tout le temps pour lui.* Comment pouvait-il supporter ça?

Une machine à laver rouillée gisait sur le trottoir, vomissant ses entrailles, et ils durent descendre sur la chaussée pour passer. Un pâté de maisons plus loin, c'est un réfrigérateur qu'il leur fallut contourner.

«Pourquoi abandonnent-ils leurs vieilleries dans la rue comme ça? murmura Zoé.

— Ils les lancent par la fenêtre sur les pompiers et les services médicaux d'urgence.»

Zoé regretta d'avoir posé la question. Elle rentra la tête encore plus dans les épaules et essaya de se retenir de courir.

Ils passèrent devant une école incendiée et descendirent les marches qui menaient vers les caves d'un logement social. La porte, en bas des marches, s'ouvrit devant eux comme par magie, juste le temps qu'ils se glissent discrètement à l'intérieur. Et puis elle se referma dans un claquement de serrures, et Zoé sursauta.

Ils se trouvaient dans un vaste sous-sol, grand comme un demi-terrain de basket. D'un côté, il y avait une batterie d'ordinateurs, d'imprimantes, de machines à hologrammes et de perforatrices ; de l'autre, des tables couvertes de perruques, de fausses barbes et de moustaches, de tubes de fond de teint, de palettes de maquillage et de pots de colle. Et sous les tables, par terre, des conteneurs étaient pleins de faux nez, de prothèses de mentons et d'oreilles.

Un grand barbu, assis à une table d'ordinateur, s'adressa à eux sans se retourner.

«Ce matin, en mangeant mon muesli tout en regardant ta trombine passer en boucle sur CNN, je me suis dit, «Karim, tu es vraiment un con. Tu devrais lui faire payer le double».

— Si tu fais ça, je le dirai à ta mère, rétorqua Ry. Elle a toujours dit que tu finirais mal.»

Une petite femme sans âge portant un hijab d'un joli bleu s'approcha de Zoé et la prit par la main.

«Venez. Je m'appelle Fatima. Pendant que les hommes se livreront à ces joutes verbales en buvant du thé, je vais vous faire un nouveau visage.»

Cinq heures plus tard, à l'aéroport Charles de Gaulle, Zoé regardait le barrage constitué par les postes de contrôle des passeports qui la séparaient de la zone des départs. C'était le passage obligatoire avant l'inspection des bagages. Des files s'allongeaient dans la salle entre des rangées de sièges en plastique.

Allez, Zoé, tu peux le faire, se dit-elle. *Tu as ton billet et ta carte d'embarquement dans ta petite main toute chaude, alors tu n'as qu'à effectuer ces formalités. Tu vas t'approcher de la file, la suivre et sourire au monsieur quand il te demandera ton passeport, comme si tu n'avais aucun souci au monde.*

Elle se mit au bout de la file la plus proche juste au moment où son visage apparaissait sur un moniteur suspendu au plafond, au-dessus des fauteuils du hall. Elle ne comprenait pas le message en français qui défilait en bas de l'écran, en dehors d'un seul, un horrible mot : « terroristes ».

Elle baissa la tête et détourna le visage comme si l'écran de télévision lui-même allait tout à coup la repérer et faire retentir un signal d'alarme.

Tu peux le faire, Zoé. Tu vas y arriver…

Mais ses pieds paraissaient être d'un autre avis : ils quittèrent la file du contrôle des passeports et se dirigèrent vers une porte sur laquelle figurait le traditionnel symbole bleu d'une femme en robe trapèze.

La porte battante se referma derrière elle. Elle s'arrêta et poussa un profond soupir, en proie à une telle crise d'angoisse et de désespoir qu'elle faillit se laisser tomber à genoux. Comment allait-elle se sortir de ce mauvais pas ? Le monde entier la prenait pour une terroriste, et elle ne savait même pas au juste de quoi on la croyait coupable. De quoi serait-elle accusée, et quelles chances aurait-elle de prouver son innocence ?

De toute façon, innocence ou culpabilité, quelle importance ? Ils l'élimineraient bien avant son procès.

Tu peux le faire. Elle allait le faire. Ses pieds allaient retourner là-bas, et la remettre dans la queue, parce qu'il le fallait. Monter dans l'avion était sa seule option, maintenant.

Elle s'approcha de l'un des lavabos et tourna le robinet pour s'asperger le visage d'eau froide. Elle leva les yeux et se figea, stupéfaite par le visage étranger qu'elle vit dans la glace. Une fille à la peau olivâtre et aux yeux sombres, couleur d'ecchymose. Des cheveux noirs, aux pointes teintes en violet, ébouriffés sur le dessus de la tête. Un piercing en forme d'anneau au sourcil, un autre, un clou, dans le nez.

Elle n'aurait su dire combien de temps elle était restée plantée là, à se regarder dans la glace. Son esprit avait dû s'évader un instant. Et puis un haut parleur, au-dessus de la porte, annonça en grésillant quelque chose en français, la ramenant à la réalité.

Elle détacha son regard de la punkette qui la contemplait dans le miroir et ouvrit le robinet. Elle se sécha les mains sur son jean parce que la soufflerie était en panne et retourna vers la porte.

Elle allait le faire. Elle allait passer la sécurité et rentrer chez elle, libre. Pendant un moment, en tout cas.

Les queues avaient bien avancé, au contrôle des passeports. Il n'y avait plus que trois personnes devant elle. Zoé n'avait pas vu Ry depuis qu'ils avaient pris des taxis séparés pour Roissy, et le trajet avait été le moment le plus solitaire de sa vie. Mais il était là. Il posait son bagage à main sur le tapis du lecteur de rayons X. Fatima l'avait vieilli. Elle l'avait affublé d'une perruque et d'une barbe poivre et sel, et d'un ventre proéminent de pilier de bistrot. Il s'avança en traînant les pieds, le dos rond, l'air bancal, et ça lui arracha un sourire.

Et puis le sourire se figea sur son visage.

Quatre hommes de la Sûreté nationale française arrivaient dans le hall, armés de mitraillettes. Ils parcoururent la foule d'un œil attentif, méfiant. L'un d'eux tenait à la main un tirage d'imprimante avec les photos d'un homme et d'une femme qu'ils comparaient aux visages des gens qui les entouraient. Zoé se demanda s'il était possible de s'évanouir de peur.

Comment pourraient-ils me reconnaître ? J'ai les cheveux violets et un clou doré dans la narine.

Il n'y avait plus qu'une personne devant elle dans la queue, maintenant, un homme en survêtement marron, aux cheveux longs, plaqués en arrière à la gomina, qui donnaient l'impression de ne pas avoir été shampooinés depuis Noël. L'homme dans le box vitré avait déjà rendu son billet et son passeport à ce type, mais il s'attardait, bredouillait Dieu sait quoi en français.

Allez, allez...

Zoé regarda par-dessus son épaule. Les flics venaient droit vers elle maintenant, marchant vite. L'un d'eux parlait avec animation dans un talkie-walkie.

Le type en marron dit encore quelque chose en riant, fit claquer son passeport dans la paume de sa main. Il ramassa enfin son sac de voyage et s'éloigna.

Zoé s'avança et tendit son billet d'avion et son passeport au flic dans la guérite. Elle s'appelait Marjorie Ridgeway, de Brighton, Angleterre. Et s'il lui posait une question? Pourrait-elle imiter l'accent anglais? Sur la photo de son passeport, elle avait les cheveux noirs, courts, et pas violets aux bouts. Fatima avait dit que ce serait *too much*; autant hisser un drapeau rouge. Personne ne ressemblait jamais à la photo de son passeport.

Le flic ouvrit son passeport, regarda sa photo, lui jeta un coup d'œil, regarda à nouveau sa photo. Dans son dos, Zoé entendait le crépitement excité de la radio du flic.

Le policier dans la cage de verre jetait maintenant un coup d'œil à son billet. Un aller-retour pour Budapest, sur Malev, décollage à 18h50, porte 15. Elle avait pris un aller et retour parce que les vols simples éveillaient également les soupçons.

Qu'est-ce qui lui prenait si longtemps? Oh bon Dieu, voilà qu'il regardait à nouveau son passeport.

Elle entendit un cri et un bruit de bottes se précipitant dans sa direction. Elle se retourna, à moitié aveuglée et assourdie de peur. Les flics fonçaient sur elle. Elle s'apprêtait à lever les mains pour se rendre; elle n'avait pas envie de se faire tirer dessus.

Et puis ils la dépassèrent en courant, franchirent les installations de contrôle des bagages et sortirent par une porte qui donnait sur les pistes.

Elle entendit quelqu'un appeler:

«Mademoiselle?»

Elle se retourna et vit que le policier lui tendait son passeport et son billet.

«Bon voyage», dit-il aimablement.

452

Zoé se laissa tomber sur son siège, encore ébranlée, sûre d'avoir perdu deux litres de sueur au cours des cinq dernières minutes. Mais elle avait réussi à monter à bord de l'avion, et Ry aussi. Elle l'avait repéré sept rangs devant elle pendant qu'elle mettait son sac dans le coffre à bagages, au-dessus de sa tête.

Elle s'obligea à respirer à fond et regarda par le hublot. Les lumières bleu, blanc et rouge des véhicules de maintenance au sol se reflétaient sur le tarmac trempé de pluie. L'Amérique. Chez elle. Elle voulait rentrer à San Francisco, se recroqueviller sur son canapé dans son loft avec Barney et Bitsy ronronnant à côté d'elle, roulant à tour de rôle sur le dos pour qu'elle leur caresse le ventre.

Elle sentit une présence à côté d'elle, entendit une voix de femme et se retourna d'un bloc, comme jaillissant de son siège.

Mais ce n'était que l'hôtesse, qui répéta sa question avec le sourire :

«Un magazine, mademoiselle? En anglais, je n'ai plus que *Vanity Fair.*»

Zoé prit le magazine, par politesse plus qu'autre chose. Ce qu'elle voulait surtout, c'était quelque chose à boire. Une vodka *on the rocks*, merci.

Elle s'apprêtait à glisser le magazine dans la poche devant elle quand son regard tomba sur le visage de l'homme qui était en couverture, et elle faillit s'étrangler.

Elle ne pouvait pas le croire, elle n'y arrivait tout simplement pas. C'était pourtant bien lui.

Le troisième homme du film, le type en combinaison d'employé des chemins de fer, celui qui avait pris le fusil du père de Ry, l'avait démonté, mis dans

453

sa sacoche à outils et était parti avec, dans le soleil couchant. Les arcades sourcilières proéminentes, l'implantation caractéristique des cheveux qui descendaient en pointe vers le nez en bec d'aigle, les lèvres pleines, un peu trop à la Angelina Jolie pour un homme – il avait beaucoup vieilli, mais c'était bel et bien lui.

L'homme qui avait collaboré à l'assassinat du président John Fitzgerald Kennedy.

Zoé ouvrit le magazine, les mains tremblantes. Elle lut le titre de l'article et ne put retenir une exclamation de surprise.

MILES TAYLOR, LE FAISEUR DE ROIS D'AMÉRIQUE.

37

New York.

Miles Taylor prit le café brûlant que sa secrétaire venait de poser près de son coude et y trempa les lèvres. Il était juste comme il l'aimait, aussi noir et épais que du goudron. Il se releva avec une grimace de son fauteuil préféré, une bergère de cuir brun, et emporta son café vers la fenêtre de la bibliothèque qui donnait sur Central Park.

Un joggeur courageux trottait sur le sentier, entre les bouleaux gris, déplumés. Il était tout seul. Mais la rue, juste en dessous de lui, grouillait de taxis jaunes et de piétons pressés. Il avait neigé ce matin-là, mais la neige se changeait déjà en une gadoue noirâtre, et des nuages bas et gris s'accrochaient aux toits.

Les nuages gris, les arbres gris, la neige grise. Tout ce putain de monde devient gris autour de moi.

Yasmine. Elle aurait dû l'appeler, depuis le temps, l'appeler de Paris pour lui dire qu'elle avait retrouvé la fille Dmitroff, lui avait réglé son compte, et que le film avait été détruit. Mais le téléphone portable qu'il avait dans sa poche et le poste fixe posé sur l'énorme bureau ancien de sa partenaire restaient obstinément silencieux.

Il détestait ça, détestait perdre le contrôle, détestait être obligé d'attendre une sonnerie de téléphone.

C'est Nikolaï, pensa-t-il. *Ce fumier a trouvé la fille avant Yasmine. Il a fait main basse sur le film et maintenant il va essayer de s'en servir. Soit en me faisant casquer un maximum, soit en trouvant un moyen de m'utiliser. Eh bien, qu'il aille se faire foutre. Ça n'arrivera pas. Pas cette fois.*

Ses souvenirs remontèrent des années en arrière, au jeune homme en colère qu'il avait jadis été. Et au Russe qui était entré dans sa vie et qui savait exactement ce qu'il fallait faire pour acheter son âme.

Sa première rencontre avec Nikolaï Popov avait eu lieu par une journée froide et ensoleillée de décembre 1951.

À la fin du lycée, Miles avait obtenu une bourse d'athlétisme au Boston College, mais il s'était pété un genou en loupant une haie dès la première compétition. Après ça, il n'avait plus qu'un moyen de continuer ses études, c'était de ne suivre que quelques cours par semestre et de travailler, entre deux, sur des chantiers de construction au port.

C'était quand même une bonne époque. Il créchait avec cinq autres types dans un vieil immeuble délabré, à la limite de Chestnut Hill, et bouffait des boîtes de porc aux haricots et du beurre de cacahuète. Il couchait quand il pouvait, ce qui n'arrivait pas souvent, parce que le genre de filles qui l'attirait – les filles qui avaient de la classe, de l'argent et un pedigree qui remontait à quatre générations – ne succombaient pas souvent au charme des minables dans son genre.

L'un des profs de Miles, le père Patrick Meaney, un jeune jésuite branché doublé d'un activiste politique, semblait s'être entiché de lui. En tout cas, il déclarait hautement s'intéresser à Miles, qui était une espèce de génie de l'économie. Un soir, après son cours d'économie théorique, le père Pat avait invité Miles chez lui à poursuivre autour d'un cognac «notre conversation sur la réflexivité des marchés».

À la grande surprise de Miles, le père Pat avait invité un autre ami à prendre un verre, un certain Nikolaï Popov, un Russe qui était censé être une espèce de conseiller économique attaché à l'ambassade d'URSS à Washington. Miles devina au premier coup d'œil que le type était un espion. Cela dit, tous ces gars étaient des espions, non?

Le plus drôle, c'est que, ce soir-là, ils parlèrent bien de la réflexivité des marchés. À un moment donné, Miles s'appuya au dossier de son fauteuil, ravi de l'argument qu'il venait d'avancer – en l'occurrence, que les préjugés individuels jouaient un rôle dans les transactions boursières, modifiant potentiellement les fondamentaux de l'économie – et se rendit compte que le professeur avait quitté la pièce, le laissant seul avec le Russe.

«Pauvrre pèrre Pat, dit Nikolaï Popov en se penchant pour resservir Miles en cognac. Il a de sérrieux ennuis avec l'évêché, ces temps-ci. Apparremment, il frricoterrait avec des communistes. Des vrrais adhérrents au Parrti, qui ont leur carrte.

— Comme vous?» avança Miles.

Popov eut un sourire et un haussement d'épaules.

«Je prévois une prochaine réaffectation pour lui. Une mission au fin fond de l'Afrique noire, j'en ai bien peur. Comment dites-vous, déjà? En Amérique, mieux vaut être mort que rouge?»

Miles balaya cette idée d'un geste du bras qui tenait son verre, se renversant du cognac sur la main.

«Bah, la majeure partie des idées radicales qu'il avance pendant ses cours, c'est juste pour la galerie. Je doute qu'il en croie vraiment la moitié.»

Le Russe haussa un sourcil amusé.

«Vraiment? Et vous, jeune Miles, à quoi croyez-vous? À moins que vous aussi, vous posiez pour la galerie?

— À rien du tout, répondit Miles en essayant subrepticement de s'essuyer la main sur sa jambe de pantalon. Je ne crois à rien.

— Rien du tout? répéta Popov en faisant la moue, la tête inclinée, comme s'il trouvait le jeune homme très amusant, ce qui commençait à énerver Miles. Non, je pense que vous croyez plutôt de tout votre cœur à l'argent. Au pouvoir de l'argent.

— L'argent n'achète pas le bonheur, répondit Miles, qui n'en croyait pas un mot, évidemment, mais il confiait rarement le fond de sa pensée.

— L'argent peut absolument tout acheter; c'est une question de montant.» Miles haussa les épaules, lui accordant ce point. Popov siffla une gorgée de cognac, laissant le silence s'éterniser. «Nous avons parlé de l'avenir du père Pat, mais *quid* du vôtre? Boston College est une bonne université, mais ce n'est ni Harvard, ni Yale. Et ce n'est pas avec des vœux pieux que vous intégrerez une boîte comme Wertheim and Company. Vous avez besoin de relations. Et besoin d'être introduit.

— Je connais des gens.

— Vraiment? Et comment connaissez-vous ces gens, Miles? Vous garez leurs voitures pendant les soirées d'été à Vineyard? Vous les voyez s'arrêter à la station-service de votre père pour une vidange? Ces gens qui, lorsque votre père a abandonné votre famille, n'auraient même pas embauché votre mère pour nettoyer leurs chiottes?»

Miles sentit que son visage le brûlait de honte, et détesta le personnage qui réussissait à lui faire cet effet.

«Qu'ils aillent se faire foutre, alors, dit-il, les lèvres serrées. Je n'ai pas besoin d'eux.

— Non, ce dont vous avez besoin, c'est d'être l'un d'eux, et ce n'est pas près d'arriver. Vous n'existez même pas pour eux. Ils vont à la station-service de votre papa en été, vous remplissez le réservoir de leurs grosses voitures de luxe, et ils ne vous voient même pas. Ils vous jettent un coup d'œil, ils vous payent le plein d'essence, mais ils ne vous voient jamais. Vous pourriez tomber raide mort à leurs pieds, ils s'en foutraient pas mal.» Miles aurait bien flanqué son poing dans la figure de ce type, mais il resta sans rien dire, sans rien faire. «C'est pour ça que vous avez volé la voiture du gamin Kennedy, l'été de vos douze ans. Vous avez fait un tour avec et vous l'avez juste un petit peu abîmée, hein? Et il a envoyé un sous-fifre au commissariat pour s'en occuper, il n'a même pas porté plainte, et ça vous est resté en travers, pas vrai, Miles? Vous ne l'avez pas encore digéré aujourd'hui, parce que vous aviez emprunté cette voiture pour qu'ils vous voient, tous autant qu'ils étaient, pour prouver que vous comptiez, mais voilà... Vous comptiez pour *ça*, fit Popov avec un claquement de doigts.

— Qui s'intéresse à ce que je foutais à douze ans? Un jour, je serai plus riche que les Kennedy, plus riche qu'aucun de ces connards arrogants n'a jamais rêvé de l'être.»

Popov eut à nouveau son satané sourire.

«Et comment comptez-vous y arriver? Vous avez un peu plus de vingt-quatre mille dollars à la banque, gagnés à la Bourse – de façon assez ingénieuse, je dois l'admettre –, avec les quelques dollars que vous aviez réussi à gratter. Mais dans le monde où vous voulez entrer, vingt-quatre mille dollars, ça paye la dame pipi.

— Comment savez-vous tout ça? Et putain, qui êtes-vous?

— Ne posez pas de questions stupides. Vous savez que je fais un peu plus pour mon ambassade que de leur donner des tuyaux sur la direction dans laquelle le vent du capitalisme soufflera demain, à l'ouverture de Wall Street... Comme je disais, vous voulez faire carrière avec un diplôme et vingt-quatre mille dollars à votre actif. Pas mal pour un garçon comme vous, sorti de nulle part. Mais c'est des clopinettes et vous le savez. Vous savez que la seule façon de faire vraiment fortune, c'est d'avoir une vraie fortune au départ, comme les Du Pont, les Rockefeller, les Getty...

— Ça va, fit Miles, au bout d'un moment. Si on coupait court à ces conneries? Qu'avez-vous à me proposer, monsieur Popov, et qu'attendez-vous de moi en échange?»

Qu'avez-vous à me proposer...

Nikolaï Popov lui avait fourni la mise de fonds, et le genre d'informations relevant du délit d'initié qui lui avait permis de spéculer de façon vraiment significative. Popov avait aussi investi Miles d'une mission : identifier les cercles décisionnaires au plus haut niveau du gouvernement américain et les infiltrer. Une fois dans la place, il devait communiquer à Moscou tous les renseignements sur lesquels il tombait. Un marché gagnant-gagnant pour les deux hommes. Au début, du moins.

Miles devint monstrueusement riche et, à chaque milliard, acquérait davantage de pouvoir et d'influence sur Wall Street, dans les couloirs du Congrès et jusqu'au Bureau ovale, au-delà même de ses rêves les plus fous. En retour, Popov avait récolté les fruits de son investissement dans la seule monnaie qui intéresse les espions du monde entier : sous forme de renseignements.

Combien de secrets d'État Miles avait-il livrés au Russe au fil des ans ? Suffisamment pour mériter mille fois le peloton d'exécution, même en faisant abstraction de l'assassinat d'un président.

L'horloge, dans le coin, commença à sonner, et Miles sursauta si violemment qu'il renversa du café sur son veston en cachemire et soie de Savile Row. Il l'essuya du dos de la main, ne faisant qu'aggraver les choses. Il jura. Un costume sur mesure à cinq mille dollars, et même le teinturier français de l'Upper West Side auquel son secrétaire confiait ses vêtements ne pourrait peut-être pas le détacher, malgré ses tarifs exorbitants.

Et merde ! S'il n'avait pas Yasmine au bout du fil dans les cinq minutes, il appellerait Nikolaï. Autant savoir tout de suite si c'était lui qui avait récupéré le film ; ça lui permettrait de reprendre un peu le contrôle sur la situation.

C'était presque marrant quand on y réfléchissait. Il était aux premières loges, il avait assisté à tout ça en direct, et les seules images qui lui revenaient étaient les photos que Mike O'Malley avait tirées de ce sacré film. Des photos de lui avec ce stupide uniforme de cheminot, prenant le fusil des mains de Mike.

Yasmine avait raison. Il avait cru que c'était lui qui tirait les ficelles, qui avait manipulé Nikolaï Popov et le KGB pour déclencher l'assassinat. Mais avec ce satané Popov, il aurait bien dû se douter que c'était plus compliqué que ça n'en avait l'air.

Surtout quand Popov l'avait obligé à participer à l'opération, en menaçant de le démasquer comme espion communiste s'il refusait, lui donnant un rôle dans le spectacle au sens figuré du terme. Et même au sens propre, ainsi qu'il devait le découvrir par la suite. Grâce à O'Malley et à ce foutu film.

Miles se détourna de la fenêtre, revint en traînant la jambe vers le bureau et le téléphone, ce téléphone noir tout simple, inspecté deux fois par jour par ses services de sécurité à la recherche d'un éventuel mouchard. Une ligne dont seule une poignée de gens au monde connaissaient le numéro.

Sonne, putain, sonne…

Il ne sonnait pas.

Il passa derrière son bureau et s'assit, le cuir de son fauteuil de président soupirant mollement sous son poids. Il attira le téléphone à lui, décrocha, attendit encore quelques secondes et composa le numéro d'un poste à l'autre bout du monde, sans doute aussi un appareil noir, tout simple, et inspecté deux fois par jour à la recherche de mouchards.

Au bout de quatre sonneries, il y eut un déclic, mais personne ne répondit. Pas de «*Da?*» ni de «*Zdraste*» plus formel. Rien que le silence.

«Nikolaï?»

Miles guetta un infime soupir, n'importe quelle manifestation de surprise, mais il n'entendit qu'un petit rire.

«Miles? C'est vraiment vous? Bien sûr que c'est vous. Et pourquoi m'appelez-vous après tout ce temps? Que voulez-vous?

— Un vieil ami ne peut pas appeler pour prendre des nouvelles?

— Quand nous sommes-nous parlé pour la dernière fois? Il y a vingt-cinq, trente ans? Un camarade loyal tombe en disgrâce, et on le lâche comme un… Comment dit-on, chez vous? Un *tamal* chaud? Et voilà que tout à coup vous me téléphonez pour voir comment je vais?

— Une chaussette, dit Miles. Laisser tomber comme une vieille chaussette.»

Nikolaï laissa échapper un long soupir mélancolique.

«Puisque vous êtes assez gentil pour vous inquiéter de ma santé, je suis en vie. Et à mon âge, c'est un sacré exploit. Enfin, je passe le plus clair de mon temps assis, à regarder la jolie mare de mon jardin, à l'eau si bleue que vous ne pourriez pas dire où elle s'arrête et où le ciel commence. Ou plutôt, ce serait le cas si l'on n'était pas en février, et si la mare n'était pas gelée.»

463

Miles regarda un pigeon entrer d'un coup d'aile dans son champ visuel, se poser sur l'appui de fenêtre et chier dessus.

«Vous devez vous emmerder à mourir.»

Nikolaï eut un rire.

«Bah, je m'occupe encore de certaines petites choses. À l'occasion.»

Le pigeon s'envola.

«C'est ce que vous avez fait à San Francisco? Vous occuper? demanda Miles. Dans ce cas, vous avez perdu en doigté.»

L'espace d'une ou deux secondes, Miles n'entendit qu'un crépitement d'électricité statique. Une hésitation de la part de Popov? Un hoquet du satellite?

«Qu'est-ce que vous me racontez? Je crains d'être un peu largué. Miles. Il y a des années que je n'ai pas mis les pieds dans votre délicieux pays.

— Arrêtez ces conneries, Nikki. J'arrive peut-être un peu tard pour la fête, mais je suis au courant pour O'Malley. Je sais qu'il a bluffé pendant quarante-neuf ans. Je sais qu'il n'a jamais eu le film. Ou du moins, pas longtemps. Sa femme l'a plaqué, l'emportant avec elle, il y a bien des lunes de ça.»

Encore des parasites, puis la voix de Nikolaï:

«Et vous voilà, le faiseur de rois d'Amérique, tandis que je ne suis que le fils d'un pauvre paysan russe, pourtant j'ai plusieurs longueurs d'avance sur vous, comme toujours. En fait, vous avez raison, j'ai toujours été au courant pour Katya Orlova, je savais qu'elle avait le film. Et maintenant vous pensez que, parce qu'elle est morte, c'est moi qui dois l'avoir, et vous appelez pour connaître mon prix.

— Je me fous de votre prix. Je ne paierai pas.

464

«—Voyons, mon cher Miles, vous êtes la figure emblématique des merveilles du capitalisme. Alors que je suis condamné à vivre d'une maigre pension du gouvernement et de la charité aléatoire d'un bon à rien de fils voleur et meurtrier. Vous pouvez sûrement vous passer d'un milliard ou deux ? Vous en avez tellement.

—Le truc, Nikki, c'est que je ne pense pas que vous ayez le film. Je pense que votre type a salopé le boulot et l'a tuée avant de réussir à lui faire dire où elle l'avait planqué. Vous saviez que, de toute façon, elle allait mourir d'un cancer ?»

Nikolaï poussa un autre soupir moqueur.

«Mon homme a perdu son sang-froid. La salope l'avait blessé avec une bouteille de whisky, vous pouvez le croire, ça ? Triste époque pour les meurtriers. On n'arrive même plus à trouver du personnel compétent. Mais vous avez évidemment raison, je n'ai pas le film. Pas encore, du moins. J'aurais dû savoir qu'il ne fallait pas essayer de vous tromper, Miles.

—Espèce de salaud ! Vous me menez en bateau depuis le début. Parlez-moi de l'autel d'ossements.

—L'autel de quoi ?»

Pas une seconde d'hésitation, cette fois, pas même une seconde de parasites.

«O'Malley a parlé de l'assassinat à son fils, le prêtre, le jour de sa mort. Il a dit que vous lui aviez ordonné de le faire à cause de l'autel d'ossements, parce que Kennedy en avait bu, ce qui faisait de lui un danger pour le monde.

—Pauvre M. O'Malley. Il devait délirer, parce que je n'ai jamais entendu parler de cette chose. De cet autel.»

465

Miles ne s'attendait pas à lui faire cracher le morceau. Il aurait pu prendre l'avion pour Saint-Pétersbourg afin de l'étrangler jusqu'à ce qu'il vide son sac, mais il n'en aurait rien tiré.

«Vous mentez, Nikki, espèce de sac à merde!

— Non, c'est à vous-même que vous mentez. Vous aviez besoin de croire que tout ça n'était qu'une question de politique, de guerre froide et d'argent, mais pour vous, c'était le moins important. Vous vouliez sa mort, Miles, et pas pour les millions que vous espériez en tirer. Vous vouliez sa mort parce que vous le haïssiez. C'était l'enfant prodige auréolé de soleil, riche, beau, et destiné à de grandes choses. Et vous ne pouviez pas le supporter.

— Non», dit Miles.

Mais il savait que c'était la vérité.

Il raccrocha, coupant la communication sans un au-revoir.

Une seconde plus tard à peine, il avait encore la main sur le combiné lorsque le téléphone sonna.

Miles sursauta, le cœur battant à se rompre.

Yasmine, implora-t-il. *Je vous en supplie, mon Dieu, faites que ce soit Yasmine.*

38

Budapest, Hongrie

Ry arrêta la voiture de location devant l'entrée d'une étroite rue pavée, au cœur de Józsefváros, un quartier de Budapest où les demeures décrépites des Habsbourg côtoyaient des immeubles sinistres de l'époque soviétique : putains et musiciens faméliques y disputaient les trottoirs aux échoppes de plombiers et d'électriciens.

Il coupa le contact et attendit. Le seul bruit audible était le cliquetis du moteur de la voiture qui refroidissait. La ruelle déserte se terminait en cul-de-sac sur le mur d'un cimetière. Ry n'aimait pas les culs-de-sacs.

«Tu es sûr que c'est là ? Il n'y a personne», dit Zoé.

Au même moment, la porte d'un immeuble voisin s'ouvrit. C'était le plus grand immeuble du pâté de maisons, et son stuc fissuré avait été récemment repeint en jaune bouton d'or. Quatre armoires à glace au crâne rasé, aux traits durs et aux paupières tombantes en sortirent.

En les voyant venir vers eux, Ry leva lentement les mains et les posa sur le volant.

«Laisse tes mains bien en évidence, qu'ils puissent les voir.

— D'aaaccord», fit Zoé.

Ry comprit qu'elle n'en menait pas large.

«Ils ne nous feront pas de mal. Simple mesure de précaution.»

Les hommes firent le tour de la voiture comme des chiens autour d'un réverbère. Ils portaient tous des holsters sous leur blouson, mais ils ne donnaient pas l'impression de vouloir dégainer. Pour l'instant.

«Le gars qu'on vient voir, dit Ry, s'appelle Agim Latifi. C'est l'un des plus grands trafiquants d'armes d'Europe de l'Est. C'est aussi l'un des types les plus laids que tu verras de ta vie. Tu as déjà vu une lotte, sur un étal de poissonnier? Eh bien, c'est lui tout craché, sauf qu'il est encore plus moche que ça.»

Il blaguait pour la mettre à l'aise, mais il était préoccupé. Il y avait quatre ans qu'il n'avait pas revu Agim, et le gouvernement français offrait dix mille euros de récompense pour un tuyau permettant leur arrestation.

Les gros bras achevèrent le tour de la voiture. L'un d'eux leur fit signe de descendre.

Ils suivirent les hommes dans la rue. Ry entendit un chien aboyer, et puis, venant de la fenêtre ouverte d'une maison, plus loin dans la rue, le martèlement lancinant d'un groupe de rap hongrois appelé Belga, qui chantait «Az a Baj».

Ils entrèrent dans la maison jaune et se retrouvèrent dans un vestibule qui avait dû connaître ses plus beaux jours trois siècles auparavant. L'enduit des murs s'effritait par plaques entières et le plancher était terne et gondolé. Il n'y avait pas un meuble en vue.

Deux hommes devant et deux derrière, ils gravirent un escalier de marbre usé, franchirent deux portes de bois à double battant et se retrouvèrent dans une pièce stupéfiante, baignée de soleil.

«Waouh! fit Zoé. Pour un peu, je regretterais de ne pas avoir apporté une robe de bal. Ça donne envie de danser la valse.»

Ry tourna lentement sur lui-même pour contempler les plafonds à caissons, les frises sculptées, dorées, représentant des guirlandes de fruits.

«C'était une salle de bal, dans le temps. Il lui a restitué sa splendeur passée.»

Devant l'une des fenêtres qui allaient jusqu'au plafond, un homme lisait le journal, assis à une table ronde sur laquelle le couvert était mis: nappe blanche, porcelaine à fleurs et service à café en argent.

«Agim, espèce de salopard, beugla Ry à travers la salle. Où sont les violons? Comment veux-tu que nous dansions, Zoé et moi, si tu ne fais pas jouer les violons?»

Agim Latifi laissa tomber son journal à terre, se leva, et se jeta sur Ry en trois enjambées.

«Mon frère! hurla-t-il en l'écrasant entre ses bras. Ça fait un putain de plaisir de te voir!

Ry se fendit d'un immense sourire. Son ami n'avait pas changé; c'était toujours le même Agim.

Derrière lui, Ry entendit Zoé marmonner:

«Ouais, incroyablement laid, tu parles.»

Il réprima un sourire. C'est qu'Agim Latifi aurait aussi bien pu sortir d'une publicité pour un parfum de luxe, avec ses cheveux noirs, bouclés, ses yeux noirs, limpides, ombrés de cils épais, et sa bouche aux lèvres pleines dévoilant des dents d'une blancheur éclatante. Il portait une chemise de soie blanche aux manches larges en harmonie avec la salle de bal, ouverte sur un large triangle de peau lisse, dorée par le soleil.

Il se tourna vers Zoé et lui lança un sourire absolument renversant.

«Et c'est ta nouvelle femme, dit-il. À la façon dont tu me l'as décrite au téléphone, Ry, mon frère, je me suis dit qu'il se pouvait bien que ce soit Elle, ta Seule, ton Unique, et maintenant que je la vois, je sais que c'est Elle.»

Ry sentit ses oreilles le brûler. Il prit mentalement note de ne plus jamais parler d'amour avec un Albanais du Kosovo à trois heures du matin, après avoir bu de l'ouzo.

«Mademoiselle Zoé Dmitroff, c'est un honneur et un bonheur de faire votre connaissance.»

Agim s'inclina, prit la main de Zoé, la porta à ses lèvres et la baisa.

«Je suis Agim Latifi et je vous enlèverais tout de suite si vous n'étiez pas la femme de Ry O'Malley. Mais je saurai me conduire, parce qu'il n'est pas seulement mon frère par le sang, il est aussi mon frère de sang. Vous comprenez ce que je veux dire?»

Zoé le regardait toujours, un peu sidérée.

«Vous avez versé le sang l'un pour l'autre, dit-elle. Votre sang, et celui de vos ennemis.»

Agim flanqua, du plat de la main, une énorme claque sur l'épaule de Ry, ébranlant sa grande carcasse.

«Qu'est-ce que je te disais, mon frère? C'est Elle!»

Ry ouvrit la bouche pour rectifier le tir, et la referma. Il y avait des moments où il valait mieux laisser tomber.

«C'est une salle magnifique, dit Zoé.

— Merci. Je restaure la maison peu à peu. Mais je pense que ça me prendra une vie entière et me coûtera plusieurs fortunes.»

470

Il agita la main vers la fenêtre, d'où l'on voyait un jardin étouffé par les figuiers et le lierre.

«Peut-être que je vais m'attaquer à la cour intérieure, ensuite. On dit que pendant l'occupation soviétique, après la Seconde Guerre mondiale, des centaines et des centaines de soldats hongrois ont été enterrés dans ces cours, d'un bout à l'autre de la ville.»

Ry parcourut à nouveau la salle du regard, en se demandant d'où venait l'argent. En disant à Zoé qu'Agim Latifi était le plus gros trafiquant d'armes d'Europe de l'Est, il pensait exagérer; tout à coup, il n'en était plus aussi sûr.

Agim prit Zoé par le bras et la conduisit vers la table.

«Venez, fit-il. Prenons notre petit déjeuner. Il y a des petits pâtés fourrés au fromage et à la pomme de terre appelés *pogácsák*. Et ça, dit-il en tirant une chaise pour la lui offrir, ce sont des crêpes au fromage blanc et aux raisins secs. Je vous suggère d'en prendre une tout de suite, mademoiselle Dmitroff, avant que Ry les avale toutes.»

Agim prit la cafetière d'argent et versa un torrent de café noir, épais, dans leurs tasses de porcelaine fine. Ry mordit dans une crêpe et fut transporté d'aise.

«Bien, passons aux choses sérieuses, dit Agim. Je sais que vous n'avez pas beaucoup de temps devant vous.»

Il se pencha pour ramasser une boîte en bois, sous la table.

«D'abord, les armes. Tu as dit que vous vouliez du sérieux, rien de sophistiqué, alors je vous ai pris deux

471

Glocks modèle 19. Avec deux douzaines de chargeurs pour chacun.»

Ry sortit l'un des pistolets de la boîte. Il aima ce premier contact avec l'arme, la façon dont elle s'encastrait exactement dans sa paume et devenait partie intégrante de lui-même, dure, froide, mortelle.

«Le problème de cette époque où on prend l'avion pour un oui ou pour un non, c'est qu'on est tout le temps obligé de se trouver un nouveau pistolet. C'est vraiment emmerdant.»

Agim eut un sourire.

«D'où l'avantage de connaître un trafiquant d'armes.»

Ry eut un mouvement de menton en direction de la boîte.

«Ça en fait, des munitions. Tu crois qu'on veut faire quoi, partir en guerre?»

Agim haussa les épaules.

«Vous êtes Américains. C'est ce que vous faites.»

Ry éclata de rire.

«Pas faux.»

Zoé examinait l'autre Glock, actionnait la glissière, vérifiait la visée, appréciait l'ergonomie de la poignée, testait le poids de la détente. Agim la regardait en souriant comme un père qui aurait regardé sa fille réussir haut la main un récital de piano.

«Quant à ce petit souci que vous avez avec la Sécurité du territoire, en France, cette accusation de terrorisme…» Agim agita la main dans l'air comme si c'était pure bagatelle. «Mon gars au sein de la Sûreté nationale hongroise me dit qu'ils ont bien reçu hier soir un communiqué officiel de Paris les avertissant de votre possible entrée dans ce pays. En ce moment, l'information suit la filière règlementaire, c'est-à-dire

472

qu'elle s'arrête sur tous les bureaux pour être lue et paraphée. Crois-moi, vous pourriez tranquillement vous installer ici, à Budapest ; avant qu'on se décide à vous rechercher, tu aurais une longue barbe blanche.

— Je ne demande pas des années, fit Ry. Une journée suffira. »

L'ennui, c'est que si Anthony Lovely, le négociant en antiquités, avait parlé aux flics français, et si Yasmine Poole avait un informateur chez eux – et Ry aurait mis sa tête à couper que c'était le cas –, elle devait déjà savoir où ils allaient. Et elle ne s'encombrerait pas d'un flot de paperasserie pour se lancer à leur poursuite.

« Nous devons rencontrer Denis Kuzmin cet après-midi, dit-il. Qu'est-ce que tu as trouvé sur lui ?

— C'est le fils d'une Hongroise de Budapest et d'un soldat soviétique qui était dans l'armée d'occupation, après la guerre. Le garçon avait onze ans quand son père est retourné dans son pays, les abandonnant, sa mère et lui. La mère entraînait l'équipe féminine de gymnastique pour les jeux Olympiques pendant les années de la guerre froide ; ils n'étaient donc pas dans le besoin.

« Kuzmin a une soixantaine d'années, maintenant, et il est à la tête d'une certaine fortune. Jusqu'à l'année dernière, il était professeur de civilisation et de mythologie russes à l'université Loránd Eötvös. Il est maintenant à la retraite et il vit à une vingtaine de kilomètres d'ici, dans une petite ville appelée Szentendre. Il habite une villa, sur une colline qui surplombe le Danube. Il a été marié une fois, il y a des années, et ils ont eu un fils, mais le mariage a capoté quand le bébé est décédé. Mort subite du nourrisson.

473

— Et il collectionne les icônes», poursuivit Ry.

Agim eut encore un de ses sourires éclatants.

«En vérité, mon frère. Il est même très connu pour ça.»

Agim étala du fromage blanc sur une crêpe et le tendit à Zoé avec un sourire qui la fit battre des paupières.

«Il y a une autre chose que tu dois savoir sur Denis Kuzmin. Selon certaines rumeurs, avant la chute du mur de Berlin, c'était un informateur de l'AVO. La police secrète hongroise.»

Agim s'interrompit et son regard se perdit dans le lointain. Il haussa pensivement les épaules.

«Qui sait? C'est peut-être à l'espionnage qu'il doit l'essentiel de sa fortune. Débusquer les dissidents parmi ses collègues enseignants et les étudiants en rapportant leurs propos subversifs devait être assurément rémunérateur. Car les graines de la révolution germent le plus souvent dans le terreau universitaire. Ceux qu'il dénonçait ont dû être envoyés en rééducation dans un "hôpital psychiatrique". Ce qui est, en réalité, une façon édulcorée de désigner la prison. Si tu en as l'occasion, mon frère, tu pourrais avoir envie de le tuer.

— Nous préférerions, si possible, rester sous la limite de détection radar pendant notre séjour ici», répondit Ry, réévaluant l'idée qu'il se faisait de Denis Kuzmin.

Il s'était imaginé un professeur à la retraite, qui potassait de vieux livres poussiéreux et collectionnait les icônes. Mais s'il avait été informateur pour l'AVO, alors il pouvait être dangereux.

«Il faut que vous repreniez une autre *palacsinta*, dit Agim à Zoé. Deux, ce n'est pas assez. Et pendant que vous mangez, je vais vous raconter comment nous sommes devenus frères, Ry et moi, parce que je doute qu'il vous ait raconté cette histoire lui-même.»

Zoe fit descendre la dernière bouchée de *palacsinta* numéro deux avec du café, et tendit la main à la recherche de la *palacsinta* numéro trois.

«Bouddha, le silencieux Bouddha, vous connaissez? demanda-t-elle. Eh bien, à côté de Ry, ce type est une pipelette.»

Agim partit d'un grand rire et flanqua à Ry une claque dans le dos.

«L'histoire commence il y a quatre ans au Kosovo, dit Agim à Zoé. Quand les bombes ont cessé de tomber. Une fois ce monstre de Miloševi parti, il n'a pas fallu longtemps pour que vous, les Américains et vos alliés, découvriez que les ex-combattants de la liberté que vous aviez soutenus avaient fait de cet endroit un paradis pour trafiquants de drogue. Les miens, les Albanais kosovars, formaient ce qu'on appelait les «Quinze Familles». Ces familles importent maintenant quatre-vingts pour cent de toute l'héroïne d'Europe. Ce que nous nommons *Albanka*. L'Albanaise.

— J'en ai entendu parler», dit Zoé.

Et Ry se dit que, compte tenu de ce qu'était sa mère, elle en savait probablement plus qu'elle ne l'aurait voulu sur l'Albanaise.

«L'une des Quinze Familles était dirigée par un dénommé Armend Brozi, poursuivit Agim. L'agence américaine de lutte contre la drogue a monté une opération avec son homologue allemande pour faire tomber cet homme, et c'est Ry qui en a été chargé. Il avait besoin de quelqu'un pour infiltrer l'organisation, comme vous dites, mais les Quinze Familles…

Il était impossible pour un non-Albanais kosovar de rejoindre l'organisation, vous comprenez? Et Ry m'avait choisi pour cette mission, que j'ai acceptée de bon gré. Non, pas seulement de bon gré, avec avidité.»

Agim se tut et regarda ses poings crispés sur la nappe blanche. Au bout d'un moment, Zoé demanda:

«Parce que c'était personnel?»

Agim déglutit, hocha la tête.

«J'avais une sœur. Elle s'appelait Bora, ce qui veut dire «neige». Elle n'aurait pas pu porter un meilleur nom. Pas parce qu'elle était pure – non, loin de là. Mais parce qu'elle était belle comme la neige lorsqu'elle s'étend, fraîche, blanche et lourde, sur les toits de notre village. Armend Brozi avait fait de ma sœur sa putain, et quand il en a eu assez il l'a utilisée comme mule. Il lui faisait avaler des préservatifs pleins d'héroïne et elle les transportait dans son ventre pour passer la douane. Lors de son dernier voyage, l'un des préservatifs s'est rompu, et elle est morte sur le sol crasseux des toilettes publiques de l'aéroport JFK.»

Zoé tendit la main et effleura celle d'Agim, posée sur la nappe.

«Vous le lui avez fait payer?»

Agim eut un sourire triste et cruel.

«Oh oui, et très cher. Le jour où nous avons fait tomber Armend Brozi, Ry s'est arrangé pour que je me retrouve seul avec lui, afin que je lui règle son compte. Il est mort comme ma sœur, lentement et dans de grandes souffrances. C'est ce que Ry a fait pour moi, et c'est pourquoi je dis qu'il est mon frère.»

Le silence s'établit dans la pièce, et Agim haussa les épaules. «Après cela, je ne pouvais plus rester au

476

Kosovo, c'était devenu trop dangereux pour moi. Mais j'avais de la famille ici, à Budapest, et je suis venu m'y installer. Et maintenant, je m'enrichis en vendant des armes aux insurgés du monde entier, qui les achètent avec l'argent qu'ils ont gagné dans le trafic de drogue. Ce qui fait de moi un hypocrite, mais que voulez-vous...?»

Plus tard, dans la rue, alors qu'ils allaient récupérer leur voiture, **Agim** prit Ry par le bras et le retint, laissant Zoé prendre un peu d'avance sur eux.

«Maintenant que je l'ai rencontrée, Ry, je peux le dire avec une certitude absolue. C'est Elle», fit Agim dans un demi-soupir, les yeux brillants d'un humour à peine réprimé.

Ry balança un coup de pied dans un pavé descellé. Il se le serait bien flanqué dans le derrière.

«Enfin, Agim. C'est à peine si je la connais.»

Agim secoua la tête et dit avec gravité:

«Tu en as appris plus long à son sujet pendant ces deux derniers jours que bien des amants n'en savent au bout de toute une vie. C'est ta Seule, ton Unique. Alors ne déconne pas.»

39

«Mon vieux, s'il ralentit encore un tout petit peu, il va se mettre à reculer», fit Ry en résistant à la tentation d'appuyer sur le klaxon.

Il piaffait derrière un antique bus Volkswagen qui prenait le virage à deux à l'heure, devant eux.

«Hon-hon», fit Zoé.

Elle était penchée sur le numéro de *Vanity Fair* ouvert sur ses genoux et scrutait le visage de Miles Taylor, essayant de se mettre dans la peau du personnage. De pénétrer son âme.

«Au moins, ils profitent du paysage, eux, poursuivit Ry alors que la route s'ouvrait sur une perspective stupéfiante de collines boisées et de méandres du Danube.

— J'en profite, O'Malley, j'en profite, rétorqua Zoé. Mais je réfléchis, aussi.

— Allons bon...

— Si le faiseur de rois d'Amérique a jadis aidé un agent soviétique à assassiner le président Kennedy, alors quelle influence exerce-t-il maintenant sur le pays avec tout son pouvoir, son argent et son entregent ? Pour ce qu'on en sait, il travaille peut-être encore pour le KGB, ou je ne sais comment ça s'appelle aujourd'hui...

— Le FSB. *Federalnaya Sluzhba Bezopasnosti.*"»

Elle agita la main.

« Si tu veux. Il expliquera ça au juge quand on l'aura démasqué. Mais ce que je me demande, c'est comment faire pour le démasquer, justement ? On pourrait remettre le film à quelqu'un du gouvernement, la CIA, par exemple. Non, attends, l'homme qui a appuyé sur la détente était un de leurs agents, qui se trouvait être aussi une taupe du KGB, alors… »

Un klaxon retentit derrière eux. Ry jeta un coup d'œil dans le rétroviseur et vit une Mini Cooper qui déboîtait et se rabattait sur la ligne médiane, visiblement dans l'intention de les dépasser, le bus et lui, mais qui n'avait pas tout à fait le cran de tenter le coup sans visibilité.

« Ils savent peut-être depuis longtemps que mon père était une taupe, dit-il. Si ça se trouve, ils savent même que c'est lui qui était sur la butte herbeuse. Mais quoi qu'ils sachent maintenant, ou qu'ils aient su à l'époque, il faut bien comprendre qu'à la minute où l'assassinat a eu lieu, tout le monde a commencé à assurer ses arrières, du haut en bas de la chaîne de commandement, de la CIA aux flics de Dallas, parce qu'ils avaient permis que ça arrive. Prends les services secrets, par exemple. Déjà, ils avaient laissé le président se balader en décapotable, ce jour-là ; ensuite, dès le premier coup de feu, le type qui était au volant aurait dû appuyer sur le champignon et dégager en vitesse. Au lieu de ça, qu'est-ce qu'il a fait ? Il s'est pratiquement arrêté, pour regarder autour de lui, j'imagine – qui sait ? –, laissant Kennedy et tous les passagers de la voiture à découvert, comme des canards dans un stand de tir. »

Zoé roula le magazine en un cylindre étroit et se retourna pour regarder par la vitre.

« Tu sais, Ry, ce qui me fait le plus peur ? On leur donne le film, ils nous disent de réfléchir à l'intérêt supérieur de la nation, et patati et patata, ils tournent les talons et ils enterrent l'affaire.

— Fillette, tu peux compter sur eux pour l'enterrer si profondément que le seul espoir que ça refasse surface un jour, c'est qu'un gamin, en Chine, tombe dessus par hasard en faisant un trou dans son jardin.

— Pendant qu'on finira nos existences derrière les barreaux, Dieu sait où. »

La Mini Cooper donna un nouveau coup de klaxon auquel le bus répliqua en crachant un nuage de fumée noire et en ralentissant encore pour négocier un nouveau virage. Ry freina et s'obligea à relâcher la tension de ses mains mortellement crispées sur le volant.

« On pourrait le remettre aux médias, dit-il. Je connais un type pas mauvais qui bosse pour le *Washington Post*. Il en a dans le chou, il va au bout des choses et ne se laisse pas facilement intimider. Et, de quelque côté qu'il penche, il arrive apparemment à oublier ses opinions pour rester objectif dans ses articles. »

En sortant du virage, Ry vit enfin un bout de route droite et personne en face. Il accéléra et était à deux doigts de déboîter pour dépasser le bus quand la Mini Cooper les doubla à toute vitesse. Le conducteur leur fit un doigt d'honneur et Ry pensa *connard*.

« Quel connard, fit Zoé, et Ry ne put s'empêcher de rigoler.

— On pourrait lui apporter le film, dit-il, mais l'ennui, c'est que ce n'est que la moitié de l'affaire. Ça montre qui a fait le coup, mais pas pourquoi, et il voudra savoir le fin mot de l'histoire avant de la révéler au public.

— Et à la minute où il commencera à poser des questions, poursuivit Zoé, Miles Taylor le fera trucider.

— Exactement.» Ils restèrent un instant silencieux, puis Ry reprit : «Je connais un gars qui a le bras long, assez de pouvoir et d'ascendant pour que Taylor ait du mal à lui faire la peau. Mais je ne suis pas sûr qu'il ait le culot de diffuser le film. En réalité, il ne le diffusera pas s'il se dit que ça fera plus de mal que de bien au pays.

— Et qui est cette merveille ?

— Le sénateur Jackson Boone.»

Zoé se tourna sur son siège pour le regarder, bouche bée.

«Oh mon Dieu. Tu connais le sénateur Boone ? !

— Hé, tu ne vas pas tomber dans les pommes, là ?

— C'est juste que… *Le sénateur Boone* !? On dit que ça pourrait être notre prochain président ! Comment le connais-tu ?

— Quand j'étais dans les Forces spéciales, c'était mon officier de commandement.»

Zoé éclata de rire.

«Tu sais ce qui me plaît chez toi, Ry ? Non seulement tu parles quinze langues, mais où qu'on aille tu connais "un gars". Un gars qui peut nous obtenir des armes. Un gars qui peut nous faire des faux papiers. Un gars qui est sénateur des États-Unis.»

Elle déroula le numéro de *Vanity Fair* qui s'ouvrit juste à la page de l'article sur Taylor. Face aux premières colonnes de texte, il y avait une photo pleine page. Comme elle l'inclinait vers la vitre pour la regarder de plus près et en pleine lumière, Ry réprima un murmure désapprobateur.

La photo qui obsédait tellement Zoé montrait Miles Taylor debout à côté du président des États-Unis, en train de remettre la médaille de la Liberté à un éducateur des quartiers défavorisés. Derrière eux, un petit groupe de gens entourait le drapeau américain, et un peu à l'écart, comme si elle avait fait délibérément un pas de côté pour ne pas se retrouver dans le champ, il y avait une femme en tailleur rouge pétard.

Bon, d'accord, peut-être qu'elle était rousse, mais c'était difficile à dire parce qu'elle avait les cheveux relevés, et qu'elle était tellement au bord de l'image que son visage était coupé en deux, et la moitié visible était floue. Mais Zoé était sûre que la femme était Yasmine Poole à cause du tailleur rouge. Comme s'il n'y avait pas un million de tailleurs rouges dans le monde. Enfin, ça devait être un truc de nanas, se disait-il.

«Je te le dis, O'Malley. C'est elle. C'est le même tailleur haute couture à se damner qu'elle avait à Paris», dit Zoé, qui avait évidemment le don de lire dans ses pensées.

Ry se mordilla l'intérieur de la joue pour s'empêcher d'ouvrir la bouche puis finit par lâcher:

«Hé, je te suis, au moins pour dire que Yasmine Poole travaille pour Miles Taylor comme homme de main, femme de main, ce que tu voudras. Ce que je dis seulement, c'est que la femme de cette photo-là pourrait être n'importe qui.»

Zoé étudia encore un moment la photo, referma le magazine, le mit dans le vide-poche de la portière et déboucha l'une des bouteilles d'eau dont ils avaient bourré la voiture. À un nouveau détour de la route, elle colla son visage à la vitre.

«Le paysage est vraiment spectaculaire, dit-elle. Mais Strauss s'est trompé. Le Danube n'est pas bleu. Il serait plutôt café au lait boueux.

— Il est pourtant bleu la plupart du temps. Ça doit venir d'une crue due à la fonte des neiges.» Il laissa passer quelques secondes et reprit : «Au fait, Agim, il est plutôt pas mal, comme gars, tu ne trouves pas ?»

Zoé but une gorgée d'eau.

«Ah bon ? Je n'ai pas remarqué.»

Ry eut aussitôt le coup de foudre pour Szentendre.

« C'est trop beau pour être vrai, dit-il à Zoé. Regarde-moi ça, ces rues pavées, ces toits de tuiles rouges, ces maisons peintes de toutes les couleurs et ces églises orthodoxes pittoresques. On dirait un village pour train électrique. Il y a même des voitures à chevaux. Je pourrais embaucher deux gars pour jouer du violon, t'acheter une rose rouge parfaite, et on ferait une balade au clair de lune…

— On est en février, O'Malley. Redescends sur terre, fit Zoé, mais il vit qu'elle souriait. Bon, il n'est pas loin de deux heures. Il faut qu'on trouve la maison du professeur Kuzmin. D'après Agim, elle se dresse sur une hauteur d'où on domine le fleuve.»

Ils découvrirent facilement l'endroit, mais Ry passa devant sans ralentir. Il prit à droite puis à gauche, de façon à se retrouver sur une rue parallèle, en contrebas de la villa. Il se gara le long d'une volée de marches qui montaient vers ce qui ressemblait au mur d'un cimetière.

Ils descendirent de voiture, se dérouillèrent les jambes et regardèrent autour d'eux.

«Aucune trace de Yasmine Poole, pour moi, dit Zoé. Et toi?

— Non. Mais si elle est là, tu te doutes bien qu'elle ne va pas se balader avec une pancarte.»

Ry prit le Glock dans la boîte à gants où il l'avait mis pour conduire, le glissa dans sa ceinture, au creux de ses reins, et fourra des chargeurs supplémentaires dans les poches de côté de son pantalon de treillis.

«On refait le numéro des Carpenter? Jake le macho et Suzie, avec un z, la cruche?» demanda Zoé.

Ry secoua la tête.

«Non, on va juste garder les noms. J'imagine que ce type a passé des années à chercher ton icône et à la seconde où il posera les yeux dessus, il la voudra. S'il nous prend pour un couple de péquenauds, ça pourrait mal tourner. Ça risque de mal tourner, de toute façon.» Ry observa une dernière fois les alentours. «Ça ne t'ennuie pas de rester une minute près de la voiture? Je voudrais jeter un coup d'œil à la villa avant qu'on y entre. Voir s'il y a une porte de derrière, juste au cas où.

— Un plan B.»

Zoé eut un grand sourire et commença à se balancer légèrement d'avant en arrière comme si elle

484

prenait son élan, prête à bondir. *C'est dingue,* se dit Ry, *en dépit de tout, elle aime vraiment ça.*

Et il sourit intérieurement, parce que lui aussi, il aimait ça.

La villa du professeur Denis Kuzmin était une maison à un étage à la façade crépie, couleur pêche clair, adossée à un bouquet de cyprès et entourée par une grille de fer forgé peinte en vert. La porte était ouverte sur une allée de gravier, et Ry entra discrètement dans le jardin. Il fit le tour de la maison et repéra une porte de cuisine qui donnait sur un potager et un petit verger de pommiers. De l'autre côté du verger, une allée menait vers l'arrière d'une église.

Il suivit l'allée, passa derrière l'église et tomba sur un petit cimetière peuplé de croix de pierre branlantes et de monuments funéraires croulants. Un mur longeait l'un des côtés du cimetière, et de l'autre côté du mur il y avait des marches de pierre. Ry regarda vers le bas des marches et vit leur BM de location dont seul l'avant n'entrait pas dans son champ de vision, mais aucune trace de Zoé.

Il dévala les marches, la panique lui nouant les tripes. Zoé était toujours invisible. Et puis il la vit, assise par terre, le dos appuyé au pare-chocs avant. Il avait dû faire du bruit, parce qu'elle se redressa d'un bond et fit volte-face, une bouteille d'eau dans la main, un Glock dans l'autre, braqué sur lui.

«Bon Dieu, O'Malley! Qu'est-ce qui te prend? Un peu plus et je te tirais dessus.

— Désolé, j'ai cru que... Désolé.»

485

Ry inspira profondément et essaya de reprendre le contrôle des battements de son cœur. Il fallait absolument qu'il se domine. Sacré Agim! Il s'était laissé farcir la tête de discours sur Elle, sa Seule, son Unique, et maintenant ça le distrayait. Et quand on se laissait distraire, non seulement on se faisait tuer, mais en plus, ceux qui comptaient sur vous se faisaient tuer.

«Eh bien, la prochaine fois, faut prévenir. J'ai les nerfs à fleur de peau, en ce moment.» Zoé remit le pistolet dans sa besace. «Alors, qu'est-ce que tu as trouvé? On a un plan B?»

Tout en lui décrivant la disposition des lieux, Ry tira son couteau suisse, ouvrit la portière passager de la BM et repoussa le siège au maximum afin d'accéder à la console centrale.

Zoé regarda par-dessus son épaule.

«Qu'est-ce que tu fais?

— Je désactive les airbags. J'aurais dû le faire avant. Il se pourrait qu'on soit obligés de se tirer d'ici en vitesse, et si on rentre dans quelque chose en cours de route je ne veux pas qu'on se prenne des ballons en nylon en pleine figure.

— C'est probablement illégal, ce que tu es en train de faire, mais je ne cafterai pas.

— Je te signale, frangine, que si on part dans le décor, tu es du voyage. Et merde! C'est ce que je craignais. Il va falloir que je découpe le tapis de sol pour accéder au boîtier de commande.

— Parfait, mais quand il faudra rendre cette bagnole à la boîte de location, moi, je ne te connais pas.»

486

Elle se pencha et passa la tête dans la voiture pour regarder ce qu'il fabriquait.

«Hé, si on est obligés de déguerpir en vitesse, je pourrai conduire?»

À cette idée, Ry éclata de rire.

La porte de la villa s'ouvrit devant une blonde d'une cinquantaine d'années, pas vilaine mais au regard réfrigérant, qui se présenta comme la gouvernante et leur dit que le professeur les attendait. Comme elle leur faisait traverser un vaste salon au sol dallé noir et blanc, Ry admira ses jambes et se demanda si ce n'était pas par hasard la raison pour laquelle Denis Kuzmin ne s'était jamais remarié.

Elle les fit entrer dans ce qu'elle appelait «la bibliothèque du professeur», une pièce inondée de soleil, dont les murs disparaissaient derrière les lambris d'acajou et les rayonnages intégrés.

Zoé s'approcha de la baie vitrée qui donnait sur une pelouse verte, en pente, bordée de haies d'aubépines et de buissons d'azalées.

«Quel beau jardin!», s'exclama-t-elle.

Le compliment glissa sur la gouvernante qui n'eut pas l'ombre d'un sourire.

«Le professeur ne va pas tarder», dit-elle.

Elle ressortit en prenant bien soin de fermer derrière elle la porte à double battant.

Ry fit le tour de la pièce et remarqua:

«Je n'aime pas l'idée que la seule issue, en dehors de cette porte, soit la fenêtre qui donne sur le jardin de devant.»

Il s'arrêta devant la table de bibliothèque qui servait de bureau au professeur. Derrière était accrochée une affiche de propagande de Staline – la célèbre affiche du petit père du peuple tenant dans ses bras une gamine aux joues roses comme des pommes.

«Je me demande s'il sait que Staline a fait fusiller le père de cette petite fille, dit-il.

— Peut-être qu'il s'en fiche. À moins que, ayant lui-même été un grand délateur devant l'Éternel, il se dise que c'était pour la bonne cause.»

Ry feuilleta les pages d'un manuscrit posé à côté de l'ordinateur du professeur.

«On dirait qu'il écrit un livre. Sur la sorcellerie médiévale en Sibérie.

— Fais gaffe à ce que tu vas dire. À la lumière des événements, il se pourrait que je descende d'une longue lignée de sorcières.»

Zoé fit le tour de la bibliothèque qui ne contenait pas seulement des livres, mais aussi des icônes de toutes les tailles, certaines tellement anciennes que la peinture en était presque complètement effacée, d'autres richement incrustées d'or et d'argent.

«Il y a de belles pièces», dit-elle.

Ry s'apprêtait à lui demander comment elle trouvait la collection du professeur par rapport à celle de sa mère quand la porte à double battant s'ouvrit, poussée par un petit homme frêle, l'archétype du professeur d'université à la retraite, avec son nœud papillon rouge à pois, son pantalon de tweed et son pull avec des pièces aux coudes.

Il tendit la main à Ry en entrant dans la pièce.

«Je suis le professeur Kuzmin. Et je suppose que vous êtes M. et Mme Carpenter?»

Il parlait anglais presque sans accent, mais lentement, comme s'il s'appliquait pour ne pas faire de fautes.

«Pardonnez-moi, mais je n'ai pas entendu votre voiture dans l'allée.

—Nous sommes venus par le train, répondit Ry.

—Vous êtes montés jusqu'ici à pied depuis la gare?»

Des yeux gris très pâles, couleur de ciment, les inspectèrent derrière des lunettes d'écaille à verres épais. Ry eut l'impression que le bonhomme était du genre à arrêter son opinion sur les gens dès le premier coup d'œil, puis prenait du recul et attendait avec suffisance que les faits lui donnent raison.

Il eut un sourire qui révéla de petites dents jaunes, comme des grains de maïs.

«Enfin, vous êtes jeunes et en pleine forme, et il ne fait pas si froid pour un mois de février. Alors, que pensez-vous de la grand-place de Szentendre? Charmante, non?

—Un peu trop rococo pour moi, répondit Ry, mais ma femme est conquise. Elle veut que je l'emmène faire une promenade au clair de lune dans une de ces carrioles à cheval.»

Kuzmin eut un petit rire.

«Un sentiment bien romantique, en vérité, madame Carpenter, mais vous avez peut-être intérêt à attendre que le temps soit plus clément.»

Il indiqua, d'un geste, un canapé et deux fauteuils assortis regrettablement recouverts de velours vert vif.

«Si nous nous asseyions près du feu?»

489

Ry s'arrêta pour regarder une grande estampe encadrée au-dessus du manteau de la cheminée. *Bizarre d'accrocher ce genre de tableau au mur de sa bibliothèque,* pensa-t-il. D'un autre côté, le poster de Staline n'était pas non plus réjouissant.

« J'ai vu l'original dont cette gravure est tirée à la galerie Tretiakov, à Moscou », dit-il.

Kuzmin poussa un soupir ravi et bomba quelque peu le torse. Le professeur s'apprêtait à se lancer dans un de ses laïus préférés.

« Ah oui. *Ivan le Terrible et son fils Ivan, le 16 novembre 1581.* Une huile sur toile d'Ilya Repin. Le peintre a saisi le moment où, juste après avoir assommé son fils qui est aussi son héritier, en le frappant sur la tête avec un long bâton ferré, dans un accès de rage incontrôlable, le tsar Ivan s'agenouille à terre pour prendre le corps ensanglanté de son enfant dans ses bras. On lit la folie dans ses yeux injectés de sang, mais aussi la prise de conscience de l'horreur du crime qu'il vient de commettre. Par contraste, le visage du fils assassiné est apaisé, presque christique dans la mort. Fascinant, n'est-ce pas ?

— Et bien triste », intervint Zoé.

Ry ne répondit pas, absorbé dans la contemplation du terrible moment immortalisé par l'artiste. Le tsar, vêtu de noir comme un prêtre, son fils portant une robe d'un blanc immaculé. L'arme du crime, le bâton ferré, abandonné à côté, sur le tapis oriental rouge sang.

« Vous avez l'air particulièrement intéressé, professeur, par les personnages les plus mentalement dérangés de l'histoire russe », nota Zoé.

490

Elle avait remarqué, sur le dessus de cheminée, une photo en noir et blanc dans un cadre en argent : un homme barbu en longue robe noire, assis à un bureau devant une Bible ouverte.

Les minces lèvres du professeur Kuzmin s'étirèrent en un curieux sourire.

«Vous avez donc reconnu le moine fou, Grigori Raspoutine ? D'aucuns prétendent que son influence sur le tsar Nicolas et sa femme Alexandra a provoqué la révolution bolchevique et la chute de la dynastie des Romanov. On l'a gratifié de toutes sortes de qualificatifs : saint mystique, visionnaire, guérisseur et prophète d'un côté ; de l'autre, faux dévot, charlatan et débauché. Peut-être qu'il était tout ça, à moins… »

Il fut interrompu par le bruit de la porte qui se rouvrait. La gouvernante apparut avec un plateau chargé de trois verres à pied, d'une carafe d'eau en cristal taillé et d'une bouteille ronde, trapue, pleine d'un liquide brun qui évoquait une décoction d'herbes.

«Ah, voici madame Danko avec des rafraîchissements. Connaissez-vous l'Unicum ? On dit parfois que c'est notre trésor national, bien que, lorsqu'on le goûte pour la première fois, on puisse le trouver un peu amer.»

Un peu amer, tu parles. Ry avait testé ce breuvage, lors de son dernier passage à Budapest. L'odeur rappelait la chambre d'hôpital, le goût, le sirop pour la toux, et il avait eu une gueule de bois carabinée après en avoir bu deux verres seulement.

«Je vous demanderai peut-être un verre d'eau plus tard, mais pour l'instant, je vous remercie», répondit Ry.

Le professeur parut déçu.

«Madame Carpenter?» fit-il en soulevant le flacon de liqueur et un verre.

Zoé lui lança son plus beau sourire.

«J'essaierais volontiers, professeur, mais l'alcool, si tôt dans la journée, me donne mal à la tête.»

Il haussa les épaules.

«J'espère que vous ne m'en voudrez pas de boire seul.»

Le professeur remplit son verre et s'assit dans un fauteuil tandis que Ry et Zoé prenaient place côte à côte sur le canapé. Ry remarqua que Kuzmin semblait éviter de regarder Zoé en face comme s'il craignait de croiser son regard, ou qu'elle voie trop clair dans le sien. Il se pouvait que ce ne soit que du machisme, supposa Ry, mais il se demanda si son attitude ne cachait pas autre chose.

«Quand vous m'avez appelé, dit Kuzmin, vous m'avez dit que vous aviez acquis une icône sur laquelle vous souhaitiez recueillir mon avis.

— C'est un cadeau de mariage de ma grand-mère, confirma Zoé. On nous a dit que des fables et des mythes étaient souvent associés à certaines icônes, et nous nous demandions, comme celle-ci était plutôt inhabituelle, si elle ne s'accompagnait pas d'une histoire, vous voyez? Et comme c'est votre spécialité...»

Le professeur les regarda avec encore un peu plus de dédain.

«Je me suis fait une certaine réputation dans ce domaine. Eh oui, des propriétés mystiques, voire magiques, étaient parfois attachées aux icônes du temps jadis.»

492

Zoé sortit la poche de peau de phoque de son sac, tout en laissant délibérément Kuzmin voir son Glock, et Ry se dit : *Astucieuse, la gamine.* Mais, quoi que le professeur puisse penser du fait qu'elle trimbalait une arme, son expression n'en laissa rien deviner, et Ry apprécia le contact frais, solide, de son propre Glock dans son dos. Le personnage ne lui faisait pas l'impression d'émettre de bonnes vibrations.

Zoé plaça l'icône debout sur ses cuisses. Le professeur ne laissa pas échapper un soupir de surprise comme Anthony Lovely l'avait fait, mais Ry vit les coins de sa bouche blanchir et un tremblement agiter la main qui tenait son verre.

«Bon Dieu, c'est la…» Il s'interrompit, et Ry vit une intense excitation, proche de la convoitise, se peindre sur ses traits. Le professeur se redonna une contenance, avala une gorgée salutaire d'Unicum et demanda d'un ton un peu trop détaché : «Votre grand-mère vous a-t-elle dit comment cette pièce était entrée en sa possession ?»

Ry eut l'impression de sentir Zoé frétiller à côté de lui, sur le canapé. Il savait exactement ce qu'elle éprouvait. Lui-même avait les orteils et le bout des doigts qui le chatouillaient d'énervement. Qu'allait donc leur révéler Kuzmin sur cette icône ? Que c'était la Dame ? Et s'il connaissait l'existence de l'icône, était-il aussi au courant pour l'autel d'ossements ?

«Elle est dans la famille depuis longtemps, répondit Zoé. Elle passe de mère en fille. Ma grand-mère disait que nous étions les filles bénies d'une longue lignée, et qu'aucune de nous ne pouvait être la dernière.»

Ry eut le sentiment qu'il s'agissait d'une chose que Katya Orlova avait bel et bien dite. Pas à Zoé elle-même, puisqu'elles ne s'étaient jamais parlé, mais à quelqu'un d'autre. Anna Larina?

Kuzmin se pencha et regarda durement Zoé, comme s'il avait le pouvoir de lire dans son esprit avec ses yeux pâles comme des lasers.

«Vous êtes la Gardienne», dit-il, et Ry sentit que Zoé se raidissait. Le professeur se rappuya au dossier de son fauteuil, manifestement heureux de la réaction qu'il avait provoquée. «Vous vous demandez comment je le sais? Eh bien, je ne suis pas idiot. Je vois la Dame, je vois votre visage.»

Zoé jeta un rapide coup d'œil à Ry, et il sut qu'elle aussi repensait à cette phrase de la lettre de sa grand-mère. *Regarde la Dame...*

«Mais je devrais peut-être commencer par le commencement, fit le professeur Kuzmin. Par mon père et un événement qui s'est produit au printemps 1936.»

40

«À l'époque, mon père était membre du GUGB, comme on appelait en ce temps-là la police secrète soviétique. Ça pourrait le faire prendre pour plus formidable qu'il n'était : un employé qui travaillait auprès d'un certain Nikolaï Popov, lieutenant supérieur et bras droit du commissaire de la direction principale de la Sécurité d'État à Léningrad. La ville qui s'appelle à nouveau aujourd'hui Saint-Pétersbourg.»

Il s'interrompit et son regard s'embua. Repensait-il au père qui l'avait abandonné alors qu'il n'était qu'un gamin de onze ans, ressentait-il encore cette douleur?

«Mon père…, dit-il doucement, puis il se domina et se redressa dans son fauteuil. Le jour dont je parle, au printemps 1936, mon père fourrageait dans des papiers quand le lieutenant supérieur Popov fit irruption dans son bureau, le prit par le bras et lui dit qu'ils étaient chargés d'une mission urgente, une affaire de la plus haute importance pour la sécurité nationale. Une cache secrète avait été découverte dans le grenier du tribunal municipal, un bâtiment qui se trouvait sur un quai de la Neva. Le 16, Fontanka. Ça vous dit quelque chose?

— C'est l'adresse de l'Okhrana, c'est-à-dire autrefois le quartier général de la police secrète du tsar, répondit Ry.

— Oui, un endroit qui glaçait d'épouvante le cœur de tous les Russes, même à l'époque, dix-neuf ans après la révolution bolchevique. Mon père ne devait pas être rassuré, parce que les murs mêmes semblaient avoir absorbé tant de détresse, de terreur et de souffrance. Mais ces murs recelaient aussi autre chose : un petit incendie, provoqué par un court-circuit, avait dévoilé dans le grenier un placard secret de la taille d'une cabine téléphonique. Et dans ce placard, il y avait deux classeurs pleins de vieux dossiers poussiéreux.»

Il s'arrêta pour se resservir en Unicum, se releva et vint se planter devant le poster de Staline.

«Dites-moi, madame Carpenter, vous savez ce qu'est un agent provocateur?

— J'en ai une vague idée, répondit Zoé. Mais je vous en prie, dites-le-moi. Vous parlez si bien.»

Il se retourna vers elle en clignant des paupières, l'air de se demander si c'était un compliment ou un sarcasme, et Ry ravala un sourire. Le professeur haussa les épaules sans s'attarder à trancher la question et poursuivit:

«Un agent provocateur est un espion qui infiltre des groupes révolutionnaires et s'efforce de les pousser à des actions qui mèneront à leur arrestation.» Kuzmin s'éloigna de l'affiche et vint se placer face à eux, offrant son dos au feu. «À l'époque de mon histoire, on murmurait que, dans les premiers mois du combat bolcheviste, Joseph Staline avait lui-même servi d'agent provocateur pour l'Okhrana.

Non par idéologie, voyez-vous, mais plutôt dans le but d'éliminer ses rivaux.» Kuzmin s'interrompit pour s'octroyer une gorgée conséquente de son remontant antitussif, et accompagna sa descente d'un frisson. «Et donc, quand Popov indiqua l'un des classeurs du placard secret à mon père et lui ordonna de fouiller dedans à la recherche de documents portant les mots "Blaireau d'acier", il soupçonna la mission d'avoir un rapport avec cela. Peut-être "Blaireau d'acier" était-il le nom de code que l'Okhrana donnait à Staline quand il jouait les agents provocateurs.

— Nourrir ce genre de soupçon n'était peut-être pas très prudent de la part de votre père, à cet endroit et à ce moment précis», commenta Ry.

Kuzmin eut un sourire qui se traduisit par un éclair de dents jaunes.

«C'est pourquoi il se garda bien de trahir ses pensées devant son supérieur. Mon père avait toujours pensé que la seule garantie de survie était de ne rien voir, de ne rien savoir.» Kuzmin porta son verre à ses lèvres, constata qu'il était vide, le remplit à nouveau. «Aussi, pendant que Popov commençait à faire le tri dans l'un des classeurs, mon père s'occupa de l'autre tout en priant pour que ses yeux ne tombent jamais sur rien qui ait le moindre rapport avec un blaireau de quelque nature que ce soit. Mais un dossier attira son attention à cause d'un étrange document qu'il trouva à l'intérieur : un croquis rudimentaire, fait à la main, d'un autel constitué d'os humains.» Ry entendit Zoé étouffer une exclamation de surprise tandis que son propre cœur faisait un bond. Mais Denis Kuzmin, perdu dans son histoire, ne parut pas le remarquer. «Ce dessin macabre intrigua mon père et le poussa

497

à poursuivre ses recherches, et plus loin il trouva la transcription d'une conversation qui s'était déroulée dans une taverne, à l'automne 1916, entre un espion de l'Okhrana et un Grigori Raspoutine extrêmement ivre.

—Le moine fou», commenta Zoé.

Kuzmin leva son verre en un salut moqueur à l'adresse de la photo de la cheminée.

«Fou? Peut-être. Nous savons qu'il était né dans un petit village de Sibérie, où, dès son plus jeune âge, il était connu comme un mystique et un guérisseur. C'était aussi... eh bien, pour employer un euphémisme, un homme doté d'un magnétisme sexuel impressionnant.» Kuzmin rosit, eut un faible sourire et poursuivit. «Cela dit, le pouvoir que Raspoutine exerçait sur la famille impériale ne devait rien à la séduction, pas à une séduction de nature sexuelle, du moins, mais plutôt au fait qu'il réussissait à soulager leur fils, qui souffrait d'hémophilie. Chaque fois que le garçon, Alexandre, se blessait et saignait, la tsarine implorait Raspoutine de venir sauver son fils, et il le sauvait bel et bien. Maintenant, comment y arrivait-il? Qui peut le dire? Il y en a pour qui il utilisait les sangsues, certains pensent qu'il l'hypnotisait, et d'autres qu'il y parvenait grâce à la magie ou à la prière.»

Kuzmin s'arrêta pour regarder la photo, puis la reproduction du tableau d'Ivan le Terrible assassinant son fils, comme si les deux hommes, bien qu'ils aient vécu à des siècles de distance, étaient liés d'une façon ou d'une autre, pensa Ry. Le moine fou, le tsar fou.

«Ce qui nous ramène à la conversation dans la taverne, poursuivit Kuzmin. Raspoutine avait raconté à l'espion de l'Okhrana que, étant jeune homme, alors qu'il effectuait un pèlerinage dans la péninsule du Taïmyr, en Sibérie, il avait rencontré et séduit une femme qui appartenait à une tribu nomade appelée les "Toapotrors". Le peuple magique.» Ry regarda Zoé. Il aurait bien voulu savoir à quoi elle pensait, mais son visage était maintenant fermé, même pour lui. Elle était assise, tellement immobile, pensa-t-il, qu'il aurait pu compter chacune de ses inspirations. «Une nuit, après avoir fait l'amour, disait Kuzmin, la maîtresse de Raspoutine lui révéla un noir secret: elle était la protectrice, la Gardienne, pour reprendre son propre terme, d'un autel magique. Un autel fait d'ossements. Et boire l'élixir de cet autel le rendrait immortel.»

D'accord, maintenant on est en plein vaudou. L'autel d'ossements était une fontaine de Jouvence, et boire de son eau donnait la vie éternelle? Ry se dit qu'il aurait dû en rire, mais les poils de ses bras se hérissèrent, et un frisson lui parcourut la colonne vertébrale. Il vit que le visage de Zoé s'était vidé de toute couleur.

«Vous avez l'air sceptique, monsieur Carpenter, dit Kuzmin, visiblement ravi de la réaction qu'il avait suscitée. L'immortalité? La vie éternelle? Impossible, direz-vous. Pourtant, Raspoutine décrivait avec un luxe de détails scabreux comment il avait manipulé la femme de telle sorte que, par une nuit polaire, elle l'avait amené à une caverne dont l'entrée était dissimulée derrière une cascade, sur les rives d'un lac oublié. À l'intérieur de la grotte, il y avait un autel fait d'os humains, et Raspoutine prétendait avoir bu à cet autel, cette nuit-là. Et lui, au moins, se croyait immortel.

« Qui plus est, il avait emporté avec lui un petit flacon de l'élixir, ou quel que soit le terme que l'on choisisse pour désigner la chose. Il dit toutefois qu'il fallait prendre garde à ne pas l'exposer au soleil, car ses propriétés magiques disparaissaient. C'est ce qu'il donnait au petit Alexei pour soigner son hémophilie.

— N'empêche, intervint Ry, qu'ils sont morts tous les deux, le garçon et le moine fou, quelques années après cette soirée dans la taverne. Autant pour votre jus d'os et la vie éternelle qu'il était censé procurer. »

Kuzmin leva un doigt et un plissement amusé creusa son long visage étroit.

« Eh bien, c'est la vraie question. Ça a bien failli rendre Raspoutine immortel. Peu après cette nuit dans la taverne, un groupe de notables, qui voyaient d'un très mauvais œil l'influence qu'il avait sur la tsarine, décidèrent de s'en débarrasser. Ils lui firent manger des gâteaux au cyanure et, constatant que cela n'avait aucun effet, ils lui déchargèrent un revolver dans le dos et, comme ça ne marchait pas non plus, ils l'assommèrent, enroulèrent son corps dans un linceul et le jetèrent dans une rivière glacée. Quatre jours plus tard, on retrouva son corps, les mains crispées comme des serres par le gel ; on aurait dit qu'il avait essayé de se frayer un chemin hors de la glace. Une autopsie révéla que la cause de la mort n'était ni la noyade, ni les blessures par balles, ni l'empoisonnement, mais simplement l'hypothermie.

— La mort, c'est toujours la mort », fit Zoé.

Et dans sa voix Ry discerna de la colère et de la déception. Il partageait ces sentiments. Ils pensaient

500

être sur le point d'arriver enfin à la vérité, et au lieu de cela, on leur livrait un conte de fées.

«Là, je dis que c'est du foutage de gueule, reprit-elle, et comme je suis invitée sous votre toit, je resterai courtoise et je dirai que c'est le moine fou qui s'est payé la tête d'un espion tsariste crédule. Aux États-Unis, professeur, on appelle ça se faire mener en bateau.»

Kuzmin eut un rire.

«Vous avez peut-être raison, madame Carpenter. Peut-être que l'espion s'est fait "mener en bateau", comme vous dites. Néanmoins, l'Okhrana avait pris l'affaire assez au sérieux pour envoyer d'autres agents en Sibérie. Ils ne trouvèrent ni le lac ni la grotte, mais ils tombèrent sur une tribu appelée les "Toapotrors", qui leur raconta une histoire : il y avait jadis eu parmi eux un chaman si puissant qu'il avait le pouvoir de réveiller les morts. Un terrible jour, le chaman fut assassiné et, comme c'était l'hiver, ses filles emportèrent son corps dans une grotte en attendant de pouvoir l'enterrer, au printemps. Mais quand elles le déposèrent à terre, son sang se répandit sur le sol de pierre et se changea en une source aux propriétés magiques.

«Les filles érigèrent un autel sur la source, et l'appelèrent l'autel d'ossements. Un conte populaire, assurément. Mais peut-être avec un fond de vérité au départ. De fait, les Toapotrors prétendaient connaître des gens qui avaient bu à l'autel et étaient devenus immortels. Mais ça les avait aussi rendus fous.» Un sourire torve déforma la bouche du professeur. «Je vois à votre tête que j'ai perdu toute crédibilité à vos yeux. Je me suis tiré une balle dans le pied, pour utiliser une de vos expressions américaines pittoresques, c'est cela, n'est-ce pas ? Il n'en demeure pas moins que le peuple magique décrivait avec des détails assez précis les symptômes de la maladie qu'ils observaient chez ceux qui osaient boire à l'autel. Aujourd'hui, on appelle ça la mégalomanie. L'obsession du pouvoir, le désir de domination, l'illusion que l'on peut ployer les autres à sa volonté et changer le monde.

— Tout cela est très intéressant, et typique de nombreux contes populaires, coupa Ry. Le marché faustien. Vous avez ce que votre cœur désire, mais il y a un prix à payer. Votre âme, ou dans ce cas, la santé mentale.

— C'est ça, moquez-vous, mais l'Okhrana, qui était en possession de documents secrets remontant à des centaines d'années, les avait épluchés à la recherche d'allusions à une Gardienne et à un autel fait d'os humains. Il y a beaucoup d'histoires de ce genre, mais mon père n'a eu le temps d'en lire qu'une seule. Du temps d'Ivan le Terrible.» Ry ne put s'empêcher de relever les yeux vers la gravure, sur la cheminée. Et il sentit les poils se hérisser à nouveau sur ses bras. C'était dingue, il ne voulait pas y croire. Et pourtant... «Il faut croire qu'Ivan avait eu pour maîtresse une Gardienne. Elle l'aimait follement, ou du moins suffisamment pour enfreindre ses vœux et lui donner l'élixir. Il suffisait d'une petite goutte, à ce qu'il semblerait.»

Ry vit le visage de Zoé s'assombrir, et il sut qu'elle pensait à sa grand-mère. À Katya Orlova, qui avait fait confiance à un homme qu'elle aimait et qui s'était révélé être un assassin et un agent double. Katya Orlova qui avait donné l'élixir à son amie Marilyn, une femme qu'elle aimait comme une sœur, mais qui pouvait aussi se montrer d'une puérilité et d'une inconséquence insupportables. *Un terrible crime a été commis parce que j'ai trahi les secrets de l'autel...*

Nikolaï Popov et son père, tuant Marilyn avec une poire à lavement pleine d'hydrate de chloral. Son père, debout derrière la palissade, sur la butte herbeuse, un fusil à la main, prêt à exécuter le président parce que le KGB croyait qu'il avait bu l'élixir de l'autel d'ossements.

Ry secoua la tête. Il ne voulait pas le croire. Il n'était pas possible que Kennedy ait été assassiné à cause d'un dossier moisi, oublié, et d'un conte de bonnes femmes russe.

Zoé commença à remballer l'icône dans la peau de phoque.

« C'est fascinant, professeur, et je vous remercie de nous avoir accordé tout ce temps. Mais il se fait tard...

— Non, attendez!» s'écria Kuzmin en se redressant.

Ry se tendit, et sa main se porta machinalement vers l'arme qu'il avait au creux des reins, mais le professeur se cala à nouveau au dossier de son fauteuil. Il lissa d'une main tremblante ses cheveux roux grisonnants et clairsemés, et prit une profonde inspiration.

«Excusez-moi. Je me suis égaré, et j'ai oublié de vous dire le principal. Ce pour quoi vous êtes venus, l'histoire qui accompagne votre icône. Dans sa description de la grotte et des événements de cette nuit-là, Raspoutine parlait d'une icône incrustée de joyaux qu'il avait vue sur l'autel fait d'os humains. Sa maîtresse l'avait appelée "la Dame", et c'était

503

une Vierge qui tenait sur ses genoux non l'Enfant Jésus, mais une coupe taillée dans un crâne humain. Et le visage de la Vierge était celui de l'amante de Raspoutine. La Gardienne.» Kuzmin se pencha vers eux, et Ry lut dans ses yeux un mélange de désespoir et d'avidité. «L'Okhrana avait fait faire au moine fou un dessin de la Dame. Mon père l'avait vu dans le dossier. Le doute n'est pas permis : l'icône que vous avez en votre possession est celle-là même que Raspoutine a contemplée dans la grotte à l'autel d'ossements.

— Peut-être», convint Zoé.

Ry remarqua qu'elle n'avait pas ressorti sa main de sa besace après y avoir rangé l'icône, et il savait qu'elle tenait la poignée de son Glock.

«Et après, professeur, qu'est-il arrivé à votre père ? demanda Ry. Après ce jour au 16, Fontanka ?

— Quoi ? Oh, il y avait d'autres documents dans le dossier, mais mon père n'a pas eu le temps de les lire, parce que Popov a soudain claqué la porte de son classeur, fourré un mince dossier dans la tunique de son uniforme et annoncé : "Nous avons fini, ici." Puis il a vu que mon père essayait de lui cacher quelque chose, et il lui a demandé : "Qu'est-ce que vous avez trouvé ? Donnez-moi ça." » Kuzmin contempla son verre vide. «Mon père le lui a donné, évidemment. Que pouvait-il faire d'autre ? Et c'est ainsi que ce jour-là, le lieutenant supérieur Nikolaï a quitté le 16, Fontanka avec deux dossiers, dont l'un concernait un autel fait d'ossements humains.»

Ça lui a rudement servi, pensa Ry. *Toutes ces années passées à chercher cette chose, à tuer pour ça.*

«Ils n'en ont plus jamais reparlé? demanda Zoé. Popov et votre père?»

Le professeur eut un petit rire qui ressemblait à un reniflement amer.

«Il n'en a pas eu l'occasion. Deux jours plus tard, le lieutenant supérieur Popov devenait le capitaine Popov, et mon père était muté du GUGB dans une unité régulière de l'armée. Une unité qui allait être à coup sûr envoyée sur le front pendant la guerre que tout le monde sentait venir avec angoisse. Il a eu de la chance qu'on ne lui fasse pas pire encore...» Kuzmin claqua des doigts comme si une idée venait de lui traverser l'esprit. «Mon père a fait, de mémoire, une copie des deux croquis qu'il a vus ce jour-là. Vous voulez les voir?»

Il n'attendit pas la réponse, se leva et s'approcha d'une porte dans le bas de la bibliothèque. Il prit une clé dans sa poche, ouvrit la porte et fouilla dans le placard en leur tournant le dos, puis il se retourna. Il tenait un petit revolver à canon court.

Au grand étonnement de Ry, il éclata de rire en voyant les deux Glocks pointés sur son cœur.

«J'en ai un plus gros, dit Ry.

— Et moi aussi», ajouta Zoé.

Kuzmin eut encore un rire et haussa les épaules.

«Enfin, qui ne risque rien n'a rien, hein? Vous n'accepteriez pas de me vendre votre icône, par hasard?... Non, c'est bien ce que je pensais. Peut-être que votre grand-mère...

— Elle est morte, dit Zoé.

— Ah oui, bien sûr. Parce que, sans ça, vous ne seriez pas devenue la Gardienne... Cela dit, à mon avis, elle n'a pas dû vous dire grand-chose avant de mourir. Je pense qu'en venant ici, vous en saviez encore moins que moi. Et je vous ai révélé certaines choses, mais pas tout.» Il s'apprêtait à faire un pas vers eux, mais Ry l'arrêta d'un regard. «Nous pourrions nous associer, suggéra Kuzmin, les yeux brillants, humides et d'une pâleur de crachat. Nous pourrions aller ensemble en Sibérie. Nous pourrions trouver le peuple magique, ils comprendraient, rien qu'en vous voyant, que vous êtes la Gardienne. Ils nous conduiraient au lac, à la grotte secrète. Mon Dieu, une fontaine de Jouvence! Réfléchissez à ce que nous pourrions faire avec. Non seulement nous serions immortels, mais encore nous deviendrions riches au-delà de nos rêves les plus fous en vendant l'élixir à tous ceux qui...»

Un staccato de coups de feu venant du jardin ravagea soudain la pièce, pulvérisant les plantes en pots et les portes vitrées. Trois fleurs écarlates s'épanouirent sur le vieux pull de Kuzmin, et un brouillard rouge se vaporisa dans l'air alors que les balles lui déchiraient la poitrine.

Une fraction de seconde plus tard, Ry vit une grenade filer par les portes fracassées et atterrir avec un choc sourd au bout de l'épais tapis d'Orient.

Il entendit un *pffft* strident et se jeta sur Zoé. Ils roulèrent à bas du canapé, sur le sol, juste au moment où la grenade explosait.

41

Une épaisse fumée blanche s'élevait en volutes autour d'eux. Ry avait les yeux et la gorge en feu, il ne pouvait pas respirer. Il étouffait. Puis son cerveau prit le relais.

Pas de flammes. Du gaz lacrymogène.

Zoé gesticula sous lui, toussant, hoquetant. Il la libéra de son poids et se mit à genoux. Il tenait toujours son pistolet. De l'autre main, il la prit par le bras et tenta de l'entraîner derrière lui. Il vit sa bouche s'ouvrir sur un cri, mais elle suffoqua et s'écarta de lui, rampa à quatre pattes vers le plus proche fauteuil, s'agrippa au tapis, dessous, comme un animal blessé essayant de se terrer dans un trou.

Il la saisit par la cheville ; elle donna un coup de pied pour se libérer. Il l'attrapa à nouveau, essaya de la tirer de sous le fauteuil et tenta de l'appeler, mais n'émit qu'un croassement. Ses yeux lui faisaient l'impression de brûler à l'intérieur de son crâne et, à chaque inspiration, c'était comme s'il avalait du verre pilé.

Il faut sortir de là, sortir de là tout de suite...

Ry estima que leurs assaillants leur laisseraient encore dix ou quinze secondes tout au plus – juste le temps que le gaz lacrymogène fasse pleinement effet –, puis ils donneraient l'assaut à la bibliothèque.

Il faut ficher le camp d'ici…

Il harponna Zoé par la poche arrière de son jean et la tira sans ménagement. Elle se redressa et tourna sur elle-même, haletante, les yeux gonflés, les larmes roulant sur ses joues. Puis il vit le Glock qu'elle tenait à la main et finit par comprendre. En se jetant sur elle, il avait dû envoyer promener son arme sous le fauteuil.

Il l'attrapa par les épaules et la remit sur ses pieds.

«Cuisine», dit-il dans un râle.

Elle hocha la tête et courut aveuglément vers la porte à double battant qui menait au salon. Ry la suivit en titubant. Il n'y voyait quasiment rien. Des quintes de toux lui arrachaient la poitrine. Il avait l'impression de respirer de l'acide.

Il jeta un coup d'œil derrière lui vers la vitre fracassée, à travers le rideau de fumée blanche. Ses yeux gonflés, pleins de larmes, virent apparaître une sorte de créature du Lagon noir, énorme, la poitrine épaisse, avec des yeux bulbeux, comme une mouche, un nez pareil à un serpent et un grand bras avec un doigt griffu pointé vers le cœur de Ry.

Ry tira une demi-douzaine de balles, au jugé. Il entendit les balles heurter du verre et du bois. La créature parut disparaître dans la fumée. L'avait-il atteinte, ou avait-elle simplement plongé pour se mettre à couvert?

Une fraction de seconde plus tard, une rafale crachée par des armes automatiques déchiquetait le mur au-dessus de leur tête.

Réponse: il ne l'avait pas atteinte, ou du moins pas au point de l'empêcher de tirer. Une nouvelle salve crépita, plus bas, cette fois, hacha le linteau de la porte, provoquant une éruption de plâtre et d'échardes de bois. Le vacarme semblait faire vaciller les nuages de gaz.

Zoé avait des problèmes avec la poignée. Elle se retourna et articula d'une voix râpeuse quelque chose qui pouvait vouloir dire «verrouillée» ou «bloquée». Ry l'écarta et fit voler les panneaux de bois en éclats avec sa ranger au bout renforcé.

Le nuage de gaz lacrymogène les suivit dans le salon. Ry laissa Zoé prendre quelques mètres d'avance et la suivit en courant en crabe, sans cesser de tirer pour couvrir leur retraite.

Dans le vestibule, ils se retrouvèrent face à un escalier entre deux portes donnant sur deux couloirs. Ry sentit Zoé hésiter, et il croassa «à droite» juste au moment où la créature du Lagon noir jaillissait de la porte pulvérisée de la bibliothèque et roulait à terre, sans cesser de les arroser avec son Uzi, visant toujours vers le haut.

Ry tira en retour, tout en s'engouffrant dans le couloir, mais il n'y voyait vraiment rien et il rata à nouveau sa cible.

Le couloir était terminé par une porte battante, et Ry pria pour qu'elle donne sur la cuisine. Ils en étaient à trois ou quatre mètres lorsqu'elle s'ouvrit à la volée, comme poussée par un coup de poing, heurtant bruyamment le mur. Un grand type en gilet de kevlar noir et masque à gaz, armé d'un Uzi, s'encadra dans la porte.

L'espace d'une seconde, le temps fut brusquement suspendu, ils restèrent tous les trois figés sur place, comme si on avait appuyé sur le bouton pause d'un film. Et puis Ry vit le canon de l'Uzi commencer à

509

se lever, mais avant que son esprit embrumé, troublé par le gaz lacrymogène, ait le temps d'ordonner à son corps de réagir, Zoé logea une balle entre les deux gros yeux bulbeux de l'individu.

Il avait à peine touché le sol que Zoé bondit par-dessus et entra dans la cuisine en vidant son chargeur, réduisant vaisselle et verres en miettes, dans un épouvantable fracas.

Ry eut une vision brouillée de la porte dont il savait, grâce au repérage qu'il avait effectué un moment plus tôt, qu'elle menait vers le potager, sur l'arrière. Il s'engagea dans cette direction et faillit trébucher sur les jambes étendues de la gouvernante.

Elle avait la gorge tranchée.

L'air clair et froid de février lui parut plus délectable qu'une bonne bière, presque orgasmique. Ry avait la gorge tellement enflée qu'il ne pouvait plus parler, alors il tapota l'épaule de Zoé et lui fit signe de couper par le verger, en direction du sentier qui longeait l'arrière de l'église, et il la fit à nouveau passer devant lui pendant qu'il couvrait leurs arrières.

Ils se frayèrent un chemin entre les tuteurs à tomates en faisant craquer sous leurs pieds les vrilles de cucurbitacées sèches. Quelques secondes plus tard, ils étaient dans le verger, et Ry distingua entre les pommiers les marches floues de la petite église serbe. Derrière eux, il entendit une porte claquer et un crépitement de salves d'Uzi.

Ils sortirent du couvert des arbres et débouchèrent sur l'allée. Une trentaine de mètres d'espace à découvert séparaient l'église et le mur de pierre du cimetière. Ils les franchirent ventre à terre.

Ry arriva au mur en premier, afin de pouvoir aider Zoé à passer par-dessus, mais elle franchit l'obstacle avec aisance, prenant appui sur une main comme une gymnaste.

Il resta accroupi par terre, adossé contre les pierres rugueuses du mur, la poitrine soulevée par de puissantes inspirations. Zoé s'agenouilla à côté de lui.

Elle cracha les glaires qu'elle avait dans la gorge et leva le poing pour se frotter les yeux, mais il lui prit le poignet, arrêtant son geste.

«Fais pas ça.» Les mots sortaient, râpeux, de sa gorge qui lui faisait l'effet d'un papier de verre rêche. Ses yeux enflés étaient réduits à des fentes, et tellement congestionnés par les larmes qu'il n'arrivait même plus à battre des paupières. «Ça ne ferait qu'empirer les choses.»

Le mur du cimetière, un mur de pierres sèches, faisait peut-être un mètre vingt de haut et, à la façon dont il s'incurvait autour de l'église, il avait l'efficacité d'un bunker. Embusqué à l'abri de ce mur, un tireur isolé pourrait stopper l'avance d'une armée coincée dans le verger. Pas éternellement, mais assez longtemps.

Ry passa la tête au-dessus du muret et vit une silhouette noire, floue, filer entre les pommiers, et une autre, plus petite, en gilet marron, derrière, sur la gauche.

«Deux. Encore dans le verger, dit-il à Zoé en se laissant retomber. Yasmine Poole, sans doute, et un des types de Paris.

— J'ai tué l'autre», dit-elle.

Il lui lança un grand sourire.

511

«Un super carton, même.»

Il récupéra les clés de la BM dans la poche de son pantalon de treillis et les lui mit dans la main. Il ne voulait pas lui dire qu'il y voyait à peine, de peur qu'elle refuse de le laisser seul.

«Va chercher la voiture pendant que je...»

Une quinte de toux déchirante l'interrompit, mais Zoé hocha la tête pour lui montrer qu'elle avait compris. Il la regarda traverser le cimetière à toute vitesse, accroupie, filant entre les pierres tombales, sa sacoche brinquebalant sur sa hanche.

Il jeta un nouveau coup d'œil par-dessus le mur, n'y voyant pas mieux qu'avant, mais il n'avait pas besoin de viser pour permettre à Zoé de gagner le temps dont elle avait besoin.

Il pensa au type qui avait lancé la grenade depuis le jardin et s'était rué dans la bibliothèque. Il leur avait tiré dessus avec son Uzi, mais en visant bien au-dessus de leurs têtes. Et l'autre tueur – celui qui était passé par la cuisine pour leur couper toute retraite – avait hésité une fraction de seconde à la porte, juste le temps de permettre à Zoé de lui coller une balle entre les yeux.

Ça voulait dire que Yasmine Poole les voulait vivants. Probablement parce qu'elle n'osait pas les tuer au risque de découvrir ensuite, trop tard, qu'ils n'avaient pas le film avec eux, qu'ils l'avaient caché quelque part entre ici et l'appartement de l'île Saint-Louis.

Ry sourit tout seul parce qu'elle le voulait vivant, et que lui, il la voulait totalement morte. Ça ne suffirait pas, ça ne serait jamais suffisant, mais la tuer était la seule chose qu'il pouvait faire pour venger Dom.

Il éjecta le chargeur presque vide et en remit un plein dans la poignée. Tenant son pistolet à deux mains, il se releva suffisamment pour appuyer ses avant-bras sur le haut du muret et attendit. Il entrevit un autre éclair de mouvement, encore sous les arbres, mais plus près maintenant. Il pressa la détente et laissa son doigt dessus, crachant un jet de balles, soulevant de la terre et des pierres, et hachant les herbes qui bordaient l'allée.

Le calme soudain, lorsqu'il cessa le feu, ressembla au silence d'une chambre mortuaire. Une demi-douzaine de secondes passa, puis il obtint une brève salve en retour. Mais ce n'était qu'un coup de semonce, histoire de lui rappeler qu'eux aussi étaient armés.

Il tira encore afin de les dissuader de quitter le verger pour s'engager dans l'allée. Il avait calculé qu'il faudrait bien trois ou quatre minutes à Zoé pour descendre l'escalier et revenir avec la voiture, mais elle devança son attente, puisque juste à cet instant précis, il entendit rugir le moteur de la BM.

Deux secondes plus tard, elle déboucha de l'autre côté de l'église, projetant des gerbes de terre et de gravier. Elle s'arrêta net, à la seconde où Ry se précipitait par-dessus le mur. Il ouvrit à la volée la portière côté passager et plongea à l'intérieur. Zoé fit ronfler le moteur. Les pneus de la BM patinèrent un peu, puis accrochèrent la route, et la voiture bondit en avant si violemment que la nuque de Ry heurta l'appuie-tête.

Il jeta un coup d'œil dans le rétroviseur. Il vit une silhouette noire, floue, sortir du verger en courant, se jeter dans l'allée, se laisser tomber sur un genou et tirer en vain dans les pneus de la BM qui disparaissait.

Le sentier se terminait en cul-de-sac un peu plus loin, devant le portail d'un manoir de pierre grise. Sur la gauche, une petite route montait dans les collines. Zoé s'y engagea, prenant le virage à quatre-vingt-dix degrés si vite que l'arrière de la BM chassa et que le volant trépida dans ses mains, mais elle redressa.

Ry tripota maladroitement sa ceinture de sécurité et dut s'y reprendre à deux fois pour la boucler parce qu'il y voyait encore à peine. La route sur laquelle ils se trouvaient ne permettait pas à deux voitures de se croiser. C'était une petite route de campagne qui n'avait pas été refaite depuis des dizaines d'années. Les arbres défilèrent derrière les vitres, puis il y eut une trouée, et ils virent le fleuve très loin, en contrebas.

Quand Zoé donna un petit coup de frein pour négocier un virage en épingle à cheveux, Ry entendit un clapotis, et il sentit quelque chose rouler par terre, à ses pieds.

Dieu soit loué! Une bouteille d'eau.

Il se pencha pour la ramasser, à tâtons. Elle était déjà presque à moitié vide, mais c'était mieux que rien. Il se redressa, dévissa le bouchon, pencha la tête en arrière et se versa l'eau dans les yeux.

«Bon sang, que ça fait du bien!» fit-il en sentant le contact du liquide frais.

Il tourna la tête vers Zoé. Il la voyait déjà un peu mieux. Elle aussi avait les yeux gonflés et injectés de sang, et la peau de son visage et de ses mains était rouge comme si elle avait pris un coup de soleil, mais le gaz semblait l'avoir moins atteinte que lui. Le plus drôle, c'est qu'il s'était déjà trouvé dans un tas de situations scabreuses, dans sa vie, mais il n'avait jamais eu affaire aux gaz. Un coup de chance, parce que ses nerfs cornéens et ses muqueuses avaient tellement mal réagi au principe actif du gaz lacrymogène qu'il en avait presque été aveuglé.

Il ouvrait la bouche pour lui dire qu'il ne s'en serait pas sorti sans elle quand il entendit un crissement de pneus. Il tourna vivement la tête et vit dans le rétroviseur latéral une Mercedes noire qui fonçait sur eux.

«On a de la compagnie», dit Ry.

Au même instant, un bras prolongé par un Uzi jaillit de la vitre côté passager, et le crépitement caractéristique d'un tir d'arme automatique déchira l'air. Ry vit des balles heurter la chaussée défoncée derrière eux, sentit un choc sous le châssis de la BM.

Zoé roulait déjà dangereusement vite compte tenu de l'état de la chaussée, mais elle agrippa le volant plus fort et enfonça l'accélérateur.

Ry cala son épaule au dossier de son siège alors que la route décrivait un virage accentué. Ils grimpaient toujours, par une route en lacets. Il n'y avait pas de rambarde de sécurité, juste une soixantaine de centimètres de bas-côté, et par endroits un plongeon abrupt vers le fleuve, tout en bas, par-delà une étendue de roches et de bosquets.

Zoé prit, Dieu sait comment, un virage sans visibilité à cent kilomètres à l'heure et découvrit que la route devant eux était obstruée par un gigantesque camion chargé de paille. Ry se cramponna machinalement au tableau de bord et appuya, par réflexe, sur un frein inexistant côté passager.

Zoé ne ralentit même pas. Elle donna un violent coup de volant à gauche, engagea la BM entre le camion de paille et un enchevêtrement d'arbres et de

515

rochers. Quelque chose arracha le rétroviseur latéral et racla le côté de la voiture dans une gerbe d'étincelles. Alors qu'ils passaient dans un rugissement de moteur, Ry entrevit le conducteur du camion, bouche bée, ouvrant de grands yeux ronds affolés.

Ils prirent un autre virage sans visibilité avant que Zoé ait pu se rabattre sur le côté droit de la route et Ry fit des vœux pour qu'ils ne se retrouvent pas nez à nez avec une autre voiture.

Il jeta un coup d'œil en arrière, mais la route était trop sinueuse – il ne voyait même plus le camion de paille, et encore moins la Mercedes.

Tout à coup, Zoé pila tellement brusquement que Ry eut l'impression que sa cervelle s'était écrasée sur le côté de son crâne. Droit devant eux, la grosse Mercedes leur barrait toute la largeur de la route.

Ils s'arrêtèrent dans un hurlement de freins et pendant quelques secondes il n'y eut plus qu'un silence terriblement menaçant, et le nuage de poussière soulevé par leur course folle qui retombait en fine couche sur le capot de la BM.

Puis Ry vit le canon d'un Uzi apparaître au-dessus du coffre arrière de la Mercedes ; des balles criblèrent le revêtement crevassé de la route autour d'eux et rebondirent sur le pare-choc avant et la calandre.

« Recule ! Recule ! » hurla-t-il.

Mais Zoé avait déjà enclenché la marche arrière. Elle recula en accélérant au maximum puis, quand elle eut acquis une vitesse suffisante, elle leva le pied de l'accélérateur et braqua à fond à gauche. Les pneus hurlèrent, mordirent la terre et les graviers, et la pente rocailleuse de la montagne se dressa droit devant eux.

Allez, allez, allez, hurlait Ry dans sa tête, mais elle repassait déjà en marche avant et accélérait à mort tout en redressant.

La voiture bondit en avant. Ry regarda par-dessus son épaule et vit le gilet marron faire en courant le tour de la Mercedes et se remettre au volant.

«Bordel, comment ont-ils réussi à se retrouver devant nous comme ça? hurla-t-il. Il devait y avoir un raccourci, un chemin de traverse que nous n'avons pas vu!»

Ils redescendaient maintenant de la montagne et retournaient vers la ville, mais beaucoup, beaucoup trop vite. La voiture aborda un virage à une allure excessive, roula sur des graviers et partit en dérapage. Zoé essaya d'accompagner le mouvement, mais les roues arrière tournaient dans le vide. Ils continuaient à déraper de façon incontrôlable et se rapprochaient du bord de la route, toujours plus près, mordant sur le bas-côté. Ry vit des arbres, des rochers puis plus rien, qu'une grande étendue de ciel et la mort certaine qui les attendait.

Enfin, *enfin*, les pneus adhérèrent. Zoé tira violemment le volant à droite, l'avant de la BM pivota, regagna la route qu'il n'aurait jamais dû quitter, et le monde tourna rond à nouveau.

«Dieu du ciel!» fit Ry.

Il la vit jeter un coup d'œil dans le rétroviseur, et elle dit d'une voix étonnamment calme:

«Les revoilà. Tu devrais te cramponner.»

Ils négocièrent un lacet, non, une succession de lacets. Dès qu'ils en furent sortis, Zoé leva le pied, fit effectuer un quart de tour au volant et tira de toutes ses forces sur le frein à main. La BM pivota

sur elle-même, les pneus hurlant, grinçant, projetant un nuage de poussière. Elle relâcha le frein à
main, accéléra à fond tout en contrebraquant, et ils
repartirent vers le haut de la montagne alors que la
Mercedes qui descendait sortait du dernier virage à
une vitesse telle qu'elle le prit trop large et dérapa
vers le bord de l'abîme.

Zoé opta pour l'intérieur du virage et, à l'instant
où les deux véhicules se croisaient, elle donna un
coup de volant sur la droite et percuta violemment
le côté de la Mercedes.

L'impact fit un bruit de container d'acier projeté
du haut d'un bâtiment. Ils se firent dépasser par
l'arrière de la Mercedes, dont le conducteur avait
perdu le contrôle et qui partait en dérapage vers le
bas-côté. Ry vit un éclair de cheveux roux par la vitre,
côté conducteur.

L'espace d'un instant, la Mercedes resta en
équilibre instable, l'arrière encore sur la route, l'avant
dans le vide. Et puis elle commença à tomber, presque
au ralenti, bascula en tournant sur elle-même,
tournant, tournant, vers le bas de la montagne dans
un terrible bruit de métal broyé, de verre explosé et
de hurlements humains.

42

Ils s'approchèrent ensemble du bas-côté et regardèrent en contrebas.

Le type qui était sur le siège passager n'avait pas dû boucler sa ceinture de sécurité. Il gisait, étalé comme une poupée de chiffon, sur un amas rocheux, le cou tordu selon un angle inédit. Détail incongru, il n'avait pas lâché son Uzi.

La Mercedes avait été stoppée dans sa chute vers l'abîme par un gros bouquet de chênes. L'avant disparaissait complètement dans le feuillage, le toit était enfoncé. Une odeur âcre de caoutchouc brûlé et de métal chaud montait vers eux.

Ry regarda longuement l'épave, espérant voir des cheveux roux et n'en vit pas. Il suivit la route sur quelques mètres, à la recherche d'un endroit moins escarpé, et dévala la pente, moitié bondissant, moitié dérapant.

«Ry, attends! appela Zoé dans son dos. Où vas-tu?

— Je vais m'assurer qu'elle est bien morte.»

Elle n'était pas morte, mais le serait bientôt. Une branche d'arbre brisée avait fracassé le pare-brise et s'était enfoncée en plein dans sa poitrine.

Son regard vitreux était perdu dans le vide, mais il se fixa sur Ry. Elle sourit, bava un filet de sang.

Il vit ses lèvres former les mots avant même de les entendre.

«Votre frère… le prêtre… il est mort en implorant…»

Elle émit une sorte de gargouillis, comme si elle essayait de rire, mais le sang l'étouffait.

«Mort en… implorant…»

La vue de Ry se brouilla, il vit rouge, et le sang dans ses veines circula comme de minuscules décharges électriques.

«Crève, salope, dit-il. Crève, tout de suite!»

Elle mourut. Il regarda la vie s'échapper d'elle et il résista à l'envie d'arracher la branche de son cœur pour l'y replonger. Pour la tuer à nouveau, encore et encore.

De très, très loin, il entendit Zoé prononcer son nom.

«Ry! Arrête! Tu peux lâcher ça, maintenant. Lâche ça!»

Il baissa les yeux et vit qu'il avait les mains crispées sur le cadre déformé du pare-brise explosé et, bien qu'il ne sentît rien, il avait dû se couper car du sang coulait entre ses doigts.

La main de Zoé enserra son poignet. Elle n'essaya pas de l'entraîner, elle resta simplement là, à lui tenir doucement le poignet.

«Ry, lâche ça.»

Il lâcha prise, mais ce fut pour tendre le bras à l'intérieur de la voiture. Il fouilla les poches du gilet de daim marron rougi par le sang de Yasmine Poole et trouva son portable, un iPhone.

Il se redressa, recula de quelques pas et consulta l'historique de ses communications. Elle n'avait composé qu'un numéro au cours des deux derniers jours. Il cliqua dessus, appuya sur la touche «appel».

Celui qui se trouvait au bout de la ligne décrocha dès la première sonnerie.

«Yasmine?»

Une voix d'homme, grave. Dure, angoissée, et une autre nuance, aussi. Quelque chose de l'ordre du charnel, peut-être, mais pas seulement. De la tendresse?

«Elle est morte, dit Ry. Allez vous faire foutre, Taylor. Vous pouvez compter vos abattis.»

Ry coupa la ligne et prit de l'élan avec son bras pour balancer le téléphone dans le fleuve... puis il retint son geste.

Il s'approcha de l'avant de la voiture, braqua l'objectif sur Yasmine Poole empalée, trempée de sang, et prit une photo. Il trouva l'adresse e-mail attachée au numéro qu'il venait d'appeler et envoya un petit cadeau à ce fils de pute.

Ry sentit quelque chose lui toucher le dos. Il se retourna d'un bond, le bras arrondi, le poing crispé sur le portable, prêt à l'expédier dans la tête de l'intrus, et se retrouva face à Zoé.

Elle était pâle, les yeux noirs d'inquiétude.

«Ry? Qu'est-ce que tu fais?»

Il inspira profondément, une fois, une autre. Le rouge qui avait envahi sa vision périphérique commençait à s'estomper, peu à peu.

«Miles Taylor. J'ai entendu un truc, à l'instant, dans la façon dont il a prononcé son nom. Il tenait à elle. Il...» Ry s'interrompit, prit encore une profonde inspiration. «Ça va. Ça va aller.»

Elle avait une trace noire sur la joue. Il tendit la main pour l'effacer avec son pouce, et ne fit qu'aggraver les choses. Maintenant, elle avait aussi du sang sur la joue, du sang partout...

521

«Quand je… à Galveston, dans l'église, on voyait encore le sang de Dom. Il y en avait partout, et il y avait un contour à la craie, par terre, à l'endroit où il était tombé, mort.» – Ry déglutit, ferma les yeux, mais il voyait toujours le sang. Du sang partout. «Je veux que ce salaud sache l'impression que ça fait, Zoé. Je veux qu'il souffre.»

Ry se rendit compte qu'il avait toujours la main sur sa joue et il ébaucha un geste pour l'enlever. Alors elle entoura son poignet de ses doigts et maintint sa main. Puis elle tourna juste un tout petit peu la tête, posa ses lèvres sur les doigts de Ry et les embrassa doucement.

«Il va souffrir, Ry. Il va souffrir.»

«Je peux conduire. Tu dois être épuisée, et j'y vois bien, maintenant, dit-il, alors qu'ils retournaient vers la voiture.» Elle lui rendit les clés tout en s'efforçant de déchiffrer son expression. Il avait enfin détourné les yeux du bas de la pente et n'avait plus l'air aussi halluciné. Pas plus que d'habitude, du moins. «Ça va, dit-il. Vraiment.»

Elle le regarda encore un moment, puis elle sourit et dit:

«Je sais.»

Il se pénétra de ce sourire, en ressentit la force comme une brise humide et chaude qui soufflait en lui.

Il recula le siège conducteur, boucla sa ceinture, ajusta le rétroviseur. Mit un peu de chauffage. *Faire «comme si», faire des choses normales, comme deux touristes qui font un petit tour. Une petite balade tranquille le long de la courbe du Danube.*

«C'est insensé, dit Zoé, comme si elle lisait dans ses pensées. J'étais bien, pendant cette poursuite de folie, au volant de la voiture. J'étais je ne sais où, sans penser à rien, sans rien ressentir, juste en train d'agir. Mais maintenant, je n'arrive pas à empêcher ma jambe de trembler.»

Elle se frottait la cuisse gauche avec la main, et Ry vit que son quadriceps frémissait.

«C'est l'adrénaline, dit-il. Dans cinq minutes, tu n'auras qu'une envie : dormir.»

Elle partit d'un petit rire, ou du moins essaya-t-elle, et produisit une sorte de petit couinement.

«Impossible, O'Malley. Pas le temps. On a des tas de choses à faire, des gens à voir, des endroits où il faut aller… D'ailleurs, qu'est-ce qu'on fait, maintenant?»

Ry essaya de réfléchir, n'y arriva pas, alors il mit le contact et ramena la voiture sur la route.

«Aucune idée.»

Ils roulèrent quelques kilomètres en silence, et il fut extrêmement étonné par la proposition qu'elle fit ensuite. C'était drôle, parce qu'il en était plus ou moins arrivé à la même conclusion. Mais à regret, parce que c'était dangereux. Très dangereux.

«Je crois qu'on devrait aller à Saint-Pétersbourg.

— C'est le fief du fils de Popov. Saint-Pétersbourg.»

Elle hocha lentement la tête.

«Raison de plus pour y aller. On a des comptes à régler. Il a fait tuer ma grand-mère pour l'autel d'ossements et, comme il n'était pas arrivé à ses fins, il a envoyé le type à la queue-de-cheval me faire la peau. Et il aurait réussi si tu n'étais pas arrivé juste à temps, sauf que c'était un vrai coup de chance, et on ne peut pas toujours compter sur la chance. Il n'arrêtera pas de me lâcher ses sbires aux trousses tant qu'il n'aura pas réussi à m'éliminer. Je connais le genre. Bon sang, toute ma famille est faite de types dans ce genre-là.

— Alors, qu'est-ce que tu proposes ? On lui donne l'icône et l'énigme, on lui dit "c'est tout ce qu'on a, bonne chance, mec", et on s'en lave les mains ?

— Pas question. »

Il lui jeta un coup d'œil en coin. Elle avait le menton levé, le regard dur, et il ne put retenir un sourire.

« D'accord, alors on trouve le moyen de rencontrer Popov ou on le laisse délibérément nous tomber dessus, et on avise. Mais ça va être vraiment risqué, Zoé. Ce que l'on peut espérer de mieux, c'est mettre sur pied un plan qui nous permettra de contrôler la plupart des variables, mais en aucun cas il ne faut s'attendre à tout anticiper. Et comme l'a dit je ne sais plus qui, c'est les imprévus non prévus qui finissent par coûter la vie. »

Elle lui sourit effrontément.

« Haut les cœurs, O'Malley ! On avait déjà un faiseur de rois d'Amérique et un grand patron de la mafia russe aux fesses, et on a réussi à se faire prendre pour des terroristes internationaux. Je dirais que ça plane pour nous. »

Ils se sentaient mieux maintenant qu'ils avaient un plan, même si ce plan était dément, et n'était qu'à moitié ébauché. Cependant, Ry avait envie de continuer à rouler sans but et n'était pas prêt à faire demi-tour pour le moment.

Il n'y avait pas trois jours qu'il l'avait repêchée dans la Seine – d'accord, elle en était sortie toute seule, pas d'ergotage. Trois jours, pendant lesquels ils avaient été obligés de fuir quasiment tout le temps pour sauver leur peau. Mais pour le moment, pour quelques instants au moins, il n'y avait pas d'ennemis devant eux sur la route.

Il la regarda. Elle avait encore cette inclinaison crâne du menton, mais cette fois il ne sourit pas. Il se sentait complètement tendu, un nœud dans la gorge et dans la poitrine, au point que l'espace d'un instant, il ne put respirer. Elle était tellement solide, forte, futée… Il n'aurait su dire pourquoi, à cause de tout cela il aurait tué des dragons pour elle. Peut-être uniquement afin de lui montrer qu'il en était capable, qu'il était digne d'elle. Drôle d'idée, non?…

Une mèche de cheveux s'était échappée de la pince censée la retenir. Il tendit la main et la remit derrière son oreille, rien que pour la toucher.

«À quoi penses-tu?

— Le jus d'os, dit-elle. J'aime bien le nom que tu as trouvé à ça. Très approprié… À ton avis, qu'y a-t-il de vrai là-dedans? Dans l'histoire que le professeur nous a racontée?

— Je dirais que l'histoire de Nikolaï Popov et du dossier de la Fontanka est vraie. C'est comme ça que Popov a entendu parler de l'autel d'ossements, au départ. Et on sait que l'icône est authentique, alors il se peut qu'il y ait dans une grotte, quelque part en Sibérie, un autel fait avec des os humains. Mais le reste n'est qu'un mythe, une légende inventée par un peuple ancien, qui menait une vie rude dans un pays rude. Le genre de légende qu'on se raconte la nuit, autour d'un feu de camp, parce qu'on a du mal à affronter l'idée que, dès l'instant de sa naissance, on commence bel et bien à mourir.

— C'est possible, évidemment, dit-elle, l'air pas très convaincue.

— Mais je commence à me demander si le KGB a réellement donné son aval à l'assassinat, ou si c'est un truc que Nikolaï Popov avait pris sous son bonnet. Pense à ce que ça implique : Popov et ses deux acolytes, tous les deux américains. Et Lee Harvey Oswald, leur bouc émissaire, encore un Américain.

— Mouais », fit Zoé. Mais Ry n'était pas sûr qu'elle ait beaucoup écouté ce qu'il venait de dire. Elle était ailleurs ; dans cette grotte, en Sibérie. « On sait vraiment aujourd'hui comment Ivan le Terrible est mort ?

— Dans les années 1960, lors de la rénovation de l'endroit où il avait été enterré, ils ont exhumé son corps et ils l'ont autopsié. Il serait mort d'un empoisonnement au mercure.

— Alors il n'est pas mort de mort naturelle. Il a été assassiné, comme Raspoutine, et tu vois le mal qu'ils se sont donné rien que pour arriver à l'éliminer, celui-là. J'avais déjà lu quelque chose là-dessus, en cours d'histoire, je me souviens : comment ils avaient tout essayé pour se débarrasser de lui – le cyanure, les balles, les coups répétés sur la tête, et la rivière gelée pour finir. C'est l'une des grandes énigmes de l'histoire. Pourquoi était-il si difficile à tuer ? Et si l'autel avait le pouvoir de rendre immortel, Ry, au sens où la seule façon de mourir serait de se faire tuer, dans un accident d'avion, ou renversé par un camion ? »

Ry secoua la tête.

« On peut prouver n'importe quoi à partir du moment où on n'est pas obligé de valider ses hypothèses de départ. Bon, mettons que, dans un lointain passé, un médecin sorcier se soit fait assassiner et qu'on ait mis son corps dans une grotte. Par une coïncidence extraordinaire, quand ils ont décidé de l'enterrer, une source a jailli, et quelqu'un a érigé à cet endroit un autel avec un squelette humain, parce que, pff, qu'est-ce que tu veux que je te dise ? Peut-être qu'ils n'avaient que ça sous la main, ce squelette. Bon, ce n'est pas parce que l'autel et la source existent que tout à coup ça en fait une espèce de fontaine de Jouvence.

— Quand même, les énigmes, l'icône, toutes ces générations de Gardiennes... Pourquoi se donner tant de mal pour protéger un secret sans aucun fondement ?

— Ça n'a jamais besoin d'être fondé, Zoé. Il suffit de croire que ça l'est. »

Après cela, elle resta silencieuse, et Ry crut qu'elle s'était endormie.

Mais elle relança la conversation.

« Raspoutine a dit à l'espion de l'Okhrana qu'il avait vu l'icône de la Dame posée sur un autel fait d'ossements humains, dans une grotte de Sibérie. Il a raconté aussi qu'il avait rapporté de l'autel d'ossements de cette grotte un flacon d'élixir, et que c'est ce qu'il donnait à l'enfant malade pour le maintenir en vie.

— À moins, objecta Ry, qu'il n'ait eu simplement un énorme pouvoir de suggestion, et le don de l'utiliser. Après tout, il n'a jamais réussi à guérir réellement l'hémophilie d'Alexei ; il se contentait de soulager ses symptômes. »

Elle chassa l'argument d'un geste de la main.

« Quoi qu'il ait fait, le gamin allait vraiment mieux, alors suis-moi un peu, là, O'Malley, d'accord ? Ma

527

grand-mère a donné à Marilyn Monroe une amulette de verre en forme de crâne humain, contenant apparemment une sorte d'élixir. Mon arrière-grand-mère Lena avait probablement emporté l'amulette et l'icône avec elle en fuyant le goulag de Norilsk, lorsqu'elle est allée à Shanghai.»

Ry essaya de s'imaginer dans une situation pareille, et n'y arriva pas.

«Ça devait être une sacrée bonne femme, courageuse et astucieuse. Une nana qui en avait, exactement comme son arrière-petite-fille.»

Il vit les joues de Zoé rosir, vit qu'elle évitait son regard. Il aurait voulu lui dire qu'il le pensait, qu'il n'avait jamais rencontré une femme comme elle; il aurait voulu mieux la connaître, la connaître à fond, et continuer à apprendre à la connaître et ne jamais arrêter.

«Bon, ce que je voulais dire n'avait rien de renversant, dit-elle. Juste que, même si nous trouvons l'amulette, son contenu aura été prélevé à l'autel, mais ce ne sera pas l'autel. L'autel d'ossements est dans une grotte cachée derrière une cascade, au bord d'un lac oublié, quelque part du côté de Norilsk.

— Tu ne préférerais pas aller plutôt en Sibérie, maintenant?

— Non, à Saint-Pétersbourg, d'abord. Et après en Sibérie.»

Zoé se tut ensuite, et cette fois, elle s'endormit. Un quart d'heure, peut-être, et puis elle se réveilla en sursaut, un peu hagarde. Ry vit que le muscle de sa cuisse avait recommencé à trembler.

«Tout va bien, dit Ry. Tu es avec moi dans la BM, et on va Dieu sait où.

— Oh!»

Elle se passa les mains sur le visage et regarda, par la vitre de son côté, le panorama en contrebas : les toits de tuiles rouges d'un petit village et le Danube qui déroulait ses méandres entre des collines boisées.

«On ne retourne pas à Budapest ? demanda-t-elle, remarquant la direction qu'ils suivaient.

— On finira bien par s'arrêter et par faire demi-tour.» Cinq cents mètres plus loin, il finit par ajouter : «Dis-moi, à propos de demi-tour, c'est un joli cent quatre-vingts degrés de voyou que tu nous as fait tout à l'heure. Personne ne peut conduire comme ça d'instinct. Il faut avoir appris, et pas mal pratiqué.»

Elle ne répondit pas. Par certains côtés, c'était la personne la plus ouverte qu'il ait jamais connue. Mais il sentait aussi chez elle des recoins cachés, des espèces de replis dans son cœur où elle rangeait ses pensées et ses sentiments, et Ry le comprenait. Il n'était pas très doué non plus pour déballer la part secrète de son âme.

Elle détourna le visage vers la vitre, et il s'apprêtait à laisser tomber quand elle dit :

«Mon père s'est suicidé huit jours avant mon entrée en première, au lycée.

— Je sais. Je suis désolé.»

Elle avala péniblement sa salive.

«Merci... Enfin, bref, à ce moment-là, ma mère avait déjà pas mal repris les rênes de l'affaire de famille, et je n'ai pas besoin de t'expliquer de quoi il retournait, puisque tu as travaillé pour elle.

— Tu n'es pas Anna Larina.

— Pff, l'inné ou l'acquis, les chromosomes ou l'environnement... Dans certaines familles, ça revient plus ou moins au même», fit Zoé avec un petit rire.

Ry crut y discerner de l'amertume, et il la comprit. Depuis un an et demi, il se posait la même question. Quelle partie de son père, le traître, l'assassin, avait-il en lui?

Probablement plus qu'il n'était prêt à l'admettre de gaieté de cœur. Il était entré dans les Forces spéciales en sortant de la fac, et on l'avait entraîné à tuer, exactement comme son père avait appris à tuer. Bon sang, à l'époque, son frère, Dom, l'avait même accusé de s'enrôler parce qu'il essayait de «damer le pion au vieux». Par la suite, il avait travaillé pour la DEA, où il s'était souvent porté volontaire pour les missions d'infiltration les plus tordues parce qu'il aimait l'excitation que cela lui procurait, l'espionnage, les mensonges, jouer au chat et à la souris, et il était bon à ce jeu-là.

Tout comme son vieux.

«Quand j'ai eu l'âge de comprendre ce qui se passait, disait Zoé, papa n'était qu'un pantin, celui qui donnait les ordres parce que les vory, les parrains et autres gros bras auraient rechigné à prendre leurs ordres directement auprès d'une femme.

— Ils devaient quand même bien savoir qui tirait les ficelles en coulisse. J'ai infiltré quelques gangs pour mon boulot, et l'une des choses qu'on pigeait le plus vite, c'était qui menait vraiment la danse.»

Elle haussa les épaules.

«Je ne sais pas. Tant qu'Anna Larina lui permettait de jouer le rôle du pakhan, peut-être que papa pouvait s'imaginer qu'il était vraiment le chef. Il avait été préparé pour cette vie avant même de savoir marcher, ou quasiment – c'était ce qu'on attendait de lui, ce qu'il attendait de lui-même, aussi.» Zoé se tut à nouveau, réfléchissant, se remémorant, et Ry laissa le silence s'installer dans la voiture jusqu'à ce qu'elle décide de le rompre. « Il s'est tué moins d'une semaine après l'exploit d'Anna Larina qui devait la rendre tristement célèbre, le coup de la tête dans le bac de crème glacée. J'ai toujours pensé que c'était à cause de ça qu'il s'était supprimé. Il savait que seule une vraie pakhan aurait la trempe de faire ce genre de choses, et il n'était pas comme ça. Il le savait, il ne pouvait pas le supporter, et c'est pour ça qu'il a mis fin à ses jours. » Elle était assise sur le siège passager, raide, figée, regardant droit devant elle, le menton levé. Elle s'efforçait d'être dure, pensait Ry, et il avait mal au cœur pour elle. « Bref, en faisant tuer l'un des principaux vory de la famille de Los Angeles, Anna Larina avait passé les bornes, et papa a eu peur qu'ils s'en prennent à moi par vengeance. Je venais de recevoir une petite Miata rouge pour mon anniversaire, et je ne pensais qu'à sortir avec mes amis, aller à Stinson Beach, au Stonestown Mall. C'était devenu une idée fixe chez mon père, il redoutait qu'ils m'attaquent quand je serais en voiture. Il tenait absolument à me faire suivre un cours appelé "Techniques de conduite de fuite et d'évasion", et moi, en entendant ça, j'ai levé les yeux au ciel. J'étais tellement persuadée d'être la huitième merveille du monde et de tout savoir…

— Tu avais seize ans. »
Elle secoua la tête.
« Ce n'est pas une excuse. » *Peut-être pas*, pensa Ry. Mais peut-être que si. Lui aussi, à cet âge-là, il était sûr de tout savoir, et d'être invincible, par-dessus le marché. « Le jour de son enterrement, je me suis inscrite à ce cours de conduite automobile défensive, et j'ai aussi pris des cours de tir et de taekwondo. Je

me suis dit que je pouvais faire ça pour lui, même s'il n'était plus là pour le voir. Je pouvais faire en sorte d'assurer ma sécurité, pour lui.» Un instant passa, et puis ce qu'elle venait de dire les frappa en même temps, et ils partirent d'un fou rire. «Bon sang! Assurer ma sécurité! fit Zoé en reprenant enfin son calme. On peut dire que j'ai tout fait pour, ces derniers temps, hein?»

Ry tourna la tête pour la regarder. Elle avait les pommettes rosies par le rire, les yeux pétillants, les lèvres entrouvertes, un peu brillantes. Ses cheveux avaient échappé à leur pince et rebiquaient sur le côté de son cou. S'enroulaient autour de sa nuque, juste comme une main d'homme pourrait le faire, s'il avait eu l'idée de lui renverser la tête en arrière pour embrasser cette bouche rouge, humide…

Un véritable coup de canon, en plus sourd, ébranla la voiture, et le volant fit un écart dans les mains de Ry. Il se bagarra pour reprendre le contrôle de la situation tout en regardant autour de lui, affolé, se demandant *Qu'est-ce que c'est encore?* Et puis il sentit qu'il y avait du shimmy dans la direction, et il entendit le flop-flop du caoutchouc sur la chaussée.

Il s'arrêta sur le bas-côté de la route et descendit de voiture pour jeter un coup d'œil. Leur pneu arrière gauche était en lambeaux.

«Il a dû prendre une balle d'Uzi, dit-il alors qu'elle le rejoignait. La balle a pénétré juste assez pour provoquer une fuite lente, et l'air s'est échappé jusqu'à ce que l'enveloppe finisse par éclater.» Il se sentait comme grisé après l'énorme décharge d'adrénaline. «J'ai cru que quelqu'un nous avait lancé une bombe.»

Elle ressentait la même chose. Elle était toute palpitante à côté de lui.

532

«Moi aussi!»

Elle laissa échapper tout l'air retenu dans ses poumons en un énorme soupir et souleva les cheveux dans son cou.

«Ma jambe recommence à tressauter, et je...»

Il lui prit la nuque, tourna son visage vers lui, un peu trop brusquement, d'une façon un peu incontrôlée. Il l'embrassa et sentit un petit cri de surprise, étouffé, dans sa bouche, un soupir chaud, humide, et puis elle fondit dans ses bras et lui ouvrit ses lèvres.

Ils s'embrassèrent, étroitement enlacés, oscillant, tournant lentement sur eux-mêmes. Il la plaqua contre son ventre. Il était dur et brûlant pour elle, et il voulait qu'elle le sache.

Ça allait trop vite. Il essaya de mettre de la douceur dans son baiser, mais elle glissa ses doigts dans ses cheveux et aspira sa langue dans sa bouche, profondément, faisant faire l'amour à leurs deux bouches, suçant, léchant, ne lui laissant pas une chance.

Une éternité haletante de chaleur et d'humidité plus tard, il l'avait appuyée contre l'avant de la BM, et ils se bagarraient avec la ceinture du jean de Zoe.

«Bon sang, j'aurais dû mettre une robe», dit-elle, d'une voix grave, rauque.

Ry se retint de rire, mais il continua d'oublier de respirer. Elle réussit à se déchausser et à enlever une jambe de son jean, la culotte avec; ça suffisait. Elle le voulait en elle, tout de suite.

Il lui prit la taille à deux mains, la souleva jusqu'à ce que ses hanches se trouvent sur le dessus du capot de la voiture. Il lui écarta les cuisses, se plaqua sur elle.

Il la sentit frémir, entendit son gémissement, alors que le dos de sa main passait sur son ventre chaud. Il enfonça un doigt en elle. Elle était mouillée, chaude, frémissante. Il fit aller et venir sa main tout en s'affairant désespérément de l'autre sur la ceinture de son jean. Ayant enfin réussi à la déboucler, il baissa sa fermeture Éclair tandis qu'elle haletait «Viens, viens, viens...», tout doucement, à son oreille.

Et puis elle le prit dans sa main et le serra, si bien qu'il crut jouir tout de suite.

Il entra en elle, violemment, et faillit à nouveau jouir en la sentant si chaude, si étroite. Elle se cramponna à ses épaules et arqua le dos, renversa la tête en arrière et elle cria. Sur sa gorge palpitante, il colla sa bouche ouverte tout en s'enfonçant plus profondément, et puis il ressortit presque complètement et rentra à nouveau en elle. Alors elle vint à sa rencontre, accompagna ses mouvements, et leurs deux corps fusionnèrent, trouvèrent un rythme, comme une danse, montant sur des vagues toujours plus hautes, et les vagues les emportèrent.

La dernière pensée cohérente de Ry fut *Petit Jésus et tous les saints du paradis...*

43

Ils étaient appuyés moitié sur la voiture, moitié à côté, dans un méli-mélo de vêtements, et elle le regardait, chavirée, les lèvres humides, entrouvertes.

«Bon Dieu, dit-elle dans une sorte de souffle rauque. C'était...»

Son regard se concentra sur son visage. Elle eut un sourire, un immense sourire heureux, l'empoigna à deux mains par le devant de son blouson et l'attira vers elle. Il baissa la tête pour l'embrasser, sentit qu'elle arquait son corps contre le sien, et il eut un gémissement...

Et il l'entendit crier :

«Oh, bon sang ! Ry ! Bon sang !»

Puis il se rendit compte qu'elle serrait les poings, et qu'elle s'efforçait de le repousser.

Il se redressa et recula d'un bond.

«Quoi ? Qu'est-ce qu'il y a ?

— Oh, bon sang ! répéta-t-elle, manquant tomber de la voiture à genoux par terre, alors qu'elle essayait de remettre sa culotte et son jean.

— Enfin quoi, Zoé, qu'est-ce qu'il y a ? Je t'ai fait mal ?»

Elle remontait sa fermeture Éclair.

«Hein ? Non, c'était génial. C'était... non, toi, tu étais merveilleux, formidable, et je n'ai qu'une

535

envie, le refaire, mais il faut vraiment, vraiment, que je regarde l'icône tout de suite.»

Elle lui planta un baiser sur la bouche, dur, précipité, et fila chercher sa sacoche dans la voiture.

Bon, enfin, j'étais formidable, quand même.

Il se détourna pour se rajuster et remonter sa fermeture Éclair, se sentant à la fois amusé et abusé. Quand il se retourna, il vit qu'elle avait sorti l'icône de sa peau de phoque et l'avait posée sur le capot de la BM, utilisant la poche en guise de coussin. Elle le regarda, le visage très rose.

«Il faut que tu me promettes de ne pas rire... C'est juste que je n'avais jamais joui comme ça de ma vie et... bon sang, c'est vraiment gênant.

— Hé.»

Il glissa la main derrière sa nuque et lui releva le visage pour l'embrasser sur la bouche.

«Je ne vais pas rire parce que c'était pareil pour moi.

— Oh!»

Elle lui jeta un regard vacillant puis détourna les yeux.

«Ça m'a fait comme si j'explosais à l'intérieur, et après j'étais là, sur le dos, je regardais le ciel avec l'impression que des petits bouts de moi flottaient partout là-haut, faisaient maintenant partie de l'infini, et je me suis dit: "C'est l'impression que ça a dû faire le jour où le monde a été créé, comme une sorte d'organisme cosmique", et... tu as dit que tu ne rirais pas.

— Je ne ris pas. Enfin, d'accord, peut-être un tout petit peu. Mais seulement parce que j'aime la façon biscornue dont ton esprit fonctionne.

— Tant mieux, je vais te dire, parce que tu risques de trouver la suite encore plus biscornue… Donc, je pensais à l'infini de la création, or ma grand-mère parlait de l'infini dans sa lettre, elle me disait de regarder la Dame, l'icône. Et puis j'ai repensé à un truc qui me trottait dans la tête, depuis la première fois où je l'avais vue dans la boutique au griffon : la disposition des joyaux n'avait pas de sens. Ils n'étaient pas placés à l'endroit où on aurait pu s'attendre à les voir, sur sa couronne, ses pantoufles ou l'ourlet de sa robe, par exemple. Au lieu de ça, ils paraissaient semés au hasard. C'est là que, tout à coup, j'ai compris qu'ils n'étaient pas incrustés n'importe où, absolument pas. Ils forment un schéma. Regarde…»

Elle partit du rubis au centre et traça deux cercles de chaque côté du crâne, effleurant légèrement chaque joyau à tour de rôle.

« Ça fait un huit, couché sur le côté.»

« Le symbole de l'infini», dit Ry.

Et son cœur s'accéléra à cette idée.

«"Regarde la Dame, parce que son cœur chérit le secret, et que le chemin qui mène au secret est infini." Infini. *L'infini*, Ry ! Je pense que nous avions raison depuis le début. L'amulette est à l'intérieur, dans une espèce de compartiment secret. Et les joyaux sont le chemin qui permet de l'ouvrir.

Ry prit l'icône entre ses mains, mais il eut beau la regarder de plus près, il ne vit pas de joint ou de rainure dans le bois.

«Ça pourrait être un mécanisme à ressort, dit-il en reposant délicatement l'icône sur la peau de phoque. Les pierres fonctionneraient de la même façon que les claviers d'aujourd'hui. Il faudrait appuyer dessus dans le bon ordre pour ouvrir la serrure.

— Mais c'est ça!» s'exclama Zoé, tout excitée, en faisant des bonds sur place.

Elle tendit le doigt, et Ry comprit qu'elle s'apprêtait à appuyer sur les pierres au petit bonheur. Il lui prit le poignet, arrêtant son geste.

«Hé, une seconde! Tout le truc du symbole de l'infini, c'est qu'il n'a ni début, ni fin. Alors, d'où vas-tu partir?

— Du rubis sur la coupe en forme de crâne.

— Sans doute. C'est logique. Mais après? Tu vas aller vers la droite, ou vers la gauche? En descendant, ou en remontant?

— J'ai donc quatre choix. Si une option ne marche pas, j'en essaierai une autre.

— Ah ouais? Et si celui qui a conçu ça était particulièrement pervers? Il aurait pu…

— Qu'est-ce qui te fait penser que ça a été conçu par un "il"? C'était probablement une "elle". Une Gardienne.»

Il leva les mains.

«D'accord, d'accord. Objection retenue. C'était probablement une Gardienne. Mais si elle avait l'esprit fantasque, comme certaine autre Gardienne de ma connaissance, elle aurait pu concevoir le mécanisme de verrouillage de telle sorte que si l'on n'appuie pas sur les joyaux dans le bon ordre, le mécanisme se bloque et la serrure ne s'ouvre pas.»

Ils regardèrent tous les deux l'icône un long moment, puis Zoé dit :

«Mouais. En gros, ça craint.»

Ry étudia le visage de la Vierge. La ressemblance avec Zoé était vraiment surnaturelle. Était-ce une Gardienne qui avait fait son autoportrait, il y avait cinq siècles, en utilisant son propre visage comme modèle ?

«Tu vas faire un truc pour moi, Zoé, d'accord ? Trace le symbole de l'infini dans la poussière, là, sur le capot de la voiture... Non, ne regarde pas l'icône. Fais-le sans réfléchir. Encore mieux, dessine-le les yeux fermés.»

Elle ferma les yeux et traça le symbole en partant du centre et en remontant vers la gauche, ce qui était probablement la dernière façon dont il l'aurait fait. Lui, il aurait commencé en remontant par la droite.

Et peut-être que ça ne faisait que lui donner raison. Si Zoé et la Gardienne de l'icône se ressemblaient tellement, alors peut-être qu'elles pensaient pareil aussi.

«Je te dirais de suivre ton instinct, conclut-il. Tu as une chance sur quatre d'avoir raison, et, jusque-là, nous avons défié les lois de la probabilité et nous avons remporté la mise.»

Mais maintenant, c'est Zoé qui hésitait.

«Je ne sais pas... Tu as dit que tout le truc du symbole de l'infini c'est qu'il n'a ni début, ni fin... Hé, l'énigme, Ry ! C'est dans l'énigme ! "Le sang coule dans la mer... le sang coule encore dans la mer – Interminablement."»

Elle récupéra son sac, y fouilla, remuant là-dedans plus de choses qu'on ne peut en trouver dans un supermarché, et sortit la carte postale avec un grand geste théâtral. Elle la retourna et lut à haute voix l'énigme que sa grand-mère avait écrite au dos et qu'elle-même connaissait par cœur, à présent :

> *Le sang coule dans la mer*
> *La mer rencontre le ciel*
> *Du ciel tombe la glace*
> *Le feu fait fondre la glace*
> *Une tempête éteint le feu*
> *Et fait rage dans la nuit*
> *Mais le sang coule encore dans la mer*
>   *Interminablement.*

« C'est ça, Ry. C'est ça ! Le sang, la mer, le ciel, la glace, le feu, la tempête, la nuit… Tout ça représente des couleurs, d'une certaine façon : le sang pour le rouge, le ciel pour le bleu. Et les couleurs correspondent aux pierres précieuses. Le rubis rouge, le saphir bleu. L'énigme est le code.

— Et ton instinct disait vrai, aussi. "Le sang coule dans la mer"… Du rubis on va vers l'aigue-marine. En haut et vers la gauche. » Elle le regarda en souriant, l'air contente d'elle. « Allez, on le fait, dit-il d'une voix un peu étranglée. Je te lis l'énigme, une ligne à la fois, et tu appuies sur les pierres. Une à la fois, doucement et lentement.

— D'accord. » Elle inspira profondément, expira, tendit les mains et remua le bout des doigts comme une experte en coffre-fort. « Je suis prête.

— "Le sang coule dans la mer"

— Du rubis vers l'aigue-marine, dit Zoé.

Elle appuya doucement sur le rubis, puis sur l'aigue-marine.

— "La mer rencontre le ciel."

— Le saphir, dit-elle.

— "Du ciel tombe la glace."

— Le diamant.

— "Le feu fait fondre la glace."

— L'opale de feu...

— Non, attends ! s'écria Ry, et il lui prit la main juste au moment où son doigt était sur le point d'appuyer dessus. Je crois qu'on a failli tout gâcher. Il faut que tu rappuies sur le rubis. Et après, sur l'opale.

— Ce n'est pas ce que dit l'énigme.

— Je sais. Mais si on fait une boucle infinie, alors on repasse par le centre, et le rubis est au centre.

Elle s'essuya les doigts sur les cuisses de son jean.

— Bon sang, O'Malley, j'espère que tu as raison.

Elle hésita encore un instant, puis elle appuya à nouveau sur le rubis et ensuite sur l'opale de feu, fermement, mais rapidement, comme si elle ne voulait pas y réfléchir trop longtemps au risque de manquer de courage.

— D'accord. Maintenant, "Une tempête éteint le feu."

— L'iolite...

Ry n'avait jamais entendu parler de l'iolite, mais la pierre sur laquelle Zoé appuya correspondait à la métaphore de l'énigme. Elle était d'un bleu gris qui tirait sur le violacé, sombre comme le ventre d'un nuage d'orage.

— "Et fait rage dans la nuit."

— L'onyx. Elle appuya sur la pierre noire, facettée, et acheva de dire l'énigme avec lui : – "Mais le sang coule encore dans la mer, interminablement."… Tu crois que ça veut dire qu'il faut à nouveau toucher le rubis?

—Il ne s'est encore rien passé, répondit Ry, se sentant un peu mal à l'aise, parce qu'il lui avait dit d'appuyer la deuxième fois sur le rubis. Alors, oui, vas-y. Appuie dessus.»

Il y eut un petit déclic, et les orbites du crâne s'ouvrirent, révélant deux trous creusés dans le bois. L'un d'eux était vide, mais dans l'autre, il y avait une petite amulette de verre très foncé, vert presque noir, en forme de crâne, avec un bouchon d'argent.

Elle était exactement telle que le père de Ry l'avait décrite, à part la chaîne, mais il y avait un petit anneau pour en passer une dans le haut du bouchon d'argent. L'amulette s'encastrait tellement parfaitement dans le trou que Zoé dut l'en sortir avec ses ongles.

«Regarde, Ry…»

Elle prit l'amulette entre le pouce et l'index et l'éleva vers le soleil couchant. Le petit crâne de verre était gravé de caractères pareils à des runes et à moitié plein d'un liquide sombre, visqueux.

«L'autel d'ossements.»

Sixième partie

L'autel

44

Ry détacha son regard de l'amulette, leva les yeux sur Zoé. Elle avait les lèvres entrouvertes et les prunelles aussi brillantes que le petit objet de verre frappé par le soleil.

« Dis-moi que tu ne penses pas à en boire, dit-il.

— Oh que non ! répondit-elle avec un frisson. » Mais elle baissa les bras et serra l'amulette sur sa poitrine, comme pour la protéger de Ry ainsi que du reste du monde. « Quand même, Ry... Et si c'était vrai ? Si ça pouvait nous donner la vie éternelle ?

— Et nous rendre dingues par-dessus le marché ? »

Elle frissonna à nouveau. Ry passa son bras autour de ses épaules et l'attira contre lui. Il commençait à faire froid, maintenant que le soleil descendait vers l'horizon.

« Ce n'est qu'une relique du temps jadis, dit-il. Un bout de verre.

— Avec quelque chose dedans, Ry. Un liquide.

— Probablement une décoction mitonnée par une paysanne sibérienne avec un œil de triton et des couilles de rennes. »

Zoé émit un son qui tenait du soupir et du rire.

« Tu as raison. Ma tête au moins me dit que tu as raison. Mais rien que de la regarder, la paysanne sibérienne qui est en moi se sent toute chose à l'intérieur.»

Il la serra plus fort contre lui.

«Moi aussi, ça me fait flipper. Je pense qu'une partie de son pouvoir, de ce que nous éprouvons, vient du fait que nous savons que des gens ont tué pour la posséder, et tuent encore, mais ça ne prouve pas que ça donne la vie éternelle. Tout ce que ça prouve, c'est qu'il y en a qui le croient.»

Elle resta coite, à contempler l'amulette qu'elle tenait entre ses mains. Et puis elle releva les yeux sur lui, une lueur taquine dans le regard.

«Bien parlé, O'Malley. Maintenant, si tu veux en avoir le cœur net, tu sais ce qu'il te reste à faire. Allez, bois-en.

— Peux pas. Je suis allergique aux couilles de renne.»

Elle se mordilla la lèvre, mais ne put se retenir : elle s'appuya contre lui, prise d'un fou rire, et sentit toute la tension accumulée s'évacuer. Elle nicha sa tête au creux de son cou, resta un instant blottie dans sa chaleur puis se redressa, se leva sur la pointe des pieds et lui donna un baiser, très fort, très vite, sur la bouche.

«Mmm, en quel honneur? demanda-t-il.

— Juste d'être comme tu es.»

Il noya son regard dans ses yeux levés vers lui. Il avait envie de lui faire l'amour à nouveau, lentement, cette fois, intensément. Il avait envie d'elle, de chaque fibre de son être, tellement envie que c'en était effrayant.

Il fit un pas en arrière, et elle eut un petit sursaut, comme si elle aussi avait été sous le charme.

La route, autour d'eux, était déserte. Le monde entier était si calme et silencieux qu'il entendait sa propre respiration, et celle de Zoé.

«Alors, dit-elle d'une voix un peu incertaine, qu'est-ce qu'on fait, maintenant?

— Alors, la belle, on va à Saint-Pétersbourg comme on avait prévu, en priant tous les saints du paradis de parvenir à échafauder, avant d'y arriver, un plan brillant qui nous permettra de discuter avec le fils de Popov sans nous faire tuer. Et puis, je connais là-bas un gars qui enseigne la biologie moléculaire à l'université. Il a probablement accès à toutes sortes d'appareils grâce auxquels il pourrait analyser les propriétés physiques du truc qui est dans l'amulette, quoi que ça puisse être. On n'aurait pas besoin de tout lui donner. Juste quelques gouttes.

— Je ne sais pas…

— Ou bien tu pourrais la ranger dans l'icône et la mettre en sûreté dans un coffre, dans une banque suisse. À toi de décider, Zoé. C'est toi la Gardienne.»

Elle baissa les yeux sur l'amulette nichée dans sa main. Ry trouva qu'elle n'avait plus l'air aussi magique. On aurait plutôt dit le genre de babiole qu'on pouvait acheter pour quatre sous dans un bazar grec.

«Non, tu as raison, dit-elle. Il faut qu'on sache ce que c'est. Des gens se sont fait tuer à cause de ça. Un président des États-Unis a été assassiné parce que le KGB, ou au moins Nikolaï Popov, croyait qu'il en avait bu, et je n'arrive toujours pas à me faire à cette idée.» Zoé caressa du bout des doigts les runes gravées sur le verre. «Je me demande ce qu'est devenue l'autre.

—L'autre quoi?

—L'autre amulette. Il y a deux compartiments secrets dans l'icône, une derrière chaque orbite. Alors à un moment donné, il y a dû y avoir deux amulettes.

—L'autre a peut-être fini dans la rivière avec Raspoutine.

—Ouais… Non, attends, on est vraiment idiots. L'amulette manquante est celle que ma grand-mère Katya a remplie d'eau de toilette pour l'échanger contre celle-ci. Qui est celle qu'elle avait donnée, au départ, à Marylin Monroe, avec le véritable él… Ry, c'est ça!»

Elle se retourna vers lui, les yeux brillants, les lèvres humides, et Ry faillit perdre la tête à nouveau, dans la minute.

«C'est ça *quoi*?» demanda-t-il, dans un souffle étranglé.

Elle recommença à fouiller dans sa besace sans fond.

«Tu sais, quand on achète des produits de beauté chez Saks, ils te donnent toujours des petits échantillons de parfum?

—Ouais. Ça m'arrive tout le temps.

—Laisse tomber, O'Malley, c'est un truc de filles, dit-elle en rigolant. Mais prépare-toi à être époustouflé par mon génie, parce que je crois que j'ai une idée de la façon dont on pourrait gérer le coup avec le fils de Popov.»

New York.

Une sueur glacée perlait sur son front. Miles Taylor luttait contre une envie de vomir, mais il ne pouvait détacher son regard de l'horreur affichée sur l'écran de son ordinateur.

Yasmine.

Elle avait les yeux grands ouverts, mais vides, comme des yeux de poupée, qui ne voyaient rien ; le sang gouttait au coin de sa bouche, rien qu'un peu de sang, vraiment, ce n'était pas si terrible. Rien à voir avec le sang qu'il y avait plus bas, là où le... la chose – qu'est-ce que c'était ? Un pieu ? Un poteau de palissade ? – lui transperçait la poitrine. Il y avait tellement de sang, à cet endroit... Comme si son cœur avait explosé.

Son doigt plana au-dessus de la touche «supprimer». Il aurait voulu faire disparaître la photo, mais il avait aussi peur de le faire. Comme si effacer cette dernière image d'elle, si terrible fût-elle, allait définitivement effacer aussi son existence de son esprit.

De son cœur.

Oh, Seigneur...

Il serra le poing et le pressa contre sa poitrine. Ça faisait mal, vraiment, physiquement mal. Comme si son cœur se brisait pour de bon. Explosait, volait en éclats comme celui de Yaz, et il baissa les yeux, s'attendant presque à voir son propre sang gicler et former une mare sur ses cuisses.

Il ferma désespérément les yeux, appuya son poing plus fort contre sa poitrine. Un gémissement aigu lui emplit les oreilles, comme la ligne plate d'un moniteur d'hôpital. Et ça continua, encore et encore, une longue ligne rouge sang qui courait jusqu'à l'infini.

Il frissonna, cligna des yeux, conscient que du temps avait passé, mais il aurait été bien incapable de dire combien de secondes? D'heures? De siècles?

Il vit que son ordinateur s'était mis en veille. L'écran était vide, maintenant, la photo que le fils O'Malley lui avait envoyée avait disparu. Disparue, disparue, disparue. Yasmine avait disparu. Comme si, pendant qu'il rêvait éveillé, elle avait simplement, silencieusement, quitté la pièce.

Il resta assis dans son fauteuil de cuir derrière l'énorme bureau d'acajou de sa bibliothèque. Il n'entendait pas un bruit. Tout était tellement silencieux qu'il avait le sentiment on ne peut plus étrange que, s'il ouvrait la porte de son bureau, il découvrirait que le reste de l'immeuble s'était volatilisé et il contemplerait un abîme. En même temps, le silence avait un poids, une texture. Il pesait sur sa peau, comme des paumes humides et chaudes.

Elle est morte. Mon amour est morte.

— C'est bon, Yaz, dit-il tout haut à la pièce vide. Tu as raison. Je ne me laisserai pas abattre. Je vais surmonter ça. Je vais…

Tu vas faire quoi, Miles, espèce d'imbécile? Faire quoi? Ce qu'il voulait, c'était la ramener. Il voulait qu'elle revienne. S'il avait voulu une villa sur le lac de Côme, une Maserati GranTurismo S, un Van Gogh, il n'aurait eu qu'à décrocher le téléphone pour se les payer dans la minute, mais il avait déjà tout ça, et plus encore. Alors d'accord, il allait viser plus haut – de l'énorme, du catastrophique. Et s'il lançait une OPA

550

sur les plus grandes institutions bancaires du monde afin de provoquer l'effondrement de l'économie mondiale ? Il avait le pouvoir et la fortune nécessaires pour ça, s'il le voulait vraiment. Quoi que son cœur désire, quelque caprice qu'il veuille satisfaire, il pouvait tout faire, tout obtenir.

Mais il ne pouvait pas la ramener.

Bon dieu ! Miles, quel cliché pathétique, larmoyant ! Ressaisis-toi !

Il enserra les bras du fauteuil pour se lever pesamment. Il resta un moment debout, chancelant, la tête vide, en proie à un vertige nauséeux. Cet étrange gémissement aigu retentissait à nouveau à ses oreilles.

Il sursauta, secoua la tête. Il s'apprêtait à faire quelque chose, mais quoi donc ? Ça lui était venu à l'esprit juste avant d'ouvrir le mail envoyé de l'iPhone de Yaz et que cette monstrueuse photo emplisse l'écran de son ordinateur. Quelque chose…

Vous êtes baisé, Taylor. Vous pouvez compter vos abattis.

Le film, évidemment. Ce putain de film. Le fils O'Malley et la petite-fille de la vieille femme, Zoé Dmitroff – ils avaient le film. Ils devaient l'avoir, parce que c'était la seule chose au monde qui avait le pouvoir de provoquer sa chute.

D'accord. Donc, ils ont le film. Et alors ? Que vont-ils en faire ?

Quelle question idiote ! Ils allaient le donner à ces putains de médias, évidemment ; le gouvernement avait toutes les raisons d'enterrer ce rouleau de pellicule, mais si le gamin de Mike O'Malley était assez futé pour faire main basse dessus avant tout le monde, il avait assez de jugeote pour avoir compris ça. Et les médias… Pour eux, ce serait une histoire homérique, l'histoire du millénaire, et ça embraserait le monde comme une bombe à hydrogène d'une mégatonne.

La panique s'empara de Miles avec une telle violence qu'elle l'ébranla. Il se plia en deux et farfouilla dans le fatras de son bureau à la recherche de la télécommande de la télé. Il la braqua vers le tableau au-dessus de la cheminée – pas un Van Gogh, un Jackson Pollock –, et le tableau s'escamota, ainsi qu'une partie du mur lambrissé, révélant un grand écran digital.

Le gémissement retentissait maintenant si fort à ses oreilles qu'il n'arrivait pas à réfléchir, et une douleur terrible lui poignardait la tête, juste entre les yeux, brouillant sa vision. Il respirait mal, d'un souffle rauque. Il fit défiler les chaînes d'information en continu. Mais elles ne parlaient que de la jolie étudiante blonde qui avait disparu de l'université du Wisconsin, deux jours auparavant. Rien sur l'assassinat de Kennedy.

Il laissa la télé allumée mais coupa le son. Bon, tant mieux. Ça voulait dire qu'il avait encore un peu de temps devant lui. Même si le fils O'Malley avait déjà refilé le film aux médias, il faudrait bien qu'ils vérifient l'information, non ? Ils s'assureraient que ce n'était pas un bobard avant de le diffuser. Ça lui laissait un peu de temps.

Il se frotta machinalement le front, comme si cela pouvait apaiser la douleur atroce qui lui taraudait le crâne ; le gémissement avait cessé, Dieu soit loué. Et son esprit n'était plus embrumé désormais, comme s'il avait respiré de l'oxygène pur, clair, froid et aussi tranchant que la glace.

La seule vraie preuve de son implication dans la mort de Kennedy se trouvait à la fin du film, quand la caméra zoomait sur lui, au moment où il prenait le fusil des mains de Mike O'Malley. Mais c'était le visage de celui qu'il était il y avait près d'un demi-siècle, et qui pouvait dire dans quel état était le film, après tout ce temps? S'il devait un jour y avoir un procès, il soudoierait certainement toute une armée d'experts prêts à témoigner que ce n'était pas lui qui avait pris le fusil des mains de l'assassin.

« Qui tu vas croire, hein? Toi, ou ton regard menteur? » demanda-t-il à l'homme tronc aux yeux vides qui parlait maintenant à la télé, mais il avait du mal à articuler.

Qu'ils aillent se faire foutre – il n'avait pas besoin d'eux ou de leur merdier. Il était à la tête d'une telle fortune qu'il lui en resterait encore assez pour vivre comme un roi jusqu'à la fin de ses jours, même s'il en réduisait la majeure partie en une pluie de confettis sous laquelle il paraderait tout le long de la Cinquième Avenue. Il pourrait se payer une île tropicale et passer le restant de son existence dans un paradis terrestre plein de soleil et de jolies filles en string, et puis, juste parce qu'il en avait les moyens, parce que ça apaiserait la colère noire qu'il avait dans le cœur, il embaucherait le plus venimeux des tueurs qu'il pourrait trouver et il le lancerait aux trousses du fils O'Malley et de la petite-fille de la vieille clocharde. Zoé Dmitroff.

Bon Dieu, ce qu'il voulait leur mort! Il voulait qu'ils meurent comme Yasmine était morte, et il dirait à son exécuteur de les faire crever lentement, longuement, dans des souffrances atroces; il lui demanderait de lui en faire une vidéo aussi, oui, c'est ça, et toutes les nuits, avant d'aller se coucher, il se la repasserait en boucle, il les regarderait agoniser encore et encore, il penserait à Yasmine et il sourirait…

Tout à coup, il eut l'impression qu'un étau géant lui emprisonnait la tête et serrait, serrait, de plus en plus fort. Il essaya de tendre la main pour se retenir, mais il n'arriva pas à lever le bras. Il tenta de faire un pas, trébucha, heurta rudement son bureau, fit dégringoler quelque chose. Il entendit le choc sourd de l'objet atterrissant sur l'épaisse moquette, mais il ne le vit pas. C'était comme si un voile de gaze blanche lui couvrait les yeux. Il aurait voulu le chasser de la main, mais il ne pouvait pas bouger le bras.

Ses jambes cédèrent sous son poids, il bascula en avant et se cogna la tête sur le coin de son bureau en tombant par terre. Il essaya de se relever, en vain. Il était plaqué au sol par un énorme rocher. Et la douleur était tellement intense, atroce, qu'il avait l'impression qu'on lui ouvrait le crâne avec un couteau. John Kennedy avait-il éprouvé une douleur pareille quand la balle lui avait explosé la tête?

Miles battit des paupières, et la gaze blanche tomba de ses yeux. L'espace d'un instant, il crut voir son fils, debout près de la cheminée, mais cette fois il n'y avait pas de haine dans le regard de Jonathan. Le garçon avait les yeux pleins de larmes, et Miles voulait lui dire d'arrêter de pleurer comme un veau, d'être un homme, mais il n'arrivait pas à faire marcher sa langue. Rien ne marchait plus, rien du tout. Même son cœur lui faisait l'impression d'avoir éclaté dans sa poitrine. Quel gag, non, vraiment?

Puis tout à coup son fils fut parti, et Miles sentit un trou béant à l'endroit où se trouvait son cœur, un abîme profond, avide, qui l'aspirait. *Je veux*, pensa-t-il. *Je veux, je veux, je veux qu'elle revienne, je veux que tout revienne, tous les jours, tous les moments d'amour et de joie, de tristesse et d'angoisse – je veux que tout redevienne comme avant.*

45

Zoé regardait le vilain bâtiment de béton gris, la porte parfaitement quelconque, à l'exception du numéro 17 peint en noir sur l'imposte de la partie supérieure.

«Franchement, Ry, on dirait plus une prison qu'une boîte de nuit.

— La boîte est au sous-sol, dans ce qui était jadis un abri antiatomique.

— À quelle profondeur, au juste?» demanda Zoé, parcourue par un frisson de claustrophobie.

Mais Ry fit mine de ne pas l'entendre.

Elle sentait, à travers la neige et les semelles épaisses de ses bottes fourrées, les vibrations de la musique qui retentissait dans les abysses. La foule qui faisait la queue devant la boîte était surtout composée d'ados. Ils buvaient de la vodka dans des gobelets de carton achetés à un kiosque au coin de la rue et tiraient sur d'âpres cigarettes russes tout en se dandinant sur place en tapant du pied, dans le vain espoir de chasser le froid mordant.

«Je pensais que tu ne voulais pas qu'on nous voie avec ton biologiste, disait Zoé. De peur que ça lui attire un tas d'ennuis.» En réalité, Ry avait dit «un tas d'emmerdes», mais elle tenait à rester polie en public. «Il ne va pas trop faire tache dans le décor?»

556

Ry secoua la tête. Il avait les pommettes roses de froid, et ses yeux brillaient dans la lumière blanche, crue, projetée par des lampadaires qui remontaient aux années 1950.

«On ne rencontrera pas le professeur Nikitin au club. On vient là juste pour faire savoir au fils de Popov, le pakhan de la mafiya, qu'on est en ville.

— Ah oui. Lui.»

Zoé frissonna dans sa nouvelle parka en duvet qui était censée lui tenir chaud par moins cinquante – et qui y arrivait presque.

«J'avais quasiment réussi à oublier cette ordure pourrie pendant deux secondes complètes.»

Elle ne parvenait pas à croire qu'ils faisaient ça, d'autant plus que c'était son idée. Après la poursuite insensée dans les montagnes le long de la courbe du Danube, la partie de jambes en l'air avec Ry sur le capot de la voiture, et la découverte de l'amulette cachée dans l'icône – qu'elle avait donc depuis le début –, elle s'était sentie tellement épuisée et vidée, que, le temps de regagner leur hôtel à Budapest, elle dormait debout. Elle ne se rappelait pas s'être couchée mais, quand elle s'était réveillée le lendemain matin, elle était en sous-vêtements, sous les couvertures, et une bonne odeur de café lui chatouillait les narines.

Elle ne savait pas comment il s'y était pris ni même s'il avait seulement fermé l'œil de la nuit mais, quand elle avait émergé de la douche, Ry avait posé sur le canapé des sacs bourrés de vêtements chauds dont ils auraient besoin à Saint-Pétersbourg et étalé sur la table basse tout un lot de faux papiers, y compris des visas pour la Russie.

«Ils ne valent pas ceux de Karim, dit-il alors qu'elle arrivait derrière lui, mais ils nous permettront de passer la frontière.»

Elle laissa tomber par terre la serviette dans laquelle elle était enroulée et glissa ses bras autour de la taille de Ry, pressant contre lui son ventre nu, encore humide.

«Tu sais, O'Malley, que tu es un type précieux à emmener en voyage?»

Elle l'embrassa derrière l'oreille, qu'elle mordilla de petits baisers gourmands. Et puis, une chose en entraînant une autre,...

« Allez, on y va, dit maintenant Ry en l'attrapant par le bras avec sa main gantée pour contourner une fille aux cheveux blond platine et aux yeux charbonneux qui paraissait osciller au rythme de sa propre musique intérieure. On est sur la liste des invités privilégiés, alors autant se mettre en tête de file.»

Ils s'attirèrent quelques regards noirs en jouant des coudes pour se rapprocher de la porte où était campé, jambes écartées, un videur en manteau rapiécé, blanc sale, les bras dans le dos. Ou aurait dit le bonhomme Michelin, en moins aimable. Il les toisa de bas en haut, commença par secouer la tête et s'interrompit quand Ry remonta suffisamment sa manche pour lui montrer le tatouage en forme de dague sur son bras.

Le videur les laissa alors entrer dans une petite antichambre où un double escalier en colimaçon montait dans des ténèbres trouées par un halo de lumière bleutée.

«Euh, Ry…, commença Zoé. Je ne vois pas moyen de descendre, à part cet ascenseur, là, dans le coin, pas plus grand que des toilettes de chantier.

— Je serai avec toi, répondit Ry. Tu n'auras qu'à fermer les yeux.»

Zoé laissa échapper un mélange de rire et de reniflement qui dissimulait une réelle angoisse.

«Me voilà rassurée…»

D'une façon ou d'une autre – se raccrochant sans doute à l'idée que, si elle devait mourir, au moins elle ne mourrait pas seule – elle laissa Ry manœuvrer et la pousser dans la minuscule cage. Elle le regretta aussitôt, quand, la porte se refermant sur un claquement, l'ampoule nue de quinze watts faiblit encore et la cabine plongea dans le vide après une violente secousse.

La descente dura une éternité, que Zoé passa le visage collé à la poitrine de Ry pour ne pas hurler.

L'ascenseur s'immobilisa sur un dernier spasme et un choc si rude que l'ampoule s'éteignit complètement. Même Ry parut soulagé d'en sortir quand la cabine récalcitrante les libéra enfin. Ils se retrouvèrent devant une porte d'acier entourée par des tubes au néon vert, clignotants, et une vieille femme avec un foulard de paysanne et des bouchons d'oreille, qui était là pour les débarrasser de leurs manteaux.

La porte s'ouvrit sur une vaste pièce carrée, avec des colonnes revêtues de miroirs et de chromes, un éclairage stroboscopique bleu et un large serpent de lumières roses, scintillantes, qui ondulait sur un plafond bleu nuit, semblable à la Voie lactée. La musique, une pénible mixture de techno russe et de hip hop américain, était tellement assourdissante que

559

Zoé s'étonna que ses yeux et ses oreilles ne se mettent pas à saigner. Elle aperçut quelques tables éparses ici et là dans cette pièce archisurpeuplée, mais la plupart des gens s'écrasaient les uns contre les autres au rythme des battements sourds de la techno. Tout à coup, le tintamarre laissa place à quelque chose de plus doux – un chant populaire russe, mais agrémenté d'une touche sensuelle de soul de Harlem, le tout roucoulé d'une voix mélancolique, embrumée. Et sur le mur du fond, un écran vidéo géant s'alluma.

Sur l'écran apparut un jeune homme au fanatique regard bleu perçant de prêtre martyr, doté d'un sex-appeal de star de cinéma qui chantait comme s'il faisait l'amour à son micro avec sa voix. Il était déguisé en pirate, avec une chemise blanche aux manches très larges et un foulard de soie rouge noué autour du front pour retenir ses cheveux blonds qui lui arrivaient aux épaules. Le col de sa chemise était ouvert assez bas pour laisser deviner des pectoraux bien dessinés et, quand il bougeait, Zoé entrevoyait le tracé bleu caractéristique des tatouages.

À cet instant précis, Ry se raidit un peu à côté d'elle. Elle se retourna et vit deux agents de sécurité cravatés de noir s'approcher d'eux. Ils s'arrêtèrent devant Ry et l'un d'eux lui dit quelque chose que Zoé n'entendit pas, mais Ry hocha la tête, la prit par la main, et ils suivirent les deux hommes le long d'un interminable bar laqué noir, miroitant, jusque dans une sorte d'alcôve séparée par un cordon de velours rouge.

Derrière le cordon se trouvait une table de chrome et de verre, deux tabourets et le beau jeune homme que l'on voyait encore chanter à se briser le cœur sur

560

l'écran vidéo géant, était assis en train de descendre un verre de vodka. Zoé s'aperçut qu'il les attendait seulement quand l'un de leurs anges gardiens ouvrit le cordon et leur fit signe de prendre place à la table.

Le jeune homme leva la tête. Il ne portait pas le foulard rouge de la vidéo, et Zoé vit que son front, juste sous ses cheveux, était marqué par une cicatrice rouge, à vif. Mais il avait bien des yeux de prêtre martyr, et ils étaient rivés sur Ry.

Il le regarda longuement, puis il se leva d'un bond et fit le tour de la table pour étreindre Ry dans une accolade virile, lui flanquant de solides coups de poing dans le dos.

Une bouteille de Dom Pérignon et trois flûtes à champagne apparurent sur la table, mais la musique à nouveau assourdissante les empêchait de parler. Alors ils restèrent assis à siffler leur champagne sans rien dire, le jeune homme se penchant de temps en temps vers Ry pour entourer son épaule de son bras et sourire, prenant la pose pour l'interminable cliquetis des appareils photos numériques et des téléphones portables des clients de la boîte.

Et puis, après une dizaine de minutes passées ainsi, il repoussa brusquement la table et se leva. Ry l'imita en lui tendant la main. Le jeune homme s'apprêtait à la prendre, mais il préféra étreindre Ry dans une autre féroce accolade, et Zoé vit ses yeux se plisser étroitement comme s'il souffrait.

Il dit quelque chose à l'oreille de Ry, qui opina du chef. Enfin, ils se séparèrent et l'homme disparut dans la foule, l'un de ses gardes du corps sur les talons. L'autre fit, de la tête, signe à Zoé et à Ry de le suivre par une petite porte, derrière le bar.

«Je reviens avec vos vêtements», dit-il.

La porte se referma derrière lui et ils restèrent seuls dans une petite pièce presque entièrement occupée par un canapé de cuir blanc, moelleux. Un énorme écran plasma couvrait presque tout un mur; un autre disparaissait sous des rangées de disques de platine et des pochettes de CD encadrées.

«Eh bien, si le fils de Popov ne savait pas qu'on était là, il ne tardera pas à l'apprendre, commenta Zoé. Une petite centaine de gamins viennent de prendre notre photo avec le chanteur. Au fait, qui est-ce?

— Sasha Nikitin. C'est une célébrité, ici, en Russie, peut-être pas au niveau de Bono ou du Boss, mais pas loin. Il est assez connu, en tout cas, pour que ce soit un événement chaque fois qu'il arrive quelque part, et tous ceux qui s'affichent avec lui attirent automatiquement l'attention.

— Nikitin... Il est de la famille du professeur Nikitin qu'on doit rencontrer?

— Sasha est son fils, répondit Ry alors que la porte derrière eux se rouvrait, laissant entrer un grondement de musique trépidante, et le garde du corps qui portait leurs manteaux sous un bras, deux paires d'énormes bottes d'hommes dans l'autre main.

— Si vous décidiez de mettre la main dans votre poche droite, dit l'homme à Ry en les regardant s'équiper, vous trouveriez un Beretta Px4 Storm, ainsi qu'un chargeur de rechange. Dans votre poche gauche, il y a la clé d'un appartement, près du pont Pevchesky, que vous connaissez, je crois. Nous laisserons savoir où vous êtes descendus, *fortuitement exprès*, vous comprenez ? Pour que les hommes du pakhan puissent vous trouver.

— Ouais. Merci.

— Vous voudrez peut-être mettre ça, maintenant, fit le garde du corps en tendant les bottes à Ry. J'ai dissimulé dans le talon gauche la balise GPS qui nous permettra de vous suivre à la trace. De cette façon, lorsque vous serez entre les mains des hommes du pakhan et qu'ils vous emmèneront, nous pourrons vous localiser ; discrètement, bien sûr.

— Dans combien de temps pensez-vous qu'il va passer à l'action ?

— Je doute qu'il le fasse avant demain matin. Nous avons inséré dans la doublure de duvet de vos parkas un émetteur à ondes courtes... » Le garde du corps s'interrompit, son front se plissa. « Conformément à votre demande, nous n'interviendrons pas pour le sauvetage avant que vous nous donniez le signal, ce qui m'inquiète. Vous serez consciencieusement fouillés avant d'être admis en présence du pakhan : ils chercheront les armes et tout le reste. Ce qui veut dire que vous serez obligé d'improviser en cas de problème imprévu car nous risquons de nous trouver pris de court et d'avoir peu de temps pour intervenir et vous sauver la vie.

— Je sais, dit Ry. Mais il n'y a pas moyen de faire autrement. Nous devons parler à notre homme avant que vous débarquiez en tirant comme des malades. Merci pour tout, fit-il en lui tendant la main. Et dites à Sasha...

— Il le sait, répondit le garde du corps en serrant la main de Ry, coupant court à ses remerciements. Il m'a dit de vous dire que c'était le moins qu'il puisse faire pour l'homme qui lui avait rendu la vie.» Le garde s'interrompit à nouveau et s'éclaircit la gorge. «Vous trouverez l'entrée du tunnel dans le placard, là. C'est une petite trappe dans le sol, sous le classeur.

— Un tunnel? fit Zoé. Et merde! Oh, pardon... Je ne voulais pas être impolie...»

Le tunnel était à peine plus large que le toboggan de la descente de linge. À peine. Ils allaient être obligés de marcher à quatre pattes.

«Je déteste ça, gémit Zoé.

— Je sais. Mais il faut voir le bon côté des choses: ça t'évite de reprendre cet ascenseur qui ressemble vraiment trop à un piège mortel.»

Zoé eut un petit rire pitoyable.

«Là, tu marques un point. Alors, on va ramper longtemps dans ce truc?

— Pas très.

— Tu mens comme un arracheur de dents, O'Malley. Je le vois bien... Enfin, je vais y arriver, je vais y arriver...

— Ouais, tu vas y arriver.

— Mais je suis obligée de le faire tout de suite? Tout de suite-maintenant, je veux dire?

— Ouais. Allez!»

Zoé s'introduisit dans l'ouverture, et ce fut pire que ce qu'elle avait imaginé. Le boyau était creusé à même la terre. D'épaisses planches de bois fixées aux parois l'empêchaient de s'ébouler, et ça sentait le sol humide et le moisi. *Une odeur de tombe*, pensa-t-elle, et elle regretta aussitôt cette idée. Tous les dix mètres à peu près, une ampoule était accrochée à un fil électrique qui courait au plafond.

Sa respiration faisait un bruit de râpe, comme si l'air entrait et sortait de sa gorge en passant sur du papier de verre, et le sang battait à ses oreilles. Pourtant, d'une façon ou d'une autre, elle continuait à mettre un genou devant l'autre et à avancer.

Cela dit, Ry avait bel et bien menti : c'était vraiment très, très loin.

Ils ressortirent du tunnel par une fausse grille d'égout, au milieu d'une petite place triangulaire sur laquelle se dressait une statue de bronze du poète Pouchkine. Une Lada blanche qui avançait le long du trottoir s'arrêta devant eux dans un bruit de ferraille, le tuyau d'échappement moribond crachant un nuage de vapeur...

Ry ouvrit la porte arrière pour faire entrer Zoé, puis s'assit sur le siège passager à côté d'une petite silhouette emmitouflée dans un manteau de fourrure marron et coiffée d'une toque assortie qui dissimulait son visage.

« Zoé, dit Ry, je te présente le professeur Nikitin. Professeur Nikitin, Zoé Dmitroff. »

Leurs regards se croisèrent dans le rétroviseur. Ses yeux de savant, ronds et larmoyants derrière d'épaisses lunettes à double foyer, lui donnaient des airs de basset artésien.

« C'est un honneur de vous rencontrer, dit Zoé.
— Tout l'honneur est pour moi. »

Il enclencha une vitesse et la Lada s'avança dans la rue.

565

«Nous allons nous garer devant la station de métro Ploshad Vosstaniya, dit-il à Ry. Comme si nous attendions un ami. Ainsi, nous pourrons parler dans la voiture sans attirer l'attention.»

Comme ils tournaient au coin d'une rue, un courant d'air glacé remonta dans la jambe de pantalon de Zoé. Elle baissa les yeux et vit, à travers un trou dans le plancher, la rue enneigée filer sous la voiture. Elle se tourna sur le côté et replia ses jambes sur le siège, remontant ses genoux sous son menton. La voiture sentait le chou bouilli et le sapin désodorisant accroché au rétroviseur.

Ils roulèrent pendant cinq minutes dans les rues sombres et presque désertes avant de s'arrêter devant un bâtiment au toit en forme de coupole, entouré par un collier étincelant de lampadaires.

Nikitin alluma une cigarette puante.

«Vous venez de la boîte de mon Sasha, là? J'ai entendu dire qu'il y avait un distributeur de pilules d'ecstasy.»

Zoé surprit l'éclair de sourire de Ry alors qu'il se tournait vers le professeur.

«C'est possible, mais je ne l'ai pas vu.»

Nikitin haussa les épaules.

«Il ne veut pas que je vienne vérifier par moi-même. Il dit que je n'apprécierais pas le style de l'établissement.

— C'est moderne, répondit Ry. Et bruyant.

— Alors, dites-moi… où est la chose que vous voulez que j'analyse pour vous?» grommela Nikitin.

«C'est moi qui l'ai.»

566

Zoé fouilla dans la poche de sa parka à la recherche du petit flacon de verre blanc avec son bouchon de caoutchouc que Ry avait acheté à Budapest, en même temps qu'un compte-gouttes à l'aide duquel elle avait prélevé dans l'amulette une petite quantité du liquide qu'il avait rebaptisé «jus d'os». Dans la pénombre de la salle de bains de l'hôtel, le liquide avait une couleur d'eau de mare. Mais à présent, en tendant l'ampoule au professeur Nikitin, elle s'aperçut avec effroi qu'il luisait d'un rouge éclatant, iridescent.

Et à voir la tête de Ry, il était tout aussi effrayé qu'elle-même.

«Intéressant, commenta le professeur Nikitin en regardant attentivement l'ampoule à travers les verres épais de ses lunettes. D'où ça vient?

— D'une grotte en Sibérie, répondit Ry. Les gens de là-bas croient que c'est une espèce de fontaine de Jouvence. Qu'il suffit d'en boire une goutte pour vivre éternellement.

— Très intéressant.

— Vous pensez que ça pourrait être vrai? demanda Zoé. Je veux dire, ce serait possible? Scientifiquement?

— Théoriquement, pourquoi pas? Mais c'est hautement improbable, compte tenu de la complexité du processus de vieillissement. La longévité est influencée par tellement de facteurs génétiques et environnementaux, par les centaines, les milliers peut-être de paramètres individuels qui gouvernent nos cellules et nos organes, alors…»

Le professeur Nikitin secoua un peu l'ampoule, et Zoé aurait juré que la substance rouge, iridescente, s'était mise à briller d'un éclat plus vif.

«Au vu de ses propriétés de luminescence, poursuivit Nikitin, il est compréhensible qu'un peuple primitif ait investi cette substance de pouvoirs spéciaux. Peut-être, un jour, un sorcier ou un guérisseur l'a-t-il mêlée avec des herbes qui ont guéri un malade. Ce qui a donné naissance à une légende.

— Mais vous allez quand même l'analyser pour nous ? demanda Zoé.

— Je pourrais évidemment le faire, mais je ne m'occupe que de biologie du développement. Ce qu'il vous faudrait pour l'analyser, c'est un biochimiste. Je connais une femme, à l'Institut de biorégulation et de gérontologie qui a fait des expériences sur les gènes de longévité des *Caenorhabditis elegans* – c'est-à-dire des ascarides. Des petites choses presque transparentes. On peut voir au microscope leur cœur, leurs neurones et tout ce qu'il y a à l'intérieur. Ce sont les chouchous d'Olga à cause de leur anatomie simple, et parce qu'ils ont un nombre de gènes limités. J'aimerais qu'elle participe à nos recherches, si vous le permettez. Ses connaissances seraient précieuses.»

Ry secoua la tête.

«Je ne sais pas… Vous avez totalement confiance en elle ?»

Nikitin parut surpris par sa question.

«La confiance de quelqu'un qui a eu une liaison par intermittences avec elle. Pourquoi… ah, fit-il, s'interrompant pour répondre à sa propre question. Vous voulez qu'elle soit discrète, parce que ça comporte un certain danger. Parce que, si quelqu'un avait la preuve de l'existence d'une fontaine de Jouvence, il pourrait tuer pour se l'approprier.

— Il a tué», répondit Ry.

Nikitin regarda encore longuement Ry et hocha lentement la tête.

«Je peux rentrer chez moi en métro. Vous pourriez avoir besoin d'une voiture pendant votre séjour ici.» Nikitin glissa l'ampoule dans la poche de sa pelisse mais ne fit pas mine de descendre de la Lada. «Je viens de me dire, fit-il au bout d'un moment, que si une telle chose existait, une véritable fontaine de Jouvence, en laisser le libre accès à l'humanité pourrait déclencher une calamité. La surpopulation, les guerres, la famine…» Il eut un frisson. «Combien de fois l'homme a-t-il cru voir son salut dans une découverte qui s'est révélée par la suite n'être que l'instrument de sa destruction?» Il jeta à nouveau un regard à Ry et Zoé vit une sorte de tristesse envahir son visage. «Quand vous étiez à la boîte de nuit, vous avez vu mon fils?

— Quelques minutes seulement. Nous n'avons pas eu l'occasion de parler.

— Mais il avait l'air bien?

— Oui, il avait l'air bien. Très bien.

— Sa musique – elle non plus, elle ne doit pas être à mon goût –, j'admets qu'elle me fait horriblement mal aux oreilles. Et pourtant, il a gagné beaucoup d'argent et il est devenu célèbre avec ça. Tout ce qu'il veut, il peut l'avoir…» Nikitin détourna le regard, regarda par le pare-brise la nuit russe, sombre et froide. «Mais là où vous l'avez trouvé, cet endroit dont il s'est échappé grâce à vous, là-bas, la peur s'est gravée dans son âme, comme on grave une pierre à l'acide. S'en remettra-t-il jamais? C'est la question que je me pose, et je suis incapable d'y répondre.»

46

La rambarde en fer forgé du pont Pevchesky projetait une dentelle d'ombres sur la glace du fleuve quand Ry s'arrêta le long du trottoir et coupa le contact. Le moteur de la Lada crachouilla encore quelques secondes et rendit un dernier soupir.

«Tu es déjà venu ici? demanda Zoé en descendant de voiture.» Elle leva la tête pour regarder le grand bâtiment élégant, en pierre de taille. «Avec Sasha?»

Ry secoua la tête.

«C'est la maîtresse de Sasha qui habite ici. L'immeuble lui a été légué par son grand-père qui était un apparatchik du parti communiste, à l'époque.» Il la prit par la taille et l'attira contre lui. Elle leva les yeux vers son visage, de gros flocons de neige plumeux tombant du ciel obscur dans ses yeux et sa bouche souriante. «Il paraît que le lit de la grande chambre vient d'un des palais du tsar Nicolas.»

Ils tombèrent sur le lit à colonnes au dais de soie rose en s'embrassant à pleine bouche, essayant d'enlever tous leurs vêtements en même temps. C'était comme sur le capot de la voiture, une vague soudaine, impérieuse, qui s'emparait d'eux, les submergeait. Il faillit l'étrangler avec son soutien-gorge, ce qui était drôle, en réalité, mais leur désir était tellement irrésistible, tellement vital pour ce qu'ils étaient et ce qu'ils devenaient l'un pour l'autre, qu'il n'y avait pas de quoi rire, pas de place pour autre chose que se fondre l'un dans l'autre et jouir ensemble, le plus vite possible.

Quand enfin ils furent apaisés, allongés côte à côte, comblés et en paix, elle dit :

«Tu criais si fort que j'ai cru que tu allais nous faire dégringoler le plafond sur la tête.»

Il essaya de rire, mais ne réussit qu'à pousser un soupir d'épuisement.

«Peut-être, mais tu criais plus fort. Je n'ai jamais entendu des cris pareils. J'espère qu'on ne va pas venir nous arrêter.»

Elle se blottit contre lui.

«Merci, Ry.

— De quoi?

— D'être toi et de m'avoir trouvée.»

Il sentit renaître en lui le désir, et cette fois ils prirent leur temps, se caressant doucement et sans hâte. Il lui embrassa la bouche, les seins, le ventre, embrassa tout son corps, s'attardant, et la faisant à nouveau crier.

Plus tard, allongée au creux de son bras dans la chambre aux lumières éteintes, elle demanda :

«De quoi as-tu sauvé Sasha Nikitin?»

La main de Ry lui caressa doucement les seins, puis joua avec l'amulette verte en forme de crâne qu'elle avait enfilée sur une chaîne et portait autour du cou depuis Budapest.

«D'une prison au Tadjikistan, répondit-il au bout d'un moment. J'étais en opération là-bas. L'opération

Coup de frein avait pour objectif d'endiguer un peu le flux d'héroïne afghane qui entrait en Russie. Effort pathétique s'il en fut. Une nuit, les choses ont vraiment mal tourné. Nous avons dû faire irruption à l'improviste dans un repaire de trafiquants au moment d'un deal. Le gars qu'il ne fallait pas s'est fait descendre, et je me suis fait embarquer par les flics locaux et jeter dans une cellule avec quarante autres types déjà serrés comme des sardines. Sasha était le plus jeune, ce n'était qu'un gamin, et il... il avait un cœur tatoué sur le front.

— J'ai vu des vory avec des larmes et des dagues tatouées sur le visage, mais un cœur, jamais. Pourquoi un cœur ? demanda-t-elle, sachant que tous les tatouages de prisonniers avaient un sens.

— À cause de ce qu'ils avaient fait de lui. C'était devenu un jouet sexuel pour tout homme qui voulait abuser de lui. » Zoé ferma les yeux, pas très sûre d'avoir envie d'en entendre davantage, mais il poursuivit quand même : « Dans les prisons du Tadjikistan, ils fabriquent l'encre de tatouage en faisant brûler un talon de chaussure et en mélangeant les cendres avec de l'urine. Ils avaient obligé Sasha à utiliser sa propre chaussure et sa pisse. Ils l'avaient même obligé à payer le tatoueur en... Bref, tu imagines le reste. »

Zoé hocha la tête et avala la boule qu'elle avait dans la gorge.

« Mais comment s'était-il retrouvé dans un endroit pareil ? Avec un père chercheur, professeur d'université ?

— La drogue. Il était méchamment accro au jus de pavot, et il s'était fourré dans la tête de financer sa consommation en trafiquant lui-même. Il s'était

572

fait pincer en essayant de faire passer la frontière à un camion de légumes dans lesquels étaient dissimulés deux cents kilos d'héroïne.» Elle sentit Ry hausser les épaules dans le noir. «Je ne sais pas. J'imagine que le pauvre gamin m'a fait pitié, alors quand je me suis évadé je l'ai emmené avec moi.» Zoé pensa qu'il y avait probablement bien autre chose derrière tout ça, mais elle s'abstint de relever. «Il n'était pas en grande forme, alors j'ai dû le trimbaler tout du long jusque chez lui, ici, à Saint-Pétersbourg. Dès qu'il a pu, la première chose qu'il a faite a été de se faire effacer ce cœur du front. Pour ça, ils ont dû lui dissoudre la peau avec de la poudre de magnésium. Ce qui est épouvantablement douloureux.»

Elle tourna la tête sur la poitrine de Ry et l'embrassa, savourant sous ses lèvres les mouvements de sa poitrine qui montait et redescendait au gré de sa respiration.

«Ry? On va s'en sortir vivants?»

N'importe quel autre homme au monde lui aurait menti, à ce moment-là, mais pas lui.

«Soit on élimine le fils de Popov, demain, soit c'est lui qui nous élimine.

— S'il le faut, je lui donnerai le jus d'os. Mais seulement si j'y suis obligée.»

Le bras qu'il avait passé autour d'elle se resserra un peu. Il lui déposa un baiser sur le sommet du crâne.

«Tu crois que tu saurais retourner à la boîte de nuit?

— Oui. Mais pourquoi…

— Chut, fit-il en posant un doigt sur ses lèvres. Si tu réussis à t'en sortir mais pas moi, je veux que tu me promettes d'aller retrouver Sasha. Il s'occupera de toi. Il veillera à ce que tu rentres chez toi.»

Elle secoua la tête.

«Si tu ne t'en sors pas, alors je ne veux pas repartir sans toi.

— Mais si. Personne n'a envie de mourir.»

Elle crut tout à coup sentir une chaleur venir de l'amulette posée entre ses seins. Elle se redressa, enleva la chaîne et la lui tendit sur ses paumes ouvertes.

«Si c'est vraiment une fontaine de Jouvence, alors peut-être que, si l'on en boit, Popov ne pourra pas nous faire de mal. Au moins, il ne pourra pas nous tuer. Une goutte et on pourrait vivre pour toujours…

— Non.»

Il referma les doigts de Zoé sur l'amulette et repoussa sa main loin de lui.

«Non.

— Bon, très bien.»

Elle haussa les épaules, comme si cela lui était égal, mais elle tremblait intérieurement. De tentation, et d'une peur terrible. *Personne n'a envie de mourir.*

Elle contempla l'expression dure de son visage.

«Je ne sais pas comment tu fais. Comment tu as pu vivre ce genre de vie pendant si longtemps.»

Son expression ne s'adoucit pas, et pourtant il répondit :

«Je ne sais pas si j'arriverai encore à le faire. Si après demain il y a un lendemain, et un autre lendemain après celui-là, alors je veux que tous ces jours et toutes ces nuits soient faits de moments comme celui-ci.» Il tendit la main pour lui caresser la joue,

574

et ses doigts essuyèrent des larmes qu'elle n'avait pas senti couler. «Je te veux, toi.»

Elle se pencha sur lui et l'embrassa, doucement au départ, puis le baiser devint plus fougueux, et cette fois, quand ils firent l'amour, elle essaya de garder chaque moment en mémoire.

Ils s'endormirent dans les bras l'un de l'autre.

Ry se réveilla en sursaut et se rassit. La lune était haute dans le ciel et emplissait la pièce d'une lumière argentée. Il tendit la main vers Zoé, mais elle n'était pas là.

Et puis il la vit debout sur le seuil de la salle de bains, portant un de ses tee-shirts à lui. Un homme en jogging noir était debout derrière elle.

Il tenait la lame d'un couteau sur sa gorge.

47

Quelqu'un actionna un interrupteur, et la lumière jaillit dans la chambre. Devant la porte se tenait un deuxième homme, également vêtu d'un jogging noir et de chaussures de sport Adidas – l'uniforme des vory de la mafia russe. Et ce type avait fait très fort : il avait trois chaînes et une énorme croix en or autour du cou.

«J'aime bien ton look, *dolboy'eb*, lui dit Ry en russe des gangs. Très classe, vraiment. Tu prévois de te faire enterrer avec ?

— C'est toi la tête de nœud, tête de nœud. C'est moi qui tiens le flingue, alors tu la fermes et tu t'habilles.»

Le vor jeta par terre un gros sac de sport.

«Tu mets ces fringues, pas les tiennes, et tu te magnes. Le pakhan n'aime pas attendre.»

Ry secoua lentement la tête dans un sens et dans l'autre.

«Je ne bougerai pas le petit doigt avant que tu dises au bouc en rut, là-bas, d'enlever le couteau de la gorge de ma femme.

— Grisha, tu enlèves ce couteau de la gorge de la dame.

— Mais, Vadim...

— *Exécution.*»

Grisha jeta à l'autre un regard dur, mais il baissa son couteau et fit un pas en arrière. Ses yeux noirs se rivèrent sur Ry et un méchant rictus incurva ses lèvres, tandis qu'il assénait à Zoe une claque dans le dos si forte que cela l'envoya rouler par terre.

«Bouge, salope!»

Ry sortit aussitôt du lit rageusement, mais fut stoppé net par un canon de pistolet enfoncé dans le ventre.

Vadim lui fit face nez à nez, si près que Ry put compter ses points noirs et sentir son haleine de chou bouilli.

«Deux centimètres de plus et tu es mort. Encore un putain de mot et tu es mort.

— Ry, *non!*»

Zoé se releva tant bien que mal, les bras en l'air, les mains bien visibles, les yeux écarquillés de terreur, et Ry sut que c'était pour lui qu'elle avait peur. Pour retrouver l'autel d'ossements, Nikolaï Popov avait besoin d'elle vivante, besoin qu'elle coopère, alors que si Ry commençait à donner l'impression qu'il posait plus de problèmes qu'il n'en valait la peine, il se retrouverait avec une balle dans la tête.

«Ça va, Ry. Vraiment. Il ne m'a pas fait mal.»

Elle se pencha pour récupérer son soutien-gorge et sa culotte par terre, mais Grisha la prit par le bras.

«Tu mets ce qu'on a apporté et rien d'autre.»

L'espace d'une fraction de seconde, Ry pensa à essayer de régler son compte à l'autre type, flingue ou pas flingue, mais c'était la testostérone qui parlait – il la sentait bouillonner dans le sang qui gonflait les veines de son cou.

Il leva les mains, bien écartées, et recula d'un pas.

« Ça va, ça va. Je la ferme et je m'habille. Mais laissez-la tranquille. »

Vadim sourit, révélant les diamants incrustés dans ses deux dents de devant, à la manière des rappeurs américains.

« On la tue pas à moins que le pakhan nous dise de la tuer. Et alors ? On la tue. »

Le sac contenait des joggings noirs et des chaussures Adidas, plus deux parkas bon marché, des gants et des bonnets de laine.

Une fois qu'ils furent habillés, Ry demanda :

« On n'a pas de bling-bling pour aller avec nos nouvelles tenues ? »

Vadim fit pendouiller une paire de menottes au bout de son index gauche.

« C'est tout ce que tu auras comme "bling-bling", à part peut-être une balle dans la tête. Alors, ta gueule, et mets ça. »

Ry referma les bracelets de métal autour de ses poignets. Soit ils n'avaient qu'une paire de menottes, se dit-il, soit ils considéraient que Zoé ne représentait pas une menace.

Il neigeait, les rues noires étaient vides, mais un gros 4 x 4 Mercedes noir avec chauffeur les attendait le long du trottoir, le moteur en marche. Grisha ouvrit la porte arrière, poussa Zoé à l'intérieur, monta derrière elle, et la Mercedes démarra en trombe avant qu'il ait fini de claquer la portière.

« Hé ! »

Ry commença à courir après la voiture – pas si facile dans une rue pleine de neige, avec les mains attachées. Et inutile, de toute façon. Il dut se contenter de regarder les feux arrière rouges s'éloigner, tourner sur le pont Pevchesky et disparaître dans le noir.

Vadim s'approcha de lui, essoufflé par le petit bout de course. Il avait à nouveau sorti son flingue, et donnait l'impression d'avoir bien l'intention de s'en servir.

«Qu'est-ce que tu fous? Tu veux te faire descendre? Le pakhan a dit de venir dans des voitures séparées.

— Alors où est la nôtre?

— Elle arrivera quand elle arrivera. Maintenant remonte sur le trottoir avant de te faire écraser par un chasse-neige.»

Ils attendirent, attendirent encore. Ce n'était pas bon. Pourquoi des voitures séparées?

Vadim extirpa un briquet Bic et un paquet de cigarettes russes bon marché de la poche de son jogging. Il l'alluma, inspira profondément et cracha un demi-poumon.

«Ces trucs-là te tueront.

— Je t'emmerde.»

Un chasse-neige passa en écrasant la neige et des lumières s'allumèrent dans les appartements de l'autre côté de la rue. Vadim commença à se dandiner sur place. Ry remarqua qu'il avait les lèvres, le nez et même le lobe des oreilles bleus de froid.

«Quoi? fit Ry. Le pakhan te donne pas de quoi te payer un manteau, même une parka pas chère comme celle que tu m'as filée?

— Je suis de Sibérie. En Sibérie le froid, c'est pas ça. En Sibérie, ça c'est le printemps.»

Ry était à bout de nerfs et se retenait de hurler quand un deuxième 4 x 4 Mercedes arriva.

Le chauffeur fit demi-tour et partit dans la direction opposée à celle que la voiture de Zoé avait prise. Et pour la première fois de sa vie, Ry se sentit littéralement malade d'angoisse. Moins parce qu'il savait qu'il allait peut-être à sa mort – bien que ce ne fût pas une perspective réjouissante – que parce qu'il se demandait ce qui attendait Zoé et qu'il détestait l'idée qu'elle allait l'affronter seule.

Leur chauffeur s'embarqua dans un labyrinthe de rues qui les fit passer devant les palais décrépits d'aristocrates et de négociants depuis longtemps disparus, vénérables bâtisses entrelardées de clubs de fitness, de bars à expresso et même d'un garage Porsche. Dans le but de déjouer une éventuelle poursuite, supposa Ry. Cette précaution était pourtant superflue. Les sbires de Sasha devaient être embusqués à une distance suffisante pour éviter de se faire repérer, comptant sur le GPS intégré au talon de la botte de Ry pour les alerter s'ils bougeaient, Zoé et lui. Un plan brillant, sauf que Popov l'avait anticipé, et que les bottes étaient restées dans l'appartement alors qu'on les emmenait Dieu sait où.

Toutes les dix minutes, Vadim allumait une de ses cigarettes nauséabondes, remplissant le 4 x 4 d'un nuage de fumée jaune, épaisse. Finalement, les vieux quartiers laissèrent place à des cages à lapins de l'ère soviétique plus ou moins délabrées et des usines rouillées. La neige tombait maintenant à gros flocons, s'accumulant sur le pare-brise plus vite que les essuie-glaces n'arrivaient à la chasser.

Ils avaient laissé Saint-Pétersbourg derrière eux depuis une heure quand ils traversèrent une série de rails de chemins de fer et quittèrent les routes goudronnées. Ils étaient désormais en pleine campagne, dans un désert de sillons gelés, de pins et de rochers.

Ry commençait à avoir l'impression d'être tombé en enfer – un enfer existentialiste – quand un vieux cimetière apparut au milieu de nulle part. Le chauffeur ralentit et tourna dans une sorte de venelle bordée des deux côtés par de grands murs de pierre. Ils parcoururent ainsi près d'un kilomètre et débouchèrent devant les ruines d'un grand bâtiment de brique.

«Tu nous déposes et tu emmènes la voiture à la ferme», ordonna Vadim au chauffeur.

Le 4 x 4 s'arrêta dans la neige fraîche, craquante. Après l'atmosphère enfumée de la Mercedes, Ry trouva l'air glacé délectable. Les flocons, gros et doux comme du duvet, tombaient du ciel noir au-dessus de leurs têtes, mais l'horloge interne de Ry lui disait que l'aube n'allait plus tarder. Il supposa que le bâtiment de brique, maintenant délabré, était jadis un abattoir, à cause du taureau de bronze qui montait la garde à côté de la grande porte voûtée de l'entrée. Une ampoule nue, solitaire, projetait juste assez de lumière dans la cour pour que Ry remarque une moissonneuse-lieuse rouillée et les vestiges de ce qui ressemblait à un couloir à bestiaux encore dressé sur la neige.

Il n'y avait pas signe de l'autre 4 x 4 ni d'aucun être vivant. Et, plus inquiétant encore, pas une seule trace de pneus dans la neige virginale.

Bon sang, O'Malley, ça ne sent pas bon. Pas bon du tout.

Vadim lui enfonça le bout du canon de son Beretta dans les côtes.

«Tu parles bien le russe pour un Américain. Tu sais ce que ça veut dire, *grokhnut?*»

La traduction littérale de ce mot était «faire bang», mais il avait aussi un autre sens.

«Si tu voulais m'abattre, dit Ry, tu l'aurais déjà fait.»

Vadim émit un bruit qui tenait du rire et du grognement.

«Si ça peut te rassurer… Allez, va là-bas, sous la lumière», dit-il avec un geste de son arme.

Vadim sur les talons, Ry s'approcha de la vaste arcade qui menait vers ce qui avait dû être l'endroit où on abattait et vidait les bestiaux. Le feu avait détruit le toit et noirci les murs de brique dans un lointain passé mais, en se rapprochant, il vit qu'on avait installé à l'intérieur, sur des parpaings, une vieille remorque turquoise.

«Ça suffit», dit Vadim.

Ry sentit la brûlure de l'acier glacé sur le côté de son cou, un souffle brûlant lui frôla la joue.

Il resta immobile, le pistolet braqué sur la tête. Un long moment passa, puis un autre. Ils semblaient attendre quelque chose, mais quoi? Le silence était si profond que Ry avait l'impression d'entendre la neige tomber.

À cet endroit la puanteur qui planait autour des ruines était plus prononcée: une vieille odeur aigre de sang et d'entrailles pourrissantes et des émanations plus récentes, plus âcres, qui, ajoutées aux premières, composaient un mélange pestilentiel de pisse de chat et d'œufs pourris.

De là, il voyait mieux la vieille caravane et les détritus abandonnés autour : des emballages du Kentucky Fried Chicken, des boîtes de pizza, mais aussi des bouteilles de diluant à peinture vides, des batteries au lithium désossées, des filtres à café usés et des boîtes vides de pastilles pour la toux. La porte de la caravane était flanquée, d'un côté par un empilement de vieilles bouteilles de propane à la valve rouillée, et de l'autre par un tas de sacs de nitrate d'ammonium à moitié pourris.

En d'autres termes, tout le nécessaire du parfait petit chimiste pour fabriquer de la méthamphétamine.

D'habitude, un labo de drogue était un endroit frémissant d'activité, mais dans celui-ci il n'y avait pas âme qui vive. Et pourtant, bien que l'endroit paraisse désert, Ry savait qu'il n'était pas abandonné, parce que, sous l'auvent en aluminium de la caravane, deux tables de pique-nique étaient couvertes de rangées de bocaux pleins de comprimés qui marinaient dans l'acide chlorhydrique.

Et ça mitonne gentiment, ma foi… Il voyait bel et bien les vapeurs qui s'enroulaient en volutes au-dessus des bocaux ouverts. *Une étincelle, et tout ce fourbi serait réduit en confettis.*

« C'est une belle petite installation de meth que vous avez là », commenta Ry.

Vadim resta sans rien dire pendant quelques secondes, et le pistolet braqué sur la tête de Ry ne bougea pas.

« Je commence à te soupçonner d'être un *mussor*. Je pense que tu connais aussi ce mot-là, hein ? Comment on dit *mussor* dans ta langue ?

— Ordure. »

Vadim éclata de rire, parce que ce mot d'argot de la mafia russe voulait aussi dire «flic».

«Je pensais bien que tu le connaissais.»

À cet instant, Ry entendit ce qu'il attendait, ce qu'il espérait de tous ses vœux: le bruit du moteur d'une grosse voiture qui s'engageait dans l'allée à partir de la route principale, un crissement de neige écrasée par des pneus. Il sentit que Vadim se raidissait dans son dos.

«Maintenant, *mussor*, dit Vadim, il est temps pour toi de mourir.»

Ry amorça un mouvement de rotation en balançant son bras pour envoyer valser le pistolet, mais il était trop tard.

Sa tête explosa dans un éclair de chaleur et de blancheur, et puis il n'y eut plus rien.

48

Le sbire de la mafia, Grisha, lui avait dit qu'ils amèneraient Ry sur le lieu de rencontre par une autre voiture, mais elle ne le croyait pas. En même temps, l'idée qu'il puisse en être autrement lui était insupportable.

Elle tournait et retournait une prière dans sa tête, comme une litanie : *Par pitié, mon Dieu, faites qu'ils ne le tuent pas. Par pitié, mon Dieu, faites qu'ils ne le tuent pas...*

Après une éternité passée à vadrouiller dans la ville, puis une autre à traverser un paysage arctique plongé dans la nuit, ils prirent une allée qui longeait un cimetière. Les phares de la voiture révélèrent des murs de brique croulants, et Zoé vit un 4 x 4 Mercedes noir comme le leur sortir des ruines et s'éloigner sur une petite route.

« Là, tu vois, dit Grisha. Vadim et ton mec sont arrivés avant nous. Je t'avais dit qu'il ne fallait pas t'en faire. »

Zoé ne répondit pas. Elle était envahie par un curieux sentiment, une sorte de fatalisme. Elle porta sa main à sa poitrine, à l'endroit où, sous ses vêtements, l'amulette verte en forme de crâne pendait à sa chaîne d'argent. *Quoi qu'il advienne*, se disait-elle, *c'est maintenant que ça allait avoir lieu.*

Le véhicule s'arrêta. Grisha tendit la main et prit Zoé par le poignet. Instinctivement, elle essaya de se dégager, mais il enserrait ses doigts comme dans un étau, et elle se rendit compte alors qu'il ne faisait que lui mettre des menottes comme ils l'avaient fait à Ry.

Il tendit le bras devant elle pour ouvrir la portière de la voiture.

«C'est le vieil abattoir de Rach'a, dit-il avec un étrange sourire entendu qui lui donna la chair de poule. Tu vas attendre le pakhan à l'intérieur.»

Elle descendit de voiture, et une neige glacée lui piqua les joues. En ville, il faisait déjà glacial, mais à cet endroit, en rase campagne, la froidure devenait mordante, vivante.

Grisha referma sa grosse patte sur son bras puis il l'entraîna, mi-poussant, mi-tirant, vers les ruines, pendant que leur voiture s'éloignait, prenant la même petite route que l'autre 4 x 4.

Zoé devait faire attention où elle mettait les pieds pour ne pas trébucher sur la neige verglacée, pleine de creux et de bosses, et ce n'est que lorsqu'elle fut presque arrivée à la porte voûtée qu'elle vit le corps.

Et l'homme debout au-dessus, un pistolet à la main.

«Non!» hurla Zoé.

Elle se mit à courir, dérapant, trébuchant sur la neige glacée. Grisha la rattrapa par la taille, la souleva de terre, les jambes battant inutilement l'air, mais elle criait toujours.

«Non! Non! Non!»

Ry gisait sur le sol, une mare de sang tachant la neige sous sa tête. Ce qu'elle voyait de son visage avait l'air aussi froid et blanc que le marbre. Une fine couche de neige saupoudrait déjà sa parka et ses cheveux.

« Fais-la entrer, dit Vadim, et reviens m'aider à me débarrasser de ce *dolboy'eb* mort. Il est trop gros pour que je le traîne tout seul. »

Il ponctua sa déclaration d'un coup de pied dans le flanc du cadavre.

Zoé tenta de griffer le bras qui la maintenait et se remit à hurler. Ensuite, comme si tout son souffle vital s'était échappé d'elle dans ce hurlement, elle se laissa aller mollement et le monde devint flou, se fondit en un brouillard grisâtre. Grisha la porta, à demi-inconsciente, dans le bâtiment en ruines.

Il la jeta sur une chaise en bois à dossier raide, devant une table de métal gris. Il déverrouilla une des menottes qu'elle avait aux poignets et la rattacha à l'un des deux anneaux d'acier scellé sur le dessus de la table.

Il s'apprêtait à repartir lorsqu'il se ravisa.

« La vie ne vaut pas plus cher qu'une balle de revolver. Rappelle-toi ça quand tu parleras au pakhan. »

C'est à peine si Zoé enregistra les paroles de Grisha, ou le fait qu'il l'abandonnât. De là où elle se trouvait, elle ne voyait pas le corps de Ry, mais l'image de son sang tachant la neige, si rouge, si humide, si éclatant, était gravée dans son esprit.

Elle n'aurait su dire combien de temps elle resta seule. Elle n'osait pas réfléchir au-delà de la nécessité d'inspirer, de recommencer et de ne pas crier.

Ce fut le froid qui progressivement s'ajouta à l'horreur de la situation, puis il y eut l'odeur : une puanteur de pipi de chat, en pire. La seule vague lumière au-dessus de la porte ne pénétrait guère le profond linceul des ruines. Elle vit des vieux graffitis peints à la bombe sur les murs vétustes et une profusion d'ordures éparpillées un peu partout, mais pas de chats. Quelqu'un avait traîné une vieille caravane miteuse au milieu des bâtiments délabrés, et l'odeur semblait surtout venir de là.

Un auvent fixé au toit en aluminium de la caravane, formant une avancée abritant deux tables de pique-nique qui croulaient sous le poids de bocaux en verre à l'ancienne. Autour des tables, il y avait des tas de boîtes de conserves rouillées et des centaines de choses qui ressemblaient étrangement à de vieux filtres à café. La caravane était visiblement utilisée, pensa Zoé, mais pour le moment toutes ses vitres étaient obscures.

Elle était seule, menottée à une table dans les ruines noires et puantes d'un abattoir, pendant que les hommes de Popov, dehors, se débarrassaient de…

Zoé s'obligea à respirer, une inspiration, une autre.

Elle entendit un homme jurer dans la cour. Grisha? Puis un bruit de pièces métalliques entrechoquées. Un instant plus tard, une batterie de lampes dignes d'un stade s'alluma, manquant l'aveugler.

Quand les points brillants qui dansaient devant ses yeux s'estompèrent enfin, elle vit Ry debout près de la porte voûtée.

«Quoi? fit une riche voix de baryton, dans l'ombre, derrière elle. Vous ne crroyez pas aux mirracles?»

Un grand type aux cheveux argentés vêtu d'un long manteau couleur fauve émergea des ténèbres et se fraya un chemin entre les détritus qui jonchaient le sol, mais Zoé avait à peine conscience de sa présence. Ry était vivant, vivant, vivant... Il avait un côté du visage couvert de sang, trop de sang, et il tenait à peine sur ses pieds, mais il était debout, là, elle le voyait de ses propres yeux.

Elle le regarda, pétrifiée, n'osant y croire, n'osant même pas respirer. *Si je pouvais le toucher,* pensa-t-elle, *je saurais qu'il est réel,* et elle essaya de se lever, mais la menotte l'arrêta dans son mouvement et elle retomba sur sa chaise.

Elle se demanda pourquoi il ne venait pas vers elle, et puis elle comprit que Vadim était derrière lui, son Beretta pointé sur sa nuque.

«Ry, dit-elle d'une voix brisée. J'ai cru...

— Elle crroyait qu'on vous avait tué, dit le pakhan en anglais, un anglais fortement accentué. C'est une petite comédie qu'on lui a jouée, pour qu'elle comprrenne avec ses tripes que vous m'étiez à peu près aussi utile qu'une rognure d'ongle. Et qu'on se débarrrasserait de vous tout aussi facilement.»

Juste à ce moment-là, Grisha repassa la porte voûtée, et le pakhan lui dit en russe :

«Parfait. Tu es encore là ; c'est aussi bien. Aide Vadim à le menotter à la table en face de la fille, ajouta-t-il avec un geste en direction de Ry. Inutile de le ménager s'il refuse de coopérer.»

Vadim attrapa Ry par sa parka et l'entraîna vers la table. D'un coup de pied, Grisha poussa une chaise vers lui, et il s'assit. Vadim défit la menotte que l'Américain avait au poignet droit et la rattacha à l'un des anneaux. Puis Grisha recula de deux pas, croisa les bras sur sa poitrine pendant que Vadim s'écartait et allumait une cigarette.

Le sang coulait sur la figure de Ry à cause d'une profonde entaille qu'il avait en haut du front, et sa parka en était couverte.

«Ça va?» demanda-t-il doucement à Zoé.

Elle essaya de répondre, mais un sanglot lui noua la gorge, alors elle se contenta de hocher la tête.

«Quelle touchante petite réunion, dit le pakhan en s'avançant vers le milieu de la table. Ennuyeuse pour nous autres. Mais ça vous a fait mal quand vous l'avez cru mort, n'est-ce pas, ma chère? Je veux que vous vous rappeliez ce sentiment. Souvenez-vous-en bien.»

Il laissa sa phrase faire son effet tout en étudiant intensément la jeune femme de ses yeux pénétrants, sous ses paupières lourdes. Elle lui rendit son regard, essayant de ne pas montrer sa peur. C'était bien un Popov. C'était le portrait craché de l'homme du film, qui avait, près de cinquante ans auparavant, ouvert son parapluie pour faire signe au père de Ry que la limousine du président Kennedy arrivait à portée de fusil. Il avait le même beau visage aux pommettes saillantes, au nez fier, à la bouche large. Les mêmes yeux d'un bleu surprenant sous des sourcils épais, hirsutes.

«Ce moment a le parfum de l'inéluctable, n'est-ce pas? dit-il. Le destin c'est le destin, on ne peut y échapper.»

Il leva une longue main aux os fins et lui caressa la joue doucement, une fois.

«Comme tu ressembles à ma Lena… Je t'aurais reconnue n'importe où.

— Vous me touchez encore une fois, fit Zoé, les mâchoires serrées, et je vous arrache la main avec les dents.»

Il haussa un sourcil, comme s'il était choqué par sa réaction, mais il fit un pas en arrière, hors de portée de ses dents.

« Que voulez-vous dire par "ma Lena" ? » demanda Ry, et Zoé fut soulagée d'entendre la force de sa voix.

Et puis le sens de sa question parvint à son cerveau. *Comme tu ressembles à ma Lena,* avait dit le fils de Popov. *Ma* Lena.

Mais Lena Orlova était la maîtresse du père du pakhan, il y avait soixante-dix ans de cela, sinon plus. Cet homme devant elle ne pouvait pas être né, à l'époque.

Zoé secoua la tête. Il y avait quelque chose qui clochait, là. Elle détailla le visage du Russe, mince et beau. Il avait de fines rides au coin des yeux et de la bouche, et le contour de sa mâchoire manquait un peu de fermeté. Il avait les cheveux gris, mais encore épais et fournis, même pas dégarnis sur les tempes. Il ne pouvait pas avoir plus d'une cinquantaine d'années. Et pourtant il avait appelé son arrière-grand-mère « ma Lena ».

Puis elle repensa à ce que Katya avait dit au père de Ry, à propos de l'autel d'ossements : *Elle lui avait donné l'élixir à boire, et il avait cru connaître tous ses secrets. Il pensait être capable de le retrouver, mais il se trompait. Et depuis lors, il n'a cessé de le chercher. Avide de son pouvoir.* Non, ce n'est pas possible, pensa Zoé. Et en même temps, ça expliquait bien des choses.

« Il n'a jamais eu de fils, dit Ry. C'est lui, Nikolaï Popov, en personne. »

49

Le pakhan haussa les épaules dans un mouvement élégant.

«Eh oui, encore une petite comédie. Que voulez-vous, celle-ci est devenue nécessaire au bout d'un certain temps, quand tous mes contemporains ont commencé à perdre leurs cheveux, leurs dents et la mémoire tandis que je donnais l'impression de ne pas vieillir du tout. Je savais que j'aurais bientôt l'air plus jeune que leurs enfants, alors je me suis retiré du monde pendant un moment, et quand j'ai réapparu j'étais le fils que je n'ai jamais eu. Parce que, malheureusement, bien que j'aie eu beaucoup de femmes dans ma longue, très longue vie, je ne me suis marié qu'en 1964, alors que j'avais une bonne soixantaine d'années. Et nous n'avons eu qu'un enfant, ma femme et moi, une fille.

— Mon Dieu, fit Zoé. Quel âge avez-vous au juste?»

Une expression triomphante, rusée, s'inscrivit sur le visage de Popov.

«Dans un peu plus d'un mois, je fêterai mon cent douzième anniversaire. Mais j'ai pris de l'élixir et j'ai beaucoup, beaucoup d'autres années devant moi. Une éternité, peut-être...»

Il laissa sa phrase en suspens, et Zoé eut l'impression de voir briller dans ses yeux un feu qui faisait rage au fond de lui.

« L'autel est bien réel, dit-il. Une véritable fontaine de Jouvence, et j'en suis la preuve vivante. »

Ry s'appuya au dossier de sa chaise.

« Ouais, on voit que le jus d'os vous a bien réussi. Vous avez cent douze ans, et vous êtes complètement cinglé. »

Le visage de Popov se crispa et une folie meurtrière apparut dans son regard. Ils avaient parlé jusque-là en anglais, mais il dit tout à coup en russe :

« Tu vas le frapper, Vadim. Une fois. Et qu'il le sente bien. »

Vadim ôta sa cigarette de sa bouche, la jeta par terre et expédia un violent coup de poing dans le visage de Ry.

La tête de Ry partit en arrière et une brume sanglante embua l'air. Il respira péniblement pendant un instant et secoua la tête pour chasser les cheveux de ses yeux. Il cracha un grumeau de sang et dit avec un sourire :

« C'est tout ? Je m'attendais à mieux de ta part. »

Vadim frotta les articulations de ses doigts ; il avait dû se faire mal.

« Je sais que vous avez dit "une fois", Pakhan. Mais je vous demande la permission de vous désobéir, tout de suite. »

Popov émit un tss-tss de désapprobation et secoua la tête.

« Vous me rappelez votre père, agent O'Malley. Lui aussi, il avait une grande gueule et il aimait jouer les durs. Sauf que, maintenant que j'y repense, il n'était pas si fringuant que ça, la nuit où nous avons tué la pauvre Mlle Monroe.

— Vous deviez être vraiment fier de vous, cette nuit-là, dit Ry. Tuer une femme moitié moins grande que vous et assommée par les médicaments…»

Popov se contenta de sourire.

«Votre père vous a raconté qu'on l'avait vue seins nus ? Vous ne pouvez pas imaginer le spectacle.»

Un rire à moitié hystérique échappa à Zoé.

«C'est complètement dingue. Vous êtes complètement dingue. Ça y est, je l'ai dit : alors, qu'est-ce que vous allez faire, maintenant ? Vous allez demander à votre brute apprivoisée de me flanquer un coup dans la mâchoire ? Vous avez tué un président des États-Unis, vous avez tué Marilyn Monroe. Vous avez même tué votre propre fille, parce que, eh oui, Katya Orlova était votre fille, et vous le savez. Et tout ça pourquoi ? Pour pouvoir boire l'élixir de l'autel d'ossements ? Mais vous l'avez déjà fait. Vous y êtes même allé. Alors pourquoi vouloir remettre ça ?

— Parce qu'il continue à vieillir, répondit Ry. Beaucoup plus lentement que nous tous, peut-être, mais il vieillit quand même. Il se regarde dans la glace et peu à peu il voit les pattes d'oie griffer le coin de ses yeux, sa peau se relâcher, ses cheveux se clairsemer, et s'il vieillit ça veut dire qu'il va mourir. Et il veut arrêter ça.

— Mon Dieu !» s'exclama Popov dans un hoquet.

Il renvoya la tête en arrière, ferma les yeux et partit d'un rire qui sonnait faux.

«Vous ne pourriez pas vous tromper davantage. Ce n'est pas pour moi que je le veux. Je le veux pour mon petit-fils. Pour mon Igor, qui est mourant…»

Il tressaillit et détourna son regard, en se rendant compte que sa douleur était visible et qu'ils pourraient s'en réjouir.

«Ma fille s'est mariée et a eu un enfant, dit-il au bout d'un moment.» Il marqua un silence et sa bouche esquissa un sourire sans joie. «Je devrais plutôt dire ma fille légitime… Elle a eu un enfant, un fils. Il a vingt et un ans. Vingt et un ans ! Et il a un sarcome alvéolaire des tissus mous. Tout un programme, n'est-ce pas ? fit-il, et son sourire devint vraiment sinistre. "Une forme de cancer rare et toujours fatale", comme m'ont dit les docteurs, lorsqu'ils me l'ont annoncé. Je ne voulais pas les croire.» Son visage exprimait un désespoir qui le défigurait comme des cicatrices. «Ça a commencé par une tumeur à la cuisse. "Enlevez-la, ai-je dit aux docteurs, enlevez-lui toute la jambe s'il le faut, mais débarrassez-le de ça." Ils ont fini par lui couper la jambe, mais il avait déjà des métastases pulmonaires et cérébrales. Ils ne lui donnent pas plus d'une année à vivre. C'était il y a huit mois, et maintenant il avale les comprimés d'OxyContin comme si c'était des pastilles de menthe. Il ne pèse plus que quarante-cinq kilos.

— Je suis désolée, dit Zoé.

— Désolée ? s'étrangla Popov. Je ne vois vraiment pas ce que ça vient faire là ! Ça ne va pas très loin, votre compassion ! C'est mon Igor. Mon *Igor*, et je l'aime plus que tout au monde, plus que la vie même. Si Dieu me laissait mourir à sa place, j'accepterais.

— Mais vous ne pouvez pas mourir, dit Ry. Alors, au lieu de ça, vous tuez pour lui.

— Rien ni personne n'a d'importance. Igor est tout ce qui compte. L'autel d'ossements est le seul espoir qui lui reste. Qui m'a donné cent douze années à ce jour, et l'apparence, l'impression d'être un homme de quoi? Cinquante-cinq ans? Je n'ai pas été malade une seule journée depuis que j'en ai pris, je n'ai même pas eu un éternuement. Il a eu un effet miraculeux sur moi, et il fera un miracle pour Igor.»

Popov regarda Zoé droit dans les yeux, et elle vit une dureté et une cruauté envahir ses traits, comme un rideau de fer qui serait tombé sur son visage.

«Vous allez m'emmener à l'autel d'ossements, et je l'utiliserai pour sauver mon Igor. Peu importe que vous le fassiez de votre plein gré ou malgré vous, vous le ferez.»

Zoé sentit les larmes lui brûler les yeux. L'histoire de son Igor qui mourait à petit feu, la douleur qu'elle voyait chez Popov, tout paraissait réel, mais *Rappelle-toi, ne fais confiance à personne,* avait écrit sa grand-mère. *Personne. Méfie-toi des chasseurs.*

«Pourquoi avez-vous besoin d'elle? demanda Ry. Vous avez déjà amené, par la ruse, votre Lena à vous y conduire, quand elle était infirmière à Norilsk. Vous savez où il est, alors qu'est-ce qui vous empêche d'y retourner?»

Popov trancha l'air d'un mouvement de la main.

«Vous croyez que je n'y suis pas retourné des dizaines de fois, à cette grotte? Une avalanche a enseveli l'entrée, et Lena avec. Il a fallu trois jours et cinquante zeks pour dégager l'issue. La caverne était toujours là, derrière la cascade gelée, et l'autel fait d'ossements humains était bien à l'intérieur, avec la source qui glougloutait dessous.»

Il s'interrompit, et son regard se perdit dans le lointain.

596

«Je délirais de fièvre et j'étais au bord de la mort quand elle m'a amené à la grotte. L'élixir était dans le gruau qu'elle m'a fait prendre, une petite goutte, qui a suffi pour me sauver, mais je n'ai pas vu où elle l'avait prélevée. Je pensais que ça devait être la fontaine murmurante : pourquoi, sinon, auraient-ils construit au-dessus cet autel fait d'ossements humains ? » Il laissa échapper un rire entrecoupé. « Bon Dieu ! J'ai emporté je ne sais combien de dizaines de bouteilles de cette décoction toxique. De la source, d'abord, et puis plus tard d'une mare qui se trouvait au centre de la grotte. De la fontaine, de la mare et de tout ce qui goutte, suinte et dégouline de la voûte et des parois. Rien de tout cela n'a eu le moindre effet. Je l'ai testé sur des malades condamnés et sur des mourants, je leur en ai donné, sans résultat. Ils étaient toujours malades et mourants. J'ai demandé à une dizaine de savants de l'étudier, et ils m'ont tous dit que ce n'était que de l'eau. De l'eau polluée par l'exploitation des mines de nickel, certes, mais rien que de l'eau tout de même. Et Lena… ? » Il claqua des doigts. « Pouf. Évaporée, disparue d'une grotte dont la seule issue, le seul accès avait été enfoui pendant des jours sous une montagne de neige. »

Il appuya ses poings sur la table et approcha son visage de celui de Zoé.

« Alors il y a une chose que je sais avec certitude. L'autel, dans votre petite grotte de Gardienne, l'autel fait d'ossements humains qui a été érigé au-dessus d'une source, celui que tout le monde peut voir, de ses yeux voir… cet autel est un simulacre. Il y en a un autre, ailleurs, et soit vous me dites où il est, soit

597

vous m'y emmenez. À vous de choisir. Mais je ne vous laisse le choix qu'entre ces deux solutions.»

Zoé avait les yeux rivés sur son visage.

«Vous pourriez me laisser le choix entre cent solutions que ça n'y changerait rien. Je ne sais pas où il est. Peut-être que ma grand-mère Katya le savait, mais vous l'avez pourchassée pendant la majeure partie de sa vie et vous l'avez tuée avant qu'elle n'ait eu une chance de me le dire.

—Oui, vous avez raison. Je l'ai pourchassée pendant des années, mais elle était comme sa mère, Lena : douée pour passer au travers de pièges dont on ne pouvait apparemment réchapper. Quand mes agents ont trouvé sa petite fille, Anna Larina, dans un orphelinat de l'Ohio, j'étais sûr de la tenir, à ce moment-là, j'étais persuadé qu'elle ne resterait pas éternellement éloignée de son enfant. Eh bien, je me trompais. Pendant toutes ces années, j'ai surveillé la fille qu'elle avait abandonnée, j'ai attendu qu'elle revienne la voir, puis qu'elle vienne vous rencontrer, vous, sa petite-fille, mais elle n'en a jamais rien fait. Elle était trop astucieuse, trop méfiante, sauf tout à la fin, quand le cancer l'a frappée et qu'elle a oublié toute prudence. À moins qu'elle n'ait ressenti le besoin désespéré de transmettre son savoir à la nouvelle Gardienne avant de mourir.» Il regarda Zoé pendant un instant, puis il se redressa en secouant la tête. «C'est pour ça que je pense que vous me mentez. Que vous vous payez ma tête, comme on dit chez vous. Vous êtes la Gardienne, maintenant, et vous savez où est l'autel, parce que la Gardienne sait toujours où il est.»

Il se détourna comme si elle avait cessé de l'inté-resser, et Vadim, qui n'avait rien compris à leur échange en anglais, dut interpréter ce mouvement comme un signal, car il se redressa.

«Maintenant, pakhan?

— Oui.

— Quoi?» s'écria Zoé.

Elle essaya à nouveau de se relever, mais la menotte la maintenait toujours inexorablement à la table.

«Qu'allez-vous faire? Ne lui faites plus de mal, je vous en prie!

— Elle t'implore de ne pas lui taper dessus», Vadim, dit Popov, en russe, à son homme de main.

Et les deux hommes éclatèrent de rire.

Vadim alluma une nouvelle cigarette, tira dessus profondément, semblant savourer la fumée qui lui brûlait la gorge. Ry le regarda faire, alarmé; il savait ce qui l'attendait.

Il savait aussi qu'il pourrait l'encaisser parce qu'il avait connu bien pire. Mais Zoé – il voyait, rien qu'à son visage qu'elle n'avait pas vraiment idée de ce qui se préparait, et il avait mal pour elle, parce qu'il savait qu'elle s'en voudrait après.

Vadim posa son briquet sur la table, aspira encore quelques bouffées de sa cigarette, regarda le bout rougeoyant et sourit.

«Maintiens-le.»

Ry entendit un bruit de pas dans son dos, entendit Zoé hurler «Non, ne faites pas ça!», et puis tout arriva très vite. Une grosse main épaisse lui agrippa l'arrière de la tête, la bascula en arrière, révélant son cou, et l'instant d'après il éprouva la brûlure de la cigarette, comme le feu d'un millier de soleils, sur le côté droit de sa gorge.

Il retint, par un immense effort de volonté, le rugissement de souffrance qui monta en lui. *Bon Dieu, c'est atroce!* Il sentait l'odeur de sa propre peau grésillante.

À travers la douleur qui hurlait dans sa tête, il reconnut les cris de Zoé, le bruit que faisait la menotte alors qu'elle se démenait dans le vain espoir de se libérer. Puis il pensa que ça devait être fini, parce que Zoé cessa de crier, et le visage de Popov apparut dans son champ de vision brouillé par les larmes.

«Mon arrière-petite-fille semble très perturbée, agent O'Malley. Elle doit vraiment tenir à vous.»

Ry réussit à se dominer et à reprendre le contrôle de sa respiration. Il était baigné d'une sueur froide et il avait envie de vomir. Les nerfs ravagés de son cou étaient pour le moment paralysés par le choc, mais il savait que la douleur reviendrait d'un instant à l'autre et redoublerait d'intensité.

«Vous attendez pour arrêter qu'elle invente n'importe quoi? fit Ry. Écoutez-moi: elle ne sait pas où il est.

— Je crois que si. Et quand nous vous aurons fait suffisamment souffrir, elle finira par me le dire.

— Oh, pour l'amour du ciel!» s'écria Zoé.

Sa voix traduisait une telle exaspération, si purement féminine, que les deux hommes cessèrent de se foudroyer du regard pour la regarder.

Elle avait le visage baigné de larmes, mais les yeux brûlants de rage, et Ry l'aima pour cela.

«Pour quelqu'un qui est censé avoir cent douze ans, vous n'avez sûrement pas beaucoup évolué, dit-elle à Popov avec le rictus le plus méprisant que

Ry ait jamais vu esquisser par des lèvres humaines, et il l'aima encore davantage. Ça vous fait jouir de le torturer?»

Popov eut l'air surpris, puis ses lèvres se tordirent comme s'il était sincèrement amusé.

«Une petite jouissance, peut-être. Mais d'un autre côté, Vadim peut faire beaucoup plus de dégâts qu'une ou deux brûlures de cigarette. Beaucoup, beaucoup plus. Il fait cette chose avec des tenailles... Mais si vous me dites maintenant où trouver l'autel, nous n'aurons pas à en arriver là.

— Je ne sais pas comment le trouver...»

Popov se retourna et claqua des doigts en regardant Vadim.

«Encore, dit-il en russe. Et dans l'œil, cette fois.

— Non, attendez! Arrêtez! cria Zoé. Bon Dieu! Arrêtez!»

Elle tiraillait frénétiquement le col de sa parka, et l'espace d'un instant Ry pensa qu'elle étouffait. Et puis il comprit qu'elle essayait d'extirper l'amulette verte en forme de crâne.

«Je vais vous donner ce que vous cherchez, d'accord? Je vais vous le donner, mais arrêtez de le torturer!»

Elle finit par retirer la chaîne autour de son cou. Elle serra l'amulette dans son poing crispé, hésita, comme si elle avait encore du mal à la lâcher. Puis, d'un mouvement brusque, elle la fit glisser sur la table vers Popov.

Il la rattrapa avant qu'elle ne tombe à terre.

«Qu'est-ce que c'est?

— Vous le savez, ce que c'est», fit Zoé, frémissante de peur et de colère.

601

Popov leva l'amulette dans la lumière, la tourna et la retourna entre ses longs doigts, l'étudiant avec soin.

« Je ne sais pas où est l'autel d'ossements, dit Zoé. Même si ma vie en dépendait, je serais incapable de vous dire comment aller au lac ou à la grotte. Mais le truc répugnant qui est dans l'amulette vient de l'autel. À un moment donné, il y avait deux amulettes, cachées dans l'icône de la Dame. Katya en a donné une à Marilyn Monroe. C'est l'autre. Et si cette histoire de petit-fils mourant n'est pas un gros, un énorme mensonge, alors j'espère que vous aurez votre miracle. Mais c'est juste pour lui.

— Mon miracle… »

Les doigts de Popov se refermèrent sur l'amulette, il crispa le poing dessus si fort que Ry vit ses jointures blanchir. Et puis le Russe regarda Zoé, mais s'il éprouvait quoi que ce fût pour son arrière-petite-fille, son expression ne le laissait pas deviner.

« Eh bien, ma chère, ce n'était pas si difficile, n'est-ce pas ? Cela dit, si l'on en juge d'après l'histoire, rares sont les Gardiennes qui ont vraiment réussi à remplir leur devoir sacré. Vous livrez si facilement vos secrets, aussi facilement que vous écartez les cuisses ! Et tout ça pourquoi ? Par amour ! fit-il en riant.

— J'espère que vous rôtirez en enfer », dit Zoé.

Popov eut un sourire.

« C'est sans doute comme ça que je finirai. Mais pas avant très, très longtemps. »

50

Nikolaï Popov passa l'amulette à son cou et se campa devant Zoé, la toisant de haut. Il tendit la main pour la toucher, mais elle eut un mouvement de recul. Alors il laissa retomber le bras.

« Pourquoi ces yeux tristes, ma chère ? demanda-t-il. Vous repartirez d'ici et je vous laisse la vie. Ainsi qu'à votre amant envers qui vous avez fait preuve d'une dévotion si touchante. » Il s'interrompit comme s'il espérait un merci, vit qu'elle restait coite, et son expression se durcit. « Je sais que vous avez aussi le film de Kennedy, et ça, vous pouvez le garder. Je me moque de ce que vous en ferez. Je n'en ai jamais voulu, en dépit de ce que Miles Taylor pouvait bien penser. Vous pouvez le faire projeter dans tous les multiplex de votre grand et obscène pays si ça vous chante. Des trois d'entre nous impliqués dans l'assassinat – quatre si on compte cet imbécile d'Oswald –, je suis le seul à faire encore partie des vivants…

— Miles Taylor est mort ? »

Popov éclata de rire devant la surprise de Ry.

« C'est comme si. Vous devriez vraiment regarder davantage CNN, les enfants. Votre faiseur de rois a fait une attaque samedi dernier, et il est maintenant dans un "état végétatif permanent". Il ne peut ni bouger ni parler, et une machine respire pour lui. Quant à savoir s'il subsiste un minimum de conscience dans ce qui lui reste de cerveau...» Popov haussa ses épaules élégantes. «Qui peut le dire?» Il se détourna brusquement. «Vadim?»

Vadim, qui tendait la main vers le briquet qu'il avait laissé sur la table, se redressa. Il enleva la cigarette de sa bouche et dit:

«Oui, pakhan?

— Tu peux les détacher maintenant, et appelle la ferme. Qu'une voiture vienne ici et les remmène en ville... Quoi? fit-il en surprenant le regard surpris de Zoé. Vous pensiez encore que j'allais vous faire descendre, comme on dit dans vos stupides films américains sur la mafiya? Ma propre arrière-petite-fille?»

Et Ry devina à l'éclair de pure perversité qui brillait dans les yeux de Nikolaï Popov qu'il avait bel et bien l'intention de les supprimer. En réalité, ses deux hommes de main en avaient probablement reçu l'ordre avant même le début de cette dernière comédie.

Popov inclina la tête en un au revoir narquois et se dirigea vers le fond du bâtiment en ruines et l'obscurité profonde, derrière la caravane. Ry vit que la meth commençait à bouillonner furieusement. Des émanations manifestes s'échappaient des orifices des bocaux ouverts, remplis de comprimés trempant dans l'acide.

Il suffirait d'une étincelle pour que tout ce fourbi soit réduit en confettis.

Restait à trouver l'étincelle, et pour Ry ce n'était pas un problème. Mais il avait aussi besoin que Popov reste là, dans l'abattoir, avec eux, jusqu'à ce que Vadim ait déverrouillé leurs menottes et qu'il soit libre de ses mouvements.

«Je voudrais savoir pourquoi vous avez attendu», lança Ry dans le dos du pakhan qui s'éloignait.

Popov s'arrêta et se retourna.

«Pourquoi j'ai attendu quoi?

— Vous avez dit à mon père que le président devait mourir à cause de l'autel d'ossements : il en avait bu, ce qui faisait de lui un danger pour le monde. Et pourtant vous avez attendu quinze mois après que Marilyn eut donné l'amulette à Bobby avant d'en arriver à cette conclusion. Pourquoi? Que s'est-il passé pour que vous décidiez finalement qu'il devait mourir?»

Popov regarda le plafond, comme si la vérité y était inscrite.

«Pourquoi, pourquoi, pourquoi… Une question si simple… Je vous répondrai donc simplement. Je l'ai fait pour mon pays. Ou plutôt pour ce que mon pays était alors. L'Union des républiques socialistes soviétiques.» Ce qui surprit Ry, alors même qu'il savait qu'il n'aurait pas dû l'être, et Popov éclata de rire. «Quoi, agent O'Malley? Vous vous croyez seuls, en Amérique, à être capables de patriotisme?»

Ry entendit un juron étouffé, et il jeta un coup d'œil à Vadim. Le vor tapotait les poches de son jogging, la cigarette pas encore allumée pendant à sa lèvre. *Je vous en prie, mon Dieu*, pensa Ry. *Ne me dites pas qu'il a perdu les clés de mes menottes.*

«Donc, ce que vous dites, c'est que vous avez tué Kennedy à cause de la crise des missiles de Cuba? reprit-il à haute voix. Il a forcé Khrouchtchev à battre en retraite, il a humilié votre pays, et vous avez décidé de le lui faire payer?

— Le lui faire payer? Sainte Mère de Dieu! Mon garçon, on ne jouait pas à je ne sais quel jeu de cour de récréation. Vous n'étiez même pas né, à l'époque; vous ne pouvez pas savoir à quoi ça ressemblait. On appelait ça la guerre froide, mais c'était loin d'être froid. C'était une guerre ardente, et nous étions en train de la gagner. Nous allions la gagner. L'Afrique, l'Amérique du Sud, l'Asie du Sud-Est... nous avions des révolutions populaires en route partout, comme des petits feux de brousse. Trop pour que l'Occident puisse espérer les éteindre.» Le visage de Popov s'était soudain illuminé, comme éclairé par un feu intérieur qui faisait briller ses yeux, et Ry eut l'impression d'entrevoir l'homme qu'il avait été quand il était procureur général du KGB à Moscou. «Mais il y avait toujours le risque que l'un de nos feux de brousse entraîne une conflagration qui dégénérerait en une guerre nucléaire. C'était ce que nous redoutions tous au fond, qu'un jour un président américain ou un premier ministre soviétique décide qu'une ligne avait été franchie, qu'il lui fallait, s'il était un homme, adopter une posture. À moins qu'il ne perde simplement la tête un beau jour, et qu'il appuie sur le bouton rouge, faisant disparaître notre monde dans un éclair radioactif.»

Vadim n'avait pas encore trouvé cette satanée clé, mais Ry vit que Grisha avait au moins ouvert les menottes de Zoé. Elle se leva en frottant les marques rouges qu'elle avait autour des poignets.

«La nuit où nous avons tué Marilyn Monroe, poursuivait Popov, elle nous avait dit, à votre père et à moi, qu'elle avait donné l'amulette à Robert Kennedy pour qu'il la remette à son frère. Mais il n'y avait aucun moyen de savoir si le président avait reçu le petit cadeau de cette stupide salope, et encore moins s'il en avait bu ou non. Alors j'ai attendu et j'ai observé. Comme il avait la maladie d'Addison, je me disais que je verrais bien si son état s'améliorait. Et je guettais aussi chez lui des signes de… du côté sombre de l'autel.

—Parce que vous aviez déjà détecté ces signes chez vous ? »

Cette fois, le rire de Popov sonna un peu trop sauvagement.

«Comment aurais-je pu les repérer chez moi ? J'avais été l'un des espions préférés de Joseph Staline. Toutes les bornes de la morale et de la santé mentale imaginables en ce bas monde, je les avais franchies bien avant de boire l'élixir de l'autel d'ossements.

—La voilà, la saleté », marmonna Vadim.

Et le cœur de Ry qui cognait contre ses côtes ralentit un peu ses battements. *Bientôt, très bientôt, maintenant.*

«Alors j'ai attendu de voir, répéta Popov. J'ai guetté les signes que votre président Kennedy avait bu le jus d'os, comme vous dites. Je n'ai pas eu longtemps à attendre. Que croyez-vous qu'il est arrivé ? Il a commencé par s'acoquiner avec Sam Giancana, de votre mafia italienne, pour assassiner Fidel Castro. Ils ont empoisonné les cigares de Fidel : vous imaginez un truc aussi aberrant ? "Il faut vraiment être fou pour faire une chose pareille", me suis-je dit à l'époque, mais je n'ai rien fait. Parce que la seule solution sûre et durable qui me venait à l'idée consistait à tuer

607

l'homme, et vous ne me croirez peut-être pas maintenant, mais l'idée de m'engager sur ce chemin me
déplaisait vraiment. C'est alors qu'a éclaté la crise
des missiles de Cuba, entièrement par sa faute. Là,
il avait réellement franchi les bornes, et pourtant je
ne suis pas encore intervenu. »

Les menottes étaient enfin ouvertes. En se levant,
Ry passa la main sur la table, subtilisa prestement le
briquet de Vadim et le glissa dans sa poche.

Popov était lancé, maintenant, comme si c'était un
soulagement pour lui que de pouvoir enfin expliquer
pourquoi il avait commis l'un des crimes majeurs du
XXᵉ siècle.

« Il nous a poussés au bord du précipice nucléaire,
et je n'ai toujours rien fait. Et puis un jour, Miles
Taylor, ma taupe au sein de l'appareil étatique m'a
communiqué un document top secret. C'était un
plan détaillé d'invasion du Nord-Vietnam dont la
date était fixée au printemps suivant. Une armée au
grand complet, soixante mille hommes, avec soutien
aérien et maritime, devait débarquer sur les côtes
au sud du port de Haiphong et marcher sur Hanoi
pendant que l'aviation américaine larguerait des
bombes atomiques sur les voies ferrées et les cols
entre le Nord-Vietnam et la Chine.

« J'avais ce document entre les mains et j'ai lu
comment votre président, qui avait nommé des
"conseillers" militaires au Sud-Vietnam, était prêt à
passer de cette occupation militaire déguisée à une
guerre en bonne et due forme contre le Nord-Vietnam
et la Chine, puis contre les Soviétiques : c'était l'escalade, de la folie à l'état pur. Là, j'ai su que le côté
sombre de l'autel avait vraiment établi son emprise

sur lui. Que pour le bien de mon pays, pour l'amour du monde, il devait disparaître.»

L'invasion du Nord-Vietnam? Des bombes atomiques sur les cols? Ry trouvait ça complètement surréaliste. Vraiment ahurissant, et plutôt risible d'ailleurs. En même temps, quand on y réfléchissait, après la mort de Kennedy, ç'avait vraiment été l'escalade, à l'instigation de ces "conseillers", et il y avait bel et bien eu une sorte d'invasion, mais dans le sud du pays, pas dans le nord.

Pendant que Popov parlait, l'attention de Zoé était concentrée sur Ry, elle lui laissait prendre l'initiative. Il lui tendit alors la main, et elle s'approcha de lui. Il passa son bras autour de sa taille et l'attira vers lui. Popov et ses deux sbires ne semblèrent pas y voir d'objection.

«Alors vous avez décidé tout seul, relança Ry, que le président Kennedy devait disparaître. Et vous avez réquisitionné mon père et Miles Taylor pour vous aider à faire le coup. Le plan était d'une simplicité éblouissante, et il a marché grâce à sa simplicité même.»

Popov parut se rengorger sous le compliment.

«Quand on implique trop de gens dans une conspiration, il y a toujours quelqu'un qui finit par bavasser, pour sauver sa peau ou parce qu'il ne peut tout bêtement pas s'en empêcher. Cela dit, je n'aurais jamais pensé que votre père demanderait à cette femme de faire ce sacré film. Là, il m'a eu. Miles Taylor, je savais pouvoir l'utiliser pendant des années encore, mais votre père? Dès l'instant où il avait pressé la détente, il devait être supprimé, et il le savait.

609

— Comme Lee Harvey Oswald.

— Ah oui. Pauvre Lee Harvey. Je l'oublie toujours, celui-là, je me demande bien pourquoi. Enfin, il n'a jamais vraiment fait partie du complot, sinon comme dindon de la farce. Vous connaissez le genre. En Russie, on appelle ça l'homme à l'éléphant de la parade, celui qui suit l'animal avec une pelle, un seau et qui ramasse la merde. Je lui ai servi un beau boniment selon lequel Castro voulait se venger des cigares empoisonnés, et je l'ai envoyé écrire l'histoire. » Popov se mit à rire, et Ry pensa qu'il avait l'air positivement enchanté de lui-même, tout d'un coup : la vedette de son propre film. « Et quant à écrire l'histoire, on a été servi, poursuivit-il. Vous auriez imaginé, vous, qu'une unique balle de vieux fusil déglingué des surplus italiens aurait pu changer de direction plusieurs fois afin de tuer le président et de blesser le gouverneur du Texas ? Dommage que notre pauvre Oswald n'ait pas vécu assez vieux pour s'enorgueillir de ses talents de tireur d'élite.

— Et Jack Ruby, le type qui a, à son tour, abattu Oswald dans les sous-sols du quartier général de la police de Dallas, je suppose que c'est vous aussi qu'il faut remercier pour ça ? Vous supprimez les bouts de fil qui dépassent, c'est ça ?

— Évidemment. Tout comme votre père, Lee Harvey Oswald était un exécutant à supprimer. »

Pendant que Popov parlait, Ry avait discrètement éloigné Zoé de la table et ils s'approchaient de la porte de l'abattoir. Il voyait que le jour était levé dehors, et il ne neigeait plus. De pâles rayons de soleil filtraient par des interstices dans les murs décrépits.

610

Ry mit discrètement la main dans la poche de sa parka, trouva le briquet, l'ouvrit. Il poussa le levier du gaz et appuya avec le gras de son pouce sur la roue dentée.

«Je me souviens avoir lu la "théorie de la balle magique" de la commission Warren, dit-il. Ça a dû vous faire bien rigoler.»

Popov en rigolait encore maintenant.

«Une balle magique, en effet. Mais il y avait plus magique encore: le document top secret que Miles Taylor m'avait donné. Ce n'est que plus tard, bien après l'Assassinat avec un grand A, que j'ai découvert que le document était un faux. Un faux concocté avec brio, mais un tissu de mensonges quand même. Miles et certains membres de l'administration Kennedy poussaient à l'intensification des combats au Vietnam à cause des millions qu'ils tiraient des contrats du département de la Défense, mais Kennedy hésitait. Alors que le vice-président Johnson semblait tout à fait réceptif à cette idée. Miles avait dû décider que la façon la plus simple d'obtenir ces contrats de défense était de faire en sorte que le vice-président devienne président.» Popov rit à nouveau et secoua la tête. «Ce salaud tordu de Miles! Il m'a manœuvré pour que je fasse le sale boulot à sa place. C'est moi qui avais *fait* Miles Taylor, je l'avais façonné, modelé, je pensais que c'était ma créature, que je le possédais. Quelle arrogance de ma part! Et dans mon arrogance j'avais gobé l'hameçon, la ligne et le flotteur, autrement dit son faux document.

— Vous vous croyiez tellement malin, fit Zoé, surprenant tout le monde car elle avait gardé le silence jusqu'alors. Et pourtant, vous vous êtes

611

trompé de bout en bout. Le document était un faux, mais l'amulette aussi, parce que la vraie, celle qui contenait l'élixir de l'autel d'ossements, Katya l'avait récupérée. C'est celle que vous portez maintenant autour du cou. L'amulette que Marilyn Monroe a donnée à Bobby ce jour-là ne contenait que de l'eau de toilette, alors même si son frère en avait bu, ce n'est pas ça qui aurait pu lui faire perdre la tête et appuyer sur le bouton rouge.»

Popov haussa les sourcils en regardant Ry.

«C'est vrai?

— Oui, Popov, c'est vrai, confirma Ry. Conclusion, vous vous êtes fait manipuler tout du long, de toutes les façons possibles.»

Le Russe réfléchit un instant, puis il redressa la tête, affichant un amusement sincère.

«Tel est pris qui croyait prendre. Je me suis bien fait avoir, on dirait… Mais il faut vraiment que j'y aille, maintenant. Je vous souhaite bon vent, comme on dit chez vous.»

Ry attendit que Popov ait tourné les talons et se soit éloigné, hors de portée de voix, puis il attira Zoé tout contre lui, pencha la tête vers elle et lui parla doucement comme pour la réconforter.

«Tu te souviens de Paris et de la bombe au Destop?» Zoé hocha la tête. Il la serra un peu plus fort contre lui. «Tout droit vers la porte, ma grande, et ne te retourne pas.»

Zoé hocha à nouveau la tête.

Ry vit que Vadim avait dû réaliser que la cigarette collée à sa lèvre inférieure n'était pas allumée, car il tapotait les poches de son jogging à la recherche de son briquet. Popov était presque à la porte de la caravane, maintenant, à peu près au niveau des tables de pique-nique et de leur décoction mortelle.

Tout à coup il s'arrêta et se retourna.

«Vous devez trouver monstrueux, dit-il, ce que j'ai fait pour retrouver l'autel d'ossements afin de sauver la vie de mon petit-fils. Mais Katya aurait compris, elle. Savez-vous, Zoé, ma chère, que quand votre mère, Anna Larina, avait quatre ans, elle a eu une leucémie? On ne lui donnait que quelques semaines à vivre, et pourtant, un an plus tard, elle était encore en vie et en aussi bonne santé que n'importe quel enfant de son âge. On a eu beau lui faire subir tous les examens possibles et imaginables, on n'a jamais pu retrouver chez elle la moindre trace de cancer. Les médecins n'avaient aucune explication pour ça. Ils ont parlé de guérison miraculeuse.»

Zoé secoua la tête.

«Non, je ne… Que voulez-vous dire?»

Nikolaï Popov lui lança un sourire méprisant.

«Eh bien, je me disais juste que le devoir sacré de la Gardienne était toujours passé de mère en fille. Et pourtant, Katya a sauté Anna Larina pour vous le transmettre à vous. Demandez-vous pourquoi, Zoé. Demandez-vous pourquoi votre mère n'est pas morte à quatre ans, comme elle aurait dû.»

Cette fois, quand Popov s'éloigna, il ne s'arrêta plus.

Ry le regarda faire un pas, puis un autre, des pas décidés, mission accomplie, et Ry attendit, attendit que l'homme passe à nouveau devant la caravane, longe les tables de pique-nique et les bocaux pleins de meth en cours d'élaboration.

Il attendit encore une seconde, puis deux, et cria: «*Maintenant!*»

Zoé fonça vers la porte juste au moment où Ry sortait le briquet de sa poche et actionnait la molette.

Sans résultat. Il l'actionna une seconde, puis une troisième fois. N'obtint rien, que de maigres étincelles. Il vit Vadim et Grisha dégainer précipitamment leurs armes, vit Popov faire demi-tour et tirer un pistolet de la poche de son manteau fauve. Ry pria comme il n'avait jamais prié de sa vie et actionna à nouveau la molette. Et encore une fois.

Tout à coup, la partie crantée de la molette arracha une étincelle à la pierre, et une flamme bleu-jaune éclatante jaillit. Ry lança le briquet allumé sur les tables de pique-nique et courut vers la porte. Il entendit deux coups de feu tirés rapidement l'un après l'autre, mais aucun ne l'atteignit. Et puis il entendit un bruit de souffle, très puissant, et une vague d'air chaud lui lécha la nuque. Il jeta un coup d'œil par-dessus son épaule tout en courant: les tables de pique-nique avaient disparu dans une boule embrasée.

Une langue de feu jaillit et s'enroula comme un poing flamboyant autour de Popov. Il poussa des cris et des hurlements alors que les flammes l'environnaient, se lançaient à l'assaut de son manteau fauve, s'élevaient à la hauteur de son visage en tourbillonnant.

En franchissant la porte, Ry eut une dernière vision de l'incendie qui se propageait de Popov à la caravane, puis aux piles de bouteilles de propane et aux sacs de nitrate d'ammonium. Il se mit à courir comme s'il avait le diable aux trousses, ce qui était le cas, puisque d'une seconde à l'autre, l'installation entière allait sauter, expédiant tout le monde en enfer.

Une fois dehors, dans la cour, il chercha frénétiquement Zoé du regard, et ne la vit pas. Et puis, oh mon Dieu, mon Dieu! Elle était là, une dizaine de mètres devant lui, elle courait vite, à longues enjambées rapides, âpres. Il pressa l'allure pour la rejoindre. Elle ne savait pas, ne pouvait pas savoir...

Il lui fit un plaquage, la projetant brutalement sur le sol couvert de neige, la recouvrant de son mieux avec son corps, les bras au-dessus de leurs têtes, quand le monde explosa derrière eux. L'air disparut, aspiré hors de leurs poumons, et le temps sembla s'arrêter. Et puis une pluie de briques, d'éclats de métal, de verre, s'abattit sur eux, tandis que des flammes rugissantes montaient vers le ciel.

51

Ry se redressa et se mit à genoux. Zoé était couchée à plat ventre dans la neige, inerte, et il éprouva une fraction de seconde de panique avant de voir le dos de sa parka se soulever et s'abaisser au rythme de sa respiration.

Il s'apprêtait à lui attraper l'épaule mais elle se releva toute seule en se frottant les yeux et en crachant de la neige.

— Ça va ? demanda-t-il, mais il savait qu'elle ne pouvait pas l'entendre car il était lui-même encore assourdi par la déflagration.

Il se retourna et regarda ce qui restait de l'abattoir. Les ruines étaient la proie des flammes et des volutes de fumée brune, bouillonnante, montaient dans le ciel. S'il y avait des gens à l'intérieur, ils n'avaient pas pu survivre à l'explosion, pensa-t-il, et il ne vit personne d'autre aux alentours. Il se rappela que Vadim avait ordonné à leur chauffeur de retourner avec le 4 x 4 « à la ferme », et se demanda à quelle distance elle se trouvait et à combien d'hommes de Popov elle servait de repaire.

Il toucha le bras de Zoé et elle leva les yeux vers lui, en clignant encore les paupières à cause de la neige qu'elle avait dans les yeux. Le chemin qui menait à la route principale était trop exposé. Il jeta un coup d'œil autour de lui et repéra une petite porte dans le mur du cimetière. Elle était fermée par un vieux cadenas rouillé mais un solide coup de pied eut raison de sa résistance et la porte s'ouvrit.

Ils slalomèrent entre les pierres tombales et les monuments drapés de neige en mettant la plus grande distance possible entre eux et le labo de méthamphétamine explosé, incendié. Arrivés en haut d'une petite butte, ils s'arrêtèrent pour regarder derrière eux. Les flammes étaient éteintes mais la fumée noire, épaisse, pesait toujours sur les ruines comme un linceul. Ry scruta les environs à la recherche d'un mouvement, d'un signe indiquant qu'on les poursuivait, n'en repéra aucun.

Et puis, alors qu'ils s'apprêtaient à redescendre de l'autre côté, Ry remarqua un corbillard, dont les gaz d'échappement montaient dans l'air froid du matin.

«Eh bien, ma puce, dit-il, je crois que le carrosse qui va nous remmener à Saint-Pétersbourg est arrivé...»

Voyager à l'arrière d'un corbillard pouvait paraître un peu bizarre, mais au moins ils étaient au chaud.

Ils étaient allongés côte à côte, Zoé blottie au creux de son bras. Elle tourna la tête et embrassa doucement la brûlure de cigarette, sur son cou.

«Je sais que tu m'avais dit de ne pas lui donner l'amulette trop vite, pour ne pas éveiller ses soupçons, mais si j'avais su...

— Chut... C'est fini, maintenant, et il est mort. Rôti, réduit en cendres, atomisé. Je regrette juste qu'il ait emporté l'élixir en enfer avec lui.

— Il a emporté l'amulette avec lui, rectifia Zoé. Mais pas l'élixir.»

Il se redressa sur un coude pour la regarder.

«Mais hier soir… Le liquide était toujours dans l'amulette, non? Quand l'as-tu…?

— Juste avant l'apparition des gorilles de Popov. C'est ce que j'étais en train de faire dans la salle de bains. C'était un bon plan, même si c'est moi qui le dis, ajouta-t-elle en souriant.

— Mieux que bon: génial! fit-il en l'embrassant sur la bouche, et il se rallongea à côté d'elle. Et le plus beau, c'est que ça a marché.»

Elle lui en avait parlé alors qu'ils étaient sur la route de montagne au-dessus du Danube, quand elle lui avait montré les échantillons de parfum. C'est là qu'elle lui avait exposé son stratagème : refiler une fausse amulette à Popov en transvasant le philtre dans un des petits flacons et en le remplaçant par de l'huile, dont la viscosité était assez proche du véritable liquide, tant qu'on ne savait pas qu'il était censé briller dans le noir.

Zoé remua entre ses bras.

«Tu crois qu'il y a un vrai Igor, que Popov avait vraiment un petit-fils qui est en train de mourir du cancer?

— Je n'en sais rien. Sa douleur paraissait assez sincère. D'un autre côté, j'ai appris, au cours des années que j'ai passées comme agent infiltré dans la lutte anti-drogue, qu'il y a des moments où on est tellement investi dans son rôle qu'on finit par y croire soi-même.

— Il ne nous aurait pas vraiment laissés partir, hein?

— Non. Nous étions des bouts de fil qui dépassent et qu'il fallait supprimer.»

La respiration de Zoé ralentit, devint imperceptible, et il crut qu'elle s'était endormie, puis elle reprit la parole.

«Alors peut-être que ce qu'il a dit au sujet de ma mère était un mensonge, aussi. Ce qu'il a laissé entendre, tu sais : que Katya lui avait donné le jus d'os quand elle était petite parce que sans ça elle serait morte de leucémie.»

Ry hésita un instant.

«Tu te souviens, je t'ai dit que j'avais fait des recherches sur ta famille, l'été dernier, quand j'essayais de retrouver ta grand-mère… La "guérison miraculeuse" d'Anna Larina avait fait tellement de foin en 1957 que l'histoire s'était retrouvée en première page du *Times* de Los Angeles.»

Zoé eut un frisson.

«Ça me donne la chair de poule rien que d'y penser, mais ça explique bien des choses. Pourquoi elle a l'air assez jeune pour être ma sœur. Et pourquoi elle est… comme elle est.

— Eh bien, n'y pense pas, parce que ça n'a aucune importance. Il y a longtemps que tu as pris tes distances vis-à-vis d'elle.»

Zoé resta encore un instant silencieuse, et puis elle dit :

«L'autel d'ossements est bien réel, Ry. Il avait cent douze ans, et tu l'as vu ? C'est l'élixir qui lui a donné cette allure juvénile.

— Ça l'a aussi rendu dingue, et au bout du compte ça ne l'a pas empêché de mourir. Quoi que ça ait pu lui faire, ça ne l'a pas rendu immortel.

619

— Popov était convaincu que le véritable autel n'avait jamais été dans la grotte, dit-elle. Et pourtant, il y est. C'est juste qu'il n'a pas su le trouver.

— Et tu crois pouvoir le faire?

— Je suis la Gardienne, alors il faut bien que j'essaie.

— Ça doit être au fin fond de la Sibérie, quand même, répondit Ry. Et on est en plein mois de février.»

Elle rit et se blottit encore plus étroitement contre lui.

«C'est pour ça que je t'emmène avec moi: pour me tenir chaud. Au moins, on est débarrassés des méchants qui voulaient nous faire la peau. Popov a disparu dans les flammes, Yasmine Poole est morte embrochée, et il semblerait que Miles Taylor soit réduit à l'état de courgette. On n'a plus à redouter de les avoir à nos trousses et de se faire tirer dessus à tous les coins de rue.»

Ry n'en était pas si sûr, mais il se garda bien de la détromper.

Le corbillard poursuivait son avance cahotante au gré des nids de poule de la route. Dans le lointain, il entendit la plainte lugubre d'un sifflet de locomotive.

«On ne devrait plus être loin de la civilisation, dit-il. Devine la première chose que je vais faire en regagnant l'appartement? Je vais prendre une longue douche bien chaude. Et bien looongue…»

Ry espérait qu'elle allait lui demander si elle pourrait la prendre avec lui, mais elle ne répondit pas, et il se rendit compte que sa respiration s'était ralentie et apaisée. Elle s'était endormie.

Il tourna la tête et lui caressa les cheveux des lèvres.

52

New York.

Miles Taylor ne pouvait s'empêcher de hurler chaque fois que quelqu'un s'approchait de lui. Il savait pourtant bien que ça ne servait à rien, puisque personne ne pouvait l'entendre.

Les hurlements ne retentissaient que dans sa tête.

Ils le prenaient pour un légume. C'est ce qu'il avait entendu le docteur dire à sa fille quand elle était venue le voir – la seule et unique fois où elle était venue le voir, après son attaque. «Un état végétatif persistant», avait dit ce foutu crétin, et Miles avait crié, hurlé, gueulé, ah ça oui. Dans sa tête. *Espèce d'enfoiré, où est-ce que tu as eu ton diplôme? Dans une pochette surprise? Je comprends chacun des putains de mots que tu dis, comment peux-tu parler de perte totale des fonctions cognitives? Hein? Réponds un peu à ça, ducon! Réponds un peu à ça!*

Miles dormait beaucoup; il n'y avait rien d'autre à faire. Chaque fois qu'il se réveillait, son esprit mettait un délicieux instant à se rappeler l'enfer dans lequel il vivait maintenant. Et puis il se souvenait, et il hurlait, il hurlait, et hurlait.

Il aurait voulu mourir. Il priait pour que la mort le prenne.

Dernièrement, quand son médecin ou l'une des infirmières entrait dans sa chambre, c'est ce qu'il leur hurlait. *Laissez-moi mourir, s'il vous plaît. Pour l'amour de Dieu, débranchez la prise et laissez-moi mourir.*

Mais ils ne l'entendaient pas, parce qu'il ne pouvait ni ouvrir la bouche ni remuer la langue, même pas émettre un grognement. Sa gorge ne lui obéissait plus. *Si un homme crie et qu'il n'y a personne pour l'entendre, a-t-il vraiment crié ?*

On s'occupait de lui vingt-quatre heures sur vingt-quatre. Il avait quatre infirmières qui lui faisaient sa toilette et d'autres choses trop humiliantes pour qu'il y pense seulement. Il les aimait et les vomissait par tous les pores de sa peau.

La nouvelle fille – elle s'appelait Christie – avait une bouche de pute et de longs cheveux rouges comme le vin. Quelques jours auparavant, il avait commencé à rêver d'elle. Des rêves érotiques, épuisants. *Docteur, docteur, un homme peut-il encore balancer la purée même s'il n'arrive plus à bander ?*

Aujourd'hui, Christie était de l'équipe de l'après-midi, et il se rendit compte qu'il l'attendait avec une telle excitation que c'en était presque douloureux. Ses globes oculaires – la seule partie de son corps qu'il pouvait encore bouger – étaient rivés sur la porte ouverte. Il avait entendu sa voix, un peu plus tôt, dans le couloir, alors il savait qu'elle était là, mais les heures se traînaient et elle ne venait pas, ne franchissait même pas le seuil pour qu'il la voie. À croire qu'elle sentait, Dieu sait comment, son désespoir et qu'elle voulait le faire lanterner. Le faire souffrir.

Il commença à se demander si elle ne se résumait pas à une bouche, et à ses cheveux roux qui lui rappelaient Yasmine Poole.

Une pointe de perversité, peut-être ?

622

Il s'endormit en l'attendant et se réveilla en sursaut. Elle était penchée sur lui, le visage à quelques centimètres du sien, et il éprouva un étrange picotement sur la joue gauche. Que lui avait-elle fait? Elle l'avait pincé, piqué, embrassé?

«Vous êtes là, monsieur Taylor? Moi, je crois que oui. Personne ne le pense, mais moi si.»

Oui, oui! hurla-t-il, avec une joie extatique, presque délirante. *Je suis là, je suis là. Oh, mon Dieu…*

La fille se pencha encore plus près de lui, baissa la voix.

«Vous ne vous preniez pas pour de la merde, pas vrai? Monsieur le Chef-du-monde, le milliardaire. J'ai lu cet article sur vous dans *Vanity Fair*, je sais comment vous avez piétiné tous ces gens pour gagner votre fric. Comment des gens ont tout perdu à cause de vous, et tout ce que vous avez trouvé à dire, c'est "Qu'ils aillent se faire foutre"».

Non, vous ne comprenez pas. Ce n'est qu'un jeu, tout ça, et si vous voulez être quelqu'un, si vous voulez compter pour quelque chose, vous devez jouer le jeu. L'argent n'est même pas réel, ce ne sont que des chiffres dans des ordinateurs. Rien que des un et des zéros. Même pas réel…

«Eh bien, maintenant, monsieur Taylor, à vous de connaître l'enfer sur terre, fit la fille en lui caressant gentiment, si gentiment, la joue. Et vous savez ce que je vous dis? Je vous dis, allez vous faire foutre, monsieur Taylor. Allez vous faire foutre. Et je veux que vous sachiez que je vais m'occuper tout spécialement de vous, maintenant, parce que je veux que cet enfer dure, qu'il dure longtemps, très très longtemps.»

Elle se redressa, jeta un coup d'œil par-dessus son épaule, en direction de la porte. Et puis elle se retourna et lui flanqua une bonne gifle sur la joue où elle l'avait caressé si doucement un instant plus tôt.

Les yeux de Miles Taylor s'emplirent de larmes et la fille sourit, elle eut un sourire purement maléfique, mais il s'en fichait. Elle ne pouvait savoir que ses larmes étaient des larmes de joie.

Tape-moi dessus, cria-t-il encore et encore dans sa tête. *Allez, frappe-moi encore!*

Parce qu'on ne frappait pas un légume, hein? Les légumes ne ressentaient rien, ils ne pouvaient pas penser, alors pourquoi se donnerait-on la peine de cogner un légume?

Frappe-moi, frappe-moi, frappe-moi.

53

Norilsk, Sibérie, une semaine plus tard.

Zoé regarda, tout en haut du bâtiment de la Norilsk Nickel, l'horloge digitale rouge, géante, avancer d'une minute et marquer douze heures dix-neuf.

«Notre femme mystérieuse est en retard, Ry. Tu es sûr que c'est bien de cet endroit qu'elle parlait? Parce que maintenant, il n'y a plus personne, que deux poulets congelés: nous.»

Ry la regarda et, sans répondre, leva sa main gantée de Polartec vers le haut-relief de bronze intégré au coin du bâtiment au-dessus d'eux: un gaillard torse nu, musclé, tenant une espèce de pelle. Sa mâchoire carrée traduisait une grande détermination. Une inscription était ciselée dans la base: LES BÂTISSEURS DE NORILSK.

«Je sais, je sais, dit Zoé. Il ne peut pas y avoir deux monuments dédiés aux bâtisseurs de la ville. C'est juste que...»

Une bourrasque glaciale charria une vague de cristaux de glace dans la large rue presque déserte. Zoé rentra la tête dans les épaules. Elle commençait à envisager de laisser tomber et de retourner à l'hôtel. Elle n'avait plus qu'une envie: aller se mettre au chaud.

La femme mystérieuse était un vrai mystère parce qu'ils ne savaient rien d'elle, même pas son nom. Elle les avait appelés la veille au soir alors qu'ils étaient dans leur chambre, et elle n'avait prononcé que deux phrases : « Je peux vous conduire au lac que vous cherchez. Soyez au monument des Bâtisseurs sur la perspective Lénine, demain, à midi. » Et puis elle avait raccroché avant que Zoé ait seulement eu le temps de reprendre sa respiration.

Toute l'affaire était complètement surréaliste, mais Zoé en était arrivée à ne plus attendre autre chose de cet étrange endroit gelé situé à trois cent cinquante kilomètres au-dessus du cercle polaire. Norilsk était une ville fermée, et la police ne rigolait pas avec les procédures. Personne, même pas les Russes, et encore moins les étrangers, ne pouvait venir ici sans une autorisation spéciale délivrée après enquête des services de renseignement du FSB.

Ça avait pris du temps, pas mal d'argent, et même Ry ne devait jamais savoir au juste comment Sasha avait réussi son coup, mais il avait fini par leur obtenir les documents nécessaires. Il y avait tout de même eu une demi-heure assez angoissante, lors de leur arrivée, quand la police était montée à bord de l'avion, leur avait confisqué leurs passeports et les avait conduits au-dehors pour les interroger. Ils se faisaient passer pour les investisseurs potentiels d'une compagnie qui exploitait une mine de nickel dans le Montana, et Zoé avait laissé Ry faire la conversation parce que tout ce qu'elle savait du nickel, c'est qu'aux États-Unis il y avait une pièce faite dans ce métal qui valait cinq cents.

Ensuite, il y avait eu le trajet de deux heures en car pour arriver en ville dans le crépuscule grisâtre de la nuit polaire, alors que le soleil apparaissait à peine au-dessus de l'horizon, même au milieu de la journée. Ils avaient vu, de chaque côté de la route, des usines et des fonderies qui vomissaient une fumée noire, puante, sur des fantômes d'arbres au tronc dénudé, noirci. Ils avaient longé des mares huileuses d'eau stagnante, tellement toxique qu'elle ne gelait même pas par ces températures polaires. Il était stupéfiant de penser que cette gigantesque ville polluée de deux cent mille habitants, avec ses bâtiments massifs de style soviétique, que tout cela n'était, au départ, qu'un camp de prisonniers implanté dans les steppes glacées, et que c'était de là que venait son arrière-grand-mère Lena.

Telles sont mes racines, se dit Zoé avec un frisson dû, en partie seulement, au froid. C'était un endroit tellement laid, dur, glacé.

Après avoir montré patte blanche au seul hôtel correct de la ville, ils avaient passé une journée à étudier des cartes topographiques et des photos satellite à l'hôtel de ville de Norilsk. Il y avait des centaines de lacs dans la péninsule du Taïmyr, et pas un seul qui ressemblât, même de loin, à une botte. Ensuite, pendant quatre jours, ils avaient arpenté les rues recouvertes de glace, entrant dans les boutiques, les restaurants, les boîtes de nuit, et même deux bowlings, et demandant à tous ceux qui voulaient bien les entendre comment trouver le lac avec une cascade.

Rien, nada, que dalle, des clopinettes. Jusqu'au coup de fil de la veille.

Zoé pensait à la façon dont Boris, l'homme de la boutique au griffon, avait remarqué Lena, son arrière-grand-mère, dans un restaurant de nouilles de Hong Kong et tout de suite deviné qu'elle était une Gardienne à cause de sa ressemblance avec la Dame de l'icône. La même chose s'était-elle reproduite avec la femme mystérieuse? Il devait bien y avoir encore des descendants du peuple magique dans la région, sûrement même. La femme mystérieuse était-elle l'une des leurs?

Zoé battait la semelle pour empêcher ses pieds de se changer en moignons gelés.

La perspective Lénine, l'artère principale de Norilsk, était suffisamment éclairée pour qu'elle voie qu'il n'y avait pas un chat à quatre rues à la ronde. Au moins, contrairement au reste de la ville, qui était un camaïeu de gris et de bruns délavés, les bâtiments de cet endroit étaient peints en orange et jaune, des couleurs criardes mais chaleureuses.

Elle regarda à nouveau l'heure à l'horloge de la Norilsk Nickel. Midi vingt-quatre. Près d'une demi-heure de retard. La femme ne viendrait pas.

Zoé tapa à nouveau du pied et frappa dans ses mains protégées par des moufles pour faire bonne mesure. Elle relut pour la énième fois l'inscription à la base de la sculpture, et elle dut pousser un gros soupir, parce que Ry la rassura.

«Un peu de patience. Elle va venir.

— Je me disais juste que, quel que soit ce prétendu "bâtisseur", il ne pouvait pas avoir bâti grand-chose à Norilsk. Même avec des pectoraux pareils, personne ne pourrait batifoler ici torse nu. On serait changé en esquimau glacé en cinq secondes. Et j'ai chez moi des portefeuilles plus grands que cette pelle minuscule... Hé, Ry, regarde la bagnole qui ralentit... Je vous en prie, mon Dieu, faites que ce soit elle...»

Une voiture gris métallisé avec un feu clignotant droit cassé s'arrêta un peu plus loin, le long du trottoir, mais la personne qui en descendit était tellement emmitouflée pour se protéger du froid glacial que Zoé aurait été bien en peine de dire s'il s'agissait d'un homme ou d'une femme. En tout cas, il ou elle plongea dans l'intérieur de la voiture, en retira un attaché-case énorme, visiblement lourd, et entra dans la banque voisine.

Zoé poussa encore un soupir et regarda à nouveau l'affichage digital sur la façade de la Norilsk Nickel. L'heure avait laissé place à la température. Moins trente-neuf degrés. *C'est un canular,* pensa-t-elle. *Si c'était le vrai chiffre, on serait morts de froid, et...*

«La voilà», fit Ry.

Zoé suivit la moufle qu'il tendait vers une petite femme mince qui venait de descendre d'un bus de la ville incrusté de glace. Elle se dirigea sans hésiter droit vers eux, d'un pas ferme.

Elle portait une doudoune noire qui lui arrivait aux chevilles, une toque de fourrure noire, et la longue écharpe en laine blanche qu'elle s'était enroulée autour du cou lui masquait en partie le visage, mais quand elle se rapprocha Zoé s'aperçut avec étonnement qu'elle était jeune, à peine sortie de l'adolescence.

Elle s'arrêta devant Zoé et la regarda en desserrant sa grosse écharpe. Zoé vit un visage pâle, à la peau translucide et aux traits délicats. Elle avait les yeux gris, pleins de curiosité.

Elle dit très vite, en russe :

«Pardon pour le retard. Les bus tombent tout le temps en panne par ce froid. Le grand-oncle Fodor vous a vue il y a deux jours, à la boulangerie. Il dit qu'il vous a entendue bavarder avec Ilia, la boulangère. Vous veniez d'Amérique, vous posiez des questions sur le lac à la cascade et vous étiez l'image

629

même de la vieille photo que nous avons de Lena Orlova, la dernière Gardienne. Ou du moins, nous pensions que c'était la dernière…»

Elle laissa sa phrase en suspens et regarda Zoé plus attentivement.

«Lena Orlova était mon arrière-grand-mère.»

La fille hocha la tête, les yeux brillants.

«La plupart des gens pensent que Lena était la dernière Gardienne parce qu'elle est morte sans avoir eu le temps d'en consacrer une nouvelle et de lui transmettre le savoir. Elle était infirmière au camp de prisonniers de cet endroit, et elle a été tuée en essayant d'aider le pauvre zek qui était son amant à s'évader. Mais il y a toujours eu quelques obstinés pour croire les rumeurs selon lesquelles elle avait réussi à fuir, parce que l'histoire était trop belle pour ne pas être vraie, n'est-ce pas ? Et vous voilà, la preuve vivante. Êtes-vous la Gardienne, maintenant ?

— Oui. Ma grand-mère Katya, la fille de Lena, m'a… elle m'a consacrée.

— Bien. C'est comme il fallait que ce soit.» La fille se tourna brusquement et leva les yeux vers le monument aux bâtisseurs. «J'espère que vous ne pensez pas que ce garçon pour affiches de propagande soviétique a quoi que ce soit à voir avec les hommes qui ont bâti Norilsk.»

Ce brusque changement de sujet aurait dû faire ciller Zoé, mais elle avait trop peur que le gel fige ses paupières en position fermée.

«Pas le moins du monde. Je veux dire, qui irait travailler dans un endroit pareil sans même une chemise sur le dos ?

— C'est moins sa tenue minimaliste qui cloche que sa robustesse et son côté bien en chair. Norilsk a été construite par des prisonniers juste assez nourris pour rester en vie et pour travailler, et ils travaillaient jusqu'à ce qu'ils n'aient plus que la peau sur les os. Quand ils mouraient, ils étaient ensevelis dans des fosses communes et chaque année, aujourd'hui encore, leurs ossements reviennent nous hanter. En juin, à la fin de l'hiver, la fonte des neiges les fait remonter de la terre, mais tout le monde fait semblant de ne rien voir.

— Mais pas vous », fit Zoé.

La fille lui répondit d'un sourire.

« Non. Parce que ce serait tout nier, n'est-ce pas ? »

Elle remit son écharpe de laine autour de son visage.

« Suivez-moi, maintenant. Sortons de ce froid, et nous pourrons parler. »

Elle les emmena dans un petit restaurant merveilleusement chauffé, avec deux serveurs à la mine revêche et une dizaine de tables basses, laides, en formica. Ils commandèrent tous les trois du thé russe, noir, du genre à leur pourrir les dents tellement il était sucré.

« Je m'appelle Svetlana, dit la fille, mais ne me dites pas votre nom s'il est différent de celui qu'il y a sur vos papiers officiels. Je vous appellerai simplement ma cousine, parce que si vous êtes l'arrière-petite-fille de Lena Orlova, alors nous sommes plus ou moins cousines, à un degré ou un autre. En vous parlant, c'est comme si je me collais un écriteau sur le dos comme dit mon grand-oncle Fodor, mais il fallait que je vous voie de mes propres yeux. Et que je vous aide si c'est possible, parce que, comme je l'ai dit à

631

grand-oncle Fodor, le Toapotror a le devoir d'aider la Gardienne quand c'est possible.

— Je vous en suis très reconnaissante, répondit Zoé. Vous avez dit, hier soir, au téléphone, que vous pourriez nous emmener au lac que nous cherchons?»

Svetlana hocha solennellement la tête.

«Je vous emmènerai, mais je n'irai pas plus loin que la cascade. Après ça, vous serez livrée à vous-même. Vous êtes la Gardienne, et seule la Gardienne a le droit d'approcher de l'autel d'ossements. N'importe comment, je préférerais me faire arracher toutes les dents plutôt que d'entrer dans cette grotte. Aucun membre de notre peuple ne voulait que je vous approche. Ils ont peur que vous détruisiez l'autel, ou que vous trahissiez ses secrets et que vous les révéliez au monde, puisque vous n'êtes pas vraiment des nôtres, même si vous avez du sang de Toapotror dans les veines.

— Ils ont tort. Je suis des vôtres. Je suis venue de très loin pour vous prouver que j'étais des vôtres.

— Oui, vous êtes forte, sans cela vous ne seriez pas arrivée aussi loin, et c'est ce que j'ai dit à grand-oncle Fodor. Nous ne sommes plus très nombreux, vous comprenez, et les derniers descendants du peuple magique sont pour la plupart vieux, fatigués, et ils sont prisonniers de leurs habitudes. Ils ne font pas la différence entre Google et la Roue de la fortune.» Svetlana s'interrompit, inspira profondément et dit en baissant la voix: «Je vous ai dit de ne pas me dire votre nom, Cousine, mais votre nom et votre visage sont partout sur Internet. Ils disent que vous êtes des terroristes, mais je sais que c'est un mensonge. Vous êtes pourchassés, comme le sont souvent les Gardiennes, et je ferai tout ce qui sera en mon pouvoir pour vous aider. Mais je pense que nous devrions aussi prier la Dame pour qu'elle vous protège.

— Je vous suis réellement reconnaissante de votre aide, Svetlana, mais si ça implique de vous mettre en danger...»

Elle écarta l'argument d'un geste.

«Peu importe, j'en ai assez de la sécurité. Et puis je vis à Norilsk, où il y a de l'acide dans la neige, et où nous mourons un peu plus à chaque bouffée d'air pollué que nous inspirons.»

Elle haussa les épaules et vida sa tasse de thé comme si c'était un délicieux nectar et pas un affreux magma sirupeux.

«Bon, le moyen le plus rapide d'aller au lac à cette époque de l'année, c'est en motoneige. Mon cousin Mikhaïl, qui est assez intelligent pour ne pas poser de questions, a deux Arctic Cats, que nous pourrions lui emprunter.»

Elle s'interrompit et braqua sur Ry un regard dur, et Zoé se dit qu'elle n'appréciait visiblement pas sa présence. Ce que Ry devait sentir car il se gardait bien de se mêler de la conversation.

«Me méfier de lui reviendrait à me défier de moi-même, répondit Zoé.

— C'est ce que vous croyez parce que vous couchez avec lui? D'autres Gardiennes ont révélé les secrets de l'autel à l'élu de leur cœur. Ça n'a jamais bien fini, s'il faut en croire les histoires.

— Peut-être parce que les seules histoires qu'on raconte sont celles qui finissent mal, celles où les Gardiennes sont tombées amoureuses de sales connards, avec lesquels elles n'auraient jamais dû aller plus loin qu'un premier baiser, déjà, au départ. Mais qui peut dire qu'il n'y a pas eu des Gardiennes qui ont fait confiance à des braves types, des types qui ne les auraient jamais trahies, ni par amour ni pour l'argent? Et dont on n'a jamais entendu parler, parce qu'il n'y avait rien à raconter, et que… Et je sais que j'ai l'argument suprême, mais je ne sais plus ce que c'est, sauf que c'est une super vanne très spirituelle, en plus.»

La fille surprit Zoé en se joignant à son rire.

«Comment pourrais-je contester une telle logique? Sinon en disant que vous êtes la Gardienne, et que vous n'en ferez qu'à votre tête, de toute façon. Il est grand et fort, poursuivit Svetlana en mesurant Ry du regard. Il faut lui reconnaître ça.» Un serveur au visage pâle était apparu pour remplir la tasse vide de Svetlana. Elle la leva comme pour porter un toast. «C'est du poison, je le sais, mais buvez-le. C'est chaud, et vous en aurez bien besoin.» Elle regarda à nouveau Ry, avec, cette fois, un sourire vacillant. «L'un des Cats de Mikhaïl est à deux places, alors vous pouvez l'amener si vous voulez. Au fait, le siège des Cats est chauffé. Et il y a des réchauffeurs de main aussi. Vous imaginez ce luxe? Maintenant, buvez, buvez.»

Le thé était épouvantable. Ils le burent jusqu'à la dernière goutte.

54

Zoé leva les yeux vers le surplomb au-dessus de leurs têtes d'où cascadaient des vagues de glace et les dents de scie acérées des stalactites.

«Ça paraît presque irréel, dit-elle. On dirait qu'un Dieu est venu et a figé la cascade d'un seul coup, instantanément, dans le vide, comme ça...

— C'est la Sibérie, répondit Svetlana, où tout est toujours complètement gelé. Sauf peut-être pendant cinq minutes, au début du mois d'août... Non, je plaisante. Enfin, pas tant que ça.» Svetlana leva la tête vers l'immense colonne de glace, et Zoé crut voir une ombre passer sur son visage. «Nous n'avons pas tout à fait une heure de jour devant nous, et une tempête de neige s'annonce, alors je dois maintenant vous laisser, mon espèce de cousine. La grotte avec l'autel d'ossements se trouve derrière la cascade, et vous devriez rester à l'intérieur pour cette nuit. Votre Cat est équipé du GPS, mais il ne donnera rien ici, dans le défilé, et même une fois dehors, dans la toundra, il est facile de se perdre dans la neige et la nuit. Et c'est la saison de disette. Les loups seront en maraude.

— Merci, dit Zoé. Merci pour tout.»

Svetlana regarda Zoé en souriant, puis elle se tourna vers Ry et le gratifia à son tour d'une ébauche de sourire.

«Dans le compartiment arrière des sièges de votre Arctic Cat, j'ai mis deux couvertures de survie, des pâtés aux saucisses et au chou et une bouteille de Kalashnikov. Les couvertures gardent bien le corps au chaud mais la vodka est encore plus efficace.» Svetlana jeta un dernier regard furtif sur la cascade. «Il faut vraiment que j'y aille, maintenant.

—Nous rapporterons le Cat à Mikhaïl demain matin sans faute, dit Zoé. Vous serez là? J'aimerais parler encore avec vous, du peuple magique, de ma grand-mère, de votre grand-oncle Fodor et de toutes les histoires que vous avez entendues.

—Oui, si vous voulez. Je serai là.»

L'espace d'un instant, Zoé pensa que la jeune fille allait l'embrasser, mais elle se contenta d'un hochement de tête et les quitta.

Ils regardèrent l'Arctic Cat s'éloigner sur le lac gelé, soulevant un panache de neige.

«Eh bien, voilà, O'Malley. Tu sais, je pense qu'elle te voyait d'un moins mauvais œil, là, à la fin.» Il ne sourit pas et il resta silencieux tellement longtemps qu'elle reprit : «Quoi? À quoi penses-tu?

—Que ça ne doit pas tourner à la mise à l'épreuve des sentiments que tu as pour moi. Je ne vois pas les choses comme ça et je ne veux pas que tu les voies comme ça non plus. Dis-moi d'attendre ici, avec le Cat, et je le ferai. Je ne poserai pas de questions, et je ne t'en voudrai absolument pas non plus.»

Elle le prit par les bras et le tourna face à elle.

«Il n'y a pas de demi-mesure, ici, Ry. Pas avec moi.»

636

Il baissa les yeux sur elle, ses yeux noirs pleins d'une émotion qu'elle n'arrivait pas à déchiffrer, mais qui paraissait l'ébranler jusqu'au tréfonds de son être. Pourtant, il se contenta de répondre:

«Eh bien, allons-y. finissons-en.»

Il la prit par la main, mais Zoé résista et regarda à nouveau l'énorme pilier de glace striée, plissée.

«Tout ça… C'est juste que j'ai tellement de mal à croire que nous sommes vraiment ici. Quand j'ai entendu pour la première fois l'histoire de Lena Orlova qui s'était évadée du goulag et avait traversé la Sibérie à pied jusqu'à Shanghai alors qu'elle était enceinte de son amant, j'ai trouvé ça terriblement triste et beau, et romantique. Un peu plus et je me serais crue dans le *Docteur Jivago*. Mais la vérité s'est révélée sans rapport aucun avec ça, n'est-ce pas? En réalité, ce qui s'est passé ici était violent, moche, cruel.

— Pas tout, objecta Ry. Elle a survécu, et c'était une chose courageuse et merveilleuse. Elle a survécu pour que ce jour, ce moment, soit possible. Et que toi, son arrière-petite-fille, tu puisses revenir à l'endroit où tout a commencé et aller au bout des choses. Boucler la boucle.»

Zoé avala sa salive et hocha la tête.

«Parce que je suis la Gardienne, maintenant.»

Mais elle se demandait comment elle trouverait l'autel d'ossements à un endroit où Nikolaï Popov l'avait lui-même cherché à plusieurs reprises. Et si elle le trouvait, alors quoi? Que se passerait-il ensuite? Elle deviendrait sa Gardienne de fait et non plus seulement en théorie. Les secrets de l'autel deviendraient les siens, pour qu'elle les garde ou pour qu'elle les trahisse.

Ry lui effleura le front avec son propre front.

« C'est un incroyable fardeau tombé de nulle part qu'on fait peser sur toi, Zoé. Et tu sais quoi ? Tu n'as pas démérité. Tu as du cran, de la cervelle, et un cœur énorme, ajouta-t-il en posant légèrement la paume de sa main sur sa poitrine. Je suis très fier de toi. Maintenant, trouvons l'entrée de cette foutue caverne et faisons ce que nous sommes venus faire.

— Elle n'a pas parlé de loups ? »

Il éclata de rire.

« Je t'embrasserais bien, mais j'aurais peur que nos bouches restent scellées avec le gel. »

55

Zoé considéra les deux pans de roche qui consti-
tuaient la paroi de la falaise. Ils étaient séparés par
un espace d'une impossible étroitesse.

«Sainte Mère de Dieu, ce n'est pas envisageable.
Je veux dire, on ne va jamais réussir à passer par là.
Franchement, Ry, c'est impensable. Il doit y avoir
une autre entrée ailleurs, on ne la voit pas, c'est tout.»

Mais ils avaient déjà mis une éternité à trouver
cette faille. Quand ils s'étaient aventurés sur la
corniche, derrière la cascade, ils avaient eu beau
scruter attentivement la paroi, ils n'avaient d'abord
vu qu'une muraille de roche d'un seul bloc. Il avait
fallu qu'ils aillent jusqu'au bout de la corniche et
rebroussent chemin pour constater qu'en réalité elle
était constituée de deux rideaux superposés.

Zoé se pencha juste assez pour jeter un coup d'œil
dans l'étroite crevasse. Il faisait trop noir pour dire sur
quelle profondeur elle s'enfonçait, ou si elle donnait
vraiment sur l'entrée de la grotte. Elle pouvait mener
n'importe où, voire simplement tomber dans l'abîme.

«Nan. Pas question. Jamais de la vie. C'est trop
étroit. Même une chèvre anorexique resterait coincée
là-dedans.

— J'y vais en premier, dit Ry. Si c'est assez large
pour moi, alors tu y arriveras aussi. Je sais que tu

détestes les endroits confinés et, crois-moi, ce n'est pas une partie de plaisir pour moi non plus, mais nous n'avons pas le choix.

— Je sais, je sais. Et si tu restes coincé ?

— Eh bien, tu iras chercher de la dynamite et tu m'extirperas de là en faisant tout sauter.

— Ce n'est pas drôle, Ry. J'ai vraiment, vraiment peur. Mon esprit sait que c'est irrationnel, mais mon corps ne reçoit pas le message. »

Son cœur battait déjà tellement vite qu'elle avait l'impression qu'il cognait contre ses côtes comme les ailes d'un oiseau piégé.

« Je sais, ma puce. Regarde… »

Ry se tourna sur le côté et se glissa entre les deux rideaux de roche superposés.

« C'est plus large que ça n'en a l'air. Ta perception est victime d'une illusion d'optique.

— Peut-être… »

Ry tendit la main vers elle, la paume en l'air.

« On va le faire ensemble. C'est le bout du voyage, Zoé. La dernière étape.

— Ouais, mais pourquoi faut-il que cette étape soit aussi étroite, nom de Dieu ? » demanda-t-elle avec un rire tremblant.

Mais elle lui prit la main. Et puis elle se tourna sur le côté pour faire comme lui, avança un pied et fit entrer la moitié de son corps dans l'enfer.

« C'est bien, dit Ry. Je ne te lâcherai pas. Maintenant, ferme les yeux et concentre-toi sur ta respiration. Inspire… souffle. Inspire… souffle. »

Zoé ferma les yeux et s'obligea à respirer. Inspirer… souffler…

Ry fit un pas, l'entraînant derrière lui, puis un autre pas. Inspirer… souffler. Inspirer… souffler…

«Imagine que tu es au milieu d'un terrain de foot, disait Ry. Le terrain est au milieu d'un énorme stade vide et il n'y a rien autour de toi qu'un grand espace, un immense espace dégagé, à perte de vue.»

Zoé ne se représentait pas le terrain, son esprit était trop plein d'un bruit blanc qui ronflait à ses oreilles. Des taches rouges dansaient dans le noir, derrière ses paupières fermées, et elle dut réprimer la tentation soudaine, désespérée de les ouvrir.

Elle mit le pied sur une pierre branlante et sa cheville fléchit sous son poids. Instinctivement, elle tendit sa main libre pour se rattraper, et elle heurta une surface dure. Elle ouvrit les yeux malgré elle et vit un mur de roche massive à moins de deux centimètres de son nez.

Le bruit blanc, dans sa tête, s'intensifia, devint une clameur assourdissante, stridente. *Sors de là, sors de là, sors de là !*

Elle essaya de libérer sa main de la poigne de Ry mais il tint bon.

«Ferme les yeux et respire.»

Elle ferma les yeux avec force, tellement de force qu'elle se fit mal. Ses inspirations et expirations râpeuses sortaient de sa gorge, brûlante, et sa poitrine lui donnait l'impression d'être sur le point d'exploser. Elle voulait sortir — sortir, sortir…

«Zoé, parle-moi.

— Hein ?

— Dis-moi quelque chose, ce qui te passe par la tête. Raconte-moi n'importe quoi. Ça me calmera les nerfs.»

Zoé émit un petit jappement qui était censé être un rire.

«Comme si tu avais jamais été énervé un seul instant de ta vie entière, O'Malley. Depuis cette fameuse nuit où je suis sortie de la Seine et où tu m'as estourbie avec ton pistolet paralysant, nous n'avons fait qu'aller de Charybde en Scylla. Tu nous sauves chaque fois la mise et tu élimines les méchants comme si c'était fastoche, juste la routine, quoi. Il n'en faut pas davantage pour donner aux gens normaux de mon espèce un complexe d'infériorité…»

Ses fesses frôlèrent une masse rugueuse. Surprise, elle les rentra, et le devant de sa doudoune frôla la roche devant elle. *Oh, mon Dieu…*

«Ry? Ça devient de plus en plus étroit. Ça se rétrécit vraiment, je t'assure, ça se resserre…

— On est arrivés.»

Lentement, Zoé ouvrit les yeux. Un rai de lumière filtrait par la faille, suffisamment pour qu'elle voie qu'ils se tenaient en haut d'une volée de marches étroites taillées dans la paroi verticale de ce qui ressemblait à un puits sans fond.

Ry fit un pas vers le bord, dispersant des gravillons qui allèrent tomber sur le sol de la grotte, en contrebas. Bon, ce n'était donc pas un puits sans fond.

«Je sais que je devrais crever de trouille à l'idée de descendre là-dedans, fit Zoé en murmurant pour une raison étrange. Mais après avoir survécu à la faille-de-la-roche-infernale, j'ai l'impression que je pourrais descendre ces marches en enchaînant les cabrioles.»

Ry lui sourit tout en tirant de sa poche une lampe-torche qu'il braqua vers le fond de la grotte.

«En réalité, ce n'est pas si profond, dit-il, en chuchotant lui aussi. Cinq mètres, six tout au plus.»

La descente, bien qu'abrupte, se révéla plus aisée qu'il n'y paraissait. Ils trouvèrent en bas une lampe à kérosène accrochée à la paroi. Ry la prit et la secoua légèrement.

«On dirait qu'elle est pleine.»

Zoé ne prit pas la peine de demander s'il avait de quoi l'allumer ; elle était sûre que oui. Ce bonhomme était toujours paré à toute éventualité.

Elle le regarda approcher un briquet à gaz de la mèche de la lanterne et l'enflammer. Après quoi, il la souleva, puis ils tournèrent sur eux-mêmes, lentement, la lumière se déplaçant sur les parois de la caverne. C'était une grotte ronde, presque parfaitement circulaire, et pas si grande que ça, sept ou huit mètres de diamètre à peu près. Une mare noire, huileuse, à l'air maléfique occupait presque tout le centre, et de l'autre côté, contre le mur du fond, se dressait un autel fait d'ossements humains. Un geyser d'eau chaude gargouillait en dessous, l'environnant d'un voile de vapeur impalpable.

«L'autel d'ossements, dit Ry.

— Non, pas *l'*autel. Si Popov a dit vrai à ce sujet, et il n'y a pas de raison de croire qu'il a menti. Quand même, quand on pense que tous ces os étaient autrefois des gens, ça fait froid dans le dos. Je me demande qui l'a érigé, et pourquoi.

— Pour adorer un ancien dieu, ou une déesse, peut-être ? Mais il aurait aussi pu être placé là pour égarer tout le monde, pour faire croire aux gens qui seraient arrivés jusque-là, comme Popov, qu'ils avaient trouvé la source du jus d'os, alors que le véritable autel d'ossements est ailleurs.

— Oui, mais où ? demanda Zoé. Je ne vois rien d'autre, ici, qui pourrait être ce que nous cherchons, à part peut-être la mare. Mais en dehors du fait que c'est trop évident, Popov prétendait avoir essayé aussi, et que ce n'était pas ça non plus. »

Ry promena à nouveau la lumière de la lampe sur les parois de la grotte. L'eau gouttait depuis la voûte dans la mare, faisant un petit plop, pataplop, plop. Zoé vit des stalagmites, quelques bouts de bois pourri, les vestiges d'un feu de camp et un bol de métal martelé. Les formes grossièrement esquissées de sept loups étaient gravées dans la paroi de pierre, sept loups qui se pourchassaient dans une ronde sans fin autour de la grotte.

« Les loups…

— Quoi ? demanda Ry.

— C'est ce que ma grand-mère écrivait à la fin de sa lettre. Elle disait qu'il ne fallait pas marcher là où les loups sont couchés. Peut-être les loups gravés dans la paroi sont-ils une espèce d'indice de l'endroit où se trouve le vrai autel. Encore une énigme de Gardienne.

— Je ne sais pas. Mais pour commencer, ils ne sont pas couchés ; c'est cependant en résolvant des énigmes de ce genre que nous sommes arrivés jusque-là. Tu te souviens de ce qu'il y avait d'autre dans la lettre de ta grand-mère ?

— Je ne me souviens pas de tout, mot à mot, mais de passages entiers. Voyons… Au début, elle disait qu'elle n'avait plus de temps devant elle, que les chasseurs se rapprochaient et qu'elle était restée au loin à cause d'eux, les chasseurs, sauf que maintenant elle était mourante...»

Tout à coup, elle fut frappée par la soudaine et exacte compréhension de ce que sa grand-mère avait dû ressentir pendant qu'elle écrivait sa lettre, peut-être parce que Zoé l'avait vécu elle-même ces deux dernières semaines si éprouvantes : sentir qu'on ne serait plus jamais en sûreté nulle part dans le monde, qu'on ne pourrait plus jamais faire confiance à aucune des personnes que l'on rencontrerait. Et pour sa grand-mère, ç'avait dû être encore pire, car elle avait supporté cela toute seule. Pendant des années.

Zoé battit des paupières pour chasser ses larmes, et continua.

«Il y avait quelque chose à propos de l'ignorance qui est un piètre bouclier contre le danger, mais elle n'osait pas en dire davantage dans sa lettre. Et le passage suivant, je m'en souviens avec précision, parce que je l'ai relu un million de fois.» Elle ferma les yeux. Elle voyait les caractères cyrilliques tracés de la main de sa grand-mère, à l'encre bleue sur le papier blanc... «"Les femmes de notre lignée sont les Gardiennes de l'autel d'ossements, et cela depuis si longtemps que le commencement se perd dans les brumes du temps. Le devoir sacré de chaque Gardienne est de préserver du monde la connaissance du chemin secret car au-delà du chemin se trouve l'autel, et l'autel recèle la fontaine de..."» Elle s'interrompit, rouvrit les yeux et regarda attentivement l'autel, mais il semblait n'y avoir rien d'autre à voir qu'un autel fait d'ossements humains. «Car au-delà du chemin se trouve l'autel, répéta-t-elle.

— Ouais, fit Ry. Malheureusement, le chemin paraît être un chemin secret.

— Mais elle reparlait du chemin, plus loin, quand elle revenait sur le sujet de l'icône. Tu te souviens : "Regarde la Dame, parce que son cœur chérit le secret et que le chemin qui mène au secret est infini."»

Zoé s'approcha de l'autel. La partie qui servait de table était faite d'os plats, entiers, comme les omoplates et les plaques crâniennes, et de fragments d'autres os taillés et assemblés comme les pièces d'un puzzle.

«L'histoire que Raspoutine a racontée à l'espion du tsar dans la taverne, cette nuit-là…, dit-elle alors que Ry s'approchait d'elle. Il disait avoir vu l'icône de la Dame posée sur le dessus d'un autel fait d'ossements humains. Et donc, à un moment donné, la Dame s'est trouvée là, sur cet autel. "Regarde la Dame, son cœur chérit le secret, le chemin qui mène au secret est…"

— "Infini", poursuivit Ry. L'infini. Le symbole de l'infini.»

Zoé se pencha pour regarder le dessus de l'autel de plus près, chercha, dans les ossements, le symbole de l'infini – le chiffre huit couché sur le côté –, mais ce n'était qu'un méli-mélo d'os entiers et de fragments. Ry fit un pas en arrière pour regarder à nouveau le fronton de l'autel, et elle finit par en faire autant.

«Ce sont juste des os en vrac, Ry. Je vois des crânes, des fémurs, des tibias, des péronés mais, en fin de compte, tout ça additionné ne fait qu'un tas d'os…

— Des crânes, releva Ry. Regarde ! Il y en a sept, comme il y avait sept joyaux, qui formaient le symbole de l'infini sur l'icône.»

Et à la seconde où il le disait, le chiffre huit dessiné à l'horizontale par les crânes disposés sur le devant de l'autel sauta aux yeux de Zoé.

«Je le vois, Ry. Je le vois! Alors, qu'en penses-tu? On appuie sur les crânes comme on a fait avec les joyaux?»

Ry la regarda en souriant.

«Ouais. Je dirais qu'on peut toujours essayer.»

Zoé s'agenouilla devant l'autel. Elle appuya sur les fronts lisses avec sa paume de main gantée, en partant du crâne central puis en remontant vers le haut, à gauche, reproduisant le schéma des joyaux de l'icône. Elle enfonça ainsi chaque crâne à tour de rôle, sans oublier d'appuyer à nouveau sur le crâne du centre en repassant par le milieu du huit.

Mais, arrivée au dernier crâne, elle s'arrêta.

«Je sais que ça n'a aucun sens après toutes les difficultés qu'on a traversées pour en arriver là, mais je crois que j'ai encore plus peur maintenant. Je n'ai jamais eu aussi peur de toute ma vie.

— Je comprends, dit Ry. Le mystère de la porte fermée à clé exerce un attrait irrésistible jusqu'au moment où tu te retrouves la main sur la poignée. À ce moment-là, la peur de la révélation a de quoi te faire hésiter.»

Zoé frotta ses moufles sur ses cuisses. C'était probablement impossible par ce froid glacial, mais elle avait l'impression d'avoir les paumes moites.

«Ça va, ça va, se dit-elle.» Elle inspira profondément, posa les mains sur le front du septième crâne et appuya fermement dessus. «Il ne se passe r...»

Un terrible grincement ébranla le silence de la caverne, semblant leur parvenir de partout en même temps. Zoé recula et se retrouva sur les fesses, et elle faillit éclater de rire parce que Ry s'était tourné d'un bloc vers l'entrée de la caverne en fléchissant les jambes comme s'il s'apprêtait à faire une prise de kung fu à ce qui pourrait se jeter sur eux.

Le bruit de raclement cessa net. Il y eut un instant de silence mortel, puis un bourdonnement, comme un bruit de moteur, prit le relais. On aurait dit un ventilateur avec une feuille coincée entre ses pales.

« *Regarde !* »

Zoé prit Ry par le bras alors que la paroi rocheuse derrière l'autel s'ouvrait en deux et commençait à s'escamoter sur les côtés, entraînant l'autel avec elle.

Ils regardèrent la roche s'écarter, centimètre par centimètre, révélant une ouverture étroite, en forme d'arcade, qui donnait sur les ténèbres. Des ténèbres qui n'étaient pas complètes. Une lueur rouge, pulsatile, inquiétante miroitait dans l'obscurité, tout au fond.

Ry récupéra la lanterne et la dirigea vers l'ouverture taillée dans la paroi de la grotte. Zoé se releva et s'approcha de lui.

Ils se tenaient à l'entrée d'une petite pièce ronde, de deux mètres de diamètre à peine, et qui était vide en dehors d'un dolmen dressé au milieu. Trois grosses dalles de pierre plates, assemblées pour former un autel, comme on aurait pu en voir sur le site de Stonehenge. Et du sol rocheux suintait un liquide rouge luminescent, pareil à du sang coagulé.

« On l'a trouvé », murmura-t-elle.

Ry ne dit rien. Il contemplait, le regard dur, intense, le dolmen et ce qui filtrait de sous la roche. La secrétion formait une petite mare qui s'écoulait lentement dans les fissures et les crevasses de la pierre. Gravés dans le sol, devant la mare, trois loups formaient un cercle, chacun le museau sur la queue du précédent, se pourchassant à travers l'éternité.

Prends garde à ne pas marcher là où gisent les loups.

Une image revint soudainement à l'esprit de Zoé: Boris, l'homme de la boutique au griffon, tenant l'une des clés du coffret à la licorne dans une main et disant: «Ingénieux, non? Mais les Gardiennes ont toujours eu le génie de concevoir des énigmes pour tenir l'autel à l'abri du monde.»

Zoé sentit que Ry s'écartait d'elle, s'approchait du dolmen...

«*Non!*»

Elle le rattrapa par le bras, le tira en arrière à l'instant où il allait poser le pied sur le cercle de loups.

Il se tourna à moitié vers elle.

«Qu'est-ce que...?» commença-t-il.

Puis son regard se fixa sur quelque chose dans le dos de Zoé, et il eut un sourire soudain, éclatant.

«Pakhan, dit-il. Qu'est-ce qui vous a tellement retardée?»

56

«Mère?»

Anna Larina Dmitroff était plantée devant l'ouverture taillée dans la paroi de la grotte, à l'endroit où l'autel fait d'ossements humains se trouvait un moment plus tôt. Sa toque et le col de vison de son long manteau matelassé étaient couverts de flocons, et la neige formait une croûte sous la semelle de ses bottes fourrées. Elle tenait un pistolet Glock 37 pointé vers la poitrine de sa fille, mais ses yeux, toutes les fibres de son être, semblaient rivés sur le dolmen et le fluide rouge, iridescent, qui suintait en dessous.

«L'autel d'ossements, dit-elle d'une voix étranglée par un mélange de crainte, de ferveur, et d'avidité ardente, impérieuse. Je savais qu'il suffisait d'un peu de patience. Tu vois, je n'ai eu qu'à attendre et tu as fini par m'y conduire.»

Zoé secoua la tête.

«Mais comment pouvais-tu savoir où…?»

Un froid terrible l'envahit alors, mais elle ne voulait pas croire ce qui lui venait à l'esprit. Elle ne pouvait pas le croire, parce qu'elle en mourrait.

Lentement, elle se tourna vers Ry et le regarda. Elle avait l'impression de se déplacer sous l'eau.

«Comment ça, «Qu'est-ce qui vous a tellement retardée?» Tu t'attendais à la voir débarquer?

— Je travaille pour elle, je te rappelle. Elle m'a dit de te séduire, de gagner ta confiance, et que tu nous conduirais à l'autel d'ossements. Je dois dire que tu ne constituais pas un gros défi, Zoé.»

La douleur qui lui brûlait le cœur était tellement violente qu'elle crut qu'elle allait s'évanouir. *Bon sang*, ce qu'elle avait pu être bête! *Ne fais confiance à personne, pas même à ceux que tu aimes.* Mais comme tant de Gardiennes avant elle, elle était tombée amoureuse, et cet amour l'avait trahie: tout ce en quoi elle croyait n'était que mensonges.

«Ry O'Malley, je te hais. Je te hais tellement que je te tuerais.»

Anna Larina fit visiblement un effort de volonté pour s'arracher à la contemplation de l'autel.

«Je t'en prie, Zoé, pitié! lança-t-elle. Ce que tu peux être gourde, vraiment! Tu ne vois pas que c'est de la comédie? Il essaie de me faire croire qu'il n'est pas le formidable traître pour lequel je le prends, et à juste raison. Il s'attendait peut-être à me voir, en effet, mais il n'y avait aucune chaleur dans le grand sourire avec lequel il m'a accueillie. Il ne montrait que ses dents. N'est-ce pas, Sergueï?»

Ry laissa échapper un profond soupir et haussa les épaules.

«Ça ne coûtait rien d'essayer.» Il se tourna vers Zoé avec un pauvre sourire. «Pardon, ma puce.»

Après une souffrance aussi violente, Zoé éprouva une vague de soulagement si pure, si intense, qu'elle lui fit monter les larmes aux yeux.

«Je crois que je te déteste encore, Ry. Pour m'avoir fait une peur pareille.

—Vous avez fini, tous les deux? demanda Anna Larina. Quant à la façon dont j'ai su où vous trouver... Je me doutais bien que vous finiriez par vous montrer à l'endroit où notre assez macabre histoire de famille a commencé, alors j'ai décidé de couper court à tous les drames intermédiaires et de venir droit dans ce trou d'enfer gelé. J'ai su que vous étiez en ville cinq minutes après votre arrivée à l'hôtel. Vous pensiez vraiment que j'allais vous laisser vous en tirer avec ce qui m'appartient? C'est à moi d'être la Gardienne. L'autel d'ossements est à moi.

—L'autel n'est pas à toi, pas plus qu'il n'appartient à aucune des Gardiennes. Notre tâche est de préserver son secret et de le tenir à l'abri de...

—Quelle tâche? fit Anna Larina avec un rire un peu trop sauvage. Tu es payée à l'heure, peut-être?

—Le tenir à l'abri, poursuivit Zoé, des gens comme toi. Et si tu es venue pour en boire, il ne fallait pas te donner cette peine. Il suffit d'une goutte, et tu as déjà eu la tienne.

—De quoi parles-tu?» demanda Anna Larina.

Mais Zoé vit une lueur passer fugitivement sur son visage. La connaissance du secret, et une espèce de triomphe pervers.

«Oh, je crois que tu es au courant. Ta guérison miraculeuse de la leucémie, que tu as eue à quatre ans. Le fait que, quand tu te regardes dans la glace, tu as l'air d'avoir trente ans, et pas un jour de plus.

—Alors imagine tout l'argent que j'ai économisé en Botox et en chirurgie esthétique. C'est autant dont tu hériteras, Zoé, ma chère. Sauf que, oups! dommage pour toi, je ne mourrai jamais.

« — À moins que vous vous fassiez tirer dessus, intervint Ry. Et il y a toujours la possibilité que quelqu'un vous poignarde, vous noie ou vous étrangle. »

Anna Larina secoua la tête en émettant un tss-tss réprobateur.

« Sergueï, Sergueï, stupide vor. Moi qui te trouvais prometteur, tu me déçois vraiment. Le dernier homme qui m'a trahi a fini la tête dans un bac de crème glacée. Je n'aurai malheureusement pas le temps de faire preuve de cette créativité avec toi. Mais tu peux être sûr que j'aurai ta peau.

— Sauf si j'ai la vôtre avant. »

Elle éclata de rire à nouveau, enleva sa toque de vison et secoua la tête pour faire bouffer ses cheveux.

« Et qu'est-ce que tu vas me faire ? Me lancer un caillou ? Parce que je doute que tu aies un pistolet dans ta poche. La seule façon d'aller à Norilsk à cette époque de l'année, c'est par avion, et ils n'ont pas de problème de repérage des suspects, ici, en Russie. Tous les étrangers, et surtout les Américains, sont automatiquement soupçonnés et susceptibles de subir une fouille au corps à tout moment. Même un imbécile de vor comme toi n'aurait jamais pris le risque de se faire pincer, ne serait-ce qu'avec un cure-dent.

— C'est pourtant possible puisque toi, tu y es arrivée », fit Zoé, par pure bravade.

Car sa mère avait raison. Ils n'auraient pas pu embarquer un pistolet à bord de l'avion, et Norilsk semblait être la seule ville au monde où Ry ne connaissait pas « un gars ».

« Je suis une pakhan de la mafiya russe, chérie. J'arriverais à me procurer une valise nucléaire si j'en

653

voulais vraiment une. C'est un jeu d'enfant quand on possède la moitié de ce putain de pays.»

Elle esquissa un petit mouvement, comme si elle allait entrer dans la grotte avec eux, et Zoé sentit Ry se raidir. Elle savait ce qu'il pensait : si sa mère se rapprochait suffisamment, l'un d'eux aurait peut-être une chance de saisir son Glock.

Mais Anna Larina n'entra pas plus avant dans la petite cavité. Elle se contenta de river à nouveau son regard sur l'autel. La lueur rouge du suintement semblait maintenant palpiter, devenir plus intense, s'assombrir, briller à nouveau, et Zoé vit l'avidité à l'état pur enfiévrer le visage de sa mère.

Cela ne dura qu'un instant. Anna Larina arracha son regard à l'autel et ramena toute son attention sur eux.

«Toi, Sergueï, tu vas poser la lanterne par terre, bien gentiment et tout doucement, et si j'ai la moindre impression que tu penses seulement à me la balancer, ma fille prend une balle dans le cœur. Très bien… Maintenant, vous allez sortir tous les deux, en commençant par toi, Zoé, et vous allez me rejoindre dans cette jolie grotte. En faisant des tout petits pas de bébé, chérie. Bien gentiment et tout doucement.»

Zoé passa la première sous la voûte pour réintégrer la grotte. Anna Larina recula alors qu'ils s'approchaient d'elle, en prenant bien soin de garder une distance de sécurité entre eux et le pistolet braqué sur la poitrine de sa fille.

«Très bien, les enfants. Maintenant, approchez. De l'autre côté de la mare.

— Quand tu étais à Los Angeles, tu aurais dû en profiter pour faire du cinéma, fit Zoé, dans l'intention de la faire parler, de la distraire, pour gagner un peu de temps : le temps de faire *quoi*, elle l'ignorait. N'est-ce pas, mère, après ce joli petit numéro que tu m'as fait dans ta bibliothèque, quand tu m'as raconté que tu n'avais jamais entendu parler d'une chose appelée "autel d'ossements"?»

Un sourire fugace étira les lèvres de sa mère.

«Tu n'as pas toujours été celle à qui il était destiné, Zoé chérie. Ce matin-là, avant de me larguer dans un orphelinat et de m'oublier pour toujours, ta chère grand-mère défunte m'a parlé de cette merveille qu'elle appelait l'autel d'ossements. Elle m'a dit qu'il était caché dans une grotte, dans les profondeurs de la Sibérie, et que si on en buvait on ne pouvait pas mourir, ce qui le rendait dangereux. Elle a dit que les femmes de notre famille étaient appelées des Gardiennes, parce qu'elles le gardaient à l'abri du monde. C'était un devoir sacré qui se transmettait de mère en fille depuis le commencement des temps. Quel baratin!» Et pourtant, sous les yeux de Zoé, le visage de sa mère sembla s'adoucir alors qu'elle se replongeait dans les souvenirs de ces derniers moments avec une mère qui s'apprêtait à sortir de sa vie pour toujours. «Mais je n'avais que neuf ans, et tu connais les enfants. Tout ce qui m'intéressait, c'était de savoir comment on pouvait faire un autel avec des os. Je pense que c'est ce qui l'a empêchée de me raconter le reste : elle avait peur que je n'y comprenne rien ou que je l'oublie. Elle m'a tout de même montré l'icône, une Vierge Marie tenant sur ses genoux une coupe en forme de crâne. Elle a dit qu'une Gardienne, de l'époque du tsar Ivan le

655

Terrible, avait créé l'icône comme moyen de garder le secret de l'autel.

—Pas étonnant que tu aies passé toutes ces années à collectionner les icônes, dit Zoé. Je pensais que c'était pour leur beauté, et que le seul fait de les regarder était un plaisir pour toi. Tes icônes semblaient être la seule chose au monde qui comptait vraiment pour toi, et même ça c'était une imposture.»

La bouche de sa mère adopta une expression méprisante.

«Je te jure, Zoé, il y a des moments où tu ruisselles positivement de niaiserie. C'était un investissement, rien de plus, pendant que je fouillais le monde à la recherche de la seule icône qui comptait vraiment pour moi. Ne voyant pas revenir ma mère, j'ai fini par me dire qu'elle était morte, et que cette chose avait été mise au mont-de-piété, ou vendue. Je croyais qu'elle était morte...»

Elle est toujours cette fillette, pensa Zoé. La fillette qui attendait à l'orphelinat une mère qui ne reviendrait jamais. Et quand Katya était morte en faisant de sa petite-fille la Gardienne, elle avait dû se sentir abandonnée une nouvelle fois. *Et elle ne comprend pas pourquoi. Katya lui avait parlé de l'autel, elle lui avait dit qu'elle en serait la Gardienne un jour, et puis elle lui a tout repris pour me le donner, et elle ne comprend pas pourquoi sa mère lui a fait ça. Elle ne sait pas pourquoi.*

«Je croyais qu'elle était morte, répétait Anna Larina, en foudroyant sa fille de ses yeux pleins de rage et de souffrance. Et pendant tout ce temps, c'est pour toi qu'elle le gardait.

—Tu te trompes à son sujet, dit Zoé. Tu te trompes complètement sur elle. Elle ne te détestait

656

pas, elle ne t'a jamais détestée. Elle t'avait mise dans cet orphelinat pour te protéger des chasseurs, et elle t'aurait donné l'icône ensuite, elle aurait fait de toi la Gardienne si…

—Si quoi, Zoé? Je me fous complètement de ce qu'elle a fait, cette vieille salope, je suis au-dessus de ça, mais tu donnes l'impression d'avoir besoin de t'affranchir de tout cela, alors allons-y.

—Tu étais sa petite fille chérie, tu étais mourante, et elle ne pouvait pas le supporter. Alors elle t'a fait prendre l'élixir, tout en sachant ce que ça te ferait. Une goutte, et tu vivrais. Mais une goutte te rendrait folle, aussi.

—Je ne… Qu'est-ce que tu racontes?»

Zoé faillit faire un pas vers sa mère, dans le désir instinctif de la réconforter, mais elles étaient séparées par la mare. Et le pistolet était toujours braqué sur elle, immuable, mortel.

«Elle dit que l'élixir de l'autel d'ossements est bien une fontaine de Jouvence, intervint Ry. Mais en boire a une conséquence désastreuse, et je pense que vous le savez déjà, au fond de votre cœur, vous savez ce que c'est. Toutes ces années, pendant que le visage que vous voyiez dans votre miroir changeait à peine, vous sentiez la folie croître et vous embraser, vous consumer. Vous resterez éternellement belle et jeune, pakhan, mais le prix à payer est votre santé mentale. À votre insu, sans le vouloir, vous le payez cher. Et ça ne fera qu'empirer. Chaque année que vous passerez sur cette terre vous coûtera un peu plus de votre équilibre mental.»

Anna Larina secoua la tête.

«Non, c'est un mensonge. Une espèce de ruse pour que je renonce à l'autel, mais ça ne marchera pas.

—Tu ne t'es jamais demandé, poursuivit Zoé, pourquoi ta mère, qui t'avait donné l'élixir alors que tu étais mourante, n'en avait jamais bu elle-même? La raison pour laquelle elle n'a pas fait de toi la Gardienne, c'est qu'elle voyait ce que tu avais fait de ta vie. Tu es une pakhan de la mafiya russe. Quelle dépravation, quelle folie…

—Je ne suis pas folle!» hurla Anna Larina, se surprenant désagréablement elle-même. Et puis elle eut un haussement d'épaule, et même un petit rire. «Contre-exemple flagrant, là, mais tu peux effacer ce petit sourire de ta figure, Sergueï, parce que ça n'a aucune importance. Vous pouvez penser ce que vous voulez, tous les deux. Je prends ce qui m'appartient.»

Et puis après, Mère?

Zoé ne voyait pas comment Anna Larina pourrait les laisser quitter la grotte en vie. Elle exécuterait Ry ne serait-ce que pour le principe, parce qu'elle était la pakhan et qu'il l'avait trahie. Mais irait-elle jusqu'à tuer sa propre fille? Par quoi était-elle habitée, maintenant? Par une maladie, ou par le mal?

Enfin, ça n'avait pas d'importance. Parce que de toute façon, alors que son regard allait du visage sans âme de sa mère au canon du Glock et revenait vers elle, Zoé savait de façon viscérale qu'on ne pouvait pas négocier, raisonner ou marchander avec cette créature, on ne pouvait pas la chasser en faisant un vœu.

Elle essaya quand même.

«Mère, je t'en prie. Pourquoi fais-tu ça?

— Pourquoi? fit Anna Larina avec un rire sauvage, incontrôlable. Il me semble que c'est évident. Si tu lui disais, Sergueï? Tu es planté là, soudain silencieux comme une sangsue pompeuse de sang, calculant probablement comment tu vas pouvoir bondir à travers la mare et m'arracher le pistolet de la main. Explique à ma naïve enfant ce qui peut bien m'intéresser dans l'autel d'ossements.

— En dehors du fait que vous êtes complètement cinglée? L'argent, le pouvoir. Les suspects habituels.

— Bingo. Tu as gagné le cocotier. Pensez aux milliards de dollars que les gens dépensent tous les ans dans le vain espoir de tromper leur miroir. Le Botox, les liftings, les liposuccions, les plasties abdominales : tout ça pour ne pas faire leur âge. Pour se convaincre, en dépit de toutes les preuves du contraire, qu'ils ne sont pas en train de mourir à chaque inspiration, à chaque minute qui passe.»

Zoé se rendit compte que, pendant que sa mère parlait, elle reculait aussi vers l'ouverture dans la paroi rocheuse. La salle, derrière, miroitait maintenant d'une lueur rouge, pulsatile comme un phare, comme le sang qui battait dans ses veines…

«Personne ne veut croire que l'individu merveilleux, exceptionnel, la splendeur terrestre dont il est l'incarnation va tout simplement cesser d'être, se dissoudre dans le néant», poursuivit Anna Larina, et elle fit encore un pas, puis un autre, l'excitation, l'anticipation, la passion rendant sa voix stridente. «Imaginez ce que les riches paieraient, tout ce qu'ils seraient prêts à me donner rien que pour ne pas avoir à affronter leur néant. Et j'aurais le pouvoir de choisir à qui accorder cette grâce, et qui condamner. Je serais Dieu.»

Zoé vit l'éclair blanc jaillir du canon du pistolet, une fraction de seconde avant d'entendre la détonation.

Ry poussa un grognement et tomba à plat ventre dans la mare noire, huileuse.

Anna Larina entendit l'écho de son coup de feu et de sa propre voix, *Dieu... Dieu...*, se répercuter sur les parois rocheuses alors qu'elle tournait les talons et pénétrait par l'ouverture voûtée dans la vibrante grotte rouge.

Puis, presque malgré elle – elle ne tenait pas vraiment à savoir –, elle se retourna et elle vit Zoé essayer de sortir Ry de la mare en le tirant par le dos de sa parka.

Oui, ma fille, c'est ça. Je savais que tu essaierais de le sauver parce que c'est tout toi, ça. Alors emmène-le à l'hôpital avant qu'il ne meure, sauf qu'il va probablement crever quand même parce que j'ai visé le ventre, pour le faire souffrir, qu'il ait bien mal. Mais emmène-le malgré tout, Zoé, et laisse-moi l'autel. On réfléchira plus tard à ce qu'on va faire de toi.

L'autel d'ossements... On aurait dit du sang répandu par terre, sur le sol brillant, visqueux. Elle crut même sentir une odeur de sang et entendre son appel, comme s'il l'attirait dans sa pulsation, vers son cœur rouge.

Elle s'approcha, les yeux sur son trophée, sur le pouvoir. Elle ne vit pas les loups par terre.

Elle entra dans le cercle qu'ils formaient, et le monde sembla s'écrouler sous ses pieds. Quelque chose n'était pas normal dans ce sol, la roche se désintégrait comme du sable sous la semelle de ses bottes.

Anna Larina tomba à la renverse en poussant des cris et des hurlements, tomba dans le noir, tomba interminablement, et très haut au-dessus d'elle, si loin, tellement loin maintenant, elle vit la lumière rouge palpitante. Si brillante qu'elle éclairait les ténèbres d'un étrange tourbillon coloré, comme si elle cherchait à la rejoindre. Elle eut envie de lui hurler de l'épargner, mais cela ne ralentit même pas sa chute.

Et puis, juste avant de toucher le fond, elle vit en ombre chinoise dans la lumière rouge, brillante, les tonnes de pierres et de roches qui s'abattaient sur elle.

57

Ry, je t'en prie…

Il était tellement lourd, tellement inerte. *Pitié, mon Dieu. Ry, ne meurs pas! Tu ne vas pas me faire ce coup-là! Je t'interdis de mourir!*

Zoé agrippa fermement la parka de Ry avec ses doigts et tira de toutes ses forces, en y mettant toute son énergie. Mais elle ne réussit qu'à lui relever la tête au-dessus de l'eau; elle n'arrivait pas à le soulever et à le sortir de là.

«Mère! Sois maudite! Aide-moi!» hurla-t-elle.

Zoé eut l'impression fugitive que sa mère s'était arrêtée et avait jeté un coup d'œil par-dessus son épaule, mais Anna Larina continuait à avancer, à travers l'ouverture, dans la salle écarlate, palpitante.

Zoé sentit que Ry bougeait sous ses mains, elle l'entendit tousser. Elle se rassit sur ses talons et tira à nouveau, l'appela en sanglotant pendant qu'il s'accrochait avec ses doigts à un rocher. Enfin, elle n'aurait su dire comment elle y était arrivée, elle le tira hors de la mare, trempé, chacun de ses souffles rauques lui arrachant un tremblement. Il roula sur lui-même et s'assit à moitié, adossé à une stalagmite, le bras pressé sur son côté droit et du sang coula entre ses doigts.

Puis Zoé entendit sa mère hurler.

Elle tourna brusquement la tête, et ce qu'elle vit lui parut irréel. Le sol, sous les pieds d'Anna Larina, avait disparu.

«Mère!» s'écria Zoé, horrifiée.

Son premier mouvement fut de courir vers sa mère pour la sauver, mais elle ne pouvait abandonner Ry. L'espace d'un instant, Anna Larina parut suspendue au-dessus d'un gouffre béant, et puis elle s'abîma dans les profondeurs, en poussant des hurlements qui n'en finissaient pas et semblèrent ensuite se changer en un gémissement strident qui s'amplifia atrocement, alors que le sol se mettait à vibrer et à trembler.

«Sors de là!» cria Ry pour se faire entendre malgré le vacarme maintenant semblable au grondement d'un train qui aurait foncé sur eux.

Zoé essaya de le soulever, de l'aider à se relever, mais il la repoussa.

«Non. Je te ralentirais. Vas-y!»

Il la chassa une nouvelle fois.

«Je ne t'abandonnerai jamais, espèce d'idiot!» cria Zoé.

Elle esquiva sa main qui battait l'air comme pour l'écarter et le recouvrit de son corps, alors que des fragments de pierre et des mottes de terre dégringolaient sur eux.

Elle pensa *Je vais mourir*, et fut envahie par une terrible tristesse. C'était trop tôt.

Graduellement, le sol cessa de trembler, et le terrible vacarme provoqué par la chute des rochers s'assourdit avant de s'estomper tout à fait.

Lentement, Zoé releva la tête de la poitrine de Ry.

« C'est fini ? » demanda-t-elle, s'adressant plus aux dieux qu'à lui.

Quelque chose en elle savait que c'était terminé. C'était l'énigme finale. L'arcade qui ouvrait un moment plus tôt sur la cavité où se trouvait l'autel d'ossements était maintenant comblée par des débris de roches et des blocs de pierre. Pour que l'autel demeure à l'abri du monde, il avait fallu qu'il disparaisse à jamais.

Une image revint alors à l'esprit de Zoé, celle de sa mère en ce dernier instant, avant que le sol ne s'ouvre et ne l'avale. Elle tournait le dos à Zoé, son visage était rivé sur l'autel et, alors même qu'elle tombait dans l'abîme où elle allait trouver la mort, elle n'avait pu en détacher son regard.

Ry gémit et Zoé se releva rapidement, tout à coup effrayée d'avoir aggravé sa blessure en se jetant ainsi sur lui dans l'espoir de le protéger. Il avait l'air mal en point. La main qu'il crispait sur son flanc était maintenant couverte de sang. Il avait déjà les yeux vitreux, fébriles.

Il eut pourtant encore la force de se remettre debout. Ensuite, elle ne pourrait jamais dire comment elle s'y prit au juste mais, d'une façon ou d'une autre, elle réussit à les faire passer, Ry et lui, par la faille dans la roche sans perdre complètement les pédales. Elle redoutait surtout que sa mère fût venue accompagnée de ses sbires de la mafiya pour surveiller ses arrières et qu'ils fussent dissimulés parmi les arbres qui longeaient le lac, prêts à leur tirer dessus avec leurs armes semi-automatiques.

Mais elle n'avait pas le choix. Les vêtements trempés de Ry gelaient sur lui. Elle devait absolument le réchauffer, ou il mourrait d'hypothermie avant d'arriver à l'hôpital.

Ry était à peine conscient lorsqu'ils émergèrent en titubant de derrière la cascade gelée. La nuit rampante avait presque complètement envahi le lac, d'un calme et d'une immobilité surnaturels. Seul un maigre rayon de lumière polaire bleutée effleurait encore les nuages chargés de neige. Elle supportait le poids de Ry autant qu'elle le pouvait tout en pataugeant dans la neige vers l'endroit où ils avaient laissé l'Arctic Cat, parcourant du regard les pins incrustés de glace et les amas rocheux, tous les muscles de son corps bandés dans l'attente du tonnerre d'un coup de feu.

On a réussi, on a réussi, entonna-t-elle mentalement comme une litanie alors que Ry se laissait tomber sur le siège arrière du Cat, en gémissant de douleur.

Tout à coup, Zoé sentit plus qu'elle ne le vit un mouvement fugitif entre les arbres. Elle se retourna d'un bloc et se figea, scrutant les ténèbres qui s'approfondissaient, mais tout était tranquille.

Un lièvre blanc fila de derrière un amas de rochers. Zoé s'apprêtait à laisser échapper un soupir lorsqu'elle aperçut à nouveau...

Des yeux.

Une paire d'yeux jaunes flottait près du sol. Puis une autre, et encore une autre.

C'est alors que les loups commencèrent à hurler.

...C'est la saison de disette. Les loups seront en maraude.

Je vous en prie, mon Dieu, cher bon Dieu...

«La clé est sur le contact, souffla Ry. Démarre. Allume les phares. Ça devrait les effrayer. On a besoin des couvertures, Zoé. Froid.»

Zoé bondit sur le Cat, mit le contact, alluma les phares, et la meute de loups, qui avait déjà commencé à sortir furtivement et à s'avancer sur le lac, rebroussa chemin et fila sous le couvert des arbres.

Zoé sortit d'abord la vodka et la tendit à Ry. Il la prit d'une main et but à la bouteille, les dents cognant sur le goulot. Son autre bras était plaqué sur son flanc. Sa parka était trempée de sang jusqu'aux genoux.

Zoé déplia les couvertures de survie et les enroula autour de Ry tout en fouillant frénétiquement du regard le bord du lac à la recherche des loups. Elle ne les voyait plus mais elle les sentait qui rôdaient dans les ténèbres et se rapprochaient encore.

Ry avait du mal à respirer, et elle avait vraiment l'impression de voir la vie s'échapper de lui. *Mais tu vas l'emmener à l'hôpital, Zoé ma fille, et il s'en sortira. Ils vont extraire la balle et…*

«Il y a quelque chose qui ne va pas, dit Ry dans un souffle rauque. Cette salope m'a tiré dans les côtes; je ne devrais pas me sentir aussi mal.»

Zoé finit de coincer la deuxième couverture sous sa cuisse et se pencha tout près de lui pour être sûre qu'il l'entendait bien.

«Écoute-moi, Ryland O'Malley, tu vas te cramponner, compris? Je t'emmène à l'hôpital, alors il va falloir que tu te cramponnes.

— Le jus d'os, dit-il, la respiration sifflante. Ne m'en donne pas.

— Je ne te laisserai pas mourir. Pas question.

—Pas l'autel d'ossement. Quoi qu'il arrive. Promets-moi... ce que tu as de plus sacré... pas m'en donner.»

Zoé secoua la tête, sentit ses larmes geler instantanément sur ses joues.

«Ry, tu ne peux pas me demander ça... Je t'aime.

— Alors jure-le. Jure-moi ça.»

Un sanglot lui échappa, si fort qu'il lui déchira la gorge.

«Je te le jure. Sur mon amour...»

Un loup les attaqua, sortant des ténèbres. Zoé poussa un cri et lui lança instinctivement la bouteille de vodka à la tête. La bête s'esquiva à la dernière seconde avec un claquement de mâchoires et un grognement, puis toute la meute fit demi-tour et disparut dans la nuit.

Affolée, Zoé se précipita pour prendre place sur le siège du Cat, et faillit tomber. C'est alors que l'horrible pensée la frappa : elle n'avait jamais piloté une motoneige de sa vie. *Et si... et si...*

Les loups s'étaient déjà regroupés et revenaient. Elle poussa l'engin afin de lui faire effectuer un demi-tour, projetant la lumière de son phare en plein sur eux, et ils reculèrent à nouveau, mais un peu moins loin, cette fois, et elle vit la faim et leur instinct de tueur dans leurs yeux jaunes.

«Ry! s'écria-t-elle. Comment on pilote ce machin?»

Mais il avait dû s'évanouir, parce qu'il ne répondit pas.

Tout à coup, un craquement énorme, comme un coup de fusil, retentit au-dessus de leurs têtes. Quelque chose tomba du ciel, fondit sur eux et s'enfonça dans la neige, juste devant la motoneige.

Une stalactite de glace géante, de la taille d'un bras humain.

Zoé la regarda horrifiée, l'espace d'une seconde de temps suspendu. Et puis le monde entier parut exploser alors que l'immense cascade de glace s'effondrait, faisant pleuvoir sur eux des blocs et des lances de glace gelée, mortelle.

Zoé chercha frénétiquement un sélecteur de vitesses, quelque chose... et puis elle vit un bouton à côté du contact. Elle appuya dessus et l'Arctic Cat fit un bond en avant.

Juste au moment où la cascade de glace se détachait de la falaise et s'écroulait dans une énorme avalanche de glace et de neige.

Les feux des fonderies de Norilsk illuminaient le ciel arctique bleu noir, sur lequel les cheminées d'usines se découpaient en ombres chinoises.

La première usine sur laquelle elle tomba, à la périphérie de la ville, était visiblement désaffectée et abandonnée. Et puis elle repéra quelques hommes blottis autour d'un brasero allumé dans un vieux fût à essence. Ils étaient accroupis par terre, tendant vers les flammes leurs mains enroulées dans des chiffons, et c'est à peine s'ils levèrent les yeux, même quand elle fonça pratiquement sur eux avec le Cat avant de réussir à l'arrêter.

«Hôpital?» croassa-t-elle, tandis que de petits glaçons se brisaient et tombaient de ses sourcils et de sa capuche.

L'un des hommes, qui avait un bonnet rouge abaissé au ras des yeux, répondit :

«Septième rue à droite. Après ça, continuez tout droit, tout droit, tout droit. C'est au milieu de nulle part, mais il est tellement grand que vous ne pouvez pas le rater. Ça, faut reconnaître... On dit que c'est le plus grand hôpital de Russie. Mille lits, ils ont, et...»

Les skis du Cat patinèrent sur les pavés verglacés alors qu'elle mettait les gaz, tout en se tordant le cou pour regarder Ry par-dessus son épaule. C'est à peine si elle distinguait son visage sous la neige qui le recouvrait. Il avait depuis longtemps perdu connaissance, et ses paupières étaient déjà bleues.

58

Zoé ne pouvait s'empêcher de frissonner malgré la chaleur moite que les bouches d'aération exhalaient dans la salle d'attente du service de chirurgie. Elle était assise au bord d'une chaise de plastique dur et ne quittait pas des yeux la porte à double battant fermée. Elle était mortellement inquiète à l'idée de ce qui se passait de l'autre côté.

Elle avait conduit le Cat jusqu'aux urgences de l'hôpital, mais ensuite tout se fondait dans une sorte de brouillard. Ils avaient allongé Ry sur un chariot, lui avaient mis un masque à oxygène sur le visage et des aiguilles dans les bras, des perfusions de plasma et d'autres liquides. Ils avaient demandé son groupe sanguin à Zoé, mais elle ne le connaissait pas. Ils l'avaient interrogée pour savoir s'il était allergique à quoi que ce soit, mais elle ne le savait pas non plus. Elle ne savait même pas exactement son âge. Elle avait l'impression de connaître jusqu'au fond de son âme, alors comment pouvait-elle ignorer toutes ces choses à son sujet?

Et puis ils l'avaient emmené, et elle avait été séparée de lui si vite qu'elle n'avait même pas eu le temps de l'embrasser ou de lui effleurer la main, pas le temps de lui dire qu'il devait revenir pour elle. Au bout d'un moment on lui avait dit d'attendre là, et elle attendait, toute seule, depuis un millier d'années.

Une femme en pyjama d'hôpital blanc en polyester et tenant une écritoire était entrée une seule fois dans la pièce, juste le temps de lui remettre un sachet en plastique fermé par une glissière. Dedans, il y avait les objets que contenaient les poches de Ry : un portefeuille, un téléphone portable, la clé de leur chambre d'hôtel, un briquet, une lampe-torche, un jeu d'outils miniatures, un rouleau de fil de fer et ce qui ressemblait à un nécessaire pour crocheter les serrures. *Typique de toi, O'Malley, toujours paré à toute éventualité,* pensa Zoé avec un sourire trempé de larmes qui se mua en sanglots, et elle écrasa le sachet sur sa poitrine comme si c'était une corde de rappel qu'il lui lançait, un peu de lui pour l'aider à surmonter cette attente interminable, qui se poursuivait et n'en finissait pas.

Elle était sur le point de cogner à coups redoublés sur la porte en hurlant pour appeler quelqu'un, pour qu'on lui dise ce qui se passait lorsque les deux battants s'ouvrirent devant une femme sans âge, en pyjama d'hôpital taché de sang. La chirurgienne. Zoé se leva avec raideur, le cœur au bord des lèvres, tremblante de crainte. Elle essaya de devancer les nouvelles qu'elle lui apportait en déchiffrant son expression, mais elle ne vit que de l'épuisement.

« La balle est entrée et sortie nettement, annonça-t-elle. Il a une côte cassée, il y a eu des dégâts musculaires, mais aucun organe vital n'a été atteint. Il devrait s'en remettre sans séquelles.

«— Alors, commença Zoé d'une voix brisée comme si elle avait passé ces dernières heures à hurler, alors, il va s'en sortir?»

La chirurgienne sembla hésiter une seconde.

«En ce qui concerne la plaie par balle, l'opération était relativement aisée. Ce qui est plus inquiétant, c'est l'infection bactérienne virulente qui a envahi son organisme. J'ai cru comprendre qu'il était tombé dans une mare d'eau stagnante, après avoir été blessé?» Zoé hocha vaguement la tête, comme engourdie. En avait-elle parlé à quelqu'un pendant le chaos contrôlé de l'admission aux urgences? La chirurgienne hocha la tête et ajouta avec un soupir: «Tout ici, l'eau, la terre, l'air que nous respirons, est plein d'une invraisemblable quantité de toxines. Nos fonderies relâchent chaque année deux millions de tonnes de dioxyde de soufre dans l'atmosphère, pour ne parler que de cela. Nous avons constamment des pluies acides, il n'y a plus de végétation, plus d'oiseaux, et la pollution par les métaux lourds a atteint un niveau tel qu'il pourrait devenir économiquement viable d'exploiter le sol même sur lequel nous marchons.» Elle secoua à nouveau la tête. «Personne ne devrait vivre à Norilsk, vraiment.

— Mais j'avais cru que...» Que racontait-elle donc? «Vous voulez dire qu'il va mourir, alors?»

Le docteur hésita à nouveau.

«Je me dois de vous dire la vérité. Il est dans un état très critique. Il se pourrait en effet qu'il ne se remette pas de cette infection. Nous avons affaire à une bactérie pernicieuse, très toxique. Les prochaines heures seront décisives. On lui administre un cocktail à haute dose d'antibiotiques, de la vancomycine, du chloramphénicol et des sulfamides pour juguler le processus infectieux. Le pronostic est très dépendant des facteurs de résistance de cette bactérie spécifique et de la réponse du système immunitaire du patient.»

Zoé essaya de réfléchir au million de questions qu'elle aurait dû poser, mais elle avait l'impression que son esprit était aux abonnés absents. Et la chirurgienne, ayant fait son devoir, tournait déjà les talons.

«Docteur, attendez... Je peux le voir?

— Pas avant deux bonnes heures au moins. Il est en salle de réveil, après quoi on le transférera en soins intensifs. Nous ferons le bilan à ce moment-là. L'infirmière vous tiendra au courant.

— Merci», dit Zoé.

Mais elle parlait déjà au dos du docteur, qui disparaissait derrière la double porte battante.

Les pas de Zoé la portèrent vers une fenêtre qui donnait sur un parking presque vide, et une étrange forêt de pylônes de béton rouillé dressés sur la neige. Le sac plastique qui contenait les affaires de Ry se mit à frémir dans sa main. Elle pensa d'abord que c'étaient ses nerfs qui finissaient par la lâcher, et puis elle se rendit compte que c'était le téléphone portable de Ry qui vibrait.

Elle regarda l'appareil, en se demandant quoi faire. Devait-elle répondre? C'était un des appareils à carte prépayée qu'ils s'étaient procurés à Saint-Pétersbourg, alors qui pouvait bien connaître son numéro?

Les mains un peu tremblantes, elle fit coulisser la glissière qui fermait le sachet, prit le téléphone et l'ouvrit.

«*Da ?*»

Il y eut un silence à l'autre bout, puis :

«Mademoiselle Dmitroff? C'est le professeur Vitaliy Nikitin.»

Zoé retrouva une respiration normale.

«Je suis désolé, professeur Nikitin, mais Ry est injoignable pour le moment.

— C'est une bactérie, dit-il d'une voix surexcitée.

— Pardon?

— Le fluide visqueux, rouge luminescent, que vous m'avez confié pour que je le fasse analyser. C'est une bactérie. Ou plutôt, pour être plus précis, c'est une bactérie, mais elle a aussi des gènes d'archéo-bactérie, le plus primitif des micro-organismes de la terre. C'est extrêmement fascinant.» Il y eut une brève pause, puis il poursuivit plus bas, d'une voix réduite à un murmure, comme s'il avait peur que l'on surprenne ses paroles. «Mademoiselle Dmitroff, je pense que ça pourrait être vrai. Il se pourrait que ce soit une véritable fontaine de Jouvence.»

Le cerveau de Zoé mit un moment à se remettre en route, à se souvenir du soir où elle avait donné au professeur Nikitin le petit flacon de jus d'os à analyser. Ça remontait à une éternité, aux temps heureux où ils pensaient encore que l'autel d'ossements était plus ou moins une légende sibérienne pittoresque.

Mais Nikitin parut prendre son silence pour de l'incrédulité. Il poursuivit :

674

«Je ne sais pas si vous vous souvenez, je vous ai dit qu'Olga… ma collègue, le professeur Tarasov, de l'Institut de biorégulation et de gérontologie, faisait des expériences sur les gènes de longévité des ascarides, les vers ronds. Il y a, chez ce ver, un gène régulateur, le daf-2, qui code pour une centaine de gènes impliqués dans le vieillissement. Imaginez le daf-2 comme un chef d'orchestre qui dirigerait les flûtes, les violons et les violoncelles. Chaque instrument joue sa partition individuelle, mais ils jouent tous dans le même ensemble. Vous comprenez, mademoiselle Dmitroff?

— Je crois.

— Compte tenu des légendes qui entourent la bactérie rouge, nous avons eu l'idée de l'injecter dans les cellules de quelques dizaines d'ascaris, juste pour voir ce qui se passerait, et à notre grande surprise nous avons observé que la bactérie transportait des séquences de son ADN dans les gènes daf-2 des vers récepteurs, entraînant chez eux une mutation. Disons, si vous voulez, que ça fait du daf-2 un meilleur chef d'orchestre. Tout à coup, les cellules «instruments à cordes» régénérées ont entrepris de nettoyer les vers des toxines accumulées, de réparer les dégâts causés par les radicaux libres. On a vu les cellules «instruments à vent» booster le métabolisme des lipides, améliorer les échanges et l'utilisation des nutriments de telle sorte qu'ils deviennent plus performants, plus résistants. Et les cellules «cuivres» se sont mises à réparer des séquences d'ADN endommagé, les «violons» à combattre les bactéries responsables des infections, et ainsi de suite. Je simplifie à outrance, mais on peut dire que le daf-2 des vers fait jouer

675

tous les gènes responsables de la longévité dans une harmonie presque parfaite, les empêchant de vieillir. Prolongeant peut-être même éternellement leur vie, encore que ça reste à voir.»

En l'entendant prononcer les mots «combattre les bactéries responsables des infections», Zoé eut l'impression que sa respiration s'était arrêtée et que son cœur avait cessé de battre.

«Professeur Nikitin, vous dites que l'aut... que la bactérie rouge modifie l'ADN de telle sorte qu'elle permet de mieux combattre les infections? Même les infections vraiment graves?

— En effet. C'est comme si le système immunitaire naturel des vers avait été dopé au point d'arriver à foudroyer une infection bactérienne. Pour employer une image qui vous sera familière, comme le pistolet laser d'un de vos films américains de guerre dans l'espace.»

Pendant un bref instant, Zoé eut l'impression que la terre s'était ouverte sous ses pieds et qu'elle planait dans le vide. *Ne me le donne pas...* Elle lui avait promis de ne pas le lui donner. Elle le lui avait juré sur son amour. Mais ça, c'était avant que la chirurgienne lui dise qu'une infection était en train de le tuer, avant qu'elle ait la certitude que l'élixir pourrait...

Il suffit d'une goutte...

«Malheureusement, disait Nikitin, nous nous sommes aperçus trop tard que, une fois exposé à la lumière, ses propriétés commençaient à se détériorer. Il nous en reste à peine un dixième de centimètre cube utilisable, et pourtant il est évident qu'il nous faut poursuivre les investigations. Pour le moment, nous nous sommes bornés à observer *ce* qu'effectue la bactérie, mais nous ne comprenons pas *comment*, or il faudrait que nous puissions l'expliquer si nous voulons pouvoir la dupliquer et la reproduire en laboratoire. Il m'en faut davantage, mademoiselle Dmitroff. Vous comprenez ? Il m'en faut davantage.

— Il n'y en a plus.

— Mais vous êtes encore en Sibérie, je pense ? Vous ne m'avez pas dit que la fontaine trouvait son origine dans une grotte de là-bas ?

— Elle a été détruite. La grotte, tout, tout a disparu. »

Un long silence, puis il dit enfin :

« C'est vraiment regrettable. »

Mais Zoé entendait le scepticisme dans sa voix. Ce n'était pas un imbécile.

« Professeur Nikitin, en dehors de cette histoire de fontaine de Jouvence, la légende comportait un autre aspect. Un côté sombre. On disait autrefois que ceux qui en avaient bu devenaient mégalomanes. Alors, si la bactérie agit comme vous le dites, la vie de ceux qui en absorberaient n'aurait plus de fin, mais ce serait une vie vécue dans la folie.

— Aucun élément spécifique du génome humain n'a été identifié comme lié à cette psychose de la mégalomanie. Mais même si vous dites vrai, si la bactérie rouge provoque d'autres mutations génétiques qui influent sur l'esprit d'une façon ou d'une autre, on pourrait trouver le moyen de séparer les deux effets. De garder le positif et de contrer le négatif. »

Zoé regardait sans la voir la nuit noire derrière la vitre, lorsque tout à coup son regard se fixa sur son reflet sur le verre. Les cheveux d'or pâle, le front large, et les yeux gris en amande, largement écartés. Les pommettes russes et la peau russe, claire. Le visage de sa mère.

Quelle partie d'elle y a-t-il dans mon sang et dans ma chair? Dans mes cellules?

Nikitin disait maintenant quelque chose à propos de l'ADN mitochondrial, mais Zoé le coupa.

«Est-ce que c'est héréditaire, chez vos vers ronds? Est-ce qu'ils transmettent à leurs descendants ce que la bactérie rouge fait à leurs gènes? Par exemple, si on contamine une femelle ascaride avec cette bactérie, modifiant ses gènes de longévité, et qu'elle a des bébés... l'ADN des bébés vers est-il également modifié?

— Le *Caenorhabditis elegans* est hermaphrodite, mais je comprends votre question. S'il est vrai que certaines mutations génétiques sont transmissibles, celle-ci n'a pas l'air de l'être.»

Zoé appuya sa tête contre la vitre, envahie par un profond soulagement. Le visage de sa mère, mais pas tous les gènes de sa mère. Faites, mon Dieu, faites que je n'aie pas les gènes mutants qui l'ont gardée éternellement jeune et lui ont empoisonné l'esprit...

«Mademoiselle Dmitroff, si vous avez quand même encore de cette bactérie rouge en votre possession, je vous implore de réfléchir. Pensez à ce que cela pourrait impliquer pour l'humanité, pour le monde. La plupart des maladies résultent d'un vieillissement généralisé. Les maladies cardio-vasculaires, le cancer sont les grands tueurs ; la maladie d'Alzheimer, le diabète et les infections opportunistes emportent la plupart des autres. Des organes s'usent et commencent à manifester des symptômes divers et variés. Pourtant le fait demeure que la science n'a pas réussi à prouver que la vie humaine était limitée par une date d'expiration biologique irréfutable. Si nos "pièces" pouvaient se régénérer, si on pouvait les remplacer, si les toxines accumulées pouvaient être éliminées, alors la plupart des maux qui nous tuent ne se développeraient jamais, déjà, à la base. » Il s'interrompit, mais Zoé ne répondit pas. Son attention était attirée par une lumière bleue intermittente, au loin, sur l'interminable route qui traversait la toundra désolée au-delà de Norilsk. « Entre-temps, on verra combien de temps vivront nos vers à l'ADN muté, à moins qu'ils ne meurent jamais. Malgré tout, je n'appellerais pas ça un don de vie éternelle. Parce qu'il sera toujours possible de mourir renversé par un camion, dans un accident d'avion, ou sous les coups de couteau d'un éventuel agresseur. Par conséquent, non, ce ne serait pas la vie éternelle, mais plutôt une vie *infinie*, dans la mesure où les cellules pourraient se reproduire indéfiniment…

— Professeur Nikitin, j'ai un imprévu, là. Je dois y aller. »

Zoé raccrocha et laissa tomber le téléphone dans sa poche tout en regardant le gyrophare bleu d'une voiture de police s'engager dans le parking en dessous.

Ils ne pouvaient pas faire autrement que d'appeler la police de Norilsk, bien sûr. *On ne peut pas entrer à*

*l'hôpital avec une blessure par balle sans qu'ils appellent
la police.*

Zoé savait bien qu'elle devrait affronter, tôt ou
tard, les conséquences légales de la blessure de Ry.
Il allait bien falloir qu'elle invente un mensonge
plausible, mais elle n'était pas encore prête. Elle ne
voulait pas être piégée en sortant d'un ascenseur, alors
elle prit l'escalier de secours, descendit quatre étages
et s'engagea dans un couloir désert. Elle attendit,
cachée derrière la porte, assez longtemps pour voir
deux flics sortir de leur voiture de patrouille et faire
le tour vers l'entrée des urgences.

Dehors, le vent d'un froid mortel soulevait la neige
en tourbillons de brouillard granuleux, glacé. Elle
resta blottie contre la paroi du bâtiment pendant ce
qui lui fit l'impression d'être un millier d'années,
attendant que les flics ressortent et repartent avec
leur véhicule.

Lorsqu'elle fut sûre qu'ils étaient partis pour de
bon, elle reprit l'ascenseur pour l'étage de la chirurgie,
mais elle évita la salle d'attente. Elle se faufila dans
les couloirs et jeta un coup d'œil dans les chambres,
l'une après l'autre, jusqu'à ce qu'elle trouve Ry.

L'espace d'un instant, elle crut qu'il était mort :
elle eut l'impression que son cœur cessait de battre.
Il avait le visage cireux, les lèvres exsangues. Il gisait
dans une immobilité absolue, des perfusions dans les
deux bras, relié à des machines qui émettaient des
bips erratiques.

Une goutte suffit.

Je le jure. Sur mon amour.

L'icône et le film étaient dans un coffre-fort dans une banque de Saint-Pétersbourg, mais tout ce qui restait de l'autel d'ossements, Zoé l'avait sur elle en cet instant, dans la poche de sa parka. Dans un petit flacon d'échantillon de parfum, entouré dans un mouchoir en papier qu'elle avait mis dans une boîte de pastilles mentholées où il était à l'abri des chocs et de la lumière.

Lentement, le cœur battant, elle prit la boîte, la serra dans sa main. Elle avait peur, terriblement peur, rien que de le déballer, rien que de le toucher, même avec ses doigts protégés par des épaisseurs de Gore-Tex et de peau de mouton : peur que la tentation devienne trop forte. Elle en serait embrasée. Ça la consumerait.

Et pourtant, elle ne pouvait plus faire autrement.

Elle ouvrit la boîte de métal, la retourna pour faire tomber dans sa paume la fiole encore emmaillotée dans le mouchoir en papier, et referma le poing dessus.

Elle regarda le visage de Ry. Elle pouvait encore laisser tomber le petit flacon par terre, tout de suite, pensa-t-elle. L'écraser sous le talon de sa botte. En le détruisant, elle détruirait à jamais son noir héritage en même temps que la fascinante espérance qu'elle faisait miroiter.

Si elle le détruisait, il se pouvait que Ry meure, et s'il mourait, elle ne savait pas comment elle le supporterait.

S'il en buvait, il vivrait. C'était aussi simple que ça. Il ne vivrait pas seulement ce jour-là, et le lendemain, mais tous les jours, toutes les années de sa propre vie, et combien d'autres ensuite ? Elle ne connaîtrait jamais la souffrance de le perdre. Mais en le sauvant, l'autel le changerait aussi, le changerait peut-être en quelqu'un qu'elle ne pourrait plus aimer. Et s'il découvrait qu'elle le lui avait donné, elle savait qu'il ne le lui pardonnerait jamais. Alors, que leur resterait-il à l'un et à l'autre ?

Elle sentait la chaleur vibrante de l'élixir, perceptible même malgré l'épaisseur de son gant. Elle voyait la lueur rouge, phosphorescente, rayonner à travers le mouchoir en papier et entre ses doigts crispés sur la fiole.

Une goutte suffit.

Mais elle avait juré. Sur son amour.

ÉPILOGUE

Jost Van Dyke, îles Vierges britanniques.
Cinq mois plus tard.

« Mais oui, mais oui, fit Zoé en riant, répondant à un nouveau miaulement indigné de Barney. On va te donner à manger. On va nourrir tes quinze énormes livres de chat obèse. »

Zoé était dans le coin cuisine du bateau et préparait des sandwiches de poisson volant pour le déjeuner pendant que Bitsy dormait sur la banquette de la cabine. Barney faisait des huit autour de ses pieds en alternant ronronnements et miaulements à fendre l'âme parce qu'ils avaient fini tout le fromage à tartiner la veille et que la famine menaçait. Au grand soulagement de Zoé, Barney et Bitsy s'étaient habitués à vivre sur le ketch comme s'ils étaient nés à bord. Zoé fredonnait toute seule en disposant les sandwiches et les chips sur les nouvelles assiettes rouge vif qu'ils avaient achetées à Road Town. Elle posa les assiettes sur la jolie étagère de teck qui séparait le coin cuisine du coin salon, si douillet et coloré, à l'image du précédent propriétaire du ketch, Aisle Briggs, un expat' écossais qui avait vécu pendant près de trente ans sur Tortola. Il était tellement fier de son magnifique bateau qu'ils avaient bien cru, Ry et elle, qu'il allait se mettre à pleurer lors de la signature de la vente. Mais il était temps, et même plus que temps, leur avait-il dit, qu'il rentre chez lui, à Galloway, voir ce que sa famille d'hurluberlus avait fabriqué pendant son absence. Zoé passa la main sur le bois satiné en pensant à tout ce dont Aisle leur avait fait cadeau, parce qu'ils étaient jeunes mariés, avait-il dit, et parce qu'ils démarraient juste leur entreprise d'affrètement de voiliers, entreprise dans laquelle il était sûr qu'ils réussiraient avec son «bijou». Avait-il deviné que ce n'était pas le seul désir de se lancer dans l'affrètement qui les avait amenés là, dans les îles Vierges? Deviné qu'ils se lançaient dans une vie tout aussi nouvelle? Elle jeta un coup d'œil par le hublot de la cuisine et vit Ry qui venait vers elle dans le canot argenté en rebondissant sur les vagues. Il ne portait qu'un jean coupé aux genoux, un tee-shirt blanc sans manches, une casquette de base-ball des Red Sox de Boston, et ses grands pieds prenaient le frais dans des tongs. Il était bronzé, en pleine forme et magnifique, et elle espérait qu'il avait pensé à la mayonnaise pour les sandwiches, et à la crème de fromage pour Barney.

Zoé prit les assiettes et les monta sur le pont alors que Ry coupait le moteur, laissant le canot dériver vers le flanc bâbord du bateau. Il n'était parti que quelques heures, mais il s'illumina en la voyant comme s'il était resté un an en mer.

«J'ai la mayonnaise et le fromage à tartiner de Barney. Le petit goinfre.

— Merci mon Dieu. Il a passé la matinée à miauler, entre deux regards noirs pour me faire bien comprendre ce qu'il pensait d'un voilier dépourvu de fromage à tartiner.

— La télé était allumée au Bar and Grill de Foxy, dit-il en lui lançant le bout d'amarrage. La Bourse a plongé de neuf cents points hier. Ils ont dû suspendre

684

les opérations, et c'est la panique générale. Ton héros, le sénateur Jackson Boone, était sur CNN et il parlait des répercussions probables sur les élections.

— Ce n'est pas mon héros, fit-elle en riant. Enfin, si, peut-être un peu.»

Elle avait rencontré le séduisant et charismatique sénateur dans une chambre du Watergate Hotel un soir, en mars dernier. Ils étaient seuls, Ry et elle, avec le sénateur, et Ry lui avait remis le film, lui disant qu'il lui faisait confiance pour en disposer au mieux. Mais jusque-là, il n'en avait jamais, nulle part, été question aux informations, et ce n'était peut-être pas plus mal.

Cela dit, il avait bel et bien usé de son influence pour les faire rayer de la liste de surveillance des terroristes. C'était toujours ça.

Ry lui tendit le sac de toile contenant ses courses et grimpa à bord.

«Je te le dis, tout le monde dans l'île était chez Foxy, scotché à la télé. J'ai bien cru que j'allais être obligé de filer la pièce à Jigger pour qu'il ouvre sa boutique.»

Il planta un baiser mouillé, appuyé, sur la joue de Zoé.

«Alors, ma puce, qu'est-ce que tu nous as fait de bon à manger?»

Ils dégustèrent leurs sandwiches au poisson volant avec mayonnaise, arrosés de deux Painkillers, la mixture à base de rhum qui était la spécialité de Foxy, lequel Foxy se plaisait à dire qu'elle était plus mortelle que le LSD. Ils naviguèrent tout l'après-midi, Ry tenant la barre d'une main et avec ses orteils,

685

Zoé nichée au creux de son bras libre. L'eau était turquoise sous un ciel dégagé, le vent doux et chaud comme une caresse.

«Sasha Nikitin a appelé pendant que tu étais à terre, dit Zoé. Il a dit qu'il te maudissait de l'avoir obligé à se produire à Norilsk.»

Avec l'aide de Svetlana et de son cousin, ils avaient échafaudé toute une histoire pour expliquer la blessure de Ry : il avait été atteint par une balle perdue tirée par un braconnier qui chassait le caribou. La police n'avait pas gobé ces salades un seul instant. Ry avait fini par les acheter en leur proposant d'user de son influence afin de faire venir à Norilsk la rock-star la plus célèbre de Russie pour y donner un concert.

«Au moins, je ne leur ai pas promis qu'il se produirait en hiver», répondit Ry.

Zoé se souvint de l'horreur des moins trente-cinq degrés en Sibérie et frémit à cette seule idée.

«Il m'a également transmis un message de son père. Les ascarides ont fini par mourir, mais après avoir vécu plus de trois fois leur durée de vie normale. Cent vingt-cinq jours. L'équivalent de quatre cents ans pour l'homme, si le jus d'os a sur l'ADN humain l'effet qu'il a eu sur ces bestioles. De plus, il dit que les vers sont restés jeunes et se sont joyeusement tortillés jusqu'au bout. Il veut publier un article scientifique là-dessus, mais il a peur que personne ne le croie.» Elle changea de position pour le regarder dans les yeux. «Il va essayer de répliquer l'ADN. Il pense qu'il pourrait l'utiliser pour faire vivre l'être humain jusqu'à cent soixante-quinze ou deux cents ans, sans le gène de l'aliénation.»

Elle pensa à l'icône, qui trônait sur une étagère dans la cabine, juste au-dessous d'eux, ce qui restait de l'autel d'ossements secrètement rangé à sa place, dans le creux derrière l'orbite droite de la coupe en forme de crâne.

«Pendant des siècles, dit-elle, les Gardiennes ont tenu l'autel à l'abri du monde parce qu'elles ne pensaient pas que le monde était prêt à l'accueillir.»

Ry écarta du visage de Zoé les mèches de cheveux chassées par le vent.

«Tu crois que le monde est prêt maintenant? Je viens de perdre un quart d'heure de ma vie à regarder un tas de commentateurs échanger des propos prétentieux, pontifiants et politiciens sur la misère noire de l'économie mondiale. Le gouverneur de l'Arkansas, à moins que ce ne soit du Kentucky, s'est fait pincer au lit avec une pute, hier. Des terroristes ont fait exploser une bombe à un arrêt d'autobus à Rome, et la Corée du Nord fait à nouveau entendre un bruit de bottes. La nature humaine ne changera jamais, Zoé.

— Non, apparemment pas.»

Elle regarda deux mouettes plonger pour aller chercher leur dîner, tranchant la surface de l'eau comme des lames, puis elle soupira et se recala plus confortablement au creux de son bras.

Elle ne s'était pas rendu compte qu'elle était restée silencieuse si longtemps jusqu'à ce qu'elle sente ses lèvres lui caresser la joue.

«Et donc? demanda-t-il.

— Cette nuit-là, à Norilsk, quand tu étais blessé, quand je me suis glissée dans ta chambre, je suis restée auprès de ton lit et je n'arrivais à penser qu'à une chose : je n'aurais plus envie de vivre si tu n'étais plus là.

— Tu t'apprêtais à me donner le jus d'os.»

Elle hocha la tête. Elle avait la gorge serrée, et un nœud douloureux au creux de l'estomac, qui était à la fois du soulagement et le souvenir d'une horreur. Une horreur qu'elle pourrait être obligée de revivre un jour, elle en avait bien conscience.

«J'allais le mettre dans une de tes perfs. Mais avant que j'en aie eu le temps, la chirurgienne est entrée, elle m'a dit que tes signes vitaux s'amélioraient et qu'elle pensait que tu allais t'en sortir. Je sais, je t'avais fait une promesse, j'avais juré sur mon amour. Mais quand j'ai été confrontée à la pensée réelle, concrète, de te perdre, j'aurais fait n'importe quoi, j'aurais vendu ma propre âme, et la tienne, pour que tu vives.

— Je ne t'en veux pas pour ça. J'aurais probablement fait pareil pour toi. On est humains, Zoé. Notre cœur prend le pas sur notre esprit et nous empêche de réfléchir aux conséquences.

— Oh si, Ry, j'y avais bien réfléchi. Et j'étais arrivée à la conclusion que la seule chose qui m'intéressait à ce moment-là, c'était de savoir si tu allais vivre ou mourir.

— Alors peut-être que tu as la réponse devant le nez. Pense au moment présent, ici et maintenant. Le coucher de soleil colore tout le ciel de violet, rose et orange, le vent est tellement doux et caressant que ça te fait mal à l'intérieur, et tu es dans mes bras, avec juste un bikini, ton bronzage et un look plus mortel que tous les Painkillers de Foxy. Tu crois que ce moment nous paraîtrait aussi merveilleux, aussi…

– comment dire? – précieux, si l'on savait qu'une infinité de lendemains nous attendaient? Est-ce que ce moment nous importerait si nous avions cent milliards d'autres moments juste comme celui-ci devant nous?» Il tourna son visage vers lui afin qu'elle le regarde dans les yeux, et elle y vit l'amour et elle sut ce qu'il voulait dire quand il disait qu'une chose aussi douce et caressante pouvait faire aussi mal à l'intérieur. «Je crois que ce qui fait que la vie compte, ce qui la rend si belle, c'est de savoir qu'un jour on mourra. Peut-être que la mort est une farce que Dieu nous fait, mais je crois que c'est aussi un don. Un temps est alloué à chacun de nous, et puis c'est fini. À nous d'en faire quelque chose qui compte, quelque chose de spécial.»

Elle se pencha sur lui et approcha ses lèvres des siennes, doucement au début, comme le vent, et puis avec plus de force, plus d'intensité, d'appétit.

«Tout ce que je sais, dit-elle quand il leur fallut enfin reprendre leur souffle, c'est que pour le temps qui nous reste, pour tous ces jours, autant qu'il y en aura, jamais je ne te laisserai t'éloigner de moi. Après tout, je suis la Gardienne.»

REMERCIEMENTS

Pour son formidable soutien, pour ses encouragements tout au long de l'écriture de ce livre et à chaque étape de sa publication, je tiens à remercier mon agent, Aaron Priest, le meilleur sur le marché, sans comparaison. Merci de me dire toujours les choses telles qu'elles sont, bonnes ou mauvaises. Merci aussi à Lucy Childs et Frances Jalet-Miller, pour leurs critiques éditoriales, aussi fouillées que justifiées. Ce roman vous doit beaucoup.

Que soient aussi remerciés mon éditeur, Louise Burke, ma directrice d'ouvrage, la meilleure du monde, Kara Cesare, de Gallery Books, et tous ceux, chez Simon & Schuster, du département artistique aux ventes en passant par la production, qui ont consacré tellement de temps et d'efforts à faire que ce livre ait une place sur les rayons et parvienne entre les mains des lecteurs.

Un grand merci à CC pour ses conseils généreux et ses encouragements au cours de nos déjeuners hebdomadaires, à la fabrique de cholestérol. Tu sais que je n'aurais jamais réussi sans toi. Et à TG, pour... il faudrait un livre entier rien que pour dire pourquoi. On a tous besoin de quelqu'un sur qui on peut compter pour nous sortir de prison en payant la caution au milieu de la nuit, et tu es ce quelqu'un pour moi. (Sauf que ce n'est jamais arrivé. Pas encore.) Merci aussi à mes compagnons d'écriture du Groupe du premier mercredi du mois, qui sont toujours là pour m'apporter leurs conseils et leur soutien.

Et enfin, merci à toi, mon Unique à moi, qui me supporte depuis toutes ces années. J'ai vraiment de la chance de t'avoir à mes côtés pour traverser la vie.

Composition :
Soft Office – 5 rue Irène Joliot-Curie – 38320 Eybens

Achevé d'imprimer par N.I.I.A.G.
en janvier 2012
pour le compte de France Loisirs, Paris

N° d'éditeur : 67061
Dépôt légal : novembre 2011